현대문학사와
민족이라는 이념

저자 **김한식**(金漢植, Kim Han Sik)은 충북 청원에서 출생하여 서울에서 학교를 다녔다. 고려대학교 국어국문학과 및 동 대학원에서 현대소설을 전공하였으며 고려대학교 강사를 거쳐 현재는 상명대학교 한국어문학과에서 문학을 가르치고 있다. 지은 책으로는 『현대소설과 일상성』, 『현대소설의 이론』, 『서정시의 운명』, 『문학의 해부』 등이 있다.

현대문학사와 민족이라는 이념

초판 인쇄 2009년 4월 25일 **초판 발행** 2009년 4월 30일
지은이 김한식 **펴낸이** 박성모 **펴낸곳** 소명출판 **출판등록** 제13-522호
주소 서울시 서초구 서초동 1621-18 란빌딩 1층
전화 02-585-7840 **팩스** 02-585-7848 **전자우편** somyong@korea.com

값 25,000원

ⓒ 2009, 김한식

ISBN 978-89-5626-380-9 93810

현대문학사와 민족이라는 이념

The History of Modern Literature and the Ideology of 'a Nation'

김한식

소명출판

몇 년간 학회지나 문예지에 실었던 글들을 모아 책을 엮는다. 일관된 기획으로 쓴 글들이 아니기 때문에 통일된 주제를 찾기는 어렵다. 그래도 모아놓고 보니 그동안 가졌던 관심에서 크게 벗어나 있지는 않다. 『현대문학사와 민족이라는 이념』이라는 제목처럼 많은 글들이 해방 이후의 '문학사'나 '민족' 문학을 다루고 있다.

현대문학사는 현대사와 떼어서 생각하기 어렵다. 작품을 다루든 작가를 다루든 우리 문학은 사회 현실과 긴밀한 관계를 맺으면서 발전해 왔기 때문이다. 현대문학사에는 현대사의 그림자가 강하게 드리워져 있다고 말할 수 있다. 따라서 시대 상황의 이해는 우리 문학을 이해하는 데 필수적이다.

이런 이유 때문인지 문학사의 평가가 현대사의 평가와 유사한 궤적을 보이는 경우가 많다. 또, 상황이나 이념에 따라 문학에 대한 평가가 엇갈리는 양상이 매우 심하다. 대표적인 예로 해방기 이후 좌·우익문학에 대한 평가나 70~80년대 민족문학에 대한 평가를 들 수 있다. 사후 서정주나 김동리를 보는 관점 역시 극단적인 양상을 보였다.

'민족'은 현대사와 현대문학사 양쪽 모두에서 가장 문제적인 개념이다. 누구나 민족을 이야기하지만 각자 다른 의미와 용도로 사용하여 추상화와 공동화가 심하게 이루어진 개념이기도 하다. 객관적·과학적인 의미 전달을 위해 사용되지 않고, 자신의 주장을 합리화하기 위한 이념으로 이용된 불행한 언어이기도 하다. 민족의 강조는 자칫 전체주의, 국가주의로 변질되기도 하는데 우리 현대사나 현대문학사는 이러한 가능성을 충분히 보여주고 있다.

현대문학사에서 민족은 단일한 의미로 사용되지 않았다. 좌익과 대결할 때 민족은 계급에 상대되는 개념으로 쓰였다. 전통과 연결될 때 민족은 순수의 다른 이름이기도 했다. 이때 민족은 반공주의로 귀결되는 경우가 많았다. 반대로 민족은 민족적 현실이나 분단의 극복이라는 진보적인 운동과 결합하기도 하였다. 어떤 경우이든 민족은 '이념'으로서 작용하고 있었다고 할 수 있다. 이러한 생각이 이 책에 실린 글들에 공통적으로 담겨 있다.

이 책은 모두 네 부분으로 구성되어 있다. 1부는 해방기 민족주의 문단과 순수문학의 논리를 살핀 논문들로 묶었다. 「백민과 민족문학」은 해방기 우익 잡지를 대표한다고 할 수 있는 『백민』의 실체와 논리를 살핀 논문이다. 「모윤숙과 왜곡된 여성」은 '중앙문화협회', '조선문필가협회', '자유문학', '한국 PEN'으로 이어지는 민족주의 문단을 대표하는 모윤숙의 문학 논리를 추적한 논문이다. 이는 이후 문단의 주류가 되는 '청문협'과는 다른 문학 행로를 걷게 되는 또 다른 '민족문학'의 길을 따라가는 작업이다. 이어지는 세 편의 논문 「순수문학론의 세 층위」, 「순수와 비순수의 이분법」, 「해방 후 순수 문단과 세계문학」에서는 순수문학의 논리를 김동리를 중심으로 살펴보았다. 순수문학론의 기원과 논리 그리고 그것을 확립시키기 위해 동원된 세계문학의 논리를 밝혀보려 하였다.

2부는 60~70년대 문학과 한국적 근대에 대한 고찰을 다룬 논문들로 묶었다. 「창문 없는 방과 유리 달린 창」은 50년대 소설과 구분되는 60

년대 소설의 특징을 '창'이라는 매개를 통해 검토해본 글이다. 「개인과 민족의 미성숙」과 「근대 지식인의 고전 읽기」는 최인훈을 다룬 글로 한국적 근대 또는 근대화가 갖는 문제점을 살펴보았다. 알려진 대로 최인훈에게 가장 중요한 문제는 근대와 민족이었다. 「1970년대 후반 '악한소설'의 성격」에서는 근대화 또는 도시에 맞서는 개인들의 모습을 그린 일련의 소설을 '악한소설'이라 규정하고, 1970년대 근대화와 개인의 삶이라는 주제를 고찰하였다. 「사실의 의지와 이념의 불만」은 김원일의 대표작 「어둠의 혼」, 『노을』, 『불의 제전』을 이념에 대한 회의 또는 '반공'이라는 관점에서 다루었다.

3부는 비교적 최근의 문학적 문제를 주제로 삼은 글들이다. 주제는 역시 민족, 국가 등의 근대 이념들이다. 「근대 신화와 전체주의에 대한 향수」와 「국가주의 신화와 문학」은 민족주의, 국가주의가 드러나는 작품들을 경계하는 목소리를 담고 있다. 「근대성 논쟁과 민족문학」은 90년대 활발히 진행되던 민족문학·근대성·모더니즘 논쟁을 정리한 글이다.

4부는 시기적으로 1~3에 묶기 어려운 글들을 모았다. 「잡지의 서적 광고를 통해 본 근대」는 『청춘』과 『개벽』의 광고를 통해 우리에게 근대가 어떻게 인식되고 표상되었는지를 살핀 논문이다. 「철도와 일상으로 본 근대」는 이기영의 장편 소설 『신개지』를 통해 근대가 어떻게 일상으로 침투해 들어왔는가를 다룬다. 「노동소설의 성장소설적 성격」은 1980년대 유행하던 노동소설을 현재의 관점에서 어떻게 볼 것인가를 다룬 논문이다.

원고를 정리하다 보면 남의 글에 대한 공부로 만족하고 싶은 마음과 의미 있는 주제로 새로운 글을 쓰고 싶은 욕망이 교차한다. 전자는 절망의 감정에서 후자는 희망의 감정에서 비롯된다. 이번에도 여전히 부족함을 느끼지만 새로운 시작을 위해 과거를 정리한다는 생각으로 스스로를 위로한다. 조금이나마 나아진 다음을 기대하는 수밖에 없다.

글이 좋아지기 위해서는 사람이 커져야 할 텐데 기약이나 할 수 있는 일인지 모르겠다. 커가는 용현이 용국이에게 부끄럽지 않은 아버지가 되고 싶다. 아내 미연에게도 좋은 남편이 되고 싶다. 글쓰기보다 더 어려운 일인 듯하다. 그래도 끝까지 노력해볼 생각이다.

2009년 봄을 기다리며 안서동에서 필자 씀

책머리에   3

1부/

『백민』과 민족문학   13
한국문단의 민족주의에 대한 고찰 1

1. 연구의 방향   13
2. 『백민』이 놓인 자리   17
3. 『백민』의 민족문학   25
4. 『문예』의 창간과 문단의 분화   44
5. 우익 문단의 성립   48

모윤숙과 왜곡된 여성   50
한국문단의 민족주의에 대한 고찰 2

1. 여류 문인 모윤숙   50
2. 모윤숙과 한국 문단   52
3. 모윤숙 시와 민족주의   62
4. 모윤숙 문학의 성격   73

순수문학론의 세 층위   76
김동리와 순수문학 1

1. 문학과 이데올로기   76
2. 반공주의와 순수문학   80
3. 세대론의 전략―인간 개성과 생명의 구경   86
4. 해방기의 김동리―계급문학과 민족문학   92
5. 김동리와 반공주의―현실 긍정과 체제 순응의 논리   99
6. 순수문학론이 남긴 것   106

순수와 비순수의 이분법   109
김동리와 순수문학 2

1. 김동리와 순수문학론   109
2. 문학과 현실의 이분법   112
3. 인간과 자연, 삶과 죽음, 현실과 운명   125
4. 근대화 시대의 전통론   131

해방 후 순수 문단과 세계문학   134
김동리와 순수문학 3

1. 연구의 목적   134
2. 세계문학이라는 수사   137
3. 순수문학과 세계문학   144
4. 맺음말   155

2부/

창문 없는 방과 유리 달린 창   159
1960년대 소설을 위한 시론

1. 60년대 소설의 새로움   159
2. 보(이)는 것에 대한 두려움   163
3. 창을 통한 세상 보기   171
4. 현실 부정과 현실의 부정성   181

개인과 민족의 미성숙   184
최인훈의 『회색인』에 대하여

1. 『회색인』을 보는 관점   184
2. 전쟁, 성장의 좌절   187
3. 분단, 사회의 미성숙   194
4. 전통, 민족의 발견   201
5. 미성숙 속의 회색인   208

근대 지식인의 고전 읽기   211
최인훈의 패러디 소설에 대하여

1. 최인훈 소설과 패러디   211
2. 고전의 패러디와 '역사적 상상력'   214
3. 두 사람의 구보와 '행복'의 의미   222
4. 역사에 대한 자의식과 소설의 자리   229

1970년대 후반 '악한 소설'의 성격　231

1. 악한 소설의 개념　231
2. 악인형 인물의 성격　234
3. 도시의 윤리와 생존의 논리　239
4. 비극적 결말과 상실의 이미지　248
5. 시대에 대한 낭만적 충동　256

사실의 의지와 이념의 불만　258
김원일의 『불의 제전』 연구

1. 들어가는 말　258
2. 기억, 멀수록 선명해지는 과거　261
3. 이념, 철지난 좌익들의 마을　267
4. 분단, 갈등 없는 전쟁　274
5. 나오는 말　278

3부/

근대 신화와 전체주의에 대한 향수　283

1. 오래된 이름을 불러내는 정서　283
2. 위인전이라는 형식　287
3. 근대화 시대 영웅의 형상　293
4. 민주주의에 대한 불안과 전체주의에 대한 향수　298

국가주의 신화와 문학　300

1. 국가주의, 월드컵과 영화 〈한반도〉　300
2. 정체성의 허울, 타자 배제의 논리　303
3. 고구려, 민족 이전의 역사—김진명 작 『신의 죽음』　307
4. 일본, 미래를 향한 피해의식—무라카미 류 작 『반도에서 나가라』　313

근대성 논쟁과 민족문학　319
논쟁으로 보는 90년대 문학

1. 90년대 비평 논쟁의 성격　319
2. 민족문학과 모더니즘(96~97)　323
3. 근대성과 모더니즘(2001~2003)　333
4. 민족문학 · 리얼리즘의 향방　340

장돌림들의 초상   342
1. 『객주』를 보는 관점   342
2. 다양한 민초들의 역사   344
3. 파노라마적 사건 구성   350
4. 맺음말   355

사람의 창으로 본 세상의 길   356
이문구 산문집 『나는 남에게 누구인가』
1. 산문이 가진 미덕   356
2. 이문구가 본 사람들   359
3. 세상을 보는 다른 시선   363
4. 이문구를 읽는 재미   367

4부/

잡지의 서적 광고를 통해 본 근대   371
『청춘』과 『개벽』을 중심으로
1. 연구의 방향   371
2. 근대 제도로서의 광고   374
3. 서적 광고에 드러난 근대의 내면화   384
4. 맺음말   399

철도와 일상으로 본 근대   401
이기영 장편소설 『新開地』 연구
1. 『신개지』의 위치   401
2. 식민지화의 진행과 농촌의 재편   403
3. 전통 윤리의 강조와 일상의 표현   409
4. 현실의 악화와 긍정적 주인공의 역할   414
5. 맺음말   420

노동소설의 선장소설적 성격   422
1. 잊혀진 소설   422
2. 노동소설 평가의 과거와 현재   424
3. 노동소설의 성장소설적 서사   428
4. 맺음말   438

찾아보기   441

1
부

『백민』과 민족문학
한국문단의 민족주의에 대한 고찰 1

모윤숙과 왜곡된 여성
한국문단의 민족주의에 대한 고찰 2

순수문학론의 세 층위
김동리와 순수문학 1

순수와 비순수의 이분법
김동리와 순수문학 2

해방 후 순수 문단과 세계문학
김동리와 순수문학 3

『백민』과 민족문학

한국문단의 민족주의에 대한 고찰 1

1. 연구의 방향

이 글에서 우리는 해방 직후의 유력한 우익 잡지 『白民』을 남한 문단 형성과의 관련 아래에서 살펴보려 한다. 이를 위해 본론에서는 『백민』의 편집 방향과 함께 잡지가 시종일관 주장해온 '민족문학'의 내용과 의의를 중요한 화제로 삼을 것이다. 『백민』의 성격과 '민족문학'에 대한 탐구는 해방기 우익 문단의 논리를 살펴본다는 의미와 함께 1960년대까지 남한 주류 문단의 이론적 배경 또는 이데올로기를 탐구한다는 의미를 갖는다.[1]

---

[1] 해방 당시 '민족문학'을 주장한 이들은 같은 단어를 사용하고 있음에도 불구하고 각기 다른 의미를 표현하고 있다. '민족문학'이라는 개념을 먼저 사용한 쪽은 좌익 측이었다. 이들에게 민족문학은 민족적 형식에 계급적 내용이라는 사회주의 창작방법과 무관하지

해방 직후부터 단독정부가 수립되기까지의 기간이 갖는 문학사적 중요성에 대해서는 새삼스런 강조가 필요 없을 것이다. 새로운 문학을 시작하려는 다양한 시도들이 있었고, 이런 시도들은 어느 시기에도 없었던 활력과 갈등을 낳았다. 그래서인지 이 시기에 대한 연구는 실제 작품보다 비평, 텍스트로서의 비평보다 문단이나 문학운동이라는 제도에 초점을 맞추어 왔던 것도 사실이다. 문단 내의 정치적 대립을 살펴봄으로써 문단 성립의 선과 후, 포섭과 배제를 살펴보는 많은 연구가 축적되었다. 문단과 정치세력의 관계나 문인 개인의 변화와 선택에 대한 연구, '문학건설본부(문건)'로 대표되는 좌익측과 '청년문학가협회(청문협)'로 대표되는 우익측 문학의 대립과 갈등을 살펴보는 연구가 대표적이다.

이 경우 문단의 갈등과 대립을 살펴보는 데 빠지지 않고 등장하는 것이 각종 잡지의 생몰에 대한 연구이다. 연구자들에게 해방기 잡지는 문단의 헤게모니를 장악하는 도구, 문인 개인의 영향력을 확대하는 도구로 인식되었기 때문이다. 잡지의 이념이 무엇이었는지, 그 잡지를 움직인 사람들은 누구였는지, 표면에 드러나는 인물들 외에 보이지 않게 잡지 간행과 편집에 관여한 사람은 없었는지 등을 살피는 일이 이 작업에서는 필수적이었다. 이념적으로 대립되는 다른 잡지 또는 다른 잡지의 주체들과 벌인 논쟁을 찾게 된다면 당시의 문단 상황을 이해하는 데 중요한 단서를 잡을 수 있게 된다.

않았다. 이에 비해 우익 측에서 사용한 민족문학은 민족적 전통 또는 민족혼을 강조하는 경향으로 영토와 혈통을 바탕으로 한 민통기 역시의 단일성을 강조했다. 주로 현실적 문제보다는 정신적 측면을 강조하는 경향이 강했다. 물론 우익 측의 '민족문학'도 단일한 개념으로 사용되지는 않았다. 이에 대해서는 본론에서 살펴볼 것이다. 좌우를 떠나 자기 논리의 정당성을 주장하기 위해서는 '민족'이라는 이름을 사용하지 않을 수 없었던 것이 당시 현실이었다는 점은 기억해둘만 하다. 이후 해방기 문학운동에 대해서는 신형기, 『해방 직후의 문학운동론』(화다, 1988), 김윤식, 『해방공간의 내면풍경』(민음사, 1996), 김윤식, 『한국근대문학론사연구』 2(아세아문화사, 1994), 김승환, 『해방공간의 현실주의 문학연구』(일지사, 1991), 김영민, 『한국현대문학비평사』(소명출판, 2000)를 참조하였다.

그러나 당시 잡지가 표현 도구 이상의 역할을 담당했음을 간과해서는 안 된다. 정치 뿐 아니라 문학 판을 새로 짜야 하는 시기에 잡지는 단순한 도구나 수단 이상이었다. 잡지는 당시 문인 등의 생각을 드러내는 중요한 매체였음은 물론 문학 장을 형성하는 데 크게 기여했던 것이다. 또 잡지를 도구로 사용할 만한 무엇이 당시에 '이미' 갖추어져 있었다고 보기도 어렵다. 문학 이념이 갖추어져 있고 작품이 거기에 맞추어 간 것이 문학사가 아니듯 잡지의 역할 역시 작품의 역할과 유사하였다고 보아야 한다. 조금 과장해서 말하자면 대중들에게 문학에 대한 인식을 심어주고 문학과 문학 아닌 것, 문인과 문인 아닌 이들을 구분해준 것이 잡지였다고 할 수 있다.

　문단의 형성과정을 생각할 때도 이러한 관점은 매우 유용하다. 해방기는 기왕에 갖추어진 터전에 문단이라는 이질적인 무엇이 이식된 시기가 아니라 국가(민족국가) 세우기와 문단 만들기가 동시에 진행된 때이다. 당시에는 특별한 준거에 맞추지 않더라도 스스로 만들고 유포한 문학론, 스스로 만들고 유포한 문학작품, 스스로 만들고 출판한 잡지 그 자체가 문단이 될 수 있었다. 따라서 이 시기 문예 잡지는 담론화가 된 무엇을 담아낸 것이 아니라 그 자체로 담론을 생산하고 있었다고 볼 수 있다.[2]

　이렇게 보면 이후 문단의 중심을 차지하게 되는 '청문협' 중심의 민족문학(순수문학)이 남쪽의 정치적 상황에 의해 선택되었다는 기존의 시각은 일면의 타당성에도 불구하고 단편적이라 부르지 않을 수 없다.[3]

---

2) 문단 형성에서 잡지가 중요한 이유는 이를 통해 민족과 전통 그리고 이를 아우르는 민족문학을 만들어 나갈 수 있었기 때문이다. 우리 현실과 꼭 맞는다고 볼 수는 없겠지만 민족의 구성에서 출판이 차지하는 위치를 자세히 분석한 책은 베네딕트 앤더슨의 『상상의 공동체』(윤형숙 역, 나남, 2002)이고 소설의 발생에서 출판의 중요성을 재삼 확인해준 책은 이안 와트의 『소설의 발생』(전철민 역, 열린책들, 1988)이다. 해방기 좌익 측이 무엇보다 인쇄시설 확보를 서둘렀고 우익 측이 좌익 측의 출판 장악에 민감히 반응했던 것도 이와 무관하지 않다.
3) 물론 정치 상황이 결정적이었다는 점을 부정하자는 것은 아니다. 우익문학 내의 논리를 그것 자체로 살피는 일이 중요하다는 사실을 강조하자는 것이다. 참고로 김재용

민족문학(순수문학)은 단순히 정치적 상황에 의해 선택된, 따라서 전투 없이 승리한 문학이 아니라 남쪽 사회 전체에 이념을 제공해 주고 스스로의 담론을 생산해낸 문단 형성의 주체였다고 할 수 있다. 담론 투쟁은 그 자체로 정치적 행위가 될 수밖에 없는 법, '청문협'의 민족문학론(순수문학론)은 좌익 측과의 대결 뿐 아니라 우익 측에서도 헤게모니를 장악하기 위한 담론의 하나로 기능하였다고 볼 수 있다.

이 글에서 『백민』을 통해 확인해 보고자 하는 내용도 위와 관련된다. 주지하다시피 『백민』은 좌우 문인들의 대결이 치열하던 1945~1948년 우익 문학을 대표하는 잡지였고, '청문협'을 비롯한 우익 문인들이 집중적으로 글을 게재했던 잡지이다. 처음에는 종합지로 시작했지만 시간이 지나면서 문학 전문지의 성격으로 변화하였다.[4] 문학 전문지가 되면서는 우익적 성격이 더욱 짙어져 남한 정권의 이념을 노골적으로 드러내는 역할을 담당하기도 했다.

본론에서는 잡지 『백민』에 실린 글들을 통해 당시 우익 문단이 어떻게 자기 논리를 만들어 가는지 그것이 이후 문단의 성립과 분열을 어떻게 예고하고 있는지, 시기별로 살펴나갈 것이다. 두 번째 장에서는 해방기 상황에서 『백민』이 갖는 의미를 살펴보고, 세 번째 장에서는 『백민』이 시종일관 주장한 '민족문학'의 내용을 살필 것이다. 네 번째 장에서는 『백민』의 필자로 자주 참여하던 문인들이 『문예』로 옮겨가는 과정에 대해 다루게 된다.

은 "이 시기 비조신문학가동맹 문학인들은 국가기구의 힘을 빌려 결국 조신문학가동맹을 파괴하는 데 성공하였다고 할 수 있을 것이다"(김재용, 「냉전적 반공주의와 남한 문학인의 고뇌」, 『역사비평』, 1996년 여름, 273면)라고 말한다.

4) 이 점에서 보면 『문예』는 좌우의 대립이 끝나고 난 뒤, 승리한 쪽의 문학을 정비하고 확산하는 역할을 한 잡지였다고 할 수 있다. 이봉범은 『문예』의 역사적 의미에 대해 "단정수립 후 이념대립에 기초한 대타적 동일성을 유지했던 우익 문예 진영이 그 구도가 깨진 이후 나름의 문학주의적 원칙을 가지고 순수문학론의 제도화를 도모했던 매체적 거점"이라고 규정한다.(이봉범, 「잡지 『문예』의 성격과 위상」, 『상허학보』 17집, 2006, 264면)

2. 『백민』이 놓인 자리

1) 창간의 배경과 의미

해방 이후 문단과 출판계에서 선편을 쥔 쪽은 좌익 측이었다. 해방 이전 조직 운동을 했던 경험을 바탕으로 임화, 김남천 등은 해방 다음 날 문학단체의 깃발을 올리는 신속함을 보여주었다. 단체 조직 후 중도 성향의 문인들을 끌어들이는 데 어느 정도 성공을 거두었고 여러 종의 기관지를 제작 출판하였다. 해방 일 년이 지나기 전에 좌익 측 문학 단체는 병립, 통합, 분리가 이루어질 만큼 바쁘게 움직였다. 이에 비해 우익 측은 다분히 '대응'의 의미를 갖는 행동으로 일관하였다. 좌익 측 단체에 대응하는 '유사한' 범주의 단체를 만들어 그들의 뒤를 따랐다.[5]

발간된 잡지의 양도 좌익 측의 그것이 우익 측의 그것에 비해 압도적으로 많았다. 좌익 성향으로 분류되는 대표적인 잡지로는 1945년 11월 발간된 『문화전선』('문건' 기관지)과 같은 해 12월 발간된 『예술운동』('동맹'의 기관지), 1946년 창간된 『문학』('문맹'의 기관지)을 들 수 있다. 이 밖에도 『우리문학』, 『문학평론』, 『적성』, 『예술』, 『인민』 등도 공식적으로는 아니지만 좌익 측의 기관지 역할을 한 잡지들이었다.[6] 지속적으로 출간되어 나름의 영향력을 발휘한 우익 측 잡지는 『백민』과 『문예』, 『신천지』 정도이다. 이 중 『백민』의 의미는 특별하다 할 수 있다. 『문예』와 『신천지』가 단독 정부 수립 후 안정되고 지극히 우호적인 정치 환경 속에서 발간되거나 영향력을 확대한 잡지인데 비해 『백민』은 1945년 12월에 창간되어 치열한 좌우 대립기를 거쳐 1949년까지 지속된 잡지였기 때문이다.

---

5) 이에 대해서는 김승환 · 신형기 · 김영민의 앞의 글 참조
6) 해방기 문예지에 대해서는 졸고, 「해방기의 문예지와 문학운동」(『한국 현대소설의 서사와 형식 연구』, 깊은샘, 2000) 참조

해방기는 현대사에서 잡지가 갖는 정치적 의미가 가장 두드러진 시기였다고 할 수 있다. 이 시기 잡지는 문학이라는 제도, 그 제도가 인정받을 수 있는 장을 형성하는 데 결정적으로 중요한 역할을 했기 때문이다. 사실 무엇이 좋은 문학이고 무엇이 그렇지 못한 문학인가를 개념적으로 구분하는 일은 지극히 어려운 일이다. 그렇다면 중요한 것은 문학이라고 '인정' 받을 수 있는 제도를 갖는 것이다. 해방 이후 이런 제도에 해당하는 것은 문학 단체와 글을 쓸 수 있는 잡지였다. 이를 이해하지 않고서는 해방 이후 유난히 조직 활동이 활발했던 이유, 잡지의 생몰이 그렇게 잦았던 이유를 설명할 수 없다. 부르디외의 말을 빌리면 "유통지폐의 궁극적인 보증을 모든 신용 행위들의 궁극적 보장이 될 중앙은행의 일종인 교환 관계들의 망"[7]에서 확인할 수밖에 없다. 이러한 '중앙은행'의 역할을 담당하는 것이 문단인데, 문단은 곧 문학인들의 조직과 잡지였다. 이후 김송의 회고에서 드러나는 잡지 발간에 대한 도저한 자부심은 당시 잡지의 역할이 얼마나 중요했는가를 다시 확인하게 해준다.[8]

잡지 『백민』은 월간으로 계획하였으나 대부분 격월간으로 발행되었으며 김송이 편집인과 주간을 겸하고 박연희 등이 실무를 맡았다.[9] 초기에는 문학 작품이 매우 빈약한 종합지 내지 정치 지향의 잡지였으나 이후 문예 중심 잡지를 표방하면서 절반 이상의 지면을 문학에 할애하였다. 후기로 갈수록 재정적 어려움이 커져 폐간 직전에는 경무대 일을 보던 김광섭의 도움으로 간신히 유지될 수 있었다. 그러나 이러한 노력으로도 잡지를 발간하지 못하고 『백민』은 심상섭 수산 '중앙문화협

---

7) 피에르 부르디 외, 하태환 역, 『예술의 규칙』, 동문선, 1999, 303~304면.
8) 김송은 「문단의 좌우익 대결과 '백민문학'」(『북한』, 1985.8)에서 좌익문인과 홀로 대결한 『백민』의 역할과 자신의 노력에 대한 자부심을 표나게 드러낸다.
9) 김송은 회고에서 "『白民』의 編輯은 李石薫, 朴淵禧, 柳周鉉, 田炳淳 諸씨가 前後하여 수고했다"고 적고 있다(김송, 「백민」, 『해방문단 20년』, 한국문인협회, 정음사, 1966, 171면).

회'10) 간행의 『문학』(22호)으로 이름을 바꾸게 된다. 1949년 6월호 후기에서 편집인 김송은 "이것이 나로서는 열아홉 번째 쓰는 編輯後記이며, 아마 앞으로 다시 쓸 수 없을 마지막 종결서일지도 모른다"고 쓴다. 실제로 발행처를 '백민문화사'로 한 『백민』은 이때가 마지막이었던 것으로 보인다. 이후 『백민』 20·21호는 김광섭 주간, 김송 편집, 발행처 '중앙문화협회'의 체제로 간행된다. 김송 개인의 노력으로 유지되던 잡지가 김광섭 등의 도움으로 다시 발간되는 것인데, 이 시기에 이르면 '중앙문화협회' 출신 문인들이 잡지의 주요 필자가 된다. 『백민』을 통해 활발한 활동을 보이던 김동리·조지훈·조연현·최태응 등은 이후 글을 싣지 않는다. '청문협' 중심의 문인들은 『문예』로 자리를 옮기기 때문이다. 이렇게 볼 때 『백민』은 1949년 6월 19호를 끝으로 생명을 다한 셈이다.

그렇다면 우리 문학사에서 『백민』이 갖는 의미는 무엇인가. 『백민』이 중요한 까닭은 해방 직후 우익 문인들의 활동을 확인할 수 있는 잡지라는 점 때문이다. 또, 그들이 주장한 '민족문학'론의 성립과 거기에 이르기까지의 혼란스러운 과정을 확인할 수도 있는 잡지라는 점도 의미가 있다. 문학에 대한 유사한 생각을 가진 이들이 주도한 잡지가 아

---

10) '중앙문화협회'는 해방 후 최초로 결성된 우익단체이며 이후 '전조선문필가협회'를 주도한 단체였다. 1945년 9월 18일 결성식을 가진 '중앙문화협회'는 특정한 이데올로기에 기반을 둔 단체라 할 수는 없지만, 구성원들의 성향이나 당시 정치권과의 관계로 볼 때 우익적 성향을 띠고 있었다고 보아야 한다. 출범 당시 해외문학파 출신이 핵심을 이루었는데 주요 위원은 이헌구·김진섭·이하윤·서항석·김광섭·양주동·김환기·박종화·변영로·오상순 등이었다(김영민, 『한국현대문학비평사』, 소명출판, 2000, 19~20면). 이들은 전쟁 중 종군작가단, 전쟁 후 '자유문학가협회'의 주축 멤버가 된다. 안한상은 '문건'이 좌파로 간주된 것이 다분히 '중앙문화협회'의 우편향적 시각 때문이라고 말한다. 처음부터 좌우의 색채를 드러내지 않은 채 좌우합작 노선을 지향했던 '문건'은 우익 단체인 '중앙문화협회'가 생겨남으로서 상대적으로 좌익적 색채를 보이게 되었다는 것이다(안한상, 「해방 직후의 문단 조직과 노선」, 『선청어문』 21집, 1993, 83면). 이들이 활동이 조직적이었는가는 의문이지만 구성원들의 영향력에 비추어 '중앙문화협회'에 대해서는 본격적인 연구가 필요하다.

니라 좌익에 반대하는 우익 문인들이 서로의 차이를 잠시 접어두고 함께 참여한 잡지가 『백민』이었다. 시기적으로 후에 발간된 『문예』가 순수를 표방하여 『현대문학』으로 이어지는 매개 역할을 했다는 점이 중요하고,[11] 『신천지』가 권력을 잡은 우익의 이데올로기를 드러내는 잡지로서 중요한 의미를 갖는 것과는 크게 대비된다.

2) 창간호의 성격

『백민』이 내세운 것은 처음부터 끝까지 '민족'이었다. 발행인 김송의 회고에 따르면 잡지의 제호도 '白衣民族'에서 착안하였다고 한다.[12] 이미 많이 지적되었듯이 이 시기 '민족'의 강조는 순수한 의미로 받아들이기 어렵다. 민족의 호출은 '계급'이라는 패러다임을 다분히 의식할 수밖에 없는 상황이었기 때문이다.

> 階級이 없는 民族의 平等과 全世界人類의 평화를 위해 이 땅의 文化는 自由스러이 發展해야 할 것이며 그것을 달성키 위해 『白民』이 微力이나마 피나 살이 되기를 바라면서 創刊號를 보내는 것입니다.[13]

평등과 자유를 공동의 가치로 삼아 민족과 세계 인류의 평화를 위해 공헌하자는, 창간사로서는 원칙적이고 평범한 내용이다. 이념에 대한 편견을 발견하기 어려울 정도로 당시의 민족적 과제를 포괄적으로 수용하고 있다. 물론 "계급이 없는 민족의 평등"이라는 말이 의미하는 바

---

11) 『문예』의 역할과 사적 의미에 대해서는 이봉범의 앞의 글 참조
12) "『白民』은 白衣民族을 줄여서 붙인 表題이고, 또한 倍達民族을 상징한 標題였다. 그래서 第一號의 表紙畵는 배달의 傳說이 깃든 白頭山 天池를 넣었던 것이다"(김송, 앞의 글, 168면).
13) 「창간사」, 『백민』 창간호, 1945년 12월, 3면.

가 무엇인지 알기 어렵다는 점이 눈에 띠기는 한다. 민족을 계급과 대립시키고 있다는 점은 평등을 위해 계급을 내세우는 다른 쪽의 논리와 분명히 거리가 있다. 엄연히 존재하는 계급 불평등을 고민하는 입장과 달리 계급의 강조가 평등해야 할 민족 구성원 사이에 분열을 불러온다는 우려를 앞세운다. 민족으로 묶을 수 있는 공동체의 개개인을 '평등' 한 것으로 본다는 점은 이후 『백민』에 실린 글들에 자주 드러나는 인식이기도 하다.

권말에는 '데모크라시'에 대한 정의가 실려 있다. 서구에서 수입된 용어를 일반인들이 이해하기 쉽게 풀어주려는 의도로 보인다. 이 글은 데모크라시를 민주주의 혹은 민본주의라 부를 수 있다고 하고, 그 기원과 역사에 대해 간단히 설명하고 있다. 그리고 '현재 요구하는' 진보적 민주주의의 성격에 대해 네 가지 정도로 정리하고 있다. 그 내용은 토지는 농민에게 주라, 일절의 대기업은 국영으로 하라, 무산자의 생활을 안정케 하라, 언론집회의 자유를 보장하라 등이다.[14] 경제적·정치적 평등을 요구하고 언론의 자유를 주장하는 '공산주의자'들의 주장과 크게 다르지 않다. 대표적인 민족(우익) 잡지로 분류되는 『백민』에 실리기에 적절한 내용인지 의아스럽기도 하다. 그러나 당시의 분위기에서 데모크라시에 대한 이러한 요구는 단지 '공산주의자' 들의 선전 문구에 그쳤던 것이 아니라 해방 후 우리 사회의 진로에 대한 일반 대중들의 일정한 '합의'를 반영한 것이었다고 할 수 있다.[15] 후기로 가면 적어지기는 하지만 단정 수립 이전 『백민』은 다양한 인민적 목소리를 여과 없

---

14) 「데모크라시」, 위의 책, 50면.
15) 미군정기 남측 일반인들의 체제 선호도는 다분히 사회주의 지향적이었다. 서중석에 따르면 "일반대중의 반자본주의 정서는 다른 데도 아닌 미군정의 여론조사에 잘 드러나 있다. 자본주의체제를 원한다는 응답자가 전체의 14%인 1,189명이고, 공산주의체제를 택한 사람들은 7%인 574명이었는데, 사회주의체제를 선호한 사람은 6,237명으로 전체 응답자의 70%나 되었다"고 한다.(서중석, 「국가이데올로기의 등장과 일민주의의 모색」, 『이승만과 정치이데올로기』, 2005, 역사비평사)

이 싣기도 하였다.

그렇다고 『백민』이 편집 방향이 당시 현실의 다양한 논의를 편견 없이 수용하는 쪽이었다고 볼 수는 없다. 잡지에 실린 각각의 글이 갖는 성격과 무관하게 실제 잡지의 편집을 살펴보면 이 잡지가 지향한 바가 한쪽에 기울어 있었음을 확인할 수 있다. 좋은 예가 창간호의 특집이다. 특집은 "解放後 指導者의 獅子吼"라는 이름으로 당시 '민족지도자'의 글을 모아 꾸며졌다. 순서대로 이승만의 「全國民은 統一하자」라는 연설문, 「朝鮮人民共和國發足」과 관련된 여운형의 연설, 박헌영의 「朝鮮共産黨檄文」, 안재홍의 「新民主主義論」이 실렸다. 특별히 청탁해서 글을 받은 것이 아니라 당시 정치적으로 의미 있는 글들을 모아 재수록한 것이다. 목차만으로 보면 나름대로 정치적인 균형을 이루려 노력했다고 볼 수도 있다. 그러나 주목할 점은 편집의 형식이다. 목차에는 이승만, 여운형, 박헌영, 안재홍의 글이 순서대로 배치되어 있다. 제목 활자는 이승만의 「전국민은 통일하라」가 크게 뽑혔고 다른 글에 부제가 달린 것과 달리 부제가 병기되어 있지 않다. 본문에도 '전국민은 통일하자'라는 제목을 큰 활자로 뽑았고 사진까지 함께 실었다. 부제는 '이승만 선생귀국제일성'이다. 여기서 선생이라는 호칭은 다른 부제에서 여운형과 안재홍을 '씨'라 칭한 것과 대비를 이룬다. 「조선공산당격문」의 경우 목차에는 박헌영이라는 이름이 병기되었지만 실제 본문에는 이름이 빠져있고 제목 활자도 이승만 글의 부제만한 크기로 일단 처리되어 있다. 거기에 특집 앞에 실린 첫 번째 글 역시 특정 정치 세력에 대한 우호적 태도를 심삭하게 한다. 「世界에 聲明하는 三千萬의 總意」라는 세목의 글이 창간호 가장 앞에 실렸는데(창간사는 목차와 함께 첫 장에 실려 있다) '독립촉성중앙협의회'의 회합 장면을 소개하고 거기서 발표된 '李博士 起草決議書' 전문이 실려 있다. 삼천만의 총의라는 이름을 걸고 일개 협의회를 소개하는 글을 실었다는 점에서 『백민』의 정치적 성향이 어느 쪽에 기울어 있었는지를 짐작할 수 있다.

특집을 제외하고 창간호에는 제호 '백민'에 어울리게 민족이나 전통과 연관된 글들이 다수 실렸다. 신채호의 「大壇君王儉의 建國」과 「史話 藝術家 率居」(윤승한), 연재소설 「乙支文德」(신정언)이 여기에 해당한다. 이밖에도 표지 뒷장에 '명작시조선'이라는 이름으로 을지문덕·남이장군·김종서 등의 시조가 실려 있다. 본격적인 문학작품으로는 김송의 소설 「萬歲」가 실렸다. 해방 이전 억압받던 현실과 해방의 감격을 그리고 있는 소설이지만 작품성의 측면에서는 부족함이 많다. 해방의 감격을 그대로 드러내는 수준의 소설이라고 할 수 있다.

잡지의 발행인이자 편집인기도 했던 김송은 『백민』 3호에도 「인경아 우러라」라는 소설을 발표한다. 이 소설은 당시의 상황을 강신행이라는 인물을 중심으로 그리고 있다. 해방의 기쁨과 공장에서 노동자의 권리를 찾은 일, 인공과 임정파로 나뉘어 논쟁한 일 등이 나열된다. 신탁통치안이 알려지자 주인공 신행이 보신각에 들어가 종을 울린다는 내용으로 마무리된다. 신탁통치 반대, 조선의 완전 독립이 주제인 셈이다.

다음은 불란서 혁명을 프롤레타리아 입장에서 분석하고 있는 글이다.

> 이리하여 불란서 혁명은 직공과 농민대중 희생으로 상공부르죠아지의 해방을 원조하고도 그 밑에 지배되야 그들의 자본주의사회건설의 역할을 했었다. 불란서 혁명의 전목표 자유, 평등, 동포애는 이를테면 부르죠아의 착취와 폭리를 위해서 맨들어진 법률이었다.
> 현재 자본주의 조직이 푸로레타리아 농민의 손에 依하야 변혁의 과정에 있으며 일부엔 이미 무너진 나라도 있다 여기서 우리는 불란서 혁명이 철저하지 못했든 것을 발견한 것이다. 우리의 갈 길은? 결코 허방다리여서는 안 될 것이다.16)

이 시기는 미소 공동위원회가 시작되었고, 찬탁과 반탁의 대립이 격화되던 때이다. 이 시기에도 글의 성격은 자본주의에 대한 우호 일색은

---

16) 박문철, 「불란서 혁명과 우리의 정치 노선」, 『백민』 3호, 1946.4, 9면.

아니었다. 앞서 언급한 대로 이러한 글이 『백민』의 성격을 규정한다고 보기는 어렵지만 당시의 분위기와 소위 '우익'을 지지하던 세력들의 현실 인식 혹은 지향성을 엿볼 수 있는 간접 자료로서의 역할을 할 만하다. 3호에는 비교적 긴 분량으로 유물론에 대한 설명도 실려 있다. 유물론에 대한 판단은 두드러지게 드러나 있지 않고 학문적인 설명의 성격을 띠고 있다. 노동과 자본의 관계, 생산력과 생산관계 그리고 마르크스 등에 대해 비교적 상세히 설명하고 있다. 역시 같은 맥락에서 이해할 수 있다.

이상에서 살펴보았듯이 창간 당시 『백민』은 정치적 현실을 다룬 글이나 민족의 전통과 관계된 글을 주로 싣는 종합지였다. 편집으로 보아 정치적으로 우익(특히 이승만 노선)에 기운 잡지였음에도 불구하고 다양한 현실의 논의들을 소개하기도 하였다. 단정 수립 후에는 좌익 측 입장으로 판단되어 분명한 논박의 대상이 되었을 글들이 초기 『백민』에는 다수 실려 있다.[17] 이는 『백민』이 특별히 수용적인 잡지였기 때문이기 보다는 당시의 시대 상황을 반영한 결과라고 할 수 있으며, 『백민』 스스로 자신을 내세울만한 필자와 주장을 미처 갖추고 있지 못했기 때문이라고 볼 수 있다. 이런 초기의 모습은 고정 필자들, 특히 문인들이 참여하면서 차츰 방향을 잡아가게 된다.

---

17) 단정 수립 자체를 문학적 상황 변화의 분명한 시기로 삼을 수는 없다. 자유로운 분위기가 급격히 냉각된 시기는 여순사건에 이은 국가보안법 제정 등이 이루어진 1948년 말부터였다고 할 수 있다(김재용, 앞의 글, 270면과 정병준, 『한국전쟁』(돌베개, 2006) 참조).

3. 『백민』의 민족문학

비록 개인의 노력에 의해 창간되고 운영되는 경우라 하더라도 잡지의 성격은 주요 필자들의 성격에 의해 정해진다. 『백민』의 경우도 크게 다르지 않아서, 우익 문인들이 본격적으로 필자로 참여하면서 잡지의 성격은 분명해져 갔다. 문학과 관련이 비교적 적은 글들이 다양한 관점을 유지하고 있었는데 비해 문학 관련 글들은 '계급'을 지양하고 '민족'을 강조하는 일관된 입장을 보였다. 정치적 의미의 민족이 강조되는 경우와 함께 '민족문학' 안에서의 민족이 강조되는 경우도 많았다.[18]

『백민』이 주장한 민족문학은 다분히 좌익 측 '계급문학'에 대한 대타 개념의 성격이 짙었다. 그러나 이러한 성격도 초반부터 강하게 드러났다고 보기는 어렵다. 대결의식은 잠재해 있었겠지만 초기에는 좌우의 통일과 민족의 해방이라는 대의를 앞세우는 경향을 보였다. 『백민』 초기의 글을 통해 확인되지만 좌익 측의 논리가 가진 대중적 설득력과 현실적 힘을 완전히 무시할 수 없었던 조건이 어느 정도 영향을 준 것으로 보인다. 계급적 관점을 군이 이야기하기보다는 분열 자체를 문제 삼는 경향을 보여준다. 이러한 흐름이 큰 변화를 겪게 되는 시기는 정치적으로는 신탁통치 문제, 문단사적으로는 '응향 사건'을 겪게 되면서이다. 좌익 측의 '표변'에 대한 우익 측의 공격과 함께 응향 사건에 대한 우익 문인들의 궐기는 계급문학을 본격적으로 공격하는 계기가 된다. 이 시기를 지나면서 문단에서는 좌와 우 그리고 민족과 계급의 대립이 본격화되기 시작한다.

---

18) 당시 발행인은 함께 활동했던 우익 측 문인들을 『백민』의 '동인'으로 회고하기도 한다. "백철·이헌구·김동리·김광주·최태응·조연현·조지훈·정비석·최정희·임옥인·김광섭·손소희·서정주·곽종원 등이 『백민』의 동인이었다"(김송, 「백민시대」, 『한국문단이면사』, 깊은샘, 1999, 333면).

1) 민족과 계급

좌익에 대한 공격적인 글이 본격적으로 등장하는 것은 5호(1946년 10월) 부터이지만 『백민』에는 여전히 이념적 편차가 큰 글들이 실린다. 좌우의 대립이 첨예하게 드러나기 이전 갈등을 아우르는 명분은 완전한 해방, 통일, 좌우 합작 등이었다. 이는 각각의 글들이 가진 다양한 성격을 넘어 잡지가 표면적으로 내세우는 주장이기도 했다. 물론 합작의 명분은 '민족'이라는 당위에 있었다. 혈연과 지연 그리고 문화 공동체로서의 민족은 해방, 통일, 좌우 합작을 당연한 것으로 이끄는 전제였다.

1946년 후반에서 1947년 『백민』으로 한정해 볼 때, 좌익에 대한 평가나 태도에서 정치적 발언과 문학적 발언 사이에는 현저한 차이가 존재한다. 민족을 강조하는 경우에도 그 의도나 강조점은 같지 않았다. 이시기 『백민』에 실린 정치적인 글들은 민족을 강조하고 있지만 그 강조는 좌익 측에 대한 비판이나 배제보다는 좌우 합작이나 독립 문제로 이어지고 있다.[19] 그러나 문학과 관련된 글에서 '민족'은 좌익문학과의 대결을 의미했다. 좌익문학이 정치에 종속되어 있고 잘못된 정치 이념을 따르고 있다는 관점이 지배적이었다.

『백민』 5호와 6호(1947년 1월)의 권두언은 『백민』의 당시 주장을 확인할 수 있는 글이다. 제5호의 권두언인 「食糧解決과 獨立戰取」의 경우 좌익 측에 호의적이라는 어떤 증거도 찾을 수는 없지만 독립, 통일, 좌우합작이라는 명분에서 크게 벗어나지도 않는다. 완전 독립을 이루지 못한 현재 상황을 개탄하고 독립 이전에 식량 부족으로 고생하고 있는 현실을 해결해 줄 것을 정치에 요구하고 있다. 38선을 허물고 통일을 이룰 것을 기대하며 정치가들을 향해 "진실로 조선을 사랑하고 민족의

---

19) 물론 합작이나 독립이 우익 정치인들이 내세운 현실 타개책이었다는 점 역시 분명하다. 초기 독립의 문제가 단정 수립으로 이어진 것이 해방기 정치의 전개과정이었다. 이승만의 '정읍 발언'은 전환을 이루는 사건이 된다.

참된 지도자가 되려거든 먼저 정치야욕과 사리사욕을 버리고 겸허한 마음으로 합작 제휴해"20)줄 것을 요구하고 있다. 제휴의 중심에 '민족'이 놓이는 것은 사실이지만 좌우 한쪽을 향한 적대적 목소리는 두드러지지 않는다. 제6호 서두에 실린 「本誌의 題號에 대하야」는 '백민'이라는 제호를 지은 까닭을 설명하는 글이다. 이 글에도 민족적 입장에서의 좌우 합작 주장은 빠지지 않는다. "허나 衣食住를 비롯하여 文化와 傳統은 한아버님의 子孫인 白衣民族 −高潔 溫純 平和를 사랑하는 三千萬의 念願은 오로지 左右의 合作에 있다. 모든 愛國的政治指導者들이 左右南北의 合作統一로써 自主的인 國家를 세우고 이 江山에 平和의 봄이 오기를 渴望하며 苦待하고 있다"21)는 것이 글의 핵심이다. 물론 여기서 이들의 생각이 중립적이라거나 바람직한 합작의 방향이었다거나 하는 사실을 확인하자는 것은 아니다. 자기의 입장을 가지고 있다고 하더라도 그것을 드러내는 명분이 상대방에 대한 배제가 아니라 아우르려는 외양을 하고 있다는 점만을 일단 주목한다. 정치적 판단의 문제는 신념의 차원이기도 하지만 사회적 분위기와도 무관할 수 없기 때문이다. 취향의 문제가 아니라 사회적 인정의 문제이다. 이어지는 권두언은 「獨立至上 左右合同하라!」(仁旺居士)라는 제목의 글이다. 역시 독립과 좌우합작을 위한 노력을 역설하고 있다.

해방기 대표적 논객이었던 김동리의 글이 『백민』에 처음으로 실린 것은 5호에 와서이다. 「左右間의 左右」라는 짧은 글인데, 흥미로운 것은 이 글이 공격적이기 보다 좌우 합작을 이야기하는 완곡한 주장을 담고 있다는 점이다. 좌우 구별 자체를 의심하고 좌우간 우선 뭉쳐야 한다는 주장을 앞세운다. 김동리는 좌우를 나누는 기준이 무엇인지에 의문을 제기하고 기준이 엄격하지 않을 뿐 아니라 필요에 의해 '左右間' 나눈 듯하다고 의문을 제기한다. 따라서 좌우를 다른 말로 바꾸어도 문

---

20) 「식량해결과 독립문제」, 『백민』 5호, 5면.
21) 편집국원, 「본지의 제호에 대하여」, 『백민』 6호, 3면.

제가 없을 것이라고도 한다. 문학과 관련된 논쟁적인 글들과 비교하면 긴장감이 떨어지는 느슨한 글이다. "오늘 날 朝鮮의 政治的 社會的 文化的 經濟的 傾向流波를 規定하는 範疇로서 左右的 概念을 利用하려는 것은 淺薄하고 無謀하고 不純한 謀略이다"[22]라는 주장은 좌우익을 나누는 것에 대한 반대이고 "左右間 그 目的이 獨立과 解放에만 있다면 우리는 서로 感情的 對立을 버리고 互讓寬容의 길을 擇해야 한다"[23]는 주장은 '左右間' 뭉쳐야 한다는 단순한 내용이다. '좌우'라는 단어를 가지고 말장난을 하고 있다는 인상마저 준다.

김동리의 이런 소박한 접근은 정치를 대하는 태도와 문학을 대하는 태도의 근본적 차이에서 비롯된다. 김동리가 스스로 순수하다고 주장할 수 있는 영역은 문학이었고, 정치의 영역은 그와 달랐던 것이다. 정치가 삶의 문제였다면 문학은 그에게 종교나 철학과도 교통할 수 있는 현실과는 다른 차원의 영역에 속했다. 이런 관점에서 문학에 대한 날카로움과 정치에 대한 범박한 합작론이 이해되고 설명될 수 있다. 사실, 그가 좌익문학을 비판할 때는 정치와 문학의 관계에 초점을 맞추었을 뿐 정치 자체에 대해서는 목소리를 높이지 않았다. 이는 김동리를 비롯한 '청문협' 문인들에게 매우 중요한 문제인데, 그들이 문학이 정치적 승리자의 그것을 단순히 따르지 않게 되는 결과와 이어지기 때문이다. 물론 그 결과는 순수라는 상징권력으로 이어진다.[24] 이들에게는 주어진 체제 안에서 문학이라는 상징권력을 가지는 것이 더 중요한 문제였다. 또 문학 안에서의 순수를 지킨다면 문학 외의 실제 정치는 순수와 다른 차원에서 사고하고 행동할 수 있는 영역이 될 수 있다. 이렇게 될 때 삭가의 정치적 행동과 문학의 순수는 조금도 괴리되지 않는 영역이 된다.[25]

---

22) 김동리, 「좌우간의 좌우」, 『백민』 5호, 22면.
23) 위의 글, 22면.
24) 상징권력에 대해서는 부르디외의 『예술의 규칙』(동문선, 1999) 참조. 부르디외는 아방가르드의 상징권력에 대해 말하고 있지만, 우리 문학사의 경우 순수(민족)문학론에 적용하는 것에 별 무리가 없다고 생각한다.

앞서 말했듯 정치보다 문학 영역에서 좌우의 분리가 보다 분명했던 현상은 김동리에 한정되는 문제는 아니었다. 이후 조지훈·조연현·최태응 등『백민』의 주요 필자들에게서 공통적으로 나타나는 현상이었다. 단정 이전으로 한정하자면『백민』에 실린 글들은 정치 문제에 있어서는 비교적 타협적이고 중도적인 '포즈'를 취하지만 문학과 관련되면 좌익문학은 문학 아닌 것, 노예의 문학, 계급의 이해에만 봉사하는 것으로 폄하되고 비판된다.26) 이 경우 좌익문학과 우익문학은 공존하여 서로 교통해야 하는 것이 아니라 올바른 문학과 그렇지 않은 문학으로 나누어지고 만다.

좌익 측 문학을 본격적으로 언급한 최초의 글은 주기순의「문학과 정치」이다. 이 글은 문학과 정치의 연관성을 긍정하고 좌익 측에 의해 주도된 해방 이후 일 년 동안의 문단을 돌아보고 있다. 이 시기『백민』의 다른 글들이 좌우 합작을 내세우는 데 비해 이 글은 합작이 사실은 요원한 일임을 인정하고 민족의 독립을 최우선으로 해야 한다고 주장한다. 반탁에서 찬탁으로 돌아선 좌익과 그들을 추종하는 좌익 문인들에 대한 비판이 전제되어 있는 듯하다. 해방 후 언론과 출판을 장악한 좌익의 의도를 밝히고 그럼에도 불구하고 민족의 전통을 고수하려 노력한 우익의 노력에 대해서 높이 평가하고 있다. 이와 같은 현실 파악과 민족과 전통에 대한 강조는 계급 이해를 강조한 좌익들에 대항한 우익 논리의 전형을 보여준다고 할 수 있다.

한 民族에 있어 文化가 있고 傳統이 있는 이상 그 文化的 傳統을 포기하고

---

25) 김동리 문학과 현실 정치의 문제에 대해서는 졸고,「김동리 순수문학론의 세 층위」(『상허학보』 15집, 2005), 류찬열,「문학의 권력화와 정전화에 대한 성찰과 반성」(『한국문학권력의 계보』, 한국출판마케팅연구소, 2004) 참조.
26) 다음 장에서 살펴보겠지만 단정 수립 이후 김광섭·이헌구 등 '중앙문화협회' 출신 문인들의 글은 노골적으로 정치 지향성을 보인다. 좌익문학에 대항할 때는 우익이 하나인 것처럼 보였지만 상대방이 사라지자 '민족문학' 진영의 다른 목소리가 분명해진다는 것이 이 글의 관점이다.

생책이로 他國文化를 呼吸하려는 것은 밥 대신 팡 生活을 强要하는 것과 다름이 없으며 물에서 뭍으로 나온 고기와 같이 모양이 사무랍지 않을까?

今日朝鮮民族의 當面한 問題는(親蘇親美도 不可避한 일이나) 朝鮮民族本然한 魂을 찾고 民族性을 强調하고 三千萬이 굳게 團合하야 獨立을 찾는데 있다. 文學에 있어서도 政治家와 同一路線에서 나라를 찾아야만 할 것이니 朝鮮의 얼을 無視한다면 그것은 民族性을 破裂하고 獨立 대신에 依他를 讚美하는 外國 狂信症이 아니고 무엇이랴![27]

위 글은 좌와 우를 구분하고 좌는 외래적인 것으로 우는 전통적인 것으로 나누는 이분법을 적용하고 있다. '조선의 얼', '민족성'이 독립과 연관된 긍정적인 의미를 띠고 있다면 '타국문화', '의타 찬미'는 부정적 의미를 갖고 있다. 이후 "朝鮮의 自主獨立은 三千萬의 念願이며 全民族의 至上命令이었고 反託 역시 三千萬의 自然發生的 소리였다"[28]는 주장이 이어지는 것으로 볼 때 독립을 저해하는 부정적 세력으로 무엇을 생각하고 있는지 분명해진다.

조선민족이 잃어버렸던 것을 다시 찾는 부흥운동에서 새로운 문학이 출발해야 한다고 주장하는 함대훈의 글도 민족 전통을 강조하며 자연스럽게 계급의 강조를 부정하는 글이다. 이 글은 민족의 독립 이전에 계급 없는 사회를 논하는 것에 대해 반대한다. "階級 없는 社會를 論하기 전에 國土 찾는 民族이 되어야 할 것"[29]이라 주장한다. 민족의 자립 없이 독립 국가의 백성이라 할 수 없고 국기 없는 민족은 유랑민일 따름이라고 한다. 좌우가 무조건 통합해야 한다는 주장만큼 민족의 독립을 주장하는 목소리 역시 감징직이다. 어띤 빙법으로 독립하느냐가 어띤 형태의 국가를 건설하느냐의 문제와 무관할 수 없다는 점을 생각할 때 특별한 입장 없이 독립 문제에 접근해서는 문제가 해결될 수는 없다. '민족혼'도

---

27) 朱基淳, 「文學과 政治」, 『백민』 5호, 18면.
28) 위의 글, 19면.
29) 함대훈, 「作家의 當面 問題」, 『백민』 6호, 24면.

강조하고 있는데, 그것의 구체적인 내용에 대해서는 언급이 없다.

　위 두 글에서 확인한 전통의 강조는 사실 정치적인 관심에서 한 발 물러서는 결과를 낳을 수밖에 없다. 정치는 현재와 미래의 문제이지 과거의 문제가 아니기 때문이다. 그것이 정치철학적 문제가 아닌 실천의 문제일 경우 더욱 그렇다. 근대 정치의 문제를 체제의 문제로 본다면 문화의 강조를 체제의 문제로 연결시키기는 쉽지 않다. 민주주의라는 것이 외래의 것임에도 불구하고 좌익을 외래의 것으로 우익을 전통적인 것으로 구분하는 것도 적절해 보이지는 않는다. 민족의 강조는 계급에 대한 반대였다고 할 수 있다. 민족을 강조하는 글들은 계급을 강조하면 통일에서 멀어지고 민족의 전통을 강조하면 통일에 조금이나마 가까이 다가갈 수 있을 것 같은 뉘앙스를 풍긴다.

　방준원의 「이태준론」(『백민』 5호)은 해방 후 이태준의 정치 행위에 대한 불만을 노골적으로 드러내고 있는 글이다. 현재에 대한 비판이 과거 이태준 문학의 패배주의로까지 거슬러 올라간다. 「문학과 정치」의 경우도 그렇지만 문단을 장악한 '문건'에 대한 우익 측의 감정이 드러나기도 한다. 최태응의 「1946年度의 創作界」(『백민』 6호)는 창작평이라기 보다 당의문학에 대한 순수문학의 공격이라 보아도 좋을 글이다. 순수문학, 민족문학에 대해 좌익 측은 자신들에게 일제시대의 순수 탈을 씌우려 한다고 말하고 지금의 순수는 일제시대의 그것과 질적으로 다른 수 세기 동안 내려온 '순수문학의 정통'이라고 주장한다. 계급주의에 대해서는 전 민족의 전도가 의심스러운 이때에 한 계급의 이해에만 혈안이 되어 있다고 비판한다. 계급주의 문학은 이런 분위기에서 사리사욕의 터를 닦고 있다고 하여 "全民族의 前途가 暗澹해짐을 느낄 때, 이때에도 어느 한 階級의 利害에만 血眼이 되어 根本인 즉 私利私慾의 터를 닦기에 全力을 다해야 하는 것인가"[30]라고 반문한다. 몰이해에서 비롯

---

30) 『백민』 6호, 61면.

된 것인지 과도한 목적의식에서 비롯된 것인지 알기 어렵지만 계급문학에 대한 노골적인 비난으로 일관하고 있다.

2) 민족문학과 경향문학

1947년 3월 『백민』은 민족문학 특집호로 발간되는데, 이 특집은 『백민』의 성격 변화에서 중요한 의미를 갖는다. 문학으로 특집을 꾸몄다는 점,[31] 계급문학에 대비되는 민족문학의 색깔을 분명히 했다는 점, 주요 필진으로 '청문협' 멤버들이 대거 참여하게 되었다는 점이 그것이다. 특집에 참여한 필자는 소설에 김동인 · 정비석 · 김영수 · 박영준 · 최태응 · 진우촌 · 유호 · 김송 · 계용묵 · 김동리 · 정인택이고 평론에는 박종화 · 백철 · 조지훈이 시에는 김안서 · 임병철 · 박두진 · 이흡 · 허윤석 · 박목월 · 김용호 · 유치환 · 서정주가 참여했다. 소설에 김동인과 시에 김안서, 평론에 박종화가 앞에 놓인 것을 문단 원로에 대한 예우로 생각한다면, 특집의 중심은 소설에 김동리와 최태응 평론에 조지훈 시에 박두진, 박목월, 유치환, 서정주라 할 수 있다. 특집 후 약 1년 동안 『백민』에서는 '청문협' 멤버들의 '빛나는' 활동이 이루어진다. 이 시기 『백민』은 본격적인 문예중심 잡지라는 이름에 어울리는 편집을 보일 뿐 아니라, 경향문학 또는 계급문학에 대비되는 민족문학(순수문학)의 성격도 뚜렷이 한다.

이들 중 시인 소지훈이 시를 게재하지 않고 비평문을 실을 것이 눈에 띠는 부분이다. 대표적인 우익 논객이라 할 수 있는 김동리는 소설로 참여했고, 조연현의 글은 실리지 않았다. 특집에 실린 조지훈의 「순수

---

31) 특집 외에 영화 시나리오(최영수, 「청춘」)와 사화(윤승한, 「나당문학가최고운」), 번역문(에드가 스노우, 「미소는 싸울 것인가?」)이 실렸지만 특집에 비해 비중은 거의 없는 글들이다.

시의 지향」은 이후 우익 측 순수문학론의 전개 방향을 짐작하게 해 주는 주목할 만한 글이다. 이 글은 당시 좌우익을 막론하고 논의되던 민족시에 대한 부정으로 시작하여 정치와 무관한 순수시만이 진정한 시가 될 수 있다는 주장으로 마무리된다. 우리 시단의 현실은 시 자체의 완성에 힘을 기울여야 하며 그것이 된 다음에야 민족시든 세계시든 될 수 있다는 것이 그 논거이다. 특히 시가 시로서 가진 바 그 본래의 가치와 사명을 몰각하고 부수적이라 할 수 있는 공리성을 추출하여 확대하고 있는 문학을 경계하는데, 이런 시들은 민족문학이 되기는커녕 정치로 추방되어야 할 것이라 주장한다.

이러한 순수시 주장에는 현실로 존재하는 시적 조류에 대한 구체적인 경계가 포함되어 있다.

그러므로 나는 政治的 두 潮流로써 곧 民族文學의 두 潮流를 삼는 것을 否認한다. 純粹한 詩精神을 지키는 이만이 詩로써 설 것이오 眞實한 民族精神을 지키는 이만이 民族詩를 이룰 것이니 詩를 政治에 파는 傾向詩와 民族의 解體를 目標로 하는 羊頭狗肉의 民族詩인 階級詩의 結託은 도리혀 詩 및 民族詩의 異端이 아닐 수 없다. 時流의 激浪 속에 흔들리지 않는, 변하는 가운데 변하지 않는 永遠히 새로운 것이 詩 本來의 精神이며 이른바 資本主義와 함께 일어나고 그와 함께 사라지는 것이 아니요 언제나 새로운 意義를 가질 수 있는 것이 民族精神이다. 一白步를 讓하야 그들의 論法을 따라도 우리 文化의 現段階는 民族을 統一體로서 思惟하고 高調할 때다.[32]

위 글은 단순히 계급문학에 반대하고 있다기보다는 정치와 '결탁'한 문학을 부정하고 있다. 진실한 민족정신을 살리지 못한다는 의미에서 경향시와 계급시는 동시에 공격의 대상이 된다. 두 가지 조류의 민족문학을 모두 거부한다고 주장한다. 그런데 실제 구체적으로 확인하게 되면 아무래도 계급을 내세우는 시에 대한 비판에 주력하고 있음을 알 수

---

32) 조지훈, 「순수시의 지향」, 『백민』 2권 3호, 167면.

있다. "우리 文化의 現段階는 民族을 統一體로서 思惟하고 高調할 때"라는 주장은 통일체로서의 민족을 거부한다는 공격을 당했던 계급문학을 겨눈 것이라 할 수 있다. 다른 글에서도 순수문학은 그들이 역선전하는 사회성과 절연을 기도하는 것이 아니며, "政黨主義에 反抗함으로써 文學의 獨自性擁護를 그 主眼으로 삼는 것이며 日帝封建國粹에 대한 反立으로만 서는 것이 아니라 唯物史觀에 對하여까지 反立으로써 出發"[33]한다고 주장한다.

정치와 거리를 두는 '순수성'의 내용을 판단하는 핵심은 정치를 내세우는 문학이 부정되는 것인가, 문학이 다루는 정치의 내용이 부정되는 것인가에 있다. 이는 곧 문학이 정치와의 관계를 끊는 것을 명분으로 하는지 아니면 경향이 다른 정치 노선을 선택한 문학을 부정적으로 보는 것인지의 문제이다. 위 글의 경우는 정치와 관계된 문학 전반에 대한 부정적 시각을 드러낸 것이라 볼 수 있다. 계급문학에 대한 비판과 함께 민족을 내세운 다른 경향시에 대해서도 나름대로 비판적 견해를 드러내고 있기 때문이다. 그렇더라도 정치적 성향의 양쪽 모두를 비판하는 시각 역시 다른 정치성을 가질 수 있다는 사실을 간과할 수는 없다. 정치적 견해가 노골적으로 드러나는 문학과는 다르겠지만 순수 주장도 체제와는 일정한 관계를 가질 수밖에 없기 때문이다. 단정 수립 이전에는 좌와 우의 문제에 가려 이런 문제들이 잘 드러나지 않았지만 단정 이후에는 '계급'을 반대하는 경향 사이의 차이도 중요한 의미를 갖게 된다.

계급을 내세운 문학에 대한 본격적인 공격은 김동리에 의해 이루어진다. 좌익문학을 공격하는 그의 많은 글이 『백민』 지면을 통해서 발표된다. 사실 김동리는 『백민』의 주요 필자이기도 했다. 1947년과 1948년 사이 총 열 두 번 간행된 잡지에 김동리의 글은 모두 열 차례에 걸쳐

---

33) 조지훈, 「정치주의 문학의 정체」, 『백민』, 48년 5월, 6면.

실린다.34) 발행인 김송을 제외하고 이런 경우는 찾아볼 수 없다. 그것도 중간에 빠진 호가 있는 것이 아니라 연속해서 십 회나 실린 것이다. 「좌우간의 좌우」라는 글에서 좌우 합작의 당위를 역설하던 그는 일 년이 채 흐르지 않은 시기에 쓴 「文學과 自由의 擁護」를 통해 좌익문학에 대한 통렬한 비판을 내놓는다. 원산에서 벌어진 소위 '응향 사건'에 대한 비판으로 쓰인 이 글은 문학을 침해하는 정치적 요소, 구체적으로는 '북조선예술동맹'의 '시집 『응향』에 대한 결정서'의 내용을 문제 삼고 있다. 소련의 경우와 북조선의 경우를 비교하여 "個性의 自由를 封鎖하는 劃一主義的 機械視 속에만 自由가 있고 人間性이 있다는 蘇聯邦主義者와 및 그 走狗들과 우리와의 사이에는 이미 言語가 通치 않게 되었"35)다고 한다. 소연방주의 문학인이라는 과격한 단어를 써가며 결정서의 내용을 반박하는데 김동리가 보기에 '결정서'의 내용은 두 가지로 요약된다. 첫째는 인생에 대한 회의적 염세적 풍자적 비수(悲愁)적 태도를 버릴 것, 둘째로는 문학은 인민에 복무하여 당의문학이 될 것이 그것이다. 아래 예문은 이 둘에 대한 자신의 생각을 드러낸 부분이다.

  어느 時代의 어떠한 作品이라도 그것이 永遠性을 가질 수 있고 그것이 優秀한 作品이라고 하면 거기는 반드시 懷疑的이요 厭世的이요 悲嘆的이요 諷刺的이요 否定的인 要素가 旺盛해 있다. (…중략…)
  그러나 眞實로 文學을 가질 수 있는 作家는 現代의 神 人民도 拒否하지 않으면 아니 될 것이다. 왜? 文學이란 아무 것에도 服務할 수 없는 것이기 때문이요. 있다면 그것은 自己 自身에 還元할 수 있는 人類 全體가 있을 뿐이다.36)

---

34) 김동리가 『백민』에 게재한 글을 정리하면 다음과 같다. 「좌우간의 좌우」(제5호, 46년 10월), 「혈거부족」(3권 2호, 47년 3월), 「운무변증법」(3권 3호, 47년 5월), 「문학과 자유의 옹호」(3권 4호, 47년 7월), 「민족문학과 경향문학」(3권 5호, 47년 9월), 「상철이」(3권 6호, 47년 11월), 「역마」(4권 1호, 48년 1월), 「문학하는 것에 대한 사고」(4권 2호, 48년 3월), 「정치적 감시를 소탕하라」(4권 3호, 48년 5월), 「문학적 사상의 주체와 그 환경」(4권 4호, 48년 7월), 「개를 위하여」(4권 5호, 48년 10월), 「형제」(5권 2호, 49년 2월).
35) 김동리, 「文學과 自由의 擁護, 詩集 凝香에 關한 決定書를 駁함」, 『백민』 3권 4호, 51면.

세계와 삶에 대한 부정적 요소가 빠진 문학이 가능하지 않다는 지적은 그렇다 치더라도 계급문학을 현대의 신(神)인 인민을 섬기는 문학이라 정의하고 이를 거부하는 문학이 진실한 문학이라는 주장은 조금 억지스러워 보인다. 자유가 없이 어딘가에 '복무'하는 문학은 시대와 역사를 떠나서 유사한 문제를 가진 것으로 보는 것이다. '자기 자신'에 환원될 수 있는 인류 전체의 문제를 다루는 문학을 긍정하고, 특정한 가치를 지향하는 문학을 모두 부정하는 '본령 정계의 문학'의 바탕이 마련되고 있는 셈이다. 이런 관점은 조지훈의 앞의 글과 통하는 면이기도 하다. 정치에 복무하는 한 경향문학과 계급문학을 유사한 것으로 보는 「순수시의 지향」과 어딘가에 '복무'하는 문학을 거부하는 김동리의 글은 궁극적으로 보편적인 인류의 정신, 민족의 정신에 닿게 된다.37)

김동리는 다음 호에 민족문학과 경향문학을 개념적으로 구분하는 글을 싣는다. 순수문학과 경향문학을 나누고 순수문학을 다시 소극적 경향의 예술지상주의 문학과 적극적 경향의 정통문학으로 나눈다. 경향문학에도 두 가지 길이 있다고 하는데 한 가지는 '본격문학'에 통하는 길이요 다른 한 가지는 '당의문학'에 통하는 길이라고 한다. 경향문학의 극단적인 경향으로 "'문학가동맹'이라는 데서 말하는 소위 '정치주의 문학'"을 든다. 이렇게 문학의 영역을 구분해 놓으면 논리는 복잡해지지만 결국 본격문학과 당의문학 즉 계급문학을 첨예하게 대립시키는 귀결에 이른다. 현재의 문학이 당면한 문제도 본격문학과 계급문학의 대립이 된다. 김동리는 거기에 한 번 더 유비를 적용해 순수문학과 경향문학의 관계를 민족문학과 계급문학의 관계로 확대한다. 그리고 결론은 "우리가 참다운 文學 그 自體를 가질 수 있는 날, 그것만이 同時에 참다운 民族文學이요 또 朝鮮文學일 수 있을 것"38)이라는 데 모아진

---

36) 위의 글, 53~54면.
37) 김동리의 순수문학론에 대해서는 졸고, 「김동리 순수문학론의 세 층위」 참조.
38) 김동리, 「민족문학과 경향문학-문학의 각태」, 『백민』 3권 5호, 21면.

다. 본격문학 혹은 정통문학만이 민족문학을 낳을 수 있으므로 계급문학의 자리는 한참 낮은 곳으로 밀려난다.

이후에도 김동리는 「文學하는 것에 대한 私考－文學의 內容(思想性)的 基礎를 위하여」(『백민』 4권 2호, 1948년 3월)와 「문학적 사상의 주체와 그 환경－본격문학의 내용적 기초를 위하여」(『백민』 4권 4호, 1948년 7월)를 통해 좌익문학에 대한 비판을 이어간다. 두 글 모두 득의의 개념인 '구경적 생의 형식'을 반복하고 있다. "우리에게 賦與된 우리의 이 共通된 運命을 發見하고 이것의 打開에 努力하는 것, 이것을 가리켜 究竟的 삶이라 부"[39]르는 것이다. 그의 주장대로라면 우리에게는 공통된 운명이 있는데 그것은 보편적이고 일반적이고 세계적 성격을 갖고 있으며, 세계적 성격은 민족 단위의 문학에서 비롯된다. 구경적 생의 형식을 추구한다는 것은 본격문학의 과제라 할 수 있는데, 그것만이 '참다운 문학적 사상의 주체'가 될 수 있다는 주장이다. 그것은 "時代와 社會를 超越하여 人間이 永遠히 가지지 않을 수 없는 人間의 普遍的이요 根本的(究竟的)인 問題 — 다시 말하면 自然과 人生의 一般的 運命 — 에 對한 獨自的 解釋이나 批評에서만 가능한 것"[40]이다. 문학의 시대적 의의나 공리성 등은 사상의 주체에 비하면 부수적인 것에 그치는 셈이다.

이 시기 김동리 글의 특징은 모두 문학에 대하여 '~은 무엇인가'로 접근하고 있다는 점이다. 이러한 물음은 사실 철학이나 종교와 관계되는 것으로 누구도 정답을 말할 수 없고 누구도 그럴듯한 대답은 할 수 있는 성질의 것이다. '무엇을 할 것인가'로 묻지 않는다는 점에서 이 글은 현실 논쟁의 장에 적극적으로 뛰어들기 어렵다. 자칫 '입장'을 밝히는 글에 그치고 말 가능성도 있다. 현실과의 거리 두기를 목표로 하는 문학론에 나름대로 어울리는 접근 방법이라고 할 수 있지만 현실에 적용하는 데 관심을 가질 경우 받아들이기 어려운 접근법이기도 하다.[41]

---

39) 김동리, 「文學하는 것에 대한 私考」, 『백민』 4권 2호, 44면.
40) 김동리, 「문학적 사상의 주체와 그 환경」, 『백민』 4권 4호, 10면.

이상에서 살펴 본 바와 같이 1947~48년『백민』에는 계급문학에 대한 대응으로 순수문학론이 활발히 발표된다. 순수문학은 때로 민족문학이라는 지향을 드러내기도 하고 그 자체로 민족문학이라 불리기도 한다. 그러나 민족문학이라는 용어는『백민』안에서도 단일한 의미로 사용되지 않는다. 사용하는 이들에 따라 차이가 있음은 물론 상반된다고 해도 좋을 만큼 다른 의미로 사용되기도 한다. 단정 수립을 전후하여『백민』의 민족문학은 민족적 현실과 과제를 강조하는 의미로 쓰인다. 민족문학에 대한 이런 상이한 개념은 단순히 해방기의 혼란을 확인하는 데 그치는 것이 아니라 이후의 문단 분화를 예고하기도 한다. 계급문학에 반하는 민족문학이라는 점에서는 같지만 계급문학의 위세가 꺾이자 민족문학에 대한 견해 차이가 분명히 드러나기 시작하는 것이다.

3) 순수문학과 민족문학

순수문학이 주도한 공리주의 비판은 개념상으로는 좌익문학만을 공격하는 것이 아니라 문학 외의 다른 무엇에 복무하는 문학 전반에 대한 비판이었다. 그러나 실제 해방 이후 공리주의 문학에 대한 비판은 경향문학에 대한 비판으로 집중되었다. '응향 사건'과 같은 돌발 변수까지 더해져 경향문학(계급문학, 당의문학)은 문학의 자유를 빼앗고 문학을 정치에 종속시킨다는 비판을 받게 된다.

그러나 이러한 대립은 단정 수립을 전후해서는 의미가 없어지게 된다. 경향문학은 회고나 일방적 비판의 대상은 될 수 있지만 경쟁이나

---

41) 4권 2호에 실린 조연현의 글「論理와 生理」역시 다른 의미에서 논쟁이 되기 어려운 주제를 다루고 있다. 조연현은 유물사관을 생리적으로 받아들일 수 없음을 이야기한다. 논리와 생리의 영역이 다름은 물론 생리의 영역이 인간의 현실 혹은 삶에 가깝다고 주장한다. 부제가 이야기해주듯 '유물사관의 생리적 부적응성'을 드러내고 있는 글이다. 그의 말대로 생리에 논리로 접근하기는 참으로 어려운 일일 것이다.

논쟁의 상대로서는 의미를 잃게 되기 때문이다. 공리주의 전반에 대한 비판이나 배제가 아닌 자기 긍정의 방식으로 논리를 펼 수밖에 없는 상황에 이르게 된다. 이 때 기존의 우익 문단은 현실에 대한 태도에 따라 다시 두 가지 다른 '민족문학' 경향을 보이게 된다. 공리주의 문학을 거부하고 순수문학을 주장하는 쪽과 민족의 현실 문제에 적극적으로 기여하는 문학을 역설하는 쪽이 그것이다. 인물로 나눈다면 김동리·조지훈 등 '청문협' 중심인물들과 김광섭·이헌구 등 '중앙문화협회' 중심인물들이다. 주로 좌익 문인들을 겨냥해 이론 투쟁을 벌이던 젊은 문인들이 순수를 주장했다면, 이들을 배후에서 지원해주던 선배문인들은 민족현실을 강조하였다.

두 문학의 차이는 단순히 문학론의 차이 이상의 의미를 갖는데, 해방 이후 문단의 형성에서 이들이 양대 세력으로 기능하기 때문이다. 이후 좌익문학이 사라진 자리에서 이들은 헤게모니를 잡을 수 있는 두 집단으로 자리 잡게 되고 그것은 이후에 갈등으로 발전하게 된다. 주지하다시피 김광섭·이헌구 등은 '자유문학가협회'와 『자유문학』의 중심인물이고, 조연현과 김동리는 '한국문인협회'와 『현대문학』의 중심인물이 된다.[42]

단정이 수립되기 이전, 『백민』의 중요한 필자로 김동리·조지훈·조연현 등이 참여하고 있을 때 김광섭은 문학의 사회적 임무를 강조하는 글을 쓴다. 문학의 본질을 묻는 데서 시작하는 것이 아니라, '그것이 사회와 민족과 어떻게 유기적으로 교섭해야 하겠는가를 생각함이 더욱 적절한 일'이라 하여 역할과 쓰임에 대해 말하는 것이다. 문학이 현실적일 수밖에 없다는 견해를 내세우고 있어, 순수문학과는 다른 '민족문학'의 가능성을 발견할 수 있는 글이지만, 좌익문학에 대해서는 매우

---

42) 한국 전쟁 후 문단의 주도권 싸움에 대해서는 조연현의 「내가 살아온 한국문단」(『조연현 문학전집』 1권, 정음사, 1975), 홍기돈의 「김동리와 문학권력」(『한국문학권력의 계보』, 한국출판마케팅연구소, 2004)과 김명인의 『조연현─비극적 세계관과 파시즘 사이』 (소명출판, 2004), 정규웅의 『글동네에서 생긴 일』(문학세계사, 1999), 김시철, 「『자유문학』과 김광섭 시인」(『문단유사』, 월간문학 출판부, 2002)을 참조할 수 있다.

비판적이다. 정치와 문학의 관계 자체를 부정하기보다는 어떤 정치와 관계 맺는가에 관심을 갖는다고 할 수 있다. 해방 후 우리 문단의 상황을 소련보다 더 고지식하다고 진단하고, "文學이라는 것이 創造하는 人間의 自由를 위하야 解放이 없고 獨立이 없는 나라에서 鬪爭하는 情神을 表現하는 것이"라거나 "나는 文學은 時代와 함께 움직이고 함께 산다고 본다"고 말하고, "오늘 우리가 文學에 대한 統一된 動機는 文學人의 意識에서 起伏되는 民族意識의 生長과 그 發展强化일 것임은 속일 수 없는 사실일 것"[43]이라 주장한다.

같은 해에 실린 다른 글에서 김광섭은 민족문학에 대해 나름의 정의를 내리고 민족문학이 현재 우리 문학이 나아가야 할 길이라는 점을 분명히 한다. 조선 사람이 조선어를 구사하여 완성한 문학이 조선 문학에 속하는 것은 당연할 터이지만 그 중에서 특히 민족문학이라 부를 때는 역사적으로 규정된 민족적 사명이 의의를 갖는다고 한다. 문학이 민족적 사명을 감당해야 한다면 거기에 순수의 논리가 들어설 자리는 없어진다.

> 文學을 하는 사람 가운데는 自己의 作家的 氣質이나 興味에만 依據하야 文學을 創作하는 사람도 있고 또는 階級意識이나 革命과 鬪爭을 위하여서만 文學을 製作하는 사람도 있으나 오늘 우리로서는 적어도 文學에게 어떠한 現實的 能力~社會的 民衆的 心理에 어떠한 影響을 주고 그 感情의 組織에 어떠한 統一性을 줄만한 能力이 있다면 文學은 民族全體를 한 개의 公同된 運命體로서 認識하고 그 知性과 感性을 다하여 民族이 當面한 危機를 克復하여야 할 것이다.[44]

'민족의 당면한 위기를 극복'하기 위한 문학을 민족문학이라 규정하는 방식은 1970년대 민족문학론에서도 반복하여 나타난다. 현실에 대한

---

43) 김광섭, 「文學의 現實性과 그 任務」, 『백민』 4권 1호, 4~5면.
44) 김광섭, 「민족문학을 위하야」, 『백민』 4권 3호, 14호, 30면.

적극적인 관심과 거기에 기여하는 문학을 부르는 이름이다. 여기서 중요한 것은 민족의 위기를 무엇으로 또 어떻게 보고 있느냐가 될 것이다. 위의 인용으로 그 위기의 내용을 확인할 수는 없지만, '자주독립'과 '통일'이 자주 언급됨을 알 수 있다. 이를 '민족의 해방'이라 부르기도 한다. 이것이 "계급의 이익을 옹호하더라도 민족이 해방되지 못한 이상 계급해방이 없다는 관점에서 계급을 위하야 민족은 파괴하여서는 안 될 것"[45]이라는 주장으로 이어지는 것은 매우 자연스럽다. 부정적으로 보고 있는 문학이 무엇인지도 위의 글을 통해 확인할 수 있다. '자기의 작가적 기질이나 흥미에만 의거'하여 문학 활동을 하는 사람들과 '계급의식이나 혁명과 투쟁을 위해서만' 문학을 하는 사람은 일단 민족문학으로 수렴되지 못한다. 민족 전체를 하나의 운명체로 인식하고 민족을 하나로 묶어낼 수 있는 문학을 민족문학으로 규정한다.

좀 더 노골적으로 문학의 현실 참여를 이야기하는 글은 「民族主義와 文化人의 建國運動」이다. 이 글에서 김광섭은 문화와 정치를 무관한 것으로 둘 수 없다고 주장한다.[46] 민족을 강조하고 있으나 남한 정권의 정통성에 대해 설명하는 듯한 인상마저 준다. 해방 전이나 해방 후나 세계사적 변동에 관계없이 목표는 문화가 "民族의 永遠한 精神的 生命體로서의 民族精神을 確立하는"데 기여해야 한다는 것이다. 문학보다 문화로 초점을 옮긴 후 문화를 국가 이념과 연결시키는 논리 전개를 보인다. 문학과 달리 문화는 사회적·역사적 배경과 직접적인 연관을 가질 수밖에 없는 종류의 것이기는 하다. 김광섭은 문화는 "民族으로서의 個性을 保全하고 自由를 尊重하며 歷史와 傳統의 地盤 위"에서 이루어져야 한다고 주장한다. 좌익에 대한 공격도 문학에 한정되지 않는

---

45) 위의 글, 30면.
46) 이 글이 실린 『백민』 5권 3호(1949년 6월)는 김광섭의 후원으로 발행되었다. 김송은 이 호의 후기에 이것이 자신이 쓰는 마지막 후기가 될 것이라 썼다. 따라서 김광섭의 이 글은 『백민』의 새로운 주간이 쓴 글로 이해해도 좋을 것이다. 이후 『백민』의 방향을 짐작하게 하는 글이라 할 수 있다.

다. '民族主義의 民主化'와 '共産主義의 獨裁化'를 대비시키는 것은 물론 반탁에서 찬탁으로 변절한 좌익의 태도를 반민족적인 행위로 비판한 것이다. 이런 정세 파악에 따라 문화의 역할은 매우 중요해지는 바, 이 글은 문화가 어떠해야 하는지까지를 제안한다. "文化는 政治를 無視하거나 政治에 無關心하여서는 안" 되며 "文化人들이 그 潔白性과 獨自性과 純粹性의 保全을 위하야 政治에 無關心한 態度와 傾向을 자랑하는 것을 적으나마 한 개의 過誤"[47]로 본다는 것이다.

김광섭과 함께 '정신'과 '문화'를 기준으로 민족을 강조한 논자는 이헌구이다. 그 역시 문학이라는 것이 다른 예술보다 한층 더 사실적이고 현실적이요 대중성을 띤 것이라는 인식 아래 민족의 현재에 관심을 가져야 한다고 주장한다. 「民族文學 精神의 再認識」은 현실적 제약성과 시대적 생명감을 인식하는 것이 중요하다고 주장하는 글이다.[48] 계급 문제에 대한 언급은 없고 민족의 문제만을 언급한다. 그러나 전통이나 집단으로서의 민족이 아니라, 세계사 속에서의 민족이라는 의미가 강조된다. 민족의 정신을 살리자는 추상적 언급이 아니라 민족적 생존의 문제에 대해서 말하는 셈이다. "弱小民族 後進民族이 가지는 文學이란 民族 解放을 위한 가장 聖스러운 豫言이요 祈禱요 啓示"라는 점을 강조하고 현재의 문학이 갖는 성격에 대해서 말한다. 다른 글인 「문학운동의 성격과 정신」에서는 앞으로의 문학운동이 어떤 성격을 가져야 할 것인가를 모색한다. 여기서 필자는 해방 이전 문학 경향을 민족을 위한 문학 활동, 예술지상적인 문학 활동, 민족부정적인 문학 활동의 셋으로 나눈다. 여기서 수복해야 할 것은 두 번째 분류이나. 해방을 낮이하여 해방 이전 두 번째 경향에 속한 문인들에 대해 "일부 예술지상의 자유주의자, 사회주의자, 친일문인들이 공산진영의 모략에 빠져 또는 그들의 본성대로 자신의 이해에 따라 매명적 自瀆行爲를 감행하게 된 것이

---

47) 김광섭, 「民族主義와 文化人의 建國運動」, 『백민』 5권 3호, 15면.
48) 이헌구, 「民族文學 精神의 再認識」 4권 2호, 5면.

요, 따라서 그들로 하여금 민족정신은 일대동요를 일으켜 가지가지의 민족적 불행의 원인이 되었든 것"[49]이라고 평가한다. 결국 주장하는 것은 "모름지기 상아탑이나 거리의 휴식처에서 의연히 뛰쳐나와 시시로 변전하는 민족의 운명 앞에 나서 용감히 그 전면모를 바로 잡아드려 민족이 투쟁하고 고민하는 산 기록을 창작"[50]해내야 한다는 것이다. 이 글 역시 문학의 사회적 성격을 긍정하고 있는 셈이다.

이들의 주장에서 문화와 전통의 강조가 갖는 정치적 의미를 간과할 수는 없다. 민족의 가장 긴급한 과제가 남북통일임을 누구도 부정할 수 없었던 시기에 남북의 '지역적' 통일 가능성을 외면한 남한 정부에게는 지역적 통일보다 민족의 정신적 통일을 강조하는 논리가 필요했을 것이다. 그것은 정치적으로도 현실적 유효성이 있었다. 당시 남한에서 긴급한 것으로 채택했던 정신적 통일은 지역적 통일의 현실적 난관을 인정한 결과였다. 이는 분단고착화로 이어졌을 뿐만 아니라 민족 내부의 모순을 사상하는 결과를 가져왔다.[51] 전통과 민족혼을 강조하는 이런 문학이 이념적으로 현실 정권에 도움이 되었음도 부정하기 어렵다.

김광섭, 이헌구로 대표되는 민족문학론은 관변 문학으로 떨어질 가능성이 컸다. 민족을 강조하는 쪽을 민주주의로 계급을 강조하는 쪽을 독재로 규정하는 논리가 그렇고 현재 상태에서의 무조건적 단결을 주장하는 듯한 문화론의 내용도 그렇다. 정부 수립 시기를 전후하여 발표된 글들은 사실 논리적 대결을 목적으로 하기보다는 이념의 확산을 목표로 할 가능성이 더 컸다. 김광섭이 실제 경무대 근무 경력을 가지고 있다는 점은 이를 더 의심하게 한다. 여하튼 1949년 이후 『백민』에서 영향력이 가장 컸던 인물은 김광섭이었다. 이 시기 『백민』은 순문예지

---

49) 이헌구, 「文學運動의 性格과 精神」, 1950년 3월, 7면.
50) 위의 글, 8면.
51) 강경화, 「해방기 우익 문단의 형성과정과 정치체제 관련성」, 『한국언어문화』, 한국언어문학회, 2003, 87면.

라고 해도 지나치지 않을 정도로 문학 중심의 잡지가 되지만 동시에 논조는 '청문협' 식의 순수에서 어느 정도 멀어져 있었다. 그래서인지 이 시기 순수문학을 주장하던 문인들은 자신들만의 잡지를 더욱 갈구하게 된다. 『문예』의 등장은 이런 맥락에 놓인다.

4. 『문예』의 창간과 문단의 분화

앞서 살핀 대로 1949년 이후 『백민』은 김광섭과 '중앙문화협회'에 의해 명맥이 유지된다. 활발히 활동하던 김동리, 조연현, 최태응 등은 이후 주요 필진에서 빠지게 된다. 이 시기 창간된 잡지가 『문예』이다. 『문예』는 모윤숙이 자금을 대고 조연현 등이 편집을 맡았던 잡지로 순문예지를 표방하였고 신인 추천제 등의 체제를 갖추고 있었다. 자금도 변변히 마련되어 있지 않았고, 자기 지면을 가지고 있지 않았던 '청문협' 출신 문인들에게 자신들이 주도하는 잡지의 창간은 매우 중요한 일이었다. 창간호 후기에서 확인할 수 있는 "권위 있는 순문예지"에 대한 김동리의 오랜 갈망이 여기서 비롯되었다.[52]

'청문협'은 외견상 '전조선문필가협회'의 산하 단체였다. '전조선문필가협회'가 전투적인 조직이 아니었기에 좌익과의 논쟁은 젊은 문인들의 모임인 '청문협'이 담당하게 된다. 그렇다고 해도 '청문협'은 문학적 기반은 물론 재정적 기반이 매우 취약한 단체였다. 협회 결성도 '중앙문

---

52) 후기에서 김동리는 "解放以後 四年間 내가 하루같이 되풀이 하여 온 口號는 "權威 있는 純文藝誌를 發行해야 한다"는 것이었다. 그냥 文藝誌도 쉬운 일이 아닌데 하물며 '權威 있는' 그것을 發行하기란 眞實로 想像키도 어려울만한 難事였다"고 기록하고 있다.

화협회'의 지원에 의해 이루어졌을 정도이다.[53] 그러면서도 자신들이 진정한 문학 단체였다는 자부심은 컸던 것으로 보인다.[54] 여기에는 조직 활동으로 좌익과 대결했다는 자부심과 함께 순수문학 중심의 문단을 만들었다는 자부심이 녹아 있다.

> 本誌의 使命과 理想은 以上 말 한 바에 있다. 卽 民族文學 建設의 第一步를 實踐하려는데 있다. 本誌가 모든 黨派나 그룹이나 情實을 超越하여 眞實로 文學에 忠實하려 함은 黨派나 그룹보다는 民族이 더 크고 情實이나 私感보다는 文學이 더 높은 것이기 때문이다.[55]

『문예』 역시 민족문학 건설에 대해 말한다. 당파나 그룹이나 정실을 초월한다고 말하는 부분은 어느 정도 사실이다. 왜냐하면 민족이라는 대 전제가 있으므로 그 아래에서 당파나 그룹이나 정실은 존재하지 않기 때문이다. 거기에 계급을 강조하는 문학은 자취를 감춘 상태여서 다른 무엇보다 '문학'을 강조하는 것이면 다 수용 가능한 것이 된다. 창간의 포부가 얼마나 대단했는지는 위 글에 사용된 몇 단어만을 주목해도

---

53) "협회('청년문학가협회')의 결성에는 중앙문화협회의 협조가 필요했는데, 그중의 하나가 이헌구・김광섭의 재정적 지원이었다. 경비의 대부분을 지원한 중앙문화협회는 이승만의 정치활동을 측면에서 지원하는 민간외교활동의 추진체 역할을 담당하던 단체였다"(강경화, 앞의 글, 83면).

54) 김동리는 '중앙문화협회'와 '청문협'을 구분하여 다음과 같이 회고한다. "자유진영의 문단(소위 우익문단)으로는, '전국문필가협회'의 문학부에 소속된 문인의 한 집단과, '한국청년문학가협회'에 소속된 한 집단의 문인들이었다. 이것을 좀더 자세히 말하면 8・15 이후 자유 진영 계열의 문인들이 처음으로 단체를 만든 것은 '중앙문화협회'다. 이름은 '중앙'에다 '문화'에다 '협회'하는 따위로 모두 큼직큼직한 것을 붙였었지만, 실질적으로는 과거의 해외문학파에 소속되었던 일부 회원들을 중심한 일개 클럽에 지나지 않았다. (…중략…) 여기에 이러한 '클럽' 내지 '써클'의 성격으로 지양한 자유진영의 문학 단체를 실현시키고자 하여 발족된 것이 위에 말한 '한국청년문학가협회'였던 것이다"(김동리, 「한국문학가협회」, 『해방문학 20년』, 146면) 조연현 역시 '중앙문화협회'는 출판활동을 통해 반탁에 앞장섰고, 문학 활동보다는 이승만의 정치활동을 측면에서 도와주는 데 주력했다고 회고한다(조연현, 『내가 살아온 한국문단』, 현대문학사, 1969).

55) 「창간사」, 『문예』, 1949.8, 9면.

알 수 있다. '사명'과 건설의 '제일보'는 자신들이 갖는 과거와의 단절과 현재적 의미를 분명히 인식하고 써졌다고 할 수 있다.

『문예』가 창간에서부터 신경을 쓴 것은 신인추천 제도였다. 시 분야는 서정주, 시조 분야는 이병기, 소설 분야는 김동리가 추천을 담당했다. 이런 구성이라면 신인 추천의 모델로『문장』의 그것을 떠올리지 않을 수 없다. 알려진 대로『문장』의 신인 추천은 시조는 이병기, 시는 정지용, 소설은 이태준이 담당하였다.『문예』는 이 구도를 그대로 옮겨온 것처럼 보인다. 서정주와 김동리가 정지용과 이태준의 자리를 대신하고 있는 셈이다. 신인 추천 규정에서 눈에 띄는 내용은 시나 소설이나 추천을 세 번 받아야 한다는 부분이다. 자신들의 잡지에 대해 가지고 있는 자부심과 문인의 가치에 대한 평가가 꽤 높았음을 짐작할 수 있다.56) 재미있는 것은 다음 호에서 바로 추천 횟수가 2회로 준다는 점이다. 1949년 9월호에서 규정은 "시나 소설이나 추천을 두 번 얻는 작가에게 그 다음부터 기성작가로 대우함(단 시 또는 시조는 이회에 삼 편 이상)"57)으로 바뀌어 있다. 현실을 고려한 수정 조치일 가능성이 크다.

잡지『문예』의 창간과 신인 추천을 통한 인원의 확대는 순수문학이 문학적 영향력을 확대하기 위한 방법이었다고 할 수 있다. 사실 무엇이 문단이고 누가 작가인지는 아무도 확인할 수 없다. 문인과 문단에 대한 보편적 정의라는 것은 애초에 없으며 문인들 스스로 벌인 그것을 얻기 위한 투쟁의 결과만이 있을 뿐이다.58) 문단을 만들고 문인이 된다는 것은 기존에 있던 무엇을 장악한다는 의미이기도 하지만 때에 따라서는

---

56) 창간호에 실린 추천 광고의 내용을 보면 다음과 같다. ①當選作品은 本社推薦作品으로 本誌에 揭載하고 旣成作家의 同等한 稿料를 進呈함. ②詩나 小說이나 推薦을 세 번 얻는 作家에겐 그 다음부터 旣成作家로서 待遇함. ③一切 原稿는 返還치 아니함. ④皮封에『推薦募集原稿』라 쓸 것. ⑤보내는 곳: 서울시 南大門路二街六番地 文藝社로(「추천 광고」,『문예』 창간호, 136면).
57) 「추천작품모집」,『문예』, 1949년 9월, 173면.
58) 피에르 부르디외, 하태환 역,『예술의 규칙』, 동문선, 1999, 296면.

자신들의 이념이 설 수 있는 바탕을 새롭게 조성한다는 의미를 갖기도 한다. 정치 투쟁만을 통해 획득할 수 있는 어떤 권력이 존재하는 것이 아니라 대표성을 가질 수 있는 새로운 장을 만들어 내는 경우이다. 다시 말해 문단의 주도권을 쥐는 일은 자기의 영토를 만들어 내는 일이다. 문단이 만들어질 때는 주도권을 쥔 쪽에 대항하는 세력이 성장할 수 있는 토양도 매우 척박해 진다.『문예』를 중심으로 펼쳐진 순수문학은 새로운 담론을 만들어 내려 한 것이지 예전의 담론의 장 안에서 자신의 자리를 찾으려 한 것은 아니었다. 너나없이 영역을 만들어 내야 하는 때에 문학 장에서 그 일을 처음으로 해낸 것이 '청문협' 중심의 세력이었다고 할 수 있다. 나아가 이들은 영향력 있는 매체를 바탕으로 '한국문학가협회'라는 문인단체를 조직해낸다. 이와 같은 조직과 매체를 발판으로 그들의 순수문학론은 한국 현대문학의 주류로 제도화되고 정통성을 부여받을 수 있는 토대가 마련된다.[59]

『백민』과『문예』는 해방기 좌익에 반대했던 문인들이 주로 활약한 잡지였고, 문예 중심으로 편집되던 잡지였다. 그러나 그 성격은 달라서 『백민』이 점차 친정부적인 민족문학으로 흐른 데 비해,『문예』는 순문예지를 표방하고 문학 장 안에서의 상징권력을 장악해 나간다. 현실 정치에 참여하던 인물들과 달리『문예』의 중심인물들은 문학 안에서의 자리를 넓혀나가 길지 않은 연륜과 적은 나이에도 불구하고 기성문인들과 어깨를 나란히 하게 된다. 또『문예』는 일급 비평가로는 볼 수 없었던 조연현의 문단 내 자리를 확보해주는 역할을 하였다. 논쟁에 있어서나 창작에 있어서나 우익을 대표한다고 할 수 있었던 김동리가 순수문학을 상징했다면 조연현은 '순문예지'를 상징하게 되었다.

---

59) 이봉범, 앞의 글, 245면.

5. 우익 문단의 성립

이상 『백민』을 통해 해방 후 우익 문단의 추이를 살펴보았다. '중앙
문화협회'로 대표되는 일군의 문인들과 '청문협'으로 대표되는 젊은 문
인들의 차이를 확인할 수 있었다. 이를 단순히 세대간의 차이로 볼 수
는 없지만 공리주의에 대한 태도 면에서는 30년대 후반 '신세대 논쟁'
을 떠올리게 하는 것도 사실이다. 김동리가 순수문학의 이데올로그로
평가될 수밖에 없는 이유도 이렇듯 해방기까지 그의 해방 이전 논리가
이어지고 있었기 때문이다. '한국문학가협회'와 '자유문학가협회' 혹은
『현대문학』과 『자유문학』이 양립하게 되는 60년대까지의 문단지형이
우연히 형성된 것이 아님도 알 수 있었다.

이후 『문예』와 『신천지』를 주관하면서 조연현과 김동리 등은 문단권
력을 차지하게 된다. 많은 '청문협' 문인들이 대학에 자리를 잡는다는
것도 상징권력의 확산에 크게 기여하게 된다. 이에 비해 '민족'의 위기
를 강조했던 이들은 당장은 문학권력을 유지하는 듯 했지만 이후 문학
장에서 밀려나게 된다. 문학 외적인 영역에서의 활약에도 불구하고 문
학 장의 재생산 과정에서 큰 성과를 올리지 못했기 때문이다. 민족의
위기라는 담론이 힘을 잃어가면서 문학의 내용도 함께 힘을 잃어간 것
이 아닌가 하는 생각을 할 수 있다. 진정한 문단 내 권력(잡지와 재생산을
위한 강단)을 획득하는 일이 변화하는 현실 권력보다 긴 생명력을 가진
셈이다.

해방 이후 우익 문예지를 대표하던 『백민』은 우리 문단의 성립과정
과 이후의 분화까지 보여주는 의미 있는 잡지였다. 앞서 말했듯이 문단
의 성립은 단순히 정치적 승리의 문제 이상이었다. 민족의 의미나 문학
의 의미를 어떻게 만들어가고 발전시켰는가의 문제와 긴밀히 연관된다.
이때 가장 중요했던 것은 '민족'이 갖는 본래적 의미라든가 하는 것이

아니었다. 민족과 대비되던 '계급'과의 차별화에 어느 정도 성공하고 있느냐가 더 중요한 의미를 가지고 있었다. 이는 순수문학이 선택한 길이라고 할 수 있는데, 문학으로 무엇을 할 것인가를 가지고 경쟁한 것이 아니라 문학으로는 다른 무엇을 하지 않는 것을 '민족문학'의 무기로 삼았던 셈이다. 문학과 사상의 문제, 종교의 문제 등 보편성을 유난히 강조하는 논법은 계급의 강조를 분열과 구분으로 몰아붙이고, '보편성을 공유하는 통일된 민족'이라는 환상을 심어주는 결과를 낳게 된다.

모윤숙과 왜곡된 여성

한국문단의 민족주의에 대한 고찰 2

1. 여류 문인 모윤숙

모윤숙은 '여류'라는 단어에 가장 잘 어울리는 시인이다. 지금은 잘 사용하지 않는, 때로는 비하의 어감마저 담고 있는, 여류라는 명칭은 여성 문인을 특별히 대우하는 우리 문단의 풍토에서 비롯된 것이다. 이 명칭은 여성을 보편성을 가진 인류의 절반으로 대우하기 보다는 다수자와 대비되는 소수자라는 관점으로 바라보려는 의도를 포함하고 있나. 여류라는 이름에 수반되는 이미지는 감상성이나 수동성이다. 주류적 사고에서 이탈하지 않으면서도 넘치는 감상성으로 순응적 독자를 감동시키는 문학적 특성을 여성적이라 규정한 것이다. 모윤숙과 비교하여 결코 뒷세대라 할 수 없는 강경애를 여류라 칭하지 않는 것을 보아도 명명의 의미가 충분히 짐작된다.

'여류'라는 말과 함께 모윤숙을 수식하기에 가장 잘 어울리는 단어는 '민족'이다. 1930년대부터 1970년대까지 그가 활동하면서 꾸준히 견지한 문학의 논리가 민족주의[1]였기 때문이다. 해방 이전이나 해방 이후나 그의 지향에는 큰 변화가 없었다. 단지 대응하는 대상에 따라 민족의 외연이 달라졌을 뿐이다. 해방 이전에는 아시아 민족주의에 가까웠던 것이 해방 이후에는 '계급주의'에 대립되는 의미의 민족주의로, 한국전쟁 이후에는 반공에 앞장서는 민족주의로 변화했을 뿐이다. 많은 시를 남겼음에도 불구하고 모윤숙이 시인으로보다 문인 혹은 문단인으로 알려진 이유가 그의 '민족'과 무관하지 않다.

　모윤숙의 민족주의에서 우리가 주목할 점은 그의 민족주의가 한 번도 저항적 성격을 띠지 않았다는 사실이다. 그는 오랜 문단 활동 기간 동안 주류에 편승하고 그것의 지배 이데올로기를 무비판적으로 재생산한 문인으로 평가되는데, 그 논리의 중심에는 순응적 민족주의가 놓여 있었다. 그는 자신을 둘러싸고 있는 정치적 권위에 한 번도 저항하지 않았고, 그의 시는 늘 국가에 대한 순종과 희생을 강조하였다. 그에게 국가는 식민지 시기에는 식민 지배국 일본이었고, 해방 이후에는 공산주의와 맞서는 대한민국이었다. 민족, 때로 국가는 그에게 어머니나 아버지와 같은 존재로 여겨졌다. 피로 맺은 인연을 부정하기 어렵듯이 국가와 맺은 인연도 부정하기 어렵다는 것이 그의 '민족'이 가진 논리였다.

　모윤숙의 문단 내 위치는 위와 같은 두 가지 성격, 즉 '여류'와 '민족'을 통해 확고하게 정립된다. 주지하다시피 계급, 또는 공산주의에 대립하는 민족주의는 해방 이후 1970년대까지 문단에서 막강한 영향력을

---

1) 민족주의의 함의를 따지는 일은 그것만으로 많은 지면이 필요할 것이다. 계급과 대립되는 의미의 민족을 강조한 것이 해방 이후 민족을 강조한 문학의 특징이었는데, 모윤숙의 경우도 크게 다르지 않았다. 그런데 모윤숙의 경우에 한정할 경우 민족주의는 국가주의와 큰 차이가 없다. 국가로 통합되고, 지역공동체를 유지해온 '국민'의 피의 순수성을 강조한다. 특히 대결 국면에서 희생을 강조하는 민족주의는 전체주의와 거의 겹친다.

행사하였다. 그는 한 번도 문단의 주도권을 장악하지는 못했지만 문단의 주류에서 멀리 벗어나지도 않았다. 문단의 정통파가 항상 '민족'을 강조했던 점, 남성 중심의 문단이 여류 문인들을 위해 최소한의 공간을 허락했다는 점이 그에게는 문단 내 위치 확보의 충분조건이 되었던 셈이다.

그의 시를 지배하는 넘치는 감상성 역시 '여류' 문인의 특징으로 지적할 수 있다. 모윤숙의 시는 압축과 절제를 위주로 하기보다는 감정의 직접적 전달을 지향한다. 시 창작과 함께 기행문이나 수필의 창작에 힘을 기울였다는 점도 모윤숙 문학의 특징이다. 그의 작품에서는 수필이 갖는 감상성과 시가 갖는 감상성이 내용과 형식 측면에서 구분되지 않는 경우가 많다.

이 글의 목표는 모윤숙의 문단 활동과 시를 통해 한국 문단에서 민족주의 문학의 존재방식과 논리를 살피는 데 있다. 그의 시에서 '국가주의' 또는 '민족주의' 사고의 기원을 살피고, 거기에 동원되는 모성의 성격에 대해서 다루게 될 것이다. 이는 간접적으로나마 민족주의 문학(문단)의 뿌리를 확인하는 작업이기도 하다.

2. 모윤숙과 한국 문단

1) 문단사적 연대기

모윤숙은 1905년 3월 5일(음) 함경남도 원산에서 아버지 모학수(毛鶴壽)와 어머니 임창태(任昌太)의 1남 4녀 중 3녀로 출생하였다. 원산 진성 보통학교에 입학했으나 1919년 함흥으로 이사해 영생 보통학교를 다녔다. 함흥 고등을 1년 다니다 1925년 호수돈 여학교로 편입하였다. 1927년 이화여전 예과에 진학을 하게 되는데 여기서 변영로·김상용 등의 수업을 듣는다. 1931년에는 이화여전을 졸업하고 간도 용정 명신학교 영어 교사로 부임하게 된다. 이전을 다니면서 해외문학파 동인과 교류를 하게 되고 '극예술연구회'(이후 '극연'으로 표기)에도 참여하게 된다.[2]

학업 이력에서 이후까지 중요한 의미를 갖는 것은 이화여전에서의 수학이다. 해방 이후까지 이어지는 모윤숙의 중요한 인맥이 이화여전을 중심으로 맺어진다는 점 때문이다. 모윤숙은 문인이 된 후에도 변영로와 김상용을 스승으로 대접하며 문단활동을 함께 한다. 여성 인맥 역시 이전을 통해 형성된다. 김활란과 조경희 등과의 교류가 대표적이다. 이전에서 배운 영어는 모윤숙의 이후 정치 활동에 중요한 도구가 된다. 해방기 유엔 총회 등에 김활란과 함께 참가할 수 있었던 것도 모윤숙이 뛰어난 영어 실력을 가지고 있었기에 가능했다.[3]

또 하나 주목할 것은 기독교적 환경이다. 모윤숙은 청소년 시기를 기독교 학교에서 보냈다. 그의 시에 자주 등장하는 기도나 고백의 상황은 기독교적인 관습의 영향과 무관하지 않다. 간절한 염원이나 바람을 드러낼 때 모윤숙은 기도하는 여인을 화자로 활용한다. 더군다나 기독교 월남민이라는 사실은 그의 이념적 지향을 이해하는 데 도움이 된다. 해방 이후 기독교가 남한 정치인들이나 미국과 긴밀한 관계에 있었음은

---

2) 모윤숙의 전기적 사실에 대해서는 송영순의 『모윤숙 시 연구』(국학자료원, 1997)와 장석향의 『물레를 돌리는 여인』(명문당, 1986)을 참조하였다. 두 글은 모두 모윤숙의 자서전적인 기록들에 의지하고 있다.

3) 최원규는 「모윤숙 선생과의 만남」(『문예운동』 63호, 1999.9)에서 모윤숙이 뛰어난 영어실력을 가지고 있었다고 증언한다. 1977년 호주 시드니 제42차 국제 펜 대회에서 일본은 한국 문인에 대한 인권유린 문제를 제기했다. 모윤숙은 능숙한 영어와 일본어로 이에 대응하는 연설을 했다. 일본이 한국의 인권문제를 제기하는 것은 받아들일 수 없다는 종류의 연설인데, 분단이라는 과도기적인 상황에서 반공법 등의 제정이 피할 수 없는 선택이라는 점을 강조했다고 한다. 이 글은 모윤숙에게 우호적인 입장에서 쓴 글인데, 실제 상황을 객관적으로 생각해 보면 모윤숙의 변호는 낯이 뜨거워질만한 일이다. 문인이 정치적 억압을 합리화하는 발언을 했던 것이기 때문이다.

이미 잘 알려져 있다.[4]

모윤숙은 식민지 시기 대표적인 친일 문인이기도 했다.[5] 그의 친일 행위가 노골화 된 것은 1940년 이후이다. 『매일신보』 등에 전쟁을 찬양하는 여러 편의 시를 썼으며, 라디오 방송을 맡기도 했다. 물론 생계를 위한 어쩔 수 없는 선택이었다는 점을 인정한다면 그의 친일을 '특별'하다고 할 수는 없다. 모윤숙이 특별히 주목받는 작가는 아니었기에, 다른 문인들과 비교하여 월등히 많은 친일행위를 했다고 말하기도 어렵다. 그러나 모윤숙에서 친일이 갖는 중요한 의미는 그의 시적 경향이 친일 시기 이후 크게 달라지지 않았다는 데 있다. 외부의 압력에 의해 제국주의를 찬양하고 전쟁을 독려하는 시를 썼다고 하지만, 단순히 그렇게만 보기에는 그의 국가주의적 시의 면모가 너무나 일관된다는 점을 지적하지 않을 수 없다. 1920년대 이후 유지된 민족에 대한 집착이 동아시아를 민족 단위로 사고하는 제국주의 시대에 한번 변주되고, 해방 이후에는 반공주의와 결합된 민족주의로 외피만 갈아입게 된다.

해방 후 몇 년 동안은 모윤숙의 정치활동이 절정에 이르는 시기이다. 해방 직후 '독립촉성애국부인회'를 결성해서 활동했으며 1947년에는 남한 단독선거를 위한 외교 활동에 나섰다. 1948년에는 파리에서 열린 유엔 총회 한국 대표의 일원으로 참가하였다. 유엔 한국위원단 위원장 메논과의 관계는 매우 특별했던 것으로 알려져 있다.[6] 인도 문학에 대한

---

4) 기독교와 초기 한국 정치에 대해 다룬 글로는 강인철의 『한국의 개신교와 반공주의』(도서출판 중심, 2006)를 참조할 수 있다.

5) 강정숙은 「여성명사들의 친일행각」(『인물로 보는 친일파 역사』, 역사비평사, 1993)에서 대표적인 친일여성으로 김활란과 모윤숙을 꼽는다.

6) 장석향에 의하면 모윤숙이 메논 위원장과 알게 된 것은 조병옥의 소개를 통해서였다고 한다. 메논은 인도의 외무장관이기도 했는데, 시인 모윤숙과 매우 친해져 정치적 결정에 그녀의 의견을 많이 참고하였다고 한다. 메논은 유엔 한국위원장으로 왔었는데 인도 정부의 훈령이나 의사를 묵살하고 이승만 박사의 노선을 채택하도록 유엔에서 역설하였고, 그 뒤에는 이승만이 아니라 모윤숙이 있었다는 것이다(장석향, 앞의 책, 135~142면). 이런 기록이 어느 정도 사실인지는 분명히 확인하기 어려우나 당시 모윤숙의 영향력을 짐작하는 데는 도움이 된다.

관심으로 시작한 두 사람의 친분 관계는 한국 위원단이 남쪽에 유리한 결정(남한만의 총선거)을 내리는 데 결정적 역할을 했다고 한다. 유엔 총회 직후 모윤숙은 메논의 초청을 받아 인도를 방문하기도 했다.

한국전쟁 중 모윤숙은 전쟁을 후방에서 지원하는 단체인 '대한여자청년단총본부'의 단장을 맡았으며, 1951년에는 '樂浪클럽'을 조직하기도 했다. '樂浪클럽'은 이승만의 청으로 많은 여성 명사들이 참여하여 만든 고급 사교 클럽으로 주로 미국 인사들과 어울려 '민간 외교'를 담당하였다.[7] 한국 전쟁 이후에도 모윤숙의 문단 내외 활동은 활발히 이어진다. 1955년 4월에는 '자유문협'을 출범시키는데 회장은 김광섭이 맡았으며, 모윤숙은 시분과 위원장을 맡았다. 1955년에 빈에서 열린 제27회 P·E·N 국제대회에는 '한국 P·E·N'의 초대 회장인 변영로, 김광섭 등과 함께 한국 대표로 참가한다. 1970년에는 '한국현대시인협회' 창설에 기여하였고 1~2대 서정주에 이어 3~4대 회장을 역임하였다. 1971년에는 당시 여당이던 공화당 국회위원을 지냈고, 1990년 사망 후에는 금관 문화 훈장을 받았다.

2) 민족주의 문단의 기수

해방 직후 문단의 구도는 계급 대 민족의 대결로 압축해 표현할 수 있다. 여기서 '민족'은 다분히 계급을 의식한 면이 없지 않은데, 이를 다시 구분하면 순수라는 이름을 내세운 쪽과 노골적으로 민족을 내세운 쪽으로 나눌 수 있다. 순수를 내세운 쪽이 겉으로는 문학에서 이념의 개입 자체를 반대한 반면, 민족을 내세운 쪽은 우익측 정치 이념을 표

---

7) 한국전쟁 발발 당시 한강을 건너지 못했던 모윤숙은 경기도 곳곳을 떠돌며 매우 어려운 시간을 보내는데, 그때 유명한 「국군은 죽어서 말한다」와 같은 시를 쓰게 된다. 이 당시의 경험이 모윤숙의 반공주의를 강화하는 역할을 했으리라 짐작한다.

나게 드러냈다. 지금까지 좌우익 문단의 대립이나 문단의 정통을 이야기할 때 관심의 대상이 된 쪽은 순수를 주장한 그룹이었다. 반면에 남측의 정치세력과 매우 가까웠던 문인들의 민족문학은 상대적으로 소홀히 다루어진 면이 없지 않다. 단체 중심으로 본다면 '극예술연구회', '중앙문화협회', '한국문화단체총협의회', '자유문학자협회', '한국 P·E·N'으로 이어지는 흐름이 될 것이다. 모윤숙의 문단 활동은 주로 이러한 단체들을 중심으로 이루어졌다.

해방 후 문단의 한 축을 형성한 민족주의 문단을 주도한 이들은 김광섭·이헌구·모윤숙 등이었다. 이들은 이후 문단 주도 세력이 되는 김동리·서정주·조연현 등과는 세대를 달리하는 문인들이다. 김동리 등이 30년대 활발히 활동했던 문인들을 선배로 생각하고 30년대 말 신인으로 등장했던 것에 비해 김광섭 등은 30년대 문단에서 이미 기성으로 대접 받았던 인물들이다. 모윤숙만 해도 문학 활동을 시작한 시기는 1920년대였으며 자신이 문학적 스승으로 생각했던 인물은 이광수였다.[8] 그러나 김동리 등의 작가들은 이태준이나 정지용 등이 문단 중심에서 활약할 때 등장한 문인들이었다.

모윤숙의 문단활동은 늘 김광섭·이헌구와 함께였는데, 이들은 개인적으로 매우 가까웠을 뿐 아니라 사상적·지적 뿌리를 공유하고 있었다. 김광섭과 이헌구·모윤숙의 우정은 평생 동안 피를 나눈 형제만큼이나 돈독했다고 한다. 셋을 일러 '문총의 삼두마차'[9]라 부를 정도였다. 특히 동향인 김광섭과 모윤숙은 이념 지향적인 문학을 추구했을 뿐 아니라 정치 일선에서 직접 활동하기도 하였다.

앞서 말한 것처럼 모윤숙이 김광섭 등과 최초로 함께 활동한 것은

---

8) 모윤숙과 이광수에 얽힌 '야사'에 대해서는 여기서 다루지 않는다. 모윤숙이 곳곳에서 이광수의 영향을 언급하고 있고, 이광수 역시 『빛나는 지역』의 추천사를 써준 사실 정도로도 둘의 관계는 짐작할 수 있다고 본다.
9) 김시철, 「정열적인 웅변가 시인 영운 모윤숙」, 『격랑과 낭만』, 청아출판사, 1999, 197면.

'극연'를 통해서이다. 그런데 모윤숙의 '극연' 활동에 대해서는 본인의 회고를 제외하고는 다른 기록이 남아 있지 않다. 기록을 보면 연구회 조직 당시 회원은 윤백남·홍해성·서항석·이헌구·조희순·이하윤·함대훈·장기제·김진섭·최정우·정인섭·유치진의 12명이었다. 이때의 '극연'은 동인제였는데, 1932년 12월, 2회의 공연을 끝낸 후 회원제로 조직을 변경하고 동인 이외의 회원으로 김광섭·박용철 외 10여 명을 받아들였다. 서항석이 극연 운영의 책임을 맡고, 이헌구·김광섭·함대훈·조희순이 연구부를 차지하고 있었다.[10] 현재 전하는 자료로는 모윤숙의 활동이나 역할에 대해서는 확인할 수 없다.[11]

그렇지만 모윤숙 자신은 '극연' 활동에 대해 다음과 같이 구체적으로 회상하고 있다.

> 서울에서 '극예술 연구회'가 조직되자 나와 김수임이 참여하여 극 연습에 몰두하게 된 것이다. 이 모임은 김광섭·이하윤·정인섭·유치진·홍해성·함대훈·장기제·김진섭씨 등 해외 문학파가 중심이 되어 조직이 되었는데 해외 문학과 연극 작품의 소개를 통해서 한국 연극의 발전을 도모해 보고자 하는 순수한 열의에서 시작된 연극 활동이었다. (…중략…)
>
> 이 무렵에 공연했던 연극으로는 체홉, 셰익스피어 외에 입센, 오스카 와일드, 톨스토이의 〈산송장〉 등이 기억에 남는다. 또 이때 벌였던 연극 활동 중 웃지 않고서는 추억할 수 없는 공연에 얽힌 에피소드가 하나 있으니 이는 체홉의 〈앵화원〉을 공연했을 때의 얘기다.[12]

---

10) 양승국, 「극예술연구회와 한국 연극」, 『관점 21』 2000년 가을·겨울 합본호, 2000.11, 170~188면.

11) '극예술연구회'는 '해외문학파'의 연장이라고 생각할 수 있다. 1927년 『해외문학』을 창간하여 등장한 '해외문학파'는 외국문학의 번역·연구를 본격적으로 표방했던 문학 집단이다. 이들은 1926년 동경에서 결성된 '외국문학연구회'에서 출발하여, 1927년 1월 『해외문학』을 창간하면서 조선의 문단에 정식으로 등장한다. 그러나 김광섭·이헌구 등은 외국문학연구회 출신이 아니고 이후에 '해외문학파' 구성원들과 함께 '극예술연구회'에서 함께 활동하게 된다. 외국문학연구회 구성원들은 1920년대 말에 대부분 학업을 마치고 귀국하여 『시문학』, 『문예월간』 등에 관여하게 된다(서은주, 「번역과 문학 장의 내셔널리티」, 『현대문학의 연구』 24, 2004, 48면).

이 회고로 보면 모윤숙은 연구회의 정식 회원은 아니었지만 공연에
는 참가했던 것으로 생각할 수 있다. 실제 '극연'의 회원 명단에는 모윤
숙 뿐 아니라 여성의 이름이 전혀 보이지 않는다. 그러나 연구가 아닌
공연 배우로는 많은 인물이 참여했을 가능성이 있는데, 모윤숙은 배우
로 참여했던 기억을 이야기한 것으로 보인다. 모윤숙이 해외 문학파가
중심이 된 '극연'와 어울렸다면, 그것은 그가 이화여전에서 영문학을 전
공했다는 사실과 무관하지 않을 것이다. 모윤숙은 일본에서 공부한 경
력은 없지만 미혼의 모던 여성이라는 희소성을 가지고 있었다.

해방 이후 우익 측이 가장 먼저 구성한 단체인 '중앙문화협회'의 중
심인물들은 '극연' 출신들이 다수를 차지했다. 이들은 새로운 문학 건설
이라는 과제를 가장 앞장서서 고민한 문인들이었다. 해방 초반에 '중앙
문화협회'는 '청문협'을 지원했고 '전조선문필가협회'를 만드는 데 주도
적인 역할을 담당했다. 이들은 실제로 정치의 일선에서 활약하기를 마
다하지 않았다. 특히 김광섭의 경우 그 활동이 뚜렷했는데, 정부 수립
후 초대 대통령 공보 비서(이승만 정부)를 역임한 후, 당시 자유당 서울시
당 위원장, 경희대 교수, '문총' 대표 최고 위원에 '자유 문협' 위원장,
그리고 세계일보사 사장직도 겸임하고 있었다.13) 우익측을 대표하는 잡
지였던 『백민』을 인수하여 잠시나마 명맥을 유지해 준 것도 김광섭이
었다.14) 해방 후부터 60년대까지 우익 문단에서 조직력과 정치력을 발
휘한 대표적인 문인이었다 할 수 있다.15)

---

12) 모윤숙, 「내 인생의 민더자들」, 『嶺雲 毛允淑 文學全集』 9권, 성헌출판주식회사,
   1986, 203~204면(이하 『전집』은 권수만 표기).
13) 김시태, 「'자유문학'과 김광섭 시인」, 『문단유사』, 월간문학 출판부, 2002, 211면.
14) 졸고, 「『백민』과 민족문학」, 『상허학보』 20집, 2007.
15) 김광섭은 문총의 활동에 대해서 다음과 같이 평가한다. "해방 후의 사상적 혼란 속에
   서 29개 산하 단체의 연합으로 결성되었던 문총은 그동안 산하단체들의 변동으로 말미
   암아 현재 15산하단체와 70지방 지부를 가지고 반공문화전선을 형성하면서 민주문화의
   전반적 향상을 목표로 하여왔던 것이다. 금후 특히 농촌문화운동과 지방조직의 확대강
   화를 위하여 노력하려니와 그냥 그대로 과거의 업적과 동향만하더라도 건국기의 역사

해방 직후 모윤숙의 문단 활동으로 가장 눈에 띠는 것은 잡지 『문예』의 창간이다. 당시 순문예지의 창간은 문단의 소망이었지만 아무나 쉽게 뛰어들 수 있는 일은 아니었다. 무엇보다 종이를 구하기 어려웠는데 모윤숙은 정부와의 가까운 관계를 십분 활용하여 미군으로부터 용지 공급 약속을 얻어냈고 이어 잡지를 안정적으로 간행하였다. 모윤숙은 파리 유엔 총회를 다녀와 모아둔 돈으로 잡지를 낼 결심을 했다고 한다.16) 그때의 정황은 다음 글에서도 확인된다.

한편 그동안 본업을 소홀히 해온 나는 좀 경제적인 여유가 생긴 것을 기회로 문예지를 창간하기로 마음을 먹었다. U·S·I·S에서 종이 보조는 해준다는 이야기였다. 남대문에 있는 문예빌딩에서 내가 발행인, 조연현씨가 편집인이 되어 월간으로 『文藝』를 창간했다. 김동리씨, 홍구범씨 등이 적극 참여했다.17)

『문예』는 종합지였지만 문학 전문지에 가까웠던 『백민』의 역할을 이어받은 잡지였으며 상대적으로 젊은 작자 시인들이 주도한 잡지였다. 정치적 배경을 안고 창간된 잡지임에도 불구하고 그 지향은 '순수'였다. 비록 발행인은 모윤숙이었지만 『문예』를 주도한 이는 조연현이었다.18) 문단사에서 모윤숙과 조연현의 만남은 매우 흥미롭다고 할 수 있다. 잘 알려진 바와 같이 이후 조연현은 『현대문학』이라는 잡지를 기반으로 한국 문단을 호령하는 위치에 서고, 모윤숙은 문단의 중심에서는 약간의 거리를 두게 된다. 모윤숙은 정치력을 바탕으로 문예지를 창간했으

적과정과 그 보조를 함께 한 것이라 할 것이니 이를 하나의 선으로 하여 체계를 삼고 그 기록을 문헌화하는 것이 시간의 패하지 않는 마땅한 일인 것이었다"(김광섭, 「創刊辭를 代身하여」, 『文總創立과文化運動十年小觀』, 全國文化團體總聯合會, 1957).

16) 장석향, 앞의 책, 162면.
17) 모윤숙, 「메논과의 惜別」, 『전집』 5권, 194면.
18) 모윤숙은 "아무 잡념 없이 소탈하고 강인한 조연현 씨를 나는 마음으로 믿고 원고 청탁이거나 편집 기술이거나를 별 간섭 없이 내어 맡기었다"(『전집』 6권, 240면)고 회상한다.

나 정작 문예지 권력에서는 밀려나게 되고, 조연현은 문예지를 담당하면서 문단 내에서의 위치를 확고히 하게 되었던 것이다.

이들의 관계는 '중앙문화협회' 문인들과 '청년문학가협회' 문인들의 이후 행로를 대표한다는 점에서도 흥미롭다. 김동리·서정주·조연현 등이 주축이 된 순수문단이 정치권력과 이중적 관계를 유지하고 있었다면, 이들과 달리 모윤숙 등의 문학 활동은 명확히 친정치적 색채를 띠고 있었다. 이들 두 그룹이 소위 우익문단을 양분하고 있었던 셈이다. 해방기의 경우 '중앙문화협회' 쪽이 선배로서 정치에 가까운 세력으로 존재했다면 '청문협' 중심의 젊은 문인들은 실제 좌익문인들과 싸우면서 상징 권력을 키워 갔다. '중앙문화협회' 쪽이 민족문학을 민족의 위기와 관련시킨 것에 비해 '청문협'의 민족은 순수의 다른 이름이었다. 해방기를 지나 1960년대 이전까지 이들은 실제 문학판을 『현대문학』과 『자유문학』으로 양분하고 있었다. 그러나 1960년대 이후 '청문협' 출신 문인들에 의해 '문인협회'가 주도되고 나서는 한쪽으로 세가 급격히 기울어가는 양상을 보인다. 물론 경쟁 세력이 없는 거대 조직으로 성장한 '문인협회' 안에서도 세력이 나누어지고, 『월간문학』, 『한국문학』과 같은 잡지가 그러한 배경에서 탄생하게 된다.[19]

모윤숙의 문단 활동에서 빼놓을 수 없는 것이 'P·E·N'이다. 'P·E·N'의 문단 위치는 매우 특별한데, '문학가협회'와 일정한 거리를 두면서도 나름대로 문단 내 지분을 가지고 있던 준 관변 단체였다. '한국 P·E·N'은 모윤숙이 결성했다고 해도 과언이 아닌 단체이다. 전숙희의 회고에 의하면, 1954년 영국을 방문한 모윤숙은 산책을 나와 우연히 영국의 P·E·N 본부에 들르게 되고 거기서 데이빗 커버라는 P·E·N

---

19) 문단권력 관계에 대해서는 조연현의 「내가 살아온 한국문단」(『조연현 문학전집』 1권, 정음사, 1975), 홍기돈의 「김동리와 문학권력」(『한국문학권력의 계보』, 한국출판마케팅연구소, 2004)과 김명인의 『조연현─비극적 세계관과 파시즘 사이』(소명출판, 2004), 정규웅의 『글동네에서 생긴 일』(문학세계사, 1999)을 참조할 수 있다.

사무총장을 만나 한국 본부를 출범시키게 되었다고 한다.[20] 모윤숙이 귀국하여 '한국 P・E・N'을 결성한 것은 1954년 10월 23일이었는데, 초대 회장은 변영로가 부회장은 김광섭과 모윤숙이 맡았다. 전무이사는 주요섭, 사무국장은 이인석이 맡아 인적 구성으로는 '중앙문화협회'나 '자유문학가협회'와 크게 다르지 않았다. '한국 P・E・N'이 '국제 P・E・N' 회원국이 된 것은 결성 이듬해인 1955년 6월이었다. 초기의 '한국 P・E・N'은 독립된 사무실이 없어서 모윤숙의 집이나 『문예』 사무실에서 모임을 가졌다고 한다. '한국 P・E・N'은 국제적인 기구의 지부라는 성격을 가지고 있어서인지, 이후 문단 내 주도권 다툼에서 어느 정도 자유로웠으며 이후 1980년대까지 친정부적 성격을 분명히 하는 단체로 성장하였다. 제37차 '국제 P・E・N 클럽 대회'는 1970년 6월 28일부터 7월 3일까지 6일간에 걸쳐 서울에서 열렸다. 이 대회를 놓고 많은 논란이 있었는데, 정부의 적극적인 지원으로 대회는 나름대로 성공을 거두었다. '대회준비위원장'은 당시 'P・E・N' 한국본부 부회장이던 모윤숙이 맡았다.[21] 조직에서 이후 국제대회 준비까지 모윤숙은 '한국 P・E・N'을 주도했다고 할 수 있다. 비록 모윤숙과는 관계가 멀다고 하지만 서울 올림픽을 앞두고도 'P・E・N'은 관의 대변자임을 분명히 보여주었다. 구속 문인과 언론 문제에 대해 한국적 현실을 역설하여 한국 내 인권 현실을 지적하려는 외국 문인들의 의지를 좌절시키는 역할을 해내었다.[22]

이상에서 확인할 수 있듯 모윤숙은 문단의 중심에 항상 근접해 있었던 인물이었다. 대표적인 문학 제도라 할 수 있는 문학단체, 문학잡지와 관계를 맺고 시인으로서의 능력 이상의 지위를 확보하고 있었다. 이 과

---

20) 전숙희, 「국제 펜 클럽 한국본부 출발과 모윤숙 선생」, 『문단유사』, 2002, 152~153면.
21) 장석향, 앞의 책, 190~195면.
22) '한국 P・E・N'의 친 정부적 성격에 대해서는 김명수의 보고 「국제펜대회와 구속문인들」(『말』, 1988.10)을 참조할 수 있다.

정에서 모윤숙은 일관되게 현실 권력을 긍정하는 자세를 견지하였다. 권력의 호오에 대해 판단하기보다는 권력에 어떻게 성실히 복무하느냐가 그에게는 중요한 문제였다. 식민지 시대에는 일제가 해방 이후에는 이승만과 박정희 정권이 그가 복무해야 할 대상이었다. 그가 복무한 국가는 적과 아를 구분하기 좋아해서, 미영귀축과 공산국가를 부정의 대상으로 삼았다. 인권보다 반공을 앞세우는 데 주저함이 없던 '특별한' 문인들을 대표한다고 할 수 있다.

3. 모윤숙 시와 민족주의

두드러진 정치활동의 영향이겠지만 문인으로서 모윤숙에 대한 평가는 긍정과 부정으로 극명하게 나뉜다. "일제치하라는 어려운 상황에서는 일본에, 미군정하에서나 단독정부가 수립된 이후에는 다시 권력집단과 밀접한 관련을 맺었"고, "죽고 나서까지도 영화를 누리고 있는 인물"[23]로 평가하는가 하면 "모윤숙의 등장은 비로소 '여류문학'을 '여성문학'으로 승화 발전시킬 만큼 질적으로 성숙한 작품 활동의 전개를 가능케 했다"는 평가도 있다.[24] 앞의 경우가 다분히 정치적 활동을 염두에 둔 평가라면 뒤의 경우는 그의 문학적 성취를 높이 산 평가라 하겠다. 그러나 그의 정치적·문단적 경력과 시를 별개로 볼 수는 없다. 모윤숙은 문학을 통해 자신의 정치적 입장을 구체화했고, 문학이 현실적 발언임을 부정하지 않았다고 판단하기 때문이다.

여기서는 모윤숙 시를 전반적으로 다루지는 않는다. 우리가 주목하

---

23) 강정숙, 앞의 글, 176면.
24) 송영순, 앞의 책, 11~12면.

는 '민족'(국가)과 '여류'라는 키워드를 설명할 수 있는 시들만을 한정해서 다룰 것이다. 이 글이 모윤숙 문학의 민족주의적 성격에 대해 다룬다는 점 외에 그의 문학이 가진 문학성보다는 이념성에 주목했다는 점도 대상을 한정하는 이유이다. 거기에 그의 시에서 드러나는 여성의 목소리도 함께 주목할 것이다. 그의 시에는 국가에 대한 무한한 동경과 희생의 정신이 유감없이 나타난다. 국가는 의문의 여지없이 존중해야 할 대상이며 때로는 목숨을 바쳐서라도 지켜야할 성스러운 대상이었다. 특히 여성으로 짐작되는 목소리가 등장하여 국가의 위기를 애절하게 강조해주는 상황은 모윤숙 시에서 전형적이라 할 수 있다. 국가를 지키는 남성과 그의 안녕을 기원하는 여성이 짝을 이루는 경우도 많다. 이런 점에서 모윤숙 시의 국가주의는 가부장주의를 떠올리게 한다. 50년의 시력에서 이런 시적 특징은 큰 변화 없이 유지된다. 이러한 특징을 분명히 살피기는 해방 이전 시들과 이후 시들이 갖는 연관성을 주목하는 방법이 효과적이라 생각한다.

1) 대지로서의 어머니

기왕의 연구에서 지적한 대로 모윤숙은 여성으로서는 특이하게 민족이나 국가와 같은 거대담론의 세계에 주목한 시인이다. 내면 고백이나 섬세한 심리를 드러내는 것이 여성 시인들의 일반적인 경향인 데 비해 모윤숙은 남성적 담론으로 여겨지던 민족에 대한 사고를 시의 중심으로 끌어들였다.[25] 단순히 민족을 시의 제재로 선택한 데 그치지 않고 그것을 숭고한 위치로까지 끌어올리기도 하였다. 모윤숙 시에서 민족은 국가와 의미 차이가 없으며, 그것은 절대 선으로 취급된다. 무엇보다도

---

25) 김승구, 「모윤숙 시에 나타난 여성과 민족의 관련 양상 연구」, 『현대문학의 연구』 30, 2006, 247면.

모윤숙 시에서 민족과 국가는 철저하게 남성적 성격을 띤다.

민족과 국가를 남성적으로 만드는 데 기여하는 것은 그의 시 전반을 지배하고 있는 여성 화자이다. 다분히 남성적인 담론을 다루면서도 그의 시는 소극적이고 수동적인 여성 화자를 택하고 있다. 시의 소재가 어떻든 화자는 아내가 지아비를, 누이가 오라비를, 어머니가 아들을 대하는 태도로 일관한다. 여성 화자는 님이나 지아비 또는 아들을 보내고 뒤에서 그들의 안녕을 기원하는 입장에서 이야기를 들려준다. 이에 비해 남성들은 국가를 사랑하는 마음과 고귀한 희생정신이라는 미덕을 가지고 있으며, 개인이나 가족 등과 같은 '작은' 문제는 돌보지 않는다. 간혹 남성 화자가 등장하는 경우 그의 목소리는 '영웅'에 비견될 정도로 의젓하고 강인하다.

위와 같은 여성 화자의 태도는 '여류' 문인으로서 모윤숙의 위치와도 관계된다. 민족을 내세운 시를 쓰면서도 이념의 전면에 서기보다는 늘 수동적인 자리에 머물렀기에 모윤숙의 민족주의는 남성 중심의 문단과 전혀 갈등을 일으키지 않았다.26) 시에서뿐 아니라 문단 활동에서도 이러한 특징은 그대로 이어지는데, 그는 영원한 스승인 이광수, 대학 스승인 변영로, 문단 선배인 김광섭을 보좌하는 역할을 충실히 해내었다.

> 나는 죽었노라 스물 다섯 젊은 나이에
> 대한민국의 아들로 숨을 마치었노라
> 질식하는 구름과 원수가 밀려오는 조국의 산맥을 지키다가
> 드디어 드디어 숨지었노라.
>
> 내 손에는 범치 못할 총대 내 머리엔 깨지지 않을 철모가 씌워져
> 원수와 싸우기에 한번도 비겁하지 않았노라
> 그보다도 내 피 속엔 더 강한 혼이 소리쳐
> 달리었노라 산과 골짜기 무덤과 가시숲을

---

26) 위의 글, 253면.

李舜臣같이 나폴레옹같이 시이저같이
조국의 위험을 막기 위해 밤낮으로 앞으로 앞으로 진격! 진격!
원수를 밀어가며 싸웠노라
나는 더 가고 싶었노라 저 머나먼 하늘까지
밀어서 밀어서 폭풍우같이
뻗어가고 싶었노라.

(…중략…)

바람이여! 저 이름 모를 새들이여!
그대들이 지나는 어느 길 위에서나
고생하는 내 동포를 만나거든
부디 일러다오, 나를 위해 울지 말고 조국을 위해 울어 달라고
저 가볍게 나는 봄나라 새여
혹시 네가 날으는 어느 창가에서
내 사랑하는 소녀를 만나거든
나를 그리워 울지 말고, 거룩한 조국을 위해
울어 달라 일러다오
조국이여! 동포여! 내 사랑하는 소녀여!
나는 그대들의 행복을 위해 간다
내가 못 이룬 소원 물리치지 못한 원수
나를 위해 내 청춘을 위해 물리쳐다오.27)

 교과서에 실리기도 했고, 모윤숙의 시로는 가장 널리 알려진 「국군은 죽어서 말한다」이다. 총 11연의 짧지 않은 길이에도 이 시가 쉽게 읽히는 이유는 분명한 서사를 가지고 있기 때문이다. 이 시는 "산 옆 외따른 골짜기에 / 혼자 누워 있는 국군을 본다"는 서두의 말처럼 한국 전쟁 당시 전사해 산야에 누워 있는 국군의 모습을 시인이 직접 보고 그 감흥

---

27) 모윤숙, 「국군은 죽어서 말한다」, 3·4·7연, 『모윤숙 전집』 4권, 174~177면.

을 옮긴 것이라 한다. 서두의 간단한 상황 설명에 이어 "엎드려 그 젊은 죽음을 통곡하며 / 듣노라! 그대가 주고 간 마지막 말을……"이라는 도입부를 두어 이후의 내용이 화자를 통해 전달되는 죽은 국군의 말임을 분명히 해준다. 위에 인용한 부분은 국군의 말에 해당한다.

언뜻 보아도 이 시의 구조는 화자의 정서를 진솔하게 전달해주는 일반 서정시의 그것은 아니다. 내용과 형식면에서 철저하게 계몽적이라는 인상을 준다. 감상에 젖은 화자에게 죽은 영혼이 이야기를 들려준다는 설정이나, 군인이 들려주는 '희생'이라는 고귀한 정신의 내용이 그렇다. 죽은 이의 '숭고한' 말씀을 들으면서 자연스럽게 숙연해지고, 화자의 경험에서도 진솔함이 느껴져 독자의 입장에서는 시의 진정성을 묻기 거북해지는(불경스럽게 느껴지는) 구조이다. 시 안에서는 군인이 화자에게, 시 밖에서는 화자가 청자에게 계몽적인 위치에 있게 되는 셈이다. 중심 내용은 조국의 안녕을 위한 개인의 희생과 거기서 비롯된 화자의 감상이다. 무엇보다 강조되는 것은 희생의 숭고함이라 할 수 있는데, '나를 위해 울지 말고 조국을 위해 울어 달라'거나 '나는 그대들의 행복을 위해 간다'는 부분은 상투적이기는 해도 주제를 분명히 드러내 준다. 죽어가는 이가 '스물 다섯 젊은 나이'의 '청춘'이라는 점도 안타까움을 불러일으킨다. 화자가 된 국군은 민족을 대지로 상상하고 자신을 그것의 아들이라 부르고 있다. 전쟁에 처한 대지는 '질식하는 구름과 원수가 밀려오는 조국의 산맥'으로 표현하였고, 그것을 지키기 위한 노력을 구체화하여 '달리었노라 산과 골짜기 무덤과 가시숲'이라고 표현하였다. 자신의 죽음에 대해서는 '내한민국의 아들로 숨을 바치있노라'고 의미를 부여하고 있다.

그런데 이 시의 국군은 단순히 조국 수호만을 떠올리게 하지는 않는다. 이는 화자의 무의식이 드러나는 부분이기도 한데, 조국을 지킨 역사적 인물로 이순신과 나폴레옹과 시이저를 예로 든 것을 그 실마리로 삼을 수 있다. 이순신의 이미지는 당연히 외적으로부터 왕국을 지킨 인물로 모자람이 없다. 그러나 나폴레옹과 시이저는 침략에 맞서 싸운 인물이라기보다는 제국의 영광을 위해 침략을 서슴지 않았던 인물들이다. 죽은 군인이 자신을 비유하기 위해 이들을 끌어들인 것은 우연이 아니다. 군인의 목소리가 희생을 통해 조국 수호를 말하고 있으면서도 사실은 정복과 복수를 부르짖고 있기 때문이다. 이어지는 '앞으로 앞으로 진격! 진격'이나 '못 이룬 소원' 역시 같은 맥락에서 해석이 가능하다.

조국을 대지로 상상하고 그 속에 사는 국민들을 대지의 자식들로 여기는 상상력은 해방 이전의 시에서도 발견할 수 있다.

> 어머니! 이 몸이 간들 아주 가리까? / 나의 넋은 죽엄우에 찬란히 피어 / 어머니 나라에 꽃이 피기 원이옵니다 / 山 그늘에나 깊은 바닷속이나 / 내 살과 뼈가 버리워지는대로 / 내 넋은 내 나라의 하늘에 살오니 / 어머니 나라에 福된 거름이 되기 기꺼워이다 / 어머니여! 거룩한 내 어머니여! / 찬들에 구르거나 진 흙에 파묻히거나 / 내 나라의 幸福을 위함이여니 / 설워마소서 / 내가 가면 亞細亞의 등불이 되어 / 번개가 되어 光明이 되오리다.[28]

위의 시는 죽은 병사가 어머니에게 자신의 마지막 말을 전해주는 형식으로 되어 있다. 태평양 전쟁에 참전하여 숨진 것으로 짐작되는 이 병사 역시 '어머니 나라에 꽃이 피'기를 원하고, '어머니 나라에 福된 거름'이 되기를 소원한다. 여기서 어머니는 가족으로서의 어머니이며 동시에 대지로서의 조국이기도 하다. 특히 '어머니여! 거룩한 내 어머니여!'에서 이 이중적 성격이 분명히 드러난다. 병사는 자신의 죽음이 '亞細亞의 등불'이 될 것을 믿고 있다고 한다. 앞 시에서 조국이 분단 상대를 배제한 남측만을 의미했다면 이 시의 '내 나라'는 '亞細亞'라는 거대한 공동체임을 알 수 있다.

대지를 조국과 어머니로 비유하는 수사는 모윤숙의 초기 시에서도

---

28) 모윤숙, 「내 어머니 한 말슴에」, 『매일신보』, 1943.11.12.

발견된다. 첫 시집의 대표작이라 할 수 있는 「빛나는 지역」에는 "너도 나도 섞이지 않은 한 피의 줄기요 / 물들지 않은 조선의 자손"이라든지 '겨레의 긴 생명은 영원히 흘러가리'와 같은 문장들이 보인다. 초기 시에서 드러나는 이러한 민족주의는 피의 순수성과 땅에 대한 애착이라는 파시즘적 민족주의 경향을 내재하고 있는 다분히 '위험한 민족주의'의 특성을 보인다.[29]

다음 시에서는 조국과 대지에 대한 극단적인 은유를 볼 수 있다.

죽어도 싫어도 나의 땅이요
못나도 잘나도 내 어머니오니
설움과 미움받는 괴롬이 있대도
상처난 어머님의 한때 병이려니
오오, 어찌 이 땅을 버리고 가려 하오[30]

위 시에서 땅은 타고난 것이고 바꿀 수 없다는 점에서 어머니와 같다. 어머니가 못나고 상처받았다고 해도 혈연을 부정할 수 없듯이 싫어도 미워도 땅과의 인연을 거부할 수는 없다는 것이다. 땅에 대한 이러한 애착은 건전한 조국애로 발전할 가능성과 현실 순응으로 떨어질 가능성을 동시에 가지고 있다. 벗어날 수 없음이 고칠 수 없음으로 이어지고, 고칠 수 없기 때문에 순종해야 한다는 생각으로 변화할 수 있다. 이렇게까지 나아가면 국가의 구성원들은 '조국'이나 '대지'의 정당성이나 의미에 대해서는 묻지 않게 된다. 잘 알려져 있다시피 대지를 어머니에 비유하는 상상은 단일 민족 신화와 선민의식이 섞여 전체주의 이념으로 굳어지는 과정에서 필연적으로 나타난다.

---

29) 김승구, 앞의 글, 270면.
30) 모윤숙, 「못 가오리다」 1연, 『전집』 4권, 18면.

2) 기도하는 어머니

화자의 성을 나누는 일은 자칫 선입견을 조장할 가능성이 있다. 그러나 시에 미치는 화자 성의 영향이 절대적인 경우도 있다. 모윤숙의 시가 그런 경우인데, 그의 시에서 화자는 대부분 여성이며 수동적이며 순종적이고 자기희생적이다. 이러한 화자의 특성이 극명하게 드러나는 경우는 시적 상황이 여인의 기도로 설정되었을 때다. 기도의 대상은 절대자이며 기도의 내용은 죽거나 떠난 남성의 안녕이다. 앞서 말했듯이 남성은 조국을 위해 '큰 일'을 하다 자신을 던진 사람들이다.

어머니의 목소리를 가장 효과적으로 사용한 예는 식민지 시기 말 일제의 전쟁에 협력하기 위해 쓴 시에서 찾을 수 있다. 태평양 전쟁에 출전하는 아들에게 보내는 시 「어머니의 힘」, 「어린 날개」, 「아가야 너는」에서는 화자가 어머니로 되어 있고, 여성들의 전쟁의식을 고취하기 위한 젊은 여성들에게 보내는 시 「호산나 昭南島」, 「동방의 여인들」에서도 호소력 있는 목소리로 여성을 동원한다.

> 아가야! 사나이는 바다같이 / 그 맘이 넓어야 하느니라 / 바다같이 가이없는 푸름을 지져 / 그 魂이 젊어야 하느니라 / 바람처럼 날세고 구름처럼 깨끗한 몸이 되어 / 바다를 날아야 한다 / 바다를 점령해야 한다 / (…중략…) / 땅에 서기보다 물에 들기 좋아하는 너 / 그 못잊어온 바다가 이제 너를 오란다 / 海軍帽 쓰고 군복 입고 나오란다 / 大東亞를 매고가란 힘찬 使命이 / 젊은 바다 한가운데서 너를 부른다 / 사나운 파도 넘어 / 네 원수를 물리처라 / 너는 亞細亞의 아들 / 大洋의 勇士란다[31]

해군 기념일에 부치는 시라는 부제가 붙어 있는 「아가야 너는」은 모윤숙의 친일 시로 가장 잘 알려져 있다.[32] 전장으로 나가는 아들을 독

---

31) 모윤숙, 「아가야 너는─해군기념일을 기념하여」, 『매일신보』, 1943.5.27.
32) 송영순에 의하면 「아가야 너는」은 해방 이후 시집에 수록된 「등대지기 아가」와 거

려하는 형식으로 되어 있는 이 시에서 화자는 원수를 물리치는 데 앞장
서기를 바라는 간절한 마음을 전한다. 화자가 아들에게 강조하는 것은
일종의 남성성이다. 바다는 그러한 남성성이 펼쳐지는 마당이다. 그러
므로 사나이가 바다에 나가는 것은 피하지 못할 하나의 사명이 된다.
'땅에 서기보다 물에 들기 좋아하는 너'의 성격은 남성다운 것이며, 바
다같이 '그 맘이 넓어야' 하는 것도 남성다움이다. 바다로 내보내는 어
머니는 곧 대지이고 어머니의 목소리는 대지의 목소리, 국가의 목소리
가 된다.

　아들을 보내는 어머니의 목소리는 모윤숙의 대표작이기도 한 「어머
니의 기도」에서도 반복된다.

　　　　놀이 잔물지는 나뭇가지에
　　　　어린 새가 엄마 찾아 날아들면
　　　　어머니는 매무시를 단정히 하고
　　　　산 위 조그만 성당 안에 촛불을 켠다.
　　　　바람이 성서를 날리고
　　　　그리고 들리는
　　　　멀리서 오는 병사의 발자국 소리들!
　　　　아들은 어느 산맥을 지금 넘나 보다
　　　　쌓인 눈길을 헤엄쳐
　　　　폭풍의 채찍을 맞으며
　　　　적의 땅에 달리고 있나 보다.
　　　　어머니의 뜨거운 눈엔
　　　　피 흘리는 아들의 모습이 보인다
　　　　주여!
　　　　이기고 돌아오게 하옵소서
　　　　이기고 돌아오게 하옵소서.[33]

──────────

의 비슷하다고 한다. 시의 뒷부분 몇 행을 삭제하거나 '대동아'를 '조선' 등으로 바꾸
어 재수록했다는 것이다(송영순, 앞의 책, 22면).

전쟁에 나간 아들의 '승리'를 기원하는 시이다. 계절은 겨울이고 시간적으로는 새들이 둥지를 찾는 어두워질 무렵이다. 현재 아들은 눈길에서 폭풍을 맞으며 '적의 땅'을 달린다고 한다. 원수를 물리쳐야 한다는 식의 과격한 말은 쓰이지 않았으나, 땅을 통해 적과 아를 분명히 구분하고 있음을 알 수 있다. 적의 땅에서 폭풍을 맞으며 눈 속을 달리고 있는 아들의 용감한 모습은 어머니에게 자랑스럽게 느껴진다. 경건한 분위기를 만들어내기 위해 매무시를 단정히 하는 모습이나 어둠 속에 켜져 있는 촛불의 이미지 등이 활용되고 있다.

이 시에서 주목할 점은 기도라는 형식과 종교와 전쟁이 아무런 모순 없이 결합되어 있다는 사실이다. 일반적으로 전장에 나간 자식을 걱정하는 '모성'을 상상하면 신체적 안녕의 기원이 우선 떠오른다. 자식의 생명이 소중한 만큼 타인의 생명을 소중히 여기게 되는 것도 당연하기 때문이다. 이때 혐오와 비판되어야 할 것은 생명을 해치는, 생명과는 반대 편에 서게 되는 전쟁 자체이다. 이러한 생각의 흐름이 우리가 아는 '기도'와 '모성'의 성격이다. 그러나 이 시에서는 '성경'과 '병사의 발자국'이 큰 연관 없이 나란히 쓰이고, '피흘리는 아들의 모습'이 어머니의 눈에 비친 이후 승리를 향한 염원인 "이기고 돌아오게 하옵소서"로 마무리 된다.

물론 한편으로 보면 전쟁 중 승리를 기원하는 기도는 매우 익숙한 이미지이기도 하다. 기독교의 역사는 정통과 이단의 구분, 성지 탈환을 위한 성전 등의 이미지를 떠오르게 만들기 때문이다. 전쟁이 신성하게 다루어지는 것도 이와 무관하지 않다. 비록 많은 희생이 따르더라도 신성한 것을 지키기 위한 시도는 정당화 될 수 있다는 생각을 종교의 역사에서 어렵지 않게 발견할 수 있다.

「어머니의 기도」에서는 앞서 살펴본 시 「아가야 너는」과의 유사성도

---

33) 모윤숙, 「어머니의 기도」, 『전집』 4권, 166면.

강하게 느껴진다. 이기고 돌아오라는 바람의 내용이 그렇고, 적과 아의 확연한 이분법도 그렇다. 이렇게 보면 모윤숙 시에 나타나는 민족주의나 국가주의가 나름의 일관된 이념을 가지고 있다기 보다는 적을 향한 대결 의지의 산물로 동원되었다고 생각할 수 있다. 또한 그의 '민족'이 가진 내용에 대해서도 회의하게 된다. 혈통도 아니고 문화도 아닌 정치 체제의 문제라고 생각할 수밖에 없기 때문이다. 이렇게 생각할 때만이 '아세아' 또는 '대동아'가 민족이 될 수 있고 민족의 일부를 적으로 규정하고 그들에 대한 '승리'를 말할 수 있게 된다.

> 설마설마 시집온지 사흘만에
> 세 번보고 맞절한채
> 헤어지고 말다니
> 머리채 올리기도 오늘이 세번째
> 素服단장 이신세에 목이 메이여
> 친정엄마 부르며 넋푸리 한다오
>
> 열일곱 섣달이면 사주도 그만이라고
> 앞동리 성주에게 날 보내드니
> 총메고 나간지 스믈네시간
> 다른 동무 다 돌아와도 안오십니다
>
> 다녀오면 다녀오면 情풀고 恨푼다고
> 떡갈나무 숲에 梅花酒 숨겼드니
> 아아 禁床 위에 이 술 부어 님 보냅니다
> 님은 스므살! 이몸은 열일곱살!
> 무슨 興 나혼자 팔자를 고치리까?
>
> 비옵니다 선황님 어느길이 그길인지
> 치마 졸라 매고 님 가신 길 싸호리다

싸호다 나도 가서 구름 끝에 님
만나오리다[34]

여인이 쓸쓸하게 제를 지내는 장면을 연상하게 하는 시이다. 시집 온
지 사흘 만에 나간 남편은 돌아오지 않는다. 남편은 스무 살이었고 화
자인 아내는 열 일곱 살이었다. 그래도 희망을 버리지 못해 기다리는
마음으로 매화주를 숨겨두었는데, 그 매화주를 제상에서 쓰게 되었다고
화자는 말한다. 기도는 님과 같이 나도 싸워 님이 가신 길을 따르겠다
는 내용이다.

「매화주」는 여인의 슬픈 삶을 연상시키는 것으로 끝나지 않는 시이
다. 어린 나이에 시집와서 정도 쌓기 전에 남편을 잃고 그 한을 달랠 길
없어 기도로 날을 보내는 여인의 모습을 묘사하고 있지만, 단순히 화자
의 개인적인 슬픔만을 이야기하지는 않는다. 화자는 남편의 희생을 기
리고 그 뜻을 따르겠다는 의지를 보여준다. 물론 남편의 뜻은 구체적으
로 나타나 있지 않다. '님이 가신 길'이라고 추상적으로 표현했을 뿐이
다. 그러나 그 길은 싸움의 길이고 화자가 따르려고 하는 길도 그 싸움
과 관계되어 있음은 알 수 있다. 남성이 간 길에 대한 여성의 긍정과 그
를 따르겠다는 의지가 앞서 살펴 본 시들의 내용과 많이 닮아 있다.

4. 모윤숙 문학의 성격

이상에서 확인했듯이 좌우 대립이 끝난 이후 우리 문단은 급격히 우
익으로 기울었고 그 배경에는 '민족'과 '국가'를 내세운 민족주의 문단

---

34) 모윤숙, 「梅花酒」, 『전시 한국문학선―시편』(국방부정훈국 편), 1955, 121~123면.

이 있었다. 이들은 '순수'를 내세운 문인들과의 대립에서 밀리는 듯 했지만 나름대로 관의 입장을 대변하는 문인으로서 자신의 입지를 확보하고 있었다. 이때 그들은 현실 정권을 거부하지 않았고 오히려 그들을 옹호하는 문학 활동을 펼쳤다. 특히 그것이 이념과 관계된 경우에는 노골적으로 한쪽 편을 들기도 했는데, 이 경우 그들이 내세운 '민족'이라는 이름이 그 본래의 역할을 다하지 못했음은 물론이다.

모윤숙은 해방 이전부터 꾸준히 '민족(조국, 대지)'을 강조한 문인이었다. 그에게 민족은 '국가'와 동일한 의미로 사용되었다. 그의 민족은 혈통이나 문화를 기준으로 한 것이기 보다는 정치체제와 관계되어 있었다. 그의 민족은 전체주의적 성격을 띠고 있었으며 일제 말기와 한국전쟁기에는 적과 아를 구분하는 중요한 기준으로 사용되기도 하였다. 민족의 크기는 '대동아'로 확대되기도 하고 전쟁 중에는 공산주의와 싸우는 남측으로 줄기도 했다.

문단인으로 모윤숙은 제도권 안에서 크게 벗어나지 않았으며 여류로서는 최고의 대우를 받았다고 할 수 있다. 해방 이전 '극예술연구회'에서 시작한 그의 문단 활동은 '자유문학가협회'와 '한국 P·E·N'으로 이어졌다. 그가 자금을 모아 창간한 잡지 『문예』는 순수문예지의 시대를 연 중요한 잡지로 인정된다. 문단인으로서 모윤숙은 현실 정치권과도 긴밀한 관계를 유지하고 있었는데, 해방기에는 각종 국제 행사에 한국 대표로 참가하였고, 70년대는 공화당 국회의원을 지내기도 하였다. 그가 주도한 '한국 P·E·N'은 친정부적 행사를 적극 후원하기도 하였다.

모윤숙 시에는 님, 조국 등 남성적 성격을 띤 주체와 그를 노래하는 여성 화자가 주로 등장한다. 국가와 민족을 위해 희생하고 높은 이상을 가진 님에 비해 화자는 남성의 성취를 위해 기도하는 순종적이고 수동적인 성격을 가진 경우가 많다. 이런 상황이 전형적으로 드러나는 것은 '기도'를 통해서이다. '기도'하는 상황은 화자의 간절함과 상황의 절박함을 효과적으로 드러내어 주제를 선명하게 만든다. 반대로 기도라는 형식은 옳고 그른 것에 대한 분명한 구분을 전제로 하여 시의 주제를 협소하게 만들었다. 그럼에도 불구하고 그의 시가 한때 교과서에 실릴 만큼 많이 읽혔다는 사실은 우리 문학사의 왜곡을 보여주는 대표적인 예라 할 수 있다.

순수문학론의 세 층위

김동리와 순수문학 1

1. 문학과 이데올로기

한국에서 반공주의는 모든 이념을 압도할만한 최고의 가치이며 국시로 여겨졌음에도 불구하고, 공산주의에 대한 반대라는 주장 이외에는 고정된 내용을 갖지 않은 이데올로기이다. 그러나 반공주의는 다른 다양한 이념들과 접합하여 존재하는 담론 구성체였기 때문에 더욱 강력한 힘을 발휘할 수 있었다. 반공주의는 그 내용의 경직성 보다는 그 무내용성으로 인해 무소불위의 위력을 떨칠 수 있었던 셈이다.[1] 반공주의의 빈 내용을 채우는 것은 주로 '반북주의'나 '친미주의'였다. 반공주의는 정치적이고 철학적인 내용을 갖춘 일반적인 '공산주의 반대'로 출발

[1] 김정훈·조희연, 「지배담론으로서의 반공주의와 그 변화」, 『한국의 정치사회적 지배담론과 민주주의 동학』, 함께읽는책, 2003, 124면.

했다기보다는 현실적으로 존재하는 '북한'이라는 적(敵)에 대한 대응 논리로 자리 잡았던 것이다. 처음에는 이념적·정치적 차원의 대립 수준에 머물던 반북(反北)은 한국전쟁이라는 강렬한 경험을 통해 강한 설득력을 얻게 된다. 한국전쟁이라는 최초의 경험은 이후 시시때때로 호출되어 반공주의를 강화하는 데 결정적인 역할은 한다. 정치적으로 '반공'은 친미를 드러내기 위한 수단이나 친일 행적을 숨기기 위한 도구로 사용되기도 하는데, 여기서 '반공=반북=친미'라는 공식이 형성된다.

반북주의를 기반으로 한 반공주의는 다양한 이데올로기와 접합하여 때로는 억압의 수단으로 때로는 동원의 수단으로 활용되었다. 민족주의, 권위주의, 발전주의 등은 필요에 따라 반공주의와 접합된 대표적 이데올로기였다. 해방기 이후 반공주의는 공산권의 '세계정복' 책략에 대항하는 민족주의적 성격을 갖고 있었으며 박정희 시대 반공주의는 경제성장이라는 발전주의와 결합하여 강한 국민동원력을 발휘하였다. 여타 이데올로기와의 결합 과정에서 반공주의는 외부의 적에 대한 대항이념으로서뿐 아니라 내부의 반대를 억누르는 억압 이데올로기의 성격을 갖게 된다. 반공 또는 승공을 위해 내부의 '작은' 문제는 마땅히 감내해야 하는 것으로 취급되었으며, 문제점을 지적하는 것만으로도 이적행위가 될 수 있었다.

반공주의가 낳은 가장 큰 비극은 '적'과 '아'를 이분법적으로 구분하고자 하는 흑백 논리를 확산시켰다는 데 있다. 반공주의의 이분법은 개개인의 삶을 지배하는 '중요한' 원칙으로 자리 잡아 일상을 구속하고 강제하는 역할을 수행해 왔다. 이분법은 이쪽 아니면 저쪽을 선택해야 하는 상황으로 개인을 몰아갔으며 다양하고 복잡한 사고 자체를 애초에 차단하여 우리 사회 전체를 획일화하는데 영향을 미치게 되었다. 논리적 사고나 토론 문화와 같은 민주주의의 기본마저 무시하는 전근대적인 사회 풍토를 조성하는 데도 반공주의의 영향이 절대적이었다. 메카시즘적 보수주의는 물론 지역주의와 학벌주의 등 다양한 파벌주의도 반공주의가 강요한 이분법과 무관하지 않다. '적'과 '아'가 나누어지는 살벌한 사회에는 생존을 위해 어느 한 쪽 '편'이 되지 않으면 안 되었기 때문이다. 중립은 곧 양쪽 모두에게 '적'으로 의심받기도 하였다.

　문학도 반공 이데올로기의 영향에서 결코 자유로울 수 없었다. 특정한 문학 경향에 대한 '접근 금지'는 그 대표적인 사례이다. 80년대 중반까지 중등학교 교과서에는 정부에서 허락한 작가들의 작품만이 실렸고, 주로 연구자들이 보는 영인본 도서에서도 일부 작가들의 이름은 복자로 처리되어 있었다. '금지'된 작가의 작품은 공식적인 경로로 출판할 수 없었으며 대학 강의실에서도 잘 다루지 않았다. 이런 상황에서 문학사의 복원이라는 것은 원천적으로 불가능했다. 단정 이후 오랜 시간동안 반쪽 문학만이 존재했었다고 해도 지나친 말이 아닐 것이다. 더욱 심각한 것은 이렇듯 왜곡된 환경 속에서 이루어진 문학 교육 탓에 대다수 국민들에게 문학에 대한 편협한 생각이 자리 잡게 되었다는 사실이다. 토속적인 것이 민족적인 것으로, 현실 상황에 대해 고민하지 않는 것이 본격적인 것으로, 이루지 못할 추상적인 꿈을 추구하는 것이 낭만으로 오랫동안 대접받아 왔다.

　제도권 문단은 문학에서의 반공 이데올로기 확산에 기여한 바가 크다. 남쪽의 제도권 문단은 실상 반공을 받아들이고 그것의 확산에 기여한 문인들에 의해 성립되었다. 해방 후 혼란기 속에 만들어진 남쪽의 문단은 좌익문학과 치열하게 대결했던 문인들이 세운 것이라 할 수 있기 때문이다. 전쟁기간 동안 '자유 민주주의 수호'를 위해 활동했거나 '적'들을 피해 고난을 겪었던 이들이 모인 단체가 남쪽의 제도권 문단이었다. 그들의 수용한 지배 이데올로기가 반공이었다면 문학 이념으로 내세운 것은 '순수'였다. '예술지상주의'와는 층위를 달리하는 남쪽 문단의 순수문학은 반공주의 못지않게 내포가 분명하지 않은 개념이지만, 순수문학을 내세움으로서 이들은 '순수하지 못한' 문학들에 대항해 나갔다.

주지하다시피 순수문학이 문단의 주도권을 장악하게 된 결정적 계기는 반공주의의 정치적 승리였다. 따라서 애초에 순수문학의 문단 장악은 문학논리의 정교함이나 설득력과는 무관했다고 할 수 있다. 단정 수립과 전쟁, 분단 과정을 거치면서 남측의 문학경향은 자연스럽게 좌익 이념과 거리가 먼 쪽으로 자리를 잡게 되었던 셈이다. 일단 수중에 들어온 문단의 주도권을 유지하는 방법은 발표 매체의 확보와 교과서의 장악이었다.[2] 발표 매체의 확보가 구미에 맞는 문학을 재생산하기 위해 중요한 일이었다면 교과서 장악은 새로운 세대의 문학관 형성을 위해 중요한 일이었다. 『문예』, 『신천지』, 『현대문학』, 『월간문학』, 『한국문학』 등은 이러한 목적에서 창간된 잡지들이었다.[3]

해방기 '청년문학가협회'를 이끌었던 김동리·조연현·서정주·박목월·조지훈 등이 이 '문단주도세력'[4]에 해당하는 문인들이다. 이들 중 김동리의 역할이 특별이 중요한데, 그는 '순수문학'으로 '비순수문학'에 대항한 대표적 이데올로그였을 뿐 아니라 주요 문예잡지를 창간, 주

---

2) 김동리가 해방기 좌익 문인들과의 논쟁을 통해 확립한 순수문학—본령정계의 문학이 교과서에 가장 확실히 반영된 것은 70년대이다. 유신의 전통 강조, 민족 강조가 김동리의 문학론과 닿아 있었기 때문이라고 생각한다. 또 이때는 정권이 반공주의를 국가 전 영역에 관철시킬만한 힘이 생긴 시기이기도 하다. 그 이전 특히 50년대는 '문단주도세력'이 문단을 장악하고 있었지만 교과서의 문학 부분이 이들의 논리를 십분 수용하고 있다고 보기는 어렵다(차혜영, 「문학교육과 정전 구성의 원리」, 『상허학회 심포지움 발표 자료집』, 2005.5.28, 참조).

3) 순문예지에 대한 애착은 '문단주도세력'이 일제 말 『문장』을 통해 데뷔했거나 『문장』을 주 활동 무대로 삼았던 이들이라는 사실과 무관하지 않은 것으로 보인다. 알다시피 『문장』은 가람, 상허, 지용이 주관한 잡지로 그들의 문학적 취향이 그대로 녹아 있는 잡지였다. 김동리가 상허의 에피고넨으로 청록파가 지용의 에피고넨으로 불렸던 사실은 이 잡지의 영향력이 얼마나 컸었던가를 짐작하게 한다. 동시대의 『인문평론』 역시 강한 자기 색깔을 가지고 있었던 잡지였다. 특히 비평이 아닌 창작을 통해 자신의 입지를 굳혀야 했던 이들에게는 발표 지면의 확보가 다른 무엇보다 중요하였을 것이다.

4) 조연현은 '청년문학가협회' 출신으로 '문학가협회', '문인협회'를 구성한 문인들을 '문단주도세력'이라고 부른다. 명명법과 대상은 김윤식이 '문협정통파'라고 부른 것과 크게 다르지 않다. '혁명주체세력'이 주는 어감과 유사한 이 말은, '정통파'라는 말이 주는 주관적 느낌이 적다.

관하였고 교과서에서 수용된 문학사, 문학론을 생산한 이론가였기 때문이다. 이념이 개입된 듯한 문학에 공산주의 이미지를 덧씌워 '반공주의'를 유별나게 드러냈다는 점에서도 김동리는 주목할 만한 인물이다. 또 김동리는 자신의 문학 주도권을 유지하는 과정에서 지속적으로 이분법적 타자 배제의 논리를 활용했다. 타자 배제의 논리는 반공주의와 구조적 상동성을 가진 것으로써 우리 문학사의 왜곡을 가져온 주된 원인이었다.

이 글에서는 '문단주도세력'의 문학론을 대표하는 김동리의 순수문학론이 시대의 흐름에 따라 어떻게 변화하게 되는가를 살피려 한다. 앞서 말한 대로 순수문학은 문학에서 반공주의의 내면화에 절대적 영향을 미쳤다고 생각하기 때문이다. 이는 반공주의 이데올로기가 문학에 미친 영향을 살피는 일인 동시에 순수문학론 자체가 가진 한계를 점검해보는 작업이 될 것이다.[5]

2. 반공주의와 순수문학

순수문학의 주체 확립 전략은 반공주의의 그것과 매우 유사하다. 개념을 생산하여 내포를 채워나가는 것이 아니라 상대방의 문제를 지적함으로서 스스로의 성냥성을 확보하는 방향을 택한나는 섬, 상내방에

---

5) 이 글에서는 노골적으로 공산주의 혹은 북에 대한 적개심을 드러낸 문학을 다루지 않는다. 실제 반공주의를 그것들을 통해 확인할 수 있는 것이 사실이지만 문학적으로 영향력이 지속적이지 못했고 문학적 가치 면에서 보잘 것 없는 문학을 다루는 일은 무용하다고 생각하기 때문이다. 그보다는 문학인 또는 일반 독자들의 내면에 큰 영향을 준 '순수문학' 안에 내재된 반공주의, 또는 반공주의에 의한 변화를 살펴보는 것이 반공주의의 실체에 다가가는 길이라 생각한다.

대응하기 위해서는 이질적인 요소를 기꺼이 포섭한다는 점에서 그렇다. 일상적인 용어 사용 방법을 넘어서고 있다는 점에서도 둘에는 유사한 점이 있다. 반공이 '공산주의' 이상을 반대하는 것과 마찬가지로 '순수' 도 '비순수' 이상을 공격하는 경우가 많다.

반공주의가 그렇듯이 순수문학도 수용의 논리보다는 배제의 논리를 주로 사용한다. 배제의 논리가 가진 약점은 자신과 대적할 수 있는 뚜렷한 대상이 존재할 때는 나름대로 논리적이고 체계적이라는 느낌을 주지만 대결 대상이 사라졌을 때는 자기 논리의 정당성을 확보하는 데 어려움을 겪게 된다는 데 있다. 따라서 배제의 논리가 설득력을 얻기 위해서는 끊임없이 배제의 대상을 찾아야 한다. 이때 무리하게 배제의 논리를 확대하다 보면 제한된 자기 동일성 영역을 제외한 모든 것에 대한 거부로 이어질 수도 있다. 이 경우 타자에 대한 정당한 인식이 어려워지고 스스로의 논리도 불구로 떨어질 가능성이 크다. 비록 적대적일지라도 주체를 세워주는 것은 타자의 존재인데 타자의 상실은 스스로의 정체성도 잃게 만들 수 있다. 배제해야 하는 대상이 사라졌을 때 자신은 텅 비게 되고, 그 텅 빔은 다시 적대적 세력을 필요로 하는 악순환을 겪게 된다.

배제의 논리가 가진 이러한 함정을 김동리의 순수문학론을 통해 확인할 수 있다. 식민지시대부터 1970년대까지 일관되게 유지되어 온 그의 문학이념이 특히 중요하게 부각되는 시기는 해방부터 전후에 이르는 몇 년간이다. 이 시기는 문학적·정치적으로 새로운 나라의 기초가 형성되는 시기였다고 할 수 있다. 나라의 기초를 만드는 이 시기에 김동리는 좌익문학에 대한 공격과 민족과 전통, 인간 본성이라는 개념을 앞세워 남쪽의 문학 이념을 선도하였다. 그가 상대해야 했던 '적'들이 생활과 구체를 '지나치게'(또는 생소하게) 강조했기에 이에 대항하기 위한 논리로 추상과 보편을 내세웠던 셈이다. 이 시기 김동리의 논리는 상대방의 논리가 갖는 상대적인 취약점을 지적하고 이를 통해 반사 이익을 얻는 길을 택한다. 그러나 50년대 중반 이후 김동리의 비평은 상대방을 갖지 않은 상태에서 자신들의 논리를 재생산하는 데 그치고 만다. 대적 할만한 논리적 대타를 전혀 갖지 못한 데서 생긴 문제이다. 시대와 어 울리지 않는 순수문학의 논리는 동시대 작품에서 창작적 성과를 발견 하는 데도 어려움을 겪게 되는데, 이때 김동리가 선택하는 길은 이념이 의심스러운 현재 문학에 대한 공격이나 세계문학이라는 더 큰 범주로 의 탈출이었다.

다양성을 상실한 문학적 상황은 문학 권력에 대한 과도한 집착으로 이 어졌다. 단정 이후 단일한 이념이 지배하는 상황에서는 이념의 대결이란 의미가 없어지고, 개인의 욕망은 그 이념을 실현하기 위한 제도를 장악하 는 데 집중된다. 여기서 제도란 '한국문학가협회' 또는 '한국문인협회'라 는 기구와 '문예잡지'라는 매체였다. '한국문인협회'는 61년 쿠데타 이후 이전 문학 단체를 해산하고 1961년 12월 30일 결성된 통합 문인 단체로 이전에 활동하던 '한국문학가협회', '자유문학자협회', '시인협회', '소설 가협회', '전후문학가협회'의 구성원들이 참가한 단체이다. 그러나 실제 는 '한국문학가협회'가 주도한 단체로 볼 수 있다. 초기 이사장은 전영택, 부이사장은 김광섭·이희승·김동리가 맡았으나 1965년 당시 이사장은 박종화, 부이사장은 김광섭·김동리·모윤숙이 맡았다.[6] 이 시기 이사장 을 맡았던 전영택과 박종화는 문단의 어른이기는 했지만 실제 일을 주관 하지는 않았다. 실제로 협회를 움직인 인물은 김동리였다. 박종화가 자리 를 물러난 1970년부터는 김동리와 조연현이 교대로 이사장을 맡으며 예 선 '청년문학가협회' 출신 문인들이 협회를 주도해간다. 김동리는 문예잡 지에도 지속적으로 관계한다. 해방 직후『문예』의 창간과『신천지』의 편 집에 관여하고, 이후 문인협회장이 되어서는『월간문학』을 창간하고 협 회장에서 물러난 후『한국문학』을 창간한다. 잘 알려진 대로『월간문학』

---

6) 한국문인협회 편,『해방문학 20년』, 정음사, 1965.

과『한국문학』은 조연현이 주관으로 있었던『현대문학』에 대응하기 위해 김동리가 역량을 모아 창간한 잡지였다.7)

　문학 권력에 대한 김동리의 끊임없는 도전과 좌절은 순수문학이 결정적인 약점을 드러낸 지점이다. 순수문학을 주장했던 문인들이 끊임없이 문학 권력에 도전했다는 점은 언뜻 모순된 것으로 보인다. 순수문학은 기본적으로 문학의 영역과 정치의 영역을 분명히 구분한다는 것이 일반적인 상식이기 때문이다. 그러나 이 점에서 김동리의 순수문학이 갖는 고유한 면이 드러난다. 그는 문학에서 현실적인 요소들을 부인했음에도 불구하고 문학 외적인 영역에서의 현실 관여는 거부하지 않았다. 이는 그의 문학론이 해방기 좌익 문인들과의 논쟁을 통해 정립된 것이라는 사실과 무관하지 않아 보인다. 좌익 문인들에 대결하는 문학의 논리는 순수여야 했지만 그것을 가지고 현실적 싸움을 벌이기 위해서는 정치의 영역에 들어가야 했던 것이다. 자신의 목소리를 낼 수 있는 마당을 확보해야 한다는 필요가 제도에 대한 집착으로 이어졌다 할 수 있다. 멀리 보면 그의 문학론이 기득권을 쥐고 있는 기성 문인과의 대결로 시작되었다는 점과도 관련된다.

　사실 순수의 논리가 관철될 수 있는 영역은 창작 행위에 그칠 수밖에 없다. 문학 제도는 창작과 달리 정치와 현실의 영역이 될 수밖에 없어서, 문학처럼 추상적이거나 보편적인 영역으로 남기는 곤란한 분야이다. 그런데 문학과 현실을 구분하는 순수문학의 이분법 논리로 문학 제도에 접근한다면 정치 영역에서의 '순수한' 태도를 지향하게 되는 문제를 낳게 된다. 문학 쪽에서 본다면 문학과 현실의 분리는 모든 비문학적인 요소에 대한 철저한 부정이라고 할 수 있지만, 현실 쪽에서 본다

---

7) '한국문인협회' 안에서의 주도권 다툼과 문예지의 창간에 대해서는 조연현의「내가 살아온 한국문단」(『조연현 문학전집』 1권, 정음사, 1975), 홍기돈의「김동리와 문학권력」(『한국문학권력의 계보』, 한국출판마케팅연구소, 2004)과 김명인의『조연현―비극적 세계관과 파시즘 사이』(소명출판, 1994), 정규웅의『글동네에서 생긴 일』(문학세계사, 1999)을 참조할 수 있다.

면 순수한 문학 대 순수하지 못한 현실이라는, 서로 다른 것들이라는, 선명한 대립구도를 낳는다. 이러한 논리가 극단화되면 순수한 문학을 위해 순수하지 못한 현실을 버리는 경우가 생길 수 있고, 반대로 순수한 문학과 순수하지 못한 현실이라는 대립 구도를 통해 순수하지 못한 현실을 긍정하는 경우도 생길 수 있다.[8] 김동리를 비롯한 문단 주도 세력들이 선택한 것은 후자의 길이었다. 문학제도와 관련하여 순수가 현실 긍정을 선택하게 된다면, 다른 선택의 국면에서도 현실 긍정으로 흐를 수밖에 없는 것이 순수문학의 취약점이었다. 문학과 현실을 이분법적으로 사고한다면 결국 순수한 문학을 위해서 순수하지 못한 현실은, 부정되는 것이 아니라, 언제나 긍정될 수밖에 없는 것이다.

반공주의는 문단을 순수문학 일변도로 만들어 놓았는데, 문단에서 타자의 부재는 작품의 빈곤과 편향을 낳게 된다. 좌우익 대결 후 10여 년 동안은 그 편향이 매우 크게 나타나는데, 해방 이전 수준을 회복하는 데도 오랜 시간을 필요로 하게 된다. '문인협회'가 해방 이후 문단사를 정리한『해방문학 20년』의 소설 부분 정리를 보면 반공주의 또는 순수문학이 미친 부정적 영향을 짐작해 볼 수 있다.[9] 다분히 비평적인 성격이 짙어 진위를 분석해 볼 필요가 있는 글이기는 하지만, 당시 소설

---

8) 류찬열,「문학의 권력화와 정전화에 대한 성찰과 반성」,『한국문학권력의 계보』, 한국출판마케팅연구소, 2004, 213면.
9) 이 책에서 소설부분의 정리를 맡은 정태용은 소설에서 해방 전에는 있었으나 해방 후에는 없어진 것과 해방 전에는 없었으나 해방 후에는 생긴 것들을 나열하고 있다. 그는 해방 이전에 있었으나 해방 이후 소설에서 찾아보기 어려워진 것을 다섯 가지로 정리한다. 첫째는 노동자의 소설이 없어졌다는 점, 둘째는 농민소설이 완전히 없어지지는 않았으나, 아주 적어졌다는 점, 셋째는 봉급생활자, 소시민을 다룬 소설과 지식인의 소설도 드물어졌다는 점, 넷째는 인간을 다루는 데 있어서, 양심의 문제는 거의 망각되어 가고 있다는 점, 다섯째는 자연의 묘사나 자연미가 소설에서 제외되어 가고 있다는 점이다. 위의 다섯 가지 요소들은 사실 근대 소설이 시작된 이후 우리 소설이 지속적으로 관심을 보이던 대표적인 제재들이다. 노동자 농민, 소시민의 삶은 소설 제재의 대부분을 차지했다고 보아도 무리는 없을 것이다(한국문인협회 편,『해방문학 20년』, 정음사, 1965, 34면).

의 흐름을 간접적으로 확인해 볼 수 있는 자료이기는 하다. 이 글의 내용은 해방 이후에는 이전의 주도적 경향이 크게 약화되었다는 것 정도로 정리할 수 있다. 여기서 특별히 눈길을 끄는 것은 첫 번째 항, 노동자 소설이 없어진 이유에 대한 분석이다. 그 이유는 "작품들이 대부분 지식인으로서, 공장 기타의 노동자의 생활을 알 수 없는 것도 있겠고, 한편으로는 자칫 잘못 하다간 공산주의자로 오인 받을까 봐 두려워서인 것도 있을"[10] 것이라고 한다. 노동자를 다루는 것이 작가들 사이에서 금기처럼 작용하고 있었음을 짐작할 수 있는 말이다. 생활을 알 수 없다는 말은 다른 항에서도 동일하게 사용된다. 해방 후 소설에 새롭게 나타난 특징도 정리하고 있는데, 다음과 같이 다섯 가지를 제시하고 있다. 첫째, 전쟁소설, 정치소설 등이 나타난 것이 새로운 국면이고, 둘째 깡패소설이 등장 셋째 창부 소설이 나온 점을 든다. 넷째는 해방 전의 연애소설이 차츰 성(性)소설로 발전해 가고 있음을 느끼게 한다는 점이며, 다섯째는 실존주의와 함께 프랑스의 앙띠·로망이 시도되고 있다는 점이다. 당시 유행한 소설 경향이 무엇인지 짐작할 수 있을지언정 참신한 경향의 소설을 찾아보기는 어렵다. 주로 소재 차원의 새로움이라 할 수 있다.

현재의 시점에서 문학에서의 반공주의를 문제 삼는 이유는 위에서 드러난 바와 같은 편향성을 문제 삼는 것이다. 단일한 정치적 견해가 지배할 경우 전체주의로 이어지듯이 단일한 문학 이념이 대응 이념 없이 오래 지속될 경우 문학은 다양성을 상실하고 자유로운 정신을 잃게된다. 이는 문학의 장점이자 존재 이유인 타자에 대한 이해와 다양한 삶에 대한 깊이 있는 천착을 불가능하게 한다. 김동리의 순수문학론이 이를 보여주는 대표적인 사례이다.

---

10) 한국문인협회 편, 『해방문학 20년』, 정음사, 1965, 34면.

3. 세대론의 전략-인간 개성과 생명의 구경

김동리 순수문학론의 원형을 발견할 수 있는 것은 1930년대 후반 신세대 논쟁에서이다. 이 논쟁은 그 전개 과정 자체가 깊이 있는 이론 전개를 보여 주어서가 아니라 이 논쟁에서 얻어진 문학정신의 본질에 관한 이론가들의 견해가 해방 이후 우리 문단에 매우 큰 영향을 미쳤다는 점에서 중요하다. 특히 인간성 옹호론과 순수문학 이론의 접합이 이 논쟁의 전개과정을 통하여 이루어졌다는 사실은 여러 번 강조되어 마땅하다.11) 사실 인간성 옹호라는 말은 30년대 후반 휴머니즘 논쟁과 맥을 같이하는 것일 터, 순수문학과는 쉽게 연결되지 않는 논의이다. 그러나 김동리는 휴머니즘의 인간중심주의를 경향문학과 대비시킴으로써 그것을 순수문학 안으로 끌어들이려 한다. 그의 순수문학론이 갖는 독특함이 여기에서 비롯된다고 할 수 있다. 김동리 평론에서 전가의 보도로 사용되는 '인간의 개성과 생명의 구경 탐구'가 구체화되기 시작하는 것도 이 때이다.

이 시기 김동리의 순수문학론은 세대론의 성격을 띠고 있었다. 그는 기성의 작품에는 전 작품 세계를 압도하며 흐르고 있는 어떤 우상적인 이념에 지배되어 있음에 비해 신세대의 작품에는 개성과 구경에 대한 탐구가 두드러진다는 주장을 내놓는다. 이때 '우상적인 이념'이 무엇을 의미하는지는 명확하다. 세대론을 통해 구분하고자 했던 이전의 문학경향, 즉 경향문학을 의미한다. 그러나 경향 문학에 대한 부정이 특정한 이념에 대한 적대적인 거부인지는 분명하지 않다. 기성 문인들의 경향이 가진 문제점을 지적하고 자신들(신세대)의 문학이 가진 정당성을 주장하기는 하지만 비판의 초점은 '우상적인 이념' 일반이라고 볼 수 있다.

---

11) 김영민, 『한국문학비평논쟁사』, 한길사, 1992, 512면.

여기서 김동리가 말하는 우상은 근대정신의 일정한 흐름 전체를 말한다. 그는 자본주의의 물신주의나 마르크시즘 그리고 일본의 군국주의조차 근대정신의 흐름으로 비판한다. 구체적으로는 경향문학을 거부하고 있지만 그 거부는 특정한 이념 하나에 제한된 것은 아니었다. 우상적인 것의 현상태가 마르크시즘이었다면 그것과 유사한 형태의 우상도 거부할 수 있다는 것이 이 시기 김동리의 생각이었다. 이는 이후에 근대의 초극 등으로 평가되기도 한다. 근대정신에 대한 전반적인 거부는 그것의 한 발현 형태인 군국주의 시대를 맞아 과감히 붓을 꺾고 고향으로 내려갈 수 있었던 정신적 근거가 되기도 한다.[12]

그가 물질주의 정신을 비판하는 기준은 경향문학이 '사조적인 이념적 우상에 예속'되어 있다는 데 있다. 그는 경향문학과 관계된 이들이 "사조에 휩쓸리게 된 다른 일면의 진의"를 이해한다고 말하고 자신의 논의가 "중세의 '신'이나 근대의 '물질' 자체의 사상적 의의를 시비"하는 것은 아니라고 말하다. 단지 문학적 측면에서 그러한 노력이 이념적 우상에의 예속으로 떨어질 '운명적인 조건'(전통 빈약, 비개성)을 가지고 있다는 의미에서 문제라고 말한다.[13] 이념에 대한 명확한 판단을 드러내고 있지 않다.

세대논쟁에서 순수라는 말을 먼저 사용한 쪽은 유진오였다.

하여간 나는 일개 문인으로서 문학에 있어서의 '순수'라는 것을 생각하기

---

12) 따라서 김동리의 세대론을 '문장'파와 관련짓는 것이 가능하다. 김윤식은 '문장'의 전근대적, 고전적 복고주의의 폐쇄적 세계관은 한국이라는 민족적 이념과 부합되었다고 말한다. 그것과 연관되는 순수라든가 인간성 탐구 혹은 개성과 생명의 구경 탐구는 문학가로서는 처세하기 힘든 시기에 가져야 될 모랄 문제였다고 지적한다. 김남천의 모랄론이 자기 고발의 형식을 띠고, 프로문학을 초극하려 했을 때 나타난 것이라면, 세대론은 신체제를 앞에 놓고 나타난 제2의 모랄론이라 할 수 있다는 것이다(김윤식, 『근대문예비평사연구』, 384~385면). 이렇게 보면 김동리가 가진 장점이란 결국 문장파가 가지고 있는 장점과 크게 다르지 않다는 말이 된다.

13) 김동리, 「신세대의 정신」, 『문장』, 1940.5, 95~96.

요새보다 더 절실한 적이 없다. 순수란 별다른 것이 아니라, 모든 비문학적인 야심과 정치와 책모를 떠나 오로지 빛나는 문학정신만을 옹호하려는 의열(毅烈)한 태도를 두고 말함이다. 문단의 사조가 전면적으로 혼돈 속에서 헤매고 있을 때 문학인—지식인의 긍지와 특권을 유지 옹호해주는 것은 오직 순수에의 정열이 있을 뿐이다.[14]

순수는 김동리의 고유한 용어가 아니라 이 시기 문학의 화두 중 하나였다. 위 예문에서는 유진오가 주장하는 순수의 모습을 확인할 수 있다. 유진오가 말하는 순수의 핵심은 "비문학적인 야심과 정치와 책모를 떠나 오로지 빛나는 문학정신"을 옹호하는 태도에 있다. 이처럼 순수를 새삼 강조하는 이유는 문단이 전반적으로 혼란에 빠져 있기 때문이라고 말한다. 흔히 전형기로 평가되는 30년대 말, 빛나는 문학정신만을 지키자는 주장은 주변의 영향에서 자유로울 수 있는 방법의 모색이라는 의미를 갖는다. 비문학적인 것에 의해 문학이 압사당하기 직전이었기 때문에 이런 생각은 유진오만의 고유한 것일 수 없었다. 비록 이후 유진오의 행적이 어떠했든 간에 시대의 고민을 담고 있는 주장이었음은 분명하다. 그가 말하는 빛나는 문학정신은 "순수 중의 순수로 자타가 공유하는 그들의 문학은 실로 심각한 인간고의 표현"이며 세계적 수준의 "순수를 계승하기 위해 좀더 시대적 고민 속으로 몸을 던"[15]지는 데 있었다.

이 논쟁이 시작될 무렵 김동리는 공격의 위치에 있다기보다는 방어하는 자리에 있었다. 신세대의 각성을 촉구하는 기성세대에 대해 이미 신세대들은 변화된 시대에 맞게 변화된 관점으로 문학을 하고 있다는 점을 변호하는 입장이었다. 그는 신인에 대해 "신인으로서 기성 작단에 대립할 새 성격을 가진 자"라고 정의하지만 새 성격의 실체를 하나로 묶지는 않는다. 그 이유는 "새 성격 그 자체가 다분히 주관적이라고 보매, 동시에

---

14) 유진오, 「순수에의 지향」, 『문장』, 1939.6, 139면.
15) 위의 글, 136면.

또 개성적이 아닐 수 없"기 때문이었다. 하지만 신세대들을 묶을 수 있는 성격은 "이론보다, 작품이 앞서게 되는 것"이라고 주장하였다.16)

「순수이의」에서 거론된 이런 초보적인 수준의 세대 언급은 다른 글 「신세대의 정신」에서 구체화된다. 논의 수준도 조금은 공격적이 된다. 여기서 김동리는 "경향문학 퇴조 이후 현저한 변모를 갖게 된 이 땅 문단의 신생면, 이것이 우리 문단현실이요 세대론의의 대상"17)이라고 분명히 규정한다. 세대론은 단순히 나이의 문제가 아니라 새로운 국면에 처한 문단 현실 자체를 대상으로 삼는다는 말이다. 예전 경향문학 중심의 시대가 가고 새로운 시대가 왔으니 그 시대를 다루는 것이 세대론이라는 말이다. 김동리는 신세대의 의미를 적극적으로 구명하고 문학적 특질도 구체적으로 분석한다.

　　한 세대를 형성할 이념으로서 크던적던(나는 적다고 하지 않는다) 그것이 제 자신에서 배태하여 제자신에게 빚어진 정신이 아니면, 이 땅 문단과 같이 전통이 빈약한 데서는 도저히 진정한 신세대는 출현할 수 없는 법이다. 비단 문학만이 아니라 종교나 철학의 경우를 보더라도 외래의 어떤 위대한 사상이 타민족에 들어가려면, 그 민족 본래의 어떤 고유한 개념이 범주를 거쳐(거기서 소화되어서) 그 민족 특유의 체취와 형태를 띠고 발휘되는 것이었다. 그것이 다만 그러한 개념의 범주의 문제에만 끝이지 않고, 전체적으로 전통자체가 빈약하다든가 환경적 조건이 성숙해 있지 못할 때엔 그 외래의 사상 혹은 원리란 그것을 신봉한 모든 지식인의 이념적 우상에만 그치고 마는 사실을 우리는 과거 모든 민족의 정신사상에서 보아온 바이다.18)

그가 말하는 순수는 상대방을 배제하려는 의도보다는 주체성 정립을 위해 끌어들인 개념에 가까웠다. 상대방에 대한 공격도 기왕의 것들에서 벗어나 새로운 것이 정당성을 얻으려는 노력 정도로 이해할 수 있다.

---

16) 김동리, 「순수이의」, 『문장』, 1939.8, 148면.
17) 김동리, 「신세대의 정신」, 『문장』, 1940.5, 81면
18) 「신세대의 정신」, 82면.

'인간의 개성과 생명의 구경 탐구'라는 문학의 본래 기능을 다하기 위해 필요한 것으로 김동리는 민족 본래의 것에 대한 추구를 주장한다. 민족 본래의 것을 추구하는 데는 이전 문학이 가진 문제에 대한 진단이 따르는데 그 진단에 따르면 우리 문학의 문제점은 외래의 사상이나 원리에 대한 경도이다. 이를 극복하기 위해 '민족 특유의 체취와 형태'를 띠고 발휘되는 것이 새로운 세대의 정신인 셈이다.

민족과 전통의 강조는 김동리의 이후 비평에서도 매우 중요한 의미를 갖는다. 그는 위기의 시대에 문학을 하는 자신들의 위치가 절실할 수밖에 없다는 것을 "어떤 원리나 주의가 외부로부터 사조적으로 들어와 피동적으로 덮어씌워진 것이 아니라, 한 절벽에 이르러 꺾이느냐 일어나느냐 하는 문단생리의 배수진에서 그것(신생면)이 출발했기 때문"이라고 표현한다. 그런 폐해를 없애는 것이 신생면의 세대론이다. 따라서 세대론에서는 "본질적으로 한 민족을 단위로"하기 때문에 "'세계사(문화)적 조류로서'라는 견지를 떠나서, 어느 한 민족의 문학이나 미술 등의 세대문제를 논의함이 가능할 뿐"이다. 이는 "인간이 각자 지니고 있는 고유한 개성과 인생관만이 문학의 진정한 내용이 될 수 있"고, 사상이나 이념이라는 것도 여기에 기초하지 않으면 그것은 "생명과 개성의 구경 추구일 수 없으며, 한갓 '이념적 우상에의 예속'에 불과하다"는 주장이기도 하다. 생활과 운명과 의욕의 조화를 강조한다든지 이데올로기의 폐해를 지적한다는 점에서 해방기와 전쟁 이후의 비평과 큰 흐름에서는 일치한다.

물론 '인간이 각자 지니고 있는 고유한 개성과 인생관'이 무엇을 말하는 지가 명확하게 밝혀져 있지 않으므로 그의 주장을 드러난 그대로 수용하기는 어렵다. 그가 강조한 민족과 전통의 실체에 대해서도 의심의 눈길을 주기에 충분하다. 전통이란 발견되는 것이기에, 어떤 이념에 의해 선택되느냐의 문제가 중요하지 전통을 강조한다는 것 자체는 특별한 의미를 갖지 않기 때문이다. 김동리의 경우 민족적 특성에서 전통을 발견한다고 해야 그것은 '민족적=전통적=한국적=토속적'이라는 애매모호한 개념 사용에 바탕을 두고 있는 것이 현실이다.[19] 또 민족과 전통의 강조는 계급을 강조하는 좌익 이념에 대한 대응 개념으로 자주 언급되는 것이기도 하다. 통시적인 고찰을 통해 계급의 의미를 약화시키고 막연한 심정적 공동체인 민족을 정치적 동원 단위로 설정하는 방식은 해방 이후의 논쟁에서 분명해진다. 그 전조를 30년대 후반 김동리의 글에서 발견할 수 있는 것이다.

이 글이 무조건적인 배제의 논리 이상을 보여준다는 판단은 김동리가 평론가가 아닌 소설가의 자리에 서 있음으로 해서 더욱 분명해진다. 김동리는 막연히 문학론을 설파하는 것이 아니라 구체적인 작가의 작품 경향을 들어 주장의 설득력을 얻으려 노력한다. 최명익·허준·정인택 등의 작품을 분석하기도 한다. 그는 민족의 정신 사상에서 나온 문학의 하나로 자신의 「무녀도」를 들어 설명한다. 김동리는 자신이 「무녀도」에서 다룬 것은 민속적 신비성이 아니라 조선의 무속이 "민족특유의 이념적 세계인 신선관념의 발로"[20]라는 생각 때문이라고 한다. 한 인간이 자연에 융합되는 모습을 그리고 싶었다는 것이 그의 주장이다. 이러한 작품 판단의 옳고 그름을 떠나 김동리의 논리 체계가 가진 일관성은 발견할 수 있다.

그러나 김동리가 유진오의 지적에 대해 답하지 않는 부분도 있다. 애초에 유진오는 "비문학적인 야심과 정치와 책모를 떠나"는 것에서 순수의 의미를 찾았다. 김동리는 순수를 말하며 문학 외적인 활동과 문학과의 연관을 언급하지 않는다. 사실 이는 기성들에게 돌릴 말이기도 하다. 문학 외적인 여건에서 유리한 지점을 점령하고 있는 기성과 신세대라고 할 수 있는 김동리의 입장이 다를 수밖에 없었던 것은 분명하다. 또

---

19) 이경수, 「순수문학의 구축 과정과 배제의 논리」, 『한국문학권력의 계보』, 한국출판 마케팅연구소, 2004, 83면.
20) 김동리, 「신세대의 정신」, 『문장』, 1940년 5월, 91면.

비평가와 작가의 입장이 달랐을 것이라는 짐작도 가능하다. 그가 늘 스승처럼 생각했던 문장파의 이태준과 정지용은 비록 순수문학을 한 사람들이지만 『문장』이라는 잡지를 가지고 있었다. 비평가를 갖지 못한 신세대의 입장에서 평론가들에 맞설 수 있는 방법은 잡지를 경영하는 것이었을지 모른다.

대체적으로 이 시기 김동리의 논리는 경향 문학이 득세하던 이전 시기에 대한, 평론가 그룹에 대한 거부반응에서 나온 것으로 보인다. 그렇다고 김동리의 문학론이 그들에 대한 완전한 배제의 논리로 발전한 것은 아니다. 그의 고민은 동시대를 살아가는 문학인들 모두에게 해당하는 것이었고, 새롭게 창작활동을 시작하는 작가들에게는 더욱 절박한 문제였다. 이 시기 김동리는 기성 문인들이 생각의 전환을 이야기할 때 신세대는 이미 변화된 모습으로 활동을 하고 있다고, 자신들이 정체성을 문단을 향해 강력히 주장하고 있었다.

4. 해방기의 김동리–계급문학과 민족문학

문인들에게 해방기는 문학론의 선택이 체제 선택과 직결되는 시기였다. 이를 바꾸어도 참이 되는데, 체제를 선택하면 문학론도 그 체제에 맞는 것이 선택되어야 했다. 그러나 선택할 수 있는 체제는 다양하지 않았다. 남 아니면 북, 계급주의 문학 아니면 순수문학만이 주어져 있었다. 남을 선택한 경우에는 북의 그것을 펼 수 없고, 북을 선택한 경우에는 남의 그것을 펼 수 없었다. 정치 체제의 확정과 함께 문학론도 확정되는 기이한 상황이 해방기에 벌어졌고, 이런 상황은 최근까지도 이어져 왔다. 김동리가 해방 공간에서 마주한 것도 이런 현실이었다.

김동리가 해방기에 본격적으로 주창하게 되는 순수문학의 내용은 해방 전 「신세대의 정신」에서 언급했던 내용과 본질적으로 다른 것은 없다. '문학정신의 본령정계의 문학'을 내세우고 그것이 인간성 변호와 개성향유를 전제하고 있다는 것을 강조한다는 점에서 그렇다. 하지만 주변의 상황은 매우 달라져 있었다. 세대론의 대상은 경향문학의 퇴조 이후 갈팡질팡하던 선배문인들이었고, 이 시기 김동리가 다투어야 하는 대상은 이념에 대한 확신을 가지고 있는 좌파 문인들이었다. 세대론의 경우 비록 유진오와 논쟁을 하기는 했지만 변화된 현실에 대한 반응이라는 점에서 앞선 문인들과 굳이 적대적인 관계가 될 필요는 없었다. 이에 비해 해방기의 논쟁은 사활을 건 치열한 것이었다. 문학만으로 그칠 수가 없는 환경이 강요되고 있었던 셈이다.

김동리가 문학론과 정치적 상황이 분리될 수 없음을 이해하고 있었다는 사실은 해방 후 주목할 만한 최초의 글 「순수문학의 진의」에서부터 드러난다. 그는 이 글에서 문학론과 함께 정치 체제를 거론한다. 그는 개성의 자유와 인간성의 존엄을 목적으로 하는 조류를 데모크라시로, 과학이라 불리는 현대적 우상을 숭배하는 과학주의적 기계관의 결정체를 유물사관으로 보고 있는데,[21] 스스로 유물사관에 반대하는 자리에 서야 한다는 것을 자각하고 있었다. 세대론에서도 경향 문학에 대한 입장을 분명히 보여주기는 했지만 그것은 시차를 두고 벌이진 문학 조류에 대한 반응이어서 대립과 선택을 강요한 것은 아니었다.

계급문학에 맞서는 순수문학의 논리는 '민족문학'이었다. 여기서 민족문학은 민족의 당면한 현실에 대한 고민을 최우선 과제로 하는 경향이 아니라 민족 전통 혹은 민족의 운명이라는 추상적인 지향을 드러내는 민족문학[22]이었다.

---

21) 김동리, 「순수문학의 진의」, 『문학과 인간』, 청춘사, 1952, 107면.
22) 민족문학이라는 용어는 당시 계급문학과 순수문학 양쪽에서 함께 사용한다. 어떤 것이 민족문학이냐에 대한 견해에 있어 큰 차이가 있었던 셈이다. 김동리는 "지금까지

문학정신의 본령이 인간성 옹호에 있다고 볼 때 오늘날과 같은 민족적 현실
에서의 인간성의 구체적 양양은 조국애나 민족혼을 통하여 발휘되어 있는 것
이며 이것의 진정한 문학적 구현이야말로 문학 이외의 목적의식에서 경화(硬
化)한 것이 아니라면─참된 순수의 정신에도 통해 있다고 하지 않을 수 없을
것이다.23)

민족문학론이 유물론과 비교하여 강조하는 것은 민족 '정신'이다. 위
의 예문에서 볼 수 있듯이 민족정신은 결국 조국애나 민족혼으로 이어
진다. 조국애나 민족혼의 발현이 인간성 옹호의 문학적 구현이라고 볼
때, 여기서 배제되는 계급문학은 인간보다 다른 무엇을 강조하는 것이
된다. 목적의식에 경도된 계급문학은 순수문학에서 벗어난 것이 된다.
여기서 조국애나 민족혼은 조국과 민족이라는 개념의 내포에 의해 설
명되는 것이 아니다. '목적의식에 경화한 것'을 제외하면 '참된 순수의
정신'이 된다는 배제의 논리로 설명된다.

김동리의 문학론이 구체화되는 것은 신진 비평가들에 의해 순수문학
이 공격을 받고부터이다. 주요 공격 내용은 순수문학이 상아탑류의 문
학이라는 점이다. 이에 대응하여 순수문학과 다른 문학을 분명하게 구
분하여 설명하고 있다는 것이 「본격문학론과 제3세계관의 전망」24)이라
는 글이다. 이 글에서 김동리는 계급문학에 대해 정면으로 대응한다. 이
글은 김병규의 글에 대한 반론의 성격을 띠고 있는데, 논쟁에 어울리게
자신과 논쟁자 사이의 세계관적 모태에 대해서 문제 삼는다. 즉 유물사

'당의문학' 계열의 문학인들은 자기 자신들의 문학적 표어를 정면으로 '계급문학'이니
'경향문학'이니 하지 않고 슬그머니 '민족문학'이란 잠칭을 사용하여 왔"다고 말한다.
이는 볼셰비키 정치단체들이 민주주의를 내세우는 것과 같다는 것이다(김동리, 「당의문
학과 인간의 문학」, 『문학과 인간』, 209면). 그러나 이러한 생각은 민족문학이 민족의
현실과 어떻게 관계 맺어야 하는가를 고민하는 문학이어야 한다는 진지한 고민을 받아
들이지 못하고 있다.

23) 김동리, 「문학과 문학정신」, 『문학과 인간』, 153면.
24) 김동리, 「본격문학과 제3세계관의 전망」, 위의 책.

관을 문제 삼고 있는 것이다. "물질적 생활 자료의 산출 방법이 사회적, 정치적 및 정신적 일반생활상의 과정을 결정한다"는 유물론 원칙에 의해 지배되는 것이 계급문학이고, 이것은 일면의 진실을 가지고 있지만 "일반생활에 있어서 그 자유향상의 욕구와 방법은 사회적 정치적 및 물질적 일반 생활의 과정을 결정한다"(123면)고 하여 말보다도 의미가 단순하다고 지적한다. 그리고 정신과 물질 이전의 '생명력'을 내세운다. 이어 "이 자유지향의 욕구라는 주체적 조건과 물질적 생활 자료의 산출 방법이라는 객관적 조건이 상호제약하며 상생상극하야 인간 역사의 변증법적 전개를 초래하고 있다는 것을 알지 못한다"고 공격한다. 자본주의 사회의 지양을 외치는 유물사관은 일면 타당해 보이지만 결국 "일면 근대주의의 연장이란 의미에서 있어선 마땅히 지양되어야 할 과학주의 물질주의 기계주의 공식주의의 결정체라고 볼 수밖에 없다"(125면)는 것이 김동리의 주장이다. 사실 이러한 비판은 실제 사회주의 이론 전체에 대한 것이 아니라 자신의 경험에 의해 해석한 제한된 사회주의에 대한 공격이다. 논리적·과학적 차원이기보다는 경험론적 차원의 비판이라 할 수 있다.

계급문학에 대한 김동리의 생각은 현실에서 구체적인 사건을 만나 더욱 강화된다. 좌우익의 이념 대결의 영향이 문학에서 어떻게 나타날 수 있는지를 알려준 사건이 1947년의 '응향 사건'이었다. '응향 사건'이란 '북조선문학예술총동맹'의 지부에 해당하는 '원산문학동맹'의 이름으로 나온 시집 『응향』에 실린 일부 시에 대한 '북조선문학예술총동맹' 차원의 비판과 이에 따른 결정을 일컫는 말이다. 이 시집은 강홍운·구상·노향근·박경수 등의 시를 싣고 있는 것으로 '북조선문학예술총동맹'은 이 중에서 구상의 「길」을 포함한 일부의 시들이 당시의 진보적 민주주의의 현실과는 관계없는 조선 현실에 대한 회의적·공상적·퇴폐적·현실도피적·절망적 경향을 띤 것으로 파악하고 1947년 1월에 「시집 『응향』에 관한 결정서」를 발표했다.[25] 그 결정서의 내용은 문학이 '인민'에게 복무해야 한다는 말로 집약된다. 김동리는 이 사건에 대해 「문학과 자유를 옹호함」이라는 글을 썼거니와 이 사건은 이전까지 써왔던 계급 문학에 대한 부정적인 인상이 강화되는 계기가 된다.

신세대 논쟁에서 출발한 순수문학의 논리는 기성과 다른 자기 세대의 독특함을 내세우는 데서 시작했지만 해방기 논쟁 과정을 겪으면서 점차 배제의 논리로 기울게 된다. 배제의 논리를 펼 경우 배제 대상들 사이의 차이들은 쉽게 무화되곤 한다.

> 그러므로 문학은 어떠한 목적을 막론하고 목적달성의 도구가 되어서는 아니 된다는 것이다. 게르만의 피를 선동하기 위한 나치스 문학이나, 황도 정신을 고취하기 위한 일제의 소위 황도 문학이나 소연방주의를 구가선전하기 위한 '인민신'의 문학이나 그것이 다 같이 국책문학인 점에 있어, 또 정치주의적 목적문학인 점에 있어서는 아모 것도 다를 것이 없는 것이다.[26]

위 글은 문학을 목적 달성을 위한 문학과 그렇지 않은 문학으로 양분하는 김동리의 논리를 보여준다. 다른 글을 참고해 보아도 김동리가 보는 문학은 현실적 목적을 달성하기 위한 문학과 인간 본령 정계를 위한 문학으로 양분된다. 김동리에게 나치스 문학=황도문학='인민신'의 문학이라는 등식이 성립되는 이유가 여기에 있다.

위 글의 구분에 의하면 공리주의 문학들은 그 정치성에 있어서 서로 같은 것이며, 공리주의 안에서의 차별성은 무시해도 좋은 것이 된다. 현실적 가치를 주장하는 것 자체가 문제이지 그것들 사이의 차이는 중요하지 않기 때문이다. 이런 주장은 표면적으로 다양한 공리적 문학을 문제 삼는 것 같지만 실제로는 현재 의미 있는 또는 직접적인 관련이 있는 공리주의 문학을 공격하는 것이 된다. 특정한 문학의 논리를 본격적으로 공격하지 않아도 자연스럽게 공격 대상이 좁혀지는 셈이며, 그때

---

25) 김재용, 『북한문학의 역사적 이해』, 문학과지성사, 1994, 128면.
26) 김동리, 「문학과 자연을 옹호함」, 『문학과 인간』, 청춘사, 1952, 143면.

마다 사용하는 무기는 늘 같은 칼이다. 공리성을 문제 삼을 수만 있다면 어떤 문학이라도 같은 방식으로 공격할 수 있는 것이다.

자신을 중심으로 했을 때 타자는 공통점을 가진 대상으로 쉽게 묶일 수 있다. 이 때 중요한 것은 자신의 이론이 전체에서 차지하고 있는 비중이다. 타자들의 크기가 일방적으로 커 보인다거나 자신의 크기가 지나치게 작아 보일 경우 이는 자신의 이론이 가진 편협함을 반증하는 것이 될 수도 있다. 공통점으로 묶은 대상들이 실제로 큰 차별성을 가지고 있을 때 그들을 하나로 묶는 이론은 편벽한 것이 되고 마는 셈이다. 사실 문학은 김동리의 말대로 인간성의 본질을 추구하는 문학과 현실 당파의 이익을 대변하는 문학으로 나뉘는 것이 아니다. 인간성의 본질을 어떻게 보는지, 인간성의 본질을 추구하기 위해 어떤 가치가 유용한지 또 그것을 위해 문학은 무엇을 해야 하는지, 또는 할 수 있는지에 의해 다양한 스펙트럼이 존재하게 된다. 자기중심의 타자 배제 논리는 이런 스펙트럼을 모두 놓치고 만다.

배제의 논리로 이어지는 논리는 현실에서 설득력을 갖기가 매우 어렵다. 그러나 이런 취약한 이론에도 불구하고 김동리는 다행히 고비 때마다 상대방의 결정적인 약점을 발견할 수 있었다. 그 약점은 주로 문학 외적인 것이었다. 해방기에는 찬탁과 반탁의 문제가 혼재였고, 한국전쟁 이후 전쟁의 참상으로 이념이나 인간성에 대한 환멸이 크게 일어난 것도 모두 그에게 유리하게 작용하였다. 한 연구자의 지적대로 "'구경적 삶의 형식'이 김동리의 주무기지만, 이 무기의 힘보다도 상대방의 아킬레스건의 발견이 김동리의 승부수가 놓인 곳이었다. 해방기의 경우 하룻밤 사이에 반탁에서 찬탁으로 표변하는 180도 전향이 바로 상대방이 노출한 아킬레스건이었다."[27] 그리고 이후에는 굳이 상대방의 아킬레스건을 발견할 필요조차 없이 적이 제거된 상황에서 독주를 하게 된

---

27) 김윤식, 『해방공간 문단의 내면 풍경』, 민음사, 1996, 79면.

다. 전후, 근대화 과정을 통해 '순수'와 '전통'은 최고의 문학적 가치로 대접받았다.

김동리의 문학론이 가진 가장 큰 문제점은 자신이 뿌리내리고 있는 현실에 대한 구체적인 파악을 결하고 있는 점이다. 경험에 기초하여 심정적 비판을 하고 있기는 하지만 그것이 논리적이거나 체계적이라고 볼 수는 없다. 그가 계급에 맞서 내세우는 민족과 전통은 오래되고 고유한 것을 말함으로써 현재를 제거하는 논리로 동원된다. 해방기의 민족과 전통의 강조는 일제 말기 전통과 민족을 말하면서 무언가를 지키려 했던, 또 지킬 수 있었던 상황과는 매우 다른 것이다. 초월, 영원, 운명, 구경 등을 내세워 민족과 전통을 이야기하면 인간의 현재와 미래를 통합하여 사고하는 것처럼 보이지만 사실 '본질적인 것'에서 현재를 물러서게 하는 결과를 낳게 된다. 과거·현재·미래를 아우를 수 있는 보편적인 주제란 결국 불확실한 현재나 알 수 없는 미래보다 과거를 향할 수밖에 없기 때문이다. 이는 커다랗고 위대한 주제를 이야기함으로써 자잘해 보이는 구체적인 문제들의 가치들을 하찮게 만들어 버리는 보수주의자들의 전통적인 전략에서 크게 벗어나지 않는다. 실제로 '구경적 삶의 형식' 같은 추상적인 주장은 아무런 내용을 담고 있지 않기 때문에 구체적인 공격을 상대적으로 덜 받아왔다. 일관된 주장임에도 불구하고 김동리의 문학론이 의미를 갖는 시기가 특별히 있는 이유가 여기에 있을 터 한국 전쟁 이후에는 문학론 내의 원리가 아니라 문학 외적인 논리가 주장의 정당성을 부각시켜주었던 것이다. 김동리가 주장하는 영원성·보편성론은 인간에 대한 상식화된 지식들을 되풀이함으로써, 인간에 대한 이해를 추상화시킬 위험을 안고 있었다. 진정한 인간의 구경은 인간을 현실적 상황 하에서 조명함으로써만 입체적으로 드러나는 것이며 인간성의 옹호 역시 구체화될 수 있는 것이기 때문이다.[28]

---

28) 이주형, 「김동리 '순수문학론'의 반현실주의」, 『김동리』, 살림, 1996, 724면.

그의 문학이 갖는 이러한 성격은 한국 전쟁 이후 우리 근대의 발전 과정과도 통하는 면이 있다. 근대화 '발전 이데올로기'가 물질적인 면에서는 서구의 그것을 추종하지만 정신적인 면에서는 전통적인 것을 추구하는 불균형을 노정해 왔다는 사실은 잘 알려져 있는 바, 비합리적 세계인식을 보여주는 김동리의 문학은 이러한 발전 과정에서 중요한 이데올로기로 동원되었다고 할 수 있다. 근대화를 통해 물질적으로 부강해지는 사회는 지향하지만, 서구의 자유 민주주의나 개인주의에 기반한 문화나 정신은 받아들이지 않은 것이 우리 현대 정치사의 독특한 특징이었다. 따라서 물질적 서구화와 정신적 한국화를 지향하는 문화적 장치가 근대화 기획 속에서 구축되기에 이른다.29)

김동리 문학에 있어 전통은 근대 이후에 발견된 향수로서의 전통, 비합리주의로서의 전통에 가깝다. 여기서 전통이 현재에 되살릴 수 있는 실용적인 유산이라는 보장은 없다. '가버린 시절'에 대한 수요와 공급이 늘어나는 것은 실제로는 '과거가 불가피하게 현재에 대해 요구하는 바를 거부'하려는 수단인 경우가 많고, 이럴 경우 향수로서 향유되는 과거는 진지하게 받아들일 필요가 없기 때문이다.30)

5. 김동리와 반공주의 – 현실 긍정과 체제 순응의 논리

김동리에게 해방기의 상황은 적과 아를 분명히 가르는 '최초의 장면'31)과 같은 역할을 하였다. 그에게는 자신과 상대되는 자리에 놓인

---

29) 김은실, 「한국 근대화 프로젝트의 문화 논리와 가부장성」, 『우리안의 파시즘』, 삼인, 2000, 116면.
30) 하비 케이, 오인영 역, 『과거의 힘』, 삼인, 2004, 40면.

다양한 논리들이 하나의 공통점으로 묶이듯이 이후에는 과거와 현재의 논리들도 유사점을 중심으로 묶인다. 문학 비평이 같은 것을 묶고 다른 것을 갈라 바른 자리를 찾아주는 활동이라고 할 때 한국 전쟁 이후 김동리의 나누기와 묶기는 그 작업 자체의 유용성을 의심할 정도의 수준에 이른다. 타자를 구분해 내는 김동리의 이분법이 극에 달하는 것은 1970년대 후반이다. 현실과 정치의 이분법이 현실 긍정으로 이어지고 자신이 긍정하고 있는 현실에 대한 부정에 대해 민감하게 반응하는 단계에 이른다. 현실 부정은 곧 사회주의나 북에 대한 긍정으로 의심 받는다. 이런 생각 역시 논쟁의 형식으로 드러난다.

'70년대가 마무리되어 가는 1978년 김동리는 「한국문학이 나아갈 길」이라는 강연을 한다. 강연의 주 내용은 현재의 문학이 공리성과 사회성에 치우침이 우려할 수준에 이르렀다는 것이다. 그 구체적인 대상으로 계간지를 중심으로 활동하는 비평가들을 지목하고 있다. 이 강연 내용이 소개된 뒤, 구중서·임헌영·홍기삼 등이 반론을 제기한다. 이 반론에 대하여 김동리는 「문학엔 임무가 있을 수 없다」, 「이럴 수도 저럴 수도 있는 것이 아니다」라는 글로 대응에 나선다. 이 밖에도 김동리는 「한국문학 어디서 와서 어디로 가는가」라는 백철과의 대담을 통해서도 자신의 의견을 강하게 내세운다.

논쟁은 김동리가 비평가들의 비평 경향을 공격하는 방향으로 이루어진다. 김동리가 가장 불만을 갖는 것은 현장 비평가들의 평가 기준, 나아가 그들의 가치관이다. 당시 김수영과 신동엽을 높이 평가하는 비평가들의 태도에 대해 "유치환의 철학이나 박목월의 서정보나 김·신(김수영·신동엽) 양씨의 현실부정의 깃발을 내세워야 하는 경위와 저의가 무

31) 그 밖에 김동리에게서 최초의 장면을 확인할 수 있는 가장 좋은 텍스트는 「밀다원 시대」가 아닌가 생각한다. 더 이상 밀려날 곳이 없는 땅 끝으로 밀려났다는 생각은 상대방에 대한 공포와 적의를 키우기에 충분할 조건이었으리라 짐작한다. 이에 대해서는 다른 논의가 필요할 것 같다. 최초의 장면에 대한 탐구는 월남한 작가들의 다양한 내면을 살피는 데도 중요한 역할을 할 것이라고 생각한다.

엇이냐"[32]고 공격하는 것이 대표적이다. 그들의 문학적 성취를 객관적으로 평가한 것이 아니라 그들의 문학이 가지고 있는 공리성을 지나치게 평가한 것이 아니냐는 주장이다. 여기서 김동리는 김수영과 신동엽의 시가 유치환, 박목월의 그것보다 우수할 수 있다는 가능성에 대해 전혀 고려하지 않는다. 그들은 공리적인 문학을 했기 때문이다.

그렇다면 김동리가 새삼스럽게 나이를 잊고 논쟁에 뛰어든 이유는 무엇인지가 궁금해진다. '50년대 이후에 문학의 공리성을 내세우는 비평가들은 많이 있었다. 순수 참여 논쟁으로 총칭되는 문학 논쟁은 사회참여 논쟁, 앙가제 논쟁, 시의 불온성 논쟁 등이 있었다. 이때는 특별한 대응을 하지 않던 김동리가 때늦게 직접 논쟁에 나선 것은 이례적임이 틀림없다. 이에 대해서는 두 가지 가능성을 생각해 볼 수 있다. 하나는 '순수문학'의 자장에서 벗어난 문학론은 많이 있었으나 그것은 주로 비평가들의 문학 논쟁이었다. 그러나 이 시기의 김동리가 문제 삼은 것은 구체적인 문학 작품에 대한 평이다. 순수 영역으로 김동리가 늘 강조하던 문학 작품에 대한 평가는 간과하기 어려웠을 수 있다. 더 중요한 이유는 이 시기에 이르면 김동리, 조연현으로 대표되는 '문단 주도 세력'을 대신해서 공리주의 문학과 싸워 줄 비평가가 없었기 때문이다. '60년대 순수·참여 논쟁은 사실 김동리와 조연현을 스승으로 둔 신인들이 전면에 나선 논쟁이었다. 그러나 '70년대 후반에 들어서 문단 내에서 순수의 설득력은 매우 약해져 있었다. 바야흐로 문단의 주도권이 옮겨져 가는 상황에서 원로들이 직접 나설 수밖에 없었다고 할 수 있다.[33]

김동리의 글에는 순수문학을 주장하던 시절의 날카로움은 사라지고 상대방에 대한 비논리적 인신공격이 두드러진다.

---

32) 김동리, 「문학엔 임무가 있을 수 없다」, 『우리문학의 논쟁사』, 어문각, 1985, 473면.
33) 물론 이 시기 김동리의 글은 식민지시대나 해방기의 글과 비교해 볼 때 질적인 면에서 매우 떨어진다고 할 수 있다. 그러나 여기서 김동리의 이 시기 글을 문제 삼는 이유에는 그 글의 논리적 타당성이나 이론의 정교함과 함께 김동리의 변화를 확인한다는 측면도 있다.

자기가 공산체제를 원하든 원하지 않든 자유체제를 공격하는 일이 자유체제를 육성시키고 발전시키는 것보다 반대 체제에 함수관계로 플러스하는 것이 열에 아홉입니다. 그래서 작가가 어두운 면을 보는데 문제가 있다고 봅니다. 어두운 면을 그리는 자체는 사실 할 수 없다고 봅니다. 내 자신도 대다수의 작품이 어두운 것 그린 게 많습니다만. 그러니까 작가가 어두운 면 그린다고 해서 그것이 체제 탓이라고 책임 돌리는데 문제가 있습니다. 어두운 면 그린다는 그것이 체제 탓의 의도가 아니더라도 평론가가 하느냐 안하느냐에 문제가 있습니다.[34]

인도와 박애는 숭고한 사상이지만, 국가와 민족은 우리의 모든 이해와 운명이 직결되는 핏줄같은 것이지만, 그리고 억울한 자, 가난한 자가 부와 권력에 짓눌리는 현실의 일각은 정의의 피를 끓게 하지만, 그렇더라도 문학이 그들 편에 서고, 그들을 돕기 위한 목적으로 사용되어서는 안 된다.
문학은 인간자체와 더불어 그 어떠한 다른 가치에도 종속될 수 없기 때문이다. 문학이 '누구 편'에 서거나 그러한 목적을 위해 '사용'될 때 그것은 경향문학이나 목적주의 문학에 불과하며 진정한 인간의 문학이라 할 수 있는 본격문학에서 이탈될 수밖에 없기 때문이다.[35]

위 예문에는 문학 작품을 통한 정치 행위, 나아가 비평 활동을 통한 정치행위에 대한 거부감이 그대로 드러나 있다. 비평이라기 보다는 노골적인 이념 공세라는 인상을 강하게 준다. 문학의 문제를 넘어 그런 문학론을 펴는 비평가의 이념을 문제 삼고 있는 것이다. 이념 문제는 당연히 이적행위의 가능성으로 이어진다.

이념의 문제를 넘어 위 예문에는 체제 수호의 문제까지 거론된다. 체제의 문제가 현실 긍정의 이유로 동원되고 있는데, 상대 체제를 이롭게 할 수 있으므로 우리 체제에 대한 비판을 자제해야 한다는 반공 이데올

---

34) 김동리·백철 대담, 「한국문학 어디서 와서 어디로 가는가」, 『현대문학』, 1979.6, 318~319면.
35) 김동리, 「이럴 수도 저럴 수도 있는 것이 아니다」, 『우리문학의 논쟁사』, 어문각, 1985, 489면.

로기의 전형을 볼 수 있다. "자유체제를 공격하는 일이 자유체제를 육성시키고 발전시키는 것보다 반대 체제에 함수관계로 플러스하는 것이 열에 아홉"이라는 주장은 현실의 언로를 막는 전형적인 방법이다. 내부의 문제에 대한 건강한 비판을 '이적행위'로 몰아가는 가장 확실한 현실 긍정의 정치학이라고 할 수 있다. "자유체제에 대한 모순을 지적하고 거부한다면 결국 사회주의 체제밖에 올 게 없"[36]다는 주장은 문학도 아니고 문학 제도도 아닌 순수한 정치의 영역에 닿아 있는 것이다. 말하자면 어두운 면을 그리더라도 체제는 건드리지 말아야 한다는 주장이다. 또 설령 작가가 어두운 면의 문제를 체제 탓으로 그렸더라도 평론가가 그렇게 말해서는 안 된다고 한다.

아래 예문에서는 심지어 '인도와 박애', '국가와 민족', '가난한 자가 부와 권력에 짓눌리는 현실'까지도 관심의 대상에서 제외해야 한다고까지 말한다. "억울한 자, 가난한 자가 부와 권력에 짓눌리는 현실의 일각은 정의의 피를 끓게 하"지만 그렇더라도 문학은 그들의 편을 들어서는 안 된다고 말한다. 문학은 어떤 가치에도 종속될 수 없는 것이기에 당장 눈앞에서 피를 끓게 하는 현실에도 눈을 감아야 한다는 것이다. 여기에까지 이르면 문학이 할 수 있는 일은 사실 '순수' 외에 아무것도 남지 않게 된다. 신세대 문학 논쟁에서 시작하여 해방기를 거치면서 확신을 얻은 인간 구경의 탐구는 이 시기에 오면 절박한 현실적 가치들을 무시할 만큼 비대해졌다. 여기서는 계급문학이라는 대타 논리는 차라리 부수적인 데 머문다. 순수문학의 타자 배제의 논리는 체제 긍정과 수호의 논리로 사용되기 시작한다.

사실 박정희 정권 말기에 해당하는 '70년대 말 이념에 대한 공격은 공격을 당하는 이들에게는 내용의 사실 여부와 관계없이 치명적인 상처가 될 수 있었다. 주지하다시피 이 시기는 반공주의가 최고점에 달한

---

36) 김동리 · 백철 대담, 「한국문학 어디서 와서 어디로 가는가」, 『현대문학』, 1979.6, 316면.

때였다. 이승만 시기가 한국전쟁을 통해 군대, 경찰과 같은 국가의 물리적 억압기구들을 급속히 확대하면서 사회를 전시동원체제화 하였지만 국가의 감시체제 및 국가의 시민사회에 대한 통제력이 상대적으로 약했던 반면, 박정희 정권은 정치·경제·사회·문화의 전 영역에 걸쳐 확고한 통제력을 확보하였을 뿐 아니라 그것을 병영적으로 통제했다.[37] 이런 시기에 문단의 원로로 대접받고 있었던 김동리의 공격은 큰 파괴력을 가질 수 있었다. 문학이 문학 외의 영역으로 넘어간다고 생각할 때 문학외적인 영역을 통해 문학내의 '바르지 않은 길'을 바로잡아 주려 했던 것이 김동리의 이 시기 모습이라고 할 수 있다.

과거의 경험으로 현재를 재단할 때 생길 수 있는 폭력은 다음 글에서도 확인된다.

> 자네는 시나 소설은 모름지기 부정부패를 척결하는 기계같이 알지만, 나의 의견은 다르다네. 부정부패는 수사 기관과 또는 정치 활동을 통하는 것이 훨씬 직접적이고 효과적이라고 보네. 소설이나 시도 그런 일을 할 수 있지만, 직접 법과 행동으로 하는 데 비하면 약하고 비능률적일세. 더구나 문학은 작가의 개성과 문학관이 다르므로 모든 문학이 다 그런 정치적인 보조 기관 노릇이나 해서는 안 되네. (…중략…)
>
> 해방 직후의 공산주의 문인들도 꼭 자네와 같이 말했다는 사실을 잊지 말기 바라네. 그들도 겉으로는 공산당을 표방하지 않았지만, 그들의 속셈은 공산당에 플러스하는 것이 유일한 목적이었네.[38]

과거의 '잘못된' 이론과 유사한 면이 있으므로 현재의 이론도 당연히 '잘못된' 것이라는 논리를 펴고 있다. 이는 매우 폭력적인 일반화이다. 이러한 일반화의 기원을 찾아가보면 해방 직후 좌익 문인들에 대한 고

---

37) 김정훈·조희연, 앞의 글, 130면.
38) 김동리, 「작가와 현실 참여─R군의 현실 참여에 대한 대화를 중심으로」, 『나를 찾아서』, 민음사, 1997, 379면.

정된 이미지가 결국 현재의 문학을 판단하는 기준이 되고 있음을 알 수 있다. 주장의 유사성을 들어 의도나 효과까지 같을 것이라 생각한다. '겉으로'는 표방하지 않지만 '속셈'은 다르다는 주장은 논리의 차원으로 반박할 수 없는 억지에 가깝다. 문학론을 두고 논쟁을 벌이기에 앞서 그를 주장하는 사람에 대한 불신이 전제되어 있기 때문에 논리적인 설득의 길도 막혀 있다. 또 하나 인상적인 대목은 "정치 활동을 통하는 것이 훨씬 직접적이고 효과적"이라는 첫 문단의 표현이다. 앞서 살폈듯이 자연인으로서 김동리는 현실 정치에 완전히 거리를 두고 있지는 않았다. 오히려 정치에 더 적극적으로 참여한 문인으로 기억된다.

이 글의 마지막이 다음과 같이 마무리 되는 것도 우연이 아니다.

> 나는 자네가 현실 참여란 정치적인 복선을 치지 말도록 충고하고 싶을 뿐일세. 그리고 나는 자네 이상으로 현실 참여를 하고 있다는 사실을 잊지 말기를 바라네.39)

위는 김동리 순수문학의 본질을 보여주는 예문이라고 할 수 있다. 정치적 목적을 가진 문학은 굳이 현실 참여라는 말을 붙이지 말고 노골적으로 정치적 의도를 드러내라는 주장이다. 또 자신은 문학작품으로 현실 참여를 하고 있지는 않지만 문학 밖에서는 더 직접적인 참여를 하고 있다는 말도 덧붙인다. 앞서 살폈듯이 순수문학은 현실 참여문학을 배제하는 것 같은 인상을 준다. 그러나 실제로 김동리가 거부하는 현실 참여는 특정한 경향에 한정되는 것일 뿐이다. 그 결과로 남은 김동리의 문학은 정치적으로는 현실을 긍정하고 작품에서는 현실의 문제를 '초월'한 것이었다. 반대로 말하면 현실의 문제를 초월한 듯한 김동리의 문학은 그 초월로서 현실 정치에 참여하고 있는 것이 된다. 이 과정에서 나와 다른 타자들은 상대를 이롭게 하는 이적행위자로 몰리기

---

39) 위의 글, 381면.

도 한다.

'70년대 후반 김동리의 태도는 해방기 "응향 사건"에 대해 보인 자신의 반응을 부정하는 것이기도 하다. 「문학과 자유를 옹호함」이라는 글에서 김동리는 "작가는 불완전한 현실에 대해 부정적이어야 한다"[40]고 말한다. 작가가 만약 정치적 현실을 긍정하려 하거나 선전하려 하는 행위는 '문학의 타락'이라고 말한다. 이 글은 특별히 '당의문학'을 비판의 대상으로 삼고 있지만 현실 또는 현재의 정권에 안주하는 모습을 보인다는 점에서 70년대의 김동리를 설명해 주기도 한다. 김동리는 스스로 그렇게 비판하던 '목적문학'을 하고 있는 셈이다. 순수문학이 상대와의 투쟁을 통해 애써 만들어놓은 논리가 최종적으로 이른 곳이다.

6. 순수문학론이 남긴 것

김동리는 1930년대 후반부터 1970년대 후반에 이르기까지 일관되게 개성과 생명, 그리고 궁극을 내세우는 순수문학론을 펼쳤다. 주로 논쟁을 통해 모양이 갖추어진 그의 문학론은 같은 내용의 반복처럼 보이지만 시대적 조건의 변화에 따라 조금씩 달라진 모습을 보였다. 몇 번의 논쟁을 거치면서 김동리는 자신의 생각을 점점 배타적인 것으로, 정치적인 것으로 바꾸어 간다.

식민지 시대 김동리는 달라진 상황에 대응하기 위한 논리, 자기 세대의 문학을 변호하기 위한 논리로 '본령 정계의 문학'을 내세웠다. 비록 경향문학에 대한 거부감을 가지고 있기는 했으나 그것이 상대방에 대

---

40) 김동리, 「문학과 자유를 옹호함」, 『문학과 인간』, 청춘사, 1952, 140면.

한 전면적인 거부로 이어졌다고 보기는 어렵다. 비평가로서의 견해 차이를 확인할 수 있는 정도에서 논쟁이 이루어졌다. 해방기는 자신이 선택한 문학론이 곧 체제의 선택과도 이어지는 상황이었다. 이 경우 문학론의 선택은 체제의 선택이었고, 중간은 허락되지 않았다. 좌익 문인에 대한 공격의 범위가 정치 사회적인 사상에까지 이르는 것이 이 시기의 특징이었다. 상대방에 대한 거부도 전면적이다. 이데올로기로서의 반공주의가 확립되기도 전에 이미 반공은 피할 수 없는 것으로 받아들여졌다. 반공주의가 그렇듯이 이 시기 김동리의 이론은 철저히 배제의 논리에 기초하고 있었다.

단독 정부 수립 이후 순수문학은 경쟁 대상을 잃고 있었다. 그러나 '70년대 후반 현실 비판을 내세우는 비평가들이 '득세'하자 김동리는 다시 그들과 논쟁에 나선다. 이때의 논쟁은 김동리의 일방적인 공격으로 진행된다. 공격의 방법으로는 과거의 경험을 현재로 불러내는 방식을 택하고 있다. 적과 아의 구별이 논리적 차원에서보다는 심리적 차원에서 이루어지는데 현재와 과거와의 비교나 보이지 않는 위험에 대한 언급으로 현실 안주를 추구하는 보수주의의 전형을 보여준다. 이는 노쇠한 문단원로의 반응으로 단순히 취급할 수 있는 것이기도 하지만 반공주의의 만연으로 인한 한국 문단의 불구성을 보여주는 것이기도 하다. 타자 없이 자기 안에 갇힌 문학의 끝이며 현실에 순응하고 체제에 안주하는 문학의 결말이기도 하다.

본론에서 살핀 대로 김동리식 비평의 가장 큰 문제는 다양한 문학의 가능성을 애초에 부정하게 된다는 데 있다. 문학이 하나의 가치를 향해 열병하는 것이 아니라, 현실에서 발견하는 구체적 가치들을 통해 일반화·추상화된 가치들을 확인하거나 거기에 충격을 주는 것이라면 다양한 문학을 말살하는 어떤 비평도 생산적일 수 없다. 만약 순수문학을 주장할 수 있으려면 현실에서 가치들의 옳고 그름을 따지기 이전에 다양한 가치의 공존 또는 경쟁을 인정해야 한다. 그러나 김동리 식의 순수는 어느 쪽 정치 논리를 받아들이느냐에 따라 순수와 그 반대가 성립되어도 좋은 불평등한 순수였다 할 수 있다.

순수와 비순수의 이분법

김동리와 순수문학 2

1. 김동리와 순수문학론

이 글은 김동리 문학의 이념성과 정치성이 아(我)와 비아(非我)를 구분하는 김동리 고유의 선명한 이분법에 기초하고 있음을 밝히고 그것이 우리 문학사에서 갖는 의미를 살펴보려는 의도에서 출발한다. 나아가 김동리 문학의 이분법적 세계인식과 전통 지향성이 근대화 이데올로기의 그것과 상동성을 가지고 있다는 가설을 증명하려는 목표를 갖는다. 이를 위해 김동리의 비평과 소설을 차례로 검토해 볼 것이다.

김동리·서정주·조연현·박목월 등 해방 이후 남쪽 문단을 주도해 온 세력들을 소위 '문협 정통파'[1]로 부른다. 1980년대까지 이들이 우리

---

1) 이 용어는 김동리·조연현에 대한 김윤식의 연구를 통해 널리 퍼지게 되었다. 정통, 주변 등의 용어를 사용하는 것이 적당한 것인지는 논란의 여지가 있으나 해방 이후

문학에 끼친 영향은 대단한 것이었는데, 이들은 제도권 안에서 통용되는 "문학이란 무엇인가"에 대한 구체적 상(像)을 제시해 준 문인들이다. 이들의 문학(관)은 『현대문학』, 『월간문학』, 『한국문학』 등 문학잡지들을 통해 문단의 주류로 자리 잡았고, 중등학교 국어 교과서를 통해 재생산 구조를 확립해 나갔다. 80년대 이후 진행된 문학사의 복원과 함께 기왕의 영향력이 약화되었다고는 하지만 강단 밖에서 이들의 문학(관)은 여전히 큰 영향력을 행사하고 있다.

이들 문학의 요체는 '순수문학'[2]이라는 말로 집약될 수 있는 바, 문학에서 정치적인 의도를 배제하고 문학정신 그 자체만을 추구해야 한다는 것이 이들이 주장하는 순수문학이었다. 김동리는 그 대표적인 이데올로그였다고 할 수 있다. 그가 1930년대 후반부터 일관되게 주장해온 '구경적 삶의 추구'나 '제3휴머니즘' 등의 용어는 실제로는 순수문학론의 다른 이름이었다. 김동리는 초지일관 철학과 역사, 그리고 종교와도 구분되는 고유하고 순수한 '문학정신'을 주장하였다. 그의 문학론은 순수문학 진영 내에서도 독보적이었으며, 조연현이라는 비평가를 통해 힘을 얻고 서정주나 청록파 시인들을 통해 날개를 달게 되었다.

하지만 우리 문학사에서 '순수문학'의 주장은 그 자체로 하나의 아이러니를 만들어낸다. 이는 순수문학을 주장해온 김동리 등의 문학이 실제로 우리 문학사에서 주류로 대접 받는 데는 그 문학적 성취보다, 비

우리 문단의 대립·분화 과정을 설명하는 데는 유용하다. 즉, 해방기 좌우익의 대결, 해방 이후 『시상계』, 『현대문학』, 『지성문학』의 관계, 1970년대 『창작과비평』 그룹 등 진보적 문학과 보수문인들과의 관계를 쉽게 설명할 수 있는 용어이다.

2) 순수문학이라는 용어는 수사적으로 사용된다. 무엇이 과연 순수한 것인지, 무엇이 순수하지 않은 것인지를 정의하는 일이 쉽지 않기 때문이다. 따라서 순수문학이란 용어는 그것이 사용된 맥락을 함께 이해해야 한다. 김동리가 말하는 순수는 정치적 의도를 띠지 않은 문학, 인간의 보편적인 성격을 드러내는 문학 정도로 정의할 수 있을 것이다. 여기서도 무엇이 정치적인지 인간의 보편적인 성격이 무엇인지도 그리 쉽게 정의할 수 있는 문제는 아니다. 결국 순수문학이란 용어를 사용하는 것은 그것을 사용한 사람들의 의지를 괄호 안에 묶어 인용하는 것과 같다.

순수의 영역인, 정치적 요인이 크게 작용해 왔다는 사실 때문이다. 문학에서 정치적 입장을 견지해서는 안 된다는 일관된 입장이 자유주의를 표방한 정치 이념의 승리라는 현실 정치의 조건에 의해 문학의 중심에 서는 결과를 낳고 만 것이다. 말하자면 순수문학은 순수하지 못한 정치적 조건 안에서 '순수'를 지켜나갈 수 있었다.

순수문학을 내세우는 문학인들의 일반적인 특징이 그렇듯이 김동리 역시 문학과 정치의 분리를 강조한 인물이었다. 문학과 정치를 분리해서 사고하는 그의 태도는 문학을 대하는 데도 유사한 방식으로 반복된다. 비평에 있어서는 순수와 비순수의 대비, 궁극적인 것과 일시적인 것의 나눔이 여기에 해당한다. 그의 소설 역시 삶과 죽음, 인간과 자연, 의지와 운명이라는 이분법 안에서 변주된다. 김동리의 이분법적 태도는 수용의 논리보다 배제의 논리를 앞세우는데 비평의 영역과 소설의 영역 간에 큰 차이는 없어 보인다. 이념적으로 아(我)와 비아(非我)를 나누어 상대방의 문학 논리를 배제하는 것이 그의 비평 태도라면, 운명(자연, 신) 앞에서 나약한 현실적 인간을 배제하는 것이 그의 소설이 취하고 있는 이분법이다.

그의 비평과 소설들은 구체적 인간의 현실보다는 실체가 분명히 잡히지 않는 보편적 인간을 강조하고 있으며, 이는 현실의 복잡한 계기들을 무화시키는 데 의식적이건 무의식적이건 기여하게 된다. 민족전통에 대한 관심과 합리적인 인간 이성에 반하는 비합리성을 강조한다는 점역시 중요한 특징이다. 그가 강조하는 보편적 인간은 우리의 과거·현재·미래를 아우를 수 있는 인간인데, 이러한 사고는 현재가 불확실하고 미래를 알 수 없음으로 해서 자연스럽게 과거 지향적이 될 수밖에 없다. 이는 자연스럽게 근대에 반하는 '전통'이나 현재를 지배하는 과거를 강조하는 결과를 낳게 된다. 김동리의 문학을 근대에 맞서는 근대 초극으로 평가하는 것은 사실 이러한 '커다란' 이분법에 대한 긍정적 해석 이상은 아니라고 할 수 있다.

그의 문학이 갖는 이러한 성격은 한국 전쟁 이후 우리 근대의 발전 과정과도 통하는 면이 있다. 근대화 '발전 이데올로기'가 물질적인 면에서는 서구의 그것을 추종하지만 정신적인 면에서는 전통적인 것을 추구하는 불균형을 노정해 왔다는 사실은 잘 알려져 있는 바, 비합리적 세계인식을 보여주는 김동리의 문학은 이러한 발전 과정에서 중요한 이데올로기로 동원되었다고 할 수 있다. 근대화를 통해 물질적으로 부강해지는 사회는 지향하지만, 서구의 자유 민주주의나 개인주의에 기반한 문화나 정신은 받아들이지 않은 것이 우리 현대 정치사의 독특한 측면이었던 것이다. 따라서 물질적 서구화와 정신적 한국화를 지향하는 문화적 장치가 근대화 기획 속에서 구축되기에 이른다.[3] 김동리의 문학이 갖는 이분법적 특성은 근대화 발전 이데올로기의 이분법적 특성과 유사한 구조를 갖고 있는 셈이며, 그것은 김동리 문학을 오랫동안 우리 문단의 '주류'로 남게 한 하나의 이유이기도 하다.

2. 문학과 현실의 이분법

1) 순수문학론의 정치학

문학 이념의 차원에서 말할 때 우리는 소설가 김동리보나 평론가 김동리에 주목하게 된다. 잘 알려진 바와 같이 김동리는 1930년대 후반 이후 순수문학·본격문학·본령정계의 문학을 앞세워 현실과 문학의 관련성을 주장한 '여러' 문학적 태도에 맞선 대표적 우익 평론가이기 때문

---

3) 김은실, 「한국 근대화 프로젝트의 문화 논리와 가부장성」, 『우리안의 파시즘』, 삼인, 2000, 116면.

이다. 식민지 시대에는 유진오와의 논쟁으로 해방기에는 김동석 등과의 논쟁으로 한국전쟁 이후에는 '문협 정통파'의 이론가 · 실력자로서 김동리의 활약은 가히 눈부셨다고 할 수 있다. 이런 과정을 통해 '공식적'으로 채택된 그의 문학관은 제도권 안에서 '정통'[4] 문학관으로서의 지위를 오랫동안 차지하고 있었다. 물론 김동리의 문학론은 '청년문학가협회'나 '문학가협회'라는 문인 단체의 이념과 일치하는 것이기도 하였다.

김동리는 구체적인 현실에 밀착한 문학보다 보편적인 인간의 문제를 다룬 문학을 '순수'하고 '본격'적인 것으로 높이 평가한다. 이러한 그의 문학론은 30년대 후반 신세대 논쟁에서부터 일관되게 유지되어 왔다. 김동리는 「신세대의 정신」이라는 평론에서 문학의 대상이 되는 인생은 "제개성과 생명에서 발아하여 제개성과 생활과 운명과 의욕의 유기적 '하모니' 속에 부단히 호흡하여 성장한 것"이며 "외래에 무슨 '이데올로기'가 있대야 그것이 모든 작가의 작품내용이 되는 것이 아니고, 도리어 제자신의 인간성까지를 봉쇄 내지 예속시켜버리는 결과에 이르는 것"[5]이라고 주장한다. 이는 "인간이 각자 지니고 있는 고유한 개성과 인생관만이 문학의 진정한 내용이 될 수 있으며, 사상이나 이념이라는 것도 결국은 여기에서 빚어져야 한다. 그렇지 않다면 그것은 생명과 개성의 구경 추구일 수 없으며, 한갓 '이념적 우상에의 예속'에 불과하다"[6]는 주장이기도 하다. 생활과 운명과 의욕의 조화를 강조한다든지

---

4) '정통'으로서 김동리 문학이 특별히 큰 힘을 발휘한 곳은 '교육'과 '문단' 쪽이 아니었나 짐작한다. 문단에서 김동리의 문학권력이 확실히 위협받기 시작한 것은 70년대 후반이라고 할 수 있다. 뒤에 다루겠지만 70년대 후반 김동리가 노골적인 색깔 공세로 '민족문학', '리얼리즘'을 공격한 것은 권력 변동을 반증하는 것이라고 할 수 있다. 80년대 후반 이후 교과서의 변화로 김동리 식의 순수문학이 예전과 같은 지위를 차지하고 있지는 않다. 현재 중등학교 국어 교과서에도 김동리의 소설이 실리기는 하지만 예전의 영향력은 거의 상실한 상태라 할 수 있다.

5) 김동리, 「신세대의 정신」, 『문장』, 1940.5, 84면.

6) 강진호, 「1930년대 후반기 신세대 작가 연구」, 『한국근대문학작가연구』, 깊은샘, 1996, 73면.

이데올로기의 폐해를 지적한다는 점에서 해방기와 전쟁 이후의 비평과 큰 흐름에서는 일치하는 주장이다. 물론 "인간이 각자 지니고 있는 고유한 개성과 인생관"이 무엇을 말하는 지가 명확하게 밝혀져 있지 않으므로 그의 주장을 복잡한 비판 과정 없이 수용하기는 어렵다.

해방 이후에도 김동리는 일관된 입장을 유지하고 있는데, 다음 예문은 그의 주장의 핵심을 파악하기에 적당한 글이다.

> 참다운 문학적 사상의 주제는 시대와 사회를 초월하여 인간이 영원히 가지지 않을 수 없는 인간의 보편적이요 근본적(구경적)인 문제—다시 말하면 자연과 인생의 일반적 운명—에 대한 독자적 해석이나 비평에서만 가능한 것이며, '시대적 사회적 의의'니 공리성이니 하는 것들은 이 '주체적인 것'의 환경으로써 제2의적 부수적 의의를 가지는 데서 지나지 못하기 때문이다.[7]

> 문학정신 본령의 옹호는 곧 인간성 理想의 옹호에 입각되어 있기 때문이다. 문학이 '신'이나 '당'이나 '인민'이나 '황금'이나 일체 어떠한 우상의 예속물이 되어서는 안 된다고 하는 것은 곧 문학이 인간의 전적 표현되기를 바라는 정신이다. 문학이 '당의문학'이 되고, '인민에 복무하는 문학'이 될 때는 당의 목적과 복무적 의식에서 그만큼 인간성을 제약하고 왜곡하고 硬化하므로써 인간성의 전모가 그 문학적 대상이 될 수 없으며 따라서 인간의 전적 표현이 될 수는 없는 것이다. 그러므로 吾人의 문학정신의 본령을 옹호한다는 것은 '문학이 인간의 전적 표현'되기를 바라는 정신이며 이에 문학정신을 지키려는 본격문학 계열을 총칭하여 '인간의 문학'이라 일괄한다.[8] (강조는 필자)

첫 번째 예문을 통해 우리는 김동리가 내세우는 문학이 '초월' '영원' '운명' '구경' 등과 관계 되어 있음을 알 수 있다. 스스로 '참다운'이라는 수사를 붙인 것으로 보아 이 주장이 논리적 차원에서라기보다 신념적 차원에서 이루어진 것임도 알 수 있다. 이 글에서 주장하는 문학은

---

7) 김동리, 「문학적 사상의 주체와 그 환경」, 『문학과 인간』, 청춘사, 1952, 94면.
8) 김동리, 「당의문학과 인간의 문학」, 위의 책, 210면.

'초월', '영원', '운명', '구경'이지만 기실은 "시대와 사회를 초월"하는 데 초점이 맞추어져 있다. 위 논지대로 하면 그것은 '인간의 보편적'이고 '일반적'인 운명이기도 하다. 시대와 사회를 초월하는 '참다운' 문학이 있고 그 반대편에 "시대적 사회적 의의니 공리성"이니 하는 것들을 내세우는 문학이 존재하는 셈이다. 김동리 문학이 보여주는 이분법의 전형적인 예라고 할 수 있다.

시대와 사회를 초월하는 문학에 대한 강조는 두 번째 예문에도 그대로 이어진다. 짧은 글에 '인간의 전적 표현'이라는 말이 세 번이나 등장한다. 그러나 인간을 전적으로 표현하는 문학이 무엇이라는 언급은 찾아보기 어렵다. 첫 번째 예문에서 막연히 언급하고 있는 초월, 영원, 운명, 구경 등이 인간의 전적 표현과 관계된다는 점을 미루어 짐작할 수 있을 뿐이다. 인간의 전적 표현은 곧 인간의 부분적 표현을 넘어서는 문학을 말하는 것일 터, 위 글만으로 보면 그것은 당과 인민에 복무하는 문학이 된다. 첫 번째 예문의 용어로는 '시대적 사회적 의의'나 '공리성'을 내세우는 문학이다.

초월, 영원, 운명, 구경 등을 내세우는 김동리의 비평은 인간의 현재와 미래를 통합하여 사고하는 듯 하지만 사실 '본질적인 것'에서 현재의 문제를 분리시키는 결과를 낳게 된다. 과거·현재·미래를 아우를 수 있는 보편적인 주제란 결국 불확실한 현재나 알 수 없는 미래보다 과거를 향할 수밖에 없기 때문이다. 김동리는 "어떤 것이 참되고 가치 있는 문학이냐 하면 어떤 시류적이며 공리적인 목적을 위한 문학이 아니라 과거·현재·미래의 현실이 그 속에 들어 있는 이런 문학이야말로 진지한 의미에서 미래의 문학이라고 할 수 있는 것"[9]이라고 주장 한 바 있다. 이는 커다랗고 위대한 주제를 이야기함으로써 자잘해 보이는 구체적인 문제들의 가치들을 하찮게 만들어 버리는 보수주의자들의 전

---

9) 김동리, 「작가와 현실 참여—R군의 현실 참여에 대한 대화를 중심으로」, 『나를 찾아서』, 민음사, 1997, 379면.

통적인 전략에서 크게 벗어나지 않는다.[10] 커다랗고 위대한 그리고 보편적인 이야기를 할 경우 적확한 진리라는 느낌을 주지는 못하지만 오류를 지적받을 위험성도 적다. 실제로 '구경적 삶의 형식' 같은 추상적인 주장은 아무런 내용을 담고 있지 않기 때문에 구체적인 공격을 상대적으로 덜 받아왔다. 일관된 주장임에도 불구하고 김동리의 문학론이 의미를 갖는 시기가 특별히 있는 이유가 여기에 있을 터 한국 전쟁 이후에는 문학론 내의 원리가 아니라 문학 외적인 논리가 주장의 정당성을 부각시켜주었던 것이다.[11] 김동리가 주장하는 영원성·보편성론은 인간에 대한 상식화된 지식들을 되풀이함으로써, 인간에 대한 이해를 추상화시킬 위험을 안고 있는 것이다. 진정한 인간의 구경은 인간을 현실적 상황 하에서 조명함으로써만 입체적으로 드러나는 것이며 인간성

---

10) 클린턴 로시터Clinton Rossiter는 보수주의자들이 일반적으로 인간·사회 및 정치에 관하여 다음과 같은 점을 강조한다고 간명하게 요약하고 있다. "제도화된 종교에 의해 승인되고 지지되는 보편적인 도덕 질서의 존재 : 인간의 불완전한 본성, 즉 문명화된 인간 행동의 장막 뒤에 항상 숨어 있는 근절할 수 없는 비이성과 사악함 : 정신·육체·성격과 관련된 대부분의 기질에 있어서 인간의 선천적인 불평등성 : 사회 계급 및 (계급적) 질서의 필연성과 법률에 의해 계급 질서를 평등화하고자 하는 시도의 무모함 : 개인적 자유의 추구와 사회 질서의 유지에 있어서 사유 재산의 일차적 중요성 : 진보의 불확실성과 시효prescription가 사회가 성취할 수 있는 진보의 주요 수단이라는 인식 : 통치하고 봉사하는 귀족 제도의 필요성 : 인간 이성의 유한성과 그에 따른 전통·제도·상징·의식(儀式), 심지어 편견의 중요성 : 다수 지배의 오류성과 폭정 가능성 및 이에 따른 권력의 분산·제약·균형의 강조 : 평등보다 자유를 선호하고 자유가 질서에 구속된다는 점을 강조(R. 니스벳·C. B. 맥퍼슨, 강정인·김상우 역, 『에드먼드 버크와 보수주의』, 문학과지성사, 1997, 39면~40면).

11) 식민지시대부터 1970년대까지 일관되게 유지되어 온 그의 문학이념이 특히 중요하게 부각되는 시기는 해방부터 전후에 이르는 10년간이다. 이 시기는 문학적·정치적으로 새로운 나라의 기초가 형성되는 시기였다고 할 수 있다. 나라의 기초를 만드는 이 시기에 김동리는 생활보다는 추상을 구체보다는 보편을 앞세워 남쪽의 문학 이념을 선도하였다. 그가 상대해야 했던 '적'들이 생활과 구체를 '지나치게' 강조했기에 이에 대항하기 위한 논리로 추상과 보편을 내세웠던 셈이다. 이는 상대방의 논리가 갖는 상대적인 취약점을 지적하고 이를 통해 반사 이익을 얻을 수 있다는 점에서 나름대로 비평의 논리를 갖고 있다고 평가할 수 있다. 그러나 50년대 중반 이후 이들의 비평은 상대방을 갖지 않은 상태에서 자신들의 논리를 재생산하는 데 그치고 만다. 대적할만한 논리적 대타를 전혀 갖지 못한 데서 생긴 문제이다.

의 옹호 역시 구체화될 수 있는 것이기 때문이다.[12]

　문학 권력에 대한 그의 끊임없는 도전과 좌절은 김동리의 순수문학이 결정적인 약점을 드러낸 지점이다. 순수문학을 주장했던 김동리가 끊임없이 문학 권력에 도전했다는 점은 언뜻 모순된 것으로 보인다. 이러한 분명한 엇갈림은 김동리가 문학 행위와 문학 제도를 별개의 영역으로 사고한 데서 발생한다. 이 역시 또 다른 이분법의 하나라고 할 수 있다. 사실 순수의 논리가 관철될 수 있는 영역은 창작 행위에 그칠 수밖에 없다. 문학 제도는 창작과 달리 정치와 현실의 영역이 될 수밖에 없어서, 문학처럼 추상적이거나 보편적인 영역으로 남기는 곤란한 분야이다. 그런데 문학과 현실을 구분하는 순수문학의 이분법 논리로 문학제도에 접근한다면 정치 영역에서의 '순수한' 태도를 지향하게 되는 문제를 낳게 된다. 문학 쪽에서 본다면 문학과 현실의 분리는 모든 비문학적인 요소에 대한 철저한 부정이라고 할 수 있지만, 현실 쪽에서 본다면 순수한 문학 대 순수하지 못한 현실이라는 선명한 대립구도를 낳는다. 이러한 논리가 극단화되면 순수한 문학을 위해 순수하지 못한 현실을 버리는 경우가 생길 수 있고, 반대로 순수한 문학과 순수하지 못한 현실이라는 대립 구도를 통해 순수하지 못한 현실을 긍정하는 경우도 생길 수 있다.[13] 김동리를 비롯한 '문협 정통파'들이 선택한 것은 후자의 길이었다. 문학제도와 관련하여 순수가 현실 긍정을 선택하게 된다면, 다른 선택의 국면에서도 현실 긍정으로 흐를 수밖에 없는 것이 순수문학의 취약점이었다. 문학과 현실을 이분법적으로 사고한다면 결국 순수한 문학을 위해서 순수하지 못한 현실은, 부정되는 것이 아니라, 언제나 긍정될 수밖에 없다.

　이런 김동리 문학론의 결정적 결함은 이미 다음과 같이 지적된 바 있다.

---

12) 이주형, 「김동리 '순수문학론'의 반현실주의」, 『김동리』, 살림, 1996, 724면.
13) 류찬열, 「문학의 권력화와 정전화에 대한 성찰과 반성」, 『한국문학권력의 계보』, 한국출판마케팅연구소, 2004, 213면.

[그의 문학론이] 문학과 정치의 일원론에 대한 회의랄까 자의식이 목숨을 건 위기의식을 통해서 겨우 획득되었다는 사실은 강조되어 마땅한데, 그의 제일 취약한 부분 곧 아킬레스건이었던 까닭이다. 정치와 전혀 무관한 자리에서 문학이 성립되며, 그것은 각자의 운명과의 만남이라 우기는 김동리의 논리란 실상 정치 곧 문학이라는 일원론에 시적 표현에 지나지 않는다. 정치와 문학이 모순 개념으로 설정되어 있지만 실상 몸이 한데 붙은 샴 쌍둥이임을 한국 근대문학사가 특수성으로 안고 있는 이상, 아무리 발버둥쳐 보아도 부처님 손바닥의 손오공 신세를 면치 못한다.14)

문학과 정치가 별개라는 주장의 정치성에 대한 지적이다. 이는 문학을 기타 인간 활동과 분리 고립된 무엇으로 보지 않았던 여러 논자들이 공통적으로 지적하는 내용이기도 하다. 위의 글처럼 순수문학을 '목숨을 건 위기의식'의 소산으로 본다면 승리를 유지하고 승리의 결과를 누리고 싶어 하는 것은 어쩌면 당연한 일인지도 모른다. 그래서인지 김동리의 현실 긍정은 현실을 부정하는 문학에 대한 예민한 알러지 반응으로 나타난다. 60년대 이후 비제도권 문학, 특히 비평에 대해 취한 공격적인 태도는 그 대표적인 예라고 할 수 있다.

2) 현실 긍정과 타자 배제의 논리

김동리의 문학론이 비록 '정통'으로 자리 잡기는 했지만 그것은 스스로 견고한 이론 체계를 갖춘 것은 아니었다. 유사한 이념을 가진 문인들과의 논쟁을 통해 오류를 수정하고 이론이 견고화되는 일반적인 과정 없이 단신으로 조직에 맞서며 정리한 이론이다.15) 그래서인지 김동

---

14) 김윤식, 『해방공간 문단의 내면 풍경』, 민음사, 1996, 65면.
15) 동시대 문인으로는 조연현 정도가 김동리 문학의 특성을 조명하기 위해 노력했는데

리는 자신의 문학론을 펼치는 만큼(어쩌면 그보다 더 많은 지면을 할애하여) 상대방의 오류를 지적하는 데 힘을 기울이곤 하였다. 식민지 시대에는 기성과의 차별을 위해 해방기에는 자기 영역 확보를 위해 이후에는 '본격 문학'의 수호를 위해 상대방의 문제점을 집요하게 파고들었다. 이런 공격성은 사실 주류에 속한 이들의 비평 방법이기보다는 우세한 상대방을 공격해야 살아남는 비주류의 비평 방법이다. 그런 특성 때문인지 문단의 중심에 섰을 때조차 그의 문학론은 포섭의 논리보다는 배제의 논리를 내세운다.

배제의 논리를 펼 경우 배제 대상들 사이의 차이들은 쉽게 무화되곤 한다.

> 그러므로 문학은 어떠한 목적을 막론하고 목적달성의 도구가 되어서는 아니 된다는 것이다. 게르만의 피를 선동하기 위한 나치스 문학이나, 황도 정신을 고취하기 위한 일제의 소위 황도 문학이나 소연방주의를 구가선전하기 위한 '인민신'의 문학이나 그것이 다 같이 국책문학인 점에 있어, 또 정치주의적 목적문학인 점에 있어서는 아모 것도 다를 것이 없는 것이다.[16]

위 글에서 김동리는 문학을 목적 달성을 위한 문학과 그렇지 않은 문학으로 나눈다. 다른 글을 참고해 보아도 김동리가 보는 문학은 현실적 목적을 달성하기 위한 문학과 인간 본령 정계를 위한 문학으로 양분되는 것 같다. 받아들이기 어렵지만 나치스 문학=황도문학='인민신'의 문학이라는 등식이 성립되는 이유가 여기에 있다.

위 글의 구분에 의하면 공리주의 문학들은 그 정치성에 있어서 서로 같은 것이며, 공리주의 안에서의 차별성은 무시해도 좋은 것이 된다. 현실적 가치를 주장하는 것 자체가 문제이지 그것들 사이의 차이는 중요

둘 사이에 교류도 전면적이었다고 보기는 어렵다. 조연현이 자신의 비평을 정립하기 위해 김동리의 문학을 끌어들인 정도로 이해할 수 있다.

16) 김동리, 「문학과 자연을 옹호함」, 『문학과 인간』, 청춘사, 1952, 143면.

하지 않기 때문이다. 이런 주장은 표면적으로 다양한 공리적 문학을 문제 삼는 것 같지만 실제로는 현재 의미 있는 또는 직접적인 관련이 있는 공리주의 문학을 공격하는 것이 된다. 특정한 문학의 논리를 본격적으로 공격하지 않아도 자연스럽게 공격 대상이 좁혀지는 셈이며, 그때마다 사용하는 무기는 늘 같은 칼이 된다. 공리성을 문제 삼을 수만 있다면 어떤 문학이라도 같은 방식으로 공격할 수 있는 것이다.

자신을 중심으로 했을 때 타자는 공통점을 가진 대상으로 쉽게 묶일 수 있다. 이 때 중요한 것은 타자를 묶을 수 있을 만큼 자신의 이론이 전체에서 많은 부분을 차지할 수 있느냐 하는 점이다. 타자들의 크기가 일방적으로 커 보인다거나 자신의 크기가 지나치게 작아 보일 경우 이는 자신의 이론이 가진 편협함을 반증하는 것이 될 수도 있다. 공통점으로 묶은 대상들이 실제로 큰 차별성을 가지고 있을 때 그들을 하나로 묶는 자신의 이론은 편협한 것이 되고 마는 셈이다. 사실 문학은 김동리의 말대로 인간성의 본질을 추구하는 문학과 현실 당파의 이익을 대변하는 문학으로 나뉘는 것이 아니다. 인간성의 본질을 어떻게 보는지, 인간성의 본질을 추구하기 위해 어떤 가치가 유용한지 또 그것을 위해 문학은 무엇을 해야 하는지, 또는 할 수 있는지에 의해 다양한 스펙트럼이 존재하게 된다. 일곱 가지 혹은 그 이상이나 이하의 파장으로 나뉘는 것이 무지개인데 파란색과 파란색이 아닌 것으로 무지개를 나누는 것이 김동리의 논법이다.

배제에서 시작한 논리는 현실에서 설득력을 갖기가 매우 어렵다. 그러나 이런 취약한 이론에도 불구하고 김동리는 나행히 고비 때마다 상대방의 결정적인 약점을 발견할 수 있었다. 그 약점은 주로 문학 외적인 것이었다. 해방기에는 찬탁과 반탁의 문제가 혼재였고, 한국 전쟁 이후 전쟁의 참상으로 이념이나 인간성에 대한 환멸이 크게 일어난 것도 모두 그에게 유리하게 작용하였다. 한 연구자의 지적대로 "'구경적 삶의 형식'이 김동리의 주무기지만, 이 무기의 힘보다도 상대방의 아킬레스건의 발견이 김동리의 승부수가 놓인 곳이었다. 해방기의 경우 하룻밤 사이에 반탁에서 찬탁으로 표변하는 180도 전향이 바로 상대방이 노출한 아킬레스건이었다."[17] 그리고 이후에는 굳이 상대방의 결정적 약점을 발견할 필요조차 없이 적이 제거된 상황에서 독주를 하게 된다. 전후, 근대화 과정을 통해 '순수'와 '전통'은 최고의 문학적 가치로 대접받았다. 상대방과의 싸움은 사라지고 같은 편 안에서의 투쟁만이 있을 뿐이었다.[18]

김동리에게 해방기의 상황은 적과 아를 분명히 가르는 가장 중요한 장면이었다. 자신과 상대되는 자리에 놓인 다양한 논리들이 하나의 공통점으로 묶이듯이 과거와 현재의 논리들도 유사점을 중심으로 묶인다. 문학 비평 활동이 같은 것을 묶고 다른 것을 갈라 바른 자리를 찾아주는 것이라고 할 때 김동리의 나누기와 묶기는 그 작업 자체의 유용성을 의심할 정도의 수준이었다고 할 수 있다.

타자를 구분해 내는 이분법이 극에 달하는 것은 1970년대 후반이다. 현실과 정치의 이분법이 현실 긍정으로 이어지고 자신이 긍정하고 있는 현실에 대한 부정을 민감하게 반응하는 단계에 이른다. 현실 부정은 곧 사회주의나 북쪽에 대한 긍정으로 의심 받는다.

오늘날 우리와 대결관계에 있는 게 반대 체제이기 때문에 함수관계로 그쪽에 플러스하는 결과가 99% 그렇게 돼버립니다. 그래서 자기가 공산체제를 원하든 원하지 않든 자유체제를 공격하는 일이 자유체제를 육성시키고 발전시키는 것보다 반대 체제에 함수관계로 플러스하는 것이 열에 아홉입니다. 그래서 작가가 어두운 면을 보는데 문제가 있다고 봅니다. 어두운 면을 그리는 자체는 사실 할 수 없다고 봅니다. 내 자신도 대다수의 작품이 어두운 것 그린

---

17) 김윤식, 『해방공간 문단의 내면 풍경』, 민음사, 1996, 79면.
18) 문협 안에서의 주도권 다툼에 대해서는 홍기돈의 「김동리와 문학권력」(『한국문학권력의 계보』, 한국출판마케팅연구소, 2004)과 김명인의 『조연현─비극적 세계관과 파시즘 사이』(소명출판, 1994), 정규웅의 『글동네에서 생긴 일』(문학세계사, 1999)를 참조할 수 있다.

게 많습니다만. 그러니까 작가가 어두운 면 그린다고 해서 그것이 체제 탓이라고 책임 돌리는데 문제가 있습니다. 어두운 면 그린다는 그것이 체제 탓의 의도가 아니더라도 평론가가 하느냐 안하느냐에 문제가 있습니다.[19]

인도와 박애는 숭고한 사상이지만, 국가와 민족은 우리의 모든 이해와 운명이 직결되는 핏줄같은 것이지만, 그리고 억울한 자, 가난한 자가 부와 권력에 짓눌리는 현실의 일각은 정의의 피를 끓게 하지만, 그렇더라도 문학이 그들 편에 서고, 그들을 돕기 위한 목적으로 사용되어서는 안 된다. 인간은 인간자체와 더불어 그 어떠한 다른 가치에도 종속될 수 없기 때문이다. 문학이 '누구 편'에 서거나 그러한 목적을 위해 '사용'될 때 그것은 경향문학이나 목적주의 문학에 불과하며 진정한 인간의 문학이라 할 수 있는 본격문학에서 이탈될 수밖에 없기 때문이다.[20]

김동리가 1970년대 후반 들어 여기저기서 사회주의 리얼리즘을 공격하고 나선 것은 주목할 만한 사건이었다. 문단 주도권을 쥐고 나름대로 안정된 기반을 다지고 있던 김동리에게, 식민지 시기와 해방기를 떠올리게 하는, 사회주의 문학론 냄새가 나는 계간지 중심의 평론들은 매우 위험해 보였을지 모른다. 그에 대해 경계의 목소리를 내야 한다는 생각으로 1970년대 후반 독설과 공격을 서슴지 않게 된 것이라 짐작해 볼 수 있다. 위 예문에서는 문학 작품을 통한 정치 행위, 나아가 비평 활동을 통한 정치행위에 대한 거부감을 그대로 드러내고 있다. 사실 이 시기 이념에 대한 공격은 공격을 당하는 이들에게는 사실 여부와 관계없이 치명적인 상처가 될 수 있었다. 특히 우익 평론가로 이름 높았던 김동리의 공격은 강력한 영향력을 가지고 있었다고 할 수 있다. 문학이 문학 외의 영역으로 넘어간다고 생각할 때 문학외적인 영역을 통해 문

---

19) 김동리 · 백철 대담, 「한국문학 어디서 와서 어디로 가는가」, 『현대문학』, 1979.6, 318~319면.
20) 김동리, 「이럴 수도 저럴 수도 있는 것이 아니다」, 『조선일보』, 1978.10.4, 이주형, 「김동리 순수문학론의 반현실주의」(『김동리』, 살림, 1996, 721~722면)에서 재인용.

학내의 '바르지 않은 길'을 바로잡아 주려 했던 것이 김동리의 이 시기 모습이라고 할 수 있다.

이념의 문제를 넘어 위 예문에는 체제의 문제까지 거론된다. 체제의 문제가 현실 긍정의 이유로 동원되고 있는데, 상대 체제를 이롭게 할 수 있으므로 우리 체제에 대한 비판을 자제해야 한다는 분단 이데올로기의 전형을 볼 수 있다. "자유체제를 공격하는 일이 자유체제를 육성시키고 발전시키는 것보다 반대 체제에 함수관계로 플러스하는 것이 열에 아홉"이라는 주장은 현실의 언로를 막는 전형적인 방법이다. 내부의 문제에 대한 건강한 비판을 '이적행위'로 몰아가는 가장 확실한 현실 긍정의 정치학이라고 할 수 있다. "자유체제에 대한 모순을 지적하고 거부한다면 결국 사회주의 체제밖에 올 게 없"[21]다는 주장은 문학도 아니고 문학 제도도 아닌 순수한 정치의 영역에 닿아 있는 것이다. 심지어 '인도와 박애', '국가와 민족', '가난한 자가 부와 권력에 짓눌리는 현실'까지도 관심의 대상에서 제외해야 한다고까지 말한다. 여기에까지 이르면 문학이 할 수 있는 일은 사실 '순수' 외에 아무것도 남지 않게 된다.

차이를 무화시키는 논리는 다음 글에서도 확인할 수 있다.

> 자네는 시나 소설은 모름지기 부정부패를 척결하는 기계같이 알지만, 나의 의견은 다르다네. 부정부패는 수사 기관과 또는 정치 활동을 통하는 것이 훨씬 직접적이고 효과적이라고 보네. 소설이나 시도 그런 일을 할 수 있지만, 직접 법과 행동으로 하는 데 비하면 약하고 비능률적일세. 더구나 문학은 작가의 개성과 문학관이 다르므로 모든 문학이 다 그런 정치적인 보조 기관 노릇이나 해서는 안 되네.
>
> 그날 밤 내가 자네에게 묻던 말을 기억해 보게. 그렇다면 현 대통령이나 어느 장관의 인격과 정치적인 업적을 찬양하는 시나 소설을 써도 현실 참여가

---

21) 김동리 · 백철 대담, 「한국문학 어디서 와서 어디로 가는가」, 『현대문학』, 1979.6, 316면

되지 않느냐고. 그때 자네는 한참 생각하고 나더니 내가 현실이란 말을 잘못 파악하고 있다고 했네. 나는 그때 자네의 속셈이 문학에 있는 것이 아니고 정치에 있다는 것을 들여다보았네.

해방 직후의 공산주의 문인들도 꼭 자네와 같이 말했다는 사실을 잊지 말기 바라네. 그들도 겉으로는 공산당을 표방하지 않았지만, 그들의 속셈은 공산당에 플러스하는 것이 유일한 목적이었네.[22]

과거의 '잘못된' 이론과 유사한 면이 있으므로 현재의 이론도 당연히 '잘못된' 것이라는 논점 이탈의 오류와 함께 현실 참여에 대한 매우 폭력적인 일반화를 보여주고 있다. 김동리에게는 '해방 직후의 공산주의 문인'들이 현재의 문인들을 보는 기준으로 여전히 유용하게 작용하고 있는 것이다. 드러난 논리를 따르기보다는 그 논리 이면에 다른 무엇이 있다고 의심하는 태도는 정상적인 비평이나 논쟁의 수준이 아니다. 그러고 보면 '자네'에게 들려주는 '어른'의 말씀으로 글을 전개한 것도 굳이 정상적인 논쟁으로 글을 전개할 의도가 없었음을 간접적으로 보여준 것이라 할 수 있다.

나는 자네가 현실 참여란 정치적인 복선을 치지 말도록 충고하고 싶을 뿐일세. 그리고 나는 자네 이상으로 현실 참여를 하고 있다는 사실을 잊지 말기를 바라네.[23]

위 글은 김동리를 비롯한 문협 정통파의 정치적 승리를 무의식적으로 드러낸 것으로 읽힐 수 있다. 정치의 영역과 문학의 영역이 다를 수 있다는 전제하에 문학을 통한 정치라는 좁은 영역이 아니라 정치를 통한 문학이라는 더 근본적인 영역을 말하고 있다. 또, 자신의 현실참여는 문학을 통한 참여가 아닌 정치를 통한 참여였다는 사실도 은연중에 드

---

22) 김동리, 「작가와 현실 참여—R군의 현실 참여에 대한 대화를 중심으로」, 『나를 찾아서』, 민음사, 1997, 379면.
23) 위의 글, 381면.

러내고 있다. 순수문학은 현실 참여의 문학, 현실을 부정하는 '위험한' 문학을 배제한다. 그 결과 김동리의 문학은 정치적으로는 현실을 긍정하고 작품에서는 현실을 넘어서는 것이었다.

이상에서 살핀 대로 김동리 비평이 가진 문제는 문학의 다양성을 인정하지 않는다는 데 있다. 문학이 현실에서 발견한 구체적 가치들을 통해 추상적 논리를 발전시켜 나가는 것임에도 불구하고, 김동리의 순수는 본질적인 가치를 지나치게 강조하여 결과적으로 다양한 문학을 억제하는 비생산적인 비평이 되고 말았다. 본래적 의미의 순수는 현실에서의 옳고 그름을 따지는 문제를 문학 밖에 남겨두고 문학 안에서는 다양한 가치를 그것 그대로 존중하는 문학을 말한다. 그러나 김동리의 순수문학은 정치적 경향이나 선택을 문학 안으로 적극적으로 수용하는 매우 불순한 순수였다고 할 수 있다.

3. 인간과 자연, 삶과 죽음, 현실과 운명

좌익 비평에 맞선 '탁월한' 비평가였지만 김동리는 스스로를 작가로 여겼으며, 문학의 본령인 작품에 대해 특별한 애정을 보였다. 작품으로 승부를 걸 수밖에 없는 '순수' 문학을 주장하였기에 이는 당연한 일이라고도 할 수 있다. 본 장에서는 앞에서 살핀 비평의 논리와 소설의 주제가 갖는 연관성을 살펴볼 것이다.

문학과 현실의 분리는 그의 비평이 갖는 정치성의 핵심이다. 이러한 이분법은 소설 작품 안에서의 현실적 계기들에 대한 경시로 이어진다. 현실 안에서 갈등이 발생하고 인물들 사이의 관계 풀이를 통해 그 문제가 해결되는 과정을 보여주기보다, 인물이 해결하기 어려운 문제들이 현실 이상의 논리에 의해 풀려가는 과정을 보여주는 것이 김동리 소설의 서사이다. 그것은 때로 비합리의 영역으로까지 나아가며 현실적인 가치들을 무화시키는 듯한 느낌을 준다. 그가 비합리로 주장하는 것들은 '전통'이라는 외피를 쓰기도 한다. 이런 이유로, 비평 논리가 그렇듯이, 그의 소설 역시 구체적이고 현실적이라는 느낌보다는 일반적이고 추상적이라는 인상을 주게 된다.

'전통'을 통해 이루어지는 이분법은 인간과 자연, 현실과 운명의 구분이다. 김동리 소설에서 인간과 자연은 분리되지 않은 하나처럼 다루어진다. 인간이 자연의 일부인 것처럼 느껴지기도 한다. 그러나 기실 김동리 소설에서 자연은 인간이 살아가는 환경으로서의 자연이 아니다. 인간이 벗어날 수 없고 끝내 돌아가야 하는 섭리로서의 자연, 운명으로서의 자연이다. 인간이 개발하고 어울리는 자연이 아니라 인간이 거부해서는 안 되고 끝내 복종해야 하는 신과 같이 거대한 대상이다.

김동리의 소설을 가장 적극적으로 해석한 비평가는 조연현이다. 그는 김동리 문학의 특징을 '허무에의 의지'라 정의한 바 있다. 허무에의 의지는 「역마」, 「황토기」, 「무녀도」 등의 작품에서 가장 잘 나타난다고 한다.[24] 조연현의 논지와 무관하게 이들 작품에서 '허무'의 대상은 현실적 삶이라고 할 수 있다. 조금 비약해서 말하자면 허무에의 의지는 곧 '구경적 삶'에 대한 추구이다. 김동리 소설에서 인물들이 '구경적 삶'을 얻는 방법은 현실 안에서 인간 의지를 실현해 내는 때가 아니라 운명 혹은 자연과의 합일 즉 죽음을 맞이할 때이다. 허무를 견디거나 극복하는 방법이 현실에서 주어지기보다는 현실을 넘어설 때 얻어지는 것이다. 결국 김동리 소설에서 죽음은 삶의 연속으로 존재하기 보다는 삶과 대척되는 지점에, 삶을 넘어선 자리에 위치하는 셈이다.

이러한 죽음은 자연스럽게 다양한 이분법을 불러낸다. 산 것과 죽은

---

24) 조연현, 「김동리론」, 『동리 문학이 한국문학에 미친 영향』, 중앙대 문예창작학과, 1979.

것, 한시적인 것과 영원한 것의 대립이 그것이다. 그 안에서 인물들은 끊임없이 영원한 것을 지향하게 된다. 그의 소설은 흔히 말하는 자아와 세계의 대결이 아니라 인간과 천지의 대립을 다룬다. 그렇기 때문에 인간의 구경적 삶이란 인간 실존에 다름 아니며, 그것은 천지의 분신으로서의 인간이기에, 자연의 섭리에 순응함으로써 자기를 관철하기를 목표로 삼지 않을 수 없게 된다. 자연의 섭리(신)를 알아보겠다든가 그것에 도전하겠다는 생각은 당초부터 부재한다. 애초부터 있는 것이라고는 천지뿐이며 인간은 천지 속에서 살고 사라지는 존재에 지나지 않는다. 인간이 천지와 유기적 관련을 맺고 있다는 것, 그것만이 절대적이며 가장 분명한 것이다.25) 삶과 죽음의 문제를 다루고 있지만 김동리의 관심이 삶이 아닌 죽음 쪽에 기울어져 있다는 생각이 드는 이유가 여기에 있다.

김동리 소설의 인물들에게는 그들이 돌아가 안주한 본향(本鄕)이 처음부터 설정되어 있었고, 그네들의 현세적 삶은 실제적으로 그들이 돌아가 안주할 그 영속적 세계에서의 외출 이상의 의미를 갖고 있지 않다는 인상을 준다.26) 이를 앞서 말한 삶과 죽음의 이분법이라 불러도 큰 무리는 없을 듯하다. 특히 그의 대표작이라고 할 수 있는 「무녀도」, 「달」, 「역마」, 「등신불」, 「사반의 십자가」 등은 현실적 삶과 그 삶을 넘어서는 죽음에 대한 관심이 이야기의 중심을 차지하고 있다. 물론 이러한 대립 끝에 작품이 긍정하게 되는 것은 삶 쪽이 아니라 죽음 쪽이다. 현실의 문제는 인간 의지에 의해 합리적으로 해결되는 것이 아니라 인간 의지를 포기한 후, 삶을 포기하고 죽음 또는 운명 쪽으로 투신할 때 균형이 이루어진다. 이는 자연, 운명, 죽음을 통해 현실적 삶을 배제하는 방식이라고 할 수 있다.27) 이 둘의 승부에서 항상 패배하는 것은 현실적 삶

---

25) 김윤식, 「소설과 우연성의 문제」, 『한국근대문학사상연구 2 ─ 문협정통파의 사상구조』, 아세아문화사, 1994, 127면.

26) 유금호, 「본향에의 향수와 외출의 의미」, 『김동리』, 살림, 1996, 333면.

27) 김동리 소설의 죽음에 대한 평가는 토속성·민속성에 대한 평가와 맥을 같이 한다. 다음의 평가가 대표적이다. "그들의 죽음은 비극적이고 처절한 것이지만, 원시적 인물

이다. 운명이라고 말하거나 자연이라고 말하거나 그 용어는 다르지만 결국 인간의 의지와 인간의 의지 이상을 이야기하게 되는 셈인데, 이는 곧 비합리주의나 정치와 문학의 이원론적 사고와 연결되고 만다.

김동리 소설에서 죽음은 불청객처럼 인물을 덮치는 것이 아니라 현실의 고통을 벗어버리는 신성한 의식처럼 그려진다.

> 만적의 머리 위에 화관같이 씌어진 향로에서는 점점 더 많은 연기가 오르기 시작했다. 이미 오랫동안의 정진으로 말미암아 거의 화석이 되어 가고 있는 만적의 육신이지만, 불기운이 그이 숨골(정수리)를 뚫었을 때는 저절로 몸이 움칠해졌다. 그리하여 그 때부터 눈에 보이지 않게 그의 고개와 등 가슴이 조금씩 앞으로 숙여졌다.
>
> 들기름에 결은 만적의 육신이 연기로 화하여 나가는 시간은 길었다. 그러나 그 앞에 선 오 백의 대중(승려)은 아무도 쉬지 않고 아미타불을 불렀다. 신시(申時) 말(末)에 갑자기 비가 쏟아졌다. 그러나 웬일인지 단 위에는 비가 내리지 않았다. 만적의 머리 위로는 더 많은 연기가 오르기 시작했다. 염불을 올리던 중들과 그 뒤에서 구경을 하던 신도들이 신기한 일이라고 눈이 휘둥그래져서 만적을 바라보았을 때 그의 머리 뒤에는 보름달 같은 원광이 씌어져 있었다.[28]

『사반의 십자가』가 예수의 죽음으로 마무리된다면 「등신불」은 만적의 소신(燒身)으로 마무리된다. 위에서 보듯 죽음의 장면은 머리 뒤에 '보름달 같은 원광'이 씌워질 만큼 신성하다. 만적은 현실의 고뇌에서 벗어나기 위해 스스로를 태워 부처가 되는데, 그 부처는 현실의 고통까지 안고 있어서인지 특별히 영험하다고 한다. 현실의 고뇌는 삶 속에서

들의 강인한 생명력과 소박하면서도 강렬한 신앙의 추구에 의해, 또 그들이 입사적 시련을 거쳐 스스로 죽음을 선택하고 받아들임으로써, 비극을 벗어나 재생적이며 자연 회귀적 양상을 띤다. 이 공간 속에서의 죽음은 김동리 소설에 나타나는 죽음의 일반적 성격인 재생적 의미를 분명히 드러내며, 김동리의 문학적 신념인 '문학은 인간의 구경적 삶을 드러내는 것'이라는 점을 뚜렷이 보여주는 것이다"(유종렬, 「김동리 소설과 죽음의 모티브」, 『김동리』, 살림, 1996, 189면).

28) 김동리, 「등신불」, 『등신불』, 정음사, 1963, 280~281면.

해결되지 못하고 죽음을 통해 초월되는 셈이다. 영험한 등신불이 되고 난 후 만적이 삶 속에서 겪었던 고뇌는 아무것도 아닌 것, 죽음에 이르기 위해 치러야 했던 하나의 과정 정도로 의미가 축소된다. 죽음을 통해 태우는 것은 만적의 몸뿐이 아니라 현실에서의 고통과 고뇌이다.29)

죽음에 대한 순응은 「무녀도」, 「바위」 등의 작품에서도 찾을 수 있다. 「무녀도」에서 욱이와 모화의 죽음은 둘의 차이를 무화시키는 역할을 한다. 「바위」에서의 죽음은 하나의 비참한 그림일 수 있다. 그러나 살아 있는 시간보다 죽음 이후가 더욱 평화롭다는 인상을 준다. 긍정적인 세상과 부정적인 세상을 나눈다면 죽음 이후의 세계를 긍정으로 볼 수 있을 정도이다. 평안한 죽음은 세상의 차이를 무화하는 방식의 궁극적 지점에 해당한다고 할 수 있다. 죽음은 삶과의 대조를 통해 현실을 하나로 묶게 되는데, 이는 배제의 원리에서 크게 벗어나는 것은 아니다.

김동리 소설에서 죽음과 유사한 기능을 하는 것이 병(病)이다. 양상은 다르지만 많은 소설에서 인물들은 병을 앓고 있다.30) 질병은 인간 개인의 존재 의미를 의심하게 만들기도 한다. 질병은 생명을 앗아갈 수 있는 것이기에 개인에게는 가장 큰 공포이다. 인간 생활의 자질구레한 일들을 질병과 일대 일로 세울 경우 일상의 의미들은 자연스럽게 지워지게 된다. 보편적인 인간의 운명 등을 생각하게 하는 소재임에 틀림이 없다.

「역마」의 경우 주인공 성기는 크게 아픈 이후 엿판을 매고 길을 떠난다. 성기에게 있어 병은 자신의 운명을 받아들이는 과정, 생에 대한 새로운 깨달음은 얻게 되는 과정이었던 셈이다. 병은 운명을 거역하려 했던 과거를 청산하게 해준다. 다음은 병을 앓고 난 이후 성기가 길을 떠나는 장면이다.

---

29) 물론 만적이 죽는다고 해서 만적이 살아온 현실과 그가 남겨두고 가는 현재가 달라지는 것은 없다. 단지 만적이라는 개인이 현실과 다른 세상을 선택함으로서 현실을 잊을 뿐이다.

30) 대표작 중 「무녀도」, 「달」, 「바위」, 「홍남철수」, 「역마」를 꼽을 수 있다.

그의 발 앞에는, 물과 함께 갈리어 길도 세 갈래로 나 있었으나, 화갯골 쪽
엔 처음부터 등을 지고 있었고, 동남으로 난 길은 하동, 서남으로 난 길이 구
례, 작년 이맘때도 지나 그녀가 울음 섞인 하직을 남기고 체장수 영감과 함께
넘어간 산모퉁이 고갯길은 퍼붓는 햇빛 속에 지금도 환히 장터 위를 구비 돌
아 구례 쪽을 향했으나, 성기는 한참 뒤, 몸을 돌렸다. 그리하여 그의 발은 구
례 쪽을 등지고 하동 쪽을 향해 천천히 옮겨졌다.

한 걸음, 한 걸음, 발을 옮겨 놓을수록 그의 마음은 한결 가벼워지어, 멀리
버드나무 사이에서 그의 뒷모양을 바라보고 서 있는 그의 어머니의 주막이
그의 시야에서 완전히 살아져 갈 무렵 하여서는, 육자배기 가락으로 제법 콧
노래까지 흥얼거리며 가고 있는 것이었다.[31]

성기는 운명에 순응함으로서 '콧노래'까지 흥얼거릴 수 있게 되었다.
성기는 일찍이 당사주에서 '시천역'이라고 일컫는 운명을 타고 태어났
다. 그는 그러한 운명을 거역할 수 없으며, 그것은 또한 그의 할머니와
어머니로 대물림하는 운명의 연속된 흐름이었다. 즉 천기(天氣)를 따르
는 것이다. 기존의 평가대로 「역마」는 인간이 자연의 질서라는 운명에
순응하면서도 그러한 운명에 맹목하거나 굴종하지 않아야 하며, 오히려
그러한 운명에 철저히 몸을 던짐으로써 자신의 운명을 극복한다는 그
의 시각이 풍수와 사주, 그리고 무속이라는 전통적인 신선관념의 발현
을 통해 제시되고 있는 소설이다.[32] 이렇게 볼 때 「역마」는 김동리의
문학관이 가장 온전히 발현된 작품이라고도 볼 수 있다. 동시에 김동리
식 전통의 내용을 확인할 수 있는 소설이기도 하다.

또 다른 대표작 「황토기」의 경우 천기는 지기(地氣)로 대체된다. 주인
공 억쇠와 득보는 타고난 힘을 억제하지 못하고 자신의 힘을 탕진하기
위해 애쓴다. 타고난 힘은 마을을 타고 흐르는 산맥에서 받은 것이고,
힘을 사용하지 못하는 이유는 그 맥을 누군가 끊어놓았기 때문이라고

---

31) 김동리, 「역마」, 『실존무』, 인간사, 1958, 48~49면.
32) 박종홍, 「'구경적 생의 형식'의 서사화 고찰」, 『김동리』, 살림, 1996, 224면.

한다. 그런 운명을 타고 태어났기에 이들은 자신의 처지를 운명처럼 여기고 살아간다. 그들이 하는 일이라고는 여자 하나를 두고 피투성이가되게 싸우는 정도가 고작이다. 이 역시 앞서 말한 '허무'에의 의지, 운명에의 순응으로 설명할 수 있다.

김동리가 참다운 문학이라고 생각한 "시대와 사회를 초월하여 인간이 영원히 가지지 않을 수 없는 인간의 보편적이요 근본적인 문제" 즉 "자연과 인생의 일반적 운명"은 현실 모두를 '영원'이나 '보편'과 상대되는 자리로 밀어내고, 죽음을 우리 삶의 중심으로 밀어 넣는다. 그의많은 소설이 종교와 닿아 있다는 인상을 주는 이유가 여기에 있다. 이러한 문학은 지금까지 문학에 대한 왜곡된 상을 만들어내는 데 일조한바가 없지 않다. 문학은 삶과 유리된 곳에 있고, 따라서 문학은 사치스러운 감상의 유희라는 생각이 그것이다. 삶과 죽음을 이분법적으로 구분하는 일이 가능할지는 모르지만, 문학은 순수와 비순수, 보편적 문제와 정치적 문제로 단순히 나뉘는 영역이 아니다. 다양함을 다양함 자체로 인정하는 것이 인문학 안에서의 문학이 가진 특수성이다. 따라서 김동리 문학의 이분법은 정치를 배제함으로 인해 가장 정치적인 활동을한 것이었다.

4. 근대화 시대의 전통론

지금까지 김동리 비평과 소설이 기초하고 있는 이분법적 세계 인식에 대해 살펴보았다. 그의 비평은 영원과 보편, 자연과 운명을 강조함으로써 현실의 구체적인 문제 이상을 말하고자 하는 '순수' 문학적 입장에 서 있었다. 특기할 만한 것은 '순수'를 내세운 김동리가 현실 참여를 주장하는 '좌익' 비평을 지속적으로 공격했다는 사실이다. 포섭보다는 배제의 논리로 무장되어 있었기에 그의 비평은 넓은 수용의 폭을 가지고 있지는 못했다. 이는 문학이 고유하게 가지고 있는 다양한 스펙트럼을 무시하는 결과를 낳기도 하였다. 이런 그의 순수문학은 문학 제도를 향할 때 약점을 드러내곤 하였다. 『현대문학』에 대항하기 위해 『월간문학』, 『한국문학』을 창간한 일이나 '서라벌 예대' 사단을 통해 문단에 세력을 구축한 일은 '순수'와 어울리는 모습은 아니었다.[33] 비평과 마찬가지로 그의 소설 역시 현실과 영원, 인간과 운명의 이분법으로 이루어져 있다. 그의 대표작이라 불리는 「무녀도」, 「바위」, 「역마」, 「등신불」, 『사반의 십자가』는 삶 못지않게 죽음을 주제로 내세운다. 현실적 문제는 죽음이라는 큰 문제 앞에서는 작은 문제에 불과한 것처럼 다루어지기도 한다. 삶과 죽음이 하나의 선 위에 있는 것이 아니라 대립되는 점으로 존재한다는 인상을 준다.

김동리 문학을 논할 때 빠뜨리지 말아야 할 것이 전통의 문제이다. 김동리 소설에 있어 전통은 근대 이후에 발견된 향수로서의 전통, 비합리주의로서의 전통에 가깝다. 여기서 전통이 현재에 되살릴 수 있는 실용적인 유산이라는 보장은 없다. '가버린 시절'에 대한 수요와 공급이 늘어나는 것은 실제로는 '과거가 불가피하게 현재에 대해 요구하는 바를 거부'하려는 수단인 경우가 많고, 이럴 경우 향수로서 향유되는 과거는 진지하게 받아들일 필요가 없기 때문이다.[34] 그러나 김동리 문학의 전통은 근대화론과 호응하고 있다는 점에서 가볍게 넘길 수 없는 문학사적 의미를 갖는다. 1960~70년대 근대화 담론에서는 과거와 현재, 서구와 한국, 물질적인 것과 정신적인 것, 다른 사회적 역할을 전담하는 여성과 남성 등에 관한 언설들이 혼재되어 가치의 새로운 배합을 만들어 내었다. 서구의 근대를 모델로 하는 경제 개발 방식의 도입은 기존

---

33) 이에 대해서는 홍기돈의 앞의 글 참조.
34) 하비 케이, 오인영 역, 『과거의 힘』, 삼인, 2004, 40면.

의 사회관계에 하나의 위협이었는데, 한국 근대화 프로젝트에서는 이 문제를 물질과 정신의 분리, 동양적인 것과 서구적인 것의 분리, 그리고 제도와 문화를 분리하여 새롭게 재조합하는 것으로 해결하고자 하였다. 근대화론과 그의 전통주의가 가진 상동성은 그의 문학이 왜 우리 문단의 주류로 자리 잡을 수 있었는가를 해명하는 데 중요한 요소이며 근대화 이데올로기의 한 축을 해명하는 길이기도 하다. 이에 대한 해명이 있어야 김동리 문학의 심층을 올바르게 설명할 수 있을 것이다. 그러나 이 문제는 이후의 과제로 남기기로 한다.

해방 후 순수 문단과 세계문학

김동리와 순수문학 3

1. 연구의 목적

이 논문에서 우리는 해방 이후 '순수문학론'[1]의 전개 과정에서 '세계
문학' 개념이 어떻게 구성되었으며 그것이 순수문학 개념 정립에 어떤
역할을 하였는지를 살피려 한다. '세계문학'이 '순수문학론'에 어떤 영
향을 미쳤는가를 문제 삼기보다는 '순수문학론'이 자신의 논리를 세우
기 위해 '세계문학'을 어떻게 통원하였는가에 관심을 모으게 될 것이나.
이는 다양한 방식으로 진행되어 오던 외국문학의 수용에 대한 연구와

---

[1] 물론 '순수문학론'이라는 용어는 현재의 관점에서 붙인 것이다. 당시 주창자들은
'민족문학', '본령정계의 문학', '정통문학' 등의 개념을 사용하였다. 그러나 개념의 내
포에 비추어 볼 때 '순수문학론'이 적절한 용어로 보인다. 우리의 경우 순수문학이 '예
술지상주의'의 의미로 사용되고 있지 않기 때문에 더욱 그렇다.

본 연구가 근본적으로 구분되는 점이기도 하다.[2] 대상 시기는 단정수립을 전후한 1948년에서 전쟁 이전까지로 한다.[3]

해방 이후 이른바 '문단 주도 세력'[4]에 의해 주창된 '순수문학'은 그 내포가 모호한 개념이었다. 그것이 모호한 내포에도 불구하고 나름대로 자신의 입지를 확보할 수 있었던 데에는 '계급문학'과의 대결이라는 시대적 상황이 중요하게 작용하였다. 정치 체제의 선택이 곧 문학(론)의 선택으로 이어질 수밖에 없었던 시대 상황에서 '순수문학'은 반(反)계급문학이라는 명분만으로도 자신의 자리를 충분히 보장 받을 수 있었다. 이 시기 '순수문학'은 타자를 적극적으로 배제함으로서 자신의 논리를 저절로 공인 받을 수 있었던, 말하자면 '극단의 시대'[5]가 낳은 산물이었다 할 수 있다.

정치적 이유로 계급문학이 현실에서의 존재 기반을 상실하게 되자 순수문학은 나름대로 스스로의 내포를 구성해야 하는 과제를 안게 되었다. 적대적 대상이 사라졌기 때문에 더 이상 배제의 논리만으로 자신의 정체성을 주장할 수 없게 되었기 때문이다. 상대방의 내포를 배제함

---

2) 외국문학의 수용문제, 즉 외국문학이 우리 문학에 미친 영향에 대해서는 90년대 후반 『외국문학의 수용과 그 한국적 변용』이라는 주제로 집중연구가 이루어졌다. 연구 결과는 『세계문학비교연구』 1 · 2호(1996~1997)에 실렸다. 외국문학 전공자들에 의해 이루어진 이 작업은 개별적으로 이루어지던 외국문학 수용 연구의 종합편이라고 할 수 있다.

3) 한국전쟁 이후에도 세계문학 정립을 위한 시도는 활발히 이루어졌다. 세계문학 전집 간행이라든지 강좌 개최, 그리고 잡지를 통한 지속적인 소개가 이어졌다. 논의의 집중을 위해 본고에서는 전쟁 이후는 다루지 않았다.

4) 이 말은 조연현이 사용하여 널리 알려졌다. 이후 김윤식은 '문협 정통파'라는 말로 이들의 정체성을 규정한 바 있다. 주로 '청년문학가협회' 출신의 문인들을 이르는 말이다.

5) 극단의 시대는 장기 19세기에 대비되는 용어로 단기 20세기의 특징을 지적한 홉스봄의 말이다. 시기가 짧았던 만큼 특징도 명확했던 이 시대는 러시아 혁명과 소련방의 해체로 이어지는 70~80년간을 말하는데, 그 전형적인 특징이 나타나는 곳이 한반도였다고 할 수 있다. 우리에게는 매우 길고 변화무쌍하게 느껴지는 이 시기가 단기 · 극단의 시대였음은 그 자체로 아이러니이다.

으로 해서 자신도 그만큼의 내포를 가지고 있는 듯한 포즈를 취하던 예전의 모습을 더 이상 유지할 수 없었던 것이다.[6] 이때 순수문학은 자기 문학론의 내용을 채우기 위해 두 가지 작업을 동시에 진행하였다. 하나는 전통 계승의 강조였고 다른 하나는 세계문학을 순수문학(그들의 용어로는 민족문학)으로 끌어들이는 일이었다.

모든 개념이 그러하듯이 '순수문학'이나 '세계문학'이라는 용어 역시 시대와 상황에 따라 다르게 정의되고 활용되어왔다. 순수문학이 '예술을 위한 예술'이나 인간성 옹호의 문학정신 정도로 정의되어 온 것이 우리의 문학사적 사실이라면, 세계문학은 일방적으로 '서양 고전'이라는 의미로 사용되어 왔다. 이때 세계문학이라는 개념은 서점에서 접하는 동명의 분류 하에 관례적으로 작성된 외국문학 고전의 목록, 흔히 호머·단테·셰익스피어·괴테 혹은 프루스트·조이스·카프카 등 문학적인 영향력이 큰 작가들을 포함한다.[7] 순수문학 주창자들에게 세계문학은 세계적 동시성을 가진 문학으로 사고되기 보다는 뛰어난 예술작품, 시공을 초월한 문학적 가치를 가진 작품으로 정의되었다. 이러한 세계문학 개념은 현재의 문학적 환경과 거리를 둔 예술적 형식으로서의 문학을 강조하는데 매우 유용하게 동원되어 왔다. 과거의 작품으로서 현재에도 그 의미를 잃지 않는 '고전'이 문학의 전범이 되면, 우리 문학의 방향 역시 그것을 닮아야 한다는 주장이 자연스럽게 성립된다. 세계문학, 즉 고전이 시간과 공간의 제약을 뛰어넘는 인간성 본질에 대한 탐구라면 우리의 현재 문학도 마땅히 시간과 공간을 넘어서는 본질적 가치를 추구해야 하는 것이 된다.

순수문학론 정립 과정에 동원된 '세계문학'의 내용과 실체를 밝히는

---

6) 1948년 이전 순수문학론은 대개 논쟁의 형태를 띠고 있었다. 이 시기 순수문학 측의 핵심인 김동리의 비평은 좌익 측과의 논쟁물이거나 응향 사건에 대한 반응이었다. 이에 비해 1948년 이후의 글에서는 순수문학 자체에 대한 본격적 논의를 찾아보기 어렵다.
7) 김규창, 「괴테의 '세계문학' 개념과 그 한국적 수용」, 『독일어문학』 16, 2001, 2~3면.

일은 과거 우리 문학사의 흐름을 확인하고 우리가 받아들인 문학 상(像)에 대한 전반적인 검토의 기회를 제공해 줄 것이다. 이념이나 사상이 강조되는 문학이 사라진 자리에 주류 문학이 어떤 내용을 채워 가는지를 확인한다는 의미도 갖는다. 우선 다음 장에서는 세계문학 혹은 세계 정신 개념의 수사적 사용에 대해 살핀다.

2. 세계문학이라는 수사

해방기에는 두 개의 민족문학론이 존재하였다. 하나는 '문학건설본부' 중심의 좌익 문인들이 주장했던 민족문학이고 다른 하나는 '청년문학가협회' 중심으로 논의되었던 민족문학이었다. 이 둘의 성격은 매우 달라서 앞의 것이 민족의 생존과 관계된 당면 현실을 강조한 경우라면 뒤의 것은 민족적 정서 혹은 민족적 특성과 더 많은 관련을 가지고 있었다. 두 진영은 상대방의 민족문학에 대해 각각 경향문학−계급주의 문학, 순수문학−예술지상주의 문학이라고 평가하였다. 역사적 관점에서 볼 때 민족문학의 선편을 쥔 쪽은 '문건' 측이었으며 '청문협'의 민족문학은 한 발 늦은 명명이라는 인상을 주었다.

그 시작이야 어찌 되었든 해방 직후 '순수문학론'이 내용 없는 주의·주장에 가까웠다는 것은 이제 새삼스러운 사실이 아니다. 순수문학론은 뚜렷한 철학적 기반을 가지고 있지도 확실한 방향을 제시해 주지도 못한 단순한 배제의 논리였다는 것을 많은 연구가 증명하고 있다.[8] 배제의 대상이 비교적 분명했던 해방기 이후 순수문학론이 자기 갱신을 도

---

8) 이에 대해서는 졸고, 「김동리 순수문학의 세 층위」(『상허학보』 15집, 2005.8) 참조.

모할 수 없었던 이유도 이러한 논리의 특성에서 기인한다고 할 수 있다.

배제의 논리가 가진 약점은 뚜렷한 대비를 이룰 수 있는 대상이 분명히 존재할 경우 나름대로 논리적이고 체계적이라는 느낌을 주지만 대결 대상이 사라졌을 때는 자기 논리의 정당성을 확보하는 데 어려움을 겪게 된다는 데 있다. 따라서 배제의 논리가 설득력을 얻기 위해서는 끊임없이 배제의 대상을 찾아야 한다. 이때 무리하게 배제의 논리를 확대하다 보면 제한된 자기 동일성 영역을 제외한 모든 것에 대한 거부로 논리가 이어질 수도 있다. 이 경우 타자에 대한 정당한 인식이 어려워지고 스스로의 논리도 불구로 떨어질 가능성이 크다. 비록 적대적일지라도 주체를 세워주는 것은 타자의 존재인데 타자의 상실은 스스로의 주체성도 잃게 만들 수 있다. 배제해야 하는 대상이 사라졌을 때 자신은 텅 비게 되고, 그 텅 빔은 다시 적대적 세력을 필요로 하는 악순환을 낳게 된다.[9] 순수문학론이 생산적인 논리 계발보다는 산발적인 논쟁으로 우리 문학사에 나타나는 이유도 여기에 있다.

순수문학론에서 세계문학이 중요한 의미를 갖게 되는 시기는 1948년 이후 몇 년 간이다. 단정 수립을 전후하여 좌익문학이 현실적인 활동 공간을 모두 잃게 되면서 순수문학 측에서는 더 이상 논쟁으로 자신의 이념을 드러낼 수 없게 된다(그럴 필요도 없게 된다). 스스로 주장하던 문학의 내용을 채워야 하는 상황에 놓인다. 기본적으로 '이념'이 아닌 '작품'으로 승부해야 하고, 정치 문학이 아닌 '순수문학'으로 승부해야 한다는 기본 입장 아래 작품이 어떠해야 할 것인가에 대해 고민하게 된다.

이러한 고민이 녹아 있는 잡지로 『文藝』를 드는 데 큰 무리는 없을 것이다. 잡지 『문예』는 좌우익의 치열한 대결이 마무리된 후 우익문학인들이 그토록 원하던 '권위 있는 순 문예지'로 자신 있게 출범한 잡지이다.[10]

---

9) 위의 책, 16면.
10) 『문예』의 성격에 대해서는 이봉범의 「잡지 『문예』의 성격과 위상」(『상허학보』 17, 2006.6)참조.

모윤숙이 자금을 대고 김동리·조연현 등이 편집을 담당한 명과 실에서 순수문학 측을 대표하는 잡지였다고 할 수 있다. 이후『서울신문』,『신천지』 등의 매체가 부각되고 편집자들의 이동도 있었지만『문예』는 문단 주도세력의 잡지를 대표했다고 할 수 있다.[11]

　　小說家는 小說을 쓰고 詩人은 詩를 쓰는 것만이 民族文學 建設의 具體的 方法의 第一步가 되리라고 우리는 믿어야 한다. 모든 文人은 우선 붓대를 잡으라 그리고 놓지 말라. 이것이 民族文學 建設의 憲章 第一條가 되어야 한다. 그러나 모든 詩 모든 小說이 다 民族文學이 되는 것은 아니다. 그 아름다운 맛과 깊은 뜻이 能히 民族 千秋에 傳해질 수 있고, 世界文化 殿堂에 列할 수 있는 그러한 文學만이 眞正한 民族文學일 수 있는 것이다.[12]

위 글은『문예』의 창간사로 해방 이후 꾸준히 주장해오던 민족문학

---

11) 단정 수립 후 순수문학을 상징했던 잡지인『문예』에 소개된 세계문학의 내용을 간단히 정리하는 것은 당시 문단의 형편을 이해하는 데 도움을 줄 것이다. 1949년 8월 창간호에는「파우스트 素描」(김진섭),「飜譯文學과 關聯하여」(백철),「D. H. 로렌스의 生活과 文學」(석동수)가 실렸다. 파우스트와 릴케는『문예』에서 가장 자주 거론되는 작가들로 파우스트 박사의 정신적 역경과 의지, 시인 릴케의 신에 대한 추구가 주요 관심 대상이 된다. 10월호에는「中毒文學列傳·上」(김진섭)이 실렸다. "文豪들의 中毒은 참으로 詩를 위한 詩를 찾기 위한 身體의 障害인 까닭으로서 더욱이 悲痛한 印象을 주는 것이니 人類에게 아름다운 藝術을 提供하기 위한 이와 같은 中毒은 하여간 神聖한 犧牲을 意味하는 것으로서 當然히 尊敬되어야 할 것은 물론이다."(119면) 거의 예술지상주의적 태도에 가깝다는 점에서 이채롭다. 이어 여기에 해당하는 외국 문호들의 예를 길게 들고 있다. 1949년 11월호에는「아네모네와 疾風怒濤」(김춘수)라는 하이네에 대한 글,「米國文壇總評」(H. C. 칸비)라는 번역 글,「中毒文學列傳·下」(김진섭)가 실렸다. 1949년 12월호에는「릴케와 天使」(김춘수),「떠스떠엡흐스키―論·제1회」(조연현)이 실렸다. 1950년 1월호에는「世界文學化한 미국문학」(맬컴 카우리),「봐레리 斷稿」(김성욱)이, 1950년 2월호에는「世界文學化한 미국문학」(맬컴 카우리),「떠스떠엡흐스키―論·제2회」(조연현), 1950년 3월호에는「現代印度文學의 輪廓」(발둔 딩그라),「떠스떠엡흐스키―論·제3회」(조연현)가, 1950년 4월호에는「傳統과 個人的 才能」(T. S. 엘리어트),「자라가는 神 R. M. 릴케의 神에 關하여」(김성욱)가 1950년 6월호는「20世紀美國文學評論界」(모튼 띠 쩨삘)라는 번역이 실렸다. 번역은 주로 미국 문학을 소개하는 것임을 확인할 수 있다.

12)「창간사」,『문예』창간호, 1949.8, 9면.

〈순수문학〉의 내용을 집약한 부분이다. 위 글에서 민족문학 건설의 제일
조건으로 내세우는 것은 창작이다. 이는 다분히 정치 지향적이던 이전
문학인들의 경향을 비판한 것인데, 무엇보다 문인들은 붓대를 잡고 놓
지 말라고 요구한다. 창작이 중요하다면 그 창작의 기준을 세우지 않을
수 없는데 그 기준으로 작용하는 것이 "民族 千秋에 傳해질 수 있고,
世界文化 殿堂에 列할수 있"는가 여부이다. 그러나 무엇이 민족의 미
래에 전해질 수 있는 문학인지, 무엇이 세계문화 전당에 나란히 남을
수 있는 문학인지에 대해서는 전혀 언급이 없다. 구체적 내용이 없는
한에서 민족과 세계는 단순히 수사적 의미로 사용되고 있다고 보아도
좋을 것이다. 지금의 문학이 미래에 어떤 평가를 받을지 알 수 있는 사
람이 현재에는 없다는 점을 생각할 때 현재의 관점에서 미래에 우수하
게 평가받을 문학을 예견하는 것은 애초부터 불가능한 일이다. 미래의
민족과 미래의 세계에 대한 상마저 불확실한 것이라면 더욱 그러하다.
때문에 "民族 千秋에 傳해질 수 있고, 世界文化 殿堂에 列할수 있"는
문학이란 결국 좋은 문학이라는 말과 다를 것이 없다. 민족과 세계라는
단어는 좋은 문학이라는 단순한 말을 이념이나 내용 있는 것으로 만들
기 위한 수사에 불과하다고 말할 수 있다.

　물론 모든 순수문학 논의가 이처럼 순진하게 전개되고 있는 것은 아
니다. 순수문학 주창의 독보적 존재였다고 할 수 있는 김동리의 경우
해방 직후 나름대로 살을 갖추기 위해 노력하기도 했다. 다음에서 세계
문학의 내용을 보자.

　　우리가 目的하는 民族文學이 世界文學의 一環으로서의 民族文學인 것처
　럼, 우리의 民族精神이란 것도 世界史的 휴맨이즘의 一環인 民族單位의 휴
　맨이즘으로서 規定될 것이며, 이러한 民族單位의 휴머니즘을 '世界史的 角
　度'에서 內包하고 있는 것이 오늘날 純粹文學의 文學精神인 것이다. 여기
　'世界史的 角度'라고 한 것은 上述한 바와 같이 世界精神史의 第三期的 휴

맨이즘에의 '指向'을 意味하는 것인데 이 第三期 휴맨이즘의 本格的 出發은 東西精神의 '創造的 止揚'에서의 새로운 精神的 源泉의 釀成으로서만 可能할 것이다.13)

순수문학은 일찍이 "文學精神의 本領正系의 文學"14)이라고 정의된 바 있다. 여기서 문학정신이라는 것이 중요할 터인데 위 글은 그것에 대한 설명을 시도하고 있다. 세계사적 각도에서 민족 단위의 휴머니즘을 내포하고 있는 것이 순수문학의 문학정신이라 말하고 있다. 민족 단위적 휴머니즘에 대한 구체적 설명은 찾아볼 수 없지만 세계사적 각도에 대해서는 설명을 덧붙이고 있다. 세계사적 각도란 현재의 세계정신에 대한 파악이라고도 할 수 있는데, 위 글을 따르면 "第三期的 휴맨이즘에의 '指向'을 意味"한다. 제3기적 휴머니즘은 고대의 휴머니즘과 르네상스의 휴머니즘에 이은 "세계적으로 팽배한 데모크라씨-의 조류", "개성과 자유와 인간성의 존엄을 목적하는 휴맨이즘"으로 정의된다.

하지만 이러한 순수문학 논의의 정합성은 그리 신뢰할 만한 것이 못 된다. 기존 연구에서 지적된 대로 순수문학→문학정신→인간성 옹호→휴머니즘→민족단위의 휴머니즘→민족정신→민족문학이라는 연결고리를 통해 결국 순수문학과 민족문학이 별개의 것이 아니라는 엄청난 결론에 이르고 있으나 그 연결고리는 너무나 엉성하고 그 논리는 지나칠 정도로 허술하기 때문이다.15) 그런데 각각의 논리를 건너 띄는 자리에는 어김없이 '세계'가 개입한다. 민족문학이 세계문학의 일환인 것이 이미 전제되어 있고, 민족단위의 휴머니즘은 세계사적 휴머니즘과 같이 언급되고 있다. 민족문학의 문학정신은 세계사적 정신사의 휴머니즘과 비교된다. 이렇게 보면 세계사적 휴머니즘이 민족문학의 출발이라

---

13) 김동리, 「순수문학의 진의」, 『문학과 인간』, 청춘사, 1952, 108면.
14) 위의 글, 106면.
15) 류양선, 「해방기 순수문학론 비판」, 『실천문학』, 1995년 여름, 394면.

할 수 있는데 비교 대상으로 사용된 휴머니즘의 개념은 민족문학의 내용을 풍부하게 해주기 위해서 구체적인 함의를 가지고 있어야 한다. 그러나 실제에 있어서 세계사적 휴머니즘은 근대정신 일반에 가까운 매우 막연한 개념으로 사용되고 있음을 알 수 있다. 구체적으로 보여주어야 할 모델을 보충해주기 위해 동원된 개념조차 구체적인 내용을 담고 있지 않을 경우 그것은 잘못된 혹은 죽은 은유라고 할 수 있다. 많은 경우 세계문학(세계정신, 세계문화)은 이런 죽은 은유로 사용된다.

세계문학이 나름대로 내용을 가지고 있는 경우는 다음과 같이 초보적인 수준의 논의가 진행될 때이다.

> 우리는 豊富한 內容과 높은 水準의 朝鮮文學을 가지기를 누구나 다 希望하고 있는 것이다. 世界 各 國語로 飜譯이 되어서 世界 各國民에게 感動을 줄 수 있는 朝鮮文學이 되기를 願하고 있는 것이다. 이러한 意味에서 朝鮮文學의 再建이란 말을 解釋한다면, 卽 지금까지의 貧弱하고 低調한 朝鮮文學을 世界文學의 水準에 到達할 수 있는 優秀한 文學으로 向上시킬 方案을 묻는 것이라고 보아진다.16)

「朝鮮文學의 再建」이라는 제목의 글이다. "朝鮮文學이라고 世界에 내세울만한 것을 한번 建設해 본적이 있는가. 없다"라는 말로 시작하여 어찌하여 없는지에 대해 스스로 답을 내리고 있다. 세계문학에 수준이라는 것이 과연 있는지는 모르겠지만 필자는 다른 국민에게도 읽히고 그들을 감동시킬 수 있는 문학 정도를 세계문학으로 정의한다. 지금까지 없었기 때문에 이제 만들어야 하고 그것이 문인들이 감당해야 할 임무라는 말이다. 물론 이런 주장 역시 의문 없이 받아들이기 어렵다. 세계적 기준이라는 것이 모호할 뿐 아니라 이전까지 외국어로 번역이라도 해볼 수 있는 여건이 갖추어지기는 했었는지 의문이기 때문이다. 세

---

16) 김동리, 「정치적 감시를 소탕하라」, 『백민』, 1948.5, 20면.

계문학은 우수한 문학이라는 생각이 은연중 배어 있기도 하다.

그러나 역시 어떤 문학이 우수한 문학인가라는 데는 아무런 답을 해주지 않는다. 세계문학이 우리가 갖지 못한 어떤 문학으로 상정되어 있을 뿐 그 구체적인 모습을 보여주지는 않는다. 이런 논의는 논의가 진행될수록 더욱 더 막연한 방향으로 나가기 쉽다. 다음은 굳이 문학에 대한 이야기가 아니어도 될 듯한 주제의 글이다.

> '究竟的 生'은 文學을 通해서던 政治를 通해서던 宗教를 통해서던 哲學을 통해서던 或은 敎育을 통해서던 科學을 통해서던 꼭 같이 可能한 것이 原則이며 實地로 또 可能했던 것도 事實인 것이다. 孔子나 간디 같은 이는 政治와 敎育을 通해서도 가능했던 것이며, 老子 소클라테스 플라톤 스피노자 칸트 벨그송들은 哲學을 통해서 陶潛 王維 李白 杜甫 단테 괴에테 톨스토이 도스토엡흐스키들은 문학은 통하여, 뉴-톤 파스칼 아인슈타인 들은 科學을 통해서도 各其 그것을 遂行할 수 있었던 것이다.17)

순수문학 득의의 개념인 '구경적 생'에 대해 설명하고 있는 부분이다. 구경적 삶이 구현되는 방식은 문학만이 아니라 정치·종교·철학·과학·교육 등으로 다양하다고 주장한다. 역사적으로 뛰어난 사상적 업적을 남긴 사람들을 들어 그들은 분야는 다르지만 '구경적 생'의 탐구라는 과제를 수행하였다고 한다. 구체적 인명을 들어 자신의 말에 설득력을 얻으려 노력한다. 그러나 여기에도 몇 가지 의문은 남는다. 우선 각기 다른 분야에서 수행한 구경적 생의 내용이 과연 무엇인가를 물어야 한다. 필자는 유사한 것처럼 묶고 있지만 실지로 이들이 수행한 일들은 너무 달라서 함께 이야기하기조차 어려운 내용들이다. 다른 하나는 이들의 이념성을 어떻게 할 것인가이다. 다양한 방향에서 '구경적 생'을 탐구하는 것이 가능하다면 굳이 특정한 경향에서 그것이 가능하지 않

---

17) 김동리, 「문학 하는 것에 대한 고찰」, 『문학과 인간』, 103면.

은 이유가 무엇인가 물어야 한다(김동리에게 경향문학은 구경적 생을 탐구하기에 불가능한 문학이다. 보편보다는 일부의 이익을 위하기 때문에 함께 이야기할 수 없다고 하겠지만 어떤 종교나 어떤 철학도 '입장' 없이 객관적으로 설명되지는 않는다.

김동리 비평의 핵심이라고 할 수 있는 '구경적 생'에 대한 정의가 이처럼 추상적이기에 세계문학에 대한 정의 역시 추상적인 수준, 은유의 수준에 머물 수밖에 없었던 것이다. 굳이 문학일 필요가 없는 논리로 문학의 '문학외적 역할'을 강조했던 좌익문학과 싸워야 했던 넌센스는 순수문학이 끝까지 안고 가야 할 멍에였다.

3. 순수문학과 세계문학

1) 고전, 세계적 동시성의 소거

순수문학의 대표 주자는 김동리였다. 순수문학론에 관한 한 '청문협'의 나머지 문인들은 그의 문학론을 보충해 주거나 창작을 통해 그의 문학론에 어울리는 작품을 제공한 수준이라고 평가될 수밖에 없다. 그러나 앞에서 보았듯이 그도 역시 본격적으로 세계문학의 내용을 채워서 실행해주시는 않았다. 사신이 구짱하고 있는 문학의 징딩싱을 보충하기 위해 은유로서 세계문학을 사용하고 있을 뿐 뼈와 살을 가지고 있는 비유로 활용했다고 보기는 어렵다. 세계문학에 대한 김동리의 생각을 확인하기에는 김동석과의 대담이 가장 좋은 자료가 될 것이다.

내가 생각하고 있는 민족문학은 하나의 고전 형성을 의미한다. 가령 로서아

문학을 예로 든다면 뿌시낀 이전에도 로서아 문학이라는 것이 있기야 했겠지만 오늘날 일반적으로 말하는 로서아 문학이란 주로 뿌시낀 이후 19세기 말까지의 로서아 문학일 것이다. 이것이 진정한 로서아의 고전문학인 동시에 또 민족문학이라고 할 수 있을 것이다.[18]

러시아 문학의 뿌리를 뿌시낀에 두고 있다는 점에 대해서는 굳이 논란을 벌일 필요가 없겠다. 그럴 수도 있고 아닐 수도 있는 일이다. 중요한 것은 필자가 '민족문학'을 '하나의 고전형식'에서 찾고 있다는 점이다. 뿌시낀의 경우 그 예로 동원된 것에 불과하다. 고전적 형식에 대한 구체적인 설명은 여기에 없다. 다른 글을 참조하여 볼 때 김동리가 말한 고전적 형식이란 현재 고전으로 대접받고 있는 문학을 말하는 것이라고 짐작할 수 있다. 뿌시낀의 문학은 러시아의 고전문학이고 동시에 민족문학이라는 것이 김동리의 주장이다. 물론 여기에서도 무엇이 고전인지에 대한 언급은 찾아보기 어렵다. 이를 우리 문학에 적용할 경우 더 많은 문제를 낳게 됨은 물론이다.

그렇다면 지금의 문학에 대한 평가는 어떠한가를 보아야 하겠다.

나에게는 주의니 반동이니 그러한 따위들이 문제가 아니다. 도대체 20세기의 문학은 무력하고 빈약한 문학이다. 실존주의든 공산주의든 또는 무슨 프루스뜨류의 잠재의식의 문학이든 모두가 문학정신이 옅고 약하다. 그러나 우리의 형편은 반드시 그렇지도 않다. 우리에게는 서구 사람과 같은 의미의 20세기가 아니다. 우리에게 있어서의 현대는 그 사람들의 18, 9세기와 20세기를 합친데다 동양이란 특이한 전통을 가지고 있다.[19]

19세기 문학에 대한 긍정적 시각과 대비되는 20세기 문학에 대한 부정적 시각은 세계문학을 보는 김동리의 일관된 관점이다. 문학정신의

---

18) 김동리·김동석 대담, 「민족문학의 새구상」, 『민족문학사연구』 7호, 1995, 86면(『국제일보』, 1949.1.1 기사를 재수록).
19) 위의 글, 92면.

약하다는 기준으로 실존주의, 공산주의, 잠재의식의 문학이 모두 비판의 대상이 된다. 근대 사실주의 소설에서 시작해 본격적인 분화를 보인 근대 극복의 문학들에 대해 부정적인 것이다. 그가 말하는 문학정신은 앞 장에서 살펴본 대로 하면 인간성 옹호, 휴머니즘 정신이라고 간단히 정리할 수 있다. 이들 소설에는 세계사적 각도의 휴머니즘이 부족하다는 말이 된다. 그리고는 우리의 형편이 서양의 그것과 다름을 들어 20세기 서구문학의 전통을 우리가 굳이 따라야 할 필요가 없다고 한다. 우리의 경우 서구의 20세기를 다 경험하지 않았을 뿐 아니라 동양적 전통도 보존하고 있다고 주장한다.

이상 김동리의 논리에서 가장 눈에 띠는 특징은 문학의 세계적 동시성을 부정하고 있다는 사실이다. 이는 다분히 좌익측 문학에 대한 대타의식의 결과라고 할 수 있다. 사실 우리 문학에서 세계적 동시성을 긴밀히 확보하고 있었던 경험은 사회주의 문학에서 가장 뚜렷이 나타났다. 사회주의 문학은 정치적 현실에 민감했고, 세계정세 · 동시대 문학에도 관심을 가지고 있었다. 사회주의 문학의 경우 외부에서의 정치적 영향과 함께 문학적 영향도 직접적이었다. 1920~30년대 프로문학이 그랬고 해방 직후의 좌익문학도 크게 다르지 않았다. 그러나 순수문학론에서 내세우는 세계문학은 세계적 동시성과는 전혀 관계가 없다. 오히려 '세계적 고전'을 강조하여 시기적으로는 과거를 향하고 있었다. 현재의 문학정신을 말하는 것이 아니라 고정된 문학정신을 지향하고 있었다. 김동리는 이에 대해 변하지 않는 인간성을 탐구하는 문학이라 이름하고 있지만 사실은 변하지 않는 것이라는 추상적인 말로 동시대성을 놓치고 있었던 것이다.

이러한 세계문학에 대한 시각은 김동리의 순수문학론(민족문학론)과 밀접하게 관련되어 있다. 그가 주장한 순수문학론의 특징은 보편성의 강조와 시간과 공간의 초월이라는 말로 정리할 수 있다. 그의 비평과 소설들은 구체적 인간의 현실보다는 실체가 분명히 잡히지 않는 보편적 인간(성)을 강조하고 있으며, 이를 통해 현실의 복잡한 계기들을 무화시키는 데 의식적이건 무의식적이건 기여하게 된다. 그가 강조하는 보편적 인간은 원칙적으로 과거·현재·미래를 아우를 수 있는 인간인데, 인간에 대한 이러한 사고는 현재가 불확실하고 미래를 알 수 없음으로 해서 자연스럽게 과거 지향적으로 흐를 수밖에 없게 된다. 결과적으로 보편적 인간은 근대에 반하는 '전통'이나 현재를 지배하는 과거를 강조하는 방향으로 가게 된다. 김동리의 문학을 근대에 맞서는 근대 초극으로 평가하는 관점은 사실 이러한 '커다란' 이분법에 대한 긍정적 해석 이상은 아니라고 할 수 있다.

20세기 서양의 폄하와 동양적인 것의 강조는 사실 그리 새로운 것이 아니다. 해방 직전과 해방 직후의 동양과 아시아 담론에 대해서는 매우 민감한 촉수를 들이댈 수밖에 없는 것이 우리 역사의 현실이다. 동양의 전통이라는 것이 1930년대 후반 이후 새롭게 발견된 것이며 특정한 목적을 위해 사용된 것이라는 사실이 이미 널리 알려져 있기 때문이다. 김동리의 경우도 이러한 의심을 받아왔다. 그의 동양 전통 강조는 아시아가 서양을 타자로 하고 일본을 아시아의 우두머리로 세우려던 계획과도 닮아 있다. "일본의 지식인들은 동양, 혹은 아시아라는 지역 개념을 내세워 스스로를 서양이라는 타자에 맞서 대결시키려는 논리, 아니 거기에 대해 우월함을 스스로 조장하려는 논리를 구축하였다. 그런 사유 구조는 해방 이후 한국의 지식인들에게도 그대로 전이되어 민족 고유의 전통이니 토속이니 하는 말로 둔갑하여, 마치 그것이 대단한 가치를 지닌 것인 양 선전되고 유포"[20]되어 왔지 않은가. 이런 관점에서 보면 전통·고전의 강조와 19세기 문학의 강조는 그리 다른 것이 아니다.

그렇다고 김동리가 전통이나 고전의 계승을 순수문학의 지향으로 잡고 있는 것은 아니다.

---

20) 이현식, 「현실 앞에 선 한 완고 주의자의 문학적 초상—김동리의 문학」, 『실천문학』 2001년 여름, 51면.

지금까지의 문화유산이라든가 고전이란 것에서 새로운 출발을 하는 것이 민족문학이란 뜻이 아니라 이 시대에 생산된 문학이 그대로 이 시대의 조선민족의 의욕과 희망을 반영한 채, 그것이 일시적 어떠한 정치적 선전도구가 되지 않고 영원한 생명을 가진 그러한 문학, 다시 말한다면 장래 오랜 동안을 두고 우리 민족이 이 시대에 제작된 문학을 하나의 고전적 지위에서 재음미·재인식할 그 것은 민족문학인 동시 세계문학의 일환이 될 수 있는 그러한 문학—이것이 신생민족의 참다운 민족문학이라고 생각합니다.[21]

우리는 古代 希臘이나 中世 羅馬나 近代 歐洲의 文學에서 또는 中國이나 印度나 波斯의 그것에서 그 때 그 때 政治的 經濟的 宗敎的 道德的 目的을 遂行하는 同時에 그들에게서 사라져버린 많은 實用主義 또는 政策主義 文學을 想起할 수 있다. 그와 反面에 '섹스피어', '괴테', '톨스토이', '도스토예 프스키' 들의 文學이 時間과 空間을 超越하여 오늘날의 우리에게 읽히고 또 文學的 感動을 주고 있다는 것을 잊어서는 안 된다.
前者는 時間的 社會的 意義와 功利性 그 自體가 文學的 內容이 되어 있기 때문 時代的 社會的 限界와 公利的 目的性에 依하여 制約되었으나 後者는 自然과 人間의 一般的 運命에 대한 解釋과 批評을 通하여 時代的 社會的 意義와 惑은 功利性을 附隨的으로 反映시킨 것이므로, 自然과 人生의 一般的 運命과 함께 時間과 空間을 超越할 수 있었던 것이다.[22]

김동리는 미래에 우리 민족이 고전적 지위에 두고 다시 재음미하고 재인식할 수 있는 문학을 민족문학이라 부른다. 그렇다면 그러한 문학은 무엇이어야 하는가? 이에 대해서는 아무도 말할 수 없다. 위 글의 주장에 따르면 "정치적 선전도구가 되지 않고 영원한 생명을 가진" 문학 정도가 여기에 해당한다. 미래에 밝혀질 영원한 생명을 현재의 시점에서 이야기하는 것은 말할 것도 없이 넌센스다. 이런 넌센스는 문학 발전에 아무런 도움을 주지 않지만 현실 참여적인 문학 논리를 무력화시

---

21) 김동리·김동석 대담, 앞의 글, 86면.
22) 김동리, 「문학적 사상의 주체와 그 환경」, 『문학과 인간』, 90면.

키는 데는 유용하게 쓰일 수 있다. 현재의 기준으로 판단할 수 없는 것들은 유보할 수밖에 없다는 생각을 유도하기 때문이다. 물론 경향성을 띤 문학은 현재에도 보편적이지 못하기에 미래에도 보편적이지 못할 것이라는 전제는 유지된다. 시간과 공간을 뛰어 넘는 초월적 의미의 인간과 자연 그리고 신이나 영원에 대한 동경을 세계문학(고전)을 판단하는 기준으로 삼는다.

이렇게 미래의 고전에 대한 관심을 드러낸 김동리가 현실의 문학에서 할 수 있는 일은 창작 외에 아무 것도 없다. 그러나 그 창작도 매우 공허할 수밖에 없다. 현재의 창작물이 미래에 민족문학으로 또는 고전문학으로 발전할 수 있다는 보장을 누구도 할 수 없기 때문이다.

이렇게 볼 때 김동리의 '세계문학'이 다분히 전략적으로 사용되었음을 확인할 수 있다. 그에게는 세계문학이라는 개념이 현재 문학이 갖고 있는 고전답지 못함을 증명하기 위한 도구로 활용된 것이다. 따라서 '세계문학' 개념을 그의 비평이 갖는 한계와 연관시키는 것은 매우 정당하다. 주지하다시피 김동리 비평은 '순수문학'이라는 '문학적 이념형'의 구축에서 멈추어 버렸다. 그리고 이와 동시에 김동리 비평담론은 당대 문학장에서 하나의 제도로 구축되는 단계를 밟는다. '전국문필가협회'와 연합하여 '전국문화단체총연합회(문총)'을 결성했던 청문협 초대 회장 김동리는 다시 '민족정신앙양 전국문화인 총궐기대회'(1948.12)에 참여하고, 이듬해인 1949년 당대의 유일무이한 순문예지『문예』주간으로 취임하게 되며, 그 해 연말 '한국문학가협회' 결성 과정에서 주도적 역할을 담당하게 된다.[23] 문학의 동시대성을 거부하는 작가에게 있어 문학 제도 속으로 본격적으로 들어가는 일은 명백히 문학 외적인 일이었기에 역설적으로 문학을 해치는 것이 아니었던 모양이다.

---

23) 임영봉, 「김동리 비평 연구」,『어문연구』제32권 제3호, 2004년 가을, 362면.

2) 도스토예프스키, 구경적 생의 은유

김동리의 비평은 단정 수립 후 현실적인 적을 잃고 나서 의미를 상실하게 된다. 실제로 김동리는 이 시기 이후 자기 이론을 정교화하기 보다는 문단 활동에 진력하게 된다. 해방 직후 몇 년간 나름대로 순수문학론이라는 이름에 값할 만한 글을 써낸 비평가는 김동리뿐이었는데, 그가 주창한 휴머니즘의 정신이나 인간 정신의 구극이라는 말들은 동료 평론가들과의 소통을 통해 이루어진 것이라 보기 어렵다. 하지만 단정 이후에는 김동리를 제외한 다른 문인들에 의해 순수문학론이 확대 재생산 된다. 순수한 요점만으로 보면 김동리의 논리에 대한 주석 달기가 순수문학론의 확립과정이라고 해도 크게 틀리지 않을 것이다. 순수문학론 정립을 위한 세계문학에 대한 탐구 역시 김동리의 '구경적 생'을 보충하는 수준에서 한 발도 나아가지 못한다.

김동리의 순수문학론의 내용을 가장 충실히 채워 준 비평가는 조연현이다. 그는 김동리 순수문학론의 핵심인 '구경적 생', '인간성의 궁극'을 자기 문학 비평의 중요한 주제로 두고 구체적인 작품 해설을 통해 내포를 채워나가는 작업을 진행하였다. 문단 권력을 놓고 다툼을 벌이는 일도 있었지만 문학적 입장에 있어서 둘은 가장 가까운 동지·응원군이었다고 할 수 있다.

그러나 조연현이 처음부터 김동리의 논의에 동의한 것은 아니었다. 조연현은 일찍이 김동리 논의의 핵심이라 할 수 있는 '구경적 생'에 대한 의문을 표시하기도 했다.

> 文學이 '究竟的 生의 形式'을 志向하는 것은 事實이나 그것이 完成되는 瞬間 文學은 宗教나 혹은 그 外의 哲學과 같은 다른 領域으로 戶籍을 옮기고 만다는 것이다. 文學의 領域은 어디까지나 '究竟的인 生의 形式'을 志向하는 過程에서만 成立되어 질 수 있는 性質의 것이지 그것이 完成되면 文學과는

別個의 領域이 展開되지 않을 수 없다는 것이다. '뜨스뜨옊스키-'의 『惡靈』
이나 『카라마쇼의 兄弟』와 같은 作品은 이러한 意味에 있어 文學이라기 보담
은 哲學이나 宗敎에 가깝다고까지 말할 수 있을 것이다.[24]

　조연현에게 풀어야 할 문제 중 하나는 김동리식 순수문학이 가지고
있는 '구경적 생'의 범위와 영역이다. 구경적 생이란 문학보다는 철학과
종교의 영역이라는 생각을 했기 때문이다. 영역의 중복을 피하기 위해
조연현은 부족한대로 완성이 아니라 그것을 지향하는 것이 문학이라고
주장하기는 한다. 그러나 그 구분 역시 궁색하다는 생각을 버릴 수 없
다. 문학에서 지향이 아닌 완성을 보여주는 작품으로 도스토예프스키를
들고 있는데, 예를 든 두 작품은 종교와 철학의 문제가 사실상의 주제
라 할 수 있는 소설들이다. 이러한 작품이 구경을 다루고 있는 것은 사
실이라 해도 그러한 작품의 구경이 과연 철학이나 종교와 구분되는 것
인지는 스스로도 의심하고 있는 것이다.
　여기서 조연현은 현실에서 실현되는 구경이 아니라 이념형으로 가능
한 사상의 지향을 중요한 문학적 요소로 끌어들인다. 조연현이 『백민』
1948년 7월호에 쓴 「문학과 사상」은 그의 순수문학론이 가진 정수를 보
여주는 글이다. 이 글에서 그가 주로 이야기하는 사상성은 우리 문학이
아니라 서양문학에서 찾아진다.

　文學에 있어서 思想性이라는 것이 政治思想이나 經濟思想이나 社會思想
과 같이 現實 우에 具體的으로 實現할 수 있는 그러한 性質의 것이 아니라
現實的으로는 到底히 實現될 수 없는 人間의 어떤 實存的 可能性을 形象
시키는 데 있기 때문이다. 그러므로 經濟思想이나 政治思想과는 아무런 關
係가 없는 「파우스트」의 最後의 救援이라든지 「벨텔」(베르테르)의 失戀의 苦
悶이라든지 「릴케」의 生命의 意識이라든지 「뜨스뜨옊스키」의 尨大한 觀念
이라든지 「지-드」의 不安의 意識이라든지 「하이네」나 「바이롱」의 사랑의

---

24) 조연현, 「문학의 영역」, 『백민』, 1948.5, 75~76면.

感情까지도 文學에 있어서는 充分히 思想인 것이다.[25]

인간의 보편적인 감정을 다루는 것이 곧 문학에서 사상성이라고 이야기한다. 물론 사상성이 곧 구경적 생과 이어지는 것은 아니다. 순수문학 주창자답게 여기에도 배제의 논리가 개입하는데, 정치사상이나 경제사상을 배제한 사상으로 문학의 사상성 영역을 좁힌다. 주목할 것은 "현실적으로 도저히 실현될 수 없"다는 말인데, 이럴 경우 조연현에게서 문학은 어떤 완성을 이루기 위한 도전이 그 과정 자체로 의미 있는 무엇이 될 수밖에 없다. 그것을 추구하는 것이 곧 문학이 된다. 상실 혹은 부족한 것에 대한 지향으로 문학의 사상성이 갖는 의미가 한정되는 것이라 할 수 있다.

이러한 태도는 그의 문학 전체를 관통하는 것이라 할 수 있다. 이후에도 그가 문학을 통해 얻고자 하는 구원이나 도달하고자 하는 생의 궁극적 경지, 곧 생의 구경(究竟)은 '추구하는 것'이되 완성되거나 도달할 수 있는 것은 아니다. 그의 문학이 어떤 현세적인 가치(현세적으로 성취될 수 있는 가치)도 그 목표로 삼고 있지 않는 '순수문학'을 지향하고 있었던 것도 이 때문이다.[26] 그의 문학은 그러한 구경과 구원에 대한 열망으로 이루어져 있었다.

이런 생각에서 그가 가장 주목하고 강조하는 작가는 도스토예프스키이다. 조연현은 "究竟을 象徵하는 사람들"이라는 제목으로 도스토예프스키 작품 속의 인물들에 대한 글을 『문예』에 연재한다.

그것은 그의 作品속에 登場하는 人物들이 人間의 어떤 究竟的인 一面을 象徵하는 原型들이라는 것이었다. 文學이 發見하고 創造하는 人物은 勿論 類型이 아니라 典型이어야 한다는 것은 自明한 常識의 하나이다. '떠스떠엡

---

25) 조연현, 「문학과 사상」, 『백민』, 1948.7, 19면.
26) 김명인, 『조연현, 비극적 세계관과 파시즘 사이』, 소명출판, 2004, 15면.

호스키-'가 發見하고 創造한 人物들은 단순한 典型에만 그친 것이 아니라 어떤 典型的인 인물이 그의 究竟에까지 到達된 人間들이었다는 것이다. 卽 人間이 到達할 수 있는 究竟的인 의식이나 觀念이 하나의 意識이나 觀念에 그치지 않고 그것이 하나의 산 人間으로서 具象化 된 人物이 '떠스떠엡흐스키-'의 作品 속에 등장하는 人物들이라는 것이다.27)

도스토예프스키 소설에 등장하는 인물들을 '인간의 어떤 구경적인 일면'을 상징적으로 보여주는 원형이라 말하고 이러한 인물들의 발견과 창조가 문학이 해야 할 일이라고 말한다. 인간의 의식이나 관념을 그것 이상의 구체적인 경우로 표현하는 것이 도스토예프스키의 인물이라고도 한다. 말하자면 인간이란 무엇인가? 인간이 어떨 수 있을까? 등의 질문에 대해 의식과 관념으로 답하는 것이 아니라 인간의 특정한 면을 실제 궁극으로 몰고 가 인물로 구체화시킨 것이 도스토예프스키의 소설이라는 의미이다.

이를 위해 조연현은 유형과 전형과 원형을 구분한다. "類型이 人類의 一般的인 形態라면 典型은 그러한 人類의 基本的인 形態가 아닐 수 없으며 原型은 그러한 典型의 究竟的인 한 表象"이라는 것이다. 원형을 구경과 연결시키는 이러한 구분이 타당한 것인가는 의문이 아닐 수 없다. 원형이 우수한 것인가? 원형은 무한히 창조할 수 있는 것인가? 원형이라는 것도 변하는 것이 아닐까? 전형과 원형을 구분할 수는 있는 것일까? 이러한 의문은 조연현에게도 자연스러운 것이었다. 거기에 도스토예프스키 인물이 기형적으로 보인다는 점도 신경 쓰이는 일이었다. 이에 대한 조연현은 "畸形的인 人物로서 印象되는 것은 그러한 人物들이 가진 意識이나 觀念의 獨自的인 境地와 行動의 特殊性에서 反映된 인상에 지나지 않는 것이다"28)라고 한다. 나아가 독자적인 경지와

---

27) 조연현, 「구경을 상징하는 사람들 1」, 『문예』, 1949.12, 145면.
28) 위의 글, 위의 면.

행동의 특수성을 기형으로 보는 것은 인상에 지나지 않는다고 한다.

조연현의 논의가 김동리의 순수문학론과 유사한 점은 '민족'을 강조하고 문학의 시대적 동시성을 지운다는 데서도 찾을 수 있다. 김동리가 민족문학론을 주장하면서 그러했듯이 조연현은 민족 고유의 특수성을 내세운다. 그는 "어느 한 民族이나 國家가 아모리 深刻한 革命을 成就하여도 國家組織이나 制度上으로는 全혀 個別의 것일 수는 있으나 그 民族自體에 있어서는 根本的인 變化가 일어날 수는 없는 것이다"[29]라고 정의하여 역사성을 지우고 있다.

서구문명에 대한 비판 역시 김동리의 그것과 맥을 같이 한다.

> 確實히 十九世紀의 科學主義的인 近代精神에 對한 本質的인 不信任이며 理性이나 數學的 公式보다도 意志의 優位性을 力說하고 信仰한 것은 分明히 그 絶頂에 가 있었던 十九世紀의 近代精神의 그 機械主意的인 形式的 公理主義倫理만을 가지고서는 認識할 수도 享有할 수도 없는 人間의 한 새로운 領域에의 開拓이 아닐 수 없는 것이다.[30]

김동리는 서구의 20세기적인 문학보다 19세기적인 문학을 더 우수한 것으로 평가하였다. 하지만 우리의 20세기 문학은 서구의 20세기와 다른 역사를 가지고 있음으로 해서 서구의 20세기 문학과 다른 문학을 낳을 수 있다고 했다. 위 글에서 조연현은 도스토예프스키의 우수성은 19세기적인 합리주의로 해결할 수 없는 새로운 경지를 달성했다는 데 있다고 한다. 그는 "近代的인 合理至上主義나 理性絶對主義나 實證萬能主義에 對해서 自己대로의 解決"[31]하려는 노력의 일환으로 도스토예프스키의 소설을 읽은 것이다. 이는 김동리의 서구 비판보다 한 단계 나아가 합리주의 전통에 대한 나름대로의 비판적 시각을 보여준 것이

---

29) 조연현, 「문학과 전통」, 『문예』, 1948.9, 188면.
30) 조연현, 「구경을 상징하는 사람들 2」, 『문예』, 1950.2, 143면.
31) 위의 글, 142면.

라 할 수 있다. 서구문학이라는 직접적인 현상만을 대상으로 하는 것이
아니라 그것이 비롯된 환경이라 할 수 있는 서구의 철학적 전통 그리고
거기에 대항하는 다른 움직임 등에 대해 나름의 관점을 드러낸 것이다.

이렇듯 조연현은 도스토예프스키를 만나 개인적으로 문학을 보는 시
각을 확립해 나갔으며 순수문학론의 핵심인 '인생의 구극'에 대한 구체
적인 사례를 찾아냈다. 우리 문학 작품을 통해서가 아니라 외국문학을
통해 우리 문학론의 내용을 채우는 작업은 이후에도 지속된다.

4. 맺음말

이상에서 우리는 순수문학론 정립 과정에서 세계문학이라는 용어와
개념이 어떻게 사용되었으며 어떤 역할을 해왔는가를 살펴보았다. '구
경적 생'을 문학의 궁극으로 생각한 김동리와 조연현의 논리를 주로 추
적하였다. 물론 순수문학론의 수립 과정에서 세계문학을 그 근거로 끌
어들이는 사례가 김동리와 조연현 두 사람에 한정되는 것은 아니다. 번
역과 소개 그리고 간접적 인용 등 여러 방법을 통해 세계문학은 우리
문학을 위해 동원되었다. 이렇게 동원된 세계문학은 온전히 자신의 모
습을 가지고 우리 문학에 다가온 것이 아니라 필요에 의해 선택되었다.
세계문학이 실체가 아닌 가상으로 사용된 경우조차 없지 않았다.

세계문학을 다루는 김동리의 가장 두드러진 특징은 세계적 동시성을
부정하고 있다는 사실이다. 이는 다분히 좌익측 문학에 대한 대타 의식
의 결과라고 할 수 있다. 순수문학 주창자들의 세계문학은 '세계적 고
전'이라는 의미에 머물고 있었다. 현재의 문학정신이 아니라 현재에도
가치 있다고 판단되는 과거의 문학정신을 높이 평가한 것이다. 변하지

않는 인간성을 탐구하는 문학이라 강변하고 있지만 변하지 않는다는 추상적인 말은 동시대성을 놓치고 과거도 놓치는 결과를 낳는다.

조연현은 도스토예프스키를 만나 개인적으로 문학을 보는 시각을 확립해 나갔으며 순수문학론의 핵심인 '인생의 구극'에 대한 구체적인 상을 제시하였다. 이후에 조연현은 김동리의 작품을 구극 혹은 궁극적 의미의 인간형을 창조한 작품으로 평가한다. 단순히 궁극의 차원을 넘어 그는 김동리 문학의 특징을 '허무에의 의지'라 정의한 바 있다. 구체적으로 들고 있는 작품은 「역마」, 「황토기」, 「무녀도」 등이다. 김동리 문학을 바라보는 조연현의 시각은 '도스토예프스키' 등의 외국 작가들을 소개하는 시각과 크게 다르지 않았다.

2
부

창문 없는 방과 유리 달린 창
1960년대 소설을 위한 시론

개인과 민족의 미성숙
최인훈의 『회색인』에 대하여

근대 지식인의 고전 읽기
최인훈의 패러디 소설에 대하여

1970년대 후반 '악한 소설'의 성격

사실의 의지와 이념의 불만
김원일의 『불의 제전』 연구

창문 없는 방과 유리 달린 창

1960년대 소설을 위한 시론

내가 눈을 감는다고 남이 나를 안 볼 리 만무했고, 내가 안 본다고 남이 없어질 리
는 만무한 것이었다. 물론 그것은 우스운 착각에 지나지 않았다. 그러나 그 뒤에도 나
는 가끔 눈을 감고 그런 착각눈을 감으면 세상은 없다는 생각에 사로잡혀 보고 싶은
충동을 느끼는 때가 있었다.[1]

1. 60년대 소설의 새로움

어느 시대의 문학도 동시대의 체험에서 자유로울 수 없다. 작품의 직
접적인 소재로 활용되든 고유한 스타일 창조의 원인(遠因)으로 작용하든
동시대의 체험은 문학이 디디고 선 기초가 된다. 특히 무수한 격변과

---

1) 선우 휘, 「胡蝶夢」, 『한국문학』 1966년 봄, 80면.

왜곡, 고통으로 채워진 우리 현대사는 문학의 방향과 특성을 규정하는데 심대한 영향을 미쳤다. 개항 이후의 근대문학을 정리한 많은 문학사가 문학적 형식의 변화 못지않게 문학에 영향을 미친 사회·역사적 사건을 시기 구분의 중요한 기준으로 활용하고 있는 이유도 여기에 있다. 이제는 식민지화, 3·1운동, 일제 군국주의, 해방, 한국전쟁, 4·19, 유신체제, 광주민주화운동 등과 무관한 문학사를 상상하는 일이 오히려 어려울 정도이다. 역사와 문학의 관련성을 중시하는 경향은 소설사 기술과 소설 연구에서 특별히 두드러지는 편이다.

그렇더라도 현대문학사에서 전후 소설2)만큼 시대적 경험이 강조된 문학은 흔치 않다. 전후소설을 규정하는 '전쟁체험'에는 현실감 면에서 다른 어떤 시기의 체험을 앞서는 절실함이 있었던 듯하다.3) 절망적인

---

2) '전후소설'은 엄격히 사용되는 용어는 아니다. 한국 전쟁 전후(前後)에 등단한 일군의 작가들이 한국 전쟁 이후 발표한 소설을 이르는 말로 주로 사용된다. 비평적으로는 전후 '신세대 작가'라고도 불리는 일련의 작가들이 발표한 소설을 일컫는다. 신세대 작가들의 경향은 흔히 "한국 전후의 상황과 부조리에서 온 허무주의와 불안을 근간으로", "어제의 전통적 모랄을 거부하고, 오늘의 道標도 없으며, 약속된 미래도 기대할 수 없었던 새세대"(신경득, 『한국전후소설연구』, 일지사, 1983, 7면)로 규정된다. 그러나 전후소설은 60년대 작가라 불리는 김승옥·최인훈·이청준·서정인·박태순 등의 작품과의 대비를 전제로 하여 사용되곤 한다. 전쟁의 자장에서 얼마나 자유로운가, 어떤 감수성을 가지고 있는가를 중요한 판단 기준으로 삼는다고 할 수 있다. 따라서 전후소설을 작품 발표 시기의 문제만으로 볼 수는 없다. 오히려 전쟁 체험과의 거리를 중요한 기준으로 적용해 볼만 하다.
3) 전후소설에서 한국전쟁이 갖는 의미와 비교할 때 1960년대 문학에서 4·19가 갖는 의미는 상대적으로 적다고 할 수 있다. 1960년대 중반 이후 활동한 작가들은 유년시절에 겪었던 전쟁 체험이 자신들 문학의 뿌리였다고 말한다. 최인훈·김승옥·이청준은 물론 김원일·윤흥길 등의 작가들에게 선생은 원체험과노 낱았다. 김승옥은 사신의 소설 세계에 대해 "우리 세대의 문학은 어떤 의미에서는 6·25문학이라고 봐야 해요. 4·19세대의 문학이라고들 하지만 사실은 우리 세대가 어린 시절에 겪은 6·25 이후의 체험담들이 결국은 우리 60년대 문학의 기본적인 배경이 된다고 봐야 하지 않을까. 적어도 나의 경우에는 6·25를 어떻게 봐야 할 것인가 하는 주제를 가지고 6·25 이후 한국인은 아버지를 상실한 세대, 민족 대혼란의 전쟁과 이데올로기 때문에 성리학적 전통 문화가 깨져버리고 아직은 새로운 것이 붙잡히지 않은 세대, 이렇게 압축시켜 보자 해서 그렇게 썼던 거죠. 데뷔작 이후에 쓴 소설들도 거의 모두 그런 주제들이었죠."(좌담 「4월 혁명과 60년대를 다시 생각한다」, 『4월 혁명과 한국문학』, 창작과비평

분위기를 드러내는 소설이든 심정적 화해를 강조하는 소설이든 전후소설은 현실에 의해 상처 입은 개인들을 다루었고, 그 상처를 드러내거나 치유하는 데 주력하였다. 당시 유행했던 실존주의·모더니즘 등의 서구 사조는 이런 절망을 표현하기 위한 수단이었다.

시대적 체험의 절실함이 전후만큼 강조되는 시기는 계몽기와 해방기 정도일 것이다. 그러나 역사적 체험을 소설로 형상화하는 방식에서 이 시기 소설들은 전후소설과 매우 다른 경향을 보여주었다. 계몽기나 해방기 소설에서 시대적 체험은 민족 전체의 문제로 형상화되었던 데 비해 전후소설에서 전쟁 체험은 개인적인 경험, 개인적인 반응의 차원에서 다루어지는 경우가 많았다. 이데올로기적인 제약 등이 작용했을 것으로 보이지만, 전후소설에서 전쟁은—표면적으로는—개인에게 치유하기 어려운 상처 정도로 다루어진 셈이다. 일부 작품의 경우 전쟁은 현실의 구체적인 사건이라기보다 보편적인 고난이나 수난으로 표현되기도 하였다. '민족적' 사건이라고 할 수 있는 전쟁이 '개인'으로 수렴되고 그 안으로 상상력의 범위가 제한되었던 셈이다. 전후소설을 대표한다고 평가하는 손창섭·장용학·서기원·선우휘·이범선 등의 작품에서 이를 쉽게 확인할 수 있다.

분단 상황을 설명하기 위해 동원되는 '밀실' 혹은 '동굴'의 비유를 전후소설의 경향에도 적용할 수 있다. 전후소설에서 전쟁은 과거의 상처이면서 현재(전후)의 '나'를 강하게 규정하는 조건이었다. 때로 그것은 현재의 내가 처한 조건 중 하나가 아니라 현재의 '나'를 설명하는 모든

사, 2002, 32면)라고 술회하고 있으며 비평가 김병익 역시 "3·1운동이나 4·19 같은 사건의 영향은 문학적인 소재보다는 그 문학세대를 길러냈다는 것, 그러니까 아까 말한 1919년부터 20년대 초에 이르는 동인활동이라든가 4·19 이후 4·19 세대의 등장이라든가 80년 광주항쟁 이후에 운동권 세대가…… 그러니까 정치적인 사건은 문학적인 소재보다는 새로운 세대의 출현을 기약해주는 것이 아닌가 하는 생각이"(위의 글, 44면)든다고 하여 4·19 세대의 작품에서 4·19의 영향이 잘 나타나지 않는 이유를 설명하고 있다.

것이기도 했다. 소설의 인물들은 전후에 살고 있지만 여전히 전쟁의 체험에 강박되어 있다. 그런 이유로 소설에 등장하는 많은 인물들은 삶과 죽음, 공포가 뒤 섞여 있는 '광장'보다는 혼자만의 공간인 '밀실'로 숨어들기를 좋아했다.[4] 개인적인 삶 외의 다른 세계에 대해 관심을 갖기보다는 혼자만의 공상에 잠기기를 좋아하고 변화에 대한 희망을 갖기보다는 절망적인 현실을 날 것 그대로 견디고자 하는 폐쇄적인 인물들인 것이다. 그렇다고 이들 인물들이 밀실의 편안함에 안주하는 것도 아니어서 밀실에 갇혀서도 광장 공포에 시달리곤 한다.

이에 비해 1960년대 소설의 특징은 갇힌 공간에서 벗어나고자 하는 인물(혹은 작가)의 의지가 담겨 있다는 점이다. 60년대를 대표하는 작가들의 데뷔작들은 갇힌 곳에서 열린 곳으로의 탈출을 시도하는 인물을 공통적으로 내세운다. 최인훈의 「GREY 구락부 전말기」, 김승옥의 「生命演習」, 서정인의 「後送」, 이청준의 「退院」이 이러한 작품들이다. 전후소설과 마찬가지로 이 소설들에서도 인물들은 현재 '밀실'에 갇혀 있다. 그러나 이들은 밀실을 벗어나 광장으로 나갈 꿈을 꾼다. 비록 과감히 발걸음을 떼지 못하고, 자신들이 가야 할 곳이 구체적으로 어디인지는 알지 못하지만 현재의 밀실에 대한 회의와 거부 의지는 분명히 드러낸다. 이는 광장에서 상처를 받고 밀실을 찾아 들어온 전후소설의 인물들이 다시 자신을 찾기 위해 광장으로 눈길을 돌리는 장면이며 새로운 소설, 새로운 감수성이 탄생하게 되는 순간이다. 밀실에 안주하기와 밀실에서 나오기는 시간적 선후와 상관없이 전후소설과 이후 소설을 나누는 중요한 기준이 될 수 있다.[5]

---

4) 잘 알려진 대로 '광장'과 '밀실'은 최인훈의 소설 『광장』에서 대립적인 의미로 사용된 용어이다. 이 글에서 사용하는 광장과 밀실이라는 용어 역시 소설에서 사용한 의미와 크게 다르지는 않다. 그러나 이 용어들은 이미 소설 속에서 사용된 의미 이외에 개인의 내면을 이야기하는 보편적인 이미지로 활용되고 있다. 따라서 이데올로기적 성향 등 『광장』에 사용된 의미를 그대로 적용할 필요는 없다고 생각한다.

5) 물론 전후소설과 이후 소설이 '밀실'과 '광장'이라는 은유로 확연히 구분되는 것은

이 글에서는 60년대 소설의 이러한 성격을 인물들의 시선이 향하는 방향을 통해 확인해 보려 한다. 그들이 무엇을 보고 있는지, 그 '보다'(또는 보는 행위)는 어떤 특징을 갖고 있는지를 통해 전후소설의 변화를 읽어 보려는 것이다. 이는 구체적으로 인물들의 시선이 밀실 안의 자아에 머물러 있는지 밀실 밖의 세상으로 향하고 있는지, 그러한 시선을 통해 무엇을 보고 있는지에 대한 탐구가 될 것이다. 인물들은 밀실 안에서 세상을 상상할 수 있고, 광장에서도 밀실을 그리워할 수 있다. 또, 밀실 안에서 밖을 내다볼 수 있고, 광장 안에서 밀실을 찾을 수도 있다. 전후소설의 인물들이 그랬듯이 60년대 소설의 인물들 역시 비슷한 자리에서 유사한 시각으로 세상을 보고 있다. 전후소설의 인물들이 체험에 강박되어 자신의 체험에서 한 발자국도 벗어나지 못했다면 60년대 작가들은 동시대 현상을 국외자의 입장에서 관찰하는 자리에 머물러 있었다는 것이 본고의 관점이다.

2. 보(이)는 것에 대한 두려움

전후에 발표된 젊은 작가들의 소설은 크게 두 가지 경향으로 구분된다. 하나는 인간의 심미적 정서를 바탕으로 한 전통적 의미의 미학을 긍정적으로 채택한 작품들이고, 다른 하나는 비판적 지성을 앞세워 전

아니다. 밀실의 인물들이 광장으로 진출하여 자기가 아닌 세계로 시선을 돌리기에는 많은 시간이 필요했다. 『광장』의 이명준이 현실의 밀실과 광장 어디에도 만족하지 못했듯이 60년대 소설은 밀실에서 완전히 벗어나지는 못했다고 할 수 있다. 밀실과 광장 사이에서 엉거주춤하게 지내는 시간이 필요했고, 때로는 다시 밀실로 자신을 숨기는 인물들도 있었다. 이청준의 소설이 밀실을 벗어나지 못한 경우라면 최인훈·서정인의 경우는 어떤 식으로든 방 밖으로 나와 세계에 대한 탐구를 시도했다고 할 수 있다.

통과 현실을 부정하고 그것들을 비판, 고발한 작품들이다. 전자를 대표하는 작가가 이범선·오영수·정한숙·전광용 등이라면, 후자를 대표하는 작가는 손창섭·장용학·김성한·선우휘 등이다.[6] 소설사적 측면에서 관심의 대상이 되는 것은 뒤에 든 작가들의 작품들인데, 이들은 동시대의 사회적·문화적 특성을 잘 보여줄 뿐 아니라 이전 작품과 구분되는 내용상의 새로움까지 가지고 있었다. 전후의 정신적 혼란이 성적·육체적 불구로 나타나거나 신화나 우화를 통해 현실을 우의적으로 드러내는 경향이 많았다. 따라서 전후소설이라 할 경우 뒤에 언급된 작가들의 작품을 이르는 것이 보통이다.

물론 이런 작품 경향이 50년대에만 한정되는 것은 아니다. 앞서 지적했듯이 전후소설의 영향은 60년대 중반까지 꾸준히 이어졌으며 그들의 영향력은 4·19 세대로 불리는 작가들의 그것을 월등히 앞서고 있었다. 실제로 전후소설과 구분되는 새로운 문학 경향이 두드러지기 시작한 것은 60년대 후반에 이르러서였다고 할 수 있다. 김승옥과 같이 이미 문단에 이름을 알린 소설가들이 있기는 했으나 여전히 신인들이 문단 경향의 주류를 형성했다고 보기는 어려웠다. 1966년 『창작과비평』이 창간된 이후에도 여전히 동인지 활동이 이어질 만큼 현재 '새로운 감수성'으로 고평되고 있는 60년대 문학의 새로운 움직임은 표면에 부상하지 못했다.[7]

60년대 창작되었지만 여전히 전후소설의 자장 안에서 해석할 수 있는 전형적인 작품이 선우휘의 「胡蝶夢」이다. 「호접몽」은 감당할 수 없는 현실에 눈을 감아버림으로서 현실을 잊고 싶어 하는 서술자의 의지를 솔직히 드러내 보여주는 소설이다. 서술자는 누군가의 힘에 의해 강제로 밀실 안에 갇혀 있는 것이 아니라 스스로를 세상과 격리하여 밀실

---

6) 송하춘, 「1950년대 한국소설의 형성」, 『1950년대의 소설가들』, 나남, 1994, 20면.
7) 서울 문리대 중심의 문인들이 스스로를 지칭했던 '60년대 문학'에 대해서는 정규웅의 『글동네에서 생긴 일』(문학세계사, 1999)을 참고하였다.

안으로 숨어버린다. 현실에 정면으로 맞서지 못하는 인물을 통해 여타 전후소설을 지배하고 있는 밀실 이미지에 담긴 무의식을 확인할 수 있는 작품이다.

소설은 개인의 힘으로 헤쳐 나가기 어려운 상황을 맞이할 때마다 눈을 감아버리는 전술을 구사하게 된 자신(1인칭 서술자)의 내력을 이야기하는 형식으로 되어 있다. 눈을 감는다고 현실이 없어지는 것은 아니지만 서술자는 현실과 정면으로 부딪치기 보다는 현실 속에서 자신을 지워 버리는 방법을 선택하는 것이다. 이런 방법을 택한 데에는 유난히 개인이 감당하기 어려웠던 현실에서의 체험이 중요하게 작용하였는데, 서술자에게 특별히 강렬했던 체험은 전쟁이다.

> 어느 날 나는 먹을 것을 얻으러 가다가 조그만 언덕을 넘어 선 데서 저만치서 달려오고 있는 인민군의 일대와 딱 맞부딪치고 말았다. 나는 그만 질겁을 해서 몸을 돌려 도망치려고 했으나 그럴 겨를이 없었다. 순간 이젠 죽었구나 생각했다. 마지막이다! 그렇게 마음 속에 뇌까린 나는 얼결에 딱 두 눈을 감으며 풀숲에 푹 주저앉고 말았다. 그리고 이게 꿈이었으면, 제발 이것이 꿈이어라고 마음속에서 뇌까렸다. 정녕 이것이 꿈이기를, 꿈이고저, 꿈이었으면, 꿈이어라…… 그러자 나의 두 귀의 고막을 터칠 듯이 요란스러운 총성이 천지를 뒤흔드는 듯 싶었다. 어이쿠 이제는 죽었구나, 나는 여전히 눈을 감고 숲 속에 주저앉아 있었으나 도무지 산 것 같지가 않았다.
>
> 총성은 그칠 줄을 몰랐다. 천지가 회오리바람에 휩쓸려 뒤범벅이 되는 그 속에 나의 몸뚱아리는 낙엽처럼 말려들어 가 멋대로 번롱당하는 것처럼 느껴졌다.
>
> 어느 새 나는 주문을 외이듯이 중얼거리고 있었다. "나는 없는 거야, 아무도 내 앞엔 없는 거야……"8)

이 소설의 주제를 간단히 말한다면 두려움을 느꼈던 과거 경험에 대

---

8) 선우 휘, 앞의 글, 80면.

한 개인의 피해 의식 정도가 될 것이다. 이런 종류의 두려움은 어린 아이에게나 어울릴 법하다. 그러나 위기에 닥쳐 '이게 꿈이었으면'하고 바라는 심리는 곤란을 겪을 때 누구나가 한 번쯤 떠올릴 만한 생각이기는 하다. 하지만 어린이도 아닌 어른이 현실에서 이런 생각을 행동으로 옮기는 경우는 흔치 않다. 있더라도 미성숙의 증거 정도로 웃음거리로 되기 십상이다. 그렇기 때문에 위 예문의 서술자가 보여주는 행동, "얼결에 딱 두 눈을 감으며 풀숲에 푹 주저앉"는 행위는 이색적일 수밖에 없다. 눈을 감는 행위가 "도망치려고 했으나 그럴 겨를이 없"을 때 나온 것이라는 사실도 주목할 만하다. 눈감기는 현실에 부딪쳐 문제를 해결하기 위한 것이 아니라 현실에서 나를 없앰으로 해서 세계를 잊어버리겠다는 생각에서 나온다. 눈감기는 현실에서 도망치는 마지막 방법인 것이다.

대략의 줄거리에서 확인할 수 있듯 「호접몽」은 현실을 겪으면서도 그것을 현실로 느끼지 못하거나 현실로 받아들이기를 거부하는 작가나 인물의 무의식을 언어화한 소설이다. 개인이 받아들이기 어려웠던 현실에 대한 나약한 개인의 즉자적인 반응을 표현한 것으로, 비록 희극적이기는 하지만 감당할 수 없는 상황 앞에 선 인간의 초라함을 보여주기에는 충분하다. 장자의 꿈으로 잘 알려진 "호접몽"을 제목으로 한 것도 현실과 꿈의 거리를 확인할 수 없거나 또는 확인하고 싶지 않은 서술자의 심리를 드러내기 위한 장치였다고 할 수 있다. 다른 전후소설이 현실을 견디지 못하는 인물의 내면을 복잡한 절망과 고립의 언어로 표현한 것에 비한다면 이 소설은 극도로 단순화된 인물을 선택하고 있는 셈이다.

그러나 이러한 단순함 때문에 이 소설은 전후소설의 특징을 더 축약해 보여준다고 할 수 있다. 세상을 이해하고 해석하는 일은 체험의 파도가 지나간 이후에 더욱 용이해진다. 그런데 전후소설의 특징은 스스로의 체험이 가진 무게를 감당할 수 없을 때 그 상태 그대로를 수용한 데 있다. 전후소설에 고르게 나타나는 절망감은 「호접몽」에서 표현한 절망과 크게 다르지 않다. 또 절망의 내용이 '보는 것' 또는 '보이는 것'과 관련된다는 면도 공통되는 점이다.

그 대표적인 작품으로 장용학의 「요한시집」을 들 수 있다. 대표적인 전후소설로 평가되는 이 작품에도 '보는 것'에 대한 두려움이 잘 드러나 있다. 잘 알려진 대로 「요한시집」은 두 가지 서술의 축을 중심으로 구성되어 있다. 하나는 전쟁 중의 수용소 체험이고 다른 하나는 작품 서두에 제시된 토끼 우화이다.[9] 선우휘가 굳이 보지 않으려 했던 것을 눈을 뜨고 관찰하게 되는 인물이 등장하고 그 인물을 통해 전쟁의 체험을 날것으로 전달해 주는 소설이 「요한시집」이라 할 수 있다.

이 소설에서 체험과 관찰을 동시에 행하는 인물이 동호이다. 동호가 본 것은 동료 누혜의 죽음과 누혜 어머니의 생존인데 이 둘은 주인공에게 잊혀지기 어려운 체험이면서 동시에 인정할 수 없는 잔혹한 현실이었다. 특히 고양이와 쥐를 공식(共食)하며 생명을 이어가는 누혜 어머니를 본 충격은 잊기 어려웠다. 동호는 비인간적으로 살아가야 하는 현실을 체험한 후 그 현실에서 도피하고자 하는 의지를 보여준다. 도피의 방법은 현실을 어떻게든 개량하겠다는 의지의 표출이 아니라 '보이는' 현실을 피해 숨는 것이었다. 「호접몽」의 서술자가 현실 앞에서 눈을 가렸다면 다른 전후소설의 인물들은 현실이 보이지 않는 곳으로 기꺼이 숨어들어간다.

동호의 체험과 관찰 외에 작품의 서두에 제시되어 있는 토끼의 우화

---

9) 「요한시집」의 줄거리는 이렇다. 주인공 동호는 거제도 포로수용소에서 누혜와 가깝게 지낸다. 그런데 누혜는 수용소 안에서 받은 공산주의자들의 심한 테러를 견디지 못해 끝내 자살하고 만다. 누혜의 죽음을 목격하고 수용소에서 나온 동호는 누혜와의 약속을 지키기 위해 누혜의 어머니를 찾아간다. 사지를 움직이지 못하고 누워 있는 누혜의 어머니는 고양이와 쥐를 '共食'하며 생명을 부지하고 있었다. 누혜의 어머니를 통해 보게 되는 생존의 처참함은 동호로 하여금 인간 존재에 대한 근본적인 질문을 하게 만든다. 이런 처참한 상황 묘사 때문에 「요한시집」은 "거제도 포로 수용소의 '빈혈증을 일으킬만한' 소름끼치는 잔혹성을 '사실만으로 다루지 않고 실존주의의 옷을 입힌 것"(이철범, 「한국전후문제작품집」, 신구문화사, 1964, 401면)이라는 평가를 받는다.

역시 독립된 이야기 구조를 가지고 있는데, 중심 서사와 마찬가지로 '보는' 것에 대한 두려움과 위험에 대해 말한다. 우화의 주제는 토끼로 상징되는 인간 의지와 관련되어 있다. 굴 안에 갇혀 살면서 거기가 천국인줄로 알던 토끼가 어느 날 밖으로부터 들어오는 무지개 빛을 보고 밖으로 나가려고 사력을 다한다. 온갖 어려움을 이기고 밖으로 나왔을 때 토끼는 처음 만나는 태양광선 때문에 장님이 되고 만다. 장님이 된 토끼는 죽을 때까지 그 자리를 떠나지 못하는데, 토끼가 죽고 나서 그 자리에는 '자유의 버섯'이 돋아난다. 동굴에서의 편안함과 아늑함에서 벗어나 자유에의 자각과 실행의 장소로 나아가는 토끼의 행위는 인간의 자유 의지를 상징한다고 할 수 있다.10) 포로수용소의 경험이 전쟁기 한국 상황에서 가장 구체적인 현실성을 가진 소재라면 토끼의 우화는 동호의 이야기를 알레고리화 하여 현실을 상징적 이미지로 변화시키는 역할을 하고 있다.11) 「요한시집」 외에도 장용학의 작품에는 죽음 혹은 그것에 비견되는 세상으로부터의 은둔, 광증으로 끝을 맺는 작품이 두드러지게 눈에 띈다. 「비인탄생」, 「현대의 야」, 『원형의 전설』이 모두 그러한 결말로 끝나는 작품이다.12)

전후소설에 자주 등장하는 '동굴' 혹은 '동굴 이미지' 역시 보(이)는 것에 대한 두려움과 떼어서 생각하기 어렵다. 장용학의 『원형의 전설』13)이

---

10) 이정숙, 「코페르티쿠스적 轉回와 관념의 소설화」, 『한국전후문학연구』, 삼지원, 1995, 272면.

11) 그러나 우화는 미숙한 작가의식을 보여주는 것일 뿐 현실의 구체적 형상화로 이해하기는 어렵다. 우화에서 제시된 주제는 보편적인 인간 모두에게 예감되는 이야기가 될 수 있을지 모르지만 구체적인 현실과는 밀착하지 못하는 관념으로 떨어지기 쉽다. 작가의 말대로 관념의 우위를 의식적으로 시도한 것이라고 해도 새로움 이외의 특별한 소설적 성취를 발견하기는 어렵다.

12) 김성렬, 「완벽한 주체의 추구, 그 시대적 성격」, 『1950년대의 소설가들』, 나남, 1994, 63면.

13) 『원형의 전설』에서 동굴은 '대사회적 갈등의 밀폐된 공간'이거나 '가족과 인륜이라는 사회적 질서가 지배하는 세계와 대척되는 공간'(서종택, 「원형의 전설의 동굴 모티브」, 『문학과 비평』, 1987년 가을, 273면)으로 평가된다. 다시 말해 여기서 동굴은 일상

나 선우휘의 「불꽃」에서 동굴은 '밀실' 혹은 '도피', '고립'의 이미지로 사용된다. 앞서 말한 토끼의 동굴이나 거제 포로수용소, 어머니가 누워 있는 방 역시 세상과의 통로가 차단된 고립된 공간이라는 공통점을 가지고 있었다. 전후소설의 서사는 이런 협소한 공간 안에서 '보는' 일을 최소화하고 소극적인 삶을 이어가는 인물을 다루고 있는 것이다.

손창섭의 대표작인 「비오는 날」이나 「인간동물원초」, 「신의 희작」 등의 인물들 역시 세상으로부터 떨어져 고립되어 있다. 이 소설들에는 무너져 가는 집안을 지키고 있는 두 사람, 혹은 세 사람이 등장한다. 그들이 지키려고 하는 것이 무엇인지는 알 수 없으나 그들은 집에서 벗어나려는 의지를 가지고 있지 않다. 그들이 갇혀 있는 집은 창문이 나 있지 않은, 현실과 단절된 채 과거 체험에 의해 지배되는 공간이다.[14]

손창섭 소설에는 유난히 자주 등장하는 '방'의 모습은 대체로 다음과 같이 묘사된다.

> 낡은 목조 건물이었다. 한 귀퉁이에서 버티고 있는 두 개의 통나무 기둥이 모로 기울어져 가는 집을 간신히 지탱하고 있었다. 기와를 얹은 지붕에는 두세 군데 잡초가 반 길이나 무성해 있었다. 나중에 들어 알았지만 왜정 때는 무슨 요양원으로 사용되어 온 건물이라는 것이었다. 전면(前面)은 본시 전부가 유리 창문이었는데 유리는 한 장도 남아 있지 않았다. 들이치는 비를 막기 위해서 오른편 창문 안에는 가마니때기가 늘이워 있었다. 이 폐가와 같은 집 앞에 우두커니 우산을 받고 선 채, 원구는 한동안 움직이지 않았다.[15]

유리창이 없는 건물, 유리창 자리에 '가마니때기'가 드리워 있어 밖을 볼 수 없는 건물, 이것이 전후소설의 배경을 전형적으로 보여주는

생활에서 쫓겨난 자가 머무는 공간, 일종의 밀실이라고 할 수 있다.

14) 방에 갇혀 있거나 집착하는 사람들은 다른 전후소설에서도 흔히 볼 수 있다. 서기원의 「암사지대」, 김광식의 「213호 주택」, 이범선의 「오발탄」 등도 방의 의미가 중요한 소설이다.

15) 손창섭, 「비오는 날」, 『현대한국문학전집』 3, 신구문화사, 1981, 143면.

공간이다. 유리창처럼 밖이 보이는 것이 아니라 안팎은 불투명체로 가려져 있다. 폐가와 같은 이 건물에서 동욱과 동옥 남매는 기괴하게 살아간다. 서술자는 두 남매를 방문해서 그들의 사는 모습을 독자들에게 보여준다. 반대로 사방이 막힌 곳에서 사는 남매는 전혀 밖을 보지 않고 살아간다. 그들은 세상과 만나려는 의지도 만날 수 있는 조건도 만들어가지 않고, 그저 하루하루 살아간다. 관찰자 서술이라는 점 때문이기도 하지만 건물 안의 남매는 현재나 미래를 위해 사는 인물이 아니라 과거의 상처를 곱씹으며 사는 사람들이다. 다시 말하면 방 밖의 다른 세상을 보려 하지 않는 인물들이다.

> 동굴 속 같이만 느껴지는 방이다. 그래도 송장보다는 좀 나은 인간이 십여 명이나 무릎을 맞대고들 앉아 있는 것이다. (…중략…) 뒷컨 벽 꼭대기에는 조그만한 창문이 있었다. 거기에는 엄지손가락보다 굵은 쇠창살이 위 아래로 꽂히어 있는 것이다. 그 창살 사이로는 나무 없는 산등성이가 바라보이고, 그 너머로 아득히 푸른 하늘도 쳐다보이는 것이다. (…중략…) 그러고 보면 이 감방 안은 그야말로 동굴 속처럼 무거운 정적만이 차 넘치는 것이다.[16]

위 예문에서는 감방이 동굴에 비유되고 있다. 그 동굴은 출구가 없는 곳으로 작은 창문을 통해서만 푸른 하늘을 볼 수 있는 곳이다. 죄수들은 아득히 보이는 푸른 하늘을 그리워 하지만 창문은 굵은 쇠창살로 막혀 있다. 그런 상황 속에서 죄수들은 악취와 우울 속에서 하루하루를 보낸다. 이러한 공간의 모습은, 비록 감방이라는 특수한 사정이 있지만, 손창섭 소설의 원형적 공간인 밀폐된 방과 내단히 유사하다. 이곳에서 인물들은 세상을 보고 싶어도 자유롭게 볼 수 없다. 단지 보이는 세상을 볼 수 있을 뿐이다.

이상의 전후소설들과 비교해 볼 때 이후 소설의 인물에서 발견할 수

---

16) 손창섭, 「人間動物園抄」, 위의 책, 216면.

있는 '보고자 하는 의지'는 전후소설과 60년대 소설의 차이를 설명해주는 중요한 요소가 된다. 그것은 단순히 인물의 시각 차이 뿐 아니라 현실의 대하는 작가의식의 변화를 말해주기 때문이다. 전후소설을 기준으로 볼 때, 시각의 전환은 소설이 가지고 있는 탐구와 성찰의 미덕을 조화롭게 발휘할 수 있는 계기가 되었던 것이다.

3. 창을 통한 세상 보기

동굴에 갇혀 세상과의 접촉을 피하는, 때로 세상에 대해 눈을 감아버리는 밀실의 인간형과 구분되는 인간형을 광장의 인간형이라고 말한다면 둘 사이에 존재하는 인간형은 창 타입의 사람[17]이라고 부를 수 있다. 창 타입의 사람은 밀실에서 밖으로 나가고자 하는 인물, 그러나 세상으로 완전히 나가지는 못한 인물이다. 그들은 여전히 밀실에 자신의 근거를 두고 있으며, 보편적 의미를 띠지 못하는 개인적 상처를 가슴에 안고 살아간다. 세상에 대한 진지한 탐구를 시도하지는 않지만 자신의 현재를 개선하기 위해 창 밖에서 무언가를 찾기는 한다. 60년대를 대표한다고 알려진 또는 60년대적이라고 알려진 작품들의 인물들은 밀실과 광장 사이에 있다. 이런 소설에서 독자들이 발견하는 것은 창 안에서 세상을 내다보고 무언가 고민하고 있는 인물들의 모습이다. 무기력하고 무지하지만 외부의 현실을 '보려' 하는 인물들의 등장은 보이는 것을 애써 보지 않으려는 의지를 공공연하게 드러내던 전후소설의 인물들과 구분되는 것이며, 이는 작가나 인물들이 체험의 강박에서 벗어나 관찰

---

17) '창 타입의 사람'에 대해서는 오생근의 글 「믿음의 세계와 창의 문학」(『우상의 집』 해설, 문학과지성사, 1993, 311~319면) 참조.

의 문체로 이동하는 과정을 보여주는 예이다. 60년대 소설을 대표한다고 할 수 있는 최인훈·서정인·이청준·김승옥의 데뷔작들을 통해 이를 확인할 수 있다.

최인훈의 데뷔작 「GREY 구락부 전말기」의 주인공 현은 우연히 참여하게 된 'GREY 구락부'에서 조용히 혼자 있는 시간을 즐긴다. 창가에 자리 잡고 늘 밖을 바라보지만 특별히 행동의 의지는 가지고 있지 않다. 이는 구락부 사람들의 공통점인데 그들은 현실에서 멀리 떨어져 자신만의 공간을 구락부 안에 꾸며놓을 뿐 구체적으로 무언가를 해보려 하지는 않는다. 이러한 구락부 사람들의 의지는 현실 앞에서 매우 나약할 수밖에 없다. 자신과 구락부의 나약함을 깨닫고 '이제는 현실을 느껴야 할 것'이라는 자각을 얻는 과정이 「GREY 구락부 전말기」의 중심 서사라 할 수 있다. 이청준의 데뷔작 「退院」의 주인공은 군에서 제대한 이후 '알 수 없는 병' 때문에 친구가 운영하는 병원에 입원한다. 그가 병원에서 하는 일은 병실 창밖을 바라보는 것이 전부이다. 현실에서의 패배와 어린 시절의 경험에 갇혀 무기력증에 걸려 있는 것이다. 병원에서도 충분히 무기력한 시간을 보내던 주인공이 이제는 세상으로 나가야 하겠다는 의지를 되찾는 것이 소설의 중심 서사이다. 서정인의 소설 「後送」은 군대라는 제도에서 상식의 세계로 탈출하고자 하는 한 장교의 이야기이다. 그는 귀에서 이상한 소리가 들리는, 타인들이 이해해 주지 않는 증상을 앓고 있다. 느낄 수는 있지만 객관적으로 증명되지 않는다는 점에서 「퇴원」의 '나'가 앓고 있는 위장병과 크게 다르지 않다. 김승옥의 첫 발표작 「生命演習」에서 형 역시 폐병을 앓고 있다. 이 소설에서는 질병이 임상의 질병만을 의미하는 것이 아니라 정신적 내상까지를 포함한다고 할 수 있는데, 그 질병에서의 탈출이 소설의 서사를 이끄는 중요한 축이 된다. 어머니와 세 남매의 어두운 삶에서의 탈출 기도로 읽을 수 있는 소설이기도 하다.

그런데 주목해야 할 것은 이상의 작품들에서 탈출은 대부분 의지의 단계에서 그치고 만다는 점이다. 인물들이 밖으로 나가겠다고 결심하지만 실천으로 이어지지 못하는 이유는 그것이 현실에 대한 성찰을 통해 이루어진 결심이 아니라는 점, 자신이 질병 혹은 기분이 어디에서 기원하는 지를 스스로 정확하게 진단하고 있지 못하다는 점 때문이다.[18] 앞서 말한 바와 같이 밀실에서의 탈출을 '의도'하지만 그것이 세계와의 관계를 회복하는 '실천'으로 이어지지 못하는 것이다.

다음은 이러한 유형의 인물을 확인할 수 있는 예문이다.

움직임에 손발을 갖지 못하고, 내다보는 창문만을 가진 인간형이 있다. 손 하나 발 하나 까딱하긴 싫고, 다만 눈에 보이는 온갖 빛깔, 형태를 굶주린 듯 지켜봄으로써 보람을 느끼는 사람, 이런 사람은 '창' 타입의 사람이다. 창은 두 가지 몫이 엇갈린 물건이다. 창은 먼저, 밖으로부터 들어앉은 방으로 막아 준다. 거칠은 행동과, 운동의 번잡에 대한 보호를 뜻하는 '건물'의 한 군데인 것이다. 블라인드를 치고, 커튼을 드리우고, 덧창을 달고, 자물쇠를 채우고 하는 모든 것이, 이 창의 닫힘을 나타내는 것이다. 그러나 한편, 창은 이같이 닫힌 집이 바깥과 오가기 위한 자리다. 창에서 이루어지는 바깥하고의 오가기는 오직 눈에 의해서만 이루어진다. 눈으로 하는 사귐은 떨어져 있고 번거로움이 없다. 그는 화창한 삶의 봄과, 매서운 싸움을 저울을 바라본다. 그는 즐거움에 몸을 불사르지 않는 한편, 괴로움에 대하여 저주하지도 않는다. (…중략…) 이런 창을 가지지 못한 사람은 창 없는 집과 같다. 그는 좁은 생각과 외로움으로 숨막히고 끝내 미칠 것이다. 그레이 구락부는 그러한 '창'의 기사들의 기사단인 것이다. 그들은 투정보다도 노래하여야 할 것이 많은 누리를 받아들였다. 창으로 바라보는 풍경은 거의 아름다웠다. 창으로 바라보는 인물은 모두 소설 가운데 주인공처럼 흥미를 돋우며, '안'과 바깥과의 '어울림' 속에 살아 있는

---

18) 60년대 작가들의 소설에도 밀실의 이미지가 여전히 남아 있다는 점은 중요하게 지적되어야 한다. 이들 소설의 전후소설적 요소라고 해도 좋을 것이다. 유아기의 경험이거나 어렴풋한 기억일 수 있기는 하지만 남아 있는 것도 확실하다. 김승옥의 「생명연습」의 중요한 모티프는 다락방이다. 손님이 드는 방과 아이들이 자는 방의 경우도 밀실 이미지의 변형이라고 보아도 크게 무리는 없을 것이다. 이청준의 「퇴원」에서도 어두운 광에서의 체험이 중요하게 작용한다. 모두 변형된 밀실이다.

인물이었다. 창은 슬기 있는 사람의 망원경이며, 어리석은 자의 즐거움이 아닐까? 이것이 그레이 구락부의 믿음이다.[19]

앞서 우리는 눈에 보이는 현실에 눈을 감으려 하는 인물들에 대해 살펴보았다. 선우휘의 소설 「호접몽」은 그런 삶의 모습이 직설적으로 드러난 경우라 할 수 있는 바, 밀실을 지향하는 전후소설에서도 유사한 특성을 발견할 수 있었다. 이에 비해 「GREY 구락부 전말기」의 인물들은 창을 가지고 있다.[20] 창을 가진 인물 또는 창밖을 보는 인물은 전후 소설에서는 찾아보기 어려운 새로운 인간형이라 할 수 있는데, 소설 속에서 이들은 "창을 가지지 못한 사람은 창 없는 집"과 같고, 창을 가지지 못한 사람은 "좁은 생각과 외로움으로 숨 막히고 끝내 미칠 것"이라고 말한다. 전후소설의 문제점이 '현실에 대한 객관적인 탐구와 그 현실에 대응해나가는 주체에 대한 성찰의 빈곤'이었다면 창을 가진 인물들은 "주체의 동일성을 회복하려는 지향을 바탕으로 전후 현실을 논리적으로 파악하려는 시도를 펼"[21]칠 수 있는 인물이라고 할 수 있다. '구락부' 사람들은 "눈에 보이는 온갖 빛깔, 형태를 굶주린 듯 지켜봄으로써 보람을 느끼는 사람"이라고 스스로를 정의하고 그것을 자랑으로 여긴다. 그들이 바라보는 풍경은 '거의' 아름다웠고, 그들은 투정하기보다는 노래하기를 좋아했다. 안에서 밖을 바라보는 정도의 '어울림'에 만족하는 인물들이다. 위의 표현대로 창은 그대로 창이되 그를 통해 바라보는 사람들에게 창은 먼 곳까지 볼 수 있는 망원경이 될 수도 자족에 빠지게 하는 독이 될 수도 있다.

---

19) 최인훈, 「GREY 구락부 전말기」, 『최인훈 전집』 8, 문학과지성사, 1993, 23~24면.
20) 이에 대해 장수익은 "곧 최인훈은 이 작품들[「GREY 구락부 전말기」와 「가면고」]에서 이미 1950년대 여타 소설과는 구별되는 면모를 보여주고 있었던 것이며, 바로 이를 통해 전쟁 체험의 구속으로부터 상당 부분 해방되어 전쟁을 좀더 객관적 시각으로 대하게 되었던 1960년대 소설사를 열어젖힐 수 있었던 것"이라고 평가한다(장수익, 「회의적 주체와 타자에 대한 사랑」, 『작가연구』, 2002년 하반기, 174면).
21) 김영찬, 「최인훈 초기 중단편 소설의 현대성」, 상허학보 7집, 2001.12, 384면.

이런 인물들의 문제점 역시 명확하다. 위 예문 첫 문장대로 이들은 '움직임에 손발을 갖지 못하고, 내다보는 창문만을 가진 인간형'이기 때문이다. 세상을 보는 것과 세상에서 살아가는 일은 결코 같을 수 없다. "창에서 이루어지는 바깥하고의 오가기는 오직 눈에 의해서만 이루어"지고 그들은 필요하면 블라인드와 커튼으로 쉽게 세상에서 도피할 수도 있다.

따라서 외부에서의 작은 충격에도 그들을 쉽게 흔들리고 만다. 구락부의 정체에 대해 의심을 품은 기관에서 구락부 사람들을 하나씩 불러 구락부의 성격에 대해 묻게 되는데, 그들은 자신들을 충분히 변호할 수 없었다. 현실을 관찰하는 창으로서의 구락부를 현실의 보통 사람들에게 설명하기는 쉽지 않은 일이었다. 구락부는 그들의 생각과는 무관하게 여전히 현실 속에 위치하고 있었으며, 주인공 현을 비롯한 구성원들은 체포 사건을 통해 '창문형 인간'이 현실에서는 더 이상 허용되지 않는다는 사실을 절실히 깨닫게 되는 것이다.[22] 이런 상황에서 구락부는 너무나 허무하게 해체되고 만다.

구락부 사람들이 키티의 호콩에 끌리는 장면에서도 창문형 인간의 이런 한계를 확인할 수 있다. 구락부 회원인 K는 크로스 표지의 '으리으리 꾸민 드가의 선집'을 호콩 한 봉지와 바꾼 일이 있다. 이는 상식적 질서를 넘어서는 거래로 구락부 안에서나 가능한 일이다. 그 외에도 구락부 안에서 행해지는 일은 "어른이 될 나이에 있는 사람들이 죽자고 톰 소여의 해적굴에 매달리는 그런" 미성숙한 행위들이다. 이들은 "구락부만 들어서면 모든 일은 이렇게 쉽게 풀리"는 듯한 착각에 빠지기도 한다. 보편성을 상실한 채 막연한 기분에 빠지기 좋아하던 '창 타입의 사람'의 부정적인 모습니다.

그렇다면 구락부 사람들은 창을 통해 세상을 바라보고는 있지만 세

---

22) 장수익, 앞의 글, 184면.

상과의 단절은 유지한 채 자신들만의 삶을 꾸려나간 셈이다. 전쟁 등과 같은 구체적인 상처가 언급되지는 않지만 구락부는 세상을 피해 숨어드는 밀실이라 할 수 있다. 이 역시 적극적으로 세상을 '보는' 행위와는 거리가 있는 것임에 틀림이 없다.

전혀, 네, 오햅니다. 우린 그저 모여서 철학이나 문학에 대한 잡담을 하고 소일한다는 것뿐, 집이 너르고 하여 같은 집에서 자주 만났다는 데 지나지 않고, 무슨 목적이 있었다든가 한 것이 아닙니다.[23]

모종의 혐의에 말려 끌려간 경찰서에서 현이 형사에게 한 말이다. 현은 구락부의 의미에 대해 이렇게 말하는 자신에게 참을 수 없는 굴욕감을 느낀다. 하지만 이 진술은 구락부의 실체에 대한 현 자신의 인식 일단을 보여주는 것이라고 보아도 무리는 없을 것이다. 이 사건 이후 현을 비롯한 구락부 회원들은 자신들의 처지에 대해 뼈아프게 되돌아보게 된다. 특히 손님처럼 지내던 키티는 구락부에 대한 비난을 쏟아 붓는다. 그 비난의 내용은 그레이 구락부의 강령이 정신적 소아마비라는 것, 풀포기 하나 움직일 수 없는 정신주의는 우습다는 것, 현실에 눈을 가린다고 현실이 도망갈 것으로 믿느냐는 것이다. 정신주의의 나약함은 경찰서를 드나들면서 확실히 드러났고, 정신적 소아마비라는 말 역시 같은 맥락으로 사용된다. 세 번째 지적은 '현실에 눈을 가린다'는 것인데, 이는 현실을 보려 하지 않는다는 말이다. 즉 창을 통해 '보는' 행위가 가진 한계를 지적한 것이라 할 수 있다.[24] 이전 소설의 인물들이 창도 없는 집 ─ 「비오는 날」에서 거적으로 가린 창문, 서기원의 「암사지도」에서 천장이 뚫린 집, 그리고 동굴들 ─ 에 갇혀 있었던 것에 비교할 때 투명한 창의 의미는 작지 않지만, 창 타입의 사람 역시 창 안에 안주

---

23) 최인훈, 앞의 글, 38면.
24) 위의 글, 41면.

하기는 마찬가지였던 셈이다.

창을 통해 세상을 대면하고 있는 인물을 주인공으로 한다는 점에서 이청준의 「퇴원」은 「GREY 구락부 전말기」와 유사하다. 관찰자 시점인 「GREY 구락부 전말기」와 달리 「퇴원」은 '나'로 시작하는 1인칭 주인공 시점의 소설이다. 군에서 제대한 후 여러 일들을 했지만 모두 실패한 후 '나'는 소화 계통의 병을 얻어 예전에 자신의 과외 선생이자 친구인 준의 병원에 입원하게 된다. 매일매일 무력하게 병원에 누워 그가 하는 일은 같은 방의 환자들을 관찰하거나 창밖의 풍경을 '보는' 정도이다. 현재의 그를 무기력하게 만든 과거의 사건이 인물의 기억을 통해 드러나고 독자들은 그의 병이 마음의 병에 가깝다는 것을 알게 된다. 무기력에 빠져 있던 주인공은 늘 관찰하던 창 밖 시계탑의 바늘이 다시 돌아가기 시작하는 것을 보고 병원에서 나가야겠다는 결심을 한다. 그 결심의 과정이 상세히 기술되어 있지 않기에 인물 행동의 인과성을 따지기는 매우 어렵다.

다음 예문은 창문도 없는 독방(병실)에서 창문이 달려 있고 세 침상이 놓여 있는 방으로 옮기게 된 사연이다.

> 그리고 나는 창문도 없는 병실에서 하루 종일 몸을 눕혔다 일으켰다 하는 단순한 동작을 되풀이하면서 그 간호원의 발자국 소리에 귀를 기울이고 있었다. 견디다 못해 하루는 준에게 방을 옮겨 달라고 했다. 준은 그러마고 했다. 다음날로 나는 지금 이 방으로 몸 이사를 해왔다. 그리고는 창문을 향한 그 기이한 상념이 시작되었다.[25]

독방에서 주인공은 외부와의 접촉 없이 고립되어 생활한다. 독방의 문이 열릴 때는 간호사가 체온을 재거나 무슨 이름도 알 수 없는 주사약을 놓으러 올 때, 거리의 식당에서 자극성 없는 음식으로 배달해 오

---

25) 이청준, 「퇴원」, 『별을 보여드립니다』, 일지사, 1971, 15면.

도록 준이 조처해 준 세 끼의 배달을 받을 때 뿐이었다. 나머지 시간은 창문도 없는 방에서 혼자 지내야 한다. 증상이 있건 없건 '나'는 환자이기 때문이다. 독방의 이미지로만 보면 「퇴원」의 (주인공이 첫 번째 입원했던) 병실은 전후소설의 밀폐된 공간을 많이 닮아 있다. 이런 밀실에서의 생활을 견디지 못하고 그는 여럿이 함께 쓰는 병실로 옮기게 된다. 창이 있는 병실로 옮기게 된 것인데, 병실을 옮기고 나서 그는 창밖을 내다보는 습관을 가지게 된다. 그가 창을 통해 내다보는 바깥 풍경은 이렇다.

> 착각이다. 착각보다 더 막연하다. 이 조그만 창문으로 들어오는 풍경의 이미지는 그만큼도 구체성이 없었다. 한 가지만 더 이야기하자면, 그 건물들 사이로 U병원의 탑시계가 건너다 보이는 것이었다. 그것도 오래 전에 고장이 나서, 항상 같은 점에만 서 있는 두 바늘을 아주 떼어 버렸기 때문에 시간을 알아볼 수가 없는 것이었다. 그러니까 D 국민 학교의 블록 담벼락을 끼고 흐르는 그 영사막 같은 한 조각의 보도와 두 바늘을 잃어버린 시계, 그리고 가끔 고막을 울려오는 전차의 경적 외에 이 창문으로는 보이는 것도 들리는 것도 없었다. 그러면서도 이 단조로운 풍경이 자아내는 어떤 기묘한 분위기는 집요하게 나를 간섭해 오고 있었다. 눈만 감으면 어떤 상념이 머릿속을 맴돌았다. 눈을 뜨면 그것은 벌써 그 시계탑이며 블록의 담벼락 거리로 멀찌막이 나앉아서 나를 응시하고 있었다.[26]

그는 병실에서 창과 대면하고 있다. 창밖의 풍경을 통해 '나'가 느끼는 감정은 막연함이다. 바늘이 없어 멈추어버린 시계나 불규칙한 전차의 경적 소리만이 창밖의 풍경이다. 이런 풍경은 기실 '나'의 내면이기도 하다. 그러나 자신이 안고 있는 문제가 무엇인지 그것의 실체를 모르기는 앞서 살핀 최인훈의 소설 속 인물과 크게 다르지 않다.

병실에는 먼저 들어온 환자가 있는데 '나'는 방으로 옮겨 온지 일주

---

26) 위의 글, 7면.

일이 되는 날까지도 그 남자의 얼굴을 바로 본 적이 없다. 그는 언제나 자기 침대에서 잔기침 한 번 하는 법이 없이 벽을 향해 드러누워 있기만 했다. 말하자면 이들은 한 방에 있으면서도 서로에 대해 전혀 아는 것이 없는 셈이다. '나'는 이 사내의 목소리 한 번 제대로 들은 적이 없었고, 무슨 병을 앓고 있는지조차 확실히 모르고 지낸다. 여기서 병실의 남자를 전후소설의 흔적을 느끼는 것은 그리 어려운 일이 아니다. 그는 소리를 내지 않으며 아무 것도 보지 않고, 그러나 조용히 방안에 존재하는 그런 인물이다.

실제 무슨 이유로 '나'가 퇴원을 결심하게 되는지는 분명하게 밝혀져 있지 않다. 다시 돌아가게 된 시계가 무언가를 암시하는 듯 하다. 그러나 병원 사내의 죽음을 원인으로 보는 것도 가능하다. 사내의 병은 사실 내가 앓고 있는 병과 같은 성질의 것이었다. 이들은 병을 통해 세상과 단절되어 있었고, 사내의 죽음을 통해 '나'는 자신의 증상을 깊이 깨닫게 된 것이다. 비록 증상은 다르지만 질병으로 인해 처해 있는 환자들의 정신을 동일하게 읽어내야 '퇴원'이라는 말의 의미가 드러난다고 할 수 있다. 그렇다고 해서 「퇴원」에서 어떤 병이 문제가 되는지, 어떤 해결책을 가지고 밖으로 나가는지를 확실히 알 수는 없다. 단지 현재의 갇힌 공간, 무력한 공간, 막연한 공간에서 열린 공간, 활기찬 공간, 구체적 삶이 있는 공간으로 나가고자 한다는 점을 짐작할 수 있을 뿐이다.27)

밀실이라고 하기는 어렵지만 갇힌 공간에 대한 이미지는 다음 예문에 뚜렷이 나타난다.

---

27) 이런 면에서 보면 이청준 소설의 구성은 개념화된 인물이 역으로 세계의 구체성을 환기한다고 할 수 있다. 이청준은 특수에서 보편을 구하는 방식이 아니라 보편에서 특수로 소급되는 구성방식을 소급한다(정영아, 「이청준 초기 소설 연구」, 『1920년대 동인지 문학과 근대성 연구』, 깊은샘, 2000, 464면).

나는 그 즈음 남몰래 즐기고 있는 한 가지 비밀이 있었다. 광에 가득히 쌓아 올린 볏 섬 사이에 내 몸이 들어가면 꼭 맞는 틈이 하나 나 있었다. 나는 거기다 몰래 어머니와 누이들의 속옷을 한 가지 두 가지씩 가져다 깔아 놓고, 학교에서 돌아오면 그곳으로 기어들어가서 생쥐처럼 낮잠을 자는 것이었다. 속옷은 하나같이 부드럽고 기분 좋은 향수 냄새가 났다. (…중략…) 그런데, 어느 날은 거기서 너무 오래 잠이 들어 있다가 아버지가 비춘 전짓불 빛을 받고서야 눈을 떴었다. 아버지는 아무 말도 하지 않고 그대로 광을 나가더니 나를 남겨 둔 채 문에다 자물쇠를 채워 버렸다.[28]

위 예문은 자신의 비밀에 대한 고백이다. 위계양을 핑계대고 현실로부터 도피한 주인공이 자신감을 획득하고 외부 세계로 나아가게 되는 장면인데, 계기는 '광 속에 갇힌 유년'의 체험과 군대에서의 '뱀가죽 사건'을 타인에게 드러냄으로서 이루어진다.[29] 그가 앓고 있는 질병이 마음에서 비롯된 것이고 그 연원을 거슬러 올라가면 어린 시절의 기억에 이르게 되는 것이다. 그런데 어린 시절의 기억이 밀실에 관계된 것이라는 점은 주목을 끌기에 충분하다. '나'는 "내 몸이 들어가며 꼭 맞는 틈"이 있는 광에서 밀실의 즐거움을 한껏 누리곤 했다. 그러나 아버지에 의해 밀실에서 혼자 누리던 아늑함이 사회적으로 더 이상 용인될 수 없다는 것을 깨닫게 된다. '나'는 스스로의 의지가 아닌 타인의 강요에 의해 밀실 밖의 세계로 나온 셈이고 거기서부터 질병은 시작된다.

광에서 나오는 사건과 병실에서 나오는 사건은 밀실 밖으로 나온다는 점에서 같다. 광으로 들어가는 행위나 증상 없는 입원 역시 그렇다. 단지 밀실 밖으로 나오는 이유가 조금 다를 뿐이다. 어린 시절이 '나'가 광에서 끌려나온 것이라면 어른인 '나'는 퇴원을 선택하기 때문이다. 광에서의 추방이 '나'를 온전한 사회인으로 만들지 못한 데 비추어 볼 때,

---

28) 이청준, 앞의 글, 12~13면.
29) 차혜영, 「자율적 주체의 개인주의와 모더니즘적 글쓰기」, 『1960년대 문학연구』, 깊은샘, 1998, 107면.

'퇴원' 후의 '나'가 온전한 사회인으로 설 수 있을 지는 조금 더 살펴보아야 할 일이다.[30]

4. 현실 부정과 현실의 부정성

　밀실을 벗어나 광장에 나간 인물들이 할 수 있는 일 혹은 해야 하는 일은 개인에 대한 성찰과 함께 현실에 대한 탐구였다. 현실에 대한 탐구가 전제된 성찰은 밀실 안에서 제한적으로 이루어지던 성찰과 내용이 다를 수밖에 없었다. 60년대 소설의 가능성은 실로 여기에 있었다고 할 수 있다. 그러나 전후소설의 편향을 지양하고 광장으로 나서는 듯했던 몇몇 작가들은 이후 다시 자기만의 밀실을 만들어 안주하게 된다. 60년대 작가들의 역할은 광장에서 살아가기가 아니라 밀실에서 벗어나기 위한 시도 자체에서 멈추고 마는 셈이다. 탐구와 성찰 사이에서 균형을 맞추어야 하는 일이 이들이 마저 수행해야 할 과제였다면 그 과제는 본격적인 산업화 시대 작가들의 몫으로 남겨지게 된다. 50년대와 60년대 문학의 완연한 구분을 부정하는 입장은 60년대 문학의 이런 성격을 주목한 것이라 할 수 있다.[31]

---

30) 잘 알려진 대로 「퇴원」에서부터 등장하는 이 원초적 장면은 이후의 이청준 소설에서 보다 더 사회적인 의미를 가진 것으로 변화한다. 이러한 변화는 이청준의 성과와 한계를 동시에 보여주는 것이라고 할 수 있다. 「퇴원」에서 자폐적이고 성적인 이미지로 쓰인 밀실과 빛의 이미지가 이후에는 본격적인 전짓불의 이미지로 사용된다. 「소문의 벽」에서 대표적으로 드러나는 전짓불은 어두운 방안에서 전짓불에 노출되어 적과 아를 구분하여 자신의 완벽히 벗은 모습을 보여주어야 하는 상황으로 변화한다. 거기서는 방의 이미지는 없어지고 자신을 보여주지 못할 새로운 '상황'이 중요하게 부각된다고 할 수 있다.
31) 하정일은 60년대 문학의 성과를 "한마디로 해방 직후와 70년대의 민족문학을 이어

개인이 세상과 마주할 때 자아와 현실에 대한 탐구와 성찰이 가능하다. 그런데 전후소설의 인물들에서는 세상과 만나려는 의지를 찾아보기 어려웠다. 그들은 보이는 현상 이상을 보려하기 보다는 보이는 세계에 주눅이 들어 있었다. 전후소설이 갖는 한계는 이런 점에서 명확하다. 소설을 통해 세상과 만나고 소설을 통해 세계와 인간에 대한 탐구와 성찰이 이루어지는 근대문학의 절정을 전후소설은 만들어낼 수 없었다. 반면에 창을 통해서나마 세상을 보려했던 60년대 소설은 세계와 개인을 전체적으로 이해할 수 있는 가능성을 보여주었다.

그러나 최인훈·이청준·김승옥 등의 작품을 통해 드러나는 창을 통한 세상 보기는 세계에 대한 객관적인 인식도 현실에 대한 적극적인 관심도 끌어내지는 못하였다. 창을 통한 세상 보기는 "현실에 대한 어떤 시도도 아예 하지 않는 데서 비롯된 가능성"[32]에 그쳐, 막상 세계를 만난 자리에서는 또 다시 무기력에 빠지고 말았다. 그들의 이후 작품이 관념이나 기교로 흘러 다시 창 안의 세상에 안주하게 되는 사실이 이를 증명한다. 김승옥은 감각 이상의 무엇을 보여주지는 못하고 최인훈의 관념과 이청준의 모호함은 이후에도 그 자체로 스타일을 이루며 이어진다.

따라서 60년대 작가들에게 탐구와 성찰은 혼돈스러운 자아 속에 용해된다. 60년대 소설이 의미가 있다면 경험의 세계에서 탐구와 성찰의 세계로 나가는 문을 열었다는 점에 한정될 것이다. 그것이 감각적 언어

구는 가교 역힐을 한 셈"이다고 아니 코평을 자세하고 있지빈 그디면시도 "60년대의 문학이 이처럼 이어주기의 역할에만 머물러 있었던 것은 아니다. 60년대 문학은 60년대 문학 나름의 문제의식이 있었으니 가령 전쟁의 상처를 극복하고 체험의 직접성을 지양해 서사성을 회복"했다고 말한다(하정일, 「주체성의 복원과 성찰의 서사」, 『1960년대 문학연구』, 깊은샘, 1998, 14면). 정희모 역시 "50년대 문학이 지니고 있던 감정과잉상태나 역사에 대한 추상성을 벗어나 소시민으로서 역사와 일상적 삶에 대한 자기 인식을 확보해 나가는 계층"을 1965년을 중심으로 등장하는 세대에서 찾고 있다(정희모, 「1960년대 소설의 서사적 새로움과 두 경향」, 위의 책, 53면).
32) 장수익, 앞의 글, 179면.

를 통해서이든 관념을 통해서이든 크게 다른 길은 아니었다. 이제 자아와 세계에 대한 구체적인 성찰과 탐구는 그들의 뒤를 잇는 새로운 작가들의 몫으로 남겨지게 된다.

개인과 민족의 미성숙

최인훈의 『회색인』에 대하여

1. 『회색인』을 보는 관점

이 글은 최인훈의 소설 『灰色人』에 나타난 '지식인'의 내면과 그가
바라 본 민족의 문제를 '성장'의 관점에서 고찰한다. 『회색인』에서 확인
할 수 있는, 분단으로 인해 이루지 못한 성장은 개인의 차원에 그치지
않고 '정상적'인 성장을 이루지 못한 민족의 문제와도 연관된다는 것이
이 글의 관심이나.

최인훈의 장편 『회색인』은 그의 대표작이자 화제작 『광장』과 떼어
생각할 수 없다. 두 소설의 주인공 이명준과 독고준은 한국 전쟁을 전
후하여 남과 북의 체제를 모두 경험하고 양 체제에 대한 부적응 또는
환멸을 경험하는 인물이다. 어느 쪽도 기꺼이 선택하지 못하고 체제 밖
에서 비판적인 인물로 남는다는 점에서도 둘은 유사하다. 인문학을 전

공하는 대학생으로 현실에서 좌절을 경험하며, 여인을 통해 위안과 구원을 얻으려 한다는 점도 같다.

이후에 발표된 작품 『서유기』는 『회색인』의 후편(後篇)에 해당한다.[1] 『회색인』과 『서유기』는 독고준이라는 동일한 인물을 주인공으로 하고 있을 뿐 아니라, 그의 전쟁 체험에서 시작된 사색과 상념을 중요한 내용으로 하고 있다. 내용의 연속성과 달리 형식에 있어 두 작품은 이질적이라는 느낌을 주기도 한다. 『회색인』이 현실적 공간과 시간을 분명히 드러내고 사실적 인물을 등장시키는 전통적 이야기 형식을 비교적 충실히 따르고 있는 데 비해, 『서유기』는 비현실적 공간과 시간을 여행하는 몽상의 기록, 의식의 추적에 가깝다. 따라서 『회색인』은 분단의 현장을 다룬 『광장』보다는 사색적이며, 시간 여행이라는 관념 속으로 빠져 든 『서유기』보다는 사실인 소설이라 할 수 있다.

『회색인』은 최인훈의 작품 세계 전체를 축약해 놓은 작품이기도 하다. 전(全) 작품을 관통하는 주요 모티프가 사용되고 있을 뿐 아니라, 최인훈이라는 작가의 문제의식을 온전히 담고 있는 소설이다. 그래서 서사적인 매력이 크지 않고, 형식적으로 다른 작품에 비해 '새로움'이 적음에도 불구하고 그의 대표작으로 평가될 수 있는 것이다. 『광장』이나 「소설가 구보씨의 일일」 연작이 대표하는 분단의 문제 「GREY 구락부 전말기」가 대표하는 교양의 문제, 『총독의 소리』, 『태풍』 등에서 다루고 있는 식민지 경험이나 민족, 나아가 전통의 문제를 모두 담고 있는 소설이 『회색인』이다.

서사를 중심으로 볼 때 『회색인』은 성장소설의 구조를 취하고 있다. 성장소설 또는 교양 소설이란 미성년이 입사를 통해 사회화되어 성년으로 성장하는 과정을 다루는 소설을 말한다. 어린이가 어른이 되는 생물

---

1) 『광장』이 잡지 『새벽』에 발표된 해는 1960년이다. 『회색인』은 1963~1964년, 『서유기』는 1966년 발표된다. 『회색인』과 『서유기』의 시간적 배경은 『광장』이 발표되기 전해이자 4·19 전해인 1958~1959년이다.

학적 성장 뿐 아니라 시대가 요구하는 시민 또는 교양인이 되어 가는 과정을 다루는 경우를 전형적인 성장소설이라 부를 수 있다. 성장소설의 서사에 주목할 경우 이 소설이 어린 시절의 체험과 그것에 대한 기억을 중요하게 다루고 있다는 점, 개인과 사회와의 관계를 지속적인 주제로 강조하고 있다는 점을 주목하게 된다. 이는 기존의 연구에서 『회색인』을 정체성의 확립 또는 정체성의 탐구로 다루던 문제와도 연관된다.2)

소설에서 정체성 탐구 또는 성장의 문제는 단순히 개인의 차원에 그치지 않는다. 해방 이후의 현대사를 다루는 작가의 태도는 독고준의 성장 혹은 미성장3)을 다루는 태도와 유사하다. 주인공의 성장에 영향을 준 가장 중요한 사건은 분단인데, 민족의 성숙에도 분단은 같은 의미를 갖는다. 말하자면 『회색인』의 독특한 점은 분단이라는 현실적 민족 문제를 개인의 성장과의 유비를 통해 드러낸다는 데 있다.

성장의 문제는 현실 부정의 측면 뿐 아니라 현실 긍정이라는 과제를 포함하기도 한다. 성장은 부정을 통해서 이루어지기 보다는 긍정을 통해서 온전한 모습을 찾게 된다. 그러나 긍정할 것이 없는 독고준의 체험과 한국사는 '회색'의 딜레마를 낳게 된다. 『회색인』을 성장소설로 읽을 때 이 점이 명백하게 드러나게 된다.

『회색인』에서 민족이 처해 있는 성장 동력의 부족, 올바른 성장의 어려움이라는 문제는 전통의 부재에서 비롯된다. 더 구체적으로는 분단의

---

2) 정체성을 중심으로 한 연구는 최인훈의 소설 전반을 대상으로 한 경우나 초기 장편소설(『광장』, 『구운몽』, 『회색인』, 『서유기』, 『소설가 구보씨의 일일』)을 대상으로 한 경우에 두드러진다. 최인훈 소설 전반을 이해하기 위해서는 김인호(「최인훈 소설에 나타난 주체성 연구」, 동국대, 1999) · 이인숙(「최인훈 소설의 담론 특성 연구」, 고려대, 1988) · 양윤모(「최인훈 소설의 '정체성 찾기'에 대한 연구」, 고려대, 1999) · 김기주(「최인훈 소설 연구」, 동국대, 1999) · 서은주(「최인훈 소설연구」, 연세대, 2000) · 김영찬(「1960년대 한국 모더니즘 소설 연구」, 성균관대, 2001)의 박사논문을 참고할 수 있다.

3) 이 글에서는 미성장과 미성숙이라는 용어를 함께 사용한다. 개인의 경우는 미성장이 사회의 경우는 미성숙이 적절하다고 생각한다. 개인의 경우도 미성숙이라는 용어를 쓸 수 있지만 성장과 대립되는 의미로는 미성장이 적당하다.

문제 등 현대사의 비극이 전통의 부재로 이어졌다고 본다. 민족의 성장 문제에 집중할 때 분단이라는 상황은 미성숙한 민족 현실의 결과이자 원인이 되는 것이다. 이런 관점에서 분단은 안타깝기는 하지만 피할 수 없는 운명에 가깝다.

이런 시각으로 본론에서는 『회색인』을 '개인의 성장', '민족의 성숙', '전통의 발견' 순으로 살펴볼 것이다.

2. 전쟁, 성장의 좌절

회색은 흑과 백이라는 선명한 대립 사이에 존재하는 규정하기 쉽지 않은 중간 지대를 광범위하게 이르는 말이다. 선택을 강요당하거나 대립이 격화될 경우 회색은 기회주의나 우유부단으로 보일 수 있지만, 극단이 놓치기 쉬운 섬세한 결을 발견할 수 있다는 점에서 진실에 가까운 색이기도 하다. 따라서 회색은 지식이나 사려 깊음 혹은 선택의 지연을 의미할 때가 많다.

『회색인』은 독고준이라는 대학생이 가진 '회색'을 탐구한다. 그가 가진 회색은 남과 북, 전체주의와 자본주의 사이에서 어느 쪽도 긍정하지 못하는 데서 온다. 그는 어린 시절 북에서 해방을 맞이하여 '공산주의' 체제를 경험하고 전쟁 중 남으로 내려와 자본주의 체제를 경험한다. 그러나 양쪽 체제 모두에서 부정적인 면만을 발견하고 어느 쪽에도 적극적으로 섞이지 못하는 인물이다. 인민재판이 이루어지는 학교에서 겪은 두려운 경험 때문에 남(南)의 구원을 기대했지만 점령군으로 들어온 미군들의 행태에 환멸을 느끼기도 했다.

이런 독고준의 태도는 『광장』의 이명준을 떠올리게 한다. 남과 북 모두를 버리고 중립국을 선택했으나 결국은 중립국에 이르기 전에 바다로 뛰어드는 이명준의 모습에서 '회색'을 발견하는 것은 어려운 일이 아니다. 단, 이명준이 자신의 선택에 대해 책임을 지는 최소한의 행동을 보여주는 데 비해 독고준은 행동 자체에 대해 큰 의미를 두지 않는다. 반대로 이명준의 행위 결정 과정이 매우 단순하다는 인상을 주는 데 비해 독고준은 신중하게 사고하고 반성하는 듯한 인상을 준다. 전자가 일단 세상과 부딪쳐보는 인물이라면 후자는 세상과 부딪치기 전에 그것을 이해하고 싶어 하는 인물이라 할 수 있다. 이명준의 부정이 긍정을 찾는 행위로 계속 이어지다 결국 죽음으로 이어진다면 독고준의 부정은 부정하는 상태 그대로 정지되어 있는 셈이다.[4]

이명준이 어른이 되는 길이 매우 단순한 경로라면 독고준이 세상과 만나는 방법, 그리고 어른이 되는 과정은 험난하다. 경험을 통해 세상을 알아가는 이들은 세상에 자신을 맞추거나 세상에 패배해 쓰러지는 데 비해, 독고준과 같은 인물은 현실에 만족하지 못하며 자신의 이념형에 맞는 세상을 만나기 전까지는 모든 것을 유보하려는 경향을 보인다. 자신이 적응하지 못하는 현실을 넘어 세상이 어떠해야 할 것이라는 이념을 지속적으로 현실에 투사하는 것이 독고준과 같은 인물이다.

이런 독고준의 사색과 고민을 중심으로 볼 때 『회색인』을 성장소설로 이해하는 일은 그리 어렵지 않다. 성장소설의 관점에서 볼 때, 『회색인』은 식민지시대 어린 시절을 보내고 중학 시절에 해방과 전쟁을 겪었으며 대학은 분단된 남쪽에서 보낸 주인공 독고준이, 미숙한 자신의 정체성을 찾아가는 이야기가 된다. 독고준과 같은 성격의 인물에게 정체성 찾기란 단순히 개인의 자립 이상을 의미하는 바, 세상을 이해하고 설명할 수 있는 수준에 이르는 것을 말한다. 독고 준에게 세계는 공간

---

4) 이런 점에서 최인훈의 단편소설 「GREY 구락부 전말기」를 떠올리는 것은 매우 자연스럽다. 행동의 좌절이 아닌 의도의 좌절을 보여준다는 점에서 유사하다고 할 수 있다 (졸고, 「체험의 형식과 관찰의 문제」, 『우리어문연구』, 우리어문학회, 2005.6 참조).

적으로 남과 북이며 시간적으로 우리 현대사 전체이다. 성장의 의미는 세계에 대한 이해와 직접적으로 연결된다.

남에 내려온 독고준은 북에 대한 기억을 끊임없이 되살린다. 그 기억이 집중되는 시기는 해방과 전쟁 사이의 짧은 기간이다. 중학생이었던 독고준은 공산주의 체제와 전쟁 그리고 월남 생활을 체험하게 된다. 그의 기억은 대부분 현실과의 불화에 모아지고 있다. 반대로 공산주의를 경험하기 전의 고향은 낙원처럼 기억된다.

> 북한의 고향집. 항구 도시에 연한 작은 마을. 멀리 제련소 굴뚝이 바라보이고 왼편으로 눈을 돌리면 저 아래로 Y만의 해안선이 레이스 주름처럼 땅을 물고 들어오는 곳. 과수원을 하는 집이 그의 고향집이었다. 풍경을 이룬 부드럽고 구불구불한 둘레의 선 속에서 자로 댄 듯이 하늘로 뻗친 하얀 굴뚝. 중학교 이 학년짜리 아이에게 그 희디흰 여름날의 굴뚝은 얼마나 놀랍고 달디단 신비였던가. 그것은 여름 한낮이면 눈부신 빛의 기둥처럼 솜구름이 우쭐우쭐한 하늘 속으로 솟아오르는 것이었다. 그것은 굴뚝이 아니고 그렇게 큰 장승이었다. 끝에서 쉴 새 없이 내뿜는 잿빛 연기. 준은 그것을 장승의 머리카락이라고 생각하였다. 형이 보면 항상 꾸중을 하였으나, 그는 학교가 파해서 돌아오면 과수원 끝 쪽의 오래 묵은 사과나무 위에 올라앉아서 굴뚝과 바다를 바라보았다. 여름에 연기는 항상 바닷바람을 받아서 뭍으로 날린다. 바다에서는 바람만이 아니고 냄새와 빛깔도 오는 것이었다. 그 냄새로 사과 꽃이 피고 그 빛깔 속에서 준의 소년 시절의 시간이 익었다.[5]

인용한 부분은 독고준의 중학교 2학년 때 기억이다. 어린 시절에 대한 기억은 논리적 이해 없이 낭만적 이미지로만 남아 있다. 때문에 깨어진 그 시절에 대한 복원은 온전히 이루어지기 어렵다. 위 예문으로만 보면 과거 기억은 거의 낭만적 동경에 가깝다. 해안선을 '레이스 주름'으로 표현한다든가, 공장의 굴뚝을 '눈부신 빛의 기둥'이나 '장승'으로

---

5) 최인훈, 『회색인』, 문학과지성사, 1991년, 19면. 이후 작품 인용은 이 책에 따르고 본문에 면수만 표기한다.

표현하는 것이 그러하다. 굴뚝의 잿빛 연기도 '장승의 머리카락'처럼 보였다고 한다. 바다 바람을 맞으며 사과 꽃이 피듯이 소년도 순탄하게 성장하는 듯했다. 일반적으로 기억이 반복되면 그리움의 크기는 커지게 마련인데, 어른이 된 독고준의 경우도 크게 다르지 않다.

비교적 만족스러운 어린 시절을 보낸(정확히는 어른이 되어 그렇게 기억하는) 그에게 닥친 고난은 해방과 함께 찾아온 '전체주의적'인 체제였다. 가장 강렬했던 남아 있는 기억은 자아비판을 강요하는 학교에서의 경험이다. 그는 어린 시절 품었던 생각들이 '부르주아적'인 것으로 취급되고, 생각 자체를 '반성'해야 하는 상황에 놓이는 감당할 수 없는 변화를 겪게 되는 것이다.

중요한 점은 중학생 독고준에게 이런 상황이 단순히 선과 악의 문제로 다가온 것이 아니라는 사실이다. 현실을 받아들이든 받아들이지 못하든 그에게 닥친 새로운 현실은 어떻게든 거쳐야 하는 하나의 통과 의례로 여겨졌다.[6] 일반적으로 온전한 성장이란 일방적인 부정을 넘어서 현실 체제를 긍정하는 데서 온다. 사회를 이해하고 그 구성원이 되는 것이 일반적인 성장의 과정이기 때문이다. 독고준이 처한 상황은 그에게 닥친 첫 번째 통과의례와도 같은 것이었다.

그러나 사회로 진입하기 위한 첫 번째 시도는 좌절되고 이는 독고준을 미성장의 상태로 머물게 하는 원인이 된다. 지도원이 폭격으로 위험한 학교로 독고준을 불렀을 때 그는 그것을 자신의 성장을 확인할 수 있는 기회라고 생각했다. 어머니와 누이의 만류에도 불구하고 그가 학교로 가기로 결심한 데는 사회와의 소통, 혹은 사회로의 진입을 추구하는 소년의 열망이 들어 있었던 것이다. 단순히 지도원의 눈빛이 무서워서가 아니라, 조직 안에서 자신의 위치를 회복하고 타인에게 인정받고

---

6) 소설에서 식민지 말기에 대한 아무런 언급이 없다는 것은 이 소설이 기억을 따라 가고 있기에 가능한 것이다. 『회색인』은 엄격히 말해 현대사를 다루고 있는 것이 아니라 개인의 기억을 다루고 있는 소설이다.

자 하는 욕망이 중요하게 작용하였다. 또, 이 좌절은 방공호 체험7)의 복합성을 설명해주기도 한다. 방공호 체험은 성장의 중요한 계기가 되지만 반대로 성장이 왜곡되고 좌절되는 계기이기도 하다. 따라서 성인이 되어 그 시간으로 돌아가고자 하는 독고준의 심리에는 성장의 시도와 좌절에 대한 추억과 아쉬움이 동시에 존재하게 된다.

> 이곳까지 오는 동안 그는 집을 몰래 나왔다는 데서 오는 흥분과 그렇게까지 해서 학교의 명령을 지킨다는 자랑스러움이 있었다. 그러나 허물어진 학교와 텅 빈 교정은 그의 마음이 기대고 있던 무슨 막대 같은 것을 훌렁 뽑아버렸다. 그는 어찌할 바를 몰라서 넘어진 기둥 뒤에 주저앉았다. (47면)

위에서 보듯 소년은 집을 몰래 나왔다는 데 큰 의미를 두고 있다. '흥분'과 '자랑스러움'을 안고 가족들의 시선을 피해 새벽길을 달려 도시에 이른 것이다. 인민재판과 같은 분위기 속에서 비판을 받는다는 것에 대한 두려움도 컸을 것이다. 그것은 전쟁에 대한 두려움을 압도할 수도 있었다. 그렇더라도 자신의 힘으로 무언가를 결정했다는 쾌감, 자랑스러움은 소년에게 매우 중요한 감정이었다. 두려움 속에서 만난 세상은, 낯설고 불편하기는 했지만, 자신이 기댈 권위로서 존재할 수도 있었다. 기대가 무너진 순간에 "그의 마음이 기대고 있던 무슨 막대"가 뽑혔다고 표현한 데서 이를 읽을 수 있다. 그런데 자신이 선택한 이 길이 좌절로 이어진다는 데서 문제가 발생한다. 어찌할 바를 몰랐던 그 때의 감정은 이후에도 반듯하게 정리되지 않는다.

> 그때 부드러운 팔이 그의 몸을 강하게 안았다. 그의 뺨에 와 닿는 뜨거운

---

7) 최인훈의 소설에 나타나는 원체험은 대체로 세 개의 꼭짓점으로 구성된다. '책'으로의 '정신적 망명'과 방공호 체험, 그리고 LST 체험이다(김영찬, 「최인훈 소설의 기원과 존재방식」, 『근대문학연구』 3권 1호, 2002. 289면). 『회색인』의 경우 그중 독서와 방공호 체험이 본격적으로 다루어진다.

뺨을 느꼈다. 준은 놀라움과 흥분으로 숨이 막혔다. 살 냄새. 멀어졌던 폭음이 다시 들려왔다. 준의 고막에 그 소리는 어렴풋했다. 뺨에 닿은 뜨거운 살. 그의 몸을 끌어안은 팔의 힘. 가슴과 어깨로 밀려드는 뭉클한 감촉이 그를 걷잡을 수 없게 헝클어지게 만들었다. (50면)

삶과 죽음이 엇갈릴 수 있는 절박한 순간에도 독고준은 여자의 감각을 느낀다. 성적으로 성숙했다고 보기 어려운 그에게 이러한 감각 체험은 역시 성장 과정에서 중요한 의미를 갖는다. 그를 '걷잡을 수 없게 헝클어지게 만'든 것은 폭격과 죽음의 공포일 수 있지만 그보다는 처음 겪어보는 여성 체험이라고 보는 것이 더 적당할 듯하다.[8] 방공호 체험 뒤 독고준은 "다친 데는 없었으나 까무라쳤다가 살아난 그는 집에 돌아와 누워서도 밤마다 가위에 눌렸다. 겨우 열이 내린 다음에도 그는 누워서"(53면) 지냈다. 성장 후의 아픔, 즉 앓아누움은 전형적인 성장 체험이다. 어린 시절을 돌아보는 말 속에서도 이 때 겪었던 체험의 복합적 의미는 계속 드러난다. "그 여름 속에는 많은 것이 있었다"거나 "검은 새들은 도시를 폭격해 주었다. 도시는 거짓말처럼 준을 위해서 자리를 마련해 주었다", "그의 악역이었던 소년단 지도원에게 맞서기 위해서 그는 폭탄이 쏟아지는 거리로 찾아갔던 것이다"(113면) 등은 모두 성장과 전쟁의 공포를 복합적으로 드러내고 있다.

독고준에게 방공호 체험은 그것 자체로 전쟁 체험이라 볼 수 있다. 방공호 체험의 복합성은 전쟁을 처음으로 체험하게 되는 소년의 심리와도 관계된다. 전쟁이 죽음과 공포 등의 감정과 함께 실체로 느껴지기 시작한 것이 이때부터이다. 이전까지 독고준에게 전쟁은 자신에게 부과된 배교자 역할과 별반 다를 바 없는 고통의 기표로만 인식되었을 뿐이었으며, 그는 전쟁의 전모나 내막에 관해서는 알 수 없는 처지에 있었

---

8) 김인호는 "그는 정신을 잃지만 그것이 폭격에 놀라서인지, 한 여인의 가슴에 안긴 강렬한 느낌 때문인지 알지 못한다"고 말한다.(「기억의 확장과 서사적·진실」, 『국어국문학』 140집, 2005, 149면) 성장의 관점에서 볼 때 두 놀라움을 굳이 나눌 필요는 없다.

던 것이다. 이후에도 이해할 수 없는 전쟁의 전모는 막연히 세계를 긍정하려던 자신의 태도를 회의하게 만든다. 즉, 성장 저해의 결정적 요소가 된다.

여러 차례 등장하는 독서 체험 역시 독고준의 성장과 관련을 맺고 있다. 그에게 독서는 학교생활에서의 좌절을 견뎌내는 수단이라는 의미를 갖는다. 독서는 간섭 없이 사회를 체험할 수 있는 좋은 방법이긴 하지만 세상과 만나는 정공법이 아니라는 점에서 나름대로 한계를 가질 수밖에 없다. 성장과 관계해서는 더욱 그렇다. 독고준의 친구 김학이 속한 모임 이름인 '갇힌 세대'와 마찬가지로 자기 안에 갇힐 수밖에 없는 것이 독서 체험의 한계이다. 독서에 빠진 준은 전쟁이 끝나지 않기를 바란다. "방학이 끝없이 이어나가고 학교에는 영 다니지 않게" 되기를 바라며, 그럴 수만 있다면 "흰 굴뚝이 꺾여진 슬픔까지도 그럭저럭 참을 수 있을 것"(38면) 같다고 한다. 그에게 독서는 소통의 추구이기보다는 스스로를 자기 세계 속에서 기꺼이 안주하게 해주는 역할을 한다.[9]

그가 읽은 서적의 목록을 통해서도 독서가 갖는 의미는 분명해진다. 독서를 통해 소년이 확인한 것은 사회라는 큰 세계가 아니라 개인의 성장이었다. 그가 좋아한 책은 『집 없는 소년』, 『플란다스의 개』와 같은 소년물에서 『나나』와 같은 소설, 『강철은 어떻게 단련되는가』와 같은 리얼리즘 류 등 다양했다. 적지 않은 차이에도 불구하고 이들 모두가 그에게는 하나의 주제로 읽힌다. 그는 『강철은 어떻게 단련되는가』를 혁명이나 이념이라는 주제로 읽기보다는 "한 소년이 어떤 모험과 결심, 교훈과 용기를 통해서 한 사람의 훌륭한 공산당원이 되었는가를 말한 일종의 성장소설"로 읽는다. 그에게는 "공산당원이라든가 짜르 정부가

---

9) 유임하는 "책 속으로의 정치적 망명과 라디오 듣기는 현실세계의 엄혹한 심문을 벗어나 유토피아를 몽상하는 유년의 주체가 할 수 있는 유일한 방책이다"(유임하, 「분단현실과 주체의 자기정립」, 『한국문학연구』 제24집, 2001, 313면)라고 말한다. 현실을 벗어나려는 의지를 읽는 것은 타당해 보이나 유토피아를 몽상한다는 데는 쉽게 동의하기 어렵다. 특히 책은 소년에게 유토피아가 아니라 성장의 한 단계였다고 보아야 한다.

얼마나 혹독했는가는 아무래도"(38면) 좋았다. 전쟁의 의미라든지 이념에 대해서는 생각하지 않는다. 『나나』역시 성장 과정 중 읽어야 하는 '은밀한' 소설 정도의 의미를 갖는다.

이와 같이 주인공 독고준의 성장 혹은 성장의 좌절은 『회색인』에서 개인의 경험 이상을 의미한다. 그의 성장이 현대사의 진행과 밀접히 관련되어 있었던 만큼, 우리의 현대사 역시 하나의 성장 혹은 성장의 좌절로 비유되기 때문이다. 『회색인』에서 다루어지는 역사는 발생한 사실의 나열로서의 역사가 아니라 성장 과정에서 주인공이 기억하는 범위 내에서의 역사이다. 기억에 의지하는 한 독고준에게 역사는 낭만적 꿈의 좌절을 의미할 뿐이다.

3. 분단, 사회의 미성숙

개인의 성장 과정과 그것의 좌절이 서사의 한 축을 이룬다면 서사의 다른 축은 성숙하지 못한 사회에 대한 인물들의 사색과 대화로 이루어져 있다. 『회색인』은 이러한 사색과 대화 과정을 통해 개인의 경험을 현대사의 경험으로 확대한다.

소설의 시작은 주인공 독고준의 대학 친구인 김학이 소주와 안주를 사들고 준의 하숙집으로 찾아오는 데서 시작한다. 소설의 나무리도 김학이 독고준의 새로운 하숙집(현호성의 집)으로 찾아오는 장면이다. 그만큼 독고준과 김학의 만남은 이 소설에서 중요한 의미를 갖는다. 두 사람은 현실에 대해 이런저런 이야기를 나누면서 많은 부분 공감을 표한다. 그러면서도 현실을 대하는 방식에서는 차이를 보인다. 이는 친구들과 '갇힌 세대'라는 동인을 꾸민 김학과 어떤 공동 모임도 거부하는 독고준의 차이이기도 하다. 차이는 두 사람의 전공에서도 드러난다. 독고준이 국문학도인데 비해 김학은 정치학도이다. '회색'이 가능한 것이 문학이라면 회색을 선택하기 어려운 것이 정치이다. 민족과 분단의 문제도 마찬가지이다. 민족주의에 열광할 수 있는 것이 학이라면 민족주의가 갖는 문제 때문에 딜레마에 빠지곤 하는 것이 인문학도인 준이다.

한국의 현실에서 혁명이 가능할 것인가를 두고 논쟁을 하면서 두 사람의 견해는 분명하게 나뉜다. 두 사람은 비약이다 싶을 만큼 갑작스럽게 한국 사회에서 '혁명'의 가능성에 대해 이야기한다. "한국의 상황에서는 혁명도 불가능하다"(17면)는 것이 독고준의 생각인데 비해 "혁명이 가능했던 시대라는 건 어디도 없었"(18면)고 그래서 혁명이 일어났던 거라는 역설을 내세우는 쪽이 김학이다.

일단 혁명을 논하는 것 자체가 우리 사회의 점진적 발전 가능성에 대해 부정적이라는 의미이다. 둘 모두 우리 사회의 미성숙에 대해서는 공감하고 있는 것이다. 혁명에 대한 다른 견해는 우리 사회가 미성숙의 상태를 벗어날 수 있을까에 대한 다른 견해이기도 하다. 그렇다고 해서 두 사람이 서로의 견해를 부정하거나 거부하는 것은 아니다. 혁명과 한국 사회에 대한 생각은 각각 독고준과 김학의 입을 통해서 나오지만 사실은 한 사람의 목소리처럼 들리기도 한다. 두 목소리 사이에서 고민하고 갈등하는 인물로 독고준이 있고 그래서 그가 '회색'이 되는 것이다.

성장 과정(북)을 통해 긍정의 가능성을 발견하지 못한 독고 준은 성년이 되어서도(남) 긍정적 성장의 가능성을 찾지 못한다. 아버지를 잃고 고학생으로 살아가는 독고준은 이제 사회를 볼 수 있는 눈을 갖고 독립적인 성인으로 마땅히 서야 한다. 어른이 되어야 하는 것이다. 그러나 그는 적극적으로 남쪽 사회에 섞이기 위해 노력하지 않는다. 아직 학생이라는 점 때문이기도 하지만 사회 전체에 대한 실망이 그를 사회와 거리를 두게 만든다. 북에서 정상적인 성장에 실패한 그에게 남의 현실은 북의 그것과 달라야 했다. 그러나 인민재판장이 북의 환경이었다면 천박한 자본주의는 남의 환경이었다. 그는 북과 남 어디에서도 좌절을 넘는 긍정을 발견하지 못한다.

> 밤이 깊어지면 이 집에서는 남모르는 의식이 벌어졌다. 그것은 의식이라고 하는 것이 옳았다. 집안에서 제일 치우친 뒷방에는 라디오가 있었다. 일제로, 마이크 앞에 강아지가 앉은 표가 있는 그 다섯 구(球)짜리 라디오가 말하자면 **신탁(神託)을 알리는 무당**이었다. 그들은 깊은 밤에 보내는 남한의 대북 방송을 듣는 것이었다. 숨을 죽이고, 가슴 울렁거리면서. 깊은 감동과 공감을 가지고, 전파를 타고 오는 여자의 아름다운 목소리를 듣는 **깊은 밤의 의식(儀式)**. 사랑하는 북한 동포 여러분으로 시작하는 그 여자의 목소리는, 독고준의 소년 시절을 수놓고 있는 아름다운 시(詩)들 가운데서도 가장 빛나는 것 가운데 하나였다. (21면, 이하 강조는 필자)

안타깝게도 독고준에게 남에 대한 긍정은 애초에 불가능한 것이었는지 모른다. 순수한 마음으로 맞이하는 남의 현실이 아니라 상상 속에서 잔뜩 부풀려진 남쪽의 이미지를 가지고 있었기 때문에 실제의 모습을 받아들이기는 쉽지 않았다. 실체를 확인한 후 그것에 대한 합리적 판단을 내린 것이 아니라 이념형에 가까운 환상을 먼저 만들고 현실에서는 그 환상을 확인하려 했던 것이다. 비록 환상이 그릇된 것이라 하더라도 이미 만들어진 환상을 수정하기는 쉽지 않다.

위 예문은 환상이 어떻게 시작되었는지를 보여준다. 어린 시절 경험은 그에게 여전히 낭만적 기억으로 남아 있다. 이 기억은 이후에 다시 회복되지 않으며 회복 불가능으로 인해 온전한 성장을 방해한다. 또 남의 현실에 대한 태도를 결정한다. 북에서 경험한 남에 대한 그리움은 의식(儀式)으로까지 표현되고 있다. '신탁', '밤의 깊은 의식'이란 표현은 북의 현실을 부정하는 마음이 극에 달한 상태에서 맞이한 남에 대한 인상이 왜곡된 환상에 불과하다는 사실을 분명히 보여준다. 환상을 만들고 유지시켜 주는 여인의 목소리는 그에게 '시들 가운데서도 가장 빛나는’ 것이었다. 독고준이 상상한 남쪽은 "자유로운 조국. 민주주의의 나라. 유토피아"이기도 했다. 그는 "오색 무지개에 싸여서 꽃이 피고 털빛이 고운 새들이 지저귀는"(22면) 행복한 남쪽 나라에 대한 환상을 품고 있었다.

이러한 신탁은 남의 체험에 의해 정반대의 생각을 낳게 된다.

> 열 몇 해 전 여름의 어느 날 갑자기 우리들을 일본 사람들에게서 풀어 준 그 운명이 또 한번 기적을 가져올지도 모르지. 그렇게라도 좋다. 한 번만 더 가보았으면. 그래서 형님과 어머니와 누님에게 우리들이 그 하고 많은 밤의 굿을 치르며 그리워하고 그곳에 살고지라 빌었던 귤이 무르익는 남쪽 나라는 와보니 있지 않은 **허깨비**더라는 것, 따라서 그 목소리 곱던 아가씨는 **거짓말쟁이**라는 것, 누님이 이 세상에서 제일 잘나고 제일 훌륭한 남자라고 여겼던 사람은 **치사한 녀석**이더라는 것 – 이 모든 얘기를 그 사람에게 해주어야 할 것이 아닌가. (70면)

위 예문은 남쪽 현실에 대한 부정이라기보다는 어릴 적 꿈에 대한 부정이라는 인상을 준다. 현실보다는 남을 그리워하며 날을 샜던 경험 — 앞서 살펴본 예문(21면)의 경험 — 을 더욱 강하게 부정하고 있다. 성인이 되어 만나는 현실을 부정하지 않고 어린 시절의 기억을 부정하는 독특한 경우이다. 사용되는 단어도 부정적인 느낌을 강하게 풍긴다. '허깨비'라든지, '거짓말쟁이', '치사한 녀석'은 다분히 감정이 담긴 단어처럼 보인다. 이런 단어들은 남의 현실을 모르고 살았던 북의 가족들과 대비되기도 한다. 준은 마치 증인처럼 이들에게 남의 현실을 알려주어야 한다고 말하는 것이다.

남과 북을 아울러 『회색인』에서 문제가 되는 것은 민족의 현재적 삶이다. 민족적 연속성의 관점에서 볼 때 남과 북은 분리된 것이 아니라 유사한 민족의 문제를 안고 있는 것이 된다. 양쪽 모두에 문제를 낳은 공통적인 사건은 분단이다. 분단은 일회적이고 일시적인 사건이 아니고 식민지-해방-전쟁을 거치면서 성립되고 강화된 계속성을 가진 역사적 사건으로 의미를 갖는다. 그것은 민족의 성숙을 방해하는 결정적 사건이기도 하다.

분단의 영향을 다음의 예문을 통해 확인할 수 있다.

> 해방 직후에는 그런대로 '일본 제국주의'가 당분간 그런 증오의 표적 구실을 했지만 6·25 바람에 끝장이 나버렸어. 하기는 6·25 전에도 반일 감정은 이미 국민적 단합의 심벌로서의 효력을 잃고 있어. 그 대신 '빨갱이'가 그 자리를 메꾸었어. 오늘의 불행을 만들어 준 나쁜 이웃에 대해서 이렇게 어물어물 감정 처리를 못 한 채 흘려버리는 것인 기막힌 일이야. (81면)

> 우리 세대에는 내셔널리즘이란 일본에 대한 반항이라는 부정적 뉘앙스밖에는 없고 긍정적인 면은 없어. 왜냐하면 국가가 없었기 때문이야. 반항할 상대는 있어도, 사랑할 대상은 없었다는 것. 이것이 서양 내셔널리즘과 우리들의 것과의 틀린 점이지. (125면)

첫째 예문은 '닫힌 세대' 동인인 오승은의 말이고, 둘째 예문은 김학과 그의 형이 나눈 대화에서 나온 말이다. 이 소설에서 각각의 인물이 하는 말들이 갖는 차이는 사실 큰 의미가 없다. 한 사람의 다른 생각으로 읽어도 크게 문제될 것이 없다. 각각의 인물은 대립하거나 갈등하지 않고 서로의 이야기를 거들어주고 이끌어내 주는 역할을 하기 때문이다.

위의 두 글 모두 현실의 부정성에 대해 이야기하고 있음을 알 수 있다. 분단 시대 가장 강력한 부정성은 '빨갱이'이다. 남의 경우 '빨갱이'가 갖는 정치적 의미는 국민적 증오의 상징이다. 남을 기준으로 볼 때 빨갱이는 '일본 제국주의'를 대신한 증오의 표시일 뿐 비판자 자신의 내포를 갖고 있지 않은 말이다. 이러한 부정성에 대한 문제를 두 번째 예문에서 확인해 주는데, 부정 대상만으로는 결국 자기만의 긍정을 만들어내지 못했다는 지적이다. 반항과 사랑을 대립시켜 반항을 부정으로 사랑을 긍정으로 놓기도 한다. 『회색인』에서 사랑이란 말은 자주 반복되는데, 그것은 혁명이라는 반항의 극단과 대비되기도 한다. 혁명이 불가능한 역사에 시간과 사랑만이 무언가를 할 수 있다는 바람이 작품의 초반에 제시되기 때문이다. 이 작품에서 볼 수 있는 유일한 긍정이라 할 수 있다.

부정적 대상의 강조가 성숙을 방해하는 또 하나의 이유는 이러한 사회는 스스로에 대한 비판을 온전히 수용할 수 없다는 데에 있다. 공통된 부정 대상을 갖고 있을 경우 스스로는 저절로 긍정되어야 할 것으로 취급되기 십상이다. 적과 아의 구분이 분명해지기 때문에 아를 비판하는 것은 적을 이롭게 하는 것이 된다. "정부를 때리는 것도 국가의 안녕질서를 위태롭게 하지 않는 한도 내"에서만 허락되는 남의 현실은 성장으로 나아갈 길을 쉽게 차단하고 만다. 부정태가 상대방에 존재하기 때문에 근본적으로 바꿀 수 없다는 것, 그것이 남의 현실이다. 이는 독고준이 보기에 "살을 다치지 말고 뼈를 수술하자는 거나 마찬가지"(78~79면)이고, 이런 현실 속에서는 절망도 불가능하다.

부정을 통해 자신의 존재를 확인하는 긍정 없는 사회인 남쪽은 자본주의 체제로 변모하고 있다. 자본주의의 부정적인 모습은 작품 곳곳에 드러난다. 독고준이 보는 남한 사회는 "여태까지 겪지 못한 새 사회", "돈이면 그만인 사회", "브레이크를 걸 수 있는 전통도 없는 채 자본주의의 가솔린 냄새나는 사회"(62면)이다. 북에 공산주의 정권이 들어서지 않았다면 남의 자본주의도 이처럼 극단적인 상황으로 치닫지 않았을 수도 있다. 이런 현실은 분단이 낳은 미성숙의 한 모습이라고 할 수 있다.

남과 북의 미성숙을 대하는 독고준은 '우직한 민족주의'를 밀고 나가지 못한 것에 대해 아쉬워한다. 그 우직한 민족주의가 현실을 만들어낸 편향된 민주주의와 공산주의라는 이념을 겨냥하고 있음은 분명하다. 민족주의를 과제로 삼았을 경우는 상대방을 부정하여 자신의 정당성을 세우는 것이 아니라 자기를 스스로 부정하고 그것을 극복하기 위해 노력하는 일이 가능했으리라는 것이 그의 생각이다. 이를 독고준은 '값있는 반항'의 자세라 부르기도 하는 바, 절망조차 불가능한 분단의 현재보다 한결 나아진 상황으로 이야기한다.

이처럼 모든 문제에 분단이 놓여 있음을 깨닫게 하는데 중요한 역할을 하는 인물이 현호성이다. 그는 분단이 낳은 대표적인 부정적 인물이라 할 수 있다.

> 그가 지조 없는 사람인 것은 분명하다. 그는 옛날 애인을 떠나는 길로 잊어버린 것처럼, 자기의 주의 주장에도 성실함이 없다. 지난날의 노동당원이 천하의 여당이라는 자유당의 유력 당원이고, 고액 헌금자다. 그는 애당초 주의도 주장도 없는 사람이다. 그는 편리한 대로 강한 편에 붙어서 몸을 지켜왔다. (153면)

현호성의 이런 모습이 실제 남한 사회의 모습이라고 보는 것이 독고준이다. 그에게는 애당초 주의도 주장도 없었다. 그는 자신의 이익에 따라 강한 편에 서는 사람일 뿐이다. 이는 남쪽의 천박한 자본주의에 대한 비유이기도 하다. 이는 민주주의니 공산주의니 하는 이념이 고민 끝에 선택된 것이 아니라 강한 편에 붙고자 하는 천박한 정신에서 비롯된 것은 아닌가 하는 생각으로 이어진다. 서구 유행의 추종은 '늘어나는 것은 교회 뿐'이라는 현상적인 파악 안에서도 충분히 드러난다.

이처럼 『회색인』은 민족 문제의 본질을 분단으로 보고, 내세울 긍정이 없는 현실을 안타까워한다. 무언가 상대방을 몰아 세워야 스스로의 정체성이 분명해지는 것이 우리 근대의 모습이라 규정하기도 하였다. 이렇게 해서는 온전한 성장이 이루어지기 어렵다고 할 수 있는데, 이는 앞 장에서 살펴 본 개인의 성장과 유사하다. 책을 통해 성장을 추구하던 독고준이 온전한 성장에 이르지 못한 것과 마찬가지로 증오의 표적을 가지고 성장을 대신하려 해서는 온전한 성장이 이루어질 수 없는 것이다. 성장을 위해서는 자기 스스로를 부정하는 일이 필요하다고 볼 때, 상대방을 부정하는 방법으로 자기 존재를 공고히 하는 분단 사회에서 제대로 된 성장의 가능성을 찾기는 쉽지 않다. 그러나 이런 상황 속에서도 자기 부정을 통한 새로운 긍정으로 나아가는 길을 찾는 일은 매우

중요하다. 자기 부정과 긍정의 가능성으로 『회색인』에서 관심을 갖는 것이 '전통'이다.[10]

4. 전통, 민족의 발견

소설은 결국 분단된 남과 북이 상호 부정에 의해 모두 미성숙한 상태로 남아 있다고 말한다. 그렇다면 성숙에 이르는 길은 어디에 있는가? 『회색인』에서 현재를 만든 과거를 추적하게 되는 이유는 이 성숙의 계기를 찾기 위해서이다.[11] 성숙이란 과거의 자기를 이어받아 부정하고 더 나은 자기를 만들어나가는 과정이라 할 수 있다. 개인에게 있어 성장은 어리석은 시간과 개인적인 시간에서 열린 세계로 자신을 이끄는 것이다. 국가나 민족에게 있어 성숙이란 과거에 대한 관심을 통해 현재의 의미를 밝히고 미래를 설계한다는 의미가 될 것이다.

그런데 성숙은 시간이 지난다고 해서 저절로 이루어지지는 않는다. 손쉬운 방법은 앞선 세계와 현재를 비교하는 것이다. 실제로 서구를 따르는 길이 성숙의 길이라고 생각한 시대가 있었다. 문명개화니 사회 진

---

10) 독고준이 찾아낸 '민족'과 '전통'이 1960~1970년대 전체주의 정권이 찾아낸 '전통'이나 '민족'과 겹친다는 점은 아이러니이다. 현대사를 다룸에 있어 '전통'과 '민족'의 긍정적인 면과 부정적인 면을 함께 보지 못하면 원하지 않는 함정에 빠질 수도 있다. 『회색인』의 경우도 이런 환경에서 자유롭지 못하다. 사실, '민족'의 문제는 최인훈 소설 전반에 걸친 문제이기도 하다. 유감스럽게도 관에서 강조하던 '민족'과의 구분 문제는 다음 과제로 남겨둔다.

11) 『회색인』에서 진행되던 과거에 대한 사고는 『서유기』에서 더 깊이 있게 다루어진다. 민족의 문제, 민족의 과거 문제는 『서유기』의 주제라 할 수 있다. 최인훈 소설 전반에 걸쳐 이 문제는 매우 중요하다. 『총독의 소리』는 물론 「크리스마스 캐롤」 연작 등은 대표적인 경우이다.

화니 하는 근대 초기 지식인들의 사고가 여기에 해당한다. 다름을 인식하기보다는 어떻게 같아질까를 고민하는 생각들이었다. 하지만 그런 시도는 바람직하지도 가능하지도 않았다. 『회색인』에서 제시한 미성숙의 원인은 우리가 단순히 서구를 따라가지 못했기 때문이 아니다. 오히려 그들과 구분되는 고유함을 간직하지 못했기 때문이다. 그 고유함이 『회색인』에서는 전통이나 민족이라는 이름으로 제시되는 것이다.

> 동양 사람이 제 구실을 하는 길은, 이 서양사적 문제 제기를 물리치는 일이야. 이것이냐 저것이냐 하는 식으로 내밀어진 출제 방식 그 자체를 거부하는 일이지. 우리들의 도식(圖式)도 출제 방법으로 내세우는 것. 이것이 전통의 문제야. 전통이란 옛 것이란 말이 아니고 예로부터 흘러나와 지금도 살아 있는 정신의 틀이라고 할 수 있겠지, 전통은 말에만 나타나는 것이 아니고 문화의 모든 면에 나타나. (175면)

위 글의 화자는 현재의 존재 이유를 긍정하기 위해 출제 방식을 바꾸어야 한다고 말한다. 현재는 그 자체로 비교될 수 있는 것이 아니라 과거와의 관계 아래에서 이해할 때 잘 설명될 수 있다는 의미이다. 서양의 현재와 우리의 현재가 어떻게 다른지를 찾아서는 현재의 우리를 긍정할 수 없다. 다른 문제를 통해 발전해 왔기에 현재의 문제 역시 다를 수밖에 없다는 생각이 필요하다는 주장이다.

독고준은 서양의 관점에서 보면 우리는 아프리카 인과 다를 바가 없다고 말한다. 우리의 관점에서 보지 않고 서양의 관점만을 따른다면 우리의 모습은 단지 신기한 것에 지나지 않는다고 한다. 아프리카 민속예술처럼 한국 전통도 박물관과 대학에서 가르쳐야 할 유물이 되지 말란 법은 없다고도 한다(226면). 서양사적 관점만큼이나 서양사적 명제를 우리 사회에 끌어들이는 것도 위험하기는 마찬가지이다. 자유나 공산이라는 이념은 대표적인 서양사적 명제인데, 서양사가 아직도 풀지 못한 채 드러내놓고 있는 숙제를 어울리지 않는 우리 민족이 힘겹게 받아들이고 있다고 한다(171면). 이들 이념은 부정할 수 있는 우리의 것이 아니라서 현재의 우리를 긍정하는 데 도움을 주지 못한다는 것이 숨겨진 판단이다. 이런 사고 과정을 통해 전통을 강조하는 것은 단순히 상고취미나 시대착오 이상의 의미를 갖게 된다. 그것이 전통이 될 수 있다면, "전통(傳統)은 아무리 더러운 전통(傳統)이라도 좋다."[12]

> 현대 한국인이 방황하고 자신이 없는 것은 어떤 '연속'의 체계 속에 자기를 자리매김하지 못하고 있으며 또 사실상 불가능하기 때문이다. '가족'을 그러한 체계로 삼는 것은 지난날에는 곧 '가치(價値)'의 체계에 참가하고 있다는 말이 될 수 있었다. 유교의 원리는 곧 가족의 윤리였기 때문에. 지금은 다르다. 정승의 직계손이라 할지라도 설마 그 사실이 곧 자기의 뛰어남을 나타낸다고는 생각지 않게끔은 되었다. 지금 세상에 양반 상놈이 어디 있어, 하는 상식이 그 사정을 말해준다. 그런데 지금 우리에게는 이 '가족'을, 혹은 '가문'을 대신할 만한 체계가 아무것도 없다. 현실적으로 없다는 말이 아니라 사람들의 가슴 속에서 그만한 힘을 내도록 익지 못했다. 현대 한국인에게도 '가문'이라는 말은 사무칠망정 '국가'는 아무래도 거북하다. 그런대로 가문이나 씨족을 넓혀서 짐작할 수 있는 '민족'은 훨씬 알아먹기 쉽다. (99면)

위 글에서 말한 "연속의 체계"는 다른 말로 '전통'이라 부를 수 있다. 공동체를 통합할 수 있는 문화적인 의미의 전통을 강조하고 있는데, 물론 그렇다고 과거의 것을 그대로 받아쓴다거나 살려 쓰자는 의미는 아니다. 현재 통합할 체계의 부재를 어떻게 극복할 것인가에 대한 고민으로 읽을 수 있다. '국가'라는 단체로 통합되지 않는 현실에서 '민족'이 그 대안이 될 수밖에 없음을 지적하고 있다. 국가가 익숙하지 않은 새로운 개념이라면 민족은 가족 원리의 확장으로 좀더 익숙한 것이라고, 따라서 그것이 민주주의(자본주의)나 공산주의보다 좋았을 것이라는 설명이다.

---

12) 김수영의 시 「거대한 뿌리」 부분.

민족에 대한 관심은 식민지 경험을 떼어놓고 생각하기 어렵다. 식민지시기에 대한 관심은 해방 후 민족의 역사에 대한 관심과 이어진다. 현재의 새로운 가능성을 발견하기 위해서는 그 가능성의 씨앗을 찾아야 하는데 해방의 전사(前史)에서 그것을 찾을 수밖에 없기 때문이다. '가족'을, 혹은 '가문'을 대신할 만한 체계가 서 있지 않은 상태에서는 민족이 강조되어야 하는 바, 현재의 민족이 구성된 시기는 식민지시기이다. 그러나 식민지시기와 이후를 연속으로 파악하기도 쉽지 않다. '회색인' 독고준의 회의의 중심에는 이 연속성의 부재가 놓여 있다. 식민지 경험에 대해 자주 언급하는 이유도 실은 이 불연속의 문제를 들추고자 함이다. 연속은 자기 민족에 대한 자부심이기도 하다.

여러 관심에도 불구하고 독고준은 현실에 대한 태도, 민족에 대한 태도, 전통에 대한 태도 모두에서 '회색'이다. 문제를 제기하기는 하지만 그 문제에 대해 구체적인 판단이나 행동을 지체하고 있기 때문에 이런 인상은 강렬하다. 『광장』의 주인공이 선택의 문제에서만 회색인이었다면, 하루하루를 살아가는 생활인으로서 독고준은 매일매일 회색이 되고 만다. 긍정적 요소를 대표하는 전통에 대한 강조는 독고준의 입을 통하기보다 주변 인물들의 입을 통해 들려온다. 자신 있게 '주장'하는 대목에서 독고준은 빠지는 셈이다. 현실의 문제를 진단하고 부족한 점을 지적할 수는 있지만 전통 문제가 궁극적인 해결 방안인가는 의심스러워한다고 볼 수 있다.

여기에 독고준의 딜레마가 있다. 전통 또는 민족에 대한 강조는 분단 현실에서 생각해 낼 수 있는 최선이지만 그것이 민족주의로 발전될 경우는 다시 외부에 부정할 대상을 만들 뿐 내부에서는 긍정을 찾아내지 못할 수도 있다. 또 전통과 민족의 강조가 남북의 현실에서 얼마나 유용할 것인가도 회의적인 문제이다. 실제 남에서 살고 있는 독고 준에게 선택의 길은 없다. 자본 안에서 외곽인으로 살 수밖에 없는 것이 그의 운명이기 때문이다.[13] 스스로 그것을 선택했다는 점에서 이 소설의 제목인 '회색인'은 제 값을 찾은 것이라 할 수 있다. 이는 현호성을 괴롭히지 않고 오히려 그의 집으로 들어가는 독고준의 선택에서 분명하게 드러난다.

기독교와 식민주의를 보는 관점은 『회색인』에서 전통을 보는 관점이 어떠한가를 알아보는 데 유용하다. 김학이 찾아간 경주의 황선생은 전통을 종교에서 찾으려 한다. 서양의 경우에 우리를 비추어 본 것이라 할 수 있다. 그는 기독교와 합리주의를 대립시키고 합리주의는 기독교를 부정하고 새로운 긍정으로 찾은 결과라고 한다. 이 때 기독교는 합리주의에 의해 완전히 부정되고 만 것은 아니어서, 민족 단위의 안녕과 발달에 기여했다고 평가된다. 반면에 우리에게는 그런 식의 통합 가능한 '가치'가 없음을 아쉬워한다. 그 역할을 기독교가 아닌 불교가 할 수 있으리라 기대하는 이가 황선생이다.

이 소설에서는 식민지시기에 대한 반성이나 제국주의 국가에 대한 강한 비판 등을 찾아보기 어렵다. 오히려 근대사에 대한 좁은 시야가 드러나는 부분이 많다. "만일 우리나라가 식민지를 가졌으면 참 좋을 것이다"로 시작하여 "제국주의를 대외 정책으로, 민주주의를 대내 정책으로 쓸 수 있었던 저 자유자재한, 행복한 시대"를 그리워하여 "식민지 없는 민주주의는 크나큰 모험이다"(10면)로 맺는 독고준의 「갇힌 세대」 원고가 대표적이다. 물론 20대 초반 대학생의 장난스런 글에서 작가의 진실을 확인할 수는 없다. 오히려 이런 극단적인 언술이 인물이 가진 딜레마를 역설적으로 드러내는 것이라 보는 것이 더 적당할 것이다. 국

---

13) 개인 성장소설로서 『회색인』이 개인의 정체성을 찾기 위한 노력이었다면, 우리 사회에 대한 진단은 정체성 탐색의 실패, 온전한 성장의 실패를 보여주는 데 있다고 할 수 있다. 그렇다면 '회색인'이 긍정할 수 있는 성장은 어떤 모습인가? 이는 『회색인』에게는 근본적이면서도 치명적인 질문이다. 주인공 독고준 역시 서구 자본주의 이상의 대안을 가지지 못한다. 그것을 특별히 서구 자본주의라 부를 수밖에 없는 것은 종교와 전통의 문제를 다루는 데서 확연히 드러난다. 천박한 자본주의가 아니라 내재적 힘으로 이루어낸 서구적 자본주의만이 이 소설이 긍정하는 유일한 체제이다. 중세에서 자본주의 그리고 제국주의를 거쳐 현대에 이르는 길이 『회색인』에서 상정하는 역사의 길이다.

가, 민족, 민주주의, 민족주의 등에 대한 고민도 정리된 모습을 보여주
지 못한다.14)

> 굵직한 재목을 써서 지어놓은 그 허위대 큰 집은 방금 보고 온 교회당보다는
> 확실히 의젓해 보였다. 내 조상도 이 마당에서 팔자걸음을 옮겼을까. 그런 생각
> 을 하자 그는 뿌듯한 감회를 느꼈다. 참으로. 참말 할 수 없는 것인가 보지. 인간
> 은, 평범한 인간은 역시 전통의 품에 안겼을 때가 제일 푸짐한가보지. (251면)

독고준은 북에 어머니와 누이를 남겨 두고 왔고 남에서 아버지를 잃
었다. 어느 날 그는 먼 친척이 살고 있다는 경기도 안양 근처 시골 마을
을 찾는다. 자신의 뿌리를 찾아보겠다는 반은 진지하고 반은 치기 어린
시도이다. 관공서와 향교 등을 찾아보아도 자신의 친척이 살았던 흔적
을 찾지 못한 독고준은 향교를 보며 일종의 향수에 젖는다. 과거로 향
한 향수를 넘어 현재에도 편안함을 느낀다. 늘어 가는 '교회'와 달리 사
라져가고 있는 향교에서 과거를 상상하는 그의 모습에는 안타까움과
아쉬움이 드리워져 있다.
　그렇다고 전통 없음을 이야기함으로써 단순히 우리의 열등을 이야기
하는 것은 아니다. 만약 그 열등을 그대로 인정하고 간다면 철저한 비
관으로 갈 수밖에 없다. 『회색인』은 현재의 다름을 우열의 문제가 아닌
우연의 문제로 돌림으로써 민족적 자괴와 억지로 갖게 되는 자부심 모
두에서 자유로워지고자 한다. 그러나 그 역시 독고준 자신의 목소리를

---

14) 민족주의를 내세우는 것의 문제점은 구재진에 의해 다음과 같이 지적된 바 있다. 그
　는 "최인훈 소설에 등장하는 회의하는 인물들을 사로잡고 있는 것은 한국의 근대가
　지니고 있는 '식민지성' 혹은 '주변성'이라는 문제이다. 그러나 이러한 '식민지성'이나
　'주변성'을 극복할 수 있는 방법적인 대안이 '전통'이나 '근원'을 내세우는 민족주의뿐
　이라는 데 이들의 딜레마가 있다. (…중략…) 문제는 대항적인 성격을 갖는 민족주의
　자체가 전체화 담론의 위험성을 내재하고 있다는 점에 있다"(구재진, 「최인훈의 『회색
　인』 연구」, 『한국문화』 27, 105면)는 것이다. 그러나 더 근본적인 문제는 우리 민족에
　게는 '전통'이나 '근원'을 내세우는 일조차 마땅치 않다는 데 있다.

통해서가 아니라 다른 이의 입을 통해 언급된다.[15]

『회색인』에서 현재를 긍정하기 위해 사용되는 말이 '원우연(原偶然)'이다. 원우연은 필연적인 이유는 없지만 이후를 결정지은 중요한 역사적 갈림길 또는 사건을 말한다. 소설에서는 세계사적 격랑 속에서도 나라를 보전한 일본의 역사를 대표적인 원우연으로 보고 있다(160면). 물론 이와 같이 역사를 보는 관점을 신뢰하거나 신뢰하지 않는 것은 자유이다. 그러나 소설에서 중요한 것은 설명할 수 없는 역사의 특수성을 설명한다는 점이며, 그를 통해 현재를 긍정한다는 점이다.[16] 이는 되돌릴 수 없고 부정할 수 없는 사실을 어떻게든 수용하려는 태도이기도 하다. 비관적 태도와 국수주의적 태도에 빠지지 않고 현재를 설명하려는 '옹색한' 노력이다.

이야기가 거창해졌지만, 민족이나 전통의 문제는 주인공 독고준 개인의 문제이기도 하다. 작품의 초반에 독고준이 민족의 문제에 관심을 갖는 이유에 대한 언급이 있다.

> 지금은 그 민족 같은 것을 업고 나설라치면 단박 바지저고리 소리를 들을 테니 이러지도 못하는 엉거주춤한 세대 무슨 일을 해보려 해도 다 절벽인 사회. 한두 사람 힘으로는 어쩔 수 없는 시대. 아니다. 나는 시대를 걱정하는 건 아니다. 실상은 시대 같은 건 아무래도 좋다. 다만 내가 그 속에서 살고 있으니까 그걸 이용한다는 것뿐이다. (33면)

---

15) 오윤호는 "『회색인』의 독고준은 늘 우리나라의 상황과 서구의 상황을 맞비교하면서 그 열등함을 강하게 자각한다. 물론 그 근거는 우리나라에는 전통과 역사가 부재하기 때문에 생활의 깊은 내면 속에서 진정한 삶의 가치를 들추려낼 수 없기 때문이다"(오윤호, 「탈식민 문화의 양상과 근대 시민의식의 형성」, 『한민족어문학』 제48집, 292면)라고 말하지만 『회색인』이 열등감과 비관만으로 가득한 것은 아니다. 미성숙 상태를 드러내고 그 안에서 가능성을 찾으려 노력한다는 점이 이 소설이 가진 장점이다.

16) 황선생은 '역사의 원우연'을 전제하면 민족 자체에 대한 자굴감에 빠지는 일을 경계할 수 있다고 한다. 서구가 역사를 지배하고 우리가 지배당하는 상황은 민족간의 우열 등 어떤 특정한 원인에 의해서 규정된 결과라고 볼 수 없다고 한다(구재진, 앞의 글, 100~101면).

독고준의 말은 추상적인 민족론이나 전통론이 아니라 구체적인 삶에서 나온 고백이라고 할 수 있다. 독고준에 초점을 맞출 경우 이 소설의 주제는 한국에서 문학도로 살아가기, 서양이 아닌 동양, 그것도 식민지 경험을 가지고 있는 대한민국에서 살아가기라 할 수 있다. 거기에 분단이라는 현실이 추가된다.

자연인으로 살아가는 것도 그렇지만 문학을 하면서 살아가는 데도 전통과 민족은 떨쳐버리기 어려운 화두이다. "한국의 현대시와 그 독자는 서툰 부부와 같아. 그렇다고 우리는 돌아갈 만한 전통도 없다. 아니 있기는 하다. 그러나 그 전통은 자칫 우리들의 헤어날 수 없는 함정이기 십상이다"(15면)라거나 "우리는 동 키호테도 될 수 없어. 저들은 낡은 신화를 부수고 새 신화를 세우기 위해 시를 쓰지만, 우리에게는 부술 신화가 없고, 서양의 그것은 서양 시인들이 부술 것이며 동양의 그것은 이미 폐허가 돼버렸으니 부술래야 부술 수 없어"(16면)라는 말 속에서 피할 수 없는 고민의 내용이 잘 드러난다. 따라서 민족과 전통의 문제는 '회색인'에게 추상적이지만은 않다. 자연인으로서든 작가로서든 벗어날 수 없는 구속이다. 아무리 부정해도 받아들일 수밖에 없는 현실이다.

5. 미성숙 속의 회색인

『회색인』의 독특함은 개인의 미성장과 사회의 미성숙의 유비를 효과적으로 사용했다는 데 있다. 독고준은 미성숙한 사회에 살면서 정체성을 찾아 고민하는 대표적인 '회색인'이다. 성장은 부정을 통해서 이루어지기 보다는 긍정을 통해서 온전한 모습을 찾게 된다. 그러나 긍정할 것이 없는 독고준의 체험과 한국사는 '회색'의 딜레마를 유발하는 요소가 된다. 주인공의 성장을 저해하는 가장 큰 원인은 분단이다. 그는 북에서나 남에서나 서로를 부정하고 긍정할 무엇도 가지지 못하게 만드는 분단 상황을 경험한다. 어릴 적 전체주의 체험과 월남 후 보게 되는 자본주의 체험이 독고준에게는 모두 미성숙으로 느껴진다.

가장 비중 있게 다루어지는 경험은 북에서 겪었던 전쟁이다. 고향에 대한 낭만적 추억과 그것을 파괴했던 전체주의 체제에 대한 부정적 기억이 성인이 된 독고준을 지배하는 것이다. 그는 폭격의 위험 속에도 스스로 무언가를 해내고자 했던 성장 체험을 가지고 있다. 물론 그것은 방공호 속에서의 체험과 독서로의 도피로 인해 온전한 성장을 이루지는 못한다. 북에서 가졌던 남에 대한 환상이 깨졌다는 사실은 남에 와서도 사회와 쉽게 통합되지 못하는 이유가 된다. 독고준이 성장기에 가졌던 남에 대한 환상은 실재와 매우 다른 것이었다. 그 환상은 어린 시절의 기억과 섞여 쉽게 깨어지지 않는다.

미성숙의 원인이자 그것을 극복할 대안으로 조심스럽게 제시되는 것은 민족과 전통의 발견이다. 스스로를 긍정하고 무언가를 이루기 위해서는 자기 안에 부정할 대상을 가져야 하는데 그것은 완전히 부정되는 것이기 보다 부정을 통해 긍정할 무엇을 생산하는 것이어야 한다. 분단이 서로의 체제를 부정하면서 자신의 존재를 긍정하는 방식을 사용함으로써 실제로는 긍정할 아무것도 만들어내지 못하고 말았음은 현실이 증명한다. 『회색인』은 서양의 경우 기독교가 중요한 전통으로 기능했다고 한다. 그런데 이런 주장은 매우 조심스러워서 주인공 독고준의 입을 통해서가 아니라 주변 인물들을 통해서 전달된다. 독고준 자신은 전통과 민족을 긍정하는 입장에 대해 유보적이기 조차 하다.

결국 『회색인』은 분단 시대를 살아가는 지식인의 잡히지 않는 좌표를 그린 소설이라 할 수 있다. 단지 개인의 정체성 문제를 다루는 데 그치는 것이 아니라 회색을 만든 현실 ─특히 분단─에 대한 진지한 탐색을 시도하는 소설이기도 하다. 긍정하고 받아들여야 할 전망을 제시하는 대신 무언가를 섣불리 주장해서 빠질 수 있는 딜레마까지도 그대로 보여준다. 복잡한 심리만큼 아무 행동도 하지 못하는 독고준의 '회색'은 여전히 우리 주변에 넘치고 있다.

근대 지식인의 고전 읽기

최인훈의 패러디 소설에 대하여

1. 최인훈 소설과 패러디

'근대 지식인의 정체성 찾기'는 30년이 넘는 최인훈의 작가 생활을 지배한 가장 중요한 '화두'였다. 초기 대표작 『광장』에서 시작해 21세기에 새롭게 고쳐 쓴 장편 『화두』에 이르기까지 최인훈 문학의 중심 과제는 왜곡된 현대사 속에서 개인이 어떻게 스스로의 정체성을 찾아갈 것인가에 있었다. 이런 최인훈의 관심은 식민지−해방−분단−군사정권−현실 사회주의의 붕괴로 이어지는 험난한 현대사를 살아온 작가의 개인적 체험과 관계됨은 물론 각각의 시기를 절실하게 체험한 작가의 남다른 감수성의 결과라 할 수 있다. 전후문학사에서 최인훈의 문학을 중요하게 다루는 이유도 현대사를 끌어안으려 했던 작가의 이러한 노력과 관계된다.

정체성 또는 주체성 찾기라는 주제를 표 나게 내세우는 최인훈의 소설은 구체적이기보다는 관념적이라는 인상을 주기도 한다. 그의 소설이 추구하는 주제가 일상적인 삶에서 탐구되기보다 그 삶을 규정하고 있는 근본적인 문제들, 즉 현재의 역사적이고 정치적인 상황에서 탐구되기 때문이다. 우리가 최인훈의 소설에서 일상적 감정을 가진 구체적인 개인보다는 작가의 역사관, 정치관, 예술관을 대변하고 있는 인물을 만나고 있다는 인상을 받게 되는 것도 같은 이유 때문이다.

이는 작품 속 인물과 독자 사이의 거리를 의미하기도 한다. 잘 알려져 있듯이 최인훈의 데뷔작 「GREY 구락부 전말기」의 주인공은 창밖을 열심히 내다보면서도 세계보다는 자신을 탐구하는 인물이었다. 세계에 참여하지 못하고 창가에서 바깥을 관찰하는 일이 최선인 GREY 구락부 사람들은 실제로 작은 자극에도 흔들릴 수밖에 없는 운명을 가지고 있었다. 보이지만 만져지지 않는 창이 최인훈 초기 소설의 주인공들이 갖는 기본적인 특성이었다고 할 수 있다.1) 이후의 작품을 보아도 최인훈 소설의 주인공들은 대부분 참여하는 인물이 아니라 관찰하고 고민하는 인물이었다. 『廣場』의 주인공 이명준은 남과 북을 동시에 체험하지만 어느 쪽도 긍정하지 못하는 인물이다. 이런 이명준의 방황을 통해 우리가 확인할 수 있는 것은 남과 북의 현실이라기보다 현재의 자기 위치를 끊임없이 확인하려는 작가의 욕망이었다. 『광장』의 주인공이 고민하는 내용은 시공간을 초월한 개인의 삶은 아니었지만 동시대의 정치적·도덕적 과제에 대한 구체적인 관심도 아니었다. 현실적 공간의 의미가 최소한으로 축소된 『서유기』, 가상의 역사로 쓰인 『대풍』 등의 소설도 유사한 특성을 보인다. 최인훈의 패러디 소설 역시 그의 문학이 가진 일반적 특징을 그대로 가지고 있다.

우리 근대문학, 특히 소설의 경우 패러디는 그리 보편화된 양식은 아

---

1) 이에 대해서는 오생근의 「믿음의 세계와 창의 문학」(『최인훈 전집 8 - 우상의 집』 해설, 문학과지성사, 1993) 참조.

니다. 『춘향전』 등 자주 패러디 되는 소설이 없지는 않지만 최인훈과 같이 여러 편의 패러디 소설을 남긴 작가는 드물다. 특히 최인훈이 고 전에 대한 직접적인 관심을 표 나게 드러내는 작가가 아니었다는 점에 서 이는 더욱 주목을 요하는 문제이다. 초기 장편에서 확인되듯이 그의 관심은 우리의 근대(또는 현대사)에 있었고 그곳에서 살아가는 보편적 개 인의 문제에 있었다. 최인훈의 패러디에 접근하기 위해서는 역시 근대 나 현대문학에 대한 그의 생각을 문제 삼아야 할 것이다.

최인훈의 다양한 패러디 작품은 두 가지 기준에 의해 분류할 수 있다. 첫째 원작에 의지하는 정도에 따라 ㉮ 서사 전반을 따온 경우, ㉯ 구조 나 모티브를 따온 경우로 나눌 수 있다.[2] 『구운몽』이나 『서유기』 등이 ㉯에 해당될 것이다. 그러나 본격적인 관심의 대상이 되는 것은 ㉮의 경 우로 「춘향뎐」, 「놀부뎐」, 「옹고집전」 등이 여기에 해당한다. 다시 패러 디의 소재에 따라 ① 고소설이나 설화를 소설로 패러디한 경우, ② 현대 소설을 소설로 패러디한 경우, ③ 고소설이나 설화를 희곡으로 패러디 한 경우로 나눌 수 있다. 소재에 따른 순서는 창작의 순서와도 일치하고 원작에 대한 의존이 적어지는 방향과도 어느 정도 일치한다. 뒤로 갈수 록 원작에서 새로워지거나 최소한 더 멀어지는 경향을 보인다.[3]

이 글은 최인훈이 패러디가 기본적으로 지난 시절의 가치나 윤리를 지워가는 작업이라는 가정에서 출발한다. 과거의 텍스트를 빌어 새로운 작품을 창작한다는 것은 어떤 의미로든 '재해석'이 될 수밖에 없는데, 재해석을 통해 다시 창조되는 부분보다는 지워지는 부분이 무엇인가에

---

2) 박혜경은 「고전문학의 현대적 수용양상」(『작가세계』, 1993년 여름)에서 이 부분을 '고전문학의 현대적 재해석'과 '고전소설의 구조적 차용'으로 구분하였다. 이 구분에 따르면 이 글의 논의는 '현대적 재해석' 부분에 초점이 맞추어지는 셈이다.
3) 이 글에서 본격적인 분석의 대상으로 삼는 작품은 ㉮와 ①, ②에 해당하는 작품들이 다. ㉮와 ①, ②에 속하는 작품들은 비교적 본격적 패러디 소설의 조건을 잘 갖추고 있 을 뿐 아니라, 이 작품들을 통할 때 이전 작품을 새롭게 써낸 작가의 의도가 분명히 드러난다고 생각하기 때문이다.

우선적인 관심을 갖겠다는 말이다. 이는 다시 말해 근대 아닌 것에 대한 작가의 관심을 읽겠다는 뜻이기도 하다. 최인훈의 패러디는 텍스트의 서사를 변형시키는 수준을 자주 넘어선다. 화자의 논설을 통해 텍스트를 만들어낸 시대의 의미까지 확인하고 수정하려는 의지를 보이기도 한다. 어느 패러디 소설에도 포함되기 마련인 (해석이 아닌) 수정의 의지 쪽에 관심을 가질 때 최인훈의 패러디가 갖는 의미를 밝혀낼 수 있다고 생각한다.

2. 고전의 패러디와 '역사적 상상력'

최인훈은 여러 편의 고전(소설)을 패러디한 바 있다. 「金鰲神話」, 「熱河日記」, 「놀부뎐」, 「춘향뎐」, 「옹고집전」을 패러디한 동일 제목의 소설이 있으며 낙랑 설화를 변형한 「둥둥 樂浪둥」, 온달설화를 새로 해석한 「어디서 무엇이 되어 다시 만나랴」, 『심청전』을 바꾸어 쓴 「달아 달아 밝은 달아」 등의 희곡도 창작하였다. 고전을 패러디한 소설이 주로 60년대 후반에 창작된 것에 비해 고전을 패러디한 희곡은 소설 창작을 접은 70년대 초반에 집중적으로 쓰였다.4) 이 장에서는 「놀부뎐」과 「춘

---

4) 이들 작품 외에도 최인훈의 희곡은 순수하게 새로운 시사로 쓰이기보다 대부분 원전을 가지고 있는 작품들이다. 최인훈의 희곡 창작이 소설 쓰기에 대한 일종의 회의에서 시작된 것이라면 고전은 최인훈에게 상상력을 공급해준 창고의 역할을 했다. 소설 창작을 중단하고 희곡에 전념하게 된 이유에 대해서는 최인훈과 김현의 대담 「변동하는 시대의 예술가의 탐구」를 통해 확인할 수 있다. "소설 속에서의 방황으로부터 어떤 구체적인 감각적인 공감으로 돌아가서 그 공간을 어떻게 만들어볼 수 없을까 하는 욕망에서 희곡 쪽으로 달려갔다"는 김현의 정리에 최인훈은 동의하고 있으며, "소설로서는 무엇인가 할 수 있는 것을 다한 정도였는데 그래도 역시 마음에 차지 않았다"고 고백하기도 한다(이태동 편, 「변동하는 시대의 예술가의 탐구」, 『최인훈』, 서강대 출판

향전」을 다룰 것인데, 최인훈의 많은 고전 패러디 중 고전의 서사를 가장 많이 의식하고 쓴 작품이 위의 두 편이다.

『춘향전』은 여러 작가들에 의해 패러디되었으며 여러 편의 영화, 드라마로도 제작된 가장 사랑받는 고전 작품이다. 주목할 점은 많은 고전소설이 가족관계를 중심으로 엮어지는 데 비해 『춘향전』은 남녀간의 사랑을 이야기의 중심축으로 하고 있다는 사실이다. 신분을 뛰어넘은 순수한 사랑을 다루면서도 절개와 신의라는 중세의 윤리를 충실히 드러내는 작품이기도 하다. 독자의 기대지평이라는 면에서도 『춘향전』은 주목할 만한 작품인데, 기생의 딸 춘향과 양반 이몽룡의 사랑과 흉포한 관장 변학도에 대한 징죄는 독자나 청자들의 기대를 충분히 만족시켜 준다.

최인훈이 『춘향전』을 패러디하면서 우선 문제 삼고 있는 것은 이런 독자나 청자들의 기대이다. 독자들의 기대는 권선징악으로 수렴되는데, 변학도에 대한 징죄와 춘향과 이몽룡의 현세에서의 평안한 삶이 구체적인 예가 될 것이다. 「춘향뎐」은 고전 『춘향전』에서 변학도가 일방적으로 악인으로 묘사되는 것에 대해 "여념집 부녀에게 수청을 강요한 것만 가지고도 폭정이 자명한 것이 아니냐고 하기 쉬우나 그것은 우리의 생각이다"[5]라고 못 박고, 실제로는 변학도에 대해 알려진 정보가 거의 없음을 강조한다. 춘향과 관계되어 그의 죄를 생각해보아도 그것은 변학도 개인의 죄가 아니라 '구정권의 이데올로기' 문제라고 주장한다. 즉,

부, 1999, 36~37면). 최인훈은 소설과 희곡의 차이를 분명히 인식하고 있는 듯 하지만 공통점에 대해서도 언급한다. "소설은 사람이 살아가는 이야기이다. 사람이 살아가는 이야기라고 하면 연극이나 서사시나 역사 같은 것도 모두 소설이라고 할 수 있다"고 하여 서사 일반을 소설로 부르기도 한다. "인쇄된 형태로 대하는 『춘향전』은 소설 이외의 아무 것도 아니다"라거나 "각본으로 읽는 『오이디프스왕』은 역시 소설 이외의 아무 것도 아니다"라는 말 역시 같은 맥락으로 이해할 수 있다(최인훈, 「소설을 찾아서」, 『문학과 이데올로기』, 문학과지성사, 1994, 187면).

5) 최인훈, 「춘향뎐」, 『우상의 집』, 문학과지성사, 1993, 274면. 이후 「춘향뎐」과 「놀부뎐」의 인용은 이 책으로 하며 본문에 쪽수만 밝히도록 한다.

그 시대의 이데올로기 또는 윤리의 문제라는 것이다. 최인훈은 이몽룡과 춘향의 행복한 결말에 대해서도 부정적인데, 춘향이 그리던 이몽룡은 암행어사가 되어 돌아오기는커녕 거지가 된 역적의 자손에 불과하다. "역적의 자손에게 무슨 앞길이 있을 것인가. 모든 것이 캄캄하였다"(「춘향뎐」, 268면)거나 "그의 짐작대로 부친 이공은 배소에서 약사발을 받던 것이다"(「춘향뎐」, 270면)라는 사실에서 행복한 결말의 가능성은 사라지고 만다. 더구나 변학도를 벌하게 되는 암행어사 역시 춘향을 첩으로 받아들이려 하니 사정은 더욱 나빠진다. 권력도 재력도 없는 춘향과 이도령의 마지막 선택은 깊은 산 속으로의 야반도주이다. 그들은 세상 사람들과의 교류를 끊고 숨어사는 생을 선택하고 만다.

이처럼 최인훈이 잘 알려진 『춘향전』의 결말을 수정의 핵심으로 삼은 데는 당시의 시대 상황을 고려한 작가의 상상력이 중요하게 작용한다. 「춘향뎐」의 화자는 작품 곳곳에서 '어둠'에 대해 반복해 말한다. 소설의 첫 문장이 "춘향은 가장 어두운 중세의 밤을 보낸 여자다"(「춘향뎐」, 267면)로 시작하고 있음은 물론 이후의 모든 이야기를 이 중세의 어둠과 관계 짓고 있다. 소설의 화자는 직접적인 목소리로 "악역인 변학도에게 가능한 최대한의 공정함을 베푼 다음에 우리들의 사랑하는 주인공들의 문제를 살펴보면 그들의 비극의 보다 진실한 모습이 떠오르리라"(「춘향뎐」, 275면)는 생각을 피력하기도 한다. 변학도에 대한 공정한 평가란 그가 중세를 살아간 평범한 양반에 불과하고 그런 한에서는 변학도 하나의 징죄로 고전 『춘향전』이 행복하게 마무리될 수는 없다는 의미이다. 이는 작중인물에 대한 공정한, 혹은 냉정한 평가가 이루어져야 한다는 주장인데, 이 때 공정함과 냉정함은 당대의 현실적 삶에 대한 이해와 직결된다. 중세를 통일된 유교적 가치로 판단할 것이 아니라 사실의 관점을 관철시킴으로 해서 좀더 진실한 이야기를 얻을 수 있다는 생각이 「춘향뎐」을 낳은 것이라 할 수 있겠다.6) 다시 말해 『춘향전』이 가진 문제는 현실에서는 풀어내기 어려운 문제를 쉽게 해결함으로 해서 문제의 출발을 잊는다는 데 있다. 인간 춘향이 가진 태생적 한계나 정치적 패배자의 운명과 같은 해결하기 어려운 문제를 한 번의 통쾌한 결말로 처리하는 것이 『춘향전』의 진정한 문제라는 것이다.

다음의 글은 이러한 최인훈의 생각을 이해하는 데 도움을 준다.

> 공동체의 현실을 부정하면서 그로부터의 박해를 면한 것이 곧 종교라 할 수 있다. 그것을 현실의 차원에서의 부정을 단념하고 현실을 스스로 초월함으로써 부정한 것이다. 그것은 현실과 인식의 차액을 현실의 차원에서 줄일 수 없다는 세계관의 표현이며 현존하는 현실을 운명으로 인식하고 현실을 움직이지 않는다는 세계관이며 그건 의미에서 종교는 현실의 체제를 긍정하였다.
> 그러므로 근세 이전의 사회에서도 부정의 계기는 존재하였으나 그것은 소외되었거나 허구로 치환되므로써 삶의 변증법적 계기로서 탈락되었으므로 중세 이전의 사회를 인식과 현실의 차액이 비합리적으로 처리된 사회라고 규정하는 것이 타당할 것이다.[7]

위 예문을 통해 우리는 최인훈이 「춘향뎐」에서 자주 언급한 '어둠'의 의미를 짐작해 볼 수 있다. 종교로 상징되는 통합된 윤리의 체계가 근대 이전이라고 보면, 근대 이전의 사회는 '인식과 현실의 차액이 비합리적으로 처리된 사회'이며 인식과 현실의 차액을 줄이려는 노력이 없었던 시기로 규정될 수 있다. 또 근대 이전의 사회는 부정해야 할 현실이 없었던 시대가 아니라 "현존하는 현실을 운명으로 인식하고 현실을 움직이지 않는다는 세계관"이 지배한 사회가 된다. 부정한 현실을 드러

---

6) 한혜선은 「최인훈의 「춘향뎐」을 읽는다」(『한국 패러디소설 연구』, 국학자료원, 1996)에서 "최인훈의 텍스트에서는 선과 악의 경계가 무너지면서 이분법적 사고체계는 해체된다. 악의 근원이 모호해진다. 권선징악에의 의구심, 인간이성과 절대적 신념에 대한 회의가 깔려 있다. 이분법적 판단을 거부하고 인간의 여러 양상과 상황을 보여줌으로써 절대적이 아닌 상대적, 일원적 세계가 아닌 다원적 세계를 제시하고 있다"(122면)고 말한다. 이 작품이 어둠으로 일관하고 있고 선과 악의 경계를 허무는데 최인훈 소설의 의미가 있다는 말에 동의한다. 그러나 절대적인 아닌 상대적, 일원적 세계가 아닌 다원적 세계를 제시한다는 말은 조금 과장된 해석으로 보인다.

7) 최인훈, 「문학과 현실」, 『문학과 이데올로기』, 29면.

내기보다는 현실을 스스로 초월함으로써 부정을 대신하는 것이 중세의 윤리(문학)였던 셈이다.

최인훈의 이 말을 그대로 따른다면 중세 고전에 관심을 가지며 그 비합리적 단념(포기)을 꼬집어내는 것이 고전 패러디의 정신이라고 할 수 있다. 물론 이 역시 매우 근대적인 관점이기는 하다. 위 예문에 이어지는 글에서 작가는 중세와 구분되는 현대문학에 대해서는 "근대란, 이같은 세계에 대한 부정의 정신이다. 그것은 현실과 인식의 차액을 초월에 의해서가 아니라 '진보'에 의해서 줄이자는 태도이며 현실과 인식의 괴리를 현실의 부정에 의해서 줄이자는 태도이며, 현실에서 탈락되었던 '부정'이라는 계기를 실수로서 계산하려는 태도"[8]라고 말한다. 근대정신을 이렇게 구상하는 데는 별 무리가 없어 보이지만 그것의 현실적인 실현에 대해서는 쉽게 말하기 어려운 면이 있다. 현실과 인식의 차액은 여전히 크고 진보에 의해 줄어들 수 있다는 생각도 쉽게 실현되기는 어렵다. 최인훈의 고전 패러디가 갖는 성격도 이와 같은데 그의 패러디 소설은 근대 이전의 가치관을 근대적 가치관으로 부정하는 작업에 다름아니다. 다시 말해 현재의 가치를 만들어내는 일 이전에 부정을 부정 자체로 전면에 내세우는 것을 패러디의 목적으로 삼았다고 할 수 있다.[9]

「놀부뎐」은 「춘향뎐」과 달리 주인공 놀부를 화자로 한다. 화자 놀부는 자신에 대한 기왕의 평가를 '광대 글쟁이'의 잘못된 이야기로 일축하고 새로운 이야기를 만들어간다. 일반적으로 패러디에 수반되는 효과로 풍자와 아이러니를 꼽는데, 「놀부뎐」은 사설조의 문체와 흥부만을 높이

---

8) 위의 글, 위의 책, 30면.

9) 박혜경은 앞의 글에서 최인훈의 패러디가 "고전문학이 지닌 전통의 요소들을 단순히 부활시키는 차원이 아니라, 그것에 대해 부단히 의문을 제기하고 그것과 대화를 나누고, 더 나아가서는 그 전통의 요소들을 과감히 변형시키거나 전복시킴으로써, 그것을 더욱더 날카롭고도 풍부한 현대적 의미로 재구성해 내는 것"(347면)이라고 주장한다. 패러디의 일반적 정의를 떠나 최인훈의 고전소설 패러디에 한정할 경우 현대적 의미로 풍부하게 재구성한다는 부분에는 쉽게 동의하기 어렵다. 상대적으로 소설보다는 희곡 분야에서 그 성취가 이루어진다고 할 수 있다.

평가하는 세상에 대한 공격으로 인해 풍자의 효과를 거두고 있는 소설이다. 『흥부전』과 비교할 때, 「놀부뎐」에서는 권선징악의 결말이 역전되는 것은 물론 흥부와 놀부라는 인물에 대한 평가도 역전되어 있다.

놀부가 보기에 흥부에 대한 '광대 글쟁이'의 평가는 어질고 착한 것으로 '잘못' 이야기되어 왔다. 그러나 '생활인' 놀부가 보는 흥부의 실체는 조금 다르다. 흥부에 대한 평가는 무능한 동생을 보는 '형'의 시각에 의지한다. 놀부가 보기에 흥부는 물려준 논밭 가산을 일확천금을 꿈꾸다 다 날리고, 요량 없이 자식만 많이 낳아 일은 하지 않고 게으름만 피우고, 신체를 아낌이 효의 근본인데 일하기보다는 대장 맞을 생각만 하는 한심한 동생이다. 반면에 놀부는 자신이 얼마나 고생하여 살림을 일구게 되었는지에 대해서 장황하게 이야기한다. 동생과 관련된 남들의 말은 듣기도 싫고, 한심한 동생의 생활에 속만 상하고 화만 난다고 말하기도 한다. 특히 놀부의 악행으로 알려진 모든 일들이 이유 있는 항의로 그려지고 악독하다고 알려진 놀부의 처는 "뒷문으로 양식 나르고 치마폭에 의복 나르"며 흥부 가족을 돕는 사람이 된다.

풍자의 대상은 흥부의 생활 태도에 그치는 것이 아니라 '양반적 사고'로 확대되기도 한다.

> 양반이 신선이아니요 세끼먹는인종이요 그뿐이랴 수염이석자라도 먹어야양반이요 사서오경에 천지이치도 덕경을 통한선비님이 벼슬하면 가렴주구에탐관오리정측임은 세상이치가 겉은공명이요 속은잇속이라 남죽이고제살자는것이관대 제욕심옥황상제께맡겻소하니 그아니우스운가 호방의호방되고 이방의이방되어 있는재물속이고 세납금줄여잡고 하나주고열얻자니 소매밑뇌물이요 신관사또청연에도 칭병코발뺌한듯 이러구서야근근부지재물이거늘 삼강오륜을 생으로알고 신선놀음에 도끼자루썩는줄모르니 이백성구하기는 요순이 다못한듯 금강산이식후경이라 원래 풍류는 이식이족한후에 식후의트림이렷 배부른양반이 소찬박주에 국화명월을 타령질함도 다 배부른흥정이라 황새걸음 흉내내어 가랭이찢어지는꼴 가긍하구녺[10]

양반에 대한 공격은 두 방향에서 이루어진다. 첫째는 가진 것 없으면서 부지런하기보다 양반연하는 흥부의 태도에 대한 비판이고 다른 하나는 권력을 가진 양반들의 횡포에 대한 비판이다. 위 예문에서 더욱 강조되는 것은 양반연하는 흥부의 태도인데, 이는 흥부 한 사람에 한정된 문제가 아니라 흥부의 태도를 좋게 보는 당시의 시속에 대한 비판이기도 하다. 놀부와 흥부의 성격 대조 속에 흥부가 높이 평가받을 수 있는 시대의 가치 기준에 대한 전면적인 비판이 되는 것이다. 따라서 「놀부뎐」은 양반에 대한 공격이라기보다 양반으로 상징되는 중세 질서에 대한 공격으로 확대 해석될 수 있다.

해피엔딩의 마무리를 역전시킨다는 점에서 「놀부뎐」은 「춘향뎐」과 같다. 흥부는 제비 다리를 고쳐준 덕에 박씨를 얻어 부자가 되고 그를 흉내 내던 '나쁜' 놀부가 벌을 받고 재산을 탕진한다는 것이 원래 『흥부전』의 줄거리이다. 그러나 「놀부뎐」에서는 이러한 비현실적인 마무리를 볼 수 없다. 오히려 화자인 놀부가 재산을 날리고 흥부와 함께 '옥방원혼'이 되는 '비극적인' 결말을 맺는다. 「놀부뎐」에 새롭게 추가된 이야기에서 흥미로운 부분은 흥부가 재산을 얻어 부자가 되는 이유인데, 제비 다리를 고쳐준다는 황당한 설정이 아니라 관리가 숨겨둔 보물을 우연히 발견한다는 설정이다. 하지만 흥부는 보물을 찾아 그 부로 인해 행복해지는 것이 아니라 우연히 찾아든 재물 때문에 오히려 화를 입게 된다. 잠시 자리에서 물러나는 관리의 '빼돌린' 재산을 건드렸으니 힘없는 백성이 온전할 리 없는 것이다. 보물의 주인인 전주감사는 흥부의 재산을 회수할 뿐 아니라, 온갖 트집으로 놀부의 재산까지 빼앗으려 든다. '어둠'의 시대에 기생 춘향이 역적의 아들 이몽룡과 행복하게 맺어지기 어려웠듯이 '억지옥사'에 걸려든 놀부 형제가 행복하게 살아남기도 어려웠던 것이다.

---

10) 최인훈, 「놀부뎐」, 『우상의 집』, 문학과지성사, 1993, 248면.

세상사람 들어보소, '흥부뎐' 자초지종이러한데 야속할손 세상인심이요 괘씸할손 광대글쟁이솜씨더라. 있는말없는말에 꼬리를달아 원통한귀신을 매섭게 몰아치고 웃으며짓밟더릭 세상일에 속에는속이고 곡절뒤에곡절인데 겉보고속보지않으니제가저를속이며 소경이제닭치고 동리굿에춤을춘듯 강남제비박씨받아 흥부이치부했다니 이아니기막힌가.[11]

놀부가 화자이면서 동시에 작가가 화자인양 개입하는 이 소설은 자초지종을 숨긴 세상인심과 광대글쟁이를 비판한다. 그 비판의 내용에는 현실을 현실 그대로 전하지 않는다는 점과 무엇이 부정되어야 하는지에 대한 생각이 없다는 점이 포함된다. 비판의 대상에는 비판적이지 못하고 진실을 가려버리는 고전의 이야기 구조도 포함된다. 박씨를 받아 부자가 되었다는 상식으로는 믿을 수 없는 사실에 함께 동의하던 과거 문학에 대한 공격이다.

지금까지 「춘향뎐」과 「놀부뎐」을 통해서 보았듯이 최인훈의 패러디 소설은 역사(근대 이전의 시대)에 대한 태도에서 역사소설과 재미있는 대조를 이룬다. 역사소설과 고전의 패러디는 지난 시절의 역사를 현재의 시점에서 새롭게 해석한다는 점에서 공통점을 가지고 있다. 다른 점은 역사소설이 과거를 재구하는데 큰 비중을 두는데 비해 고전의 패러디는 과거를 정리한 텍스트에서 현재적 의미를 추출해낸다는 점이다.[12] 역사소설이 과거의 사건을 현재의 관점에서 해석하는 것이라면 고전의 패러디 역시 과거 문학에 현재의 관점을 개입시키는 작업이라 할 수 있다. 이때 패러디는 역사소설보다 더 많은 현재적 변용의 가능성을 가지

---

11) 「놀부뎐」, 256면.
12) 최인훈은 역사소설 쓰기의 어려움을 소설 속에서 간접적으로 드러낸 적이 있다. 최인훈에게 역사소설은 현실과 작가의 혼란이 없이 정돈된 상태에서 나오는 소설이었다. 그는 「느릅나무가 있는 풍경」에서 丘甫의 입을 통해 "그[작품 속에 나오는 다른 소설가 이홍철 : 저재]는 전에도 역사소설을 쓴 적이 있었는데 구보는 대단히 부럽게 생각했다. 그 어질머리를 용케 풀어서 앞뒤를 맞춘다고 생각하였던 것이다"(『소설가 구보씨의 일일』, 23면)라고 말한다.

고 있다. 역사소설의 텍스트는 역사 자체일 수 있지만 패러디의 텍스트는 고전이라는 문학 형식이다. 패러디가 재해석하는 것은 역사가 아니라 역사를 해석한 이차 텍스트인 셈이다. 텍스트 안에 언급된 당시의 모습 역시 해석 가능한 영역이 된다. '어둠'의 시대를 소설화하는 것이 아니라 '어둠'을 제대로 다루지 못한 당시의 텍스트를 다시 씀으로 해서 '어둠'을 추출하고 있는 것이다.

그런데 문학이나 역사는 당시의 가치나 윤리와 긴밀하게 연관되게 마련이다. 역사소설이 배경이 되는 시대의 가치 체계를 재해석한다면 패러디가 해석하는 가치체계는 역사를 의미화 한 텍스트라고 할 수 있다. 패러디의 텍스트는 구체적인 역사현실의 가치가 아니라 체계화된 가치라고 할 수 있다. 역사 소설이 비록 현재의 관점을 유지한다 해도 해석으로 치우치게 되는 데 비해 패러디는 현재의 관점을 관철시키고 과거를 평가하는 듯 한 느낌을 주게 된다. 따라서 역사를 다루는 두 가지 방법으로 역사소설과 고전의 패러디를 든다면 이는 역사의 구축과 역사 지우기로 구분해 보는 것이 된다. 역사 지우기의 구체적인 내용은 과거의 가치 체계나 윤리이다. 즉, 현실성 없는 윤리에 대한 부정이고 그것을 근대적 의미에 비추어 지우는 작업이다. 「춘향뎐」과 「놀부뎐」은 이런 특성이 잘 드러나는 소설이라고 할 수 있다.

3. 두 사람의 구보와 '행복'의 의미

최인훈의 『소설가 구보씨의 일일』은 박태원의 소설 「小說家 仇甫氏의 一日」을 패러디한 연작 소설이다. 최인훈의 『丘甫氏』 이후에도 '구보'는 1990년대 주인석에 의해 다시 소설화되는데, 이런 패러디를 통해 구보는 우리 문학에서 현재를 살아가는 깨어있는 소설가의 표상처럼 자리 잡게 되었다.

박태원의 소설 「仇甫氏」는 1934년 『조선중앙일보』에 연재된 중편 분량의 소설로 1930년대 경성에서 살아가는 소설가의 하루를 통해 시대의 풍경을 그려낸 작품이다. 이 소설에서 작가는 仇甫의 눈으로 경성의 풍경을 관찰하고 풍경으로 인해 산만해져 가는 仇甫의 생각까지 스케치하려 한다. 여기에는 박태원의 그 유명한 '考現學'이 방법론으로 채택되는데, 仇甫는 분명한 목적도 없이 보낸 하루의 인상을 단편 그대로 대학노트에 기록하는 작업을 수행한다.

이에 비해 주인석의 『구보씨』에게서 우리는 시대에 대한 작가의 민감한 감각을 느낄 수 있다. 현재의 주변을 돌아보고 거기서 얻은 작가의 감상을 드러낸다는 점에서는 앞의 '구보'들과 통하는 면이 있지만 그에게는 역사에 대한 의식적인 자각이 유별나다. 무엇보다도 주인석의 『구보씨』는 세계와 삶에 대한 태도가 중요한 문제로 부각되는 것이다. 주인석의 구보에게는 소설가란 자기의, 자기 세대의, 자기 시대의, 역사의, 세계의 도덕과 운명에 대해 생각해야만 하는 존재라는 신념이 깔려 있다. 이전의 구보처럼 소설가로서 소설 내지 소설가의 존재 의미에 대해 탐색할 뿐만 아니라 자신이 살고 있는 시대에 대한 책임감을 통감하고 있는 까닭이다.[13]

최인훈의 『丘甫氏』는 소설가를 주인공으로 한다는 점, 서울을 공간적 배경으로 한다는 점, 하루 동안을 시간적 배경으로 한다는 점[14] 등에서 박태원의 「仇甫氏」와 닮았다. 그러나 소설가 '구보'의 처지라든지

---

13) 김외곤, 「소설가에 의한 소설, 소설가의 존재방식에 대한 탐색」, 『문학정신』, 1992.9, 159면.
14) 김우창은 「남북조시대의 예술가의 초상」(『소설가 구보씨의 일일』 해설, 문학과지성사, 1991)에서 "하루가 아니라, 여러 날, 또 끝까지 보고 나면 1년 내지 3년 이상에 걸친 세월 동안의 구보씨의 생활에 관한 것이다"(연대로 보아 이 소설은 1969년 동짓달에서 1972년 5월까지의 일들처럼 서술되어 있다)라고 지적하지만 이는 연작 전체를 대상으로 했을 때이고, 실제로 각 단편은 하루 동안의 일을 기술하고 있다고 할 수 있다.

세상을 향하는 태도에 있어서 두 작품은 많은 차이를 보이기도 한다. 우선 박태원의 仇甫가 별다른 목적 없이 집을 나서는 데서 출발하는 데 비해 최인훈의 丘甫는 아침에 일어나자마자 그날 해야 할 일들이 기다리고 있는 나름대로 바쁜 '소설 노동자'이다.

다음은 연작 소설집의 첫 작품 「느릅나무가 있는 風景」의 시작 부분이다.

> 1969년이 다 가는, 동짓달 그믐께를 며칠 앞둔 어느 날 아침, 소설가 구보씨는 잠에서 깼다. 잠에서 깨는 참에 그의 머릿속에 무엇인가 두루마리 같은 것이 두르르 펼쳐졌다가 곧 사라졌다. 구보씨는 그것을 곧 알아보았다. 그것은, 오늘 하루 그가 치러야 할 일과였다. 다른 누구도 알아보랄 것 없고 구보씨만 알면 그만이었던 만큼 그 두루마리는 눈 깜박할 사이에 사라졌다.[15]

박태원의 仇甫가 경성을 돌면서 하는 일은 전철을 타고 시내를 구경하거나, 다방에서 소설을 구상하거나 친구를 만나는 일 정도이다. 정해진 길이 없지만 가지 못할 곳도 없어서 순간순간 발길이 닿는 대로 떠돈다. 그러나 최인훈의 丘甫는 하루 동안 두세 가지의 일을 처리한다. 위 예문처럼 아침에 일어나자마자 머릿속에 떠오르는 무엇은 하루 동안의 계획이다. 그것도 의식적으로 짠 타임테이블이 아니라 저절로 펼쳐지는 '두루말이'이다. 박태원의 仇甫가 하고 싶은 대로 가고 싶은 대로 움직이는 데 비해 최인훈의 丘甫는 해야 할 일에 따라 움직인다. 「홍콩 부기우기」에서 丘甫는 文樂社라는 출판사에 들러 원고료를 받고 편집장인 김문식과 예술에 대한 이야기를 나눈다. 이어 그는 이미 만나기로 약속했던 극작가 배걸씨와 광화문 다방에서 만나 연극과 국내외 정세에 대해 대화를 나눈다. 「마음이여 사무쳐다오」에서 丘甫는 월남한 고향 친구 김순남을 만난다. 김순남의 가게를 나와 선배시인의 아들 결혼식에 참여한 후 한태

---

15) 박태원, 「느릅나무가 있는 風景」, 『소설가 구보씨의 일일』, 문학과지성사, 1991, 11면.

백 시인을 따라 명동에서 쇼핑을 한다. 이어 자신의 책을 출판할 평화출판사에 들러 편집자와 광고 문제 등을 상의하고 다시 김순남의 청계천 가계로 돌아온다. 丘甫에게는 고현학이 없는 셈이다.

가족 관계 역시 중요한데 仇甫가 어머니와 함께 사는 20대 총각인데 비해 丘甫는 "한 월남 피난민으로, 서른다섯 살이며, 홀아비고, 십년의 경력을 가진 소설가라는 그의 현실적 신분"16)을 자각하고 있는 인물이다. 최인훈의 丘甫는 자신과 하숙집, 그리고 그를 둘러싼 정치적 문화적 환경에 반응한다. 그러나 박태원의 仇甫는 눈에 보이는 것에 모두 관심을 가지고 있는 듯 하지만 결국 그의 생각은 집으로 돌아가야 한다는 의무감과, 집에 계시는 어머니에 지배당한다.

이렇게 차이를 보이는 두 구보는 하루 동안 서울을 돌아다니면서 동일한 것을 찾는다. 그것은 '행복'이다. 「小說家 仇甫氏의 一日」은 하루 동안의 행복 찾기를 기록한 소설이라고 해도 무리가 없는 작품이다. 소설에서 仇甫가 경성을 돌며 발견하는 행복은 크게 세 가지이다. 첫째는 가족으로, 仇甫는 화신상회 앞에서 한 가족을 만난 것을 계기로 가정에서 행복을 찾아본다. 둘째는 벗과 돈으로, 仇甫는 벗을 만나 돈과 행복에 대해 생각해본다. 셋째는 동경과 여인으로, 동경이라는 도시와 사랑했던 여인에 대해 생각한다.17) 이 셋은 분리된 것이 아니고 앞의 것이 뒤의 것이 더해지는 성격을 갖는다. 이런 과정을 통해서도 仇甫는 행복을 찾지 못하고 집으로 돌아온다. 그러면서 仇甫는 앞으로는 자신의 행복 찾기보다 어머니의 행복을 위해 살아야 하겠다는 결심을 갖게 된다. 이처럼 仇甫氏의 행복 찾기는 지극히 개인적인 성격을 갖는다. 그는 하루 종일 경성을 돌며 많은 사람을 보고, 만나고 그들에 대해 여러 생각을 한다. 그러나 仇甫의 생각은 도시 곳곳에서 살아가는 사람들의 삶에 관한 것이 아니다. 그들의 삶이 가지고 들어온 행복의 의미를 통해 자

---

16) 위의 글, 19면.
17) 이선미, 「'소설가'의 고독과 억압된 욕망」, 『박태원 소설 연구』, 깊은샘, 1995, 335~340면.

신의 '고독'과 '행복'의 의미를 찾아 나서는 소설가의 은밀한 내면에 가깝다.[18]

이에 비해 최인훈의 丘甫가 찾는 행복은 좀 더 넓은 범위에 걸쳐 있다. 다음은 작품 속의 丘甫가 앙케이트에 대답한 내용이다.

> 당신의 작품은 어떤 목적에 봉사하는가? —내가 생각하기에 '인간의 행복을 가장 촉진한다고 생각하는 생활 원리를 작품을 통해 보급한다'는 목적에 봉사합니다. 개인적인 포교(布教)입니다. 말하자면, 내가 생각하는 인간의 행복 원리는 ① 자연을 알라, ② 사회를 알라, ③ 혼자만 잘살자고 말아라 하는 것입니다.[19]

이러한 행복 찾기의 방법은 사실 그의 다른 소설에서 보여주었던 고민에 바로 이어지는 것이다. 丘甫가 서울을 돌아다니며 얻으려는 것은 정치적이고 문화적인 현실의 체험에 가깝다. 丘甫는 일상에 매우 충실하여 목적 없이 돌아다니는 일이 없다. 언제나 해결해야 할 어떤 일을 한다. 그러면서도 사회적인 문제에는 민감히 반응한다. 이런 丘甫의 태도는 넓은 의미에서는 행복 찾기와 관계되는데 이때 행복은 개인적인 것이 아니다. 개인의 역사와 사회의 역사가 바로 서는 일이 행복과 등치된다. 분단 시대[20]를 살아가는 월남한 소설가로서 그의 관심은 동서의 화해와 적십자 회담, 그리고 실미도 사건 등에 이르는 정치 외교적 사건들에 치우쳐 있다. 또 한편에서는 예술을 마음대로 향유할 수 있는 문화적 환경에도 관심을 보인다. 김우창의 지적대로 그의 정치적 우울에도 불구하고 丘甫의 근본 관심은 예술이나 문화에 있고, 그에게서 예술의 가치는 그 자체의 즐거움과 행복에 있다고 할 수 있다.[21] 그가 부

---

18) 위의 글, 345면.
19) 최인훈, 「겨울낚시」, 『소설가 구보씨의 일일』, 252~253면.
20) 최인훈은 남북조 시대라는 말을 사용하는 데 이런 용어의 사용에서 현대사에 대한 최인훈의 생각을 읽을 수 있다. 남북조 시대라는 말은 원래 하나였던 조정이 둘로 갈라졌다는 의미로 쓰인다.

정하고자 하는 정치 문화적 현실은 사실 이러한 즐거움과 행복을 저해하는 것에 해당한다고 볼 수 있다.

박태원의 仇甫는 자신의 집에서 나와 어머니가 있는 행복한 집으로 돌아온다. 仇甫의 서울 주유는 어떤 의미에서는 완결이 보장된 여행이었다. 그의 하루는 집으로 돌아가는 것이 목적이라고 할 수 있다. 그러나 최인훈의 丘甫는 행복한 가정과 어머니를 전제하지 않는다. 오히려 丘甫는 밖에서 할 일이 있고, 그 일을 위해 밖으로 나온다. 그에게 집은 꼭 돌아가야 할 곳은 아니다. 집밖에서 살아가는 것, 현재의 추세를 그려내는 것, 다시 말해 현재를 체험하고 그것에 의미를 부여해 역사를 만드는 것이 丘甫의 생활이고 소설의 목적이 된다.

세계에 대한 丘甫의 이러한 관심은 다시 앞 장에서 말한 역사의 문제로 귀결된다. 지나간 역사가 아니라 현재를 역사로 느끼는 작가의 감각이라고 할 수 있다. 최인훈은 현대사에 대해 직접적 관심을 드러내 "한국 땅에 몸담고 있는 바에는 한국사는 내 개인사이기도 할 수밖에 없지. 역사의식이랄 것 없이 역사적 상상력이라면 되겠군. 그것을 피해 가려던 사람들은 다 거짓말쟁이가 됐으니까. 이 함정에 빠지지 말아야"[22]한다고 주장한다. 물론 그의 소설이 역사에 대한 구체적 발언을 하거나 보이지 않는 음모를 드러내거나 하는 일은 없다. 그러나 최인훈의 丘甫는 최소한 그 일들의 의미를 파악하려고 노력하며 그 일들의 배후를 알려고 노력한다.[23] 이는 분명 박태원의 仇甫와 구분되는 점이다.[24] 여기서 그가 소설론에서 강조하고 있는 문학의 기능이 다시 한

---

21) 김우창, 앞의 글, 336면.

22) 최인훈, 「창경원에서」, 『소설가 구보씨의 일일』, 41면.

23) 김외곤, 앞의 글, 160면.

24) 장양수는 「깨어있는 知性의 우울한 都會 遍歷」(『한국 패러디소설 연구』, 이회문화사, 1997)에서 "최인훈 소설의 丘甫씨는 박태원 소설의 경우와는 달리 소설가의 사회적 책임에 대해 적극적인 언급을 하고 있어 주목을 끈다"(228면)고 지적한다. 매우 합당한 지적으로 두 작가의 소설이 가진 차이점을 강조하는 말이다. 그러나 이 차이를 너무 강조하면 최인훈의 참여의식에 지나친 강조점을 두게 된다. "이러한 측면에서 보

번 강조될 수밖에 없다. "끊임없이 우상을 부수는 것. 그것만이 구원이다. 이끼 앉은 모든 것을 경계하라. 움직이지 않는 모든 것을 의심하라"는 경구가 중세 문학을 패러디하면서 보여주었던 최인훈의 문학정신이었다면 대상이 현대로 바뀌었을 뿐 『丘甫氏』에도 마찬가지로 적용될 수 있다.

> 그러나 내가 원하는 것은 역사, 혹은 삶의 내용을 되도록 원형에 가깝게 그 생생한 느낌을 죽이지 않고 인식하는 그러한 인식의 형태이다. 그것이 소설이라고 나는 생각한다. 소설도 삶 그 자체는 아니다.
> 그것도 대용물이며 복사이며, 닮은꼴이다. 그러나 원형에 가장 가까운 것이다. 혹은 원형에 가장 가까워야 한다는 주안적 집념을 아직도 버리지 못하고 있는 인식의 형태라고 생각한다.[25]

소설이 현재적 삶의 내용을 담고 있어야 한다는 생각의 표현이다. 굳이 패러디에 국한될 문제는 아니지만 근대 이전의 문학(박태원의 「仇甫氏」의 경우도 중세적이라는 점에서는 유사하다. 부정의 정신을 떠올릴 때 이 작품의 내용도 분열의 추상적 화해인 셈이다)을 다시 해석·창조하고 있는 점은 주목할 만하다. 『丘甫氏』에서 중요한 것은 이 부정과 현실이다. 고전의 패러디가 텍스트와 근대 이전을 부정했다면 『丘甫氏』가 부정하는 것 역시 구체적 현실이라기보다 역사로서 사고되는 현실이라고 할 수 있다.

면 최인훈의 이 소설은 한 편의 적극적인 참여문학 작품"(222면)이라는 결론은 이런 맥락에서 놓이게 되는데, 이 문제는 최인훈이 문학활동을 하던 시대에 비추어 균형잡힌 평가가 이루어져야 할 것이다.
25) 최인훈, 「소설을 찾아서」, 『문학과 이데올로기』, 189면.

4. 역사에 대한 자의식과 소설의 자리

우리는 최인훈의 패러디 소설에서 지난 시대의 문학이 추구한 가치나 통념에 대한 재해석이 이루어지고 있음을 확인할 수 있었다. 고전 패러디의 경우 새로운 가치를 세우기보다는 지난 가치의 무용성을 주장하고 그것을 지워나가는 데 주력한다는 점도 지적하였다. 그 부정에는 특정한 문학의 역할에 대한 부정까지 포함하는 것으로 보인다. 현실을 부정하기는커녕 온당하게 그려내지 못했던 문학에 대한 비판이 그의 고전 소설 패러디라고 할 수 있다.

『소설가 구보씨의 일일』은 개인의 일상에 침투되어 있는 현대의 역사를 다루는 소설이다. 고전 소설의 패러디처럼 직접적으로 원전을 비판하고 있지는 않지만 주제나 형식을 원전에 기대면서도 관심의 폭을 넓혀 원전과의 거리를 확보하고 있다. 행복 찾기라는 점에서 두 편의 「구보씨」는 같은데 최인훈의 『丘甫氏』는 현재의 상황을 비판적으로 보려 노력하고 있으며, 역사의 기술처럼 현재의 정치적 문화적 상황을 기록하기도 한다. 비록 정리되지는 않지만 혼란을 혼란대로 그려내는 것이 그의 『丘甫氏』였다.

그러나 패러디 특히 가치를 지우는 패러디에서 중요한 것은 새로운 가치를 세우는 일이다. 이런 점에서 최인훈은 근대에 맞는 가치를 새롭게 제시하고 있지는 않다. 지우는 것 자체를 소설의 몫으로 생각하고 현실의 혼란을 그대로 기록하는 데 만족하고 있다. 이런 문제들이 최인훈에게 어떤 의미를 띠는지 상상하기 위해 다시 『丘甫氏』를 인용해 보자. 60년대 문학의 새로운 감수성을 주장하는 강연에서 한 학생이 다음과 같이 묻는다. "'감수성'이란 것이 문학의 경우, 순수한 감각의 뜻에만 머물 수는 없고 '윤리'에까지 나가야 된다고 생각되는데 과연 어떤 혁명이 있었단 말인가, 하는 것"[26]이 질문이다. '새로운 감수성' 자체가 의미 있는 것으로 인정되지만 그것이 갖는 의미는 매우 제한적이고 표면적일 수밖에 없다는 주장인데 이를 최인훈의 패러디에 적용하면 동일한 질문이 만들어진다. 감수성만으로는 새로움을 발견하기 어렵듯이 부정만으로 새로움을 만들 수 없지 않는가 라는. 물론 이는 작가가 익히 알고 있는 한계라고 할 수 있다. 이런 비판을 작가는 일방적이고 일면적이라고 주장할 수 있다. 우리가 살아가는 시대는 소설을 통해 통합되고 안정된 세계의 그림을 그릴 수 있는 시기가 아니기 때문이다. 이에 대한 대답도 소설에 찾을 수 있는 바, "발자크는 아직 그런 병에 걸리지 않는 시대에 산 사람이었다. 그는 인물을 장기 말처럼 움직여서 원근법이 있는 사회를 그렸다. 이런 모든 것이 구보씨는 부러웠다. 그럼 너는 왜 못하느냐 그렇게 묻는 놈은 바보가 아니면 나쁜 놈이다"[27]라는 주장이다. 그가 『소설가 구보씨의 일일』을 발표 한 이후 희곡 창작으로 관심을 돌린 이유, 그리고 오랜 절필의 이유가 이런 생각과 관련되지 않을까 짐작해본다.

---

26) 최인훈, 「느릅나무가 서 있는 풍경」, 『소설가 구보씨의 일일』, 15면.
27) 최인훈, 「가노라면 가겠지」, 『소설가 구보씨의 일일』, 199면.

1970년대 후반 '악한 소설'의 성격

1. 악한 소설의 개념

　이 글은 우리 장편소설에서 하나의 유형으로 자리 잡고 있는 '악한 소설'에 대한 연구이다. 악한 소설의 성격을 밝히기 위해 이 글에서는 현대 소설에서 악한, 즉 악인형 인물을 주인공으로 한 소설이 하나의 유형으로 자리 잡게 되는 배경과 이들 소설이 '본격소설' 또는 대중소설과 구분되는 특징을 살펴볼 것이다. 악인형 인물의 범위와 서사의 공통점, 공통된 주제 의식 등이 중요한 고찰 대상이다. 이는 본격적인 문학사적, 양식사적 연구가 되기보다는 소설 유형의 가능성을 타진해 보는 試論的 작업에 해당한다.

　악한 소설, 또는 악인 소설이라는 용어는 서구의 '피카레스크 소설 picaresque novel'을 번역한 것이다. 서구 소설사에서 피카레스크 소설은

16세기에서 17세기까지 스페인에서 번창한 소설로 이후 유럽의 모험소설, 풍속소설, 편력소설 등에 영향을 미친 일련의 작품을 이르는 말이다. 피카레스크 소설의 탄생에는 사회적 배경 외에 문화적 · 종교적으로 독특한 스페인의 상황이 중요한 배경이 된다.[1] 따라서 용어를 빌려왔다 해도 작품 성립의 배경이나 주인공의 성격 등에서 양자는 커다란 차이를 보인다. 서구에서 악한 소설이 근대소설 형성에 중요하게 기여한 양식인데 비해, 우리 문학사에서 악한 소설 또는 악인 소설은 긍정적 주인공이 아닌 부정적 주인공이나 윤리적 · 법률적으로 악인에 속하는 인물이 주인공으로 등장하는 소설을 비평적 의미에서 범주화한 것이다. 그것도 소설에 특별한 명칭을 부여하기보다는 인물의 유형에 초점을 맞추어 사용하였다. 이러한 우리의 용어 사용에 따른다면 악한 소설의 범주는 매우 넓어져서 『홍길동전』이나 『임꺽정』처럼 의적 · 도적이 등장하는 소설에서 『어둠의 자식들』처럼 최하층의 악인을 다루는 소설을 모두 포함하게 된다.

그렇다고 해도 피카레스크 소설의 몇몇 특징들은 우리 소설에서 '악한'의 성격을 규정하는 데 매우 유용하게 사용될 수 있다. 피카레스크 소설의 특징이 악인형 인물, 즉 피카로(picaro : 피카레스크 소설의 남성 주인공)나 피카라(picara : 피카레스크 소설의 여성주인공)에 있다고 보면 우리 '악한 소설'에서도 인물들이 가진 성격은 중요한 특징이 될 것이기 때문이다. 피카로가 "저열한 삶의 현장에서 생존을 위해 몸부림치는 하층민이며 부도덕하고 교활한 기지로 사회에 기생하면서 기존의 가치에 도전하는 인물"[2]이라면 협의의 악한 소설의 악인 역시 이와 유사한 성격을 갖는다고 할 수 있다. 인물 유형과 그러한 인물이 자본주의 현실 속에서 힘겹게 살아가는 과정이 소설의 중심 이야기가 된다는 면에서도 유사하다.

---

1) 스페인 피카레스크 소설에 대해서는 이가형의 『피카레스크 소설』(민음사, 1997)과 김춘진의 『스페인 피카레스크 소설』(민음사, 1999)을 참조하였다.
2) 김춘진, 위의 글, 63면.

이처럼 악한 소설의 중심을 '악한'의 성격에 놓는다면 양자간의 공통점은 논의에 많은 도움을 줄 수 있는 바, 이 기준에서 보면 1970년대 후반에 유행했던 일련의 소설이 '악한 소설'의 의미에 가장 가깝게 된다.

지금까지 이 시기 악한 소설은 대중 소설의 하나로 평가되어 왔다. 70년대 전반부터 큰 인기를 끌었던 이른바 '호스테스' 소설류와 큰 차이 없이 취급되어 온 면이 있다. 70년대 초반의 대중소설이 여성의 비극적 삶을 팔아 독자의 감상 취미를 만족시켰다고 한다면 이후 악인이 등장하는 대중소설은 남성적이고, 저항적인 외피를 띠고 독자들의 또 다른 감상 취미를 만족시켜 주었다는 것이다. 그러나 '악한 소설'은 연애를 중심으로 서사를 진행하는 여타의 대중소설과 구분해야 한다는 것이 이 글의 기본적인 관점이다. 악한 소설은 산업사회의 소외 문제를 개인의 입장에서 다루려는 의지를 가지고 있었다. 악한 소설은 세상에 뿌리를 내리지 못하고 떠도는 이들의 모습을 사회를 좀먹는 악으로만 다루는 것이 아니라, 누구라도 처할 수 있는 상황으로 그려내려 하였다. 또 그들의 악행을 특정 상황에 처한 사람이 어쩔 수 없이 끌려갈 수밖에 없는 행동으로 이해하게 만드는 힘을 가지고 있었다. 연애 중심의 대중소설이 개인적이고 자기 폐쇄적인 성격을 갖는다면 악한 소설은 사회적이고 개방적인 성격을 갖는다고 할 수 있다. 현실 고발의 전통적인 방법을 따르고 있지는 않더라도 출구가 막혀버린 현실에서 몸부림치는 가련한 군상들을 다룬 의미 있는 소설이라 할 수 있다. 본론에서는 '악한 소설'의 개념과 지금까지의 평가를 간단히 살펴보고 이어 악한 소설의 주제와 서술 방법을 차례로 살펴볼 것이다.[3]

---

3) 골드만은 『소설의 이론』과 『낭만적 거짓과 소설적 진실』을 거론하면서 소설이란 타락한 사회에서 타락한 방법으로 가치를 찾아가는 장르라고 하였다. 그 근본적인 이유는 사용가치와 교환가치의 분리라는 자본주의 사회의 모순과 소설의 모순이 일치하기 때문이라고 한다. 이 글에서는 소설 일반에 대한 지적이라 할 수 있는 골드만의 '타락한 개인' 개념을 따르는 것은 아니다(L. 골드만, 김치수 외역, 「문학사회학의 문제들」, 『문학사회학의 방법』, 현암사, 1985).

2. 악인형 인물의 성격

지금까지 악인형 인물에 대한 논의는 주로 고전 문학 작품을 중심으로 이루어져 왔다. 고전 소설 논의에서 사용되는 악한이란 보편적 의미에서 악인으로 평가되는 인물이 아니라 의적에 가까운 인물이었다. 일부에게는 지탄을 받지만 실제로는 사회적인 선(善)을 구현하고 있는 인물을 악한이라고 부른 것이어서 사회적으로 해가 될 수도 있는 순전한 의미의 악당을 의미 있게 취급한 경우와는 다르다. 비록 악당이란 이름을 붙이더라도 일상에서 쉽게 마주칠 수 있는 종류의 악당은 아니었다 할 수 있다.

다음은 악한에 대한 분류를 시도하고 있는 글이다.

> Anti-hero들의 反撥과 抵抗이 積極的인 일 때 'Heroic Villain'이라 부를 만하고 消極的인 일 때 Picaro라 부를 만하다. 前者는 自身의 社會的 存在에 대한 公證을 爭取코자 할뿐만 아니라 나아가 旣存 社會體制 및 慣習的 槪念이나 行動規範을 顚覆코자 하는 反體制精神의 所有者다. 그는 挑戰者다. 이에 비해 後者는 旣成倫理나 行動慣習으로 볼 때 例外的이고 異端的인 行動을 取하나 挑戰的인 데까지 이르지 못하고 있다. 그는 넓은 意味의 犯法者고 悖倫兒다.[4]

> 小說史에 있어서 惡漢이 가질 意義는 惡行 自體가 人間的 極限 狀況으로서 追求되고, 惡漢이 善良한 人間을 浮刻시키는 背景으로서가 아니고, 그 自體가 人間存在의 深淵의 啓示者로서 다루어지면서 未曾有의 것이 되었다.[5]

이 논문은 홍길동을 피카레스크적 인물로 규정한 글에 대한 반론의

---

4) 김열규, 「李朝小說에 있어서의 惡人型의 검토」, 『고전문학연구』, 1971.9, 6면.
5) 위의 글, 14면

성격을 갖는다.『홍길동전』의 인물 홍길동과 피카로의 유사성에 주목한 이전의 입장에 대하여 유사성보다는 대조적인 양상에 주목하고 있는 글이다. 홍길동이 '숭고한 범죄인'이라면 피카로는 일상인으로서의 악한이라는 것이 이 글의 대략이다.[6] 고전소설을 대상으로 하고 있어 위 글의 논지를 그대로 현대소설에 적용하기는 어렵겠지만 참고할 만한 점은 많다. 특히 악한 소설, 또는 악인형 인물의 범위에 대해 주목할 필요가 있는데, 위의 글에서는 넓은 의미의 악한을 두 가지로 분류하고 있다. 반발과 저항이 적극적인 경우와 그렇지 못한 경우로 나누어 앞의 경우를 영웅적 악한이라 부를 수 있고 뒤의 경우를 범법자나 패륜아라 부를 수 있다고 한다. 악한이라기보다는 의적 또는 반역자라고 부를 수 있는 앞의 경우와 달리 사회적으로 부정적으로 평가받는 뒤의 경우가 악한으로서 제대로 된 의미를 가질 수 있다는 것이다. 악한 사람이 선량한 사람을 부각시키는 경우가 많은 소설에서 발견할 수 있는 일반적인 구도라면, 악한 자체가 인간 존재의 심연을 보여주는 인물로 등장하는 경우는 또 다른 분류를 필요로 한다고 할 수 있다.

현대소설로 관심을 돌려도 위 글의 관점은 여전히 유효하다. 70년대 이전에도 악인을 주인공으로 다룬 소설은 꾸준히 창작되었다. 그러나 많은 소설에서 악인형 인물은 풍자나 비판의 대상이었지 악한 성격 자체가 전면적인 제재로 등장하지는 않았다. 사회적 의미의 '악(惡)'을 구현하고 있는 인물에게 애정을 보이거나 그 악의 의미를 해석하려는 시도는 매우 드물었던 셈이다. 대표적인 예로 채만식 소설에 등장하는 윤리적으로 타락한 인물들을 들 수 있는데, 비록 주인공이지만 그들의 성

---

6) 장양수는 「『林巨正』의 義賊 모티프 一考」에서 홍명희의 『임꺽정』을 대상으로 의적과 악한을 엄격히 구분하고 있다. "꼭 저지르지 않아도 될 살인 등 잔인한 행동이 많이 등장하고 있"다는 점에서 악한으로 생각할 여지가 많지만 "義賊에게는 匪賊的인 일면이 있기 마련"이라고 하여 임꺽정을 의적으로 보고 있다(『동의어문론집』, 1991, 65면). 악한과 의적을 구분하되 악한은 의미 없는 것으로 의적은 의미 있는 것으로 보는 일반적인 관점을 보여준 것이라 할 수 있다.

격은 진지하게 탐구되고 있다기보다 풍자의 대상으로 희화화되는 경우가 많았다.

70년대에 주로 창작된 악한 소설의 주인공들은 순수한 영혼을 가지고 있으나 속악한 사회에 의해 더럽혀지는 수동적인 주인공이 아니라, 속악한 사회에 속악한 방법으로 맞서는 인물들이다. 가난하고 어려운 하층민의 생활을 건강한 방법으로 이겨내는 것이 아니라 역시 부정한 방법으로 이겨가려는 인물이라고 할 수 있다.[7] 그들은 비록 윤리적으로 선하거나 사회적으로 건강한 인물은 아니지만 감정적이고 개인적인 차원에서 세계와 대결하는 인물이기도 하다.[8] 독자들에게는 거대한 상대에 대응하는 미약한 개인의 비극을 보여주어 합리적 해결이 불가능하다고 믿는 현실에 대해 감정적 승리감 또는 해방감을 느끼게 해 준다.

악한 소설에 대한 지금까지의 평가는 중간소설이라는 개념에 함축되어 있다. 중간소설이란 대중소설과 본격소설의 특성을 함께 가지고 있는 소설을 분류하기 위해 편의상 고안된 용어로, 지적이며 감상적 분위기를 품고 있는 70년대 대중소설을 주요 대상으로 한다. 지금의 관점에서 보면 매우 애매한 개념일 뿐 아니라 구체적인 작품을 선정하는 데 있어서는 유용성이 떨어지는 개념이기도 하다. 그러나 어떤 시대적 맥락에서 이런 개념이 사용되었는지는 주목할 필요가 있다. 한편으로는 소설이 가지고 있는 예술로서의 특징과 대중문화로서의 특징이 함께 어우러져 소설의 발흥을 가져왔던 1970년대를 설명하기 위한 용어로 '중간소설'은 매우 유용한 것일 수 있기 때문이다. 이전 대중소설과는

---

7) 김상옥은 「타락한 시대의 피카로들」과 「작가의 想像力과 피카레스크 취향」에서 조선작의 『장대높이뛰기 선수』, 유재용의 『聖域』, 김병총의 『춤추는 맨말』을 피카레스크 소설에 가까운 것으로 보았다. 작품을 평가하는 기준은 이 글과 크게 다르지 않으나 본격적인 논의라기보다는 짧은 서평에 가깝다(김상옥, 『문학과 자기성찰』, 서울대출판부, 1986).

8) 이런 인물들은 80년대 민중문학 작품에 등장하는 하층 계급 인물들과 구분된다. 그들이 건강성이 현실감을 잃고 관념적이라는 인상을 주는데, 악한 소설의 인물은 그런 인물들과 다른 방식으로 삶을 유지한다고 할 수 있다.

다르지만 그렇다고 본격소설의 문법으로 풀어내기도 마땅치 않았던 소설들을 설명하기 위해 사용한 용어였던 셈이다. 현재의 시각에서 볼 때, 중간소설은 시대의 문제를 소설의 배경으로 전제하고 그러면서도 그 시대의 문제를 본격적인 주제로 삼기보다는 그 안에서 살아가는 인간들의 구체적인 모습을 '본격적'이지 않은 '감상적'인 방법으로 다루는 방식을 선택한 소설 정도로 정의할 수 있을 것이다.

이들 중간소설을 대표하는 작가로는 최인호·조선작·조해일·박범신·송영·김주영·한수산 등 70년대 활발히 활동한 작가들을 꼽는다. 이들 작가들의 작품들은 장편소설의 경우 대중소설적 경향이 강한 데 비해 단편소설은 미학적 완성도를 지향한다는 공통점을 가지고 있다. 우리 작가들의 이런 경향은 오래된 것이기도 하거니와, 이들의 장편을 단순히 통속으로 처리하지 못하는 이유도 작가의 전반적 경향과 무관하지 않다고 할 수 있다. 중간소설은 수준이 그리 낮다고만 볼 수는 없는 독자들을 포함해서 많은 독자들을 소설 쪽으로 끌어들였다는 긍정적인 의미를 갖는다. 또 이들 중간소설의 작가들이 만들어놓은 두터운 독자층은 나중에 가서는 상품성과 예술성이 동시에 뛰어난 작품을 만들어내는, 한국소설사에서는 전례가 없다시피 한 바람직한 결과를 가져왔다. 그러나 부정적 평가도 가능해 70년대 소설은 당대의 사회와 동시대인의 삶의 모습을 총체적으로 또 본질을 추려내어 그리고자 하는 사실주의 정신과 방법이 뒤틀려버리거나 움츠리고 마는 결과를 가져올 수밖에 없었다고 할 수 있다.[9]

중간소설로 불린 작품들에 대한 논의가 시들해진 데는 80년대 광주 민주화 운동과 군부의 독재라는 시대적 배경이 큰 영향을 미친 것으로 보인다. 70년대 후반은 대중소설의 창작과 유통이 매우 활발했던 시기이면서 동시에 대중문학에 대한 논의가 본격화 될 시점이었다. 그러나

---

9) 중간소설의 긍정적인 면과 부정적인 면에 대한 평가로는 조남현의 「70년대 소설의 몇 갈래」(『현대문학』, 1989.3, 299~301면)를 참고하였다.

야만적 정권의 등장은 대중문학에 대한 본격적이고 객관적인 논의를 10년 이상 뒤로 미루는 결과를 낳고 말았다. 사회적으로 독재에 대한 저항과 민주화가 지상 목표가 되면서 대중문학은 현실을 외면한 저급한 문학으로 본격문학은 민족문학과 동의어로 받아들여지게 되었다. 80년대 들어서는 70년대를 풍미했던 대중소설들이 상업소설이란 이름으로 불리고 이를 비판하는 글들이 대량으로 쏟아져 나왔다.

대중소설에 대한 비판의 초점은 사회적 유용성에 놓여 있었다. 현실성 결여는 대중소설의 대표적인 문제점으로 지적되었고, 대중소설은 대중들에게 헛된 만족과 정신적 위안만을 제공하는 부정되어야 할 대상으로 다루어졌다. 당시 대중소설을 본격적으로 비판했던 한 논문에서는 대중소설은 "허상들의 사랑, 불건강한 섹스, 무협 소설류의 무술과 폭력, 범죄를 소재로 유발시키는 재미는 독자의 이성을 마비시킴으로써 지금 그 자신이 어떤 상황에 살고 있는가를 망각하게 만드는 환각제로 작용한다"[10]고 하였다. 그러나 현재의 시점에서 중요한 것은 대중소설 (80년대 초반 논의에서는 상업주의 소설)의 성격이 아니라 왜 이 시기 들어 상업주의 소설에 대한 반응이 민감하게 나오기 시작했는가에 있다. 또, 대중소설로 아우르는 작품들 사이의 유사성과 차이점을 살피는 일도 중요하다.

본격 소설을 보는 엄격한 기준에 의하면 악한 소설 역시 연애소설과 마찬가지로 대중·통속 소설의 요소를 적지 않게 포함하고 있다. 특히 남녀간의 삼각관계를 이야기의 기본 축으로 한다든지, 폭력·성애 등의 선정적인 요소를 빈번히 삽입하고 있다든지 하는 점은 기왕의 연애소설과 크게 다르지 않다. 그러나 이들 사이의 차이도 무시할 수는 없다. 구체적 현실이 작품의 서사를 추동하는 필연적 요소이고 인간과 인간의 관계가 애정 등 몇 가지 추상적 연관으로 맺어지는 것이 아니라 환

---

10) 金鐘澈, 「상업주의 소설론」, 『한국문학의현단계』 2, 창작과비평사, 1983, 132면.

경적 제약이나 경제적 이해 등 구체적인 사실로 맺어진다는 점이 그렇다. 소설의 대중성이라는 것이 말초적이고 감상적인 흥미를 필요로 한다는 점을 인정하더라도 악한 소설에는 대중적 합의를 얻어내기에 충분한 사회적 요소가 포함되어 있다. 따라서 악한 소설의 대중성은 사회에 대한 관심과 인간성에 대한 탐구를 어느 정도 수반하고 있는 것이다. 이런 의미에서도 악한 소설은 우리 장편소설의 흐름에서 일정한 자리를 차지해야 한다고 본다.[11]

3. 도시의 윤리와 생존의 논리

70년대 악한 소설의 주인공은 무엇보다도 산업화 시대의 산물이다. 도시에서 살면서 소시민 또는 노동자가 되지 못하고 불규칙적이고 때로는 불법적인 방법으로 살아가는 사람들이다. 우리 소설에서 악인형 인물은 "한 남자(또는 드물게 한 여자)가 미천하고 소문이 나쁜 부모에게서 태어나 출생부터 시작하여, 어려서부터 빈곤과 싸워야 했고, 살아남기 위하여 어쩔 수 없이 사기와 기만 수단을 써야 했으며, 운명을 개선하려고 안간힘을 쓰다가 성공하거나 실패했던 인생행로"[12]를 가지고 있는 인물이라는 정의와 크게 어긋나지 않는다. 악인형 인물은 그 자신보

---

11) 우리 문학사의 경우 대중소설이 연애소설과 거의 같은 개념으로 사용되고 있다. 실제로 많이 창작되지 않아서이기도 하겠지만 서구 소설에서 중요한 자리를 차지하고 있는 탐정소설, 공상과학 소설 등에 대한 논의는 매우 적은 편이다. 연애소설 외에 대중소설로서 지속적인 사랑을 받는 양식으로 역사소설을 들 수 있다. 그러나 역사소설은 대중소설의 범주 안에서 다루어지는 경우가 드물고 나름대로 고유한 장르로서 대접 받아왔다.
12) 이가형, 『피카레스크 소설』, 민음사, 1997, 11면.

다 나을 것 없는 세계의 거울이면서 인간 조건의 궁핍과 고독의 표현이며 동시에 고매한 이성, 또는 절대적인 법이 기능하지 못하는 세계에 대한 풍자이기도 하다.[13] 따라서 악한 소설은 산업화가 진행되기 이전 도시로의 진입을 다룬 소설이 아니라 도시가 생기고 산업화가 진행되면서 그 안에서 벌어지는 생존의 논리와 윤리의 문제를 본격적으로 다룬 소설이라 할 수 있다.[14] 악한 소설에서는 악한 인물 못지않게 그런 인물을 만들어낸 환경이 중요한 의미를 갖는다.

비록 악한 소설로 분류하기는 어렵지만 도시의 논리에 의해 변해 가는 인간의 모습을 다룬 대표적인 소설로 황석영의 「장사(壯士)의 꿈」은 악한 소설을 이해하는 데 시사해 주는 바가 크다. 악한들의 전형적인 모습을 포함하고 있다는 뜻에서 더욱 그렇다. 이 소설의 주인공은 백팔십에 가슴둘레는 일 미터가 넘고 삼두박근이 '고릴라' 같은 인물이다. 바닷가 고기잡이의 아들로 태어난 그는 성장하면서 장사라는 평을 받으며 시골서는 꽤 주목을 받는 인물이 된다. 그가 서울로 온 이유는 레슬러가 되기 위해서였다. 그러나 그는 일자리를 잡지 못하고 목욕탕의 때밀이가 되고 만다. 목욕탕에서 알게 된 영화감독에게 발탁되어 애로영화를 찍게 되고 거기서 만난 애자라는 여성과 살림도 차리지만 가난 때문에 둘은 갈라서고 '장사'는 유한마담을 상대로 하는 남성접대부로 '타락'하게 된다. 그렇게 해서라도 돈을 벌려 하지만 결국 장사는 어디에도 뿌리를 내리지 못하고 눈물을 흘리면서 도시를 떠난다. 굳이 이

---

13) 위의 글, 39면.
14) 물론 이런 정의는 서구의 피카레스크 소설 정의를 원용한 것이다. 앞서 지적한 대로 서구의 피카레스크 소설과 우리 악한 소설은 중요한 부분에서 분명한 차이가 있다. 첫째, 피카레스크 소설에서는 에피소드와 에피소드 사이의 필연적인 연관이 없다. 한 사람의 일대기라는 점에서 한 편의 소설로 읽힐 뿐 인과성 면에서는 취약한 것이 사실이다. 둘째, 피카레스크 소설에서는 사랑이 중요한 소재가 아니다. 로맨스에 대한 강한 반발과 그것에 대한 풍자, 패러디의 성격을 가지고 있기 때문이다. 우리 소설의 경우 로맨스에 대한 강한 반발은 없고 오히려 로맨스로의 회귀를 꿈꾼다(여기에 인용된 피카레스크 소설의 특징에 대해서는 이가형의 앞의 글, 158면 참조).

소설에서처럼 '장사'는 아닐지라도 도시라는 '현실'에 도전하다 좌절되는 구체적인 인간의 모습이 등장하는 것이 70년대 장편의 한 경향이다. 비록 건강한 정신을 가진 주인공이 아니어도 세상과 마주하는 길에서 마주치는 고난 그리고 거기서 좌절되는 인간의 모습을 그린다는 점에서 공통점을 가지고 있다. 거기에 출신마저 불안한 인물들의 미래는 '꿈'을 엄두도 못내는 지경에까지 이른다.

이런 도시에서 살아가는 사람들이 악하게 되는 경우는 선하게 되는 경우보다 현실적인 설득력을 갖는다. 70년대 소설로만 한정해도 『내 마음의 풍차』에서 『풀잎처럼 눕다』, 『걸어서 하늘까지』, 『춤추는 맨발』, 『장대높이뛰기 선수의 고독』을 거쳐 『어둠의 자식들』 등에서 도시적 삶의 환멸과 부적응은 중요한 주제가 된다. 거기에 출생의 문제까지 첨가되면 하나의 유형화된 인물을 만나게 된다. 『풀잎처럼 눕다』와 『걸어서 하늘까지』의 인물들을 중심으로 이를 자세히 살펴보자.15)

『풀잎처럼 눕다』의 세 인물은 도엽과 동오 그리고 은지이다. 성격과 배경이 반대되는 두 남성 사이에 두 남자로부터 사랑을 받는 한 여성이 등장하면서 이야기는 시작된다. 세 인물의 성격은 분명하게 유형화되어 있는데, 도엽은 부잣집의 서자로 태어나 법대를 다녔지만 이복형과의 불편한 관계로 학업을 계속하지 못하고 어두운 세계에 발을 들여놓게 되는 인물이다. 도엽의 동네 후배인 동오는 등록금이 없어 제대로 고등학교를 마치지 못하고 돈을 벌겠다는 일념으로 세상을 증오하며 살아가는 칼잡이이다. 경찰관의 딸인 은지는 '천성적'으로 따뜻한 마음을 가지고 태어난 여인으로 두 남자를 이해하고 감싸 안으려 노력하는 인물

---

15) 도시적 삶의 환멸과 부적응만으로 본다면 70년대 보다 많은 대중소설들을 거론하여야 할 것이다. 『별들의 고향』, 『겨울여자』, 「영자의 전성시대」, 『죽음보다 깊은 잠』 등의 소설들도 도시를 배경으로 한 인간의 욕망과 몰락, 그리고 환멸을 주제로 하고 있다. 그러나 이 소설들에게 앞서의 주제는 주장되는 것일 뿐 작품 안에서 구현되고 있다고 판단하기는 어렵다. 주요 서사의 역할이나 서술의 질과 양으로 이를 구분할 수 있다고 생각한다. 이에 대해서는 다른 논의가 필요할 것이라 생각한다.

이다. 그의 묘사에는 항상 순결한 처녀의 이미지가 따라다닌다. 도시에서 의지할 곳이 없는 도엽은 선배의 이권 다툼에 끼어들게 되고 동오는 그 반대편인 프랑크라는 건달 편에 서게 된다. 복잡한 과정을 통해 도엽과 동오는 양 쪽 모두를 피해 잠시 함께 살게도 되지만 동오가 주호를 찌르면서 이야기는 결말로 치닫는다. 주호와 프랭크 모두 최장군이라는 자에게 배반을 당한 것이 밝혀지자 동오는 최장군을 인질로 인질극을 벌이게 되고 도엽과 은지는 동오를 구하기 위해 스스로 인질이 된다. 어렵게 탈출에 성공한 도엽과 동오는 고향이 보이는 언덕에서 죽음을 맞이하게 된다.

문순태의 장편소설 『걸어서 하늘까지』는 여러 면에서 『풀잎처럼 눕다』와 닮은 작품이다. 세 명의 인물은 박지숙과 정종호와 박정만으로 종호와 정만은 지숙을 사이에 두고 삼각관계를 이룬다. 지숙과 종호는 소매치기로 일종의 동업자이고 박정만은 부자집 아들이자 대학생이다. 지숙은 불우한 가정환경 때문에 종호는 생활 때문에 각각 소매치기가 되었고 종호는 고아 출신의 어린 '가족'들을 거느리고 산다. 종호가 일방적으로 지숙을 좋아하는데 비해 뒤늦게 나타난 정만은 지숙의 애정을 얻는데 성공한다. 지숙을 잃고 무기력에 빠져 있던 종호는 '큰 건'을 시도하다 쫓기는 몸이 되고 지숙은 정만을 따라 새로운 삶을 계획한다. 지숙과 정만과 종호가 비슷한 비중으로 다루어지는데, 지숙을 중심으로 한 스토리는 한 여성이 여러 남자를 경험하면서 자기 삶을 찾아가는 이야기가 되고, 종호를 중심으로 보면 뿌리 없이 출발한 청년의 불행한 도시 체험기가 된다. 이야기 전개에 있어서는 희극적인 요소보다는 애정 갈등이 중요한 역할을 한다. 이들의 직업이 소매치기라는 점, 종호가 사회에 적응하고 부딪치는 방법이 지극히 감정적이고 도발적이라는 점에서 보통의 흔한 연애소설과 구별된다.

이렇듯 상투적인 스토리로 전개되는 두 소설이 대중적 인기를 얻고 통속이라는 '불명예스러운' 평가에서 비교적 자유로울 수 있었던 이유는 독자들의 동화를 적절히 추출해 낼 수 있었기 때문이다. 독자들의 동화가 발생한 이유는 단지 감각적이고 말초적인 만족을 넘어 작품이 보여주는 현실에 대한 비판과 야유에 동의하였기 때문이었다. 이런 동의는 사회적으로 악한인 주인공들의 처지가 갖는 개연성으로 인하여 독자들이 동정심을 가지게 되고, 그로 인해 독자들은 인물들과 일종의 동류의식을 느끼게 되기 때문이다. 동류의식은 비록 추상적이지만 서로 간의 연대감으로까지 발전하기도 한다.

작중 인물과 독자들의 이런 연대가 이루어질 수 있었던 데는 70년대 후반이라는 시대적 조건이 매우 중요하게 작용하였던 것으로 보인다. 일반적으로 인정하고 있듯이 70년대는 개인의 자유나 개성에 대한 인식이 크게 성숙된 시기는 아니었다. 오히려 정상적인 경로를 통한 의식의 구체적 실현이나 이상의 구현이 근본적으로 차단된 시기였다. 근대화의 주류에서 밀려난 주변부의 소외현상은 매우 심각했으며 소외를 이성적으로 풀어낼 어떤 장치도 작동되지 않았다. 따라서 심정적으로 소외를 느끼고 있는 대부분의 사람들은 개인적 감정적인 저항을 시도할 수밖에 없었다. 장발과 미니스커트가 이런 저항의 아이콘이었듯이 악인형 소설의 인물들이 보여주는 저항과 사랑이 일종의 대리만족이 될 수 있었던 것이다. 낭만적이고 돌발적인 충동만이 이상을 실현하는 유일한 수단이었던 시대였다.[16] 이러한 시대의 독자를 끌어들이기 위해 희생과 사랑이라는 추상적 감상의 전달을 공략 방향으로 삼은 것이 연애소설이었다면 악인형 소설의 방향은 인간의 열악한 조건, 극한 상황의 제시, 그리고 그를 극복하기 위한 개인의 노력과 좌절을 보여주는데 있었다고 할 수 있다. 정의와 불의를 떠나 생의 끝에 이른 인간들이 선택할 수 있는 반항의 방법에 무의식적으로 동의하는 독자의 심리상태가 소설의 공감을 이끈 셈이다.

---

16) 1970년대 대중소설의 이러한 성격에 대해서는 김현주의 「1970년대 대중소설연구」(『1970년대 문학연구』(민족문학사연구소 현대문학분과 편, 소명출판)를 참조하였다.

물론 이러한 공감에는 대중문학 일반이 가지고 있는 대리 만족·여가 충족의 요소도 포함된다. 일반적으로 대중문학이 여가 산업으로서의 상품성을 높이기 위해서는 여가를 즐기려는 독자들의 욕구를 충족시켜야만 하고 이를 위해서 대중문학은 작품의 흥미에 특별한 관심을 갖지 않을 수 없다. 그러므로 대중문학은 독자들이 지루한 여가를 즐겁게 보낼 수 있도록 하기 위하여 여러 종류의 장치, 곧 독자의 흥미를 유지하는 기법을 마련한다. 이 기법으로는 독자들의 관심사인 당대 사회 문제에서 소재를 택하는 것이라든지, 독자들의 꿈의 현실화인 초인적 주인공의 등장이라든지, 인간 내면의 권선징악적 욕구의 반영인 정의의 승리와 같은 축의 설정이라든지, 줄거리의 전개 과정에서 긴장감을 고조시켰다가 결정적 위기에서 작품을 중단하는 소위 단절기법이라든지, 애정을 바탕으로 한 주인공과 악한의 대결구도와 같은 것 등이 활용되기도 한다.[17] 연애소설이 이 기준을 처음부터 끝까지 충실히 따른다면 악한 소설은 이 기준을 따르면서도 일탈을 보여주면서 전개된다.

　우선 악한 소설에서는 전래의 윤리가 어느 정도 무시된다. 인물들의 성격으로 볼 때 부르주아지의 윤리나 그것에 반대하려는 정신, 어느 쪽도 부족한 점이 이런 소설의 공통점이다. 적당한 비판과 함께 비장미를 전달해 주지만 결국 본격소설과는 차이를 드러낸다. 그런데 이런 부족은 어떤 면에서는 양쪽 모두를 과도하게 강조하지 않는다는 장점으로 작용하기도 한다. 기존 질서에 대한 반발과 그것을 대신할 어떤 질서도 발견하지 못한 상태에서 방황하는 개인의 모습을 솔직하게 보여주는 것일 수도 있기 때문이다. 상황에 따라 기존의 윤리를 부정하기도 하고 또 다른 상황에서는 기존의 질서를 거부하지 못하는 미숙한 정신으로 인해 오히려 살아 있는 인물에 가까워지는 효과를 보기도 한다.

　악인형 인물이 가지고 있는 '惡'의 성격 역시 일반적인 의미와는 구

---

17) 임성래, 「대중문학을 어떻게 이해할 것인가」, 『대중문학이란 무엇인가』, 평민사, 1995.

분된다. 『풀잎처럼 눕다』와 『걸어서 하늘까지』에 한정한다면 악한들에 나타난 '악'의 의미는 매우 제한적이다. 일반적으로 악인에 대한 판단은 윤리와 법률에 의해서 이루어진다. 두 작품의 인물들은 법률적으로는 물론 윤리적으로도 악한에 속한다. 그런데 윤리적인 문제에 있어 이들을 판단하는 데는 심정적인 기준이 더 개입하게 된다. 이들이 윤리적으로나 법률적으로 조금은 악한인데 비해 법률에서는 자유롭지만 윤리적으로 더욱 해로운 것들이 작품 안에 따로 존재하기 때문이다. 이러한 큰 악이 상징하는 것은 돈 또는 현실의 권력이다. 비록 악한이지만 이들과 대결하고 있는 사람들 혹은 세상이 이들보다 더욱 악한 것으로 판단될 때 이들의 악은 상대화 될 수 있다. 이 상대화를 규정하는 것은 현실적인 힘의 유무이다. 『풀잎처럼 눕다』는 주호 편과 프랑크 편의 이권 다툼을 서사의 주요 골격으로 하고 있는데 양쪽 모두 '善'하다고는 할 수 없는 사람들의 무리이다. 그러나 이들의 싸움을 이용해 실질적인 이익을 얻고 결국은 모두를 배신하게 되는 인물 최장군이 가장 악한 인물로 되면서 주요 인물들의 악은 미미한 것으로 보이게 된다. 최장군으로 상징되는 도시의 욕망과 어둠은 더 큰 악이기 때문이다. 『걸어서 하늘까지』의 종호나 지숙의 '범죄' 역시 충분히 용서받을만한 것으로 다루어진다. 종호는 어머니로부터 버림을 받고 온갖 학대를 견디며 성장한 고아이다. 그는 가난하고, 자신과 같은 아이들의 삶을 책임져야 한다는 의무감을 가지고 있는 인물이다. 그의 악행은 모두 생존을 위한 것이라고 볼 수 있다. 지숙의 경우 불행한 가정사와 첫사랑의 좌절이 현재의 행동을 합리화해 준다.

이와 같이 악한 소설에서 사용되는 악은 대상과의 비교를 통해 상대화되기도 하는 악이다. 이는 새로운 악인들이 등장했다는 의미가 아니라 악에 대한 시대의 관념이 달라졌다는 뜻이다. 복잡하고 때로는 폭력적인 도시에서 사는 인간들을 판단하는 데 윤리와 법의 잣대가 절대적이 아닐 수도 있다는 새로운 기준이 대두되는 것이다. 그 새로운 기준은 인간에 대한 애정이다. 비록 추상적이기는 하지만 사랑, 우정, 희생 등의 인간적 덕목을 어느 정도 갖추고 있느냐가 인물들을 판단하는 진정한 기준이 되는 것이다. 인물이 따뜻한 인간애를 가지고 있다면 객관적으로 정당하지 못한 행위들이 아무 일도 아닌 것처럼 취급되거나, 용서할 수 없는 일들이 가볍게 다루어지기도 한다. 반대로 배신, 몰인정, 물신주의 등은 부정적 덕목이 되는데 이런 부정적 덕목을 소유한 사람들은 다른 무엇으로도 손상된 자신의 인격을 보상받지 못한다.

다음 예문에서는 『풀잎처럼 눕다』에 반복해 등장하는 도시에 대한 부정적 이미지를 볼 수 있다.

틀렸어. 삽을 내던지며 도엽이 외쳤다. 아스팔트 아래에도 죽은 땅 뿐이야. 사람이 건설한 도시지만 이렇게 비대해지고 나면 우리들 사람의 힘만으론 구제할 수 없어. 두고 봐. 도시는 조만간 우리들까지도 야금야금 잡아먹고 말 거야.

아니라고, 우리를 구제할 수 없는 것은 도시보다 그 절망과 체념 때문이라고 그녀는 소리치고 싶었다. 그러나 생각뿐이었다. 말은 나오지 않았다.

은지는 혼자 풀을 심었다. 말라죽은 자리에 또 심고 또 심고 하였지만 풀은 살지 못했다. 그녀는 풀잎 하나 살아남지 못하는 도시가 서러워서 꿈 속에서도 실연한 소녀처럼 훌쩍거리고 울었다. 하느님. 도시의 우리에게도 풀잎이 살아남을 수 있도록 알맞은 습도, 신선한 땅, 정결한 햇빛을 주옵소서, 하고 두 손 모으면서.[18]

"서울은 황야야."

한참 동안 도엽의 턱짓에 따라 밖을 내다보고 있던 은지가 낮지만 확신에 찬 목소리로 말했다.

"그치만 저곳에서 비명 소리만 듣는다는 건 한 부분만 보는 걸 거야. 황야에도 어느 곳에선가 풀잎들은 자라나. 난 도엽형 말에 완전히 승복할 수 없어."[19]

---

18) 박범신, 『풀잎처럼 눕다』, 삼성출판사, 1983, 191면.
19) 위의 책, 390면.

이들이 살아가고 적응하려 노력하고 그리고 때로 부정하기도 하는 대상은 도시이다. 도엽이 생각하는 도시는 생명으로 충만한 곳이 아니라 시멘트로 덮여 있어 풀 한 포기 제대로 키울 수 없는 곳이다. 몇 번 반복해 나오지만 도시를 표현하는 단어는 황야이다. 황야는 "풀잎 하나 살아남지 못하는 도시"와 같은 말이고, 풀잎은 연약한 생명 정도를 의미한다. 일부에게는 편안한 집을 제공해주지만 소외된 자들에게는 한없이 잔인한 곳, 이미 내린 뿌리가 없다면 결코 뿌리 내릴 수 없는 곳이 도시이다. 도엽과 동오가 애써 적응해보려 했지만 결코 뿌리 내릴 수 없었던 곳이다. 도엽이 보기에 도시는 희생당한 이들의 비명 소리만이 들리는 곳이다. 도시에 대한 이런 거부의 심리는 이들의 악을 정당화해주는 중요한 요소가 되기도 한다.

그런데 도시에 대한 이러한 비판만으로는 독자에게 위안을 주지 못한다. 모순되는 심리이기는 하지만 사람들은 그곳에서도 삶은 계속되고 또 삶이 계속될만한 가치가 있음을 믿으면서 살고자 한다. 그 믿음을 받쳐주는 인물이 은지이다. 그는 결코 도시에서 비명만을 듣지 않는다. 희망의 씨를 심듯이 도시 어딘가에서 자라고 있을 풀잎들을 믿는 것이 은지의 마음이다. 은지는 "도시보다 그 절망과 체념"이 더 문제라고 생각한다. 도엽과 동호가 결코 은지와 하나가 될 수 없는 이유가 여기에 있고, 그들이 세상에 대한 희망을 완전히 버리지 못하는 이유도 여기에 있다.

도시에 대한 이러한 묘사는 『풀잎처럼 눕다』와 『걸어서 하늘까지』 곳곳에서 발견할 수 있는데, 주로 주인공들이 괴로움에 처했을 때나 외로움을 느낄 때 그 원인으로 묘사되는 경우가 많다. 자신들까지도 야금야금 잡아먹고 말 도시, 절망과 체념뿐인 도시의 이미지를 강화함과 동시에 그 속에서 살아가는 주인공들의 곤란한 삶에 대한 독자들의 동의를 이끌어 내는 것이다. 물론 도시에 대한 이런 이미지들은 구체적인 사건이나 인물들의 고민을 통해서 자연스럽게 유도되기보다는 작가와 인물의 감정과 인상에 의해 미리 선언되고 있다는 인상을 준다. 어떤 면에서는 소설 속의 상황이 주제를 자연스럽게 이끌어내지 못한다는 인상을 주기도 한다. 이런 인상은 작품의 주제와 표현이 일상생활과 갖는 유비로 해결할 수밖에 없다.

4. 비극적 결말과 상실의 이미지

악한들은 현실적으로 존재하는 강한 적에 도전하다 패배한다. 때문에 그들의 몰락은 비극적이라는 인상을 준다. 그 강력한 도전의 대상이 마치 운명과도 같이 피할 수 없는 것이라는 점에서 악한 소설은 비장미마저 가지고 있다. 여기에서도 역시 과연 그들이 진정 윤리적으로 선한가 그렇지 못한가는 중요하지 않다. 대립하는 상대에 의해 의미를 갖는 것이 그들의 윤리였으므로 악한은 악인이 아니라 '피해자'가 되기도 하고 상대적으로 '보통' 사람이 되기도 한다.

악인형 인물이 몰락하는 영웅의 이미지를 가지고 있다는 사실은 대중의 관심을 이끌어내는 데 매우 효과적이다. 독자들은 애도의 무리가 그런 것처럼 같은 처지에 살다 장하게 추락하는 인물들에게 긍정적 감정을 갖게 된다.[20] 악인의 추락을 보면서 그를 '죽인' 다른 악인을 보고, 다른 악인을 통해 독자들은 주인공을 따르는 무리가 되는 것이다. 악한 세계에 의해 허무하게 무너지는 '순수한' 영혼은 아니지만, 세계와 치열히 대결하다 결국 무너져 버리는 것에 대한 안타까움이 소설의 대중적 기반을 형성한다. 불우한 처지에서 살다가 자신의 처지를 극복하려 노

---

20) 엘리아스 카네티, 반성완 역, 『군중과 권력』, 한길사, 1982, 119~124면.

력하지만 결국 또 다른 몰락(혹은 제자리)으로 마무리된다는 점에서 인간 존재의 한계를 보여준다고도 할 수 있다. 악한 소설은 이런 인간 조건의 한계를 극복하거나, 최소한 목숨을 걸고 항거하는 모습을 보여주어 독자에게 충분한 대리만족을 제공한다.

인간 존재의 극한을 보여주는 것은 허구인 소설의 본래 기능이기도 하다. 죽음은 존재의 극한을 보여주는 전형적인 경우이다. 허구 세계에서는 죽는 법을 아는 사람들(남을 죽이기까지 하는 사람들)을 쉽게 찾아볼 수 있다. 우리가 삶을 체념하고 죽음을 인정할 수 있는 조건도 오직 허구 세계에서만 충족될 수 있다. 이러한 허구의 세계는 현실 세계에 안도감을 준다. 허구의 세계에서 이루어지는 인생의 온갖 우여곡절 뒤에서 현실의 삶은 심리적으로나마 여전히 안전하게 보호받을 수 있기 때문이다. 인생이 한 수만 삐끗해도 승부를 포기해야 하는 체스게임과 같다는 것은 너무나 슬픈 일이다. 게다가 인생은 체스와는 달리 한번 지고 나면 그것으로 끝장이고, 설욕전을 가질 수도 없다. 허구의 영역에서는 우리가 필요로 하는 수많은 삶을 찾을 수 있다. 우리는 소설 속의 주인공을 우리 자신과 동일시하고, 그 주인공과 함께 죽는다. 그러나 실제로는 살아남아서, 또 다른 주인공과 함께 다시 죽을 준비를 한다.[21] 연애소설이 순수의 체험과 희생이라는 길을 통해 위안을 준다면 악한 소설은 세계에 대한 반항의 대리체험을 통해 또 다른 감정 정화를 이끌어내는 것이다. 여러 이유에도 불구하고 현실적으로 어쩔 수 없다는 의식이 이러한 비극적 효과를 주는데, 이 때 비극적 효과를 극대화시키기 위해서는 패배의 장엄함이 무엇보다 강조되어야 한다.

실제로 악한 소설의 이야기는 운명에 대한 도전과 패배, 사랑의 좌절, 안주할 고향의 상실이라는 공식에 의해 이루어진다. 앞서 살펴 본 두 작품 역시 여기서 크게 벗어나지 않는다.『풀잎처럼 눕다』는 도시에 도

---

21) 프로이트,「전쟁과 죽음에 대한 고찰」,『문명속의 불만』프로이트전집 15권, 열린책들, 1997, 60면.

전하는 인물의 몰락이 중요하고 『걸어서 하늘까지』는 남녀의 애정 문제가 더 큰 비중을 차지할 뿐이다. 그러면서도 두 작품을 관통하는 가장 중요한 요소는 주인공들의 비극적 추락이다.

> 도엽의 가슴을 쓰다듬으며 동오는 말했다. 그건 사실이었다. 도엽은 아주 근사한 체격을 가지고 있었다. 일 미터 칠 십 팔의 키, 부드럽게 흘러내렸으면서 탄탄한 어깨, 새 테니스 공처럼 팽팽히 당겨진 보디, 그리고 청동빛 피부, 깊은 눈……22)

> 도엽은 온 몸을 부르르 떨었다. 눈 덮인 산맥은 개 짖는 소리로 가득 차겠지. 피비린내 나는 바람이 불어올 거야. 철컥철컥, 노리쇠들이 잠기는 금속성. 이쪽으로 몰아, 하는 사냥감을 앞에 둔 가파른 음색, 아무데도 도망칠 곳 없는 노루, 노루 두 마리 …… 그렇다. 그들은 눈쌓인 산맥에서의 아침 사냥이 끝나면 아마 알 것이다. 그들의 사냥감이 얼마나 힘없고 약한 노루였는지. 움직일 수조차 없는 상한 노루와 재크나이프는 가지고 있어도 사냥개 한 마리 잡을 수 없을 작은 노루, 동오. 그들은 어쩜 두개골이 깨져 쓰러져 있는 우리를 향해 침을 뱉을는지도 모른다. 이 따위 먹잘 것 없는 노루 때문에 아침식사만 망쳤잖아, 하고 중얼거리면서.23)

두 문단 모두 『풀잎처럼 눕다』의 주인공 도엽에 대한 묘사이다. 앞의 것은 소설이 시작되는 부분, 뒤의 예문은 소설이 마무리되는 부분이다. 앞의 예문에서 도엽은 큰 키에 탄탄한 어깨, 긴장된 몸과 건강해 보이는 피부 그리고 깊은 눈을 가진 매력적인 육체의 남자이다. 작가가 소설의 앞부분에 소개한 도엽의 감각적인 매력과 그의 육체가 갖는 건강성은 작품이 진행되면서 하나 둘씩 소진된다. 한 쪽 무릎이 부서져 목발을 짚고 다녀야 했고, 결국 사냥감처럼 쫓겨 눈 덮인 산에 고립된 형편에 이르기도 한다. 위에서처럼 도엽은 스스로를 노루라고 생각한다. 처음에

---

22) 『풀잎처럼 눕다』, 14면.
23) 위의 책, 445~446면.

는 당당한 젊은이였지만 결말에서는 사냥꾼과 사냥개에 몰렸으나 결국 먹을 것 하나 없어 실망만 안겨주는 약한 짐승이 되고 마는 셈이다.

이처럼 작품 첫 부분의 인상과 끝 부분만을 비교해 보아도 이 소설이 하강의 구조, 비극적 구조를 가지고 있음을 쉽게 알 수 있다. 이러한 구조는 작품 내내 유지되어 오던 '악한'의 이미지를 약화시키는 효과를 거둔다. 이러한 몰락의 서사는 그들의 좌절이 갖는 온갖 개인적인 이유들을 망각 속으로 밀어 넣는다. 독자들에게는 그들이 도시에 적응하지 못하고 도시 밖으로 쫓겨난다는 결과만이 강조될 뿐이다. 작품의 이러한 결말은 상실의 이미지를 낳고 상실의 이미지는 그대로 작품의 주제가 된다.

주인공들이 잃어버린 것들이 무엇인지는 작품을 비극적으로 만든 것이 무엇인지를 확인하는 일과 같다. 그 상실이 갖는 설득력이 곧 비극적 인상을 좌우하기 때문이다. 우선 주인공들이 좌절하는 첫 번째는 사랑이다. 사랑은 지극히 개인적인 것일 수 있으나 두 소설에서 인물들의 사랑을 좌절하게 만드는 요소는 개인적인 것이 아니다. 주인공이 처한 상황이 사랑을 온전하게 유지하는 데 방해가 되는 것이다. 도엽과 은지의 관계나 종호와 지숙의 관계가 그렇다. 도엽은 은지를 사랑하지만 끝까지 그녀를 지킬 수 없음을 알고 그녀를 거부한다. 종호가 지숙의 사랑을 얻지 못하는 이유는 지숙이 자신의 새로운 출발을 원하기 때문이다.

물론 이러한 사랑은 다분히 대중 추수적인 성격을 갖는다. 『별들의 고향』이나 『겨울여자』와 같은 이전 소설과의 유사성이 노골적으로 드러나는 부분도 있기 때문이다. 남자 주인공들은 두 명의 연인을 가지고 있다. 하나는 처녀성을 상징하는 은지와 지숙이고 다른 하나는 아이 어머니이자 주인공들에게는 언제나 휴식이 되는 두 여인이다. 주인공 도엽과 종호는 두 여인을 원한다 할 수 있는데, 한 여인은 어머니에 가깝다면 한 여인은 순결한 애인에 가깝다고 할 수 있다. 두 여인 모두 현실에서의 실패를 여성을 통해서 보상받으려는 주인공의 심리를 만족시켜

주는 대상이기도 하다. 어느 연구자의 지적처럼 "암울한 현실적 압박감에서 벗어나 '예쁘고 착한 여자' 그러면서도 자신의 환부를 감싸 안을 수 있는 여성에게서 자신의 성적 욕망을 충족하는 공상의 세계"를 다룬 것이 70년대 대중소설의 특징이라면 이 소설 역시 "당대 남성들의 성적 욕망과 꿈과 환상이 투사된 성인동화"[24]라는 지적을 피하기는 어렵다.

또 연애 특히 여성을 다루면서는 순결주의를 강조하기도 한다. 사랑하는 여인과의 정사를 아름답게 묘사하고, 이후에도 사랑하는 여인은 순결한 처녀처럼 여기게 되는 태도에서 잘 드러난다. 이밖에도 몇 번 등장하는 순결의 부담감은 여성에게 순결이 중요하다고 믿는 일반인들의 정서를 대중성 확보를 위해 이용한 것으로 보인다. 『걸어서 하늘까지』에는 정만의 집에서 일하는 정순이 등장한다. 남자들이 자신을 추행할 것을 몹시 걱정하는 여성인데, "돈도 웁고 배운 것도 웁으니께, 시집갈 때 몸이라도 성해야 안쓰것어유? 신랑한티 줄 건 웁고 단지 성한 몸뿐이랑께요"[25]라고 하여 근거 없는 순결주의를 표 나게 드러낸다. 그러나 이 역시 남성중심주의의 권위가 횡행하던 이 시대의 조건과 떼어서 생각하기 어려운 부분이다. 처녀성의 강조나 모성의 강조는 사랑에 대한 남성 편향을 보여주지만 이런 사랑의 좌절은(매우 남성적인 시각을 인정한다면) 단순한 사랑의 실패가 아니라 소망의 비극적 좌절이라는 인상을 지울 수 없게 한다.[26]

---

24) 이정옥, 「산업화의 명암과 성적 욕망의 서사」, 『한국문학논총』 29집, 2001.12, 403면.
25) 문순태, 『걸어서 하늘까지』 下, 창작과비평사, 1980, 43면.
26) 고급힘을 지향하는 대중소설이 늘 그렇듯이 독지들의 특별한 취향을 보여주고 있는 듯한 장식적 요소의 과도한 삽입도 중요한 특징이다. 『풀잎처럼 눕다』에는 정호승과 장석주의 시가 인용되는가 하면, 죄형법정주의와 관습법의 다툼, 위상수학에서 말하는 쾨니히스베르크의 다리, 이밖에도 티코와 황금날개 등 외국 동화들이 끌어들여지고, 특수강도로 쫓기는 과정에서는 '죄와 벌'까지 동원된다. 이런 장식적 요소가 동원됨으로 해서 "무언가 잘 이해할 수는 없더라도 무언가 고상한 느낌을 주는 이 문화적 위압에 힘입어, 독자의 폭력에 대한 건전한 비판력으로부터 도엽은 보호"(한만수, 「전형성 없는 나라, 죄인 없는 법정」, 『사상문예운동』, 1991년 여름, 179~180면)된다. 이는 『걸어서 하늘까지』 역시 다르지 않다. 실연했을 때 들리는 외국 가수의 처절한 노래나 지

비극적 인상을 만들어내는데 두 번째로 중요한 것은 고향 상실의 이미지이다. 여기서 고향은 자신이 떠나온 곳 또는, 정신의 안식처를 의미한다. 『풀잎처럼 눕다』는 고향을 떠나는 데서 출발하여 일 년이 지난 뒤 고향으로 돌아오는 것으로 끝나는 소설이다. 떠나야 하는 이유는 그들에게는 고향이 쉴 수 있는 안식처가 아니었기 때문이다. 도엽에게 고향은 자신의 꿈을 묶어두려는 이복형이 살고 있는 곳이었고, 동오에게 고향은 가난으로 받은 서러운 기억만이 드리운 곳이었다. 수배자가 되어 일 년 뒤 찾아간 고향은 가까이는 갈 수 있으나 돌아갈 수는 없는 곳이었다. 『걸어서 하늘까지』의 종호는 힘들고 괴로울 때마다 자신이 자란 고아원이 보이는 산으로 올라간다. 그에게 고아원은 지워버리고 싶지만 지워지지 않는 고향이다. 그러나 돌아갈 수 없는 곳이다.

> "하긴 떠나 봤자지만."
> 그것은 절망의 다른 표현이었다. 도엽은 고개를 끄덕거렸다.
> 떠나 봤자지. 어디에 우리가 안주할 사랑의 땅이 있단 말이냐. 환상은 이미 죽어 버린 시대인 것을 도엽은 알고 있었다. 밤새 달려가서 남해바다 어디쯤 기차를 버린다고 해도, 역시 물거품이 되어 지금도 바다의 어딘가에 남아 있다는 인어의 전설은 살해되고 없다는 것을, 바다엔 단지 무장한 경비정, 괴물 같은 아라비아의 유조선, 죽어 버린 김 양식장의 부표 따위가 떠다니고 있을 뿐이라는 것을, 도엽은 자신의 손금보다도 더 환히 알고 있었다. 그래서 밤마다 도엽과 동오는 한번도 떠나지 못하고 잠들었다. 잠이야말로 그들이 자유롭게 누릴 최대한의 '떠남'이었다.[27]

고향은 공간적 개념이었다. 그러나 고향을 잃어버린 사람들에게 공간은 의미가 없다. 현재 이곳이 답답할 때 떠날 다른 곳을 가지고 있지

숙의 한을 달래주기라도 하는 듯한 판소리 가락 등은 사실 서사의 진행과 긴밀한 연관을 갖지 못하고 등장한다. 그러면서도 주인공들의 마음을 간접적으로 표현하여 그들의 진정성을 높여주는 역할을 수행하고 있다.
27) 『풀잎처럼 눕다』, 161면.

않기 때문이다. 고향에 대한 환상은 이미 죽어버렸기에 그들이 찾아갈
수 있는 자유는 꿈속에만 있었다. 앞에서도 말했지만 도시에서 찾은 그
들의 안식처는 실상 여인이었다. 도엽과 종호는 서희와 오마담이라는
여인을 가지고 있었다. 서희는 도엽의 대학 동창으로 그가 외로울 때마
다 찾아가는 여인이다. 종호가 자주 찾아가는 오마담은 술집에서 일하
는 아들 딸린 마담이다. 그들의 괴로움을 달래줄 사람은 도시에서 이들
밖에 없다. 직접적 인과 관계를 밝히고 있지는 않지만 이들에게도 끝내
안주하지 못하게 된 후 그들은 도시를 떠나게 된다.

이렇게 악인들의 좌절과 몰락을 다룬 소설은 상실한 것들에 대한 회
복을 꿈꾸며 끝이 난다.

> 동오가 고향에 가기로 한 결정적인 원인은 도엽에게 있었다. 아이를 보고
> 싶어하는 도엽의 간절한 소망을 그는 눈빛만 가지고도 알았던 것이다. 어쩌면,
> 아니 거의 백 프로 마지막이 될 소망이었다. 동오는 어떤 위험을 무릅쓰고라
> 도 도엽의 마지막 소망을 이루어 주고 싶었다. 아이를 보고 나서 도엽 형은
> 죽을 것이다. 경찰이 형을 붙잡아 가기 전에 형이 형 자신을 죽일 것이다.
> 동오의 예상은 완전히 들어맞았다. 타이어 아래에 누워 도엽은 오직 한 번
> 도 본 적이 없는 아이만을 생각하고 있었다. 한데나 다름없어 온몸이 뻣뻣이
> 얼어붙었지만 아이에 대한 상상으로 그는 따뜻하였다. 재용이, 재용이, 아버지
> 라는 말을 도엽은 이윽고 입 속에 굴려 보았다. 아아, 한 번이라도 좋으니까
> 내게도 가장의 굴레가 씌워진다면, 그리하여 땀과 피를 다 바쳐서 일하고 지
> 킬 가정, 아름다운 나만의 땅이 있어 준다면.
> 그러나 그건 헛된 소망이었다. 도엽은 그것을 깨닫고 있었지만, 그렇기 때
> 문에 더욱 정화가 낳았다는 그 아이가 보고 싶었다.[28]

도엽이 상실한 것은 고향과 여성이다. 이 두 가지 모두를 잃고 죽음
직전에 이른 그는 은지도 고향도 아닌 얼굴도 본 적이 없는 아들에게

---

28) 위의 글, 431면.

돌아가고자 한다. 풀들에게 뿌리 내릴 땅이 필요하듯이 땀과 피를 바쳐 일하고 지킬 가정을 도엽은 이야기한다. 이 지점에서 비극적 결말을 지향하는 작품의 전개는 절정을 맞게 된다. 죽음을 앞두고 있다는 점, 현실에서의 마지막 소망을 품고 있다는 것, 그것이 가족이라는 가장 감정적이고 중요한 집단을 향한 소망이라는 것 등이 분위기를 고조시킨다. 특별히 사랑하지도 않는 여자에게서 얻은 아이를 자신의 아들이라는 이유로 이렇듯 간절히 바란다는 것은 지금까지 윤리적으로 부정적 평가를 받았던 부분마저 긍정적으로 보상받는 효과를 거둔다.『걸어서 하늘까지』의 물새 종호 역시 결말에서는 "용기 있고 의협심 강한 물새가 아니고, 한갓 평범한 좀도둑으로 변신"해 버린다.

이러한 낭만적 취향은 인물들에만 해당하는 것이 아니라. 이 시대를 그리는 작가의 세계관과도 통하는 것이라 하겠다.『풀잎처럼 눕다』의 작가는 "연일 모래바람이 불고, 순결한 사람들이 흘리는 피냄새가 나고, 또 그곳에선 연일 참담하게 말라죽은 우리들 사랑이 시멘트로 된 휴지통에 버려지고 있다"[29]고 도시를 평가한다.『걸어서 하늘까지』의 작가는 "뿌리가 뽑히기는커녕 이 세상에 태어나서 한 번도 뿌리를 박아보지도 못한 밑바닥 인생들", "사회를 좀먹는 버러지처럼 몰인정하게 매도(罵倒)"되어 온 사람들에 대해 "이들은 사랑할 줄도 알고 슬퍼할 줄도 알며 분노할 줄도 안다"[30]는 것을 말하고 싶어서 소설을 쓴다고 하였다. 소외된 개인이 온전히 살아갈 수 없는 도시에 대한 감상적 접근, 그곳에서 비참하게 몰락할 수밖에 없는 그들의 삶을 그려낸 것이 악한 소설이라 할 수 있다.

---

29) 작가후기,『풀잎처럼 눕다』, 금화출판사, 1980(『풀잎처럼 눕다』(세계사, 2001)에서 재인용).

30) 문순태,「작가의 말」,『걸어서 하늘까지』下, 405면.

5. 시대에 대한 낭만적 충동

소설은 어떤 식으로든 '惡'과의 대결을 다룬다. 인물과 인물의 대결이든 인물과 세계의 대결이든 기본적인 구도는 '善'과 '惡'의 구도라고 할 수 있다. 그 선이 담지하고 있는 윤리가 전체적·중세적 세계관과 관계되는 것인지 시민의 개인 윤리로 좁혀진 것인지는 당연히 문제 삼아야 하겠지만 속악한 세계와 순결한 인물이 만나 엮어내는 이야기가 소설의 기본 구조임에는 틀림이 없다. 이광수의 『무정』에서 악은 개화하지 못한 조선이었다. 그래서 작가는 '무정한 세상'을 향한 당당한 목소리로 소설을 마무리 지을 수 있었다. 노동소설에서는 자본가가, 농촌소설에서는 지주나 마름 혹은 왜곡된 근대화가, 『찔레꽃』류의 통속소설에서는 돈과 물신화된 사랑이 '惡'으로 등장한다. 그렇다면 악한 소설에서 '악'은 악한 모습으로 살아가게 만드는 도시의 현실이고, 그 안에서 보이지 않게 움직이는 온갖 욕망들이라 할 수 있다. 뿌리를 내리기도 어려워 어쩔 수 없이 악한이 된 사람들이 아니라 낯을 내놓고 떵떵거리며 사는 사람들이 '악'이 된다.

악한 소설의 주인공들은 고향을 잃고 도시로 밀려들어온 사람들이다. 순수함과 성실함으로 건실하게 살아가지 못하고 생존을 위해 윤리적·법률적 일탈을 감수하는 인물들이다. 그들은 도시 소시민이 못되는 것은 물론 건강한 노동자도 되지 못하는 인물이다. 따라서 그들이 도시인에서 치지될 공간은 매우 좁다. 이런 삶의 조건이 전제되기 때문에 그들은 비록 긍정적인 인간상으로 제시될 수는 없겠지만 현실적인 인간상으로 충분한 설득력을 갖게 된다. 악한 소설의 주인공은 일종의 영웅 이미지마저 가지고 있었는데, 악한은 윤리적·법률적으로 '나쁜' 사람이지만 거대한 사회에 어떤 식으로든 대결하여 패배하고, 결국 몰락한다는 점에서 독자의 심정적 동의를 얻어낸다. 이렇듯 폭넓은 설득력은 성과이자 동시에 한계가 되기도 하는데, 이들 주인공의 행동은 개인적이고 낭만적인 충동으로 이루어진다. 시대에 대한 이성적인 이해는 고사하고 이성적인 접근 자체가 시도되지 않는다. 소설의 인물들은 모두 이미지화되어 있다. 다시 말해 도엽과 동호와 은지와 종호와 지숙은 변화하는 인간형이라기보다 처음부터 끝까지 동일한 인상을 제공하는 하나의 이미지로서 존재한다.[31]

본론에서 살핀 대로 악한 소설은 대중 소설적 특징을 가지고 있으면서도 70년대 전반의 대중 소설과는 다른 면이 많다. 산업사회의 소외 문제를 개인의 입장에서 본격적으로 다루려는 의지를 가지고 있었기 때문이다. 세상에 뿌리를 내리지도 못하고 떠도는 이들의 모습을 사회를 좀먹는 악만으로 다루는 것이 아니라, 누구나 처할 수 있는 상황으로 그리고 있다. 연애 중심의 대중소설이 개인적이고 자기 폐쇄적인 성격을 갖는다면 악한 소설은 사회적이고 개방적인 성격을 갖는다. 현실 고발의 전통적인 방법은 아니지만 출구가 막혀버린 현실에 몸부림치는 군상들의 처절한 모습을 다룬 소설이라 할 수 있다.

이상으로 70년대 후반에 집중적으로 쓰인 일련의 소설을 '악한 소설'이라는 이름으로 살펴보았다. 여전히 '악한 소설'이 하나의 양식으로 존재할 수 있을지에는 많은 의문이 남는다. 그렇더라도 특별한 시기에 특별한 주제를 담은 소설들이 집중적으로 생산되었고 그것이 동시대의 분위기를 반영한다는 사실은 무시할 수 없는 일이다. 이 글의 의미는 그런 시대적 분위기가 낳은 문학의 한 경향을 양식의 관점으로 검토해 보았다는 데 있다.

---

31) 차혜영은 『별들의 고향』을 다룬 글에서 주인공 경아를 이미지로 존재하는 인물이라고 평가한다. 이런 경향은 은지나 지숙에게도 어느 정도 해당된다. 그에 따르면 "소설 줄거리 속의 경아가 아니라, 이미지로서의 경아로 존재하는 방식이다. 즉 시간의 변화 과정 속에서 나름의 삶의 이력을 만들어 가는, 어떤 행동을 하고 사건을 일으키는 주체로서의 그녀가 아니라 정지된 화면 속의 인물처럼 순간의 생생한 이미지 그 자체로만 존재하는 방식"이라고 한다(차혜영, 「최인호의 "별들의 고향"론—종합선물셋트로서의 소설」, 『1970년대 장편소설의 현장』, 2002, 181면).

사실의 의지와 이념의 불만

김원일의 『불의 제전』 연구

1. 들어가는 말

어떤 이념적 입장을 취하든 한국전쟁이 현대사에 미친 막대한 영향에 대해서는 이견이 존재하기 어렵다. 한국전쟁은 인명과 재산에 큰 피해를 주었을 뿐 아니라, 남북의 이념적 골이 깊어지는 결정적 계기가 되었기 때문이다. 전쟁으로 강화된 이념의 대립은 각각의 체제를 왜곡시켰으며 국가적 차원의 공포와 두려움, 불신과 경세심을 키우는 역할을 하였다. 이는 반미와 반자본주의를 내세웠던 북의 체제나 반공을 국시로 삼았던 남의 체제나 크게 다르지 않았다.

최근 전 지구적 자본주의가 승리를 구가함에 따라 남북 체제의 균형은 급속히 무너져 가고 있다. 두 체제의 경제력도 비교가 어려울 만큼 크게 벌어져 있다. 이에 따라 북에 대한 남의 경계 심리도 예전에 비해 매우 느슨해진 것이 사실이다. 이러한 시대 환경의 변화는 문학에도 영향을 미치고 있다. 남북의 민감한 문제를 언급하는 것조차 금기시되었던 과거에 비해, 최근에는 최소한 소재와 관련된 제한은 사라진 듯 보인다.[1] 소재와 함께 그것을 다루는 관점도 어느 정도 자유로워졌다.[2]

그럼에도 불구하고 이념을 다루는 데 있어서만큼은 우리 문학이 균형 잡힌 시각을 갖게 되었다고 말하기는 어렵다. 이념의 논리적 정당성과 의미를 짚어보기 보다는 그것에 대한 접근 자체를 터부시 하는 관점이 널리 퍼져 있기 때문이다. 여전히 이념의 구체적 내용을 살피기보다 그것이 우리 삶에 미치는 부정적 영향을 전면에 내세우는 경우가 많다. 이념이 전통적인 가치나 윤리를 훼손한다고 보는 시각은 그 대표적인 예이다. 현실을 어떻게 보든 간에 이념에 대해서는 '말하지 않는 것'이 최선이라는 생각이 상식처럼 퍼져 있기도 하다. 우리 현실이 이념까지도 역사적 실체로 볼만큼 그렇게 자유로워졌다고 보기 어려운 이유이다.

역사를 가로질렀던 이념을 자유롭게 다루지 못한다는 사실은 우리 사회에 내면화된 반공주의가 완전히 해소되지 못했다는 것을 증명한다. 반공의 시대를 거치면서, 이념은 곧 북측의 그것을 의미했기 때문에 이념에 가까이 가는 일은 북측의 사상에 가까이 가는 것으로 오해되었다. 시간이 지나면서 이는 우리 문학의 특성처럼 굳어진 듯도 하다. 이념을 노골적으로 드러내지 않아 오히려 뛰어난 문학적 성과를 거둔 작품이 없지 않았지만, 이념에 대한 거리 두기는 역사를 온전히 재현하는 데

---

1) 검열이 심하던 때에도 문학은 사실의 복원을 위해 노력해 왔다. 역사에서 전면적으로 다루기 어려웠던 현대사를 문학적 재현을 통해 발굴하고 되살려낸 점은 가장 눈에 띄는 성과이다. 4·3사건이나 여순사건, 거창 양민학살 사건 등을 일반인들에게 알린 데는 역사 못지않게 문학의 역할이 컸다.

2) 조정래의 장편소설 『태백산맥』을 명예훼손 혐의로 고소·고발한 사건이 2005년 3월 무혐의로 결론이 내려졌다. 1994년부터 10년 이상을 끌어온 사건이 마무리된 것이다. 이 판결이 매우 상징적이 의미를 갖는 것이 사실이지만, 지금 다시 재판을 한다면 과연 어떤 판결이 내려질까? 개인적 의견이지만 어떤 판결이 내려질지 확신할 수 없다고 생각한다.

제약이 될 수밖에 없었다.

　이 글에서는 역사를 기억해내는 방식과 이념에 거리를 두는 방식이라는 주제로 김원일의 『불의 제전』을 살펴 볼 것이다. 현대사를 복원하려는 욕망과 이념에 대한 불만을 동시에 보여주는 전형적인 작품이 『불의 제전』이라고 생각하기 때문이다. 이를 위해서는 유사한 배경과 사건을 다루고 있는 작가의 전작(前作)을 살펴보는 일이 필요하다. 「어둠의 혼」과 『노을』이 여기에 해당한다. 주지하다시피 『불의 제전』은 작가가 기왕에 발표했던 「어둠의 혼」, 『노을』로 이어지는 좌익 '아버지'를 다룬 소설의 연장선에 놓인다. 거기에 단행본으로 처음 출간된 『불의 제전』 두 권3)과 이후 완간된 소설을 비교해 보는 일도 필요하다고 생각한다. 『불의 제전』은 일곱 권으로 완간되기까지 연재와 중단을 반복하였고, 전체가 완간되는 데 약 15년의 시간이 걸렸다. 따라서 1983년 판과 1997년 판의 차이도 간과할 수는 없다.

　본론은 세 장으로 구성된다. 첫 번째 장에서는 「어둠의 혼」, 『노을』과 『인간의 마을』, 『불의 제전』의 차이에 주목할 것이다. 오랜 시간에 걸쳐 유사한 주제를 다루면서 그것이 어떻게 달라졌는지를 살피고 변화의 방향이 갖는 의미를 짚어보려 한다. 다음 장에서는 『인간의 마을』을 살펴본다. 주로 진영을 배경으로 하고 있는 이 부분에서 좌우 대립을 보는 작가의 관점을 확인해 보려 한다. 마지막으로 한국전쟁을 다루고 있는 『인간의 마을』 이후의 『불의 제전』을 다룬다. 1950년이라는 시기 설정에서 알 수 있듯 『불의 제전』의 주제는 전쟁이라 할 수 있다. 여기서는 전쟁과 이념을 다루는 관점을 검토해 볼 것이다.

---

3) 이 글에서는 구분의 편의를 위해 1983년 먼저 간행된 『불의 제전』 두 권을 『인간의 마을』로 표기한다. 『인간의 마을』은 1997년 완간될 당시에는 부제가 없어지고 1월~4월까지의 시간이 표기되었다.

2. 기억, 멀수록 선명해지는 과거

『불의 제전』의 주요 배경이 되는 공간은 경남 진영과 서울이다. 이 소설의 눈에 띠는 형식상의 특징은 시간의 전개에 따라 날짜로 장을 구분한 점이다. 사건이 전개되는 1월에서 8월까지의 기간 중 5~6월은 서울을 중심으로 이야기가 전개되고, 그 기간을 제외하고는 진영을 중심으로 이야기가 전개된다.[4] 작품의 서사를 이끌어가는 주인공은 심찬수이지만 한국전쟁을 전후한 시기의 서사는 주로 조민세의 행적을 따라간다.

위와 같은 시간과 공간의 설정은 이 소설의 성과와 한계를 밝히는 데 중요한 열쇠가 된다. 1950년의 진영과 서울은 분단과 한국전쟁, 남북의 이념 대립을 본격적으로 다루기에는 만족스럽지 못한 시공간이다. 이때는 첨예화된 갈등이 분출되는 시기이지 갈등이 시작되거나 곪아가던 때는 아니다. 그래서인지 『불의 제전』은 전쟁을 입체적으로 조명하거나 분단의 기원을 섬세하게 다루고 있지는 못하다. 비극적 현실을 드러내는 데 그칠 뿐이다.[5]

그렇다면 작가는 이런 한계에도 불구하고 왜 1950년이라는 시간과 진영과 서울이라는 제한된 공간을 설정한 것일까? 작가는 소설에서 현대사의 온전한 재현을 일차적 목적으로 하지 않았을 수도 있다. 그의 이전 소설들과 연관 지어 생각해 볼 때, 이 소설 역시 작가의 어린 시절을

---

[4] 경남 진영은 작가 김원일에게 있어 문학의 원천이자 뿌리에 해당하는 곳이다. 작가의 대표작들이 이곳을 배경으로 하고 있을 뿐 아니라 이곳에서의 체험이 작가에게는 문학적 이념과 내용을 결정하는 데 중요한 역할을 했기 때문이다. 이에 대해서는 류보선의 글 「어둠에서 제전으로, 비극에서 비극성으로」(『작가세계』, 1991.6)를 참조할 수 있다.

[5] 정병준의 『한국전쟁, 38선 충돌과 전쟁의 형성』(돌베개, 2006)은 한국전쟁이 단순히 한 번의 강력한 무력도발이 아닌 복잡한 국지전과 38선 충돌의 결과였다는 점을 상세히 밝히고 있다.

복원하려는 노력의 일환으로 파악하는 것이 가능하다. 작가는 조민세로 형상화된 아버지를 복원하기 위해 필요한 시간과 공간을 선택한 것이다. 또, 1950년의 진영과 서울이라는 공간은 김원일의 이전 작품 「어둠의 혼」과 『노을』에서 미처 다루지 못하고 남겨둔 시공간이기도 하다.

단편 「어둠의 혼」과 장편 『노을』은 작가 김원일의 이름을 대중들에게 각인해준 성공작이다. 이 작품들은 『불의 제전』과 함께 김원일이 가진 체험의 원형을 그대로 보여준다. 그러나 체험의 내용과 체험을 다루는 방식에서는 작품들 사이에 많은 차이가 있다. 형식면에서는 서술자와 서술의 방법이 다르고, 내용면에서는 사건과 인물의 성격이 다르다. 좌익 활동을 하던 아버지의 기억을 어떻게 작품으로 구체화하고 있는지, 한국전쟁 직전의 시대상황을 어떻게 그려내고 있는지도 비교가 된다. 따라서 이 작품들의 같고 다름을 따라가는 일은 역사를 기억하는 내용이 어떻게 달라지는지, 그러면서도 여전히 유지되고 있는 것은 무엇인지를 확인하는 일이 된다.

네 작품의 차이를 가져 온 가장 중요한 요소는 서술 방법의 변화이다. 위 작품들은 「어둠의 혼」에서 『불의 제전』으로 올수록 사건을 전달하는 서술자의 역할은 줄고, 사건의 현장성이 강조되는 방향으로 변화하고 있다. 사건이 발생한 시간과 창작 시기가 멀어질수록 사건의 내용은 분명해지고 서술자는 객관적인 시선으로 사건을 재구성한다. 초기 작품에서 사건보다는 사건과 관련된 인물들의 심리나 내면묘사를 강조했다면, 이후 작품에서는 사건 자체를 부각시키고 있는 것이다. 이러한 변화는 소실이 역사적 현실의 복원 쪽으로 조금 더 가까워지고 있음을 의미한다. 서술자는 역사적 사건과 객관적 거리를 두게 되고 풍부하고 구체적인 묘사에 주력하게 된다.

그럼 이러한 변화를 가능하게 한 서술 방법의 차이를 작품별로 자세히 살펴보자. 「어둠의 혼」의 서술자는 어린이이다. 가족들에 대한 아버지의 무관심으로 서술자의 가족들은 늘 굶주려 있다. 아버지가 죽게 된다는 소문을 듣게 된 '나'는 그 굶주림 속에서 아버지의 죽음을 확인하러 경찰서에 간다. 일반적인 어린이 서술자가 그렇듯이 이 소설의 서술자 역시 아버지의 죽음 나아가 시대의 혼란에 대해 논리적으로 풀어낼 수 있는 능력을 가지고 있지 못하다. 분위기를 막연하게나마 느낄 수 있을 뿐, 어른들의 세계에 대해 자세히 알지 못한다. 아버지의 죽음은 충격적이고 갑작스러운 사건으로 다가올 뿐 서술자는 그 이상의 의미를 느끼거나 이해하지 못한다.

『노을』의 경우는 소설적 현재와 서술자의 과거가 교차하여 서술되는 소설이다.[6] 우민 출판사 편집부장인 현재의 '나'는 삼촌의 죽음을 맞아 아들과 함께 고향을 방문하게 되고 꺼내고 싶지 않았던 어린 시절의 기억을 되살리게 된다. 현재의 '나'가 겪는 시간과 1950년 진영의 시간이 교차해서 흘러가는 것이 이 소설의 서술 방식이다. 문제가 되는 어린 시절의 기억은 회상이라는 일반적 형식이 아니라, 어린 시절의 '나'를 새로운 서술자로 불러내는 방식이다. 다시 말해 과거의 사건을 서술하는 인물은 어른이 된 '나'가 아니라 어린이인 '나'인 것이다. 역시 과거 사건에 대한 서술자는 어린이로 고정되어 있어 당시 현실을 입체적으로 깊이 있게 표현하지는 못한다. 현재의 '나'는 그 전후 맥락을 추상적으로나마 이해할 수 있는 능력이 있지만 전면적으로 사건을 서술해 주지는 않는다.

이에 비해 『인간의 마을』은 전지적 작가가 다양한 인물들의 모습을 사실적으로 보여주고 있는 소설이다. 특히 한 두 사람의 심리 묘사가 아니라 여러 인물의 사고와 행동을 보여준다는 점은 앞의 두 소설과 구분되는 가장 큰 차이이다. 완간된 『불의 제전』도 이런 면에서는 같다. 『불의 제전』에는 『인간의 마을』에 등장하지 않는 인물들(주로 사회주의자나 심찬수가 귀향길에 만난 사람들)이 새롭게 등장하기도 한다. 그러나 두 작품

---

6) 『노을』은 모두 7개의 장으로 구성되어 있다. 그 중 1·3·5·7장은 어른이 된 갑수가 서술자로, 2·4·6장은 어린이 갑수가 서술자로 등장한다.

사이의 차이도 간과할 수는 없다. 새롭게 출간된 『불의 제전』에서 두드러지게 달라진 점은 앞서 지적한 날짜 표기와 현재 시제의 사용이다. 날짜 표기와 현재 시제의 사용은 현장성을 높이기 위한 선택으로 보이는데, 시간으로 서사를 단단하게 묶어 사건의 전후 맥락을 더 강하게 엮어 주는 역할도 한다.

서술 방식의 차이는 작품의 주제와도 긴밀하게 연관되어 있다. 인물 주인공 서술자나 회상하는 서술자가 개인적인 이야기를 들려준다는 느낌을 준다면 전지적 서술자는 시대 현실을 객관적으로 전달해 준다는 인상을 준다. 어린 화자의 관찰 폭과 전지적 작가의 관찰 폭이 다른 것도 중요한 차이를 낳는다. 네 작품의 경우 최근작으로 올수록 개인의 문제에 비중을 두던 데서 시대 현실의 비중을 높이는 쪽으로 변화가 이루어진다.

"아버지가 잡혔다는 소문이 온 장터 마을에 좍 깔렸다"[7]로 시작하는 「어둠의 혼」은 아버지의 죽음과 굶주림의 경험이 주제인 작품이다. 소설에서 이 굶주림의 책임은 온전히 아버지에게 있다. 그러나 좌익 아버지의 죽음이 무엇 때문인지는 자세히 설명되지 않는다. 이 소설은 마치 성장소설처럼 어린이의 체험을 중심 서사로 하고 있으며, 그 안에 아버지의 죽음과 굶주림이 중요한 계기로 작용한다.

『노을』은 지우고 싶은 과거와 그렇지만 결코 그것에서 벗어날 수 없는 현재에 대한 이야기이다. 과거와 현재를 교차로 서술하고 있어서인지, 이 소설은 과거 문제를 직접 다루고 있다는 인상을 주지 않는다. 이념의 내면 문제가 소설 전체를 지배하기는 하지만 무식한 백정 출신 아버지의 복수심 가득 찬 좌익 활동과 좌익 지식인의 전향은 당시의 사건을 온전히 복원해 내지는 못한다. 특히 전향자의 안정된 말년 생활 묘사는 과거를 되살리기보다는 과거의 생동감을 무화시키는 역할을 한다.

---

7) 김원일, 「어둠의 혼」, 『한국소설문학대계』 57, 동아출판사, 1995, 327면.

지식인의 전향은 아버지의 좌익 활동을 주관 없는 부화뇌동으로 만들어 버린다. 이런 이유로 과거는 잊어야 할 지난 일에 그치고 현재가 작품의 주제가 된다.

이에 비해 『인간의 마을』은 진영이라는 지역의 1950년 상황을 비교적 입체적으로 조명하고 있다. 진영읍 장터를 중심으로 설창리 등 주변 마을에서 살아가고 있는 가난한 사람들의 삶이 그려지기도 한다. 이에 비해 『인간의 마을』 이후 부분에 해당하는 『불의 제전』에서는 이런 장점이 많이 희석된다. 공간이 서울과 북으로 확대되면서 구체적인 사람들의 생활보다는 종파싸움이나 조직 문제, 전쟁의 문제로 관심이 넓어지기 때문이다.8) 그렇다고 주제 면에서 『불의 제전』이 『인간의 마을』에 비해 후퇴했다는 말은 아니다. 동시대의 중심 문제를 다루고자 하는 의욕과 그것을 적나라하게 표현하고자 하는 작가의 의지가 드러난다는 점에서 긍정적으로 볼 만한 측면도 있다. 지방 소읍의 국지적인 사건이 현대사와의 관계 속에서 의미를 갖게 되는 것은 『불의 제전』에 와서이다.

제목에서 느껴지듯이 『인간의 마을』은 '공간'을 다루고 있다. 이에 비해 『불의 제전』은 1950년 1월에서 10월이라는 시간을 다룬다. 이는 소설이 다루고자 하는 대상이 한 지역, 즉 작가의 뿌리에서, 공통 경험으로서의 시간으로 옮겨가고 있음을 의미한다. 『노을』의 경우도 이 둘을 함께 시도한 셈인데, 현재와 과거의 교차 서술은, 작품 성패의 문제를 차치하더라도, '나'가 살고 있는 현재와 어린 시절을 아우르려는 시도로 볼 수 있다. 이에 비해 「어둠의 혼」은 단편이라는 점 때문이기도 하지만, 소년의 성장과 관계된 서사에 그치고 있다.

---

8) 서경석은 「우리시대의 불의 제전」(『실천문학』 1997년 겨울, 163면)에서 "이 작품은 이념과 비합법의 세계보다 현실적 삶과 체제 내에서의 고통을 작품의 중심부에 두고 있다. 따라서 읍내 사람들의 애잔하고도 처절한 슬픔과 고통이 이 작품만큼 읽는 이의 가슴을 저며 오게 하는 것은 없다"고 말한다(163면). 이것이 『인간의 마을』에 해당하는 평가라면 충분히 동의할 수 있다. 그러나 이러한 성과가 전 작품에 고르게 적용될 수 있는지는 의문이다.

서술 방법의 변화는 묘사에도 영향을 미쳤다. 좌익 주인공의 모습이 기억이나 인상으로 현재에서 멀어져 있다가 점차 현실의 사건으로 드러나는 변화가 대표적이다. 「어둠의 혼」에는 좌익 인물이 현실 사건에 등장하지 않는다. 『노을』의 경우는 수십 년 전의 사건으로 좌익 인물이 등장한다. 이에 비해 『불의 제전』은 좌익이 활동하고 있는 시기가 소설적 현재이다. 단순히 인물의 모습이 구체화되는 데 그치지 않고 좌익 인물의 행위가 노골적인 언어로 바뀌어 간다. 좌익 활동의 경우 「어둠의 혼」에서는 '그놈의 짓'으로 표현되다가 『노을』에서는 '빨갱이 짓'으로 바뀌고 다음 작품에서는 '빨치산'이나 '공산주의'로 변화한다.

작가 자신의 아버지를 모델로 한 듯한 '좌익 인물'의 작품 내 비중과 성격이 달라지는 점도 주목할 만하다.9) 이는 알게 모르게 작가에게 남아 있었을 반공주의의 '자기 검열'이 완화되어 가는 모습을 보여준다. 작가는 아들(로 짐작되는 인물)의 역할을 점차 축소하고 아버지(로 짐작되는 인물)의 역할을 강화하며 그들 사이의 거리를 점점 가깝게 만든다. 좌익 아버지는 시체만으로 만나는 아버지(「어둠의 혼」)에서 어머니를 구타해서 쫓아낸 백정 아버지(『노을』), 빨치산으로 얼굴도 볼 수 없는 아버지(『인간의 마을』)에서 남로당 서울 조직의 재건을 책임지고 자식들을 서울로 불러올린 아버지(『불의 제전』)로 변화한다. '좌익 인물'의 무게가 달라지는 것과 함께 그에 대한 거부감, 또는 그를 표현하는 데서 오는 거부감이 상당히 줄어들고 있음을 확인할 수 있다. 기억 속의 '좌익 인물'과 창작 당시 '나'의 거리를 보여준다고도 말할 수 있다.10)

---

9) 『불의 제전』의 조민세는 김원일의 실제 아버지 김종표를 형상화한 인물이다. 김종표는 식민지 시대 야학운동 등을 했고, 해방 당시에는 형무소에 수감 중이었다. 해방으로 출감한 이후로는 모종의 정치운동을 했는데, 좌익이 지하화 된 후로는 집에 있는 일이 드물었다고 한다. 김원일은 1948년부터 한국전쟁 발발까지는 아버지와 함께 서울 생활을 하게 되지만, 9·28 수복으로 다시 헤어지게 된다. 아버지에 대한 기억은 류보선의 앞의 글과 강진호의 「민족사로 승화된 가족사의 비극」(『현대소설연구』 통권 14, 2001)을 참조.

10) 「어둠의 혼」의 서술자는 『불의 제전』에서 조민세의 큰 아들 이름이기도 한 갑해이다. 두 소설에서 이모는 술장사를 한다. 「어둠의 혼」에서는 이모부가 아버지의 시체를

이상 살펴본 내용을 표로 만들어 보면 다음과 같다.

	어둠의 혼	노을	인간의 마을	불의 제전
서술자	어린이 서술자	어른이 된 '나'와 어린이인 '나'	전지적 서술자의 과거형 서술	전지적 서술자의 현재형 서술
시간	아버지가 잡힌 후 하루	어린 시절과 어른이 된 현재	1950년 1~4월	1950년 1~10월
공간	진영	서울과 진영	진영과 마산	진영, 마산, 서울, 평양, 해주, 낙동강
주제	이념+굶주림	이념+화해+전향	진영읍 주변 인물들의 삶	한국전쟁 전후의 남북현실
아버지	등장하지 않는다. 시체만 확인된다.	평판이 나쁘고 가정폭력을 행사하는 백정	빨치산으로 작품의 중심인물은 아니다.	남북을 오가면서 작품의 중심인물이 된다.

3. 이념, 철지난 좌익들의 마을

지금까지 「어둠의 혼」에서 시작한 '진영'과 '좌익'에 대한 묘사가 어떤 변화를 겪으며 『불의 제전』에 이르렀는지 살펴보았다. 서술 방법의 변화가 가장 눈에 띄지만 그를 통해 역사적 현장과 소설의 현실이 가까워지는 효과를 거두고 있음을 확인했다. 서술자의 기억과 회상을 통해 구성되던 역사적 사건이 인물들의 구체적인 행동을 통해 재현되는 방향으로 달라졌고, 주제도 가족의 불행이라는 한정된 문제에서 전쟁이라는 현대사로 확대되었다. 시간이 지나면서 나름대로 역사의 객관화 또는 역사적 거리두기가 이루어지고 있다고 평가할 수 있겠다.

확인하는데 어느 정도 마을에서 유지로 인정받고 있는 사람처럼 보인다. 마을의 청년들도 『불의 제전』을 연상하게 한다. 「어둠의 혼」의 '찬길'은 일본 유학하다 학병이 되어 외팔로 돌아온 청년으로 심찬수를 떠올리게 된다. 돌림자가 같은 '찬수'의 집은 읍내에서 제일 부자라고 한다.

그렇다고 『불의 제전』과 이전 작품들의 공통점이 없는 것은 아니다. 특히 이념을 다루는 데 있어서 이전 작품들과 『불의 제전』은 차이를 발견하기 어렵다. 검열의 벽이 약해지면서 자연스럽게 복원된 역사를 소설로 재현하는 데는 성공했지만, 이념을 대하는 태도 자체가 달라지지는 않은 것이다. 이념에 대한 경계 혹은 회의는 『불의 제전』 전체를 규율할 만큼 강한 일관성을 유지하고 있다. 여기서 말하는 이념은 철저하게 좌익의 그것에 한정된다.

이 소설에서 좌익 이념을 다루는 관점을 살펴보기에는 인물들을 살펴보는 것이 좋다.[11] 『불의 제전』의 주인공 심찬수는 일제시대 좌익 이념에 빠졌다가 징용을 다녀온 후 심경의 변화를 겪어 이념과는 거리를 두고 사는 인물이다. 예전에 함께 좌익 활동을 하던 조민세나 배종두가 여전히 좌익 활동을 하고 있는 것과는 구별된다. 지주의 아들인 그는 좌익들의 혁명 사상이나 모험주의를 질타하는 언설을 서슴지 않는다. 기본적으로 그는 이념을 회의하는 인물, 이념에 대한 환멸을 가지고 있는 인물이다. 심찬수의 변화는 그의 태평양 전쟁 체험과 무관하지 않다. 죽음을 앞두고 그는 인간이 체험할 수 있는 마지막 상황을 경험했고, 이 경험은 그에게서 인간에 대한 신뢰를 빼앗아가 버렸다.[12]

또 작품에서 가장 긍정적인 인물이라 할 수 있는 박도선 역시 전향한 좌익에 해당한다. 중학교 교사로 있는 그는 가난하고 불행한 아이들을 위해 '한얼농장'이라는 공동체를 세우고 야학 활동도 하는 부지런한 인물이다. 농촌사회 경제를 분석한 글을 쓸 정도로 경제학이나 사회학 이

---

11) 앞서 말한 대로 『불의 제전』의 앞부분과 뒷부분이 시차를 두고 출간되었고 이들의 배경과 중심 내용도 다르다. 이번 장에서는 주로 조민세 가족이 서울로 올라가기 전인 『인간의 마을』을 대상으로 분석한다.
12) 심찬수의 경험이 이념에 대한 회의로 이어지는 과정이 작품에 논리적으로 설명되어 있지는 않다. 극한 상황을 겪고 나서 인간의 '이론'이나 '관념'이 현실에서 무용지물이 될 수 있다고 생각한 것인데, 사실 그것이 굳이 좌익 이념에 대한 경계로 향할 필연성은 없다.

론에도 조예가 깊다. 활동 내용으로 보면 거의 초인에 가깝다고 할 수 있는 박도선 역시 예전에는 좌익에 흥미를 가지고 있었지만 지금은 이념과 거리를 두고 있다. 비록 전향한 좌익은 아니지만 작품에서 중요한 축을 형성하고 있는 안천총 역시 좌익을 경계하는 인물이다. 유학 교육을 받은 한문 교사 안천총은 불행한 사람들을 돕고 예에 어긋나는 일을 하지 않는 지역 유지인데, 전통적 가치와 인간애를 강조하고 급진 이념이 가진 문제점을 자주 지적한다.

무엇보다 심찬수가 주인공이라는 점은 이념에 대한 이 소설의 태도를 결정한다.

> "형님 해방 직전입니다만, 형님이 출정하기 전에 이런 말씀하셨지예." 배종두는 잠시 뜸을 들이며 주위를 둘러본다. 아무도 그들의 이야기에 신경 쓰는 사람이 없다. "역사 발전은 계급투쟁을 통해 이루어졌고, 역사란 투쟁하여 쟁취하는 자의 편에서 진행된다. 이 말 기억나십니까?"
> "기억하고 있지. 나만 그런 말 주절대고 다녔나. 한 시절 유행하던 소리 아닌가."
> "『공산당 선언』에서 인용한 그 말을 저는 아직도 못 잊고 있습니더. 그 진실을 되풀이 새기는 게 병인지 모르지만서도."
> "자네, 지금 나를 놀리고 있군."13)

위 예문에 쓰인 '계급투쟁'이나 '공산당 선언'이라는 단어는 1983년 처음 출간된 『인간의 마을』에는 보이지 않는다. 이런 식의 표현의 변화

---

13) 김원일, 『불의 제전』 1권, 문학과지성사, 1997, 185면. 같은 글이 1983년 판 『인간의 마을』에서 어떻게 쓰였는지를 보면 다음과 같다.
　　"형님, 해방 직전입니다만, 형님이 저한테 이런 말씀을 하셨지요." 배종두는 잠시 뜸을 들이며 주위를 둘러보았다. 아무도 그들의 이야기에 신경을 쓰는 사람이 없었다. "역사란 싸워서 쟁취하는 자의 편에서 진행된다. 이 말 기억나십니까?" 배종두는 여전 부드러운 미소를 띠고 있었고 목소리는 은근했다.
　　"기억을 하고 있지. 그러나 내 말이 아니고 누군가의 말을 인용해서 한 말이었어. 자네에게만 한 말도 아니고 여럿에게 그런 유의 말을 자주 했더랬지." 심찬수는 참담한 기분에 빠져 들었다(『인간의 마을』, 161면).

는, 반공주의의 벽에 틈이 벌어지기 시작한 시대의 변화와 무관하지 않을 것이다. 그러나 '여럿에게 그런 유의 말을 자주 했더랬'다는 회상과 그것을 '한 시절 유행하던 소리'로 보는 심찬수의 태도는 이전 작품과 크게 달라진 것이 없다. 심찬수는 이념에 대해 현재가 아닌 과거의 이야기로 치부한다. 다른 곳에서도 배종두와 조민세의 목소리는 심찬수나 안천총의 목소리에 묻힌다. 이념을 강조하는 사람들의 목소리는 지난 시절의 유행이거나 떠도는 소문 정도로 취급되는 것이다.

전향한 좌익이 작품의 중심 인물이라는 점에서 『불의 제전』은 『노을』과 유사하다. 『노을』에서 서술자인 '나'의 현재에 개입하게 되는 배도수는 전향한 좌익이다. 비록 주인공은 아니지만 『노을』의 작품 분위기는 배도수가 지배하고 있다고 해도 과언이 아니다. 좌익에서 우익으로 전향한 후 그가 보여주는 품위 있는 행동은 전향이 주는 편안함 혹은 당위성을 설득력 있게 보여준다. 과거에 대한 회환과 반성 그리고 현재의 조용한 삶은 좌익 활동을 젊은 시절 한때 철없이 빠졌던 충동적인 사건으로 만들기에 충분하다. 거기에 무식한 아버지(서술자의)의 행동 역시 배도수의 전향으로 해서 모두 무모하고 어리석은 것으로 취급될 수밖에 없게 된다. 이런 분위기 때문에 서술자가 기억하는 과거 역시 이념과는 거리가 먼 광기의 시절이 되고 만다. 과거에 대한 반성적 회상이 주는 이러한 성과는 『노을』에게 반공문학상을 안겨주기도 했다.[14]

중심인물은 아니지만 심찬수의 아버지 심동호를 다루는 부분은 특별히 주목할 만하다. 그는 수완 좋은 사업가로 자본가가 되어가는 인물이다.

"아버님은 소자가 산술에 밝음을 두고 군자답지 못하다고 자주 말씀하셨지요. 작인과 하인을 대할 때 성정이 오만해 너그럽지 못함이 시정 소인배와 같

---

14) 『노을』은 『현대문학』에 1977년 9월부터 1978년 9월까지 연재된 장편소설이다. 이 소설을 통해 작가는 1978년 '한국소설문학상'과 '반공문학상 대통령상'을 수상했다. 『노을』의 반공 문학적 성격에 대해서는 김태현의 「반공문학의 양상—『노을』을 중심으로」(『실천문학』 1988년 봄)를 참조

다고 꾸짖으셨지요 그러나 아버님, 보십시오. 아버님이 타계하실 때 남겨준 유산이란게 찬규 몫으로 떼어놓은 논 천이백 평 빼고, 지금 이집과 흙벽에 함석 올린 공민학교, 용정 못답과 설창리 논 열 다섯 마지기밖에 더 있었습니꺼. 십 년 사이 소자가 피땀 흘려 고생한 덕분에 학교 부지가 배로 늘어났고, 목조 건물로 개조한 교사가 삼 동이요, 방앗간 인수했고, 물통걸 수리답, 설창리에 뽕밭, 그 외에서 가산이 얼마나 불어났습니꺼. (…중략…)"15)

"내가 마산으로 나앉았다고 누가 이 집을 개축하거나 헛간 하나라도 허락 없이 허물진 못 해. 이 집에서 조부모님이며 부모님 임종을 지키지 않았느냐. 저 소우리만 봐도 그렇제. 형님이 군자금 조달하라고 만주서 나왔을 때, 그 냄새를 용케 맡은 왜놈 형사가 밤중에 들이닥쳐, 형님이 엉겁결에 소우리에 숨어 화를 면했거든."16)

보기 드물게 작가는 심동호의 내면까지 세심하게 다루려 노력한다. 위 예문은 자신의 생일을 맞아 조상의 위패 앞에서 독백하는 장면과 이사를 떠나면서 관리인에게 고향 집을 잘 지켜 줄 것을 당부하는 장면이다. 농지개혁 위원장이며 중학교 이사장이기도 한 심동호는 지주에서 자본가로 변화하는 인물이다. 그는 지주로 안주하기 보다는 사업가가 되기를 희망한다. 그러면서도 전통의 가치를 잊지 않고 있다. 그는 새로운 시대의 변화에 대처하면서도 이념적으로는 과거의 전통을 자신의 것으로 삼으려는 '건강한' 보수주의자의 모습을 보여준다. 변화에 반대하는 것이 아니라 변화보다 중요하다고 보는 과거의 가치를 지키려는 것이 보수의 진정한 의미라면 그 이름에 어울리는 인물이라 할 수 있다. 작가 역시 그를 보는 시선은 부정적이지 않다. 비록 농지조합 문제나 농지 매매 문제로 농민들과 첨예한 대립을 겪게 되지만 왠지 그 이야기는 소설의 중심으로 들어오지 못한다는 인상을 준다.

악인으로 등장하는 지주는 '죽은' 서유하 뿐이다. 이미 죽은 인물이

---

15) 『불의 제전』 1권, 221면.
16) 『불의 제전』 3권, 13면.

기에 소설 속에서는 '소문'으로만 등장한다. 이에 비해 '살아있는' 양심적인 지주에 대해서는 자세하게 다루고 있다. 빨치산 배종두의 아버지 배구장은 양심적이고 젊잖은 지주로 그려진다. 전통적 가치를 중요하게 여기지만 시대의 요구도 수용할 줄 아는 인물이다. 그런 지주의 땅을 농민들에게 나누어 주어야 하는 것인가 하는 안타까움이 들 정도이다.

『불의 제전』에는 많은 수의 농민·빈민이 등장한다. 하지만 그들의 계급적 특질이나 이념이 분명히 드러나지는 않는다. 아내를 겁탈한 지주를 살해하고 산으로 들어가는 차구열은 다분히 감정적인 인물이다.[17] 가난한 농민으로 소설 속에서 부각되는 인물은 차구열의 아내 아치골 댁이다. 그녀는 경찰에 끌려가 곤욕을 치르면서도 아이들을 키우기 위해 온갖 굳은 일을 마다하지 않는 여인이다. 그러나 빨치산 활동을 하던 남편 차구열이 죽고 나서 그녀는 배주사 집에서 일하던 김바우와 결혼을 하게 된다. 김바우는 차구열에 비해 성격도 부드럽고 생활도 안정된 사람으로 그와의 결합이 아치골 댁에게는 전화위복이 된다. 차구열의 죽음과 살인을 낳게 한 사건은 하나의 에피소드로 떨어지고 만다. 작품이 마무리 될 때쯤 해서는 전 남편의 죽음에 대해 작품 속 인물 누구도 진지하게 생각하지 않는다.

이념과 관련하여 이 소설의 가장 중요한 특징은 공격의 대상이 되는 이념이 좌익의 그 것 뿐이라는 점이다. 좌익 사상을 가진 사람들이 등장하고 그들이 많은 사건을 일으키지만 우익의 이념을 대표할 만한 사람은 등장하지 않는다. 이는 좌익에 대한 일방적 비판을 예고한다. 소설에 등장하는 이념은 긍정적 요소를 부각시키기 위해서가 아니라 부정적 요소를 부각시키기 위해 동원되기 때문이다. 반대로 우익 측의 이념이 드러나지 않는 만큼, 그것에 대한 비판이 등장할 이유도 없다. 심지어 우익에 대한 좌익 인물들의 공격 역시 구체적으로 드러나지 않는다.

---

17) 차구열은 인성 면에서 『노을』의 김삼조와 가깝다. 특별히 의식이 있다고 보기는 어려운 인물이다. 그의 죽음 역시 너무나 평범하다.

배종두의 의견은 서툰 맑시스트의 관념적 비판에 그치고, 조민세의 비판은 좌익 내 종파 간 의견 대립이 되고 만다. 결국 『불의 제전』은 좌익 측 이념에 대한 비판만 가득한 소설이 되는 것이다.[18] 이 역시 『노을』의 비판 방법을 따르고 있다고 할 수 있다.[19]

이상에서 살펴 본 『불의 제전』(특히 『인간의 마을』 부분)의 문제는 다음과 같이 정리할 수 있다. 이 소설이 다룬 1950년은 이념의 대립이 첨예하던 시기라기보다 전쟁이 준비되던 시기라고 할 수 있다. 남한에서는 자본주의 정권이 나름대로 힘을 축적해 가고 있었고, 북에서는 사회주의 체제하에 전쟁을 위한 준비가 진행되던 시기이다. 진영이라는 한 지역을 다루면서 이미 힘의 균형이 무너졌던 좌익 이념을 다루는 것은 쉽지 않은 일이었다. 이념과 관계된 이야기는 모두 현장성이 떨어지는 과거가 되기도 한다. 현장성이 두드러지는 사건은 빨치산의 기차 습격 사건 정도이다. 이 사건 역시 좌익의 현실적 힘이 좌절되는 계기가 될 뿐이다. 그래서인지 좌익을 등장시키면서도 좌익의 논리는 잘 설명되지 않는다. 앞서 지적한 대로 우익의 논리를 다루고 있지 않은 것도 문제이다. 이는 공정한 게임이라 볼 수 없는데, 이 소설은 결국 제시된 하나의 이념이 갖는 문제를 지적하고 무용성을 알리는 데 그치고 만다.

---

18) 이동재는 이에 대해 다음과 같이 적절히 지적하였다. "양쪽의 논리를 체계적으로 대변할 만한 인물이 등장하지 않고 있을 뿐 아니라, 그러한 역량을 갖춘 인물이라 하더라도 자신들의 이데올로기에 대해 요란하게 떠들어대지 않는다. 특히 조민세나 배종두와 같은 좌파의 지식층에 대응할만한 비중의 우파 인물이 없다. 이들을 상대하는 우파의 인물은 주어진 직분에 그저 충실한 말단 경찰이나 군인들뿐이다. 즉 섣부른 이데올로기의 설전을 벌일 수 없게 돼 있다는 점이 이 소설의 특징이다"(이동재, 「대하역사소설의 역사성과 일상성」, 『현대소설이론연구』 통권 9호, 1998, 188면).

19) "잠정적으로 반공문학을, 이데올로기에 대한 편견이 심하고, 그것과 연계된 것이긴 하지만 사람에 대한 관념적이고 일방적인 규정이 노골적으로 드러나 있고, 사회변혁의 추진을 공산화에 무차별 대입시키며, 남북 간의 화해보다는 갈등을 사랑보다는 증오를 조장하는, 그리하여 분단의 고착을 적극 조장하는 문학"이라고 정의할 수 있다(김태현, 앞의 글, 23면).

4. 분단, 갈등 없는 전쟁

이념에 대한 부정적 시각이 본격적으로 드러나는 것은『인간의 마을』
이후이다. 조민세가 빨치산 활동을 정리하고 서울로 올라가 남로당 활
동을 하게 되면서 소설은 본격적으로 좌익들의 활동을 다룬다. 여기에
는 남로당과 북로당의 갈등, 이상과 현실 사이에서 겪는 조민세의 갈등
이 중요하게 다루어진다. 서울로 무대가 옮겨가면서 조민세를 제외한
진영 사람들의 역할은 크게 줄어든다. 엄격히 말해『인간의 마을』과 이
후의『불의 제전』은 같은 소설이라 보기에 무리가 있을 정도로 차이가
크다. 전쟁이 발생하기 전의 상황은 진영읍을 통해 보여주고, 전쟁이 발
생한 시점 이후는 서울을 중심으로 사건을 전개하고 있어 둘은 선편과
후편이라는 인상을 준다.

조민세를 중심으로 펼쳐지는『불의 제전』중반부는 월북한 아버지를
다룬 김원일 소설의 완결편이라 할 수 있다. 좌익 인물 조민세는『노을』
의 김삼조처럼 무식한 백정이 아니다. 좌익 이론가이며 빨치산 대장이
다. 중학교 교사를 했고, 가족을 돌보지 않아 자식들을 가난 속에 던져
놓기도 한 인물이다. 이러한 아버지의 모습은 시대적 분위기에 억눌려
표현하지 못한 작가의 실제 아버지의 그것에 가깝다.[20] 작가의 회고처
럼『노을』을 쓸 때만 해도 "이데올로기에 대한 경계심, 좌파에 대한 사
회적인 억압과 공포, 이로 인한 불안 때문에 인물을 그릴 때에도 그렇게
폭력적이고 무식한 사람 정도로 그려야 민중 논리에서 조금 비껴갈 수
있지 않을까 하는 고려가 크게 작용했"[21]던 것이다.

그러나 이는 엄격히 말해 작가의 개인사와 관계되는 문제이다. 이념

---

20) 이에 대해서는 강진호와 류보선의 앞의 글 참조
21) 김원일 / 권오룡, 「열정으로 지켜온 글쓰기의 세월」,『김원일 깊이 읽기』, 문학과지성
사, 2002.

과의 관련성으로만 보면 조민세 역시 앞서 다룬 전향한 좌익들과 크게 다르지 않다. 조민세는 '인간의 마을'을 떠나 서울과 해주, 평양을 오가면서 점점 회의적인 인물이 된다. 그가 꿈꾸던 혁명의 꿈은 늘 현실 속에서 좌절과 절망으로 돌아온다. 조민세는 남로당의 이념과 북로당의 이념을 모두 접하지만 어디서도 희망을 발견하지는 못한다.

조민세의 위치를 중심으로 전개되어서인지, 이 소설에서 한국전쟁을 둘러싸고 벌어지는 가장 큰 갈등은 남과 북 사이에 있지 않다. 실제로 분단을 만들어낸 것은 해방 이후 오랫동안 축적되어온 모순이다. 이는 남만의 책임도 북만의 책임도 아닌 복잡하고 복합적인 문제였다고 할 수 있다. 그러나 『불의 제전』은 이에 대해 본격적으로 다루지 않는다. 전쟁은 오랜 모순의 폭발이 아니라 북의 선택 문제이고, 남로당의 부추김이 결정적 역할을 한 사건으로 다루어진다. 전쟁은 민족사가 낳은 필연적 사건이 아니라 판단 착오에 의해 발생한 사건처럼 다루어진다. 이 역시 반대편에 대한 진술이 없기에 발생한 문제로 보인다.

조민세는 좌익 내 갈등을 보여주는 역할을 충실히 하고 있는 인물이다. 그는 무너져 가는 당을 추스르기 위해 많은 노력을 한다. 전쟁 직전 그는 서울 당의 재건을 책임지고 있었다. 하지만 그가 실제로 겪은 공산주의 사회는 이념도 원칙도 없는 욕망의 세계에 불과했다. 남한 현실에 대한 냉정하고 정확한 판단을 내린 글이 문제가 되어 그는 북으로 소환 당한다. 남로당과 북로당의 경쟁과 싸움 사이에 그의 글이 문제를 일으킨 것이다. 북에서 그는 그의 글을 이적물로 보는 세력과 긍정적으로 이해하는 세력 모두를 만난다. 이 소설에서 특히 공격 대상이 되는 것은 남로당 쪽이다. 서울에서 조민세가 서울 당을 재건하려고 했을 때 부딪치는 여러 문제들도 부당하다는 느낌을 준다.

이 갈등의 뒤에 찾아오는 것은 역시 좌익이 처한 현실에 대한 회의이고 실망이다. 그가 빨치산 활동을 할 때가 가장 좋았다고 말하는 이유가 여기에 있다. 배종두가 끝내 중앙에서의 활동을 포기하고 다시 빨치산으로 나서는 것 역시 조민세의 이러한 생각과 무관하다고 볼 수 없다.

> "차라리 산에서 지낼 때가 나았어. 거기엔 혁명의 길이 내다보였어. 동트는
> 새벽이면 서광처럼 새로운 열정이 솟곤 했지. 서울 지도부? 계보에 얽혀 술수
> 나 부리는 쓰레기들만 남아, 이용하고 이용당하고…… 결국 자멸을 자초한 꼴
> 몰라서 하는 소린가. 결과가 뭐야?" 조민세의 말본새가 거칠다.22)

  조민세는 지하에서 활동하는 좌익들에 대해 "계보에 얽혀 술수나 부
리는 쓰레기"라고 혹독하게 평가한다. 조민세는 빨치산의 건강한 열정
을 끝까지 긍정하지만 빨치산 활동은 과거의 것이고 현재 그가 놓여 있
는 자리는 서울당 지도부이다. 현재보다 과거를 긍정적으로 보는 그의
입장은 결국 현재에 대한 부정으로 이어지기 쉽다. 진영이 철지난 좌익
의 마을이었던 것처럼 서울 역시 이미 열정적인 좌익들은 떠나고 혁명
의 열기조차 찾아볼 수 없는 1950년의 수도였던 것이다.
  배종두와 안진부23)는 조민세 생각의 양 끝을 보여주는 인물이라고
할 수 있다. 지하에서 오랫동안 활동한 도시 기반의 공산당원이 안진부
라면 산에서 활동하는 것이 적성에 맞고 여전히 혁명에 대한 열정을 품
고 있는 인물이 배종두라 할 수 있다. 전쟁이 장기전으로 돌입할 때 쯤
해서 배종두는 자신의 이념을 실현할 곳을 찾아 산으로 가고, 안진부는
종파 싸움에 회의를 느껴 전향을 준비한다. 중앙의 정책에 실망하고 혁
명의 성공에 대해 회의하게 되었을 때 주어진 두 길은 배종두와 같이
순수한 빨치산으로 돌아가는 것과 안진부와 같이 철저한 부정을 통해
자신의 살 길을 찾는 것이었다고 할 수 있다. 소설에서는 소민세가 최
종적으로 어떤 선택을 하는 지를 보여주지는 않는다.

---

22) 『불의 제전』 3권, 224면.
23) 안진부의 경우는 노골적인 전향을 선언하는 인물이다. 그의 성격은 처음부터 애매
  했다. 소설 초반부터 정체를 알 수 없는 인물로 그려지는 안진부는 남로당의 자금을
  책임지는 중요한 세포였다.

이 과정에서 조민세가 안주하는 곳은 이념이 아니라 여인이다. 소련 공산당과 연을 맺고 있는 인민군 고급 장교 한정화는 조민세를 이해해 주는 유일한 당원이다. 사상적으로 둘의 공통점 같은 것을 발견할 수는 없지만 연민과 유사한 감정으로 둘은 사랑을 하게 된다. 한정화는 조민세의 아내와 대조를 이룬다. 갑해의 어머니인 봉추댁은 애초에 조민세와 어울리지 않는 무식하고 교양 없는 여인이었다. 누가 생각해도 잘 어울리지 않는 아내에 비해 한정화는 젊고 교양 있으며 아름답다. 그가 조민세를 정치적으로 돌봐주는 것도 둘의 애정과 무관하지 않다.

서울에서의 전쟁을 다시 진영으로 이어주는 인물은 심찬수이다. 서울에서 전쟁을 맞이한 심찬수는 서울에 머물던 고향 사람들을 이끌고 전선을 넘어 진영으로 돌아온다. 심찬수의 귀향은 이념에 대한 회의가 행동으로 옮겨지는 것으로 이해할 수 있다. 사실 심찬수가 서울에 올라간 이유와 굳이 진영으로 돌아와야 하는 이유는 특별히 눈에 띠지 않는다. 그럼에도 불구하고 전선을 뚫고 진영으로 돌아오는 과정은 매우 상세하게 그려지고 있다. 심찬수를 비롯한 인물들이 고향으로 돌아오는 이유는 공산주의에 협력했던 사람들은 살아남기 위해서이고, 생활 기반을 잃은 사람들은 생활 기반을 찾기 위해서이다.

고향으로 돌아오는 과정이 치열했던 것과 비교하여 돌아온 진영의 생활은 매우 평화롭다. 소설은 고향에 돌아와 겪은 수많은 고초에 대해서는 자세하게 다루고 있지 않다. 이 시점이 묘하게 조민세가 이념에 대한 회의에 빠지는 시기와 겹치고 있다는 점은 주목할 만하다. 결국 조민세의 회의와 심찬수의 남행은 분리 될 수 없는 것이다. 월남 중에 겪는 심찬수의 고생과 보람은 고향으로 돌아오는 일이 무척 가치 있다는 인상을 주고, 그것은 자연스럽게 좌익에서의 탈출을 떠올리게 한다. 또, 심찬수가 남하 과정에서 가장 가치 있다고 판단하는 일도 눈길을 끈다. 그는 죽음의 위험을 무릅쓰고 배종두와 박귀란 사이에서 태어난 아들을 배구장에게 데려다 준다. 결국 이념에서 벗어나 가족 이데올로기로 돌아오는 듯한 인상이다.

이처럼 『불의 제전』은 역사에 접근하는 적극적 관점을 유지하고 있지만 이념을 다룸에 있어서는 예전 소설의 관점을 그대로 유지하고 있다. 이념에 대한 여전히 조심스러운 태도, 좌익 이념에 대한 일방적인 비판은 『노을』의 그것에서 멀리 나아가지 못했다. 이는 작가 개인의 문제가 아니라 이념을 다루는 당시 우리 문학의 수준일 수도 있다. 당시 문학이 역사적 사실은 객관화해서 다룰 수 있게 되었다 해도 이념 자체를 자유롭게 논할 수 있을 만큼 자유로워지지는 못했다고 볼 수도 있다. 특히 그것이 '공산주의'라는 이름과 관계된 것이라면 더욱 그러하다

5. 나오는 말

한국전쟁은 현대사에서 가장 비극적인 사건이었다. 전쟁의 상처는 단순히 이산과 이념 갈등에 한정되지 않는다. 전쟁은 분단과 한반도 위기 상황을 가져온 직접적인 원인이 되기 때문에 여전히 현재성을 가지고 있는 사건이라 할 수 있다. 한국전쟁을 다룬 소설이 많이 창작되었고 여전히 창작될 수 있는 이유는 그것이 역사이면서 동시에 현재이기 때문이다.

김인일의 『불의 제건』은 작가의 개인사와 관련하여 문단에서 화제가 된 소설이다. 작가의 잘 알려진 소설 「어둠의 혼」과 『노을』의 주제를 이어받아 전쟁과 이념에 대해 다루고 있는 작품이기도 하다. 진영을 배경으로 펼쳐지는 좌익 아버지를 다룬 이 소설들은 주제를 다루는 방법이 많이 달랐다. 그 변화의 중심에는 서술방법의 변화가 있었는데, 이는 단순히 기술적인 변화에 그치는 것이 아니라 역사를 대하는 태도의 문

제와도 연관되어 있었다. 즉, 기억과 회상을 통해 간접적으로 표현하던 역사를 구체적이고 직접적인 사건으로 다루는 방향으로 변화하였음을 확인하였다. 시간적 거리가 멀어지면서 사건을 객관적으로 다루게 되는 이유를 한두 가지로 설명할 수는 없다. 이 글에서는 시간이 확보해주는 자연스러운 거리감과 제재를 제약했던 반공의 벽에 약해진 때문이라고 보았다.

시대적 변화에 따른 작품의 변화가 모든 영역에서 고르게 이루어진 것은 아니었다. 특히 이념을 다루는 데 있어서 『불의 제전』은 이전 소설들과 유사한 면이 많았다. 물론 이는 옳고 그름의 문제가 아니라 단순히 현상에 대한 파악에 그쳐야 할 문제일지도 모른다. 그렇다고 해도 이념을 다루는 균형이라는 점에서 논란의 여지는 남는다. 특히 일방적으로 좌익 이념만을 문제 삼았다는 점은 작품의 완성도에도 좋지 않은 영향을 주었다. 분단이라는 문제를 총체적으로 파악하는 데 한계를 갖게 되었기 때문이다.

이처럼 『불의 제전』은 1950년의 남측을 재현해내려는 여러 노력에도 불구하고 여전히 남과 북이 대치하고 있는 우리 현실이 문학에 미치는 영향이 적지 않음을 확인해 주었다. 역사적 사실을 복원하여 기억을 제자리로 돌려놓는 데는 일정한 성과를 거두고 있지만, 분단의 제약을 넘어설 만큼 충분히 이념에서 자유로웠다고 말하기는 어렵다.

3부

근대 신화와 전체주의에 대한 향수

국가주의 신화와 문학

근대성 논쟁과 민족문학
논쟁으로 보는 90년대 문학

장돌림들의 초상

사람의 창으로 본 세상의 길
이문구 산문집 『니는 남에게 누구인가』

근대 신화와 전체주의에 대한 향수

1. 오래된 이름을 불러내는 정서

영화 〈효자동 이발사〉의 주인공 성한모(송강호 분)는 순박하다 못해 어리석어 보이는 이발사이다. 그가 우연한 기회에 대통령의 이발사가 되어 겪게 되는 이런 저런 이야기가 이 영화의 줄거리이다. 배우 송강호의 사실적이면서도 우스꽝스러운 연기와 과거를 추억하게 하는 여러 사건들 때문에 흥행과 평가에서 모두 성공을 거둔 작품이다. 4·19부터 5공화국까지를 시간적 배경으로 하는 이 영화에는 박정희가 등장해 눈길을 끈다. 뚜렷한 성격을 가진 캐릭터라고 할 수는 없지만 박정희가 여러 차례 등장한다는 사실만으로도 이야기 거리가 되었다.

영화의 몇몇 에피소드는 관객의 웃음을 저절로 자아내게 하는데 그 중 하나가 머리를 깎으면서 성한모와 박정희가 대화를 나누는 장면이다. 성한모가 청와대에 드나들며 머리를 깎기 시작한 지 십여 년이 지난 어느 날 이발을 하던 박정희가 묻는다. 청와대에 들어와 머리 깎은 지 얼마나 되었냐고. 성한모가 잔뜩 긴장한 목소리로 십여 년이 되었다고 답하자 박정희는 '임자 참 오래 되었다'고 가볍게 말을 받는다. '각하'의 말씀에 대답을 해야 한다고 생각했는지 성한모는 '각하도 오래 하십니다'라고 말하고 만다. 화면 안의 분위기는 일순 고요해진다.

그 장면을 보고 웃을 수 있는 사람들은 박정희를 대통령으로 '모시고' 살던 시절을 자연스럽게 되돌아보게 된다. 성한모의 말처럼 박정희는 참 오래 했다. 나의 경우, 태어날 때부터 박정희는 대통령이었고 초등학교를 졸업할 때까지 대통령은 박정희 한 사람이었다. 현재 박정희에 대한 평가가 엇갈리는 근본적인 이유는 이 '오래했다'는 사실에 있다. 오래 했으니 일도 많고 탈도 많지 않았겠는가? 그가 오래 한 덕분에 최근의 대통령들은 오래 하려고 해도 할 수가 없게 되었다. 오래 하는 것에 대해 얼마나 질렸으면 대통령은 '단 한번' 밖에 할 수 없다는 법이 만들어졌겠는가.

박정희와 관련하여 내게 남아 있는 이미지는 일본 군복 닮은 검은 교복, 통행금지, 국기게양식과 하강식, 관공서의 대통령 사진, 혼·분식 장려 등 강제나 획일과 관련된 것들이다. 오래한 사람에 대한 긍정적 이미지는 별로 남아 있는 것이 없다. 하지만 현실에서는 대통령 오래 한 사람을 지겨워하는 사람 못지않게 대통령 오래 한 사람을 그리워하는 이들도 많은 것 같다. 불구대천의 원수가 아닌 바에야 오랜 세월 함께 한 사람에 대한 '정(情)'이 남아 있는 것도 이상한 일이 아닐지 모른다. 고약한 시어머니 보고 배운 며느리가 독한 시어머니 되고, 미워하는 부부가 서로 닮아 가는 것처럼 미운 정도 정이어서 가끔은 생각나고, 괜찮은 추억으로 남기고 싶은 것이 인간의 보통 마음이 아니겠는가. 게다가 오래 알던 사람이 비명에 죽고, 죽은 후의 평판이 살아있을 때의 평판과 완전히 반대라는 사실을 접할 때 예전 사람을 그리워하는 마음을 억지로라도 드러내고 싶은 생각이 들만도 하다. 현재 박정희를 그리워하는 보통 사람들의 정서는 이러한 오래 지낸 사람에 대한 정(情)과 관계된다고 생각한다. 비명에 간 사람에 대해 최소한의 장점을 찾아주는 단순한 정리 같은 것 말이다. 이 정도면 크게 해될 것 없는 순진한 생각 정도로 치부해도 좋을 것이다.

그러나 절차적 민주주의가 예전에 비해 놀랍게 발전한 지금 시점에서 박정희를 이야기하고 그의 업적을 새삼스레 강조하는 사람들의 심리에는 자연스러운 정리 이상의 다른 의도가 있는 듯하다. 그들은 무덤에 누워 있는 박정희를 불러내어 현재에 대한 불만을 간접적으로 드러내고자 한다. 박정희를 긍정적으로 평가하는 이들에게 박정희는 자신의 특징으로 규정되는 것이 아니라 현재에 부족한 무엇을 떠올리게 해주는 대체물이다. 현재 경제 발전의 둔화에 불만인 이들은 박정희 시대의 경제 성장을 이야기하고, 현재의 '무질서'가 불만인 이들은 질서정연하던 과거를 그리워한다. 대통령의 리더십 부족을 이야기하는 사람들은 과거 대통령의 카리스마를 그리워한다. 이런 아쉬움 속에서 어느 정도의 독재는 필수불가결한 요소 정도로 취급된다. (우리 경제 규모에서 급속한 성장이 언제까지 가능한 것인지, 초등학생들도 줄을 맞추어야 하고 고등학생이 열병과 분열을 연습하던 그 질서정연함이 바람직한 것인지에 대해서는 구차하게 말하지 않겠다.)

무엇보다도 그들이 박정희를 추억하는 이유는 전체주의 체제에서 느낄 수 있었던 '독특한' 안락함에 대한 향수 때문이다. 전체주의가 주는 안락함에 대한 향수는 강력한 가장 아래에서 그에게만 복종하면 되던, 타인의 판단에 자신의 삶을 의탁해도 좋았던 시절에 대한 그리움이다. 이는 외형적인 질서, 결과로서의 질서가 주는 안온함이기도 하다. 과격하게 말하면, 일사분란함 속에서 누군가가 자신의 미래를 책임져 줄 듯한 착각 속에 빠져 있던 노예적 삶에 대한 그리움이라고 할 수 있다. 미래가 없이 자신이 늙어버렸다고 생각하거나 미래를 상상할 수 없이 사회가 복잡해졌다고 생각하는 이들은 미래를 담보로 현재를 희생했던 시대를 그리워 할 수 있다. 이는 학창시절을 그리워하는 직장인의 심리 메커니즘과 크게 다를 바 없다. 전체주의가 주는 안락함은 개인이 고립, 분산되어 있고 결국은 외로울 수밖에 없는 운명이라는 사실을 은폐한다. 군중과 떨어져 있다는 불안을 어느 정도 해소해 주기도 한다. 지금 우리가 느끼는 불안은 자신이 혼자의 힘으로 자신의 운명을 개척해 나가야 한다는 사실에 있지 않은가.

전체주의적 권위는 가부장적인 권위에 대한 향수와도 무관하지 않다. 박정희에 대한 향수는 유교사회(흔히 그렇게 부르고 있으나 우리 사회를 부를 때 사용하는 유교가 과연 어떤 종류의 유교인지에 대해서는 많은 주석이 필요할 것 같다)에 대한 향수와 바로 이어진다. 박정희 시대 민주적인 토론문화는 없었다. 이 시기에는 군대와 같이 상명하복식의 체제가 중시되었을 뿐이다. 가정에서나 마을에서나 국가에서나 가부장의 권위가 다른 무엇보다 절대적이던 시절이었다. 근대화의 이미지가 본래 그렇듯이 남성 가장의 강력한 추진력은 사회를 이끄는 가장 큰 힘으로 여겨졌다. 여성과 소수, 노동자 등의 소외된 자들에 대한 배려는 찾아보기 어려웠다. 남성으로, 가부장으로 박정희 시대를 보낸 사람들에게 과거는 그리워할만한 것일 수도 있다. 이들은 이 시기 박정희를 제외한 전 국민은 비교적 '평등'했다고 생각한다.

일반인들의 잠재된 정서와 최근 봇물처럼 쏟아져 나오는 박정희 관련 출판은 서로 떼어 생각하기 어렵다. 이는 그에 대한 객관적인 평가가 행해져야 한다는 시대적 요청에서 온 것일 수도 있고, 그에 대한 향수 또는 그리움을 표현하는 방식일 수도 있다. 그렇다면 이들을 통해 박정희가 호출되는 방식은 어떤 것인가?

2. 위인전이라는 형식

현재 유통되고 있는 박정희 관계 글은 몇 가지 종류로 나눌 수 있다. 우선 그가 직접 썼거나 전기 작가들이 대신 써준 연설문, 회고록 류가 있다. 이것들은 그가 대통령으로 있을 때 출간된 경우가 대부분이다. 그가 죽은 후에 출간된 글들은 역사기록 형식의 글과 소설 형식의 글, 또 박정희 개인과 그가 대통령으로 있던 시대를 다룬 연구서들로 나눌 수 있다.

여기서 흥미를 끄는 것은 실록(역사류)과 소설에서 박정희를 다루는 방법과 내용이다. 현대사나 현대사의 인물을 다루는 실록류의 경우는 개인과 사건의 감추어진 이야기를 들추어냄으로 '야사'가 주는 재미를 제공해준다. 이에 비해 소설은 있었을법한 이야기나 있었던 이야기를 가공하여 가치 있는 이야기를 창조해내는 양식이다. 그러나 이렇듯 달라 보이는 양식이지만 박정희를 다룰 경우에 둘은 인물의 전기적 사실을 '사실적' 혹은 '허구적'인 연대기 기술 방식에 따라 기술한다. 내용도 박정희 자신의 글이나 미화되어 간행된 이전 글들의 내용을 반복하고 있다. 박정희를 다룬 서사물의 경우 그것이 실록이거나 소설이거나 내용에 있어서는 큰 구분이 없는 셈이다.

역사와 유사하다는 지적은 역사보다 짧은 이력을 가지고 있는 소설에게는 치명적인 약점이 된다. 다른 서사물과 구분되는 소설의 장점으로 역사와 사회 현상에 대한 미학적 접근을 이야기한다. 구체를 통해 일반에 접근한다든지, 아이러니를 통해 현상 이면의 본질을 들추어낸다든지, 사회적으로 관심 받지 못하는 인간들에 대한 애정을 보인다든지 하는 특성들이 소설 고유의 영역을 만들어내는 요소들이다. 즉 소설은 사회과학이나 역사에서 보지 못했던 면, 다수가 반성 없이 추종하는 생각을 돌아보게 하는 데 중점을 두는 양식이다. 그러나 박정희를 다룬 소설의 경우 소설이 역사나 사회학보다 우월할 수 있는 장점을 거의 살리지 못하고 있다. 보통 사람 박정희를 다루는 것이 소설이어야 하는데 소설 속의 박정희는 영웅의 형상을 하고 나타난다. 사회과학과 역사를 통해 보통 사람으로 재평가되고 있는 박정희를 다시 영웅으로 만들기 위해 소설은 새로운 신화를 만들고 소문을 수용하고 사실을 왜곡한다. 타고난 성격이나 정치적 굴곡을 합리화 혹은 미화하는데 소설의 목적이 있지 않은가 하는 인상마저 준다. 이런 면에서 박정희를 다루고 있는 소설은 실록류와 구분되지 않는다.

이렇게 보면 박정희를 다루고 있는 소설들은 근대소설이라기보다 일종의 위인전에 가깝다고 할 수 있다. 위인전은 보통 독자들, 특히 어린이에게 교훈을 주기 위해 위대한 업적을 남긴 사람의 일생을 기록한 책이다. 위인전의 목적은 개인의 삶을 사실적으로 기록하는 데 있다기보다는 어린이들에게 본 받을만한 모범을 제시하고자 하는 데 있다. 위인의 범위는 매우 넓지만 주로 장군이나 정치가, 예술가들이 위인전의 대상이 된다. 위대한 인물이 어렸을 때에 어떻게 살았고, 성장하는 과정에서 무엇을 했으며 결국 어른이 되어 어떤 업적을 남겼는가를 기록하는 것이 위인전의 내용이다. 대부분의 위인전은 예전 영웅 서사와 같이 특별한 혈통(꼭 부자나 귀족이 아니어도)에서 태어나 위기를 극복하고 큰 업적을 이루는 인물이다. 위대한 인물의 선택이 시대와 사회적 환경에 따라 달라지는 것은 물론이다.

이러한 위인전은 어른들을 위한 평전이나 전기 소설과는 달리 한 인물의 다양한 면을 보여주지 못한다. 위인은 사인인으로서의 개인으로 다루어지기보다 교훈을 위한 '공인'으로 다루어지기 때문에 그의 업적에 어울리는 이야기들이 선택되고 윤색되는 것이 보통이다. 서술의 목적에 부응하는 이야기가 아니면 기록되지 않고 기록되어도 목적을 위해 다른 의미를 부여받게 된다. 부정적인 행적이 의심되는 인물인 경우 위인전은 자연인으로서의 개인과 정치적 역사적 책임을 가져야 하는 공인으로서의 개인을 혼동하게 만든다. 개인의 잘못이 역사적 업적으로 지워질 수 있고, 역사적 악행이 개인사의 미화를 통해 긍정적으로 그려질 수도 있는 것이 위인전이다.

위인전이라도 박정희를 다룬 글들은 매우 고전적인 형태를 띠고 있다. 신화적인 인물을 만들기 위해 여러 가지 방법을 사용하고 있다. 이 인화와 주치호 소설의 경우 공히 박정희 집안의 내력을 조선 초기 간행된 『용비어천가』의 방식을 따라 서술하고 있다. 조상의 연원에서 시작하여 출생 문제, 성장과 결혼 문제 등을 다룬다. 고난과 그것의 극복 과정도 당연히 중요하게 다루어진다. 소설에서 강조하고 있는 박정희 집안의 모습은 이렇다.

> 셋째형 박상희가 가슴속 깊은 곳에 품고 있던 이상과 민족주의 사상은 역시 아버지 박성빈에게서 물려받은 것이었고 이어서 박정희에게 대물림이 됐던 것이다. (주치호, 53면, 참고 목록은 권말에 둠. 본문에는 필자와 쪽수만 표기)
> 박성빈의 할아버지는 어떤 인물이기에 그의 유언에 깊은 신뢰를 가지는 것일까? 그는 지조가 있고 학문이 있었던 어른이었다. 선대의 어른들이 국록을 마다하고 시골로 낙향을 했던 지조파였다. (주치호, 63면)

사실 기록에 있어 차이가 있기는 하지만 박상희와 박정희는 그리 가까운 사이가 아니었다고 한다. 박상희의 사상은 문화주의보다는 사회주의에 가까웠던 것으로 알려져 있다. 아버지 박성빈은 평범한 빈농이었다. 예문에는 박성빈의 할아버지 즉 박정희의 증조부에 대한 언급도 나온다. 실제 소설에서는 이들 각각의 인물들에 대해 자세히 언급된다. '해동 육룡'을 모두 내세우지 않은 것이 다행이다.

위인전은 성공한 인물들의 신화이다. 인물의 성공이 현실로 주어져 있고 그 성공을 설명하기 위해 과거를 추적하는 방식으로 쓴 것이 위인전이다. 기억과 증언과 기록을 참조한다고 하지만 이미 성공한 이들에 따르는 기억과 증언과 기록은 선택되고 과장되는 편집의 과정을 겪지 않을 수 없다. 그것이 정치인의 경우라면 신화화와 왜곡의 위험은 더 커진다. 박정희의 경우 그것이 더 심할 수밖에 없는데 그는 20년 가까이 자신에 대한 '이야기'를 통제할 수 있는 위치에 있었다. 앞서 말한 대로 '오래 한' 사람에 대한 예우도 자연스럽게 받을 수 있었다.

위인의 삶에서 만약 흠이 될 수 있는 내용이 있다면 그 내용은 지워지거나 고쳐진다. 다음은 그 한 예이다.

> 박정희가 그 여자와의 결혼을 운명으로 알고서 세상을 살아갔더라면 아마도 그 여럿의 남자들처럼 온전한 생을 마치지 못하고 요절했을 것이다. (주치호, 171면)
> 박정희는 유교사상과 유교도덕에 철저했던 사람이다. 그는 보통 사람이 지니지 않은 변태에 대해서는 단호했다. 특히 여자에 대해서는 더욱 용서하지 못했다. 여자에게 있어 부모에게 불효, 무자식, 음행, 질투, 고질병, 험담, 도벽 등 일곱 가지 행동은 용서할 수 없었다. 박정희가 김호남을 거부하고 부부의 인연을 끊어 버린 것은 바로 칠거지악에 있었다. (주치호, 173면)

대구사범을 다니던 시절 김호남과 결혼한 박정희는 딸을 하나 두게 되는데 그는 딸이건 아내건 모두 관심 밖에 두고 있었다. 함께 살지도 않았고 각별히 정을 나누었다는 기록도 없다. 그런 점은 가부장 시대의 관점으로 소설을 써나가는 이들에게 문제가 될 수도 있었다. 이런 문제를 해결해주는 좋은 방법은 김호남 개인의 문제를 부각시키는 것이다. 관계가 좋지 않은 두 사람 중 한 사람이 인격적으로 문제가 있었다고 말하면 다른 한 사람은 오히려 문제없는 사람이 되기 때문이다. 위 소설은 김호남의 타고난 '살(煞)'을 문제 삼는다. 김호남은 박정희와 결별한 후 여러 남자를 만났으나 그 남자들이 모두 일찍 죽게 되었다는 것이다. 물론 이는 확인되지 않은 사실이다. 여하튼 『소설 박정희』의 저자는 그러므로 박정희가 김호남과 함께 살았더라면 박정희도 일찍 죽게 되었을 것이라는 논리를 편다. 김호남을 홀대한 것이 천만 다행이라는 말이다. 위 두 번째 인용에는 왜 박정희가 김호남을 홀대했는가를 설명한다. 김호남은 칠거지악에 해당하는 음행을 저질렀다는 것이다.

한 쪽을 강조하기 위해 한 쪽을 깎아 내리는 기술 방식은 위인전 또는 한국 역사소설에서 전형적이다. 예를 들어, 이순신의 강직과 충성을 강조하기 위해서는 원균이라는 역적이 필요하고, 신라의 삼국통일이 가진 정당성을 강조하기 위해서는 연개소문과 그의 형제들이 벌인 내부 다툼을 강조해야 할 필요가 있었다. 이 경우 그것이 사실이었는지 아니었는지는 중요하지 않을 수도 있다.

위인전에서 사실에 대한 왜곡은 어린 시절이나 성장기의 기록에 집중되게 마련이다. 어른이 되었을 때의 기록은 이미 만들어져 있거나 증명될 수 있는 것이지만 과거의 기록은 그렇지 못하기 때문이다. 또 어린 시절의 기록은 미래의 업적을 뒷받침하는 '될성부른 떡잎'이 되어야한다. 한 예로『소설 박정희』에서 작가는 박정희가 "대구사범학교를 우수한 성적으로 졸업했다. 쟁쟁한 수재들이 각축을 벌인 5년을 결산해 보니 3등이었다"고 적고 있다. 그러나 기록에 의하면 박정희는 대구 사범 재학 기간 동안 그리 공부를 잘하는 학생은 아니었다. 입학 100명중 51등, 1학년 97명중 60등, 2학년 83명중 47등, 3학년 74명중 67등, 4학년 73명중 73등, 5학년 70명 중 69등(정운현, 46면)이 그의 성적이다. 물론 그가 공부를 못했다는 것이 큰 문제가 될 것은 없다. 오히려 일본 식민지 교육에 적응하지 못했다는 것을 강조할 수 있는 근거가 될 수도 있다. 그러나 위인전에서는 그렇지 않다. 위인전의 주인공은 모범이 되어야 하고, 영웅이 되어야 하기 때문이다.

격변하는 시대를 살아왔기에 박정희에게는 이 밖에도 의심을 살 수 있는, 영웅의 행위로는 어울리지 않는, 전력이 많다. 여순사건과 관련된 좌익경력, 만주국 장교가 되는 과정, 일본 군사학교 시절 생활, 만주군 장교로서 독립군 토벌에 나선 사실, 베트남 전쟁, 인권탄압, 헌정파괴, 말년의 여성 편력 등은 위인전을 쓰는 이들을 곤혹스럽게 하기에 충분한 것들이다. 이런 거북한 사실들은 때로 감추어지고 때로는 다른 의미를 부여 받게 된다. 정치적으로 드러난 사실에 대해서는 박정희의 '의지' '의도' '진의' 등이라는 말을 통해 얼버무려진다. 이 논리에 따라 박정희는 식민지 치하의 민족의 앞날을 걱정해서 일본군 장교가 되고, 잠깐의 실수로 좌익에 가담했다 군대내 좌익 소탕의 선봉장이 되고, 국가의 질서를 위해 헌법 질서를 파괴하는 '결단'을 하게 된다. 특히 60년대 이후의 문제는 자주 사용되는 '근대화', '경제발전'이라는 이름 아래서 합리화가 시도된다.

위인전은 사실 박정희가 매우 선호하던 양식이다. 여러 글에서 확인할 수 있듯 박정희는 어릴 적부터 나폴레옹과 이순신 위인전을 재미있게 읽었다고 한다. 위인전이 가지고 있는 단선적인 서사, 영웅주의는 가부장적 독재자의 심리를 키우는 데 매우 적절한 양식이기는 하다. 그런데 위인전은 어린 시절 소영웅주의가 넘칠 때 읽는 책이지 어른이 되어서도 읽는 책은 아니다. 한 인간 속에 담겨 있는 다양한 면을 알게 되고, 한 사람의 힘으로 할 수 있는 일과 할 수 없는 일들을 짐작하게 되면서 위인전은 어른들의 손을 떠나게 된다. 그 이후의 독자가 만날 수 있는 책이 소설 아니겠는가? 그러나 박정희는 대통령이 되어서도 여전히 알렉산더 등을 다룬 위인전을 즐겨 읽었다고 한다(조갑제 1,377면). 박정희를 다룬 소설이 근대소설 차원에 이르지 못하고 아동들이 읽음직한 위인전 수준에 머무는 것은 박정희의 독서 체험과 관련하여 재미있는 비교거리가 되는 셈이다.

3. 근대화 시대 영웅의 형상

위인전 수준이든 어떻든 박정희가 영웅으로 다루어질 수 있는 이유는 무엇인가? 근면, 성실 등을 앞세워 경제 발전에 기여했다는 점을 우선 꼽을 수 있다. 여기에 대한 분석은 이미 상당히 축적되어서 더 새로운 무엇을 첨가하기는 어려울 것이다. 실제 수치로 나타난 경제 성장을 부인하기는 어렵고 그럼에도 불구하고 그가 영웅이 될 수 없는 이유 역시 충분히 밝혀졌다. 경제성장이라는 것은 한 사람의 힘으로 이루어진 것이 아니며 그 성장이 다수의 행복을 보장해주는 방식으로 전개되어 온 것도 아니라는 사실이 우리 경제성장의 실제이다.

그에 대한 평가에 있어 경제 성장 만능주의는 점차 극복되어 가고 있다. 경제 성장을 이루었으니 다른 박정희가 쌓은 악덕들—헌정 질서 파괴와 인권 유린 등—을 가벼운 사실로 처리한다면 우리는 일본 제국주의를 비판할 수 없게 된다. 일제 뿐 아니라 히틀러도, 스탈린, 무솔리니, 심지어는 김일성을 비판할 수도 없다. 이들 역시 경제성장이라는 목표를 내걸고 어느 정도 그것을 달성한 인물들이기 때문이다. 박정희가 경제성장에 매달린 이유는 그것이 그가 가진 정치적 취약성을 보충하기 위한 유일한 길이었기 때문이다. 정당하지 않은 방법으로 정권을 탈취한 어떤 정권도 경제 성장을 내걸지 않은 경우는 없다. 그들이 추진하는 경제정책이 성공을 거두는 경우란 경제 단위 전체의 능률을 올리는 방식과 함께 대다수 구성원의 가혹한 희생을 강요할 때이다. 그들이 말하는 경제성장은 사실 민주주의의 희생을 의미하기도 한다. 그 대표적인 사례로 꼽히는 것이 박정희와 한국의 근대화이다. 박정희는 성향상 처음부터 민주주의에 대한 혐오를 가지고 있던 인물이기도 하다. 일본 군국주의 사고를 한 번도 고치지 않았던 박정희는 서구의 민주주의가 우리에게 맞지 않는다는 생각을 가지고 있었다. 근대화라는 이름의 근대성장을 그렇게 외치면서도 정신에 있어서는 전통을 끝내 강조했던 모순이 여기에서 발생하게 된다.

사실 박정희가 정권을 유지할 수 있었던 것은 경제성장의 성과 때문이 아니라 대대적인 탄압과 외부적 조건 때문이었다. 남북관계를 적대적 의존관계로 유지한 것도 중요한 역할을 했다. 이러한 국제적 정세 등을 무시하고 경제발전을 박정희 개인의 문제로 처리하는 것. 그것이 박정희 찬양이 가진 문제점이다. 그가 아니었으면 안 되었다는 생각은 위인전적인 유치한 발상이다. 오랫동안 그가 국민들의 머릿속을 지배해 왔고 그것이 결과로 주어져 있기 때문에 많은 사람들이 여전히 그곳에서 빠져나오지 못할 뿐이다.

박정희의 탁월함을 강조하는 방식에서 『인간의 길』 역시 앞서 살핀 글과 다르지 않다. 이 소설에서 작가는 중국 신화에 등장하는 인물 우(禹)의 이미지를 박정희와 중첩시키려 노력한다. 경제 성장을 이끈 영웅이라는 이미지를 만들려는 의도로 보인다. 이 책은 노골적으로 영웅주의에 대한 동의를 보이기도 한다. "역사는 때로 영웅의 야망에 의해서 움직인다", "역사는 알렉산더·나폴레옹·히틀러·루스벨트·사카모토 료마와 같은 영웅들이 만드는 것이다"라는 주장에서 그것을 확인할 수 있다. 다음은 소설의 서문치고는 특별해서 두고두고 교훈을 삼을 만한 것으로 보인다.

나는 이렇게 많은 사람들의 운명이 항상 이래도 좋고 저래도 좋은 사람들에 의해 좌우되어 왔다는 말을 도저히 믿을 수 없다. 세상에는 정말로 특별한 사람들이 있다.

인생은 짧고 우리는 정의(定義)를 내리기 위해 낭비할 시간이 없다.

우리는 보다 실질적이고 즉각적인 지침에 따라 살아간다. 그것은 우리가 진심으로 위대하다고 생각하는 인간을 보고 배우는 것이다. 그의 생각과 행동을 모방하는 것이다. 어쩌면 이것이 인간에게 있어서 진보의 유일한 요소인지 모른다. 어떤 천재성을 지닌 개인이 길을 제시하고 모범을 보이면 다른 많은 사람들이 그 길을 선택하고 그 뒤를 따르는 것이다. 이 소설을 위해 산더미 같은 자료들을 읽으면서 나는 내가 그리려고 하는 인물이 바로 그런 사람이라는 확신을 갖게 되었다. (이인화, 6면)

이 책의 저자는 영웅이 지배하지 않는 이 시대를 매우 한심하게 보고 있는 듯하다. 이런 생각에서 과거의 영웅 박정희를 그리는 것이다. 위 글에 따르면 영웅이 못되는 일개미들은 여왕개미를 따르기만 하면 된다. 일개미 하나하나의 생각을 인정해줄 시간은 없다. 사람들의 운명을 스스로의 힘으로 개척되는 것이 아니라 특별한 영웅에 의해 좌우된다. 이런 영웅에 대한 집착이 『인간의 길』을 소설 이하의 것으로 이끌어간다.

영웅이 태어나야 하는 시대는 난세여야 한다. 평범한 시대에 태어난 영웅은 자신의 뜻을 펼 수 없기 때문이다. 그렇다면 박정희가 살았던 시대는 난세여야 한다. 난세를 만드는 것은 누구인가? 책의 저자가 보기에 책임감도 용기도 없는 지식인들이 시대를 어렵게 만드는 범인들이다. 이 소설에서 유난히 지식인에 대한 부정적인 이미지가 자주 등장하는 것이 이 때문이라 할 수 있다. 그 때 나서야 하는 것이 '군인' 박정희이다.

영웅은 나약한 지식인과 싸우어 할 뿐 아니라 어리석은 백성들을 일깨워 이끌어주어야 한다. 백성들이 어리석지 않다면 어리석게 만들 필요가 있다.

딸 뺏기고 마누라 뺏겨? 어림도 없는 소리! 우리 조선놈들이 얼마나 악질인데 그런 짓을 당해? 내 만주에서 러시아 사람들 사는 것도 보고, 몽고 사람 사는 것도 보고, 중국사람, 만주 사람, 일본 사람들도 다 봤대이. 하지만 어디를 봐도 우리 조선놈들 만큼 나쁜 놈들은 없드라. 만주국이 들어서기 전부터도 그랬다 카대. 중국인 땅임자가 딸 데려갔다고 사람 죽이고 집에 불지르는 건 세상에 조선놈들 밖에 없다 카드라. 누가 딸을 달라 캤나. 애초에 지가 먼저 안달복달해가미 딸 내놓고 돈 빌려 간거 아이가. 땅 빌려 가고, 돈 빌려 가고

2년이 지나도록 한 푼도 안 돌려 주면 딸 데려가는 건데, 조선놈들은 꼭 딸 뺏깃다고 지랄 해싸면서 버럭 도끼로 쳐죽이고 불을 싸질러서 그 가족이며 마을 사람들 졸지에 거지로 만들어 놓는 기라. (288면)

소설의 주인공 정훈(박정희로 짐작되는 인물)을 향한 친구 형진의 말이다. 한국 사람을 계몽의 대상으로 보고 있다는 점, 한국인의 인간성에 대해 부정적인 관점을 확실히 보여준다는 점이 특징이다. 이는 박정희가 애독했다는 소설 『이순신』의 내용과 일치하는 것이기도 하다. 주지하다시피 1930년대 신문에 연재되었던 이광수의 소설 『이순신』에서 이순신은 침략자 일본에 대항해 싸우는 민족 영웅이기보다 어리석은 조선의 조정과 양반들에 의해 억울하게 모함을 당하는 피해자에 가깝다. 소설에서 어리석은 대부분의 조선인들은 이순신이라는 영웅을 몰라볼 뿐 아니라 모함을 일삼기만 한다. 이순신의 영웅적인 활약이 당연히 왜군을 향한 것이었음에도 이 소설에서 강조되는 것은 이순신을 못살게 구는 내부의 '적'들이다. 조갑제가 그의 책에서 말한대로 "이광수가 이 소설에서 진정으로 그리고 싶어했던 것은 '왜적과 용감히 싸우는 이순신'이 아니라 '문약하고 시기심이 많은 선비 정치인들에 의해서 당하고 마는 비극적 군인'이었다(조갑제 1, 368면)." 내부의 문제를 지적하는 것을 탓할 수야 없다. 그러나 그것이 다른 쪽을 부당하게 정당화해주는 데 이용되기 쉽다면 신중할 필요는 있다. 조선 내부의 문제를 강조해서 전쟁의 진정한 이유나 문제없이 죽어간 군인, 백성들의 의미에 대해 무시하는 결과가 나오지 않을까도 생각해 보아야 할 것이다. 위 예문도 마찬가지이다.

위 예문의 논리가 『이순신』에서 비롯된 것이라고 할 수는 없겠지만 우리의 민족성을 개혁하고 개량하고 마침내 뜯어고쳐야 하는 것으로 본다는 점에서는 전혀 다르다고 말하기 곤란하다. 이러한 관점으로는 근대적인 인권이란 고려의 대상이 되기 어렵다. 몇몇 영웅을 제외한 대부분의 사람들은 개혁의 대상일 뿐 스스로 판단할 힘이 없으며 그들의 의견을 따르는 일조차 위험천만한 것이 되기 때문이다. 정치적 필요에 의해 행해진 헌정 파괴행위로서의 '유신'도 이런 관점에서는 정당하고 필요한 행위로 평가될 수 있다. 출발이 다르면 결과는 어찌 해볼 수 없이 벌어지기 마련인데 이 경우가 여기에 해당한다고 할 수 있다.

영웅 이야기의 또 다른 문제점은 은연 중 결과로서 모든 것을 평가하게 된다는 데 있다. 영웅은 타고나는 것이라고 말하지만 타고난 영웅을 확인할 수 있는 것은 언제나 사후이다. 사후에 확인되는 것이기에 영웅의 이전 행위는 무엇이든 정당화될 수 있다. 박정희에 대한 평가가 전형적인 예이다. 박정희는 절대 대세를 놓치지 않는 사람이었다. 그는 일생을 통해 단 한 번도 '정의로운 소수'에 참여하거나 동조한 적이 없는 인물이다. 사회적 약자의 편을 든 적도 없었다. 대세에 편승하더라도 그냥 끼어드는 정도가 아니라 수단방법을 가리지 않고 그 핵심부에 들어갔다. 식민지 시대에는 독립운동을 거들떠보지도 않았다. 일본 군국주의에 편승하기 위해 '충성혈서'를 쓰면서까지 사관학교에 들어갔다. '해방조국'에서는 경력을 변조하기 위해 어제의 '조센징 토벌군'이 광복군 가까지 지어가면서 감쪽같이 광복군 행세를 연출했다. 군정시기에는 건국운동은 곁눈질도 하지 않았다. '타도 영미귀축(英美鬼畜)'을 외치던 일본군인이 미군 사령관이 지휘하는 조선국방경비대 장교로 변신했다.(최상천, 157면) 이런 인물도 현실의 권력을 쥐었을 때는 영웅이 될 수 있다는 것, 거기에 여러 형태의 글이 일조하고 있다는 것이 박정희 관련 글을 읽으며 든 생각이다. 비판되지 않은 역사가 반복으로 우리에게 복수하지 않을까 우려된다.

4. 민주주의에 대한 불안과 전체주의에 대한 향수

첫 장에서 말한 것처럼 박정희를 불러내는 심리에는 민주주의에 대한 불안과 전체주의에 대한 향수가 깊이 숨어 있다. 전체주의가 주는 안락함은 강력한 가장 아래에서 형성된 외형적 질서가 주는 안락함이다. 박정희를 그리워하는 이들이 내세우는 논리는 리더십과 경제성장이다. 그의 민족주의에 대해 칭찬을 아끼지 않는 이들도 있다. 심한 경우 박정희는 영웅으로 대접받는다. 전체주의에 대한 향수가 노골적으로 드러나는 글을 한 편 보자.

> 박정희는 일제(日帝)의 군사 교육과 한국전쟁의 체험을 통해서 전쟁과 군대의 본질을 체험한 바탕에서 6백 년 만에 처음으로 우리 사회에 상무(尙武) 정신과 자주 정신의 불씨를 되살렸던 것이다. 전두환 대통령이 퇴임한 1988년에 군사정권 시대는 끝났고 그 뒤에 우리 사회는 다시 상무, 자주 정신의 불씨를 꺼버리고 조선조의 문약성으로 회귀하려는 움직임을 보이고 있다. 이 복고풍이 견제되지 않으면 우리는 어떻게 될 것인가. 이승만, 박정희, 전두환 세 대통령의 영도하에서 1류 국가의 문턱까지 갔던 우리나라는 원래의 우리 수준, 즉 3류 국가로 전락할 것이다. 만의 하나, 북한에 의해 한반도가 통일된다면 우리는 4류 국가(쿠메르 루주나 르완다) 수준으로 떨어질 것이다. (조갑제 1, 13면)

위의 글을 요약하면 박정희는 일제 군사교육과 한국전쟁을 경험하면서 조선조의 문약을 떨치고 상무정신을 살렸고, 전두환은 그 상무정신을 이어 받은 인물이다. 그러나 1988년 이후 상무정신은 사라지고 다시 문약으로 회귀하게 되었다. 이런 문약 아래서는 우리나라는 3류 국가로 떨어지게 될 것, 이라는 내용이다. 문약을 민주주의로 상무정신을 군사독재로 바꾸어도 전혀 어색하지 않은 글이다.

예문의 필자가 바람직하게 생각하던 박정희 시대에는 계엄 3번(31개월), 위수령 3번(5개월), 각종 비상조치 9건(69개월)이 실시된 때이다. 힘을 통한 국민 통제와 독재, 이것이 위에서 말하는 상무정신과 자주정신의 실체라고 할 수 있다. 박정희 시대 질서의 실체이기도 하다. 이런 시절을 긍정적으로 보는 시각에 어떻게 대응해야 할지 실로 난감하지 않을 수 없다.

위 예문에서 말하는 상무정신의 강조가 가장 두드러지는 소설은 아마 『무궁화 꽃이 피었습니다』일 것이다. 잘 알려진 이 소설의 결론은 남과 북이 긴밀히 협조하여 일본에 핵공격을 실행하는 것이다. 자주성을 강조하기 위해 인류의 보편적 정서 자체가 무시되는 기이한 소설인 셈이다. 상무정신 아래 인권, 행복, 박애 등이 들어설 자리는 없다. 핵공격을 긍정적으로 다루고 있는 소설은 세계적으로 이 소설밖에 없을 것이다. 그런 소설이 영화화되고 애국심 고취를 위해 추천되는 현상은 우리 현대사가 이성을 잃고 진행되어왔음을 충분히 증거 할만하다.

박정희를 그리고 있는 소설들은 이러한 비이성적인 전체주의 향수에 한 몫을 하고 있다. 원래 소설의 발생이 전체주의와는 거리가 멀었다는 이유로 이들을 소설 아닌 것으로 치부할 수 있다. 그러나 이런 비이성적인 논리에 봉사하는 소설의 역사도 면면히 이어져 오고 있음을 무시할 수는 없다. 현재 일본이 그렇듯이 전체주의 시대 경험을 떨치지 못해 벌어지는 여러 현상을 극복할 수 있는 길은 하나뿐이다. 경제성장의 신화가 아닌, 민주주의의 지속적인 발전, 그것을 기대할 수밖에 없다.

국가주의 신화와 문학

1. 국가주의, 월드컵과 영화 〈한반도〉

2006년 한국 사회를 설명할 수 있는 대표 키워드는 단연 '월드컵'이었다. 다양한 미디어들에 의해 생산 유포된 월드컵 열기는 연초부터 전국을 들썩거리게 만들었다. 공중파, 유선방송, 신문 심지어 길거리 전광판까지 모든 매체들이 월드컵에 대한 특별대우를 사양하지 않았다. 길거리로 뛰쳐나와 목이 터서라 함성을 내시트는 일이 마지 국가 사랑·축구 사랑의 증표인 양 여겨졌고, 광장까지 돈을 주고 빌려버린 대기업의 상술에 아무 저항 없이 끌려가는 응원단이 있었다. 축구 경기는 지루하다며 전반전도 견뎌내지 못하던 아주머니들이 국가대표 경기를 보기 위해 새벽잠을 설쳤으며, 자칭 '열성' 팬들은 예선 탈락 이후 냉정하게 축구에 대한 관심을 거두어버렸다. 무엇보다 지워지지 않는 기억은 우리 팀의 패배를 실력이 아닌 '누군가의 책임'으로 떠넘기려는 유치한 국민적 '합의'였다.

다양한 스포츠 경기 중 특별히 월드컵 대회는 '국가'와 '민족'에 대한 새삼스런 자각을 요구한다. 어깨동무를 한 채 국가를 들으며 결연한 자세로 서 있는 선수들의 모습, 국기를 상징하는 다양한 모양의 응원복, 대륙을 대표하는 출전 국가(國家)라는 자부심 등은 '국가'와 스포츠 경기를 떼어 생각할 수 없게 만든다. 월드컵을 응원하는 사람들은(최소한 우리나라 사람들이 경우) 자신의 팀은 물론 상대팀에 대한 전력 탐색을 게을리 하지 않는다. 적의 약점과 강점, 승리를 위한 전략 등에 대해 적극적 관심을 드러내기도 한다. 그래서인지 축구 경기를 보면서 우리는 단순히 '선수' 개개인 이상을 상상하게 된다. 심한 반칙을 하는 선수들의 얼굴 뒤로는 그들 국가나 민족의 '나쁜 천성'이 오버랩되게 마련이다. 우리를 불편하게 하는 선수 개개인을 미워하게 되면 그가 속한 국가 전체에 대한 적대감도 동시에 커진다. 반대로 이 과정에서 '우리'라는 의식은 점점 높아진다.

스포츠 전문가들은 축구가 사람들을 열광시키는 이유로 특별한 도구 없이 진행되는 경기이고 승부에 의외성이 많다는 점을 꼽는다. 하지만 축구가 사람들을 열광시키는 다른 이유는 그것이 국가 간 민족 간 대리전의 성격을 띠고 있기 때문이다. 무기도 돈도 없이 육탄으로 벌어지는 해볼 만한 전투라는 '환상'은 '국민'들로 하여금 축구에 몰입하게 한다. 세네갈 대표팀이 프랑스 대표팀을 이기고, 한국 대표팀이 독일 대표팀과 대등한 경기를 치를 수 있는 경기가 축구이다. 이러한 헛된 몰입은 내부의 욕구를 외부로 분출시키는 좋은 수단으로 기능한다. 국가 대표 간의 대결 국면에서 우리 팀의 자잘할 문제들은 극복될 수 있거나 덮어두어야 하는 것으로 처리된다. 말하자면 전투 상황이다.

아이러니는 이런 환상에도 불구하고 그 대리전의 결과는 실제의 전쟁 결과와 크게 다르지 않다는 사실에 있다. 주지하다시피 프랑스, 이탈리아, 독일은 18세기 이래 최대 강국이었고 가장 큰 전쟁의 책임자들이었다. 최근 월드컵 대회에서 이들은 모두 4강전에 올랐다. 잉글랜드 팀이 8강전에서 포르투갈 팀에 패하지 않았다면 우리는 더 우스운 대진표를 볼 수 있었을 것이다.

스포츠만큼 국민의 관심을 불러 모으는 분야가 영화이다. 개봉 이전부터 화제를 집중시킨 영화로 〈한반도〉가 있다. 〈한반도〉는 전국 극장의 스크린을 원하는 만큼 장악하고 흔치 않은 텔레비전 광고까지 무차별 틀어대며 열기를 모으려 하였다. 그 결과 이 영화는 그 질에 상관없이 잠시나마 극장가를 장악했다. 그 열기가 식어가는 속도가 월드컵을 능가할 정도로 빨랐다는 점 역시 이 영화를 기억하게 하는 요소이다. 흥행이 영화의 질과 상관없이 마케팅이나 스크린 확보 능력에 의해 결정된다는 자본주의화된 영화계 현실을 다시 한 번 깨닫게 해 준 영화이기도 했다. 안성기·문성근·차인표·독고영재·조재현·강수연·백일섭 등 출연 배우들의 이름도 블랙버스터 급에 어울렸다.

〈한반도〉는 대한제국 이래 이어져온 '민족'과 '국가'에 대한 상상을 현재에 강요하고 있다. 현재를 구속하고 결정한 과거에 대해 유난히 집착하는 영화이기도 하다. 대한제국 시절과 현재를 중첩시키는 기법, 역사에 무지한 이들에 대한 야유 등을 대표적인 예로 꼽을 수 있겠다. 선악의 구분이 명확하고 적과 아의 구분이 선명하기 때문에 민족의 정통성이나 영광을 의심하는 이들을 쉽게 소외시키는 영화이기도 하다. 깨어 있는 몇몇의 영웅과 어리석은 다수의 주변 인물들이 대비되는 것도 이 영화의 위험한 특징이다. 끝으로는 영웅을 부각시키는 듯 하지만 결국 다수의 어리석음이 부각되어 민주적 질서보다는 전체주의의 질서에 우호적이 되는 '나쁜' 서사의 전통을 이어받고 있는 셈이다. 영화대로 고종과 명성황후만이 지사적이었다면 대한제국이 어찌 종사를 보존할 수 있었겠는가. 제작자가 원하지는 않았겠지만 이런 서사로는 당연히 망할 나라가 망했다는 주장을 하고 있는 셈이 된다. 거기에 관객을 가르치고자 하는 어설픈 계몽적 태도는 실소까지 머금게 한다.

군이 영화와 스포츠뿐이겠는가. 일상의 사소한 것에서 우리는 '국가'와 '민족'에 대한 관심과 환상을 자주 만날 수 있다. '국가'나 '민족'이 자신이 속한 최후의 이익 집단으로 상상되고 있기 때문이다. '국가'나 '민족'의 강조가 갖는 문제점은 분명하다. 내적으로 국가주의적 사고는 다수(대다수 혹은 보통이라는 이름으로 변형되기도 하는)의 이익과 개인의 희생을 대비시키는 위험한 사고를 낳는다. 이는 다수 또는 보통이라는 이름으로 자신을 묶고 거기서 제외된 이들의 가치를 받아들이지 않으려는 태도로 이어진다. 외적으로 '국가'나 '민족'이라는 정체성의 강조는 타자 배제라는 결과를 낳게 된다. 우리 무리 외의 상대방은 우리의 이익과 안녕을 위협하는 적으로 간주된다. 정체성의 강조를 위해 때로 적은 창조될 수도 있다. 자신의 불행을 타인에게 전가시키고(그것이 어느 정도 사실이라 할지라도) 스스로의 상대적 우월성을 강조하게 되면 '국가'나 '민족'의 강조는 전체주의적 사고로 옮겨갈 준비를 갖추게 된다.

문학의 경우도 이런 사고에 기여할 수 있다. 많은 경우 문학은 역사를 통한 정체성 확인으로 '국가'나 '민족' 이야기를 시작한다.

2. 정체성의 허울, 타자 배제의 논리

현실적으로 국민국가가 영토 분할의 기준이 된 18세기 이후의 '민족국가'를 부정하는 일은 지나치게 순진한 생각이 될 것이다. 자본주의, 공화주의, 자유주의 등의 근대적 가치를 이야기 할 때 기본적인 단위로 상상된 것이 민족국가였고, 제국주의 시대를 거치면서 전 지구적으로 강화된 것도 '민족'과 '국가'에 대한 상상이었다. 앞으로도 계급이 갖는 정체성이 획기적으로 부각되지 못한다면 집단의 '정체성'을 확인할 수 있는 가장 큰 단위는 '민족'이나 '국가'가 될 것이다.

사실 문제는 이 정체성에 있다. 현재의 우리를 확인하는 방법에는 과거의 우리를 소환하는 방식과 우리와 다른 타자를 비교하는 방식이 있다. 정체성 확인을 위한 가장 고전적인 방법은 분열된 현재, 부족한 현재를 대신하여 통합된 과거나 '잘 나가던' 과거를 찾는 일이다. 존재하지 않던 전통이 만들어지고 희미한 역사에 덧칠이 가해지는 이유도 잡히지 않는 이 정체성을 채우기 위해서이다. 다른 하나는 타자와의 대결을 통한 내부 단결을 엮어내는 방법이다. 역사 문제와 많이 중복되기도 하지만, 부족한 현재에 대한 책임을 떠맡을 타자를 상상하는 일이 여기에 속한다. 심판 때문에 축구 경기에 졌다는 인식과 마찬가지로 국가나 민족 단위의 피해의식을 만들어내는 일은 정체성을 확인하는 데 큰 도움이 된다. 효과를 높이기 위한 소환 대상으로는 바로 이전의 역사보다는 오래 전의 역사가, 먼 곳에 있는 국가들보다는 가까이 있는 국가들이 적당하다.

정체성 확인은 자부심과 떼어 생각하기 어렵다. 불확실하고 흔들리는 세상에서 무언가 확실성을 찾기 위해서 우리들은 스스로가 다른 이들과 다르고 더 뛰어나다는 주장을 펼치고 싶어 한다. 만약 현재가 뛰어나지 않다면 과거의 역사로 소급하여 그 뛰어남을 찾고 위안을 받으려 한다. 현재의 열등이 사실은 일시적인 것이라는 증거를 과거의 역사에서 찾으려는 것이다. 여기서 뛰어남의 발견은 다른 집단과의 비교를 통해서만 가능하다. 정체성을 상소하는 다른 방법은 미래의 불안을 창조하는 것이다. 정치적으로 보면 이쪽이 훨씬 더 고전적이라고 할 수 있다. 과거가 현재의 불안을 잊게 하는 것이라면 미래에 대한 불길한 예상은 현재의 작은 문제들을 덮어두는 데 기여하게 된다. 따라서 과거의 영화를 강조하거나 미래의 불안을 상상하는 일은 모두 현재의 혼란과 부조리에서 사람들의 관심이 멀어졌으면 하는 특별한 사람들에게 매우 소망스럽고 바람직한 것이 된다. 그들에 의해 창조되는 것이 정체성이고 그 정체성의 강조가 강화되면 '국가주의' 또는 '민족주의'가 된다.

타자를 배제할 때의 일체감 말고 국가라는 이름의 공동체가 구체적 개인에게 해 줄 수 있는 일은 그리 많지 않다. (나라 잃은 설움을 생각해보라는 식의 원초적인 질문은 여기서 사양한다. 우리는 제국주의 시대를 말하는 것이 아니라 국가주의를 말하자는 것이다. 국가주의의 문제를 다루는 것이 곧 주권의 포기를 허용하자는 것은 아니다.) 냉정히 말해 국가와 국가가 구분되는 것 보다는 민족 내부 구성원들의 계급과 계층을 나누는 것이 훨씬 풍부한 결과를 얻을 수 있다. 현실적이고 설득력 있는 차이를 제시해 줄 수도 있다. 민족이나 국가를 내세우는 경우 이러한 내부 문제를 지우는 결과가 발생하게 된다.

그것이 아무리 크다 하더라도 하나의 집단은 집단을 통해 이익을 얻을 수 있는 이들에 의해 만들어지고 유지되게 마련이다. 모두에게 선하게 작용하는 무엇은 존재하지 않는다. 이미 만들어진 국가는 기득권 유지·옹호의 보수적 경향을 띠는 것이 보통이다. 20세기의 전체주의 경험은 이런 특성을 가장 극명하게 보여주는 예이며, 서유럽에서 그나마 민주주의가 발전할 수 있었던 데는 전체주의 경험에서 얻은 교훈이 기여한 바가 적지 않다. 역으로 그런 경험에서 벗어나는 일이 개인과 사회의 건전성을 확보하는 길이라고 할 수 있다.

'국가'나 '민족'이 강조되고 국가주의가 강화될수록 계급 문제는 은폐되기 쉽다. 민족이나 종교가 시급한 문제가 되는 경우가 없지는 않지만 동아시아에 한정할 경우 심화되는 계급의 문제는 민족 문제보다 심각하고 중요하다. 이것을 은폐시키는 방법으로의 국가주의는 누군가에게 도움이 된다. 그 도움이 되는 사람들의 논리를 추종하는 미디어가 있고 그 미디어에 의해 많은 이들이 희생되고 있는 것이다. 모두에게 이익이 될 듯한 국가주의는 누군가의 희생을 밟고 일어서야만 하는 괴물일 수도 있다.

이런 이유로 국가주의적 상상력을 표나게 발휘하고 있는 일부 대중 소설에 대해 우려의 눈길을 보내는 이들이 많다. 단순히 인기나 흥미를 끌기 위한 수단으로 동원되었든 투철한 민족주의적 사명감에서 활용되었든 이런 소설에서 '국가'나 '민족'은 역사나 미래에 대한 왜곡된 인식을 대중에게 심어줄 수 있기 때문이다. 홉스봄의 말대로 역사는 조상 대대로 물려 내려온 기억이나 집단적 전통이 아니다. 역사는 사람들이 성직자, 교사, 역사 집필자, 잡지 편집자와 텔레비전 프로그램에서 배운 무엇이다. 그것이 잘못된 것이든 바른 것이든 사회에 광범위하게 유통되면 상당한 영향력을 미치게 된다. 식민지 알제리에 대한 프랑스인들의 사고, 20세기 초반 역사에 대한 일본의 역사 인식은 그렇게 해서 형성된 것이다. 정체성을 확립하기 위해 동원되는 거짓과 신화들은 그것이 (누군가에게) 도움이 되는 한에서는 굳이 포기할 필요가 없는 사회적 도구가 되고 만다. 대중들이 모두 진리에 가까이 가기 위해 노력하는 학자들은 아니다. 또 만들어진 전통의 기원을 찾을 만큼 한가하지도 않다. 안타깝지만 때로는 진실보다 소문이 대중들에겐 더 큰 영향을 미치기도 한다. 일부 대중 소설이 하는 일은 자칫 이런 소문 만들기가 될 수도 있다.

이는 문학 본연의 임무에서도 크게 벗어나는 일이다. 문학이 갖는 미덕은 다양한 취향과 입장에 대한 존중, 타자의 시선에 대한 배려 그리고 끊임없는 자기반성이라고 할 수 있다. '국가'나 '민족'을 강조하는 소설들은 우리와 구분되는 타자들을 고려하지 않는다. 객관적인 시선으로 스스로를 돌아보려는 시도도 하지 않는다. 다양한 구체를 통해 접근하는 복수의 시선을 포기하고 전체에 복무하는 개인의 의무를 강조한다. 이런 문학은 포섭 가능한 것들에 대한 애정은 접어두고 배제 대상에 대한 증오만을 키우는 견디기 힘든 결과를 낳게 된다.

비교적 최근에 출간된 두 편의 소설을 통해 이 위험을 진단해 보도록 하자.

3. 고구려, 민족 이전의 역사―김진명 작 『신의 죽음』

김진명의 소설들은 타자를 수용하는 넉넉함과는 거리가 멀어 보인다. 대중적으로 큰 성공을 거둔 『무궁화 꽃이 피었습니다』나 『한반도』, 최근 작인 『신의 죽음』에 이르기까지 그의 소설들은 우리 민족의 역사나 운명 그리고 주변의 정치 정세를 적극적으로 해석하려 한다. 정치적·역사적 사건의 이면을 추적하는 형식으로 만족스럽지 못한 현재의 근원을 명쾌하게 설명해주고 긍정적인 결말까지 맺어준다. 좋게 보면 그의 소설은 민족적 자존심의 회복을 위해 복무하고 있는 셈이다. (민족적 자존심의 회복이 현실과 부합하는지 단지 위안을 줄 뿐인지는 굳이 여기서 말하지 않겠다.)

주로 일본이나 미국과의 관계를 다룬 이전 소설과 달리 『신의 죽음』은 중국의 동북공정에 얽힌 음모를 제재로 하고 있다. 거기에 김일성의 죽음과 남북 정상 회담 등의 흥미 있는 소재를 추가하여 독자의 호기심을 자극한다.

책의 서문에서 작가는 자신이 이 소설을 쓰게 된 동기를 비교적 상세하게 밝히고 있다.

> 중국은 한국을 자기편으로 끌어들이는 것이 미국과의 대결에서 가장 중요한 전략이라고 생각하고 있다.
> 지난 50년 간 유지돼 온 한국―일본―미국이라는 강력한 축을 깨고 먼저 한국을 빼내 중국 편으로 끌어들이면 홀로 남은 일본 역시 고립을 견디지 못하고 그 축을 떠난다는 것이 그들의 생각이다. (…중략…)
> 한 발 더 나아가 중국은 북한의 붕괴에 대해서도 치밀한 준비를 해오고 있다. 처음 이들은 친중 정권에 만족했으나 차츰 북한은 주인 없는 감이라고 생각하며 북한을 흡수하려 하고 있다.
> 동북공정은 한마디로 북한을 삼키기 위한 역사, 문화의 정리 작업이다.
> 이들의 야욕을 눈치 챈 김일성은 미국이 남북정상회담의 중재를 요청하며

개방, 개혁을 결심하지만 정상회담 17일 전 살해당하고 만다.

동북공정이나 고구려사 왜곡을 미국, 중국, 남, 북이 얽힌 복잡한 국제정세 안에서 이해하려 하는 필자의 태도를 확인할 수 있다. 동북공정은 궁극적으로 북한을 흡수하기 위한 기초 작업이라는 것이 필자의 생각이다. 남북 정상회담 직전 김일성이 살해당했다는 가설은 조금 위험해 보이기도 하다. 미국 주도의 남북 정상회담을 막기 위해 누군가가 김일성을 살해 했고, 6월에 이루어진 남북 정상회담은 한국―일본―미국의 동맹 축을 깨려는 중국의 의도 아래 기획되었다는 것이 위 서문의 내용이다.

필자로서는 이에 대한 구체적인 반박 자료를 제시할 능력이 없다. 따라서 여기서 위 내용의 진위를 따지는 것은 적당하지 않다. 작가 역시 소설적 상상력 이상의 자료를 제시하고 있지 않기에 소설의 내용을 사실로 받아들이기도 어렵다. 우리는 위 글을 통해 작가의 강력한 의지 정도를 읽을 수 있을 뿐이다.

한 가지 의문이 드는 것은 미국과 중국의 대결이라는 가상에 대해서이다. 현재도 정치·경제적으로 미국과 중국이 대립하는 일이 많음은 잘 알려져 있다. 특히 분쟁이나 국제 관계를 보는 관점에서 두 나라의 입장은 확연히 대립되는 듯하다. 현실이 그러하기에 두 국가의 대립은 독자들에게 별 의문을 주지 않는다. 그럼에도 불구하고 위에서 말한 대립의 내용은 무척 애매하다. 기존의 한국―일본―미국의 축이 무엇을 의미하는 지 명확하지 않기 때문이다. 경제적 문제인지 군사적 문제인지 아니면 다른 무엇인지 알기 어렵다. 세계 패권의 야망 정도의 순진한 의미로 받아들일 수는 없다. (물론 패권 역시 '국가'의 이익은 아니다. 국가 구성원 일부의 이익에 봉사할 뿐이다.) 일본이 고립을 면키 어렵다는 발상 역시 소망일 수는 있지만 가까운 시간 안에 실현되기는 어려운 전망으로 보인다. 오히려 경제적 의미에서나 군사적 의미에서 네 나라 중 고립될 가능성이 가장 큰 나라는 대한민국이 아닐까 하는 생각마저 든다. 국가보다 강력한 자본의 동향은 어떨지, 시장 원리에 의해 움직이는 자본에게 국경이 얼마나 큰 의미가 있을지 등에 대해 위 서문은 전혀 답을 해줄 수 없다. 그저 막연한 중국, 일본, 미국이라는 이미지만이 제시되고 있는 셈이다. 이 이미지의 대립은 그릇된 상상을 낳을 수도 있다. 국가 간의 문제는 일부 인물들의 욕망이나 애국심으로 환원될 수 있는 종류의 것이 아니다.

　여하튼 이런 관점에서 쓴 소설『신의 죽음』의 줄거리는 다음과 같다. 캘리포니아 버클리 대학 인문학부 한국인 교수 김민서는 묘한 사건에 말려든다. 중국인들 사이에서 벌어진 고미술품 관련 살인 사건이 그것인데, 쓰시완이라는 골동품 밀매자가 토니왕이라는 감정사와 미아라는 중국 여인과 함께 화씨의 벽을 거래하면서 벌어진 사건이었다. 거래 후 감정사 토니왕이 살해되었는데 쓰시안은 화씨지벽보다 값진 물건을 하나 가지고 있었다고 한다. 현무첩이라 불리는 물건인데 중국 첩보원들은 이 물건에 큰 관심을 보인다. 김민서에 의해 이 현무첩의 비밀이 밝혀지는 과정이 소설의 중심 서사이다. 현무첩을 찾기 위해 혈안이 되어 있던 레이치우 박사와 캉바오는 결국 현무첩을 손에 넣고 없애버린다. 현무첩에는 고구려 시대의 역사를 밝혀줄 열쇠가 되는 글이 적혀 있었다고 한다. 황해도 덕흥리 고분의 주인인 유주자사가 광개토대왕 시절 북경을 다스리던 고구려 관리였다는 증거가 되는 내용이다. 현무첩은 고구려가 예전 북경지역을 다스렸다는 사실을 증명해 줄 유물인 셈이다. 중국 측은 이 증거를 없애기 위해 애쓰고 김민서는 홀로 현무첩의 비밀을 알아내기 위해 온갖 위험을 겪어낸다. 거기에 현무첩이 김일성의 소유에서 중국의 소유로 넘어가게 된 사정, 김일성의 죽음과 동북공정 등이 이야기로 더해진다.

　서사를 따라가 보면 이 소설은 중국의 음모에 맞서는 한 학자의 모험을 그린 모험소설에 가깝다. 개인과 집단 그것도 감당하기 어려운 강력한 집단과의 대결을 다루고 있다는 점, 진실을 덮으려는 주류 세력과 그것을 막으려는 일부 양심세력이 대비되고 있다는 점이 특히 그렇다. 나아가 허리우드 영화의 서사 문법을 떠오르게도 한다. 여러 모험 영화 중 그래도 가장 닮은 영화는 『인디아나 존스』 연작이다. 특별한 전공 능력을 가지고 역사적 비밀을 캐 나간다는 점이나, 찾고자 하는 역사적 유물이 인류(혹은 국가)에게 매우 중요한 의미를 가진다는 점, 조직과 힘을 가지고 있는 상대방과 지식과 행운만으로 대결해 나간다는 점에서 그러하다. 중요한 때 조력자의 도움을 받고 그 조력자는 때로 비극적 최후를 맞기도 한다. 물론 비극적 최후를 맞는 인물들에 대한 주인공의 관심은 최소한으로만 제시된다. 인디아나 존스가 모험 뒤에 아무런 개인적 영달을 기대하지 않듯 김민서 역시 순수한 열정으로 참여할 뿐 다른 욕심을 부리지는 않는다.

　모험소설의 서사 못지않게 추리소설의 서사 역시 이 소설에서 중요하다. 추리소설은 벌어진 사건에 대한 원인을 추적해 가는 것을 기본 구조로 한다. 사건이 먼저 벌어지고 그 원인을 추적해 나가는 식인데 간혹 서사의 진행 과정에서 새로운 사건이 터지는 수도 있다. 추리 소설은 철저하게 서사를 위주로 한다. 그 서사는 복잡하기보다 단선적인 경우가 많다. 인물의 구조 역시 문제와 관련된 역할에 따라 단편적으로 배치되는 것일 뿐 인물 자체에 집중되는 일은 적다. 주인공 몇을 제외하고는 다른 인물들의 내면이랄 것이 드러나기 어렵다. 말하자면 간단히 추려진 사건 중심의 서사가 독자들에게 호기심을 주고 독자를 명확한 길로 인도한다. 이러한 특징은 장점이면서 동시에 단점이 될 수 있는데, 독자의 집중력을 높일 수 있다는 점이 장점이라면 사건과 관련되지 않은 내용들은 모두 생략될 수밖에 없다는 것이 단점이다. 추리소설이 대표적인 대중소설인 이유가 여기에 있다. 추리소설은 복잡한 현실을 담아내기에는 애초에 부족한 양식이라고 할 수 있다. 많은 경우 추리소설은 서사적 즐거움을 주는 것으로 만족한다.

이런 모험소설, 추리소설에 만족했다면『신의 죽음』은 재미있는 대중소설로 평가되었을 것이다. 문제는『신의 죽음』이 이러한 양식에 어울리지 않게 국제문제, 역사문제를 심각하게 담아내려 한다는 데 있다. 역사 등의 문제는 일방적인 추측을 통해서 확인될 수 있는 것이 아니다. 복잡한 역학관계의 결과이기에 심정적이고 감상적인 반응으로 접근해서는 안 되는, 다양한 관점의 조명을 요구하는 영역이다. 이 소설에서 다루고 있는 현무첩, 광개토왕비 등의 문제가 실제로 사실이라 하더라도 그것은 추리소설식의 단순 서사로 접근할 수 있는 문제는 아니다. 단순히 확신 차원의 주장이라고 밖에는 달리 받아들일 길이 없다. 또, 고구려사를 마치 중국과 남북한의 최근 역사처럼 다루는 것에도 동의하기 어렵다. 국경도 영토도 명확하지 않았던 고대 왕국의 문제를 근대 민족국가의 논리로 접근하는 것은 바람직하지 않다. 현재 영토를 점유하고 있는 쪽이나 역사로 다루고 있는 쪽 어디에도 도움이 되지 않는다. 고대사를 근대 민족국가의 논리로 재단한다면 역사는 파워 게임 이상도 이하도 될 것이 없다. (물론 소설에서 거론되는 중국의 '음모'가 사실이 아니라고 주장할 생각은 없다. 주장하는 바를 설득력 있게 제시해 주지 못하고 단순한 사건 하나를 '국가'나 '민족' 차원의 인식으로 바로 연결시키고 있다는 점을 지적하자는 뜻이다.)

　작가가 원했든 원하지 않았든 이 소설의 이데올로기적 핵심은 분명하다. 대한민국 역사에 대한 자부심, 역사를 살리지 못하는 현재에 대한 비판이 그것이다. 대륙으로 웅비하던 고구려의 기상을 살리지 못하고 반도 내로 움츠러들었던 중세 이후의 역사, 동북공정을 수수방관하고 있는 현재의 정치권에 대한 야유가 저변에 흐르고 있는 것이다. 남북 정상 회담에 대한 의문 역시 남북 현 정권의 주체성을 의심하는 작가의 의식이 투영된 것으로 보인다.『신의 죽음』에서 정상회담은 철저히 타자에 의해 주도된 것으로, 처음에는 미국의 중재로 진행되던 것이 최종적으로는 중국의 중재를 통해 이루어진 것으로 그려진다. 유일하게 주체적인 태도를 보였던 것으로 인정받는 김일성은 의문의 죽음으로 생을 마감한다. 물론 이 부분도 꼭 김일성을 높이 평가하기 위한 것이라고 보기는 어렵다. 김일성 이후를 비판하기 위해 상대적인 위치를 높여 준 것에 불과할 수도 있다. 현재의 우호적 분위기를 과거의 영광으로 비판하고 '국가'나 '민족'의 새로운 웅비를 주장하는 논리는 민주주의가 가장 경계해야 할 것 중 하나이다.

보수주의가 스스로의 개혁을 꿈꿀 때 나타나는 것이 국가주의, 전체주의였음은 역사를 통해 쉽게 확인할 수 있다. 이들의 특징은 현재에서 현실적 가능성을 찾지 않는다는 데 있다. 현재의 책임은 남에게 있으며 우리가 아닌 타자들의 문제를 제거해야 세상은 바로 설 수 있다고 주장한다. 『신의 죽음』은 이런 생각의 끝을 보여주는 소설이라고 할 수 있다. 세계와 화합하기보다는 세계와의 대결을 끝없이 재촉하는 근거 없는 정체성을 세우려 할 뿐 아니라, 현실 문제의 책임을 타자에게 지우려는 잘못된 배타의식도 포함하고 있다. 실제로 우리는 이러한 의식의 희생자이기도 했다. 20세기 초반 조선은 일본이라는 국민적 정체성의 자기 이미지를 비추는 부정적인 거울로서 호출되어 자신의 열등한 '오리엔탈'적 성격을 투사해야 할 장소가 되지 않았던가? 동양에서 '문명의 우두머리'인 일본과, 그 찬란한 역사와 지리를 가로막는 야만·미개로서의 조선이 대조되면서 근접한 국민적 공간의 이질성을 보여주고 두 국가의 관계를 설정하게 만들었던 것이다. '국가'나 '민족'의 강조는 자칫 역사도 아니고 진실도 아닌 신화와 거짓의 내면화로 이어질 수 있다. 이는 문학 혹은 인문학이 걸어가야 할 길과 정확히 반대로 나 있는 길이나.

4. 일본, 미래를 향한 피해의식—무라카미 류 작 『반도에서 나가라』

『신의 죽음』과 유사한 시기에 번역 출간된 『반도에서 나가라』는 여러 면에서 관심을 끄는 소설이다. 작가가 낭만적인 애정 소설로 유명한 무라카미 류라는 점과 소설의 소재가 북의 원정군이 일본의 규슈를 점령하는 가상의 상황이라는 점 때문이다. 『반도에서 나가라』는 2011년 봄을 시간적 배경으로 하고 있으며 동경, 규슈, 평양을 공간적 배경으로 삼고 있다.

1,000면 이상의 많은 분량을 간단히 정리하기는 무리겠지만 대략의 줄거리를 보이면 다음과 같다. 2011년 일본의 경제는 여러 상황으로 하여 최악에 이른다. 남북간의 화해와 중국의 경제적 성장으로 인해 국제적 지위도 많이 떨어져 있는 상황이다. 이때 북조선에서는 한반도가 아닌 일본의 규슈를 국제 세력 관계의 완충지로 삼으려는 계획을 수립·실행한다. 북에서 반란군이라는 이름의 군을 규슈에 파견하여 규슈에 독립 정권을 세우고 이 정권이 미국과 중국, 남한 등의 동의를 얻어 새로운 국가를 세운다는 계획이다. 이 계획에 의해 북은 특공대를 파견하여 후쿠오카를 점령한다. 일본 정부는 규슈 봉쇄 외의 아무런 대책도 내놓지 못한다. 막상 벌어진 예상치 못할 사태에 당황하기는 하지만 적극적 대책을 세우지 못하고 최소한의 소극적 방안만을 강구할 뿐이다. 정부가 아무런 대책을 세우지 못할 때 일을 마무리 짓는 이들은 후쿠오카 근처에서 모여 살던 소년들이다. 이시하라라는 인물을 중심으로 한 이들은 소수자이자 사회 부적응자들이었다. 사회적으로 많은 문제를 안고 있으며 범죄성향까지 띠고 있었다. 이 소년들이 고려 원정군이 점령하고 있는 호텔을 파괴하여 고려원정군 대다수를 살해하고 북의 의도를 좌절시킨다는 것이 결말이다.

가상 소설이 대부분 그렇지만 이 소설 역시 현재의 작은 근거로 벌어지지 않은 미래에 대한 자유로운 상상을 펼치고 있다. 이 소설이 일본 독자들을 대상으로 쓰였다고 볼 때, 북한과의 직접적 접촉을 다루어 얻을 수 있는 대중적 관심은 매우 컸으리라 생각한다. 과장이든 사실이든 고조되고 있는 '군사적' 위협이 현실화 되었을 때 어떤 일이 벌어졌을까를 상상하는 일은 그들에게는 편안하지 않지만 무심할 수 없는 관심사일 것이다.

작가 무라카미 류는 후기에서 "타인(他人)과의 교섭 · 커뮤니케이션에 대해 궁리해 왔다. 일본이라는 나라가 앞으로 정치적 · 경제적으로 어떻게 변화하든 간에, 정부나 국민에게 있어서 '타인'에 대해 신중하고 끈기 있는 교섭 · 커뮤니케이션이 필수적인 것이 되리라는 예감이 〈반도에서 나가라〉의 최대 동기"였다고 말한다. 이어 "정치나 국가라는 개념 속에는 처음부터 소수자(minority)를 소외시키고 억압하는 장치가 들어가 있다는 단순하며 잔혹한 사실과 누구라도 소수자 취급을 받을 가능성이 있다는 사실, 그리고 소수자의 자유가 인간에게 얼마나 소중한 것인지, 그러한 것들을 독자들이 읽어내 주기를 바란다"는 소망을 밝히기도 한다. 작가의 의도를 따라 읽는다면 이 소설은 '타인'과의 신중하고 끈기 있는 교섭이나 소수자에 대한 관심이 주제가 될 수 있다. 이러한 주제를 표현하기 위해 현재가 아닌 미래, 영토의 점령이라는 극단적인 상황을 설정했다고 이해할 수 있다. 강력한 힘으로 외부에서 들어온 침입자들과 어떻게 교섭하고 커뮤니케이션 할 것인가를 묻고, 소수자가 얼마나 소중한지를 드러내기 위해 사회 부적응자들을 사건 해결의 중심에 놓은 셈이나.

이러한 작가의 의도에 따라 작품을 읽는 일은 그리 어렵지 않다. 고려원정군에 대응하는 일본 정부와 언론의 태도, 이시하라 그룹에 들어온 소년들의 과거 행적 등은 이런 작가의 주장에 어울리는 것일지 모른다. 점령당한 지역이 규슈라는 점도 역시 의미 있어 보인다. 일본인들이 고려원정군에 대해 가지는 생각들, 고려원정군이 일본에서 생활하면서 겪게 되는 심정의 변화(그리 대단한 것은 없지만) 등도 작가의 의도에 부합하는 것이 될 수 있다.

그렇더라도 이 소설이 온전한 의미의 커뮤니케이션에 대해 말한다고 보기는 어렵다. 소설 내내 동등한 자리에서 주고받는 정상적 커뮤니케이션은 그리 많지 않기 때문이다. 상황이 이미 불평등하게 주어진 경우가 대부분이기 때문에 커뮤니케이션이라는 말을 사용하기조차 어려운 경우가 많다. 소통 부족에 대한 비판을 말한다면 동경에서 벌어지는 관료들의 회의 정도가 적당할 것이다. 고려원정군과 일본인 사이의 관계는 무력을 가진 자와 그렇지 못한 자와의 관계로 볼 수밖에 없다. 고려원정군은 기본적으로 차갑고, 교양과는 거리가 멀고, 목적만을 위해 움직이는 기계와도 같은 존재로 그려진다. 고문 장면이나 군인의 처형 장면은 소통 불가능성을 보여주는 대표적인 경우라 할 수 있다.

소수자에 대한 이야기가 소설에서 중요한 자리를 차지하고 있다는 점은 사실인 것처럼 보인다. 무리의 크기로 볼 때 세 가지 정도의 소수를 생각할 수 있다. 하나는 규슈라는 지역이다. 규슈는 일본의 중심과는 거리를 두고 있는 지역으로 동경으로 상징되는 중앙과 대비를 이루는 곳이다. 규슈 봉쇄라는 조치는 이 지역과 지역 사람들이 일본 내 다수가 아니라는 의식을 가지고 있다는 사실을 보여준다. 두 번째는 이시하라 그룹의 성격이다. 여기에 속한 사람들은 모두 보통 사람들과 어울려 사는 일상생활에 실패한 사람들이다. 가정적인 이유이든 성격적인 결함이든 다수가 기피할만한 자질을 가진 이들이 모인 것이다. 마지막 소수는 고려원정군이다. 다수의 후쿠오카 사람들과 달리 소수의 고려원정군은 무력으로 지역을 지배한다.

이처럼 소수로 설정된 사람들에 의해 소설이 전개되고 있음은 사실이지만 그럼에도 불구하고 소수에 대한 적극적인 관심이 소설에서 관철되고 있는지는 의문이다. 소수의 가치나 권리에 관한 이야기는 어디에도 없고, 단지 소수들이 펼치는 흥미로운 이야기가 존재할 뿐이다. 다수에 의해 벌어지는 소수에 대한 폭력이나 존중되지 못하는 소수에 대한 애정과 같은 일반적 의미의 소수 이야기는 보이지 않는다. 소수들의 무엇에 관심을 가져야 하는지 소설을 다 읽고 나서도 우리는 아무것도 알 수 없다.

오히려 이 소설에서 우리가 관심을 갖게 되는 것은 작가의 역사 인식이다. 다음과 같은 시대 인식이 대표적이다.

> 2007년에 북조선이 전면적인 조사를 받아들여 스스로 핵을 폐기하고, 미국은 제네바에서 미조불가침조약을 위한 예비교섭을 시작하는데 동의하는 극적인 변화가 생겼다. 당연히 중국과 한국도 그러한 상황을 환영했다.
> 그렇지만 일본인 납치 사건은 해결되지 않았다. 납치 피해자 중에는 생존마저 분명하지 않은 사람이 아직 많았다. 또한 북조선이 어딘가에 핵탄두를 숨겨 두고 있어서 언제라도 일본을 공격할 수 있을 거라는 여론도 끈질겼다. (상346면)

중국과 남북 그리고 미국이 가까워지고 일본이 그들로부터 소외되는 미래는 일본인들이 받아들이기 어려운 그림인 듯하다. 미국과 북의 불가침 조약과 북의 일본 공격을 연속하여 기술할 만큼 북에 대한 적대감이 뿌리 깊음도 확인할 수 있다. 주변의 국가들이 가까워지는 일이 일본의 소외로 이어지리라는 생각은 미래에 대한 일종의 불안의식이다. 소외에 대한 두려움이 존재하고 있으며 두려움의 핵심에는 적대국가인 북이 있는 모양이다. 간단히 말해 『반도에서 나가라』는 미래라는 가정으로 북에 대한 이런 두려움 혹은 불쾌감을 드러내고 있는 소설이다. 이 소설에서 북은 주권과 국민을 가신 독립국이기보다 일본의 안락한 미래를 해치는 위험한 적일뿐이다.

후지타 쇼오조오가 『전체주의의 기원』에서 말했듯 오늘날의 사회는 불쾌감의 근원 그 자체를 추방하려 한 결과 불쾌감이 없는 상태로서의 '안락'을 우선적인 가치로 추구하게 되었다. 안락은 불쾌감과 짝을 이루는 상태인 쾌락이나 평안과는 전혀 이질적인, 불쾌감의 결여태이다. 사람들은 그 같은 결여태로서의 '안락'에 얼마나 공헌할 수 있는가라는 기준만으로 인생 속의 갖가지 가치들을 취사선택하게 되었다. 이에 따라 '안락에 대한 예속상태'가 나타나게 된다. 말하자면 쾌락의 추구가 중요한 것이 아니라 안락을 해치는 불쾌감의 제거가 최우선적인 목표로 떠오르게 된 것이다. 이 소설은 현재 일본의 불안감이 어디서 기원하는 지, 그들이 '안락'을 해친다고 생각하는 대상이 누구인지를 분명하게 지목하고 있다. 말을 바꾸면 안락을 해치는 수많은 요소들이 고르게 져야 할 책임을 적당한 타자에게 돌리고자 하는 일종의 무의식을 확인할 수 있는 것이다.

중심 서사에서는 조금 빗겨나 있지만 몇 몇 삽화들은 작가의 시선과 관심이 어디에 있는지 확인할 수 있게 한다. 고려원정군은 부정한 자들의 재산을 몰수하여 자금원으로 삼으려 한다. 그러나 재산 압수 후로 그들이 처음 한 일은 트럭 한 대 분량의 세븐스타 구입이었다. 고려원정군은 세븐 스타에 환성을 지르고 꿈의 담배를 얻은 것에 기뻐한다. 담배 한 값이 병사 한 달치 월급이라는 점이 특별히 강조된다.(상권 498면) 이시하라 그룹의 고려원정군 공격은 비사회적인 동기에 의해 이루어진다. 이들이 고려와의 싸움을 시작한 이유는 대의명분 때문이거나 어쩔 수 없는 상황 때문이 아니다. 공격은 사회로부터 소외되고 자기 정체성을 뚜렷이 가지고 있지 못한 이들에게 정체성을 확인할 수 있는 "거의 유일한 희망이 되어 있었"을 뿐이다. 이들에게 고려 원정군은 "자신 속에 있는 파괴에 대한 욕구를 풀어 버릴 대상"이었고 파괴 욕구는 자기 파괴의 욕구이기도 하였다.

인물들의 이미지도 유형화되어 있다. 북 군인들은 하나같이 차고 냉정하며 여유 없고 고지식한 기계처럼 그려진다. 이시하라 파를 제외한 일본인들은 무능하고 때로 어리석지만 타인을 해치지 않는 선한 심성을 가지고 있다. 조금 과격하게 나누자면, 폭력을 앞세우고 비이성적 행동을 일삼는다는 점에서 북은 '야만'으로, 교양이 있고 자기를 희생할 줄 안다는 점(병원의 의사가 대표적)에서 일본인들은 '문명'으로 그려지고 있다. 군인들의 가난과 폭력성은 후쿠오카 인들의 풍요나 순종과 대비된다. 그래서인지 이 소설에서는 개별적 인격으로서의 인간과 인간이 만나는 것이 아닌 일본과 북조선의 국가 이미지가 만나고 대결한다는 인상을 받게 된다. 작가의 무의식 안에서 '야만'과 '문명'이라는 오래된 대조가 작동하고 있지 않은가 의심하게 된다.

일본 독자를 향해 쓴 일본 작가의 소설에 대해 자세히 언급하는 일은 매우 부담스럽다. 그럼에도 불구하고 이 소설을 순수하게 재미로만 읽을 수 없는 이유는 관계에 대한 자기 성찰 없이 부정적 타자를 끌어들이고 있는 방식 때문이다. 비록 미래라는 이름으로 정치적 부담을 덜어보려 했지만 안락을 깨뜨리는 타자에 대한 배타적 인식은 결코 미래의 것이 아니다. 타자를 끌어들임으로서 도모하고자 하는 것이 궁극적으로 일본이라는 국가의 정체성 확인이라는 점도 그리 기분 좋은 것은 아니다. 이런 글들이 모여 일본이라는 국가에 대한 환상, 주변국들에 대한 왜곡된 인상을 만들어내고 그것이 확대되어 위험한 '역사', 잘못된 '판단'을 낳게 되지 않을까 우려되기 때문이다.

근대성 논쟁과 민족문학

논쟁으로 보는 90년대 문학

1. 90년대 비평 논쟁의 성격

문학 비평이 중요한 이유는 그것이 작품 창작에 구체적인 도움을 주기 때문만은 아니다. 비평은 문학 작품을 텍스트로 하면서도 시대의 담론을 생산하고 점검하며 동시에 담론이 적용되는 구체적인 사례를 만들어내기도 한다. 이런 역할 수행 과정에서 비평은 일차 텍스트 외에 이차 텍스트들을 참고하고 인용하며 그것들 사이의 거리를 재곤 한다. 좁은 의미의 문학 비평이 세밀한 작품 해석이나 평가에 주력한다면 넓은 의미의 문학 비평은 작품을 앞지르고 넘어서기를 욕망한다.

비평 논쟁은 넓은 의미의 비평이 갖는 특성이 가장 잘 드러나는 경우라 할 수 있다. 비평이 작품의 해석에 머물지 않고 세계관 또는 문학관의 표현이 되는 양상이 논쟁을 통해 두드러지기 때문이다. 문학에서 출발해 상상할 수 있는 인간과 세계 그리고 현실적 가치관에 대해 말하는 것이 비평이라고 볼 때, 그것이 극적인 흥미를 자아내며 이루어지는 것이 비평 논쟁인 것이다. 우리 비평은 다양한 논쟁을 통해 꾸준히 새로운 담론을 생산해냄으로써 문학에 대한 세간의 관심을 유도하기도 하였다. 그런 이유에서인지 현대문학사 공부에서 비평 논쟁사 만큼 재미있는 분야도 없었던 것 같다.

우리 문학사의 경우 비평 논쟁은 곧 이념 논쟁이기도 했다. 순탄하지 못한 현대사 속에서 비평 논쟁은 '시대의 현실'에서 자유로울 수 없었다. 세대 논쟁, 전통 논쟁, 외설 시비 등과 같이 비교적 이념성이 적은 경우도 있었지만 순수-참여, 민족문학, 민중문학을 둘러싼 논쟁이나 식민지 시대 사실주의 논쟁은 분명 문학과 현실을 함께 고민하고 스스로의 이념을 주류로 세우려는 의지의 각축이었다. 순수문학론이 남쪽의 주류 문학으로 자리 잡는 과정은 정치적 선택이 문학 이념마저 선택하게 되는 경우였다. 60년대 이후 30년 이상 지속되어온 민족문학 논쟁은 현실 운동의 성숙에 따라 끊임없는 이론 수정의 과정을 겪기도 하였다.

그러나 90년대는 비평 논쟁에 관한 한 침체의 시기였다. 이전 어느 시기보다 많은 비평가가 활동했고, 또 많은 비평(비평집)이 생산되었지만 그것이 활발한 논쟁을 유발하지는 못했다. 몇 가지 인상적인 논쟁이 있기는 했지만 대부분 이전의 논쟁을 되풀이하고 있을 뿐 새로운 비평담론을 만들어 내지는 못했다. 비평이 문학 현상과 관계되고 더 크게는 사회 현상과 관계되는 것이라면 이는 90년대적 특성의 반영이라고 할 수 있나.

또, 90년대의 문학논쟁은 전 문단적인 관심을 끌만큼 영향력이 크지도 않았다. 물론 엄격히 말하면 어떤 논쟁도 문단 전체의 관심을 유도한 적은 없었을지 모른다. 논쟁 당사자에게는 문운을 걸만큼 심각한 논쟁도 다른 이들에게는 가십거리 정도 이상이 아닌 경우가 비일비재하였다. 그러나 90년대 논쟁의 경우는 그 정도가 심한 편이어서 특정한 잡지나 에꼴이 논쟁을 만들고 재생산하고 의미화 하는 일을 도맡아 처리하는 경우가 많았다. 『실천문학』, 『창작과비평』, 『문학동네』 등의 계간지들은 90년대(최근까지 연장해서 생각하면) 한 가지 이상의 논쟁을 생산해 낸 바가 있다.

지난 십여 년을 돌아볼 때 떠오르는 논쟁은 90년대 초반의 리얼리즘 논쟁, 비평가 간의 세대 논쟁, 90년대 후반부터 2000년대 초까지 이어진 문학권력 논쟁, 리얼리즘과 모더니즘 논쟁 등이다. 주지하다시피 이들 논쟁은 이전부터 비평계에서 논의되던 주제들이다. 그 중 문학권력 논쟁은 문학자들만의 논쟁이 아니라 사회학자까지 동원된 다분히 이벤트성 논쟁이었다는 생각이 든다. 문학 내의 논리가 아니라 문학 외의 논리가 많이 개입되어 개인에 대한 위험한 공격으로까지 진전되기도 하였다. 문학이 얼마나 많은 권력을 가지고 있는지 모르지만 그 권력을 나누는 일은 언제나 존재했고 앞으로도 존재할 것이기에 문학권력 논쟁은 쉽게 사라지지 않을 주제이다. 그런 만큼 논쟁의 결말도 쉽게 짐작이 된다. 도전을 받는 쪽과 그를 허물고자 하는 쪽의 해결되지 않는 갈등의 연속으로 기록될 것이다.

이에 비해 리얼리즘을 둘러싼 논쟁은 구체적인 텍스트가 동원되고 비평가의 문학 이념이 공격 대상이 되는 본격적인 문학 논쟁이었다 할 수 있다. 물론 리얼리즘 논쟁은 근대문학사를 통해 가장 오래 지속되어 온 논쟁에 속한다. 30년대 많은 소설론이 결국 리얼리즘론으로 수렴되었고, 60년대 이후의 민족문학론도 대부분 리얼리즘과의 관련 아래서 이루어졌다. 80년대 이후에는 시에서도 리얼리즘 논의가 진행되었다. 그것이 반드시 논쟁의 형태를 띠는 것은 아니었지만 다른 생각을 가진 사람과의 대결을 통해, 때로는 유사한 생각을 가진 이들 사이의 조정과 분화를 통해 리얼리즘의 내용은 정교해지고 세련되어져 온 것이 사실이다. 하지만 90년대 리얼리즘 논쟁은 이전의 리얼리즘 논쟁과 성격이 매우 다르다. 이전의 리얼리즘 논쟁이 현실의 위기에 대처하는 리얼리즘의 반응을 논제로 삼았다면 90년대 이후의 리얼리즘 논쟁은 현실의 변화에 대처하는 리얼리즘 혹은 리얼리즘의 위기에 대처하는 리얼리즘을 논의의 쟁점으로 삼고 있다.

90년대 초반의 리얼리즘 논쟁과 90년대 후반 이후의 리얼리즘 논쟁 역시 조금은 성격을 달리한다. '리얼리즘'의 범위와 적용을 둘러싸고 벌어진 논쟁이라는 점에서는 같지만 그 과정과 결과에 있어 많은 부분이 다르다. 90년대 초반의 리얼리즘 논쟁이 변화하는 시대에 리얼리즘 진영이 어떻게 대응해야 할 것인가라는 문제의식에서 출발해 다시 문제는 '리얼리즘'이라는 결론으로 끝난, 마치 자기 다짐을 하는 듯한 형식이었다면 90년대 후반 이후의 논쟁은 리얼리즘 개념을 의심하고 확인하는 데서 시작하여 그 범위를 어떻게 잡을 것인가 하는 근본적인 문제를 제기했다. 또 리얼리즘만을 두고 벌어진 것이 앞의 논쟁이었다면 뒤의 논쟁은 리얼리즘만이 아니라 모더니즘까지 논쟁의 대상으로 삼았다. 이 논쟁은 구분이 명확해 보이던 리얼리즘과 모더니즘의 경계까지 문제 삼게 된다. 90년대 초반의 논쟁이 리얼리즘을 둘러싸고 벌어진 것이었다면 이후의 논쟁은 '근대' 혹은 '근대성'을 둘러싸고 벌어진 논쟁이었다고 보아 무리가 없을 것이다.

또 주목해야 할 점은 90년대 후반의 그것이 리얼리즘과 모더니즘을 두고 논쟁을 벌인 이유이다. 논쟁을 시작한 당사자들은 기본적으로 리얼리즘이든 모더니즘이든 '민족문학'의 범주 안에서 사고하려는 자세를 견지하고 출발하였다. 그러나 논쟁이 진행되면서 그리고 문학 주변 여건의 변화에 따라 리얼리즘과 모더니즘에 대한 견해 차이는 높이 말견되지만 그 상위에서 고민되었던 '민족문학'에 대한 관심은 상대적으로 적어졌다. '민족문학'에 대한 관심이 논쟁의 바탕을 이루고 있다는 초반의 생각이 무색해질 정도이다. 이런 변화는 민족문학에 대해 논쟁하는 것이 이미 무의미해지거나 부담스러워진 현실을 반영하는 것이었다. 90년대 초반 리얼리즘 논쟁에서는 '민족문학'의 효용성 등에 대해 굳이 이야기하지 않아도 되었다. 그것은 너무나도 자명한 것이어서 논쟁거리 조차 아니었다. 그러나 20세기를 정리할 즈음의 상황은 많이 달라져 있었다.

이러한 점으로 볼 때 90년대 후반 이후 지금까지 이어져 온 리얼리즘－모더니즘 논쟁은 지난 십여 년을 대표하는 논쟁 주제였다고 할 수 있다. 문학과 주변 환경의 변화에 대한 반성과 모색이라는 점에서 중요한 의미를 가질 뿐 아니라 현재의 문학을 읽을 수 있는 많은 단서를 제공해 준다는 점에서도 그렇다. 인문학은 물론 사회과학계에서 널리 이야기되던 '근대성' 논의가 문학으로 들어오고 나름대로 어떻게 적용할 것인가를 탐색해 본 것도 이 논쟁의 의미라 할 수 있다.

이 글은 90년대 후반부터 최근까지 전개되어온 소위 리얼리즘－모더니즘 논쟁에 대한 정리이다. 따라서 논쟁에 새로운 무엇을 첨가하겠다는 의지보다 정리를 통해 논쟁의 전개와 성과를 살피려는 목적을 갖는다.

2. 민족문학과 모더니즘(96~97)

민족문학의 입장에서 모더니즘을 수용해야 한다는 주장을 내놓아 논쟁의 불씨를 제공한 평자는 진정석이었다.1) 이미 최명익의 소설을 모더니즘적 시각으로 분석2)해서 주목을 받았던 진정석은 민족문학의 갱신

1) 진정석은 1996년 '민족문학작가회의'와 '민족문학사연구소' 공동 심포지움에서 「민족문학론의 갱신을 위하여」라는 글을 발표한다. 이후 발표문은 수정을 거쳐 『민족문학사연구』(1997년 하반기)에 「민족문학과 모더니즘」이라는 제목으로 게재된다. 인용은 「민족문학과 모더니즘」으로 하고 본문에 면수만 표기한다.
2) 「최명익 소설에 나타는 근대성의 경험 양상」(『민족문학사연구』 8호, 1995)을 말한다. 이 글에서 진정석은 마샬 버먼의 책 『현대성의 경험』을 참고하여 최명익 소설에 나타

이라는 문제에 관심을 두고 민족문학 안으로 모더니즘을 수용해야 한다고 주장하였다. 이는 민족문학=리얼리즘이라는 기존의 인식틀을 재구성하자는 주장에 다름 아니었다. 모더니즘(버먼 식의 광의의 모더니즘이다)이라는 말을 사용하고 있지만 그의 주장은 근대성 담론 안에서 민족문학론의 위상을 재정립해야 한다는 데 있었다. 그가 보기에 모더니즘과의 새로운 관계설정은 '위기'에 처한 민족문학이 동시대와 호흡을 함께하는 문학이념으로 거듭나기 위해 회피할 수 없는 이론적 과제였다.

이러한 주장은 90년대 초반 이후의 시대적 변화와 무관하지 않을 터, 그 역시 이에 대해 "민족문학－리얼리즘의 상대적인 위상 저하가 사회주의의 몰락과 자본주의의 전지구적 확대, 그리고 이로부터 파생된 이념적·문화적 환경의 변화와 일정하게 연관되어 있다"(26면)고 말한다. 현재의 세계는 자본주의라는 괴물 앞에서 무기력한 날들을 보내고 있는데 문학도 여기에 맞는 변화를 시도해야 한다는 것이다. 비록 자본주의 체제의 영속 가능성과 극복의 대안·방법을 두고 서로 다른 전망을 견지하기는 했지만, 자본주의적 근대성을 창조의 원천과 극복의 대상으로 공유한다는 점에서 리얼리즘과 모더니즘은 쌍생아적 관계에 있다는 것이 그의 주장이며 현실 인식이다.

진정석의 이러한 제안은 민족문학과 리얼리즘을 분리하여 생각하지 않았던 리얼리즘 논자들에게 조금은 낯선 것이었다. 굳이 리얼리즘론을 펴지 않았던 비평가들에게도 신선한 충격을 주었다. 그의 주장을 간단한 인용으로 설명할 수는 없겠지만 다음 글은 문제제기의 이유와 주장의 핵심을 남고 있나.

> 미적 범주로서의 근대성에 대한 유연한 해석에 입각해서 현단계 민족문학론의 관행적 인식을 바라볼 때 일차적인 재고의 대상으로 떠오르는 것이 바로 리얼리즘과 모더니즘의 양분법이다. 한국문학의 근대성은, 특히 미적 근대

_____

난 근대의 이중성을 설명한다.

성은, 리얼리즘에 의해 독점될 수 없는 것이기 때문이다. 리얼리즘이 한국문학의 근대성을 실현하는 주요한 경로라는 점에는 이론의 여지가 없겠지만, 다른 한편에서는 모더니즘 역시 독자적인 인식론과 방법에 의거하여 그 나름의 근대성을 추구해온 것 또한 부인할 수 없는 역사적 사실이다. (42~43면)

위 인용문에서 가장 눈에 띠는 것은 미적 근대성이라는 용어이다. 진정석의 논리에 따르면, 근대성 혹은 근대화에 대한 끊임없는 문제제기와 비판이 리얼리즘의 한 성과였다면 그에게서 거리를 둔 듯 보였던 모더니즘은 근대성에 대응하는 다른 방식 즉 미적 근대성의 실현을 추구해온 것이다. 미적 근대성은 "미적 자율성에 기초하면서도 그 폐쇄적인 틀에 갇히지 않고" "정치적 상상력에 입각하면서도 예술적 부정정신을 몰각하지 않는"(42면) 유연하고 폭넓은 범주의 문학에서 발견할 수 있다. 다시 말해 미적 근대성은 미적 자율성과 예술적 부정정신을 동시에 가지고 있는 문학 즉 폭넓은 의미의 모더니즘에서 발견된다는 것이다. 이는 보다 직접적인 문제제기와 비판을 보여주었던 많은 리얼리즘 작품까지 수용할 수 있는 개념이다.

미적 근대성으로 문학사를 보는 관점을 도입하면 리얼리즘의 주류적 전통을 강조해 온 민족문학의 입장에 수정이 불가피하다. 당연한 귀결로 그는 리얼리즘 주류적 전통이라는 민족문학사의 평가도 의심한다. 리얼리즘의 주류성이라는 것도 문학사의 객관적 실상이 아니라 민족문학적 관점에 의해 재구성된 하나의 상(像)일 수 있다는 것이다. 민족문학=리얼리즘의 관점에 서서 과거의 문학 유산 가운데 의미 있는 것과 그렇지 않은 것을 선별·평가하는 작업은 가능하고 또 필요한 일이지만, 그렇게 재구성된 전통을 문학사의 객관적 실재와 등치시키는 것은 일종의 비평적 폭력에 가깝다고 말한다. 리얼리즘을 중심으로 본 문학사가 있을 수 있지만 그것이 실제 문학사는 아니라는 말이다. 문학사에 대한 문제제기는 구체적인 작품에 대한 평가를 다시 해야 한다는 생각으로까지 확대될 수 있다. 필자는 그 가능성까지 열어두고 있다.

진정석의 문제 제기 직후 그의 문제제기에 반응하는 글들이 여러 편 발표된다. 김명환과 윤지관의 비판이 대표적이다. 이중 계속적인 논쟁의 당사자가 된 이는 윤지관이었다. 김명환의 경우 운동의 의미가 강조되던 70~80년대 리얼리즘의 원칙을 여전히 내세워 달라진 시대 상황을 문제 삼는 원 발표문의 논지와 접점을 찾지 못했다.

윤지관은 모더니즘을 단순히 민족문학 안으로 직접 수용하기보다는 괜찮은 모더니즘을 리얼리즘 안으로 흡수해야 한다는 주장을 편다. 그는 서구에서 모더니즘 문학이 리얼리즘의 딛고 나온 문학이며 그것이 근대 서구문학의 중심을 차지하고 있음을 부정하지 않는다. 문학적 성과 면에서도 서구 모더니즘 문학의 뛰어난 면을 인정한다. 그러면서도 윤지관이 강조하는 것은 서구와는 다른 우리 문학사의 특수성이다. 우리 문학에서 리얼리즘은 여전히 생명력을 가지고 있으며 그 생명력은 "서구와는 다른 우리의 역사적 상황에서 생겨나고 유지된다"(「문제는 모더니즘의 수용이 아니다」, 『놋쇠 하늘 아래에서』, 창비, 2001, 199면)는 것이 그의 생각이다. 이런 사정 때문에 그는 우리 문학은 모더니즘과 리얼리즘으로 양분되어 있으니 이를 공평하게 대접해야 한다는 주장을 '내용 없는 절충론'으로 취급한다.

이러한 주장의 근저에는 모더니즘 작품으로 쓸만한 물건이 없다는 인식이 자리하고 있다. 우리 모더니즘 문학은 서구와는 달리 주도적인 문학으로 정립되기는커녕 빈곤함을 면치 못하고 있는데, 이런 현상은 우리 민족문학사에서 리얼리즘이 내세로 사리샵은 것과 동선의 양변을 이룬다고 주장한다.(204면) 진정석의 문학사 평가와는 큰 시각차가 있음을 알 수 있다. 앞서 살펴보았지만 진정석은 이러한 시각이 리얼리즘적 시각으로 구성된 것이라고 말하고 있다. 한 발 더 나아가 윤지관은 리얼리즘을 주장하는 사람들은 리얼리즘을 유일한 원리로 내세우지 않았고, 리얼리즘 아닌 것을 배척하지도 않았다고 말한다. 반복이지만 리얼리즘 쪽에서도 모더니즘을 인정하지 않는 것이 아니라 인정할 모더니즘 작품이 없었다는 것이다. 물건이 있다면 받아들여 주겠는데 물건이 없으므로 리얼리즘을 주장하는 것은 당연하다는 말이다.

그러나 내용에 관계없이 논쟁을 대하는 이런 보수적인 태도는 서로의 소통을 돕기보다는 방해하는 경우가 많다는 것을 우리는 경험을 통해 알고 있다. 이렇듯 완고한 대립에서는 같은 작품에 대해서 상반되는 평가가 나오는 것이 오히려 당연하다 하겠다. 논쟁이 진행된 뒤의 일이지만 『난장이가 쏘아올린 작은 공』, 『날개』 등에 대해 모더니즘의 수용을 주장하는 논자들과 리얼리즘을 강조하는 논자들의 평가는 매우 다르게 나타난다.

모더니즘 수용에 대한 부정적인 태도는 근대성 논의 자체가 가진 문제의 지적으로 이어진다. 그가 보기에 근대성 개념을 중심으로 리얼리즘과 모더니즘을 종합하려는 의지는 결국 둘을 모더니즘이라는 명칭으로 통폐합하는 결과를 빚을 뿐이다.(201면) 근대성이 보편적 근대에 대한 고민이라면 우리 문학은 제3세계적 특수성을 더욱 강조해야 하는 입장에 있다는 것이 그의 생각이다.

> 결과적으로 말해서, 한국의 근대문학이 서구와는 달리 모더니즘이라는 주도적인 현대문학의 명칭을 마다하고 리얼리즘에 천착해 온 것은, 모더니즘 문학을 배격하자는 것이 아니라 근대적 현상에 대한 한 대응으로서의 모더니즘까지 아우르는 리얼리즘이 우리 현실에서 배태되었음을 말해주며, 어떤 의미에서는 소위 미학적 근대성의 한국적 형태가 바로 리얼리즘이라는 이름으로 확립되었다고 해도 좋을 것이다. 민족문학론의 관점에서 보자면, 우리 문학에서 모더니즘의 가능성은 모더니즘의 이념에 충실함으로써가 아니라 우리 현실에 대한 충실함에서 열리게 된다. 민족문학론은 모더니즘의 이념에 반대하는 것이지 우리 현실에서 배태된 모더니즘의 작품적 성과에 적대적인 것은 아니기 때문이다. (205면)

이 글의 결론이라고 할 수 있는 위 인용문은 필자의 주장이 함축되어 있는 부분임과 동시에 반박의 소지가 많은 부분이기도 하다. 그는 한국적 현실에서는 리얼리즘이 모더니즘까지 아우르는 개념이며, 그것이 미학적 근대성의 한국적 형태일 수 있다고 주장한다. 이 주장에 따르면 한국적 모더니즘은 리얼리즘처럼 현실에 대한 충실함으로 평가될 수 있게 된다. 한국적 상황의 특수성에 주목해서인지 윤지관은 모더니즘의 이념에 반대하지만 모더니즘의 작품적 성과에 적대적이지 않다고 말한다. 그러나 위 글을 통해 근대성의 한국적 형태이며 모더니즘까지 포함하는 문학을 왜 리얼리즘으로 부르는지, 현실에 대한 충실함으로 리얼리즘과 모더니즘을 함께 평가하는 것이 옳은 일인지, 성과가 별로 없다는 모더니즘 문학을 리얼리즘으로 수용하려는 의지는 무엇인지 등에 대해 구체적인 답을 얻을 수는 없다.

김명환과 윤지관의 글에 대한 진정석의 반론은 「모더니즘의 재인식」(『창작과비평』, 1997년 여름)이다. 주로 윤지관의 글에 대해 반론을 펴는데 윤지관이 부정적으로 본 근대성의 문제, 중요성을 강조한 우리 문학사의 특수성 문제에 대해 반응한다. 우선 문제 삼는 것은 민족문학이 처한 현실이다. 민족문학 진영의 내적 응집력은 약화되거나 해체되었고 민족문학은 그동안 누렸던 지위를 실제로 상실했다는 것이 그의 판단이다. 특히 실제 창작에서 민족문학이나 리얼리즘은 무관심의 대상이 되었다고 한다. 그가 주장하는 민족문학 위기의 원인은 여러 가지이지만 "민족사의 특수한 과제에 대한 문학적 응전의 측면을 지나치게 강조한 나머지 근대성이라는 인류사의 보편적 경험이 제기하는 문제에 적절하게 대응하지 못했던 사실"(152면)도 중요한 이유이다. '민족사의 특수한 과제'는 앞서 살펴 본 윤지관 주장의 핵심이라 할 수 있는데, 진정석의 논리에서는 그것이 오히려 위기를 불러온 원인이 된다. 그는 '주체성'과 '차이'를 강조하는 윤지관의 논리가 "우리 현실의 주변부적 특수성만을 과도하게 강조하는 일종의 특수주의(particularism), 곧 제3세계주의에 빠질 우려가 크다"(156면)고 지적한다. 문제의 핵심을 근대성으로 옮겨와야 한다는 주장이다.

제3세계로서의 특수성과 주체성 강조가 가지고 올 수 있는 문제점은 여기서 그치지 않는다고 말한다. 제국주의의 침탈에 의해 세계체제로 편입된 한국 근대사에서 주체의 정립이 진보와 발전의 추동력이 되었다는 사실은 결코 부정할 수 없지만 억압받는 주체의 자기정립은 언제라도 새로운 지배의 논리로 전환될 가능성을 내포하고 있다는 지적이다. 주체성과 차이에 대한 일면적인 옹호를 넘어 상호 인정을 통해 자신을 재구성하는 대화적 관계로 나아갈 수 있을 때, 진정한 해방의 논리는 비로소 그 자취를 드러내게 되리라는 것이 그의 논리이다. 이는 곧 모더니즘 수용의 논리이기도 하다.

이런 관점 아래 그가 주장하는 모더니즘은 리얼리즘과의 대립 개념인 협의의 모더니즘이 아니라 기존의 리얼리즘과 모더니즘은 물론 근대적 기획의 정당성에 근본적인 회의를 표시하는 다양한 경향들을 포함하는 광의의 모더니즘이다. '협의'의 모더니즘으로 근대적 경험에 대한 문학적 대응을 이양하려 한다는 윤지관의 비판에 대한 대응인 셈이다. 앞선 내용과 함께 생각할 때 광의의 모더니즘은 근대성 일반에 대한 반응이라고 할 수 있다. 윤지관이 "근대적 현상에 대한 한 대응으로서의 모더니즘까지 아우르는 리얼리즘"을 주장했다면 진정석은 근대적 현상에 대한 대응을 광의의 모더니즘 안으로 포섭하려 한 것이다. 진정석의 논리에서 다음과 같은 결론은 당연해 보인다.

> 물론 '모더니즘까지 아우르는 리얼리즘'이란 실재할 수 없는 관념적 가공물에 불과하다. 모더니즘과 리얼리즘의 엄연한 미학적 경계를 무화시킨다면 리얼리즘론이란 사실상 무의미해질 수밖에 없기 때문이다. 결국 윤지관이 주장하는 리얼리즘의 심화론은 현단계 문학이론이 모더니즘을 수용할 필요성을 역설적으로 증명하고 있는 본보기라고 할 수도 있을 것이다. (161면)

이 글에서 진정석이 궁극적으로 강조하는 것은 리얼리즘이 아닌 리얼리티이다. 변화된 현실에 대응하는 방법은 리얼리즘과 모더니즘을 함께 동원하여 리얼리티 속으로 겸허하게 침잠하는 일이라는 것이 그의 주장이다. 왜냐하면 현실의 리얼리티야말로 모든 문학적 형상화의 출발점이자 근거이고 종착역이기 때문이다. 이념을 내세우기 어렵게 된 현실 속에서, 현실의 소용돌이 속에서 균형을 잡기조차 어려운 상황 속에서 민족문학이 취할 수 있는 최선의 길은 소박한 리얼리티로 돌아가는 것이라 말한다. 그래서인지 진정석의 반론은 "조급하게 근대 이후의 삶을 구상하기 보다는 근대의 역설과 모순 자체에 대해 진지하게 사고하는 것이 오히려 근대를 진정으로 극복할 수 있는 지름길이라는 사실, 이것이야말로 근대성이라는 화두가 우리에게 가져다준 소중한 통찰이 아니겠는가?"(172면)라는 의문으로 맺고 있다.

이어 다시 반론으로 발표된 글이 윤지관의 「민족문학을 떠도는 모더니즘의 유령」(『창작과비평』 1997년 가을)이다. 이전 글의 주장에서 크게 달라진 점은 없지만 대상을 모더니즘과 근대성 논의로 구체화하고 있어 논점을 선명히 드러낸다. 여전히 "한국 모더니즘은 민족문학에 '치유적' 기능을 하기에 앞서 스스로가 거의 빈사상태에 빠져 있다"(252면)는 생각에는 변함이 없으며, 글의 방향 역시 "한국 모더니즘의 상황을 어떻게 볼 것이며 그 가능성은 있는가, 그리고 그것이 민족문학의 진로와는 어떤 관계가 있는 것인가를 전체적으로 검토하는 일"(253면)에 초점을 맞추고 있다.

그는 우선 근대성 논의에서 자주 거론되는 버먼을 문제 삼는다. 그는 버먼의 모더니즘 개념이 너무 많은 것을 포함하고 있어서 엄밀한 의미로 사용될 수 있는 지조차 의심된다고 말한다. "버먼이 사용하는 모더니즘이란 우리말로는 아예 '근대론'이나 '근대문학'으로 옮기는 편이 더 정확한 것"(260면)이어서 이 용어를 사용하면 어쩔 수 없이 혼란에 빠지게 된다는 주장이다. 모더니즘을 이렇게 정의하면 그것은 전체로서의 한국문학 이상도 이하도 아니라고 윤지관은 말한다. 어느 정도 일리가 있는 말이기는 하다. 이는 모더니즘을 광의로 정의할 경우 피하기 어려운 문제이다. 근대성 논의가 현실 파악에는 도움이 되지만 실제 비평에 임해서는 작품 간의 차이를 선명히 밝혀주지 못하는 한계를 보여주기 때문이다.

근대성 논의 일반에 대한 비판에 이어 한국 모더니즘에 대한 비판이 이어진다. 한국 모더니즘은 작품의 빈곤에도 불구하고 이론의 상대적인 풍성함을 가지고 있다는 것이 그의 주장이다. 그가 말하는 풍성한 이론이 어떤 이론을 말하는 것인지 분명하지는 않다. 아마도 비판이론을 포함한 자유주의 문학 이론을 말하는 듯 하다. 60년대 이후 한국 모더니즘이 그런 이론의 세례를 받았을 가능성은 충분히 있지만 실제로 진정석의 논의에서 그것을 발견하기는 쉽지 않다.

윤지관은 민족문학이 여전히 현재적 가치를 가지고 있다고 주장하는 편이다. 민족문학이 민족이 당면한 위기에 대응하는 문학이라고 할 때 윤지관이 생각하는 위기는 세계체제의 위협이다. "문학이 자본주의 세계체제에 맞선 반체제적 힘의 담지체가 될 수 있는 방법을 모색하는 일이 우리의 과제라 할 때 그 가장 강력한 모색이 민족문학론을 통해 이루어지지 않는다면 대체 어디서 대안을 찾을 수 있을까?"라는 반문 속에 민족문학의 유용성에 대한 그의 확신이 담겨 있다. 그런데 사실 이러한 확신은 오히려 생경한 느낌을 준다. 민족의 위기를 이렇게 정의할 수 있는가? 민족 단위의 사고가 여전히 가능한가? 라는 의문이 90년대의 화두 중 하나였는데 윤지관의 확신에는 전혀 흔들림이 없다.

윤지관이 말하는 리얼리즘은 사조로서의 리얼리즘은 아니다. 그렇다고 70~80년대를 풍미했던 이념성이 강화된 리얼리즘도 아니다. 그가 주장하는 리얼리즘은 심성론·수양론으로 평가되는 백낙청의 리얼리즘에 가깝다. 이처럼 유연한 리얼리즘은 70~80년대 활발히 논의되던 리얼리즘론을 접해 본 이들을 당혹스럽게 하는 면이 있다. 애매모호하고 다양한 함의를 가지고 있는 윤지관 식의 논리가 리얼리즘이 정작 강조되었던 시대, 특히 민족문학=리얼리즘이 의심 없이 유효했던 시대에 얼마나 설득력이 있었는가를 돌아보게 만들기 때문이다. 민족문학의 내용이 절박한 현실적 인식과 실천을 요구해서였는지 리얼리즘의 내용은 거기에 어울리는 것으로 발전해 왔고 '리얼리즘' 시대의 문학은 역으로 현재까지 리얼리즘의 의미를 규정하고 있다는 생각이 든다. 그런 의미에서 리얼리즘을 유연하게 적용하는 현재의 논의는 심정적으로나마 설득력을 얻기 어려운 처지에 놓이게 되었다고 생각한다.

진정석의 모더니즘 수용론에 대해 비판적인 글만 있었던 것은 아니다. 김외곤의 글('문제는 리얼리즘에 대한 집착이다」, 『한국문학』 1997년 봄)은 진정석의 문제의식을 전폭적으로 지지하는 쪽이다. 그는 "우리 근대문학은 리얼리즘을 한 축으로 하고 그에 상응하여 모더니즘이 다른 한 축을 이루어왔고, 두 문학론의 긴장 관계로 70년대 이후 민족문학론이 더욱 높은 수준에 도달할 수 있었"다고 주장한다. 민족문학 안에 리얼리즘과 모더니즘을 함께 포함시키기도 한다. 문학사적으로 이를 증명하려 하는데, 시인으로 김수영, 소설가로서 김승옥이 모더니즘 작품을 썼으며 민족문학을 더욱 풍성하게 했다고 주장한다. 제목처럼 리얼리즘에 대한 집착을 버리고 열린 생각을 가져야 한다는 것이 그의 생각이다.

리얼리즘-모더니즘 논쟁에서는 모더니즘 수용에 대한 문제 뿐 아니라 리얼리즘 개념에 대한 근본적인 검토도 이루어진다. 방민호는 리얼리즘과 모더니즘에 대한 개념을 확실히 해야 한다고 주장하면서 변화된 현실에서의 리얼리즘을 이야기한다.(방민호, 「리얼리즘론의 비판적 재인식」, 『창작과비평』, 1997년 가을) 리얼리즘의 새로운 적용에 대한 자신의 생각을 피력하는 이 글은 실제로는 리얼리즘의 원칙들에 대한 재검토이다. 글에서 필자는 리얼리즘론 특히 사회주의 리얼리즘론에서 주장하던 리얼리즘의 요소들을 하나하나 검토한다. 가장 주목할 만한 것은 당파적 현실주의론에 대한 부정이다. "'세부적 진실성'과 '전형적 상황에서의 전형적인 인물의 진실된 재현'이 당파성이라는 범주에 의해서 보장된다고 보는 사유로부터 일단 물러서면, 전자가 현상의 차원을 지시하며 후자는 그 현상의 배후에서 약동하는 본질을 지칭하는 것으로 이해하는, 따라서 리얼리즘을 현상 속에서 본질을, 본질을 현상의 차원에서 드러내고자 하는 정신이자 방법으로 좀더 폭넓게 이해하는 일이 가능하다"(279면)는 주장은 당파성에 대한 회의이고, "현실은 정신보다 우월하고, 다층적이며 복합적이므로 우리는 개개의 작품을 통해서는 그 현실의 어떤 층위나 측면 및 그것들이 빚어내는 관계의 양상들에 대해서만 말할 수 있을 뿐이다. 그러므로 이제 우리는 작품이 현실에 대해 일면적인 통찰만을 보이고 있다거나 디테일의 진실성이 부족하다거나 하는 말을 쉽게 할 수 없다"(277~278면)는 생각은 총체성이나 전형성에 대한 달라진 생각의 고백이라고 할 수 있다. 이렇듯 당파성, 총체성, 전형성 모두를 의심하고 나면 리얼리즘에는 리얼리즘의 정신, 즉 현상 속에서 본질을 드러내는 정신만이 남게 된다. 그러나 이 경우 리얼리즘은 좋은 문학에 대한 정의와 겹칠 가능성이 있다. 심하게는 리얼리즘 개념의 폐기로 이어질 수도 있는 논리의 전개이다. 모더니즘 문학에 대한 정의를 어떻게 할 것인가도 의문이다. 이대로라면 민족문학에 대한 정의도 어려워진다.

3. 근대성과 모더니즘(2001~2003)

2001년 들어 리얼리즘─모더니즘 논쟁이 다시 시작되었다. 윤지관은 자리를 지키고 있고 임규찬과 황종연이 새롭게 가세한다. 그러나 임규찬과 윤지관의 차이는 이 둘과 황종연의 차이에 비해 작은 것으로 보인다. 90년대 후반 논쟁과 내용이 크게 다를 것 없어 보이면서도 주제는 리얼리즘을 지키는 것에 대해서가 아니라 모더니즘과 리얼리즘이 어떻게 소통해야 할 것인가에 모아진다. 앞 장에서 살핀 대로 민족문학과 리얼리즘에 대한 완고한 입장은 점점 자리를 잃어간다. 논쟁의 시작이라고 할 임규찬의 서평이 은근히 최원식의 '소통론'에 후한 점수를 주고 있음을 보아도 논의의 진전 혹은 추이를 알 수 있다. 임규찬은 최원식의 관점을 중앙에 두고 한쪽 끝에 윤지관의 글, 다른 한 끝에 황종연의 글을 두는 방법을 선택하고 있다. 당연히 반론은 윤지관과 황종연에게서 시작된다. 황종연의 경우 이전보다 격렬한 어조로 리얼리즘을 비판하고 모더니즘을 옹호한다. 이에 대한 유희석의 반론은 결국 실천 또는 사회적 기여 여부의 문제로까지 나아간다.

임규찬의 「리얼리즘과 모더니즘을 둘러싼 세 꼭지점」(『창작과비평』, 2001년 겨울)은 최원식의 『문학의 귀환』, 윤지관의 『놋쇠하늘에 아래서』, 황종연의 『비루한 것의 카니발』에 대한 서평의 형식을 취하고 있다. 임규찬이 말하는 세 꼭지점은 윤지관과 황종연을 밑변의 양 꼭지점으로 하고 둘 사이에 최원식을 두는 구도이다.

윤지관에 대해서는 그가 많이 거론하고 있는 '당파성'을 예로 들어 이미 확립된 리얼리즘론을 되풀이하고 있다고 비판한다. 윤지관의 입장은 애정을 담아 말하자면 리얼리즘의 심화인데 일종의 법률적 심화에 그칠 뿐 입법적 수준의 심화·쇄신은 아니라는 것이 임규찬의 생각이다. 황종연의 평론집에 대한 비판은 버먼에 대한 비판과 이어진다. 버먼의 논리에 황종연이 크게 기대고 있기에 이는 자연스러운 접근이라 할 수 있다. 윤지관과 정 반대의 입장에서 황종연은 리얼리즘론을 과거의 것으로 붙박아놓고, 다른 한편으로 리얼리즘론에서 활용할 만한 것은 모더니즘론 안으로 불균등하게 끌어들여 리얼리즘에 대한 비판과 그 극복으로서 모더니즘론이라는 이론 틀을 구성하고자 하는 의도를 가지고 있다고 평가한다. 윤지관이 리얼리즘 입장에서 '쓸만한' 모더니즘적 요소들을 끌어들이려 하는데 비해, 황종연은 모더니즘적 입장에서 '꽨

찮은' 리얼리즘 요소들을 끌어들이려 하고 있다는 것이다.

이러한 전반적인 사실 파악은 그리 어긋나는 것 같지는 않다. 그러나 중요한 것은 이러한 사실 판단 뒤의 것인데, 둘을 한 쪽에 치우쳐 부족한 것으로 보고 있다는 점이 문제가 된다. 임규찬은 윤지관과 황종연은 한쪽에 의한 다른 한 쪽의 흡수통합을 전형적으로 보여준다고 평가하다. 양 극단에 선 양자 사이의 소통을 위한 만남의 장소는 별반 없는 듯하다고 한다. 그리고는 리얼리즘이니 모더니즘이니 하는 용어 사용의 난감함을 토로하여, "긴 이데올로기 투쟁 과정에 얽히고설킨 리얼리즘과 모더니즘은 제아무리 갈고 닦아도 구원의 가망이 없는 용어들인지도 모른다."는 최원식의 주장을 들려준다. 그러고 나서 이 문제를 초월한 듯한 최원식은 그런 두 사람을 '처연히' 내려다보고 있는 듯하다고 마무리한다. 마치 최원식의 통합론에 비해 윤지관과 황종연의 사고는 날것이거나 유치한 것으로 평가되는 듯한 느낌을 준다.

윤지관은 「놋쇠하늘에 맞서는 몇 가지 방법」(『창작과비평』, 2002년 봄), 황종연은 「모더니즘의 재인식」(『창작과비평』, 2002년 여름)을 통해 임규찬의 '부당한' 평가에 맞선다. 윤지관은 애초 리얼리즘－모더니즘의 대립이라는 설정부터가 근대에 대응하는 문학의 길을 찾아보자는 취지이지, 둘 사이에 그야말로 만리장성을 쌓고 결별하자는 뜻은 아니라고 말한다. 그러나 여전히 리얼리즘을 통한 모더니즘의 통합을 이야기하며 그것이 왜 정당한가를 설득하기 위해 노력한다.

> 리얼리즘이 삶의 진상에 다가가려는 노력이요 리얼한 것에 대한 추구라면, 모더니즘은 모든 것이 전에 비해 좀더 불투명해진 국면에서 실험과 혁신을 통해 바로 그 리얼한 것에 도달하려는 시도라고 할 수 있다. 겉으로의 적대에도 불구하고 모더니즘이 궁극적으로 추구하는 바는 리얼리즘일 수밖에 없다. (260면)

마치 리얼리즘의 입장에서 모더니즘의 왜곡을 구해내야 한다는 듯한 투의 말이다. 이전 글에서 강조했던 한국의 모더니즘을 자유주의 이데 올로기와 모더니즘의 이념에서 해방해 그 혁신적 창조력이 제대로 구현되게 해야 한다는 점, 그리고 민족은 지구화의 시기에 폐기되는 것이 아니라 오히려 귀환하고 있으며, 리얼리즘은 물론 모더니즘도 민족문제 와의 대결을 통해서 거듭날 수 있다는 점 등을 여전히 내세운다.(271면)

황종연의 반론은 윤지관의 경우에 비해 더 본격적이다. 민족문학 안에서의 모더니즘의 가능성을 내세웠던 진정석의 논리와 대부분 겹치지만 황종연은 리얼리즘에 대한 불신과 적대감을 노골적으로 드러내는 편이다. 그는 전체와 통합을 중시하는 리얼리즘의 논리 전반에 대해 회의한다. 물론 이전 리얼리즘의 활력을 완전히 무시하는 것은 아니다. 그러나 변화된 시대 환경 속, 즉 현재적 의미로 리얼리즘은 많은 문제점을 가지고 있다고 말한다. "문학작품을 다루면서 스타일이나 기법보다 사회적인 인식이 더욱 '근원적인' 문제라고 보는 것은 동의하기 어려운 리얼리즘의 편견이다"(243면), "선언의 차원에서는 매번 갱신을 다짐하고 있지만 사고의 차원에서는 줄곧 보수(保守)에 머물고 있는 한국 리얼리즘의 답답한 실정"(243면), "대혁명의 이론밖엔 진정한 정치학이 없다고 생각하는 것"(247면)으로 리얼리즘의 문제점을 꼬집는다. 이를 통해 그가 지향하는 것, 혹은 잠정적으로 인정하는 이념이란 "각자의 자유로운 발전이 만인의 자유로운 발전의 조건이 되는"(248면) 사회 정도이다.

그리고 리얼리즘과 모더니즘의 구분이 무화되기 어렵다는 사실을 강조한다. 둘은 서로를 부정하면서 자신의 정체성을 분명히 하는 선택을 세워 왔다는 것이 황종연의 주장인데, 전체성을 향한 지향을 강조하는 리얼리즘론은 그러한 지향에 역행하는 경향, 예컨대 경험의 단편에 몰입하는 경향을 모더니즘에 귀속시킴으로써 리얼리즘의 동일성을 정립하는 반면, 현실의 지각과 인식에 있어 주체의 계기를 중시하는 모더니즘론은 그러한 취지에 반대되는 통념, 예컨대 현실은 자명하게 주어진

객체라는 순진한 믿음을 리얼리즘에 전가함으로써 모더니즘의 동일성을 획득한다는 것이다.(240면) 리얼리즘을 전체성을 향한 지향이라고 부르고 모더니즘이 주체의 계기를 중시한다는 단순화된 진술에는 동의하기 어렵지만 둘의 관계를 어떻게 보고 있는가는 확인할 수 있다. 이런 관점에서 볼 때 둘의 관계를 적당히 타협하고 얼버무리려는 시도는 용납되지 않는다. 그의 주장대로라면 "리얼리즘과 모더니즘은 서로 차별하고 종속시키는 관계에 있는 만큼이나 더불어 생존하는 관계에 있"(241면)기 때문에 서로의 경계를 무화할 수 없다. 실제로 결국 둘의 경계가 희미해지면 어느 한 쪽의 영역만이 줄어드는 것이 아니라 양쪽 모두가 존재의 의미를 상실하게 되는 것이 사실인 것 같다.

황종연은 자신의 생각이 마샬 머먼의 저서에 많이 기대고 있다는 생각을 굳이 숨기지 않는다. 그가 말하는 모더니즘이 근대성의 경험으로 정리한 버먼의 그것이라는 점도 인정한다. "그의 모더니즘론은 새로운 유동성의 근대를 살고 있는 사람들에게 현실에서 느끼는 매혹과 공포를 이해하고 현실과의 싸움을 지속하는 데 필요한 용기와 영감을 제공한다"(251면)고 버먼의 모더니즘론을 지지한다. 그리고 리얼리즘으로 모더니즘을 통합하려는 경향에 대해 강하게 반발한다. 리얼리즘으로 모더니즘을 통합하려는 시도는 일종의 제국주의적 팽창 욕망이라고까지 말한다.

제임슨이나 모레띠의 '율리시즈론'은 어쩌면 한국 리얼리즘론자들의 오류를 입증하는 근거가 되지 못할지도 모른다. 왜냐하면 그들이 말하는 리얼리즘은 모더니즘의 '이념'은 배격해도 '작품'의 성취는 포용하기 때문이다. 그러나 만일 『율리시즈』 같은 작품까지도 끌어안는 리얼리즘론을 상정하게 되면 그것은 리얼리즘이라는 용어가 문학작품을 분별하고 문학의 기준을 만들려는 노력에 별로 쓸모가 없음을 스스로 밝히는 것과 다를 바가 없다. 70년대 이후 한국의 리얼리즘론자들은 '리얼리즘의 승리'라는 원칙을 고수하는 가운데 리얼리즘 개념을 지나치게 확장해 혼란을 초래했다는 비판을 면하기 어렵다. 그들은 리얼리즘을 문학양식(Literary Mode)의 차원에서보다 정치적·도덕적 실천의 차원에서 이해하는 경향이 있어서 그들의 리얼리즘론은 종종 전략론이나 수양론의 일종이 되곤 한다. (262면)

위 글은 흔히 유연한 리얼리즘이라고 주장하는 리얼리즘에 대한 비판이다. 계급 문제 등 경직된 사고를 가지고 있는 리얼리즘은 현실 정합성 면에서 치명적 문제를 안고 있는 것이고, 그렇지 않은 경우 모더니즘과의 경계를 그을 수 없는 애매한 상황에 빠질 위험에 처하게 된다는 말이다. 윤지관 등이 기대고 있는 백낙청 식의 리얼리즘까지 비판의 대상에 포함하는 셈이다. 이어 우리 문학사에서 리얼리즘을 우세한 서사로 만들어준 것은 리얼한 것의 범주를 만들어준 문화공동체였으며, 현재는 그러한 공동체가 사라지고 없다는 점을 지적한다. 이 말은 듣기에 따라 리얼리즘의 종언으로 들릴 수 있다. 그가 글의 마지막 장 소제목을 "리얼리즘, 너무도 고상한 당신"이라고 붙인 것도 이러한 상황 판단과 무관하지 않을 것이다.

90년대 후반 리얼리즘-모더니즘 논쟁에서 결산을 시도했던 김명인은 이번에도 논쟁을 정리하는 듯한 글을 쓴다. 그러나 이 글이 논쟁을 마무리 짓지는 못하는 것 같다. 김명인의 글 「자명성의 감옥」(『창작과비평』, 2002년 가을)은 모더니즘과 리얼리즘을 역사적인 개념으로 한정해서 사용하는 것이 어떤가라는 의견을 내 놓는다. 이를 리얼리즘과 모더니즘 개념의 폐기로 볼 수는 없지만 광의의 개념 사용이 갖는 문제점에 대한 지적으로는 의미가 있다. 이 글은 유희석의 글에 의해 "초점 내지 논점을 투명하게 부각하지는 못"한 글이라고 하여 바로 비판 받는다. "기왕에 벌어진 실제 논쟁의 알맹이보다는 자기만의 '간판'에 해당하는 대안을 제시하려는 집착이 느껴지기도 한다"고 못마땅한 심정을 드러내기도 한다.

리얼리즘에 대한 황종연의 공격에 맞선 글로 유희석의 글(「최근 리얼리즘·모더니즘 논쟁에 관하여」, 『창작과비평』, 2003년 봄)은 이론적으로 나름의 설득력을 가질 뿐 아니라, 리얼리즘 논의의 장래를 짐작하게 해준다는 점에서 의미 깊다. 그는 기존의 리얼리즘론이 루카치 류의 그것에 가까웠다는 것을 인정한다. 윤지관이 그렇게 아니라고 주장하는 바를 쉽게 인정하는 셈이다. 오히려 리얼리즘의 입장에 서 있는 임규찬, 윤지관의 오류를 지적하기도 하는데, 그들은 철저한 검증을 생략한 채 사회주의 리얼리즘의 '공인된 관점'을 수용·승인한다는 인상을 남김으로써 버먼의 유연한 모더니즘론을 우리 현실에 접목하려는 황종연에게 루카치의 '판례' 모방이라는, 사실은 좀 때늦은 빌미를 주었다는 것이다.(42면)

그렇다고 황종연의 모더니즘에 대한 비판을 주저하지는 않는다.

> 평면적 발전관에 사로잡혀 모더니즘 개념의 외연을 자의적으로 넓혔다는 의심을 떨치기 힘든 논의라도 창의적으로 활용할 수 있고, 우리 문학의 진로 모색에 거름으로 쓸 수도 있어야 한다. 그러나 문제는 이곳 현실에서의 쓸모를 제대로 가늠하여 높이는 길이다. (48면)

이는 황종연에 대한 비판이면서 동시에 버먼에 대한 비판이다. 아이러니도 좋고 대혁명 시나리오에 대한 부정도 좋지만 그렇게 해서 "근대화의 양면성을 분단체제의 현실에서 종합적으로 사유하여 지양하는 데서는 쓸모의 한계가 뚜렷하다"(49면)는 것이 유희석의 주장이다. 모더니즘이 주장하는 현실과의 관계를 모두 인정한다 하더라도 그것이 현재의 삶에 어떻게 기여하는가를 따지게 되면 모더니즘 쪽의 답이 궁해질 수 있다. 다음에도 질문은 이어진다.

> 그런데 필자가 이 대목에서 제기하고 싶은 논점은 그가 버먼이나 제임슨, 모레띠 같은 서구의 비평가를 자신의 이론적 배경으로 얼마나 정확하게 끌어오는가 하는 것만은 아니다. 모더니즘 옹호든 리얼리즘 비판이든 그가 오늘의 한국문학에 어떤 포부와 희망을 걸고서 논쟁에 임하고 있으며 한반도의 위기상

황에 비평가로서 과연 어떤 대응을 하고 있는가도 궁금해지는 것이다. (50면)

두 인용문의 내용은 그 자체로 '매우' 타당하다. 그러나 이는 우리 문학사에서 리얼리즘이 담당해왔던 긍정적 역할의 현재적 유용성을 십분 인정한 후에나 가능한 공격이다. 왜냐하면 현재의 리얼리즘으로도 그 역할을 수행할 수 있는지 의문이기 때문이다. 리얼리즘은 무엇을 하고 있는가? 위기상황에 제대로 대응할 수 있을까? 라는 질문에 리얼리즘 역시 답하기 어려울 것이다. 모더니즘을 향한 리얼리즘론자의 비판이지만 결국 그 비판은 모두에게 돌아오고 만다.

4. 민족문학 · 리얼리즘의 향방

리얼리즘-모더니즘 논쟁은 민족문학의 자기 갱신 노력의 일환으로 제출되어 전개되었다. 민족문학이 현실적 영향력을 잃어가고 그 내포가 갖는 설득력이 적어지는 현실에서 기존 리얼리즘을 고집하는 것보다 모더니즘의 문학적 성과를 긍정적으로 수용하는 것이 좋다는 생각에서 시작된 것이다. 이는 현실적 문학의 성과를 이끌어내는 데 뿐 아니라 문학사 평가에도 적용된다. 이왕의 리얼리즘 논쟁이 리얼리즘의 강화로 결론이 난 데 비해 이 논쟁은 리얼리즘 자체의 회의로까지 이어졌다는 점이 특징이다. (물론 『창작과비평』이라는 영향력 있는 계간지에 의해 기획·전개되어 다양한 견해들이 제출되는 데는 한계가 있었음은 인정해야 할 것이다.)

결국 이 논쟁은 리얼리즘에 대한 모더니즘의 공세였다고 평가할 수 있다. 근대문학을 광의의 모더니즘으로 묶어두려는 시도에 리얼리즘 진영은 예전의 완강한 리얼리즘으로 대응할 수 없었고 리얼리즘의 범위를 넓히려는 시도는 근대성론에 제대로 대응하기 어려웠다. 오히려 모더니즘 안에 리얼리즘을 수용하려는 시도를 막아내는 데 급급한 면도 있었다. 리얼리즘은 모더니즘으로 분류되어 오던 작품을 유연한 리얼리즘 개념 안으로 수용하려는 의지를 보이기는 했지만 그것이 새로운 작품의 발굴로 이어지지는 못했다.

이 논쟁이 남긴 결과는 크게 두 가지이다. 하나는 리얼리즘이 현재의 문학 작품을 선별 설명하기보다는 리얼리즘 문학을 주장하기에 좋은 작품으로 자신의 목소리를 좁혀갔다는 점이다. 운동성을 강조하던 이전의 리얼리즘론은 이제 리얼리즘을 주장하는 사람들에게조차 긍정적으로 받아들여지지 않았다. 유연한 리얼리즘을 주장하던 논자들의 리얼리즘 역시 설 자리가 많지 않다는 것이 밝혀졌다. 리얼리즘을 주장하는 사람들은 현재의 문학이 아니라 과거의 문학에서 가능성을 찾는 듯 하다.

다른 하나는 리얼리즘-모더니즘 논의를 촉발시켰던 민족문학에 대한 문제의식이 논쟁의 전개 과정에서 현저히 줄어들었다는 점이다. 리얼리즘을 중심으로 한 민족문학의 문제를 해결하기 위해 모더니즘을 끌어들였지만 모더니즘을 끌어들인 민족문학은 실제로 민족문학이라는 정체성을 잃게 된 것이 아닌가 생각한다. 리얼리즘과 모더니즘이 서로를 배제하는 논리로서 자신의 위치를 확립해 왔던 것이 사실이었고, 서로에 대한 배제가 완화된 상태에서는 민족문학 개념 자체의 선명성 역시 사라지게 되었던 것이다. 민족문학은 근대라는 일반적인 문제의식으로 녹아들어가지는 않았지만 좋은 문학과의 개념 경계마저 지워질 위험에 노출되고 말았다.

장돌림들의 초상

1. 『객주』를 보는 관점

김주영의 『客主』에 대해서는 이미 많은 평자들에 의해 깊이 있는 논의가 이루어졌다. 작은 차이들이 없는 것은 아니지만 『객주』는 비슷한 시기에 출간된(또는 일부가 마무리 된) 『장길산』, 『토지』와 함께 민중들의 삶을 본격적으로 다룬 의미 있는 역사소설이라는 평가를 받아 왔다. 그러한 평가의 근거로는 흥미를 끄는 사건들의 연속, 도속적인 우리말이 주는 재미, 작가의 생생하면서도 거친 입담, 민중적 삶에 대한 애정 어린 시선 등이 제시되곤 했다. 아홉 권에 이르는 방대한 분량과 전국을 배경으로 펼쳐지는 이야기의 규모 또한 긍정적인 평가를 뒷받침하는 요소들이었다.

필자 역시 이러한 기왕의 평가에 반론을 제기하고 싶은 의도는 없다.

오히려 위와 같은 평가들이 온당하다고 생각하며 그에 동의하는 편이다. 실제로『객주』에서는 돌아가며 사건의 주체가 되는 개성 있는 인물들을 만날 수 있고, 해설을 참조해야만 이해할 수 있는 생소한 단어들을 자주 발견할 수 있다. 낯이 부끄러울 정도의 질탕한 이야기나 가진 것이 없어서 더 거침없이 살아가는 하층민들의 삶이 인상적으로 표현되고 있는 소설이다. 이런 느낌은 10년 전 이 소설을 처음 접했을 때나 글을 쓰기 위해 새롭게 읽어본 지금이나 크게 달라지지 않았다. 따라서 필자는 이 소설에 대해 기존의 평가를 벗어난 유별나게 새로운 평가를 시도하려 하지는 않는다.

『객주』를 새로 읽으면서 필자가 관심을 가지고 본 것은 인물들의 성격이다. 특별히 '악한'이라 불릴 수 있는 인물들의 잦은 등장을 주목하게 되었는데, 이는『객주』가 다른 역사소설과 구분되는 뚜렷한 특징이라고 할 수 있다. 사회적·윤리적 악인으로 평가되는 인물들이 주인공으로 등장하는 소설을 범박하게 '악한 소설'이라고 부를 수 있다면,『객주』를 '악한 소설'의 범주로 설명할 수 있겠다는 것이 지금의 생각이다.

우리 소설에서 '악한'의 성격을 규정하는 데는 피카레스크 소설의 몇몇 특징들을 유용하게 사용할 수 있다. 피카레스크 소설의 악한이 "저열한 삶의 현장에서 생존을 위해 몸부림치는 하층민이며 부도덕하고 교활한 기지로 사회에 기생하면서 기존의 가치에 도전하는 인물"이라는 특징을 가지고 있다고 본다면 우리 악한 소설의 인물과 유사한 점이 많다고 할 수 있다.[1] 이처럼 악한 소설의 중심을 '악한'의 성격에 놓는다면 1970년대 후반에 유행했던 일련의 소설이 '악한 소설'의 의미에 가장 가깝게 된다. 우리가 살펴 볼『객주』역시 인물들의 성격은 물론 소설 구조가 갖는 장점과 단점이 '악한소설'의 그것과 중첩된다. 무엇보다『객주』를 '악한소설'로 설명하여 얻을 수 있는 이익은 단순히 작품

---

1) 이에 대해서는 이가형의 『피카레스크 소설』(민음사, 1997), 김춘진의 『스페인 피카레스크 소설』(민음사, 1999) 참조.

의 감상을 넘어 차후에 이루어질 작품의 문학사적 평가에 시사점을 줄 수 있다는 점이다.

2. 다양한 민초들의 역사

　단행본 표지에 적힌 대로 김주영의 『객주』는 "장편역사소설"이다. 그런데 불행하게도 우리 문학사에서 역사소설에 대한 평가는 그리 긍정적이지 못하다. 연애소설과 더불어 대표적인 대중소설로 평가되는 것이 일반적이다. 많은 역사소설이 현재를 비추는 거울로서의 과거를 다루기보다는 과거에 대한 대중의 지식과 흥미를 자극하는 데 그치고 있는 것이 사실이다. 현실의 문제에서 벗어나기 위해 시대를 거슬러 올라가는 경우가 없지 않았고, 최악의 경우는 과거의 인물을 불러 내 반역사적 영웅주의를 부활시킨 일마저 적지 않았다. 주인공 한 사람을 제외하고는 모두 어리석고 구원 또는 개조되어야 하는 인물들로 그려낸 이광수의 『이순신』을 그 대표적인 예로 꼽을 수 있을 것이다. 이 밖에도 과거사나 현대사의 주요 인물을 다룬 많은 소설들에서 이런 바람직하지 못한 사례를 쉽게 발견할 수 있다.
　『객주』가 역사소설 중에서 높은 평가를 받는 이유는 기존 역사소설의 이런 문제점들에서 비교적 자유롭기 때문이다. 이는 『장길산』, 『토지』를 높이 평가하는 중요한 이유이기도 하다. 이 소설들은 '기록된 역사' 중심에서 탈피하여 민중들의 모습을 통해 잊혀진 과거의 시간들을 복원해 내고 있다. 굳이 역사책에 족적을 남긴 인물들이 아니더라도 과거 우리 땅에 살았던 장삼이사들의 모습을 생동감 있게 그려내고 있는 것이다. 기록된 역사가 승자와 지배자들의 역사이기 쉬운데 비해 이들

소설에서 다루는 역사는 패배자 또는 주변인들에 대한 기록이기도 하다. 더 나아가자면 피동적으로 순응하는 사람들의 모습을 그리기보다 억압 속에서도 자기 삶을 능동적으로 구성하고 독자적인 판단으로 이끌어 왔던 민초들의 역사를 기록한 소설들로 평가할 수 있다.

이런 요소들 때문에 우리는 역사소설에서 무엇보다 인물에 주목하게 된다. 『객주』도 여기서 예외는 아니다. 이 소설이 독자에게 주는 일차적 매력은 장돌림들의 삶을 들여다보는 재미에 있다고 할 수 있다. 사농공상(士農工商)의 기준으로 하층 계급에 속했지만 보부상들은 조선의 상업 유통에 절대적 영향력을 행사했으며, 스스로 엄격한 질서를 유지해온 거대 집단이었다. 조선 후기로 오면 집단의 영향력은 더욱 커져 정치적 동원의 일차적 대상이 되기도 하였다. 그러나 실제로 그들의 삶에 대해서는 알려져 있는 것이 별로 없고 현재는 흔적도 별로 남아 있지 않다. 소설 『객주』는 근본 계급을 이루었을 이들의 삶을 소설을 통해 재현해 보여주고 있는 소설이다.

『객주』에서 다루고 있는 장돌림들의 삶이란 간난과 신고, 좌절과 비애로 점철되어 있다. 그들은 「메밀꽃 필 무렵」에 등장하는 허생원처럼 시원한 여름 달빛을 받으며 추억에 젖어 다음 장을 찾아 떠나는 감상적 인물들이 아니라 추운 겨울 산적이 우글거리는 산을 넘어야 겨우 하루를 마감할 수 있는 추레한 몰골의 사람들이다. 그들은 낭만적 사랑을 꿈꾸지 못하며 자신이 언젠가는 산 속 깊은 곳에서 아무도 모를 주검으로 식어가게 될 수도 있다고 생각한다. 자신이 하는 일이 대단히 중요한 일이라 생각해 본 적이 없으며, 자신의 천한 신분과 처지를 운명처럼 받아들이고 살 뿐이다. 그러면서도 자신들 외에는 동무를 돌보아줄 사람이 없다는 것을 알기에 동패 사이의 질서를 지키고 동무를 위한 복수도 서슴지 않는다. 장돌림의 시신이라면 가족의 시신처럼 소중하게 매장해주고, 신의를 어긴 동무에게 멍석말이 놓기를 주저하지도 않는다.

이 소설의 첫 장면이 조성준의 복수로 출발한다는 사실은 전체 서사와 관련하여 시사하는 바가 크다. 송파의 유명한 쇠살쭈이던 조성준은 김학준이라는 상인에게 재산을 유린당하고 아내마저 송만치라는 중노미에게 빼앗기고 만다. 천봉삼과 최돌이 그리고 조성준은 아내와 송만치, 그리고 김학준을 찾아 나서 결국 복수에 성공하고 만다. 이들이 여러 장돌림들을 만났다 헤어지고 다시 만나는 과정이 소설의 주요 서사가 된다.

서사의 비중이나 도덕적 기준으로 판단할 때 이 소설의 중심인물은 천봉삼과 조성준이다. 그러나 특이한 점은 정작 소설의 중심인물이라 할 두 사람이 소설 속 장돌림들의 전형적인 모습을 보여주지는 않는다는 사실이다. 오히려 주변적 인물들의 모습에서 좀더 핍진하고 흥미진진한 삶의 모습을 느낄 수 있다. 다음에 요약된 인물의 삶은 장돌림들의 운명을 가장 잘 보여주는 예이다.

> 최돌이의 짧은 인생이 남긴 행각이란 것도 그렇게 떳떳하달 수가 없었고 상놈이었으니 벼슬과 권세 또한 그와는 인연이 닿을 리 없었다. 반평생을 저자와 저자로 돌며 때로는 동무님들을 모함하였고 때로는 여항의 양민을 속이어 모리를 취하기도 하였다. 때로는 두 푼의 꽃값으로 사당의 계집을 사기도 하였으며, 때로는 축담을 뛰어 넘어 과수댁과 사통을 하기도 하였다. 행탁이 비어버리면 대궁밥을 빌어 구차히 연명하였으며 백정의 소생을 보쌈질로 도망시켜 초례를 치르기도 하였다. 그러나 이제 그 초개같은 한 목숨이 이승을 하직함에 있어 그의 행리에는 저승길 주막에 들러 잠시 목을 축일 고린전 한 닢도 변변히 지닌 것이 없었다. 썰렁한 시신에 한 가닥 차가운 바람이 지나갈 뿐 그는 역시 가난한 도부군의 행색으로 낡아 찌그러진 패랭이 하나만을 그 못난 삶을 경영하던 이승에 남겼을 뿐이었다. 바자 치고 흙벽 올린 제 거차가 있을 수 없으니 제상을 차려 올릴 납작소반 하나도, 저승길을 밝혀줄 밀초 한 쌍을 밝힐 촛대도, 하물며 여막(廬幕)을 칠 한 뼘의 땅도 없었다. 망자의 영혼이 잠자지 못하면 생시에 도모하던 대로 동무님들을 따라 산과 여울을 허공에서 동행할 터이요, 살아생전 그 한을 다했으면 한 줌의 흙으로 곱게 삭아 잡초를 키울 것이었다. (『객주』 3권, 73면)

최돌이는 조성준·천봉삼 등 소설의 중심인물과 작반하여 송만치 등을 징치하는 데 앞장섰던 인물이다. 일행이었던 석가와 늘 반목하였으며 종래는 말다툼 중 그의 발길에 차여 목숨을 잃는다. 작품 초반부터 주요 인물과 함께 행동하나 성품이 곧다거나 품행이 본 받을만한 인물은 아니었다. 배운 것이 없었을 뿐 아니라 교활하다는 느낌마저 준다. 작품 안에서 그의 죽음은 너무나 허무하게 닥쳐온다. 그러나 그의 일생과 연관 지어 생각할 때 허무한 죽음이 오히려 그의 삶과 어울린다고 볼 수도 있다. 위 글대로 살아서 그리 떳떳하달 것 없는 생이었기에 저승으로 가는 길 역시 소박할 수밖에 없었는지 모른다.

최돌이의 삶과 죽음은 단지 한 사람의 생애에 그치는 것이 아니라 흔적 없이 살다간 평범한 도부꾼들의 삶을 대표하기도 한다. 작품 안에서는 허망하게 죽어가는 장돌림들을 대표한다. 최돌이를 죽인 석가의 삶 역시 최돌이와 크게 다르지 않다. 그는 동료들의 추궁에 스스로 자문하는 길을 택한다. 송만치는 송파거리의 무뢰배로 이름을 날리지만 길소개의 칼에 쓰러지고 만다. 신석주 수하에서 이름을 날리던 맹구범은 타고난 간계로 나름의 권세를 누리지만 분수를 지키지 못해 문밖으로 쫓겨나고 결국 처참한 죽음을 맞는다.

최돌이는 이 소설에 많이 등장하는 악인형 인물의 하나이기도 하다. 위에 든 인물들 외에 대표적인 악인형 인물은 길소개이다. 길소개는 뱃심 좋은 젓갈 장수에서 출발하여 지방 고을 수령과 선혜청을 담당하는 중앙 관직을 거치는 등 파란 만장한 삶을 사는 인물이다. 양반가에 드나들며 부정한 세상 덕을 톡톡히 보다 종국에는 혀를 잘리어 말을 하지 못하는 신세로 떨어진다. 조성준을 도와 김학준을 징치한다는 명목으로 김학준 집의 담을 넘기도 하지만, 조성준에게 돌아가야 할 재산을 가로채 자신의 입신을 도모하기도 한다. 여색을 탐하는 것은 물론이고 남을 속이기를 밥 먹듯 한다. 그러면서도 기댈 곳이 없어지자 조성준과 동패로 있는 천봉삼에게 찾아가 목숨을 구걸한다. 일반인들의 상식으로 생각할 때 길소개는 천벌을 받아 마땅한 인물이지만 이 소설에서 그는 천봉삼과 함께 이야기의 중심을 이끌어 가고, 작품이 마무리될 때까지 살아남는다. 길소개의 악행이 신분 상승의 욕망과 관계된다는 사실은 그의 악한적 성격을 더욱 분명히 해준다. 그는 양반가의 아낙인 운천댁을 범하고 조성준의 돈으로 양반을 산다. 고을 수령을 사는 이유도 단순히 치부를 위해서라고 볼 수는 없다.

길소개와 짝을 이룬다 할 만큼 중요한 악인으로 등장하는 것이 매월이다. 그는 못다 이룬 천봉삼에 대한 연모 감정을 한으로 품고 많은 악업을 쌓는다. 그의 변화 역시 길소개 못지않게 다양하게 이루어진다. 그는 본디 조성준이 복수하려던 송만치의 누이이다. 주막에서 술과 음식을 팔고 있던 그는 천봉삼을 따라 나서나 그의 애정을 얻지 못한다. 봉삼이 자신을 멀리하는 것을 알고 앙심을 품은 채 홀로 장삿길에 나선다. 처음에는 조금 성공하는 듯 했지만 신석주 수하의 차인행수 맹구범에게 속아 재산을 잃고 쫓기는 신세가 된다. 이후 서울로 올라와서 신내림을 받고 무당이 되는데, 무당이 되어서는 민비의 신임을 얻어 큰 권력을 누리게 된다. 권력을 가지고 있으면서도 봉삼에 대한 애정과 증오는 식지 않아 봉삼의 누이 천소례와 봉삼을 연모하는 여인 월이를 집에 가두어 두기도 한다. 천봉삼이 위기에 처했을 때는 그를 구해주는 역할을 한다.

물론 『객주』에 길소개나 매월과 같은 악한 인물들만이 등장하는 것은 아니다. 월이와 같이 조용히 인내하며 자신의 자리를 지키는 여인이 있고, 천소례와 끝내 파격을 반성하고 새롭게 시작하려는 인물이 있다. 후반에 등장하는 득추·석쇠·곰배 등의 인물은 배신과 술수와는 거리가 먼 믿음직한 일꾼들이다. 그러나 『객주』의 매력은 길소개와 매월 등 악인들의 비중이 천봉삼·조성준 등 나머지 인물들에 비해 결코 작지 않다는 데 있다. 장돌림들이 다양한 삶을 다루면서 작가는 굳이 선한 인물, 또는 긍정적 삶을 회복하는 인물들에 집중하려 하지 않은 것이다.

타고난 신분적 제약 아래에서 엄혹한 시대를 몸으로 견디며 살았을 여러 인물들의 모습을 어떤 가치 판단 없이 그려 보여주고 있다.

또 한 명의 인상적인 인물은 선돌이다. 선돌은 천봉삼 못지않은 곧은 마음과 판단력, 행동력을 가진, 장돌림 중 예외적인 인물이다. 그러나 천봉삼과 함께 가장 신실한 인물로 여겨지던 선돌의 삶은 매우 비극적으로 마감된다. 선돌은 조소사를 만나기 위해 서울로 가게 되는 봉삼과 헤어지면서 거의 모든 돈을 봉삼에게 주고 여비만을 챙겨 황해도 황주의 집으로 돌아간다. 거기서 선돌은 아전에게 유린당한 아내와 홀로 남은 자식을 차례로 잃고 만다. 처자식을 잃고 폐인처럼 지내다 송파의 봉삼을 찾게 된 선돌은 짐을 강탈하러 들른 적당들에게 한 쪽 눈을 잃는 봉변을 당하기도 한다. 그러나 선돌은 끝내 천봉삼을 접주로 만드는 일을 이루어낸다. 그 일로 인하여 선돌은 장(杖)을 당하고 기가 쇠하여 죽음을 맞이하게 된다. 그는 능력 있고 도덕적으로도 문제없는 주인공의 중요한 조력자라고 할 수 있다.

『객주』를 악한 소설의 범주로 생각할 수 있는 근거는 이상과 같이 인물들의 특성에 있다. 악한 소설의 인물들은 순수한 영혼을 가지고 있으나 속악한 사회에 의해 더럽혀지는 수동적인 인물이 아니라, 속악한 사회에 속악한 방법으로 맞서는 인물들이다. 가난하고 어려운 하층민의 생활을 건강한 방법으로 이겨내는 것이 아니라 역시 부정한 방법으로 이겨가려는 인물이라고 할 수 있다. 그들은 비록 윤리적으로 선하거나 사회적으로 정당한 인물은 아니지만 감정적이고 개인적인 차원에서는 분명 세계와 대결하는 인물이기도 하다. 독자들에게는 거대한 상대에 대응하는 미약한 개인의 비극을 보여주어 합리적 해결이 불가능하다고 믿는 현실에 대해 감정적 승리감 또는 해방감을 느끼게 해 준다.[2]

본격소설을 보는 엄격한 기준에 의하면 악한 소설은 대중·통속 소

---

[2] 졸고, 「1970년대 후반 '악한 소설'의 성격 연구」(『상허학보』 12집) 참조. 이 글은 박범신의 『풀잎처럼 눕다』와 문순태의 『걸어서 하늘까지』를 분석하고 있다.

설의 제반 요소를 적지 않게 포함하고 있다. 특히 남녀간의 애정관계를 기본 이야기 축으로 한다든지, 폭력·성애 등의 선정적인 요소를 빈번히 삽입하고 있다든지 하는 점이 그렇다. 이 외에도 작품이 행동 중심으로 흘러간다는 점도 특징이 된다. 이는 거개가 『객주』의 제반 특징과 일치하는 요소들이다. 사회를 이끌어가는 상류 계급을 악으로 설정하고 있다는 점, 정치 권력자들이 근본적인 악으로 설정되어 있다는 점 역시 그렇다. 다른 점은 대부분의 악한 소설이 현재를 배경으로 하고 있는 것과 달리 『객주』는 100년 전을 시대적 배경으로 하고 있다는 정도이다. 또 악한 소설이 집단에 맞서는 개인의 저항을 다루고 있는데 비해 『객주』는 시대를 견디는 집단 안에서의 개인을 다루고 있다. 이상으로 볼 때 『객주』를 악한 소설로 규정하는 데 무리가 없을 듯하다. 물론 중요한 것은 이런 성격이 작품의 구조와 주제에도 영향을 미치고 있다는 점일 것이다.

3. 파노라마적 사건 구성

여러 논자들이 지적했듯이 『객주』의 가장 큰 재미는 여러 인물들 사이에 복잡하게 얽힌 자극적인 사건들에 있다. 『객주』의 서사는 하나의 굵은 사건으로 이어지기보다는 작은 사건들의 연속으로 이어져 있어 독자들에게 지루할 틈을 주지 않는다. 인물들은 '대의'라 부를 수 있는 추상적인 목적을 위해 움직이기보다, 자기 앞에 닥친 일들을 해결해 나가기에 급급하다. 각각의 인물들이 가진 통일된 이상이나 공통된 세계관이 제시되기 보다는 인물 각각의 행위가 주는 흥미로 소설을 이끌어 가는 셈이다. 긴 소설 내내 이어지는 사건들은 어느 정도 '선정적'이고 '폭력적'이기까지 하다. 살인, 폭행, 속임수, 간통 등이 지속적으로 이어진다. 선정성과 폭력성은 소설의 완성도를 해치는 부정적 요소로 지적되기도 하지만, 그 양만으로 작품의 호오를 판단하는 기준이 되지는 않는다(특히 『객주』와 같은 신문연재소설에서 선정성과 폭력성은 필요악이 될 때가 많다).

『객주』의 이러한 구성상 특징은 이 소설에 특별한 주인공이 존재하지 않는다고 한 작가의 말과 호응하는 것이기도 하다. 사실 소설에 주인공이 없다는 말은 반대로 다수의 인물이 모두 주인공이 될 수 있다는 말이기도 하다. 실제로 『객주』에서는 조연들의 역할이 주연들의 역할 못지않게 중요한다. 비중 있는 인물들을 모두 부각시키기 위해서는 그들의 잦은 등장이 필수적이다. 여기서 다시 그들이 주인공이 아니기에 새로운 주변 인물을 이끌어 분명한 중심을 이끌어 나가기보다 비중 있는 인물들 사이의 새로운 엮음이 만들어져야 한다. 결국 다수의 인물들을 모두 중요하게 다루어야 하고 그것도 다른 인물들과의 관계 아래에서 다루어야 한다. 그래서 『객주』의 인물들은 그물코와 같이 많은 인물들과 사건을 만들고 그 사건은 중복됨이 없이 다른 인물들과의 관계로 이어진다. 십여 명의 인물들이 서로 중복되는 일이 없이 만나고 헤어진다는 사실은 구성을 짠 작가의 노력이 어느 정도였는지를 짐작하게 하는 부분이기도 하다.

복잡한 관계에 중심을 잡아주는 인물들은 천봉삼·조성준·길소개이다. 다른 인물들이 이들과의 만남과 헤어짐에 따라 소설에 등장하고 퇴장하기 때문이다. 인물간의 관계는 간단히 정리하기 어려울 만큼 복잡하지만 중심인물을 중심으로 주변 인물들이 맺는 관계를 몇 가지만 제시하면 이렇다. 길소개는 강경에서 조성준과 함께 일을 도모하다 그를 배반하는데, 서울에서 천봉삼과 세곡선을 함께 탄다. 이용익 역시 조성준의 수하에서 일을 돕던 인물인데, 이후 송파 행수가 된 천봉삼과 대립하게 된다. 천봉삼을 그리던 매월은 길소개와 깊은 관계를 맺는다. 신석주는 비록 권력을 가진 인물이지만 길소개·천봉삼과 갈등을 겪는다.

천소례는 천봉삼의 누이인데, 김학준의 집을 떠나 조성준과 결혼한다. 송만치는 조성준에게 징벌을 당하고 길소개에게 죽임을 당한다. 유필호는 길소개라는 인물을 혐오하지만 천봉삼의 그릇에 심정적으로 끌린다. 선돌이는 천봉삼과 매우 가깝던 인물인데, 길소개에게 한쪽 눈을 잃고 만다.

이렇듯 파란 만장한 삶을 살아가는 인물들을 그리고 있음에도 불구하고, 혹은 파란 만장한 삶을 살아가는 인물들을 그리고 있기에, 그러한 인물들은 행동을 위주로 묘사될 뿐 깊이 사고하는 인물들로 표현되지는 않는다. 이러한 결과를 낳은 가장 큰 이유는 이 소설의 인물들의 행동을 추동하는 원인이 주로 현세적인 이익과 본능적인 욕망에 치우쳐 있기 때문이다. 역시 『객주』가 악한 소설의 영역에 포함되어야 하는 이유이기도 하다. 앞 장에서 살핀 대로 신분 및 경제적 상승 욕을 가장 노골적으로 보여주는 인물은 길소개이다. 그는 자신의 욕망을 채우기 위해 타인의 안위와 형편에 대해서는 전혀 생각할 줄 모른다. 매월이의 경우도 욕망에 지배당하기는 한가지이다. 자신도 이해하기 어려운 봉삼에 대한 애정을 다른 것으로 달래려 하지만 끝내 성공하지 못한다. 여인으로서의 얻을 수 있는 최고의 위치에 이르고도 그것들을 압도하는 봉삼에 대한 욕망을 거두지 못한다.

인물들이 행동 위주로 묘사되는 것은 악한 인물이 아니더라도 마찬가지이다. 소설의 주인공이라 할 천봉삼은 비록 배운 것은 없지만 심지가 굳고 행동에 절도가 있어 주변 사람들에게 호감을 사는 인물이다. 길소개와 달리 개인의 욕망보다는 대의를 먼저 생각하는 인물이나. 장돌림들이 마땅히 갖추어야 할 도리에 대해 생각하고 자신의 몸을 던져서라도 동무들의 어려움을 해결해 주려 노력한다. 반면에 하루 밤 정을 나눈 조소사를 만나기 위해 단신으로 거상 신석주에게 맞서는 낭만적(무모한) 행동을 보이기도 한다. 이처럼 중세 로맨스의 주인공 같은 영웅적 인물로 그려지는 천봉삼이지만 그의 인간적인 고민이나 성숙 과정은 작품에 거의 나타나 있지 않다. 길소개가 타고난 모리배이듯이 천봉삼은 타고난 호걸일 뿐이다. 왜 그런 성격이 형성되었는지가 소설의 주된 관심이 아니다. 그런 인물들이 마주쳐서 어떤 일이 벌어지는지가 『객주』가 갖는 주된 관심이다.

행동 중심으로 이야기가 전개된 결과 인물의 일관성이 유지되지 못한 경우도 있다. 변화하지 않는 굳은 성격도 문제이지만 특별한 계기 없이 달라지는 성격은 독자들을 혼란스럽게 만든다. 천소례의 경우 김학준의 첩실로 있을 때는 남편을 살해하고 그 누명을 조성준에게 덮어 씌울 만큼 모진 인물이었다. 그러나 죽을 고비를 넘긴 이후에는 남을 배려할 줄 아는 사려 깊은 여인으로 변화한다. 그와 조성준의 결혼 역시 작위적이라는 인상을 준다. 들병이 출신 매월이 민비의 총애를 받는 진령군이 되는 과정 역시 비약으로 느껴진다. 백정의 딸 월이가 자신에게 닥친 고난을 참고 견뎌 결국 천봉삼의 아내가 되는 과정 역시 감동적이기는 하지만 한 두 단계의 과정이 빠져 있는 듯한 인상을 준다. 길소개를 따라 나선 운천댁의 행위나, 이용익의 변화 역시 갑작스럽다.

『객주』에 보부상들만 등장하는 것은 아니다. 작품 후반부에는 민영익, 민겸호, 민비, 김보현, 이용익과 같이 당시 실재했으며 정치적 영향력이 컸던 인물들이 등장한다. 신석주와 김학준과 같은 부상(富商)들 역시 도부꾼들과는 성격이 다른 장사꾼들이다. 이런 인물들이 부각되면서 작품의 성격에도 변화가 생긴다. 전반부 『객주』의 특징이라 할 수 있는 장돌림들의 삶의 갖는 비중이 줄고 정치사·시대사가 소설의 중심으로 들어온다. 정치인들이 파당을 짓고, 이익을 위해 권모와 술수를 부리는 후반부의 장면은 장돌림들의 '악행'이 횡행하던 전반부와 다른 느낌을 준다. 장돌림들의 개별적인 인상을 제시해주는 데에 역사소설다운 시대적 의미를 첨가하고자 한 작가의 시도로 볼 수 있다. 이러한 시도에도 불구하고 전반부에 나타난 『객주』 고유의 특성은 오히려 희석되어 버렸다는 인상을 준다.

서사의 진행으로 볼 때 민겸호 등이 등장하는 시점은 지방을 떠돌던 주요 등장인물들이 서울과 경기 지경으로 모이는 시기와 일치한다. 이 부분에서 도부꾼들의 이야기는 역사와 어색하게 만나게 된다. 여기서 민겸호 등의 등장이 이야기의 중심을 잡아주는 역할을 하는 것은 사실이다. 이들의 탐학이 묘사되면서 지방을 떠돌던 보부상들이 함께 모일 수 있는 근거를 제공해 줄 뿐 아니라 어찌 보면 매우 개별적일 수도 있는 개인의 상행위를 좀 더 큰 문제로 엮어 주는 역할을 한다. 이는 소설의 스케일로 보아 어쩔 수 없는 선택이었다고 이해할 수 있다. 이때부터 시대 현실에 대한 비판이 이루어지기도 한다.

　천봉삼의 역할이 갑자기 변화하는 것도 이때부터이다. 서울의 정치 세력과 관계를 맺게 되면서 봉삼은 길소개와 같은 '악인'이 가지고 있는 역동성을 잃어버린다. 신석주의 눈에 들어 세곡선을 이끌고 군산으로 떠나는 장면을 전후하여서는 장돌림들의 삶이 소설 안에서 갖는 의미가 달라지게 된다. 송파의 접주가 되어 보부상의 행수가 되고 평강과 원산의 시장을 개척하는 봉삼의 모습은 매우 영웅적이고 통쾌하지만 비현실적 인물의 무용담으로 흐르는 것 같은 느낌마저 준다. 봉삼이 송파 접주로 자리하게 된 이후로 새롭게 받아들이게 되는 인물들 역시 객주를 지키는 충실한 심복들에 가까울 뿐 악인형 인물이 가지고 있던 활력을 가지고 있지는 못하다. 봉삼과 그의 동료들이 원산에서 외상들을 혼내주는 장면은 갑작스럽기조차 하다.

　물론 악인형 인물에 대한 흥미를 이 소설에 강요할 수는 없다. 악인에 가까운 익센 민초들과, 현실 문제에 정의롭게 내처하는 봉삼과 같은 인물이 균형을 이루고 있다고 평가할 수도 있다. 단지 수많은 사설과 색정 놀음들이 굳이 통일성을 갖지 않아도 좋듯이 그저 산만하게 살아 있는 인물들이 나열되었어도 좋지 않았을까 하는 아쉬움일 뿐이다. 이런 아쉬움은 20년 지난 후의 독자가 상상하는 것일 뿐 이미 존재하는 소설에 부과할 책임이 아니라는 사실도 알고 있다.

4. 맺음말

『객주』에는 소작농을 비롯한 농민이나 지주가 등장하지 않는다. 장돌림이라는 특수한 신분의 사람들을 다루고 있고, 그들을 통해 19세기 후반의 시대 상황을 보여주고 있는 소설이다. 모두 세 부분으로 나누어진 소설에서 1부 '외장'에서는 지방을 떠도는 보부상들의 거친 삶을 다루고 있고, 2부 '경상' 부분에서는 서울을 중심으로, 3부 '상도'에서는 접주로 성장한 천봉삼과 정치의 문란을 다루고 있다. 특히 『객주』다운 흥미를 끄는 부분은 1부이다. 장돌림의 신분에 어울리는 거친 삶을 다루고 있어 독자의 흥미를 끈다. 한 두 사람을 주인공을 내세우기보다 다양한 성격을 사람들을 고르게 묘사해 보여주고 있다. 2부와 3부의 내용은 1부의 그것을 이으면서도 시대 상황에 대한 관심을 한층 높이고 있다.

이 소설에는 딱히 주인공이라 할 사람이 없다. 천봉삼을 주인공으로 보는 데 무리가 없지만, 그가 갖는 비중과 흥미가 다른 인물을 압도하고 있지는 않다. 이는 『객주』가 다른 역사소설과 분명히 구분되는 점이다. 『객주』의 악한 소설적 성격은 이 소설의 장점과 단점을 동시에 설명해 준다. 영웅 소설적 서사가 주는 흥미가 적고 서사의 통일성이 잘 잡히지 않아 자칫 산만하다는 느낌을 줄 수 있다는 것이 단점이라면, 역사나 인물에 대한 일방적이고 편중된 해석을 피할 수 있다는 점이 장점일 것이다.

사람의 창으로 본 세상의 길

이문구 산문집 『나는 남에게 누구인가』

1. 산문이 가진 미덕

이문구는 70년대 이후의 우리 문단을 대표하는 소설가 중 한 사람이다. 배꼽잡고 웃다가 돌아서면 씁쓸해지는 연작 소설 『우리동네』나 농촌 마을의 앞모습 뒷모습 속 모습까지 보여주는 소설 『관촌수필』은 지금까지도 많은 사랑을 받고 있는 소설이다. 그 밖에도 말(言語) 구경하다 자칫 가던 길마저 잊기 쉬운 소설집 『내 몸은 너무 오래 서 있거나 길어왔다』나 장편 『장한몽』, 『매월당 김시습』 역시 그의 대표작으로 꼽을 만하다. 여러 평자들의 지적대로 그의 소설이 가진 장점은 방언의 능수능란한 사용과 인물에 대한 섬세한 표현 그리고 거기서 비롯되는 삶에 대한 과장 없는 해석에 있다.

내게 남아 있는 이문구의 인상 역시 위의 그것과 크게 다를 것이 없다. 연치로나 학연, 지연 어디에도 걸리지 않는 탓에 나는 소설가 이문구와는 작가와 독자 이상의 관계가 되어본 적이 없다. 그의 '특별한' 소설 말고는 그를 특별한 작가로 생각할 이유가 없었던 셈이다. 부모님의 고향이 충청도인 탓에 남들이 알아듣기 어려워하는 그의 사투리를 비교적 쉽게 받아들일 수 있었다는 점 정도가 특별하다면 특별하달 수 있을 뿐이다.

그런 나에게 이문구가 인간적인 관심 대상이 되었던 적이 잠시 있었다. 그것은 『실천문학』 대표 이문구와 『월간문학』의 이문구가 갖는 어긋남에 대한 호기심에서 시작되었다. 이문구는 80년대 중반 가장 진보적이라고 평가되던 출판사의 대표를 맡고 있었고, 그 전에는 오랫동안 '문협' 기관지의 실무를 담당했었다. 나는 두 자리 사이의 연관성을 쉽게 찾지 못했다. 게다가 보수 문인의 대표라 할 김동리에 대한 그의 끝없는 존경 표현은 젊은 문학도를 당황하게 만들었다. 그가 서라벌 예대에서 문학 수업을 했고, 김동리에 의해 문단에 데뷔할 수 있었다는 사실 정도는 알고 있었지만 『우리동네』, 『관촌수필』의 작가와 「무녀도」, 『사반의 십자가』의 작가를 연관시켜 사고하는 데는 적지 않은 시간이 필요했다. '청년문학가협회'의 이데올로그와 『실천문학』 대표 사이의 거리는 더 말할 것도 없었다. 물론 지금은 이러한 생각이 모두 '관념' 우선이 빚은 편견일 수 있다는 점을 받아들이고 있다.

이후 몇몇 자료를 통해 확인해 본 그의 삶은 그것이 최소한 확보하고 있어야 할 상식적, 윤리적 요구에 적절히 부응하고 있었다. 자신이 선 자리가 어디든 그 자리에 맞는 옷을 입고 그 자리에 어울리는 목소리로 최선을 다하며 살아온 평범한 이들의 삶을 그에게서 확인하게 되었다. 고마운 사람에게 감사하고 옳지 못한 세상에 동의하지 못하는 그의 평범하지만 일관된 생각은 『실천문학』과 『월간문학』 사이에서도 균형 감각을 잃지 않게 만들어주었던 것이다. 거창한 이름으로 살아가지 않는 사람들에게 거창한 구분은 오히려 중요한 기준이 되지 못했을지 모른다. 어느 편에 서든 그가 무엇을 많이 얻어 들였다는 이야기를 듣지 못했다.

이문구 산문집 『나는 남에게 누구인가』는 작가에 대한 이러한 생각을 확인할 수 있는 책이다. 작가가 관찰한 사람들의 모습을 보는 것이 소설 읽는 맛이라면 산문을 읽는 재미는 글을 쓰고 있는 사람의 생각을 들여다 볼 수 있다는 데 있다. 산문은 대부분 '나'의 이야기로 채워지기 마련이고 남의 이야기를 하더라도 글 쓰는 이의 판단과 감상을 읽어내기 수월한 양식이기 때문이다. 그가 무엇을 좋아하는지 무엇을 혐오하는지, 나아가 사물을 대하는 태도나 사람들을 만나는 방식이 어떠한 지까지도 알 수 있는 것이 산문이다. 이 책의 글들도 산문의 이러한 미덕을 고스란히 지니고 있다.

연작소설이나 장편소설과 달리 이 책에는 줄거리를 잡아 설명할 일관된 주제가 없다. 그도 그럴 것이 어떤 글은 잡지사의 청탁에 의해 마지못해 썼을 터이고 어떤 글은 심사나 수상에 이어지는 의무적인 답글이었을 것이다. 사람에 대한 글, 자기 신상에 대한 글, 시감(時感)을 적은 글들이 다양하게 섞여 있다. 글을 쓰는 '나'의 형편이 다르고 글이 다루어야 할 대상의 형편 역시 다르기에 이는 피할 수 없는 한계로 보아야 한다.

그렇다고 이 책에 실린 글들에 최소한의 공통점이 없는 것은 아니다. 그가 가까이 했던 문학과 사람에 대한 생각과 관심을 확인할 수 있기 때문이다. 특히 '사람'에 대한 작가의 지속적인 관심은 매우 인상적이다. 이 책의 내용만을 놓고 말한다면 이문구에게 사람은 세상을 보는 창인 동시에 세상을 받아들이는 창이기도 하다. 그를 감동시키는 것도 사람이고 그에게 실망을 주어 비판의 칼을 갈게 하는 것도 사람이다. 그에게 세상에 대한 관심은 곧 사람에 대한 관심으로 수렴될 수 있다. 이 책을 읽으며 우리는 사람을 통해 세상을 보고 있는 이문구라는 작가를 발견하게 된다.

2. 이문구가 본 사람들

이 책은 크게 세 부분으로 나뉘어 있다. 첫 번째 부분 「가난한 사랑노래」는 문학에 대한 작가의 생각이나 문단생활과 관련된 글들로 구성되어 있다. 두 번째 부분 「끝장이 없는 책」에는 문학 제도 등에 대한 글들이 세 번째 부분 「열보다 큰 아홉」에는 신변에서 벌어진 다양한 사건에 대한 수상을 기록한 글들이 실려 있다. 대부분의 글이 1990년대 중반에 집필되었다.

작가라는 직업을 연상할 수 있는 글들은 주로 『가난한 사랑노래』에 실렸는데, 문학과 관련된 이러저러한 생각들을 엿볼 수 있는 글들도 몇 편 찾아볼 수 있다. 그렇다고 작가가 문학 또는 소설에 대해 논리적이고 구체적인 이야기를 풀어놓고 있는 것은 아니다. 어린 시절의 독서 경험에 대해 말하거나(「이야기책과 애늙은이」) 작품 창작에 얽힌 뒷이야기를 들려주는(「창비의 보릿고개와 보리밥」, 「『산 너머 남촌』의 주변」, 「추억 만들어주기」) 후일담에 가깝다. 해인사 말사인 원당암에서 "한 달 동안에 나는 단편소설 열세 편을 습작하였다"고 습작시절의 기억을 되살리는 글(「젊음을 밑천으로」)이나 신경림과 임강빈의 인상을 추억하는 글도 자기 문학에 대한 직접적인 언급은 아니다.

그래도 소설에 대해 언급한 몇 몇 글들은 그의 소설을 이해하는 데 도움을 준다. 그의 소설에 등장하는 평범하다 못해 속물스러운 인물들의 모습은 다음과 같은 작가의 생각에서 비롯되는 듯하다.

> 하나를 보면 나머지도 미루어서 짐작이 가는 것이 바로 인생살이 아닌가. 나는 어떤 신분도 미화하지 않으며 성역화하지 않는다. 작중 인물을 조작하지 않는 것이다. 작중 인물도 관념의 껍질로 만들어진 자와 현실의 흐름을 타고 태어난 자는 그 인성이 다르기 때문이다. (「내 작품 속의 주인공들」)

인물이 관념적으로 조작되었다는 인상만큼 소설의 흥미를 떨어뜨리는 요소는 없다. 소설의 발전과 융성이 구체의 장점에서 얻어진 것이기에 소설 속 사건과 인물은 현실의 그것보다 훨씬 더 그럴듯해야 할 것이다. 위 글은 인물의 현실성을 확보하는 일이 소설의 성패와 관계되어 있음을 이야기하는 부분이다. 이문구는 소설 속 인물이 어느 때 어느 곳에서 살았을 듯한 인물이어야 한다고 생각한다. 주변에 늘 있었던 사람이지만 실제로 찾아보면 똑 같은 사람을 찾기 어려운 그런 인물이 자신의 소설 속 인물이라고 말한다. 실제로 그의 소설에는 턱없이 착하거나 이유 없이 악한 사람이 별로 등장하지 않는다. 이는, 그의 말을 따르면, '신분의 미화나 성역화'와의 거리두기와 관계된다. 실제로 그의 소설에서 품위 있는 체하는 높은 신분의 사람이 등장하는 경우를 찾기란 쉽지 않다. 재래시장이나 농촌마을에서 언제나 볼 수 있을 법한 평범한 민초들의 모습만이 가득하다.

그렇다면 어떤 사람이 등장하는가와 함께 그들의 삶의 행태가 어떠한가도 인물을 평가하는 데 매우 중요하다. 이에 대해 다음 발언을 참고해 볼 필요가 있다.

> 무릇 시골뜨기나 서울내기나 사는 것이 오늘보다 내일이 더 낫기를 바라는 데에는 차이가 없을 것이다. 그들은 분에 맞지 않게 큰 것을 바라지 않는다. 현실성을 벗어나서 헛된 욕심을 부리지 않는 것이다. 밖에서 떠드는 변혁이란 말도 물론 귀담아 듣지 않는다. 바라는 것은 열에 일고여덟이 '남들이 하고 사는 만큼' 정도가 고작이다. 6·29 이후에 번창한 외식업소와 전국의 도로가 수자장으로 놀번한 사실만으로도 알고 남음이 있는 일이다. (「내 작품 속의 주인공들」)

이문구 소설에 거창한 이데올로기가 없는 이유를 위 글로 설명할 수 있다. 그가 관심을 갖는 것은 개개인이 일상생활에서 느끼는 현실성이 무엇인지이다. 세상이 변하면 그 변화를 받아들여 때로는 천박하게 때로는 소심하게 반응하는 것이 '시골뜨기나 서울내기'가 사는 형편이다. 이룰 수 있는 것만 욕망하는, '헛된 욕심'을 부리지 않는 삶의 방식은 그들을 때로 보수적인 쪽에 서게 만들기도 하고, 소비의 주체로 세우기도 한다. 이것이 이문구가 생각하는 미화되지 않은 사람들의 현실적인 모습이다. 그의 소설 속 주인공들이 매우 속물스럽게 보이는 이유가 작가의 이러한 인물 철학과 무관하다고 보기는 어렵다. 농촌을 다룰 때 '가능성'과 '현실'을 함께 이야기하던 시절에도 작가는 보이는 만큼 비판하고 보이는 만큼 조롱하는 일에 만족했다. 경험으로 알 수 있는 것을 표현하고, 관념으로 재단하는 모험을 피했다. 현실의 모든 사람들이 위와 같다고 말할 수야 없겠지만 우리 주변을 과장 없이 표현한다면 한 자리를 차지해야 할 인물들임에 분명하다.

인물에 대한 이러한 생각은 작가의 구체적인 체험과 관계된다. 누군가의 말대로 소설가는 경험을 ●산으로 하고 엉덩이를 무기로 글을 쓰는지도 모른다. 다음 글에서는 경험을 강조하는 작가의 생각을 읽을 수 있다.

> 작가가 주인공으로 나오는 응모 소설에서 주인공이 쓰고 있는 소설의 내용이며 집필 자세를 보면, 그 주인공이 작가 된 신분으로 나올 수밖에 없었던 사정이 대개 응모자의 후천성 산 체험 결핍증에서 비롯된 것으로 짐작할 수가 있었다.
>
> 그런 소설은 주인공을 일인칭으로 하는 것이 보통이다. 그렇게 소설의 용량을 사소설적인 구도로 축소한 경우에는 이야기 전개에서 편의주의로 흐른 듯한 혐의가 따르게 마련이며, 아울러서 응모자의 안이한 태도를 가늠할 수 있는 조건 가운데의 하나로 떠오르기도 한다.
>
> 그런 소설은 작중 인물의 부조에서 내적인 앙금보다 외적인 거품이 한층 두드러지게 마련이다. 이 거품은 필요 이상으로 동원된 각종 정보의 나열과 선진국의 개성주의를 도입하여 한국적인 개인주의로 개조한 생활양식의 허구성이다. 응모자의 아류 지향의지를 대변하는 전형적인 서술 형식의 하나이기도 하다. (「영상시대의 길목에서」)

1994년 신춘문예 심사를 마친 심정을 쓴 글이다. 작가가 주인공으로 등장하여 사소설적인 성격으로 전개되는 소설에 '후천성 산 체험 결핍증'이라는 꼬리표를 달고 이런 소설에는 내적인 앙금보다 외적인 거품이 한층 두드러진다고 말한다. 그가 강조하는 것은 경험적 현실이고 그것은 관념으로 외부에서 들어온 것이 아니어야 한다. 구체적 인물을 통해 소설이 꾸며져야 한다는 그의 일관된 생각을 읽을 수 있는 부분이다. 위에서 말한 '한국적인 개인주의'의 존재를 어떻게 판단해야 할지는 논란의 여지가 많겠지만 타인에 대한 관찰과 관심은 소설에서 백번 강조되어 마땅한 요소이다.

소설에서 인물과 경험에 대한 남다른 관심은 작가의 어린 시절 체험과도 관계되는 듯하다. 그는 어린 시절 고전 소설들을 통해 이야기의 맛을 알았다고 하고, 본격적인 소설로 처음 좋아하게 된 것이 채만식의 작품이었다고 한다. 본래 고전 소설을 읽는 재미는 옛이야기를 듣는 재미와 크게 다르지 않다. 인물과 인물이 엮어나가는 사건의 연속이 대부분의 고전 소설이 취하고 있는 구성방식이기 때문이다. 또 채만식 소설은 과거의 이야기 전통을 비교적 잘 유지하고 있는 것으로 유명하다. 고전 소설은 근대문학을 쉽게 접하기 어려웠던 그의 성장 배경과 관계된 것이고 채만식 소설에 대한 관심은 지역적·정서적 동질성과 무관하지 않다. "족보는 윤직원네와 다르더라도 그 일어서고 자빠지고 한 빌미가 윤직원네와 사돈이나 했으면 십상 좋은 집안이 고향에 여럿이나 있었던 것도, 이 작품에 재미 들리게 된 또 다른 이유"라고 술회하고 있으니 말이다.

3. 세상을 보는 다른 시선

표제이기도 한 「나는 남에게 누구인가」에서는 작가가 세상을 대하는 시각의 일단을 확인할 수 있다.

> 우리 같은 보통 사람은 대개가 어떤 감동적인 일에 약하다. 하찮은 감동에도 쌓인 피로가 풀리거나 맺힌 응어리가 단숨에 녹아 버리기도 한다. 그래서 어떤 감동적인 일과 만나기를 은연중에 기대하면서 그날의 일과를 시작한다. 그렇지 않다면 그날이 그날 같은 일상적인 하루를 따분하고 성가시고 피곤해서 어떻게 참고 어떻게 견디고 어떻게 지탱할 것인가. (…중략…)
> 우리는 그 직장이 무엇을 하는 직장이든 그 직장의 구성원에게서 지성미와 교양미와 건강미와 청결미와 세련미를 느낄 때 신선한 감동을 받는다. 그리고 그것이 지금의 자기가 남에게는 누구인가를 스스로 느낀 직업의식과 자기의식에서 자연스럽게 우러난 것임을 확인할 때 다시금 감동을 받는 것이다. (「나는 남에게 누구인가」)

세상을 보는 이문구의 눈은 철저하게 사람들을 향해 있다. 때문에 그가 느끼는 감동도 대부분 사람들의 행동에서 얻어지는 것이다. 지갑을 찾아준 택시기사, 용감하게 도둑을 잡은 방범대원, 부정의 유혹을 뿌리친 공무원 등이 그에게는 모두 감동을 주는 사람들이다. 사실 감동은 막연한 세상살이에서 오는 것이 아니라 그 안에서 부딪치는 사람과 사람의 관계 안에서 생기기도 하고 사라지기도 하는 것이다. 그가 천상소설가일 수밖에 없는 이유를 여기에서 찾는다 해도 무리는 아니다. 세상이 경쟁의 장 이상이 아닌 사람들에게 숨겨진 감동을 전해주는 일이 소설쓰기 아니겠는가. 감동을 주는 사람들은 자신의 자리에서 자신의 본분을 아름답게 소화하고 있는 사람들이다. 그가 감동을 느끼는 조건으로 제시한 "지성미와 교양미와 건강미와 청결미와 세련미"는 고상함과 우아함에 닿아 있는 말이 아니라, 타인과의 관계에서 자신의 위치를 어떻게 생각하고 행동하는가와 직접 연결된다.

남에게 누구인가라는 질문은 타인을 비판하는 기준이 되기도 한다. 비판할 사람과 사건이 한둘이며 한두 가지이겠는가 만은 이문구의 글에서는 자신의 위치를 망각하고 있는 사람들에 대한 비판이 유독 눈에 띤다. "친애하는 국민 여러분이 쉴 새 없이 뭐라고 해도 '너 해라 나 듣지'하며 입을 꿰매고 있는" 전 대통령이나, "술상머리에서 첫잔을 들 때마다 늘 덩달아서 '위하여!'하고 건성으로 외쳐 온 그 허텅짓거리"의 위원들이 모두 남에게 자신이 어떻게 비칠지 모르는 사람들이다. 해외 유명 연예인의 방문을 과소비와 풍기 문제로 반대하는 이들에게 대한민국의 끔직한 윤리를 대비시켜 보여주는 것도 같은 의도이다.

그렇다고 "남에게 나는 누구인가"라는 질문이 남의 시선을 의식하고 살라는 식의 초등 윤리적 차원에 머무는 것은 아니다. 오히려 이름에 값하는 스스로의 존재 의미를 묻는 일에 가깝다. 남의 시선이나 남에 의해 불리는 형식은 별로 중요하지 않을 수도 있다. 직업 명칭에 대한 다음의 단상에는 이런 생각이 그대로 드러난다.

> 부르는 말이나 불리우는 말이 바뀌면 정말 부르기도 어색하지 않고 직업에 자부심도 갖게 되는 것일까. 그리하여 행세하기도 떳떳하고 겸하여 살림살이의 셈평도 펴이게 되는 것일까. 그렇다면 작으나 좋을까만 말이 바뀌면서 직업도 바뀐다면 모를까 실제로는 그렇지만도 않을 것이다. (…중략…)
> 그러나 청소부를 청소원에서 환경미화원으로, 복덕방장이를 부동산중개인에서 부동산중개사로 살수록 높임말을 갖다 붙인다고 해도 노농부의 해석처럼 직업이 '이익을 위해 같은 일을 되풀이하는 종류의 일' 일진대 명칭이야 무엇이든 직업에 대한 자부심은 스스로 우러나는 것이지 남들의 어색하지 않은 말에서 생겨나는 것은 아닐 것이다. (「말과 미신」)

직업에 대한 호칭을 바꾸는 일이 야단스럽게 벌어지고 있을 때 호칭을 바꾸는 일이 그렇게 중요한가에 대해 의문을 제기하는 사람들이 많았다. 그들의 대부분은 기왕에 사용하던 것을 새것으로 바꿀 경우에 오는 불편함에 대해 지적하였다. 혹자는 직업에 어울리는 '격'을 말하기도 하였다. 그러나 위 글에서 가장 주목하는 것은 그러한 호칭의 변화와 '실제'의 변화 사이의 관계이다. 사실 호칭의 변화가 끌어낼 수 있는 것은 그리 많지 않다. 직업에 대한 자부심은 그 일을 하고 있는 사람들의 의식이나 사회적 대우에서 발생한다. 사회적 대우의 많은 부분은 직업과 연관된 '살림살이의 셈평'과 무관하지 않다. 더 중요한 이것들에 대해 관심을 갖지 않고 호칭문제로 시끄러운 것은 전말의 전도이고 일부에게는 호도가 될 수도 있는 일이다. 사람들은 무엇으로 사는가에 대해 생각한다면 괜한 야단으로 보일 수도 있다.

남에게 나는 누구인가를 묻는 질문은 이러한 겉의 변화와는 구분된다고 할 수 있다. 오히려 남들의 잘못된 시선을 과감히 거스를 수 있는 것이 '나'의 자리를 잘 찾는 일이 될 수도 있다. 예를 들어 아름다운 농촌, 평화로운 전원의 풍경을 상상하는 도시인들의 생각은 농부인 '나'를 판단하는 데 아무런 도움을 주지 못한다. 그들이 원하는 박이 열린 초가지붕이 농부의 함석지붕을 대체할 수는 없는 일이다.

세 번째 부분의 제목이기도 한 「열보다 큰 아홉」에서 작가는 아홉에 대해 다음과 같이 말한다.

> 열이란 수가 넘치지도 않고 모자라지도 않고, 또 조금도 여유가 없이 꽉 찬 수, 그래서 다음도 없고 다음 다음도 없이 아주 끝나버린 수라는 점에서, 아홉은 열보다 많고, 열보다 크고, 열보다 높고, 열보다 깊고, 열보다 넓고, 열보다 멀고, 열보다 긴 수였으며, 그리하여 다음, 또는 그 다음, 그도 아니면 그 다음 다음을 바라볼 수 있는, 미래의 꿈과 그 가능성의 수였기에, 슬기롭고 끈기 있는 우리의 선조들에게 일찍부터 열보다 열 배도 넘는 사랑을 담뿍 받아왔던 것입니다. (「열보다 큰 아홉」)

위 글은 청소년들을 향해 미래에 대한 희망을 가지라는 취지로 행한 연설문의 일부이다. 가득 찬 열보다 조금 모자란 듯한 아홉이 더 사랑스러울 수 있다는 내용을 담고 있다. 그런데 이는 미래의 주역들에게 희망을 주기 위한 입에 발린 소리로만 들리지는 않는다. 사람을 보는 작가의 태도와도 통하는 면이 있어 보인다. 사람은 미래를 위해 현재의 아홉을 감수하는 수도 있지만 평생 열이 못되고 아홉만으로 살아야 하는 경우가 더 많다. 이 경우 아홉은 과연 가능성만으로 소중하다고 말할 수 있는 것일까? 아홉은 아홉 대로 소중해야 한다. 흔히 말하는 장삼이사들이 모두 아홉으로 사는 인생들이다. 그들은 "오늘보다 내일이 더 낫기를 바라"지만 실제로는 남들처럼 살아가기도 벅찬 사람들이다. 선조들이 아홉을 사랑했듯이 작가 이문구가 사랑하는 것도 역시 이 아홉이 아닐까 하는 생각을 해 보게 된다. 잘난 무엇은 못 되어도 자신의 자리에서 남에게 손가락질은 받지 않고 살아가는 그런 사람들이 바로 아홉이다.

그의 소설과 마찬가지로 농업과 농민을 빼놓고 『나는 남에게 누구인가』를 이야기하기는 곤란하다. 「농업은 외롭지 않다」, 「농민의 고통을 분담할 때다」와 같이 제목부터 농업과 농민을 찾는 글에서부터 '권농일'을 통해 농사의 소중함을 이야기하는 「들바라지의 문화」나 농부의 직업병을 말하는 「농부증」 같은 글들도 농촌의 삶과 관계되어 있다. 모두 『열보다 아홉』에 실린 글들이다. 그가 관심을 갖는 것은 포장되고 미화된 농촌이 아니라 실제 형편 그대로의 농촌이다. 그렇기에 작가에게 농촌은 특별히 아름다운 곳이 아니라 그저 사람들이 살아가는 삶의 공간일 뿐이다. 그래서 "그들이 안디고 이는 농촌과 그들이 비리는 농촌은 생전 가도 변하지 않는 농촌, 언제까지나 생긴 그대로 있어야만 옳은 농촌"(내 작품 속의 주인공들)이었다고 하여 농촌에 대한 세상 사람들의 무지와 무관심을 꼬집을 수 있는 것이다.

4. 이문구를 읽는 재미

이문구의 글을 읽고 문체 이야기를 하지 않을 수 없다. 이문구의 글을 읽는 재미는 문장을 읽는 재미이다. 이는 소설에 한정되는 문제가 아니며 산문에도 그대로 적용할 수 있다. 도대체 다른 글에서는 보기 어려운 비유들이 그의 글에서는 흔하게 잡힌다. "교과서가 아닌 책을 구경하기가 지나가다 점잖은 상이군인을 만나보기 만큼이나 어렵던 시절이었다"(「이야기책과 애늙은이」)거나 "돈 취하러 온 사람 앉혀놓고 취해 줄 돈이 없어서 무색해진 자리처럼"(「이야기책과 애늙은이」)이라는 비유는 실제로 상이군인의 무례한 모습을 상상하거나 가난이 가난을 만났을 때의 동병상련의 난감함을 경험해 보지 않고는 쓰기도 느끼기도 어려운 표현들이다. 이는 대상을 향한 공격에도 적용되는데, "불법이 헌법을 업신여겨 세상을 호령하고 있는 판국에 글자 한 자쯤 어깃장을 놓았다고 문법의 대세에 무슨 지장이 있겠는가 하는 심사였다"(「욕된 시대의 고통과 희망」)는 말은 단순한 객기의 표현인 것 같지만 씹어야 느낄 수 있는 뼈가 들어 있는 말이다.

문장만이 아니라 글을 구성하는 방식도 독특하다. 소설을 읽을 때도 느끼는 바이지만 이문구 글의 본론에 다가가기 위해서는 주변을 한참 돌아야만 한다. 서론의 사설을 건너고 건너야 이야기의 핵심에 다가설 수 있는 것이다. 소설의 경우 이문구의 사설은 인물들의 다변이나 삐딱한 언쟁으로 나타나곤 한다. 짧은 산문에서도 이는 예외가 아니다. 「천당보다 지당」은 농민의 소득증대를 빌미로 행해지는 개발과 그것이 낳을 수질 오염에 대해 경고하는 글이다. 그러나 이러한 현실에 대한 비판은 실제 마지막 한 문단에 집중되어 있고 나머지는 거기에 이르기 위한 과정들이다. 7개의 문단으로 이루어진 이 글은 순서대로 "① 면적이 큰 나라에 대한 부러움 ② 프랑스 핵 폐기물 문제 ③ 북경의 물 부족에 대한 인상 ④ 생수를 그리워한 경험 ⑤ 우리나라의 물 형편 ⑥ 산천을 학대하는 현재 ⑦ 개발보다 물 살리기가 우선" 순이다. 작가는 하고 싶은 말을 위해 멀리 돌아오고, 독자는 돌아가는 자의 여유를 자연스럽게 누리게 된다.

이문구의 글은 많은 비유의 사용과 머리가 무거운 구성으로 인해 효율성과는 애초에 거리를 두고 있다. 어디 글의 형식 만이겠는가. 그의 글에 등장하는 인물도 똑똑하고 냉철한 것과는 거리가 멀다. 앞줄에 선 경험이 적은 그저 그런 사람들에 대한 기록이 그의 글이다. 하지만 그가 사람을 판단하는 기준은 사람들이 선 자리에 있지 않다. 그 자리에서 "나는 남에게 누구인가"를 질문하는 자세를 가지고 있느냐가 더 중요한 문제가 된다. 소설이든 산문이든 그의 글이 독자를 끌어들이는 이유가 이런 작가적 태도에서 비롯되는 것이 아닐까 생각한다.

4
부

잡지의 서적 광고를 통해 본 근대
『청춘』과 『개벽』을 중심으로

철도와 일상으로 본 근대
이기영 장편소설 『新開地』 연구

노동소설의 성장소설적 성격

잡지의 서적 광고를 통해 본 근대

『청춘』과 『개벽』을 중심으로

1. 연구의 방향

이 논문은 근대 초기 잡지에 실린 서적 광고를 통해 '근대'가 개인과 사회 속에 어떻게 내면화 되었는가를 살피기 위한 글이다. 이는 좁게는 상품을 광고하는 광고주들[1]의 생각을 읽어내는 작업이 될 것이며 넓게는 근대가 대중들의 삶 속으로 내면화 되는 과정을 추적하는 작업이 될 것이다.

근대 초기의 광고가 어떤 목적과 방법으로 소비자를 자극했는지를 살피는 일은 근대의 내면화 과정을 추적하는 매우 유용한 통로가 될 수

---

[1] 많은 경우 광고주는 잡지사와 겹친다. 이 글에서 살피게 될 『청춘』과 『개벽』의 경우 다수의 광고가 잡지의 모(母)출판부에서 발행된 책이었다. 이에 대해서는 본론에서 다시 살필 것이다.

있다. 광고는 소비자의 취향과 함께 취향을 이끌어가는 '앞선' 사람들의 의식을 읽을 수 있는 텍스트이기 때문이다. 주지하다시미 근대 초기 잡지에 실린 서적 광고는 단순한 상품 광고 이상의 의미를 가지고 있었다. 이는 상품으로서의 서적이 갖는 특수성에서 기인하는 바, 서적은 단순히 소비되는 물건이 아니라 근대를 보급하는 중요한 매체이기도 했기 때문이다. 애초에 출판 '운동'이 '민족 자강과 계몽의 열정'의 의해 이루어졌기에 그 광고의 내용에도 다른 상품의 광고가 따르지 못하는 절실함과 의지가 담겨 있었다. 비록 모든 서적이 계몽적 의도에 의해 출판된 것도, 모든 서적 광고가 그것을 표나게 내세운 것도 아니지만 잡지의 서적 광고에 공통적으로 흐르고 있는 시대정신은 광고를 광고 이상의 것으로 여기게 만들었다 할 수 있다.[2]

이 글이 다양한 광고 매체 중 잡지를 텍스트로 삼은 이유는 광고가 갖는 상업적 성격과 당시 서적이 갖는 계몽적 성격을 균형 있게 살펴보는 데 신문보다 잡지가 유용하다고 판단했기 때문이다. 물론 신문에 실린 광고와 잡지에 실린 광고가 그 본질에 있어 큰 차이가 있는 것은 아니다. 오히려 자본주의 시대의 꽃으로서 광고는 신문에 더 잘 어울린다고 볼 수도 있다. 광고의 양과 대중적 영향력에서 신문의 그것이 잡지의 그것에 비해 우월했으리라는 짐작도 가능하다. 신문은 발행부수도 많았을 뿐 아니라 발행 횟수에서도 잡지와 비교할 수 없었다. 그럼에도

---

[2] 광고주들에게 서적 생산은 경제적 이익을 얻기 위한 수단이라는 의미 외에 시대가 필요로 하는 지식과 감상의 보급을 의미했다. 또 소비자들에게 서적은 변화하는 세계에 적응하기 위한 학습의 도구임과 동시에 새로운 정보의 보고였다. 여기서 서적을 통해 긴급히 보급되고 학습되는 각각의 내용들을 통칭하여 '근대'라 부르는 데 무리가 없을 듯하다. 출판이 박래적 성격을 갖는 제도였다는 사실은 '근대'가 박래적 성격을 띤 것과 크게 다르지 않았고, 서적들이 전하고자 한 '필요'하고 '긴급'한 것의 내용이란 이 '근대'라는 제도와 다르지 않았다. 따라서 서적 광고가 주장하고 있는 내용들은 그것 자체로 내면화된 근대의 한 표현이라 할 수 있으며 광고를 통해 이루어지는 작업 역시 근대의 내면화 작업이었다 할 수 있다. 근대에 대한 광고주들의 의식은 소비자들에게 전파되어 더욱 제도화된 근대의 상으로 확정되어 갔다.

불구하고 당시 잡지가 갖는 매체적 특수성은 잡지 광고를 떼어 연구해야 하는 충분한 의미를 부여한다. 잡지의 독자층은 신문의 독자층에 비해 매우 제한되어 있었는데, 그 제한은 광고에도 영향을 미쳤던 것으로 보인다. 신문이 일회적이며 동시에 연속적이라는 특성을 갖는데 비해 잡지는 발행의 목적이 뚜렷했고 독자들의 성향도 신문 독자들의 그것보다 분명했다고 할 수 있다. 또 잡지는 신문에 비해 제도적 지식, 혹은 지식의 제도화에 보다 깊은 관심을 가진 매체였다. 체계화된 근대지식의 구축과 그것의 사회적 보편화라는 사명에 대한 근대 초기 잡지 편집인들의 문제의식은 분명했다.3) 형식 측면에서도 신문과 잡지의 광고에는 차이가 있었다. 신문 광고가 이미지에 의지하는 짧은 광고 위주였던데 비해 잡지 광고는 전달하고자 하는 내용을 상세히 풀어 설명해 주는 방식을 택했다. 신문 광고가 상품의 이미지와 인상을 통해 소비를 부추겼다면 잡지 광고는 상품의 특성을 설득하기 위해 독자에게 '호소'하려 했던 셈이다.

본 논문에서 전제하고 있는 '근대 사상'의 내용은 사회진화론−개조론−문화운동론으로 이어지는 민족주의 우파의 '실력양성 운동론'이다.4) 이는 국내에서 무장 투쟁의 운동방식이 잦아들고 1920년대 중반 사회주의가 본격적으로 소개되기까지 우리 지식인들이 민족을 고민하고 독립을 고민했던 중심 사상이기도 하다. 서적 광고의 양상과 주요한 서적 광고의 내용 분석을 통해 근대에 대한 이러한 생각들이 어떻게 광범위하게 내면화되는지 확인하게 될 것이다.

---

3) 한기형, 「근대잡지와 근대문학 형성의 제도적 연관」, 『대동문화연구』 제48집, 2004, 36면.
4) 사회진화론, 개조론, 문화운동론은 민족주의 우파의 사상이라는 면에서는 함께 이야기 될 수 있지만 사상사적인 면에서 함께 묶기에는 역사적 배경과 관심의 초점이 다르다고 할 수 있다. 여기서는 전반적인 흐름을 이야기하자는 것이지 각각의 차이를 무화시키자는 것은 아니다. 광고나 논의의 성격에 따라 구체적인 적용은 달라져야 할 것이다.

2. 근대 제도로서의 광고

근대가 제도를 통해 시작되는지, 제도로서 완성되는지 분명히 구분하여 말하기는 어렵다. 이 때 제도는 주체의 필요에 의해 생산된 것이기도 하고 타자에 의해 강요된 것이기도 할 터인데, 단순히 그 선차성을 말하는 것은 그리 유용한 일이 아니다. 근대란 기본적으로 혼란과 혼합, 그리고 과거·현재·미래의 동시성으로 현상하는 것이 보통이기 때문이다. 특별히 시대적 요구에 선구적으로 반응하는 몇몇 집단과 개인을 제외하고는 이러한 비동시적 동시성 속에서 만들어지는 근대 제도를 다시 자신의 것으로 내면화 하는 순환이 근대 경험이라 할 수 있다.

그러나 우리의 경우 근대를 이야기한다면 무엇보다도 근대 제도를 문제 삼아야 한다. 우리가 피부로 경험하게 된 근대는 역사철학적 의미로 설명되고 내적 특수성의 발현으로 자연스럽게 이루어진 그것이 아니었다. 우리에게 근대는 문명과 야만의 이분법, 발전과 쇠퇴의 이분법 속에서 앞선 것과 뒤진 것을 구분하는 절대적 기준이 되는 척도로서 받아들여졌다. 혼합과 비동시적 동시성 속에서도 근대 제도는 그것 자체로 문명의 기호로 해석되었다. 비록 이 문명의 기호들은 우승열패(優勝劣敗)의 사상에 일방적으로 기울어져 있었고, 열(劣)을 우(優)로 만들 수 있는 유일한 방법으로 여겨졌지만 말이다.5)

근대에 대한 이러한 생각은 근대 초기 광고에서도 그대로 드러난다. 광고기 기본적으로 상품 구매를 독려하는 제도임에도 불구하고 그것은 실용의 측면과 함께 열(劣)을 이기고 우(優)가 될 수 있는 방법을 애써 강조하고 있다. 이는 서적 광고에서 특히 두드러진데, 서적 광고는 단순히 서적의 내용을 전하는 데 그치는 것이 아니라 서적을 통해 무엇을 얻을

---

5) 우승열패의 신화에 대해서는 박노자, 『우승열패의 신화』(한겨레신문사, 2005), 『나는 폭력의 세기를 고발한다』(인물과사상사, 2005) 참조.

수 있는지, 우리에게 서적의 내용이 왜 필요한지를 끊임없이 이야기하고 있다. 일상생활의 도움이 된다는 것 외에 '특별한 목적'을 전제하고 있으며 그것은 우리가 따라가거나 이루어야할 근대라는 목표와 긴밀하게 연관되어 있었다.

1) 근대 초기 서적 광고의 특성

광고가 자본주의 근대를 대표하는 제도의 하나인 이유는 그것이 상품과 직접 관계되어 있기 때문이다. 대량으로 생산된 상품을 판매할 소비자를 찾는 작업이 광고이며, 광고의 안내에 따라 소비자는 상품의 순환에 참여하게 된다. 우리나라 최초의 상품 광고가 실린 신문은『한성순보』1886년 2월 22일자(제4호)인데, 이 신문 17 · 18면에는 '德商 世昌洋行 告白'이란 첫줄로 시작된 24줄 광고가 게재되었다.[6] 세창양행은 개항 이후 인천에 지점을 두고 조선에 물품을 판매하던 독일계 상점이었다.[7]

1900년대 이후 광고를 이끌어 간 매체 역시 신문이었다.『한성순보』등 개화기 신문은 물론『동아일보』,『조선일보』등의 신문은 적극적으로 광고를 실었다. 1920년대에는 이미 광고의 과잉과 신뢰성을 문제 삼을 정도에 이른다. 신문에 실린 광고의 대부분은 '서양 문물'로 여겨지던 '새로운 물건'들을 소개하는 것이었다. '아지노모도', 약품, 화장품, 술, 구두, 모자 등이 가장 자주 등장하는 광고 물품이었다. 그 밖에 서적

---

6) 신인섭 · 서범석 공저,『한국광고사』, 나남출판, 1998, 27면.
7) 1880년대 초에 이르러서는 일본 상인은 물론이거니와 독일계의 세창양행(Edward Meyer), 영국의 이화양행(Jardine Matheson), 광창양행(Bennet & Co), 함릉가양행(Homele Ringer & Co), 미국의 타운선양행(Townsend & Co) 등이 인천항에 진출했다(조기준,『한국 자본주의 성립사론』(대왕사, 1977, 277~279면), 신인섭 · 서범석 공저,『한국광고사』(나남출판, 1998, 21면)에서 재인용).

이나 상회 광고 등도 자주 볼 수 있다.[8]

출판은 시대적 요구였고, 계몽의 담론은 출판 광고에도 담겨 있었다. 신문의 출판 광고 유형은 두 가지로 나타나는데, 여러 발매소들이 서적 한두 종의 내용을 간략히 소개하는 경우와, 특정 서포가 자사의 판매 도서목록을 광고하는 경우가 그것이다. 도서목록에는 권수와 정가가 명시되어 있었다.[9] 잡지의 경우도 크게 다르지는 않았다. 그러나 매체 특성상 잡지에는 신문보다 적은 수의 광고가 넓은 지면을 차지하게 되는 것이 보통이다. 그에 따라 책 광고 역시 신문보다 여유 있게 실릴 수 있었다. 광고 내용이 한 페이지를 넘어가는 경우는 물론 다섯 페이지짜리 광고까지 볼 수 있었다.[10] 신문의 광고 역시 글을 읽을 수 있는 소수를 대상으로 하고는 있었지만, 잡지의 광고는 더욱 제한된 독자를 대상으로 하고 있었다.

이 시기 서적 광고에서 전제하고 있는 것은 각 개인들이 독서를 통해 무엇을 얻을 수 있을까 하는 실용의 측면이었다. 개화기 이전 독서는 세계에 대한 이해와 개인의 수양을 위해 행해지는, 교환 가치로 수렴되기 어려운 행위였다. 예전의 독서는 자체로 지고한 가치를 가지고 있었으며 그것을 통해 세속적인 무엇을 얻으려는 목적을 갖지는 않았다. 그러나 근대의 책은 상품이자 매체이면서, 또한 일종의 도구로 여겨졌다. 근대의 모든 책은 '매뉴얼manual'의 의미를 지니고 있어서, 책 속에 담긴 지식과 정보는 모두 무엇인가를 위한 기능적 가치를 지닌 것이었다.[11]

실제 서적 광고를 통해 볼 때, 이 시기라고 해서 근대적이라 불릴 만

---

8) 근대 초기 광고에 대해서는 신인섭·서범석 공저, 『한국광고사』(나남출판, 1998), 마정미, 『광고로 읽는 한국 사회문화사』(개마고원, 2004), 김태수, 『꽃가치 피어 매혹케 하라』(황소자리, 2005) 참조.
9) 마정미, 위의 책, 59면.
10) 『청춘』 13호에 실린 스마일스의 『自助論』 광고는 총 5페이지를 차지하고 있다. 절반은 책의 장점 소개 절반은 '소년 독자에게 십조'라고 하여 소년 독자를 겨냥한 교훈적인 말로 채워져 있다. 이 책은 최근에 두 출판사에 의해 번역되기도 했다.
11) 천정환, 『근대의 책읽기』, 푸른역사, 2003, 182면.

한 새로운 서적만이 출판된 것은 아니었다. 특히 근대문학 작품이 그 안에서 차지하는 비중은 실망스러울 정도로 적었다. 주로 실용서나 위인전, 잡지가 광고의 대부분을 차지하고 있었다.[12] 최소한 광고의 경우 문학은 우월적 지위를 차지하고 있지 못했던 셈이다. 주를 이루었던 실용서나 위인전, 잡지는 모두 '어떤 종류'의 현실적 필요를 충족시켜준다고 주장하였다.

2) 『청춘』과 『개벽』의 서적 광고

신문 광고와 달리 잡지에서 서적 광고가 차지하는 비중은 매우 컸다. 『청춘』이나 『개벽』의 경우 전체 광고의 2/3 이상이 서적 관련 광고였다. 문학 동인지의 경우 그 비중은 더욱 커서 서적 광고가 광고의 대부분을 차지했다. 1910년대 후반에서 1920년대 초반의 서적 광고 양상을 확인하기 위해 이 장에서는 『청춘』과 『개벽』의 서적 광고를 서적의 종류에 따라 분류해 살펴 볼 것이다.

시기적으로 앞서는 『청춘』은 최남선이 주도한 잡지로 이광수·현상윤 등이 주요 필진으로 가담하고 있었다.[13] 이 잡지에 실린 서적 광고 횟수는 총 84회이다.[14]

---

12) 1920년에서 1929년까지 종별 조선문 출판물 허가 건수를 정리한 표를 보면 1위가 족보, 2위 신소설, 3위 유고가 차지하고 있다. 이어 아동물과 문집 구소설, 교육 사상, 잡류가 순위를 잇고 문예는 그를 이어 10위를 차지하고 있다. 이는 10년간의 출판 건수를 합한 것이고 1925년 이전에는 순위는 더 아래로 내려간다(이에 대해서는 천정환, 위의 책, 488면 참조).

13) 당시 '유일'의 '계몽' 잡지라고 할 수 있는 『청춘』은 단순히 서적 출판의 의미보다 '운동'의 의미가 훨씬 더 컸다고 할 수 있다. 광고의 내용과 잡지의 성향이 무관할 수는 없겠지만 이 글에서는 이에 대해 자세히 다루지는 못했다.

14) 물론 이는 현재 구할 수 있는 판본을 대상으로 조사한 것이다. 비록 결호가 있어 아쉽기는 하지만 태학사 판 『청춘』 영인본을 대상으로 삼았다.

『청춘』 소재 서적 광고 표

| 종류 | 문학(30) | | | 실용서 | 도서목록 | 고전서적(8) | | 위인전 | 잡지 | 종교기타 |
	고전	번안	창작			역사지리	수양			
횟수	16	11	3	21	10	5	3	6	4	9

　위는 횟수에 따라『청춘』의 서적 광고를 분류한 표이다. 전체 84회의 광고 중 문학이 30회, 실용서가 21회를 차지하고 있다. 이는 전체의 60%가 넘는 많은 양이다. 다음으로 많은 것이 출판사 도서목록이다. 도서목록은 도서에 대한 상세한 소개가 아니라 새롭게 출간되었거나, 잘 팔리고 있는 서적의 제목을 나열한 광고 형식이다. 이어 역사·지리나 수양과 관계된 한문 관계 서적(혹은 번역)과 위인전, 잡지 순서로 많은 광고횟수를 기록하고 있다. 문학은 고전과 번안이 다수를 차지하고 있는데, 고전의 대부분은 고전 소설이었다.『춘향전』,『심청전』,『흥부전』,『홍길동전』,『옥루몽』에 대한 광고가 눈에 띤다.『東詩精選』과『大東詩選』등의 시집도 고전의 범주에 넣을 수 있을 서적들이다. 번안으로는『프란다스의 개』를 번안한 『불쌍ᄒᆞᆫ 동무』와 "Uncle Tom's Cabin"을 번안한『검둥이 설움』이 몇 차례 실렸다.『걸리버 유람기』나 톨스토이 작『부활』의 번안인『해당화』의 광고 역시 볼 수 있다. 순수한 창작물 광고는 그리 눈에 띠지 않는데 유일한 근대 소설 작품은 이광수의『무정』으로 세 차례에 걸쳐 광고되었다.
　뒤에 보게 될『개벽』과 비교할 때 실용서의 수와 종류가 다양한 것이 『청춘』 서적 광고의 특징이다. 시기적으로 인접해 있는『창조』의 경우도 실용서 광고는 거의 없었다.15) 이렇게『청춘』에 다양ᄒᆞᆫ 광고가 실렸던 이유는 잡지 자체가 종합지, 계몽지를 표방하고 있었고, 동시대 출판의 독점적 지위를 차지하고 있었기 때문이다.16)

---

15) 물론 여기에는『창조』의 특성이 고려되어야 할 것이다. 동경에서 발해되었다는 제약과 문학 동인지였다는 제약이 광고에도 큰 영향을 미쳤을 것이라고 짐작할 수 있다.
16) 참고로『창조』소재 서적 광고를 분류해 보이면 다음과 같다.

고전서적으로 분류한 광고에는『삼국사기』,『東國通鑑』,『海東歷史』,『練藜室記述』,『擇里志』등의 역사·지리서와『擊蒙要訣』,『菜根談』등의 수신 관련 고전들이 포함된다. 위인전과 잡지 광고의 양은 그리 많은 편이 아니었다. 위인전의 경우『위인 린컨』과『홍경래실기』정도가 실렸다. 잡지는『아이들 보이』,『새별』과『共道』광고가 네 차례에 걸쳐 실렸다.

　『개벽』은 이돈화·김기전 등이 주도한 천도교 잡지였지만 종교 잡지라 보기 어려울 만큼 다양한 내용의 글들이 실린 종합지였다.『개벽』은 평균 8000부의 판매부수와 최대 1만 부의 발행부수[17]를 자랑하기도 했다. 발행 부수와 직접 연관되는 것이지만,『개벽』은 다른 어느 잡지보다 많은 광고를 실었다.『개벽』은 32호까지 총지면 6120면 중 667면을 광고에 할애하고 있는데, 그중 변수가 많은 기념호들을 제외하게 되면 총지면 4578면 중 광고가 434면으로 평균 9.4%의 지면을 차지하고 있는 셈이다.[18] 이처럼 판매부수와 광고의 많고 적음은 잡지의 대중적 영향력과 상업적 성공을 가르는 지표로 작용할 수 있다. 잡지의 비중과 영향력을 말해주는 지표임에 틀림이 없다.

　아래의 표는『개벽』소재 서적 광고를 그 내용에 따라 분류해 놓은 것이다.

『개벽』소재 서적 광고 표

종류	잡지	문학(49)					위인	종교	실용	사회주의	회보	서적목록	기타
		번안	소설	시	고전	창가							
횟수	106	38	2	2	2	5	20	19	13	10	5	4	9

종류	잡지	문학			위인	실용	연표
		소설	시집	번안소설			
횟수	26	3	1	4	1	1	1

17) 최수일,「1920년대 문학과『개벽』의 위상」, 성균관대 박사논문, 2001, 13면.
18) 위의 글, 24면.

위의 표에서 무엇보다 눈에 띠는 것은 잡지 광고가 많다는 사실이다. 『청춘』의 경우 문학과 실용서가 서적 광고의 다수를 차지했는데『개벽』의 경우 실용서 광고 횟수는 잡지, 번안소설, 위인, 종교 서류 보다 적은 13회를 기록하고 있다. 동일 서적의 광고 횟수도 많은 편은 아니어서 각 서적마다 한두 번 소개되는 데서 그쳤다. 최남선이 편찬한『時文讀本』만 3차례에 걸쳐 소개되었다. 또『청춘』과 확연히 구분되는 점은 사회주의와 관련된 광고가 모두 10차례나 실렸다는 사실이다. 민중사 출판사에서 발행한『賃金勞動及資本』과 개벽사 출판부 발행의『社會主義學說大要』광고는 총 여덟 차례 실렸다. 사회주의 관계 서적 광고가 42호 이후에 실린 것에 비해 실용서 광고는 초기에 집중적으로 실렸다. 22호 이후에는 실용서 광고를 찾아보기 어렵다.[19] 실용서 광고가 줄어드는 시점과 사회주의 관련 광고가 등장하는 시점이 시기적으로 비슷하다는 사실도 확인할 수 있다. 이는 1923년을 전후하여『개벽』의 성격이 조금씩 달라져 간 것과 무관하지 않은 현상으로 보인다.[20]

『청춘』에 비해『개벽』에 잡지 광고가 많았던 이유는『개벽』이 특별히 잡지를 선호해서라기보다 이 시기(1920년대 초반) 들어 발행되는 잡지의 수가 급격히 증가하였기 때문이다. 광고를 통해 볼 때 개벽사에서 발행하는 몇몇 잡지를 제외하고는 10호 이상의 지령을 기록 중인 잡지가 없었는데, 이는 잡지들이 이 시기 들어 새롭게 창간되기 시작했다는 의미로 해석할 수 있다. '문화정치'의 공간에서 '문화운동'이라는 이름으로 민족운동을 펼쳤던 당시 시대 상황의 반영이라 할 수 있다. 1920년대 초반 '문화운동'은 주로 청년회 운동, 교육신흥운동, 물산장려운동 등으로 전개되었으며, 그 주체는 역시 1910년대 새롭게 형성된 신지식층이었다.[21] 그들이 선택한 여러 길 중 하나가 잡지의 발행이었다.『개

---

19) 29호에 실린 신문관 발행『時文讀本』광고가 유일하다.
20) 여러 차례 지적되었듯이 이 시기 들어『개벽』은 신경향파 문학 작품이 실리는 잡지로 자리 잡게 된다.『개벽』의 성격 변화에 대해서는 최수일의 앞의 글 참조.

벽』광고에 실린 잡지의 성격도 초반에는 개조론이나 문화운동을 전면에 내세우던 잡지에서 후기로 갈수록 사회주의 운동과 관련된 잡지들로 추세의 변화가 일어나게 된다.[22]

다음은『개벽』에 광고를 내고 있는 잡지들의 이름과 광고 횟수를 정리한 것이다.

『개벽』 소재 잡지 광고 표

잡지명	共濟	금성	백조	普聲	사상운동	산업계	상공세계	生長	曙光	星群	신생활
횟수	2	1	1	1	1	1	1	1	3	2	2
잡지명	신여성+부인	신인간	我聲	어린이	영대	조선공론	조선농민	조선문단	조선지광	해방운동	현대
횟수	42	2	1	34	1	1	4	1	1	1	1

『개벽』에서 발행한 잡지는『신여성』(『부인』의 개명),『어린이』,『신인간』세 종이었다. 세 잡지의 총 광고 횟수는 78회로 이들 세 잡지를 제외한 나머지 잡지들의 총 광고 횟수 28회에 비해 월등히 많다. 개벽사 발행 세 잡지를 제외한 나머지 잡지의 수가 19종이므로 한 잡지 당 평균 1.5회 광고를 실은 셈이 된다. 개벽사 발행 잡지를 제외하고 세 차례 이상 광고를 실은 잡지는 단 두 종에 불과하다. 문흥사 발행의 평론잡지『曙光』의 광고가 세 차례 연속 실렸으며, 조선농민사 발행의『조선농민』광고가 네 차례 게재되었다. 잡지 종류는 "사회주의 잡지"를 표방한『해방운동』과 문예지『조선문단』, 『생장』, 동인지『성군』, 『금성』, 『백조』등으로 매우 다양하다.『산업계』(조선물산장려회 발행), 『상공세계』(상공세계사 발행), 『조선농민』은 특정 직업과 관계된 잡지라는 점에서 이전에 볼 수 없었던 잡지이다.

<hr>

21) 박찬승, 『한국근대정치사상사 연구』, 역사비평사, 1992, 168면.
22) 김형국의 「1920년대 초 민족개조론 검토」(『한국근현대사연구』 2001년 겨울, 190면)에 따르면 "1920년을 전후하여 만들어진『서광』, 『서울』, 『개벽』, 『공제』등은 거의 매호마다 개조론과 관련된 글을 기재하였다"고 한다.

실용서로 분류할 수 있는 서적의 광고 횟수는 모두 13회이다.『청춘』
에 총 21번의 실용서 광고가 실린 것과 비교하면 적은 숫자라고 할 수
있다. 전체 서적 광고 양을 고려할 때 『개벽』에서 실용서의 광고 비중
은 매우 낮았던 셈이다.

이를 정리하면 다음과 같다.

『개벽』 소재 실용서 광고 표

서명	초서 척독	백방길 흉비결	일선대 간독	신식 척독	시문 독본	조선 문전	신자전	수학의 론	중학 강의록	문예숙어 소사전	정정주 해박보
횟수	1	1	1	1	3	1	2	1	1	1	1

3차례 광고가 실린 것은 신문관 발행의『時文讀本』뿐이었고, 같은
발행소의『新字典』이 두 차례 실렸다. 나머지 尺牘類 등은 한 차례 실
린 것들뿐이었다. 물론 서적 광고만을 기준으로『청춘』과『개벽』의 성
격을 판단하는 것은 적절하지 못하다.『청춘』이나『개벽』모두 모(母)출
판사에서 발행하던 잡지였고 서적 광고의 많은 부분은 모출판사의 서
적 광고로 채워졌다. 그러므로 두 잡지의 서적 광고 추이는 모 출판사
의 출판 경향과 떼어서 생각하기 어렵다.『청춘』을 발행하는 신문관의
경우 고전(고소설 포함)과 실용서 출판에 적극적이었던 것으로 보인다. 그
러나『개벽』의 모출판사인 개벽사의 출판 경향은 신문관과 달리 1920
년대 다양한 사회운동의 흐름을 적극적으로 수용하는 쪽이었다.

마지막으로『개벽』서적 광고에 등장하는 문학작품을 표로 정리하면
다음과 같다.

『개벽』 소재 문학 서적 광고 표

서명	불상흔 동무	사랑의 선물	죽음의 나라로	일허진 진주	목숨	김공작 의애상	생명의 과실	바이론 시집	승천하 는청춘	세계일주 동화집	옥루몽	허생전
횟수	2	30	2	1	2	1	1	1	2	1	1	1

위 표에서 확인할 수 있듯이 문학작품 광고의 대부분을 차지하고 있는 것은 번안소설이다. 잡지 『개벽』은 100여 편의 소설과 500여 편의 시, 150여 편의 수필을 실었고 독자적인 문예란을 마련할 만큼 문학에 큰 비중을 두고 있었다.[23) 그 중에는 창작의 비중이 결코 적지 않았다. 현진건의 중요한 소설들, 염상섭의 초기작들, 프로 문인들의 초기작들, 김억과 김소월의 많은 시들이 『개벽』을 통해 발표되었다. 『개벽』의 이러한 성격에 비추어 본다면 실제 서적 광고에서 창작이 차지하는 비중은 매우 적었다고 할 수 있다. 『개벽』의 중심인물로 『어린이』를 운영하기도 했던 방정환이 번안한 동화집 『사랑의 선물』이 광고 횟수에서 압도적으로 많은 수를 차지하고 있다. 김동인 창작집 『목숨』과 김동환(巴人) 시집 『승천하는 청춘』이 창작으로 분류할 수 있는 서적이다. 『청춘』과 비교해 볼 때 고소설이 줄어든 점도 확인된다. 『옥루몽』과 『허생전』 광고가 한 차례씩 실렸을 뿐이다.

군이 고소설이 아니더라도 『개벽』 광고에서는 동양 고전을 찾아보기가 쉽지 않다. 그 이유로 1910년대 후반과 비교하여 동양 고전이 갖는 교양으로서의 의미가 적어졌을 가능성에 대해 생각할 수 있다. 또 『개벽』의 전반적 경향과 연관시켜 생각할 수 있다. 주지하다시피 『개벽』은 당시 지식인 사회에서 큰 흐름을 이루던 문화주의, 개조론, 사회주의 등과 연관되어 있었다. 근대 지식인들의 입장에서 이러한 사상적 조류들은 '서구 따라잡기'와 관련되는데, 이것들은 근대화의 선두주자였던 서구열강들의 사상이며, 동시에 이미 세계사적 추세로 보편성을 획득하고 있는 사상들이었다. 낡은 사상과 사회제도에 찌들어 있었던 식민지 백성들에게 새로운 사상은 '새로운 현실'을 의미할 수 있기 때문이다.[24) 이러한 계몽적 관점에서 과거의 사상과 정서를 담은 고전에 대한 관심은 뒤로 밀려날 수밖에 없었던 셈이다.

---

23) 최수일, 앞의 글, 13면.
24) 최수일, 「『개벽』의 근대적 성격」, 『상허학보』 7집, 2001, 47~48면.

개화기 이래 중요한 출판 사업 대상이었던 위인전 광고는 총 20차례 실렸다. 개벽사에서 야심을 가지고 기획해 출간한 『朝鮮之偉人』이 가장 많은 광고 횟수를 기록했고, 단행본 광고로는 『李忠武公全書』, 『林忠愍公實記』, 『위인 린컨』, 『세계개조 十大思想家』가 실렸다.

3. 서적 광고에 드러난 근대의 내면화

앞 장에서는 『청춘』과 『개벽』에 실린 서적 광고의 횟수와 그것이 갖는 의미에 대해 살펴보았다. 이 장에서는 각각의 광고가 어떤 내용으로 독자에게 호소하고 있는지를 몇 가지 예를 들어 살펴볼 것이다. 주로 『개벽』을 중심으로 목록을 통해 비중 있게 다루어졌으며 광고주의 생각이 분명하게 드러나는 주제를 선택하였다. 다양한 광고의 양상들을 살펴보는 것이 바람직하겠지만 여기서는 위인전과 잡지 두 항목만을 살펴볼 것이다.

1920년대 초반 문화운동에는 신문화건설·실력양성과 정신개조·민족개조 등이 혼재해 있다. 신문화건설·실력양성론과 정신개조·민족개조론은 한말 자강운동기와 1910년대의 사회진화론적 세계관과 문명 개화론에 입각한 '실력 양성론' '구사상·구관습개혁론' 등을 계승하면서도, 이 시기 새롭게 전래되어 온 '개조론'과 '문화주의', '강력주의'와 다시 부활된 '사회신화론'에 의해 그 논리가 보다 완성되는 모습을 보이고 있었다.[25] 물론 이 당시 지식인들이 받아들인 사회개조론적 경향은 현실적인 사회제도의 개조에 대한 구체적인 구상을 제시하고 있는 것이라기보다는 '정신적 측면'에서 사회개조의 필요성을 강조하는

---

25) 박찬승, 앞의 글, 176면.

'관념적 성향'이 짙은 것이었다. 1920년대 여러 운동에서 이러한 정신적 측면이 더욱 중시되었던 데에는 당시 일본에서 유행하고 있던 '문화주의' 사조의 영향도 큰 것이었다.26) 『개벽』 역시 발행 초기에는 개조론 등 문화운동의 영향을 크게 받았다.

이 경우 개조론 등의 문화운동론은 넓게 보아 사회진화론의 범주로 설명할 수 있다. 주지하다시피 사회진화론은 19세기 말 이후 20세기 말 오늘의 시점에 이르기까지 한국사회에 가장 커다란 영향을 미친 서구의 사회이론이다. 그것은 자본주의 근대화론의 타당성을 강력히 뒷받침해온 이론이기도 하다.27) 한국사회에 사회진화론이 수용되고 점차 확산되면서 어느 누구도 생존경쟁의 논리를 부정한 지식인은 없었다. 그들은 적자생존 또는 우승열패라는 개념에 의거하여 당시 한국사회의 상황을 인식하고 있었다.28) 생존경쟁에서 중요한 것은 각 개인과 사회 또는 국가의 실력이며, 이 실력은 정신이나 물질의 양면을 지칭하고 있었다. 생존경쟁에서 살아남기 위한 방안으로서 각 개인이나 사회 또는 국가의 실력이 요구되었고 그들은 그 방법을 강조하고 있었다.29) 그러나 그들의 주장은 생존경쟁과 적자생존의 세계에 직접 참여하자는 뜻은 아니었다. 오히려 그들은 점진론과 준비론에 의거하여 당장의 생존경쟁에서 적자성을 입증하기 보다는, 현재의 부적자성 또는 열패성·패자성을 인정하고 뒷날의 생존경쟁에서 적자로 부상하기 위한 실력양성에 몰두했다.30)

---

26) 박찬승에 따르면 "1920년대 초 한국의 '문화주의'의 주도이념은 이 '문화주의'와 그로부터 파생된 '인격주의' '개인의 내적 개조론'이었다고 해도 과언이 아니었는데, 이 것들은 모두 당시 일본에서 유행하던 '문화주의' 사조의 영향을 받은 것이었"다고 한다(위의 글, 180~181면).
27) 박찬승, 「한말·일제시기 사회진화론의 성격과 영향」, 『역사비평』, 1996년 봄, 339면.
28) 박성진, 「한국사회에 적용된 사회진화론의 성격에 대한 재해석」, 『근현대사 강좌』 10집, 1998, 23면.
29) 위의 글, 29면.
30) 위의 글, 35~36면.

『개벽』은 이런 사상의 흐름을 확인할 수 있는 대표적인 잡지이다. 물론『개벽』자체의 성격은 그리 단순하지 않다.『개벽』에 대해서는 인도주의와 자유사상 그리고 사회주의와 인내천주의가 뒤섞여 있다거나, "민족주의적 색채 위에 문화주의, 그리고 경제적 사회주의를 가미한 것"이라는 평가 그리고 개벽사상에 기초한 민족주의 · 민중주의 · 민주주의 · 개조주의 · 사회주의가 혼합되어 있다는 해석도 있다.[31] 이런 복잡한 형편에도 불구하고『개벽』이 견지한 사회개조론에 기반 한 계몽적 태도는 일관되게 유지되었다고 할 수 있다. 서적 광고를 통해 우리가 확인할 수 있는 내용도 이러한 태도의 연장선에 있다.

1) 위인전과 위인 콤플렉스

『개벽』첫 번째 서적 광고는 발행 겸 총발매소 '동양서원'의『위인 린컨』재판 광고이다. 개화기 이래 위인전 번역이 유행처럼 번졌다는 사실은 잘 알려져 있다.『개벽』의 광고 역시 위인에 대한 개화기 이래의 동경과 모방 충동을 드러내고 있었다. 그 광고의 내용을 보면 이렇다.

> (美國大統領 린컨氏의 事蹟) 린컨 氏는 正義人道의 王이오 平等 自由의 神이오 世界人類의 模型이니 英雄中英雄 · 偉人中偉人인 린컨氏의 傳記를 一讀하시오.[32]

위인전 읽기의 열풍은 그 뿌리가 매우 깊다. 조선 시대 이전부터 인생의 교사와 반면교사를 얻기 위해 각종 전기물을 읽는 일은 이미 지배층 문화의 중요한 부분을 이루었는데, 개화기에 접어들어 중화 영웅들

---

31) 최수일, 「『개벽』유통망의 현황과 담당층」,『대동문화연구』49집, 2005, 348면.
32)『개벽』1권, 1920, 권두(『개벽』의 인용은 1999년판 박이정에서 발간한 영인본으로 한다).

의 위치를 서양 영웅들이 차지하여 훨씬 더 강력한 숭배심을 유발하게 됐다.[33] 서구 영웅을 학습하고 그 정신을 따라야 한다는 것은 당시 개화파 인사들에게는 하나의 상식처럼 되어 있었다. 서구에서 이식된 영웅 관념이 새롭게 부각되면서 그러한 상식이 배태되었던 것이다.[34] 그러나 개화기에 접어들면서 '영웅'이라는 용어는 원래의 뜻과 다른 의미를 갖게 된다. 뛰어난 한 신하에서, 영웅은 일약 국가와 국민을 살리는 국민국가의 지도자이자 모든 국민들의 일률적인 숭배 대상으로 그 의미가 바뀌게 되는 것이다.[35] 뛰어난 개인이라는 생각보다 국가와 사회 전체를 책임지거나 그것의 운명을 좌우할 정도의 강력한 영향력을 가진 인물로 새롭게 부각되게 되었다. 영웅은 때로 국가나 사회 구성원 전체의 합보다 더 큰 무게를 가지는 것처럼 취급되었다.

위 광고의 경우 링컨의 구체적인 업적이 소개되기 보다는 그에게서 영웅의 이미지를 골라내고 있다고 하는 편이 어울린다. 린컨은 정의, 평등, 자유라는 서구적 가치를 구현한 인물로 소개되고 있다. 하지만 '왕', '신', '세계 인류의 모형'이라는 설명은 정의, 자유, 평등으로 평가받는 사람에 대한 평가로 전혀 어울리지 않는다. 위인이 이룬 성취의 내용이 중요한 것이 아니라 그러한 성취를 이룬 영웅의 위대함이 더 중요한 것이다. "일독하시오"의 문장 마무리는 당시 서적 광고의 일반적인 종결 방식이었다. 서적이 다양한 상품 중 하나에 해당하는 것이 아니라 꼭 읽어야 하는 필수품인 것으로 언급되고 있다. 당연히 소비자에 대한 광고주의 자리는 소개하고 권고하는 수준을 넘어 호소·계몽하는 수준을

---

33) 이는 개화기만의 문제는 아니다. 『개벽』 17호에 실린 한성도서의 광고에는 위인전들이 단행본들로 소개되고 있다. 위인전에 등장하는 인물은 成吉思汗 : 세계의 최대 정복자, 윌손 : 세계인류의 이목을 경동시키던 민족자결주의의 주창자, 데모쓰데네쓰 : 滔滔懸河, 그의 웅변⋯⋯ 우국지성, 그의 혈루⋯⋯, (자유의 신) 루소 : 여기에는 목차 소개, (시성) 타고르이다.

34) 박노자, 『나는 폭력의 세기를 고발한다』, 인물과사상사, 2005, 68면.

35) 위의 책, 69~70면.

넘나들고 있다.

위인에 대한 과도한 집착은 다음 글이 전형적으로 보여준다.

칼라일의 말에 歷史는 偉人의 記錄이라흔 것又히 一國의 文明은 其國의 偉人의 事業의 集積이외다. 政治가 發達흐랴면 政治的 偉人이 잇서야흐고 産業이 發達흐랴면 産業的 偉人이 잇서야흐고 文學이나 宗敎나 藝術이 發達흐랴면 各各 그 方面에 偉人이 잇어야흐지오 그런데 文明이란 이 모든 것의 總和를 니름이닛가 偉人이 업스면 그 나라에 文明이 업슬것이외다.[36]

도저한 영웅사관이 드러나는 글이다. 이는 단순히 이광수 혼자만의 생각이 아니라 이 글이 실렸던 잡지 『學之光』과 그가 필자로 적극 참여했던 『청춘』, 「민족개조론」을 실었던 『개벽』으로 면면히 이어지는 당시 민족주의 운동 세력의 중심 생각으로 판단된다. 위 글에 따르면 '歷史는 偉人의 記錄'이며 '一國의 文明은 其國의 偉人의 事業의 集積'이다. 따라서 뛰어난 위인이 있으면 그 나라는 뛰어난 문명을 가지게 되고 뛰어난 '偉人이 업스면 그 나라에 文明이 업'게 된다.

위인을 강조하는 이들은 개인적 능력과 인성을 사회적 조건보다 강조하는 경향을 보인다. 개인의 능력에 따라 사회전반의 수준이 향상된다는 생각은 사회 제도나 환경에 대한 전반적 개선 의지와는 거리를 둘 수밖에 없다. 위인이 가진 '기적적' 위대함의 강조는 대부분의 평범한 사람들에게 '자신의 처리를 약진의 발판으로 삼'아야 한다는, 말하자면 최소한의 조건 아래에서도 최대한의 성과를 거두어야 한다는 강제와 구속으로 이어진다. 위인에 대한 이러한 생각은 주변 여건보나 민족의 실력 양성을 우선하는 제반 사상들과 공통점을 가지고 있다.

위인에 대한 강조는 국민 통합의 새로운 방식으로 제기된 것이기도 하다. 위 글에서 인용하고 있는 칼라일은 종교적 권위가 피지배자들을

---

36) 이광수, 「天才야! 天才야!」, 『學之光』 12호, 1917.4, 8면.

묶어둘 수 없는 이상 근대 국민 국가의 영웅 숭배를 새로운 국민 통합의 묘책으로 써야 한다고 주장한 인물이다. 그에게 최고의 영웅이란 프랑스 혁명의 혼란을 평정한 나폴레옹이었다. 그리고 루터 같은 종교 개혁가나 18세기의 계몽 철학자 등도 숭배를 받아야 한다고 했다.

피지배자들의 통합을 위해 위인을 끌어들인 것은 우리만의 일이 아니었다. 국민국가의 통합 문제는 메이지 일본이나 청나라 말기 중국의 국가주의적 개화파나 개혁가들에게도 초미의 관심사였다. 당연히 칼라일의 사상은 1880년대부터 일본과 중국의 신지식인계를 풍미하게 되었다.[37] 칼라일의 생각에 따르면 개신교는 루터에 의해, 신대륙은 콜럼버스에 의해 의미를 갖게 되는 것이다. 워싱턴 이후에 미국의 독립이 비스마르크 뒤에 독일 연방의 통일이 있게 된다.

위인의 강조는 대중들에 대한 강조자의 태도와 무관하지 않다. 그들에게 자신들과 공동운명체인 대중들은 각각이 하나의 개별적 존재인 개인들의 합으로 보이지 않고 거대한 하나의 덩어리로 인식되었다. 그들은 대중이라는 말이 자신들을 포괄하는 말이라고 생각하지 않았다. 이것은 구한말 개화파 지식인들로부터, 1920~30년대 우익적 민족주의자들에게까지 폭넓게 반영된 한국 근대 민족주의의 특성이라고 할만하다.[38] 그들에게 대중은 주체성과 성숙한 사고력이 결여된 하나의 교화 대상으로 여겨졌다. 동일한 국가사회 안에서도 그 계층에 따른 이해관계가 늘 일치하는 것이 아니다. 이러한 이해관계의 불일치를 해결하는 것이 국가제도가 지니는 대내적 임무라고 말할 수 있을 것이다. 그러나 개화기의 근대 지식인들은 이러한 계층 간 이해관계의 불일치를 결코 인정하지 않았다. 그러므로 그들에게 있어서 대중이란 하나의 대상에 지나지 않았으며, 특히, 극단적으로는, 1920년대 민족개조론자들의 논리

---

37) 박노자, 앞의 책, 71면.
38) 김택호, 「개화기의 국가주의와 1920년대 민족개조론의 관계 연구」, 『한국문예비평연구』, 2003, 285면.

에서는 대중을 거의 적대시하는 경향까지 드러난다.[39]

위인전의 영향, 영웅에 대한 선망은 대단한 것이어서 인물을 보는 일반적인 기준이 되기도 하였다. 다음 글은 『청춘』에 실린 광고이다.

纖弱한 一女子의 手로 偉大한 事業을 成就한 中에 우리 스토우 夫人같은 이는 가장 貢獻이 多大하고 影響이 深遠한 者일지로다 當時 美國에서는 白人의 黑人 虐待함이 無所不至하야 金錢으로 賣買함은 物類에서 천하고 鞭楚 驅擲함은 牲畜에서 甚하니 天理―이미 ○塞하고 人道―또한 喪絶한지라 此時에 夫人이 正意를 仗하고 道理를 立하야 그 多數한 無辜를 爲하야 背理無道한 虐遇와 窮慘極酷한 實情을 描하야 一世의 良心을 皷發코져 한 것이 此書의 原本이니 此書 一出함에 萬人의 慕義하는 心이 激動되여 그 風力이 及하는 바에 奴隸波와 非奴隸派 사이에 南北戰爭의 大慘劇이 開演되고 畢竟勝利가 義人에게 歸하야 四百萬奴隸가 良民됨을 得하게 되니 一枝筆의 勢力과 一女子의 事業이 此에 極하얏다 할지로다 此書는 그 世界的 名著를 우리게 紹介코져하야 簡明하게 抄譯한 것이니 何人이든지 一讀하야 深大한 感興을 得할지니라[40]

『검둥이 설움』은 스토우 부인의 『톰 아저씨의 오두막』을 이광수가 抄譯한 책이다. 광고에는 "六百萬人을 感動한 大 勢力!!"이라는 중간 크기 문구가 실려 있고 위의 글이 이어진다. 주목해야 할 것은 필자의 태도이다. 서적 그것도 소설 광고임에도 불구하고 필자가 강조하고 있는 것은 작품의 내용이 아니라 그 작품을 쓴 작가의 위대함이다. "纖弱한 一女子의 手로 偉大한 事業을 成就한 中"에 가장 공헌이 큰 이가 스토우 부인이고 "此書 一出함에 萬人의 慕義하는 心이 激動되여 그 風力이 及하는 바에 奴隸波와 非奴隸派 사이에 南北戰爭의 大慘劇이 開演"되었다는 단순하고 비역사적인 서술도 서슴지 않는다. 실제 위 광고

---

39) 위의 글, 277면.
40) 『청춘』 1호, 신문관 발행 '검둥이설움' 광고.

는 책에 대한 몇 가지 정보를 전달해주고 있다. 『검둥이 설움』이 세계적 명저라는 것, 초역했다는 것, 이 책이 흑인의 삶을 다루고 있다는 사실을 전한다. 그러나 전반적으로는 책의 의미와 스토우 부인의 역할(위대함)을 강조하고 있다는 인상이 강하다. 이 정도면 가히 위인 콤플렉스라 불러도 좋을 듯하다.

智勇이 兩備하고 名節이 雙全한 忠武公李公은 진실로 朝鮮男兒의 最大典型이라 一代의 風雲이 그의 眉端에 飜覆되고 天下의 安危가 그의 指頭에 判定되니 鳴呼偉哉로다 더욱 壇域의 山河民物은 總히 그의 再造한 바요 槿人의 生榮繁滋는 實로 그의 重恢한 바니 무릇 生을 此方에 稟한 者로서 어찌 可히 公의 精忠을 人銘家勒하고 公의 德業을 朝景暮仰치 아니하랴 今에 弊館이 創業十週年紀念出板으로 特히 忠武公全書를 擇함은 實로 公의 精忠大節과 魏勳鴻業이 다시 彰明昭顯하야 令天下萬人으로 公의 恩을 感載하며 公의 名을 慕誦하는 實地가 有케하려는 一片衷情에서 出함이라 上下兩冊 十五編 中에 遺文遺澤과 關係史料를 一切網羅하야 公의 神機妙算이 紙上에 躍如케 하얏스니 噫라 此書를 奉藏함은 吾人의 絶對義務가 아니랴 全書의 重刊을 敢히 江湖에 布告하노라[41]

개인의 영웅적 행동으로 민족을 구한 인물로 충무공만한 이를 찾기는 쉽지 않다. 위 글의 논조는 위인 링컨을 칭송하던 목소리와 크게 다르지 않다. "壇域의 山河民物은 總히 그의 再造한 바요 槿人의 生榮繁滋는 實로 그의 重恢한 바"라고 주장하고 그를 '朝景暮仰' 하지 않을 수 없다고 한다. 거기에 이순신은, 복종의 다른 이름인, 충성이라는 미덕을 가지고 있어 더욱 매력적으로 느껴졌을 것이다.

『개벽』은 발간 초기에 의욕적인 사업을 실시한다. 독자를 대상으로 우리나라의 가장 위대한 위인이 누구인가를 묻는 앙케이트를 실시한 것이다. 이 작업을 통해 우리나라 사람들이 생각하는 '위대한' 위인의

---

41) 『개벽』 10호, 신문관 발행 '李忠武公全書' 광고

목록을 확정하고 그들에 대한 전기를 간행하는 사업을 벌였는데, 『朝鮮之偉人』이라는 책이 그 결과물이다. 앙케이트 결과 뽑힌 위인은 "신라의 화신 솔거 선생", " 동방문학의 조종 최치원 선생", "사학계의 거장 최충 선생" "해동의 后稷 문익점 선생", "물질 불멸론의 비조 서화담 선생", "동방이학의 조종 이황 선생", "稀世의 정치가 이이 선생", "만고의 精忠 이순신 선생", "조선종교계의 원조 최제우 선생", "민중의 친우 유길준 선생" 이렇게 열 명이다. 그러나 실제 목록에는 선발된 위 십인 외에 두 인물이 추가된다. 附인 셈인데 "충달공 김옥균 선생"과 "갑오의 혁명운동과 전봉준 선생"이 그들이다. 유길준·김옥균이 포함된 것에서 개화주의자들에 대한 동시대인으로서의 선호가 드러난다. 동학과 관련된 최제우와 전봉준이 들어있다는 점 역시 눈에 띤다. 특히 김옥균과 전봉준의 경우 개벽사 측에서 선별했다는 점에서 잡지사 측의 선호를 확인할 수 있는 경우이다.

『개벽』은 자신들의 사업에 대한 평가를 겸하고 있는 광고를 몇 차례 게재한다.

> 偉人! 아! 偉人!! 朝鮮의 偉人!! 三千里의 精靈은 그들을 에워쌌고 二千萬의 赤心은 그들에게 뭉치었도다 아— 우리 江山에 이러한 偉人이 誕生케 됨은 이 어떠한 榮光이며 우리 兄弟로서 이러한 偉人을 모시게 됨은 어떠한 幸福인가 그들의 偉人다운 人格 偉人다운 事業 偉人다운 行蹟은 이 朝鮮之偉人이 그 全體를 紹介하얏도다
>
> 兄弟여 우리는 다 같이 잘 살기를 願하나니 선인의 가르침을 그대로 받을지며 우리는 다같이 제 것을 사랑하며 아끼나니 우리의 위인을 더욱이 接近해야겠도다 兄弟여 그들은 우리에게 무엇을 주었으며 무엇을 뿌렸는가 다같이 나와 이 十代偉人의 一代記를 接할 準備가 있으라[42]

민족적 자부심을 고취시키려는 의도가 우선 눈에 띤다. 광고의 내용은

---

42) 『개벽』 24호, 개벽사 발행 '조선지위인' 광고.

위인들의 정신을 이어받자는 정도로 정리될 수 있다. 『개벽』에는 잡지나 단행본 모두 출간 예고 광고가 자주 실렸는데 위 글의 "다같이 나와 이 十代偉人의 一代記를 接할 準備가 있으라"는 독자들의 기대를 불러내기 위해 사용한 흔한 어투로 볼 수 있다. 실제 책이 출판되어서도 광고는 이어진다. 33호 광고를 보면 이 책에 관하여 "東國全史 以上의 貴重한 記錄"이라는 큰 글씨를 뽑고, 아래에는 "朝鮮出版界光復의 大運動開始"이라는 수식을 붙여가며 책의 가치를 알리려 하는데, "輸入만으로 일을 삼는 自滅的 精神에 制裁를 加"하고 "倍達聖族의 威光을 宣揚하야 보"려 한다는 목표를 이 책의 정신으로 내세우기도 한다.[43]

『朝鮮之偉人』의 출간 직후 『세계개조 十大思想家』라는 책의 광고가 실려 있어 눈길을 끈다. 이 책은 세계를 바꾼 십 인의 사상가를 다루고 있다. 광고는 반면으로 상단에 실렸는데 십 인의 사상가 이름이 기록되어 있다. '선발'된 십 인은 "톨스토이·입센·카아펜터·럿설·엘렌케이·짜아윈·타고-아·루소-·말크수·모리스"이다. 이 글에 대해 "此十大偉人의 思想이야말로 偉大하였다 開拓者이오 改造者이오 當世 運命의 支配人이였다 그래서 此를 歷史的으로 一編을 作하야 現時思想界의 一考에 供코자 紹介하노라"[44]라고 하여 소개의 목적을 밝힌다. 개척자, 개조자, 운명의 지배자라는 말 속에서 위인에 대한 당시의 평가 기준을 확인할 수 있다.[45] 지금 관점에서 보면 톨스토이·입센에게 운명이라는 단어를 붙이기에는 어색한 감이 없지 않지만 '문화'가 강조되고 '개조'가 강조되던 당시 분위기에서는 이들 역시 개인의 운명을 개척한 영웅으로 불렸다.

---

43) 『개벽』 33호, 개벽사 발행 '조선지위인' 광고.
44) 『개벽』 27호, 조선도서주식회사 발간 '세계개조 十大思想家' 광고
45) 선정된 인물들은 개화기에 주로 소개되던 무인형 영웅들과 달리 문인형 영웅들에 가깝다. 이 역시 시대의 운동 경향 변화를 반영하는 것이라 할 수 있다.

2) 운동으로서의 잡지

『개벽』 1호에는 文興社 발행 『曙光』의 광고가 실렸는데 당시 문화운동의 분위기를 엿볼 수 있는 내용을 담고 있다.

> 우리 반도 교육계에 있어 노련한 중진이 되고 가장 그 공적의 명성이 높은 春史 張膺震 군의 주필하에서 언론, 학술 등 모다 오직 현대 신사조의 선봉이 될 만한 것을 網羅蒐集하여 逐號刊行以來로 모든 사회의 많은 환영으로 今般제5호는 目下 우리 실생활에 필요한 문제가 滿載되었사오니 讀書諸君은 一讀을 아끼지 마시오[46]

평론 잡지라는 이름을 내걸고 있는 『서광』은 제목에서부터 계몽적 인상을 풍긴다. 스스로 내세우는 성격 역시 문화적 선도와 닿아 있어 "언론, 학술 등 모다 오직 현대 신사조의 선봉이 될 만한 것"을 두루 소개하겠다는 의지를 내세운다. 한 가지 이념을 강하게 내세우려 하기보다 현대 신사조 자체를 수용해야 할 가치로 여기고 있는 셈이다. '실생활에 필요한 문제'라고 했을 때 실생활은 일상생활 이라기보다는 문화생활 또는 민족의 삶 쪽에 가까운 개념이다.

『서광』 육호에는 첫 호부터 육호까지의 주요 목차가 실려 있는데 그 목차를 보면 이 잡지의 성격이 더욱 명확해진다. 1호에는 "신시대를 迎함", "조선청년의 무거운 짐", "조선공업의 장래"가 3호에는 "개조의 제일보", "노력하라", "우리 가정의 弊瞽"이 실렸다. 6권에는 "시대의 요구하는 인물을 思하고", "조선교육계의 현황을 개탄함", "세계적 사조와 문화운동"이라는 제목의 글이 실렸다. 신시대, 조선청년, 개조, 폐습, 문화운동 등 언뜻 눈에 띠는 단어들이 추구하는 것은 개인과 사회의 변화를 이끌기 위한 운동이라는 것을 알 수 있다.

가장 많은 광고 횟수를 차지하고 있는 것은 개벽사가 간행한 잡지 『신

---

46) 『개벽』 1호, 문흥사 간행 '서광' 광고

여성』(『부인』의 개명)과 『어린이』이다. 잡지가 구체적인 대상을 생각하고 있다는 점에서 전문 잡지로의 진보라고 평가할 수 있다. 두 잡지를 발간함으로써 개벽사는 종합지 『개벽』, 여성지 『신여성』, 아동잡지 『어린이』를 두게 되었다.

『개벽』 20호에 실린 잡지 『부인』 광고를 살펴보자. 중간 크기 글씨로 "一千萬의 男子를 爲하야 努力하는 『開闢』 雜誌의 姊妹篇으로 一千萬의 女子를 爲하는 『婦人』 雜誌를 發行하게 되었습니다"라고 하여 두 잡지가 자매편임을 밝히고 있다. 이 광고의 가장 큰 특색은 다른 광고와 달리 한글을 쓰고 괄호 안에 한자를 병기했다는 점이다. 남녀의 역할을 구분하였고, 여성의 문자 해독 수준을 남성의 그것과 다르게 보았다는 사실을 알 수 있다. 이 광고는 잡지의 성격에 대해 스스로 규정하고 있는데 원문대로 보면 다음과 같다.

> 우리의 생활(生活)을 근본(根本)으로 개선(改善)하여 가랴고 하는 이 『부인(婦人)』잡지(雜誌)
>
> 우리의 가정(家庭)을 낙원(樂園)으로 인도(引導)하여가랴고 하는 이 『부인(婦人)』잡지(雜誌)
>
> 우리의 도덕(道德)을 중심(中心)한 미풍(美風)을 걸라 가랴고 하는 이 『부인(婦人)』잡지(雜誌)
>
> 우리의 어린 자녀(子女)를 뜻있게 길러 가랴고 하는 이 『부인(婦人)』잡지(雜誌)
>
> 우리의 취미성(趣味性)을 고상(高尙)하도록 길러 가랴고 하는 이 『부인(婦人)』잡지(雜誌)
>
> 생활(生活)에 동요(動撓)가 있거던 이 『부인(婦人)』잡지(雜誌)를 읽으라 완정(完定)이 되리라
>
> 가정(家庭)에 불평(不平)이 있거던 이 『부인(婦人)』잡지(雜誌)를 읽으라 낙원(樂園)이 되리라
>
> 일신(一身)에 번민(煩悶)이 있거던 이 『부인(婦人)』잡지(雜誌)를 읽으라 빙해(氷解)가 되리라
>
> 자녀(子女)를 기르랴거던 이 『부인(婦人)』잡지(雜誌)를 읽으라 방법(方法)이

있도다

　취미(趣味)를 고조(高潮)하려거던 이 『부인(婦人)』잡지(雜誌)를 읽으라 자미
(滋味)가 있도다[47]

　모두 열 줄로 이루어진 이 광고문은 잡지의 성격을 주장하는 다섯 줄
과 잡지를 읽어야 할 독자를 가정하고 있는 다섯 줄로 나뉘어져 있다.
생활 문제, 가정 문제, 풍속 문제, 자녀 문제, 취미 문제 등이 이 잡지가
개선하고 인도하고자 하는 내용임을 확인할 수 있다.

　『신여성』은 『개벽』처럼 사회 문제나 문화 전반의 문제를 다루고 있
지는 않다. 여성과 관련된 생활, 가정 문제에 집중하여 있다. 머리글자
로 뽑은 광고 문구에서도 이 잡지의 성격이 분명히 드러난다. 간단히
그 내용을 보면 "만인필독에 중대논의 결혼 문제호", "의복문제와 남녀
공개장호", "남존여비나 여존남비냐", "여자단발호인 동시에 暑中 학생
호인 신여성", "대혁신! 대확장!! 신여성 여학생호의 장관" 등이다.[48] 결
혼, 의복, 여학생 등 풍속과 관련되는 내용들이 잡지의 주된 내용이었음
을 짐작할 수 있다. 이는 목차를 통해서도 확인할 수 있다.

　문제의 폭이 좁혀지기는 『어린이』의 경우도 마찬가지이다. 『개벽』33
호에는 창간 예고 광고가 실렸는데, 창간 취지가 분명하게 나타나 있다.
어린이에게 희망을 걸고 그들에게서 미래를 보아야 한다는 생각이다.

　더할 수 없이 餘地없는 困境에 處하야 가진 迫害와 가진 辛苦를 겪으면서
도 그래도 우리가 안타깝게 무엇을 求하기에 努力하는 것은 오직 「來日은 잘
될 수 있겠지 來日은 잘 될 수 있겠지」하는 한 가지 希望이 남아 있는 까닭
입니다. 그런데 萬一 그 한 가지 希望이 마저 虛에 돌아간다면 어쩌겠습니까
여러분은 그런 염려가 없으십니까
　「今日의 생활은 비록 이러하여도 來日의 생활은 잘 될 수 있겠지」 이 다만
한 가지 희망을 살리는 道理는 來日의 戶主 來日의 朝鮮일꾼 少年小女들을

---

47) 『개벽』 20호, 개벽사 간행 '부인' 광고.
48) 순서대로 『개벽』 47호·53호·56호·62호·68호 소재 '신여성' 광고이다.

잘 키우는 것 밖에 없습니다. 당신의 한 家庭을 살리는데도 그렇고 朝鮮全體를 살리는 데도 그렇고 이것뿐 만은 確實한 우리의 活路입니다49)

잡지 『어린이』에 대한 규정이 될 수는 없겠지만 잡지 광고만으로 볼 때 『어린이』의 발행 역시 문화 운동의 확대라 할 수 있다. 위의 광고 문구에 이어서는 중간 글씨로 "世의 紳士諸賢과 子弟를 두신 兄弟께 告함"이라는 글이 실렸는데 그 내용은 아래에 이어진다. 아래 내용은 박스 안에 들어 있다. "너·나 할 것 없이 朝鮮사람 全部가 이것을 깨닫고 이 일에 注力"해야 하고 이 잡지를 내는 이유는 "決코 商略이나 營利를 爲하는 것이 아니"라고 한다. 그래서 "한분이라도 더 읽으시기를 바라고 冊 값을 단 五錢으로 하였"50)다는 것이 광고주의 주장이다. 이어지는 『어린이』 광고 역시 잡지 발행이 출판사의 희생적 작업임을 강조하고 있다. "조선의 소년운동의 赤誠을 다-하는 본사의 희생적 사업"이라는 말과 『어린이』를 벗하여 자라는 어린이들이 "더-순결하고 더-유망한 사람이 될 것"51)이라는 말이 반복하여 등장한다.

이십 여 호를 넘기면서 『개벽』에는 사회주의 잡지 및 사회주의 관련 서적 광고가 늘어난다. 『개벽』의 성격을 '문화운동' 또는 '개조론'만으로 설명하기 어렵다는 기왕의 평가처럼 광고 역시 이러한 잡지의 성격을 그대로 보여준다. 1923년에 이르면 문화운동론 자체에 대한 회의적인 목소리가 등장하게 된다. "지금에 우리가 高調하는 문화운동으로 논의하면 문화운동 그 자체가 틀렸다 하거나 혹은 그러한 문화운동으로 구체된 실례가 없었다 함도 아니다. 오늘의 우리 형편에 있어는 그와 같은 운동은 너무나 원칙적이오 너무나 평범하다"52)는 술회는 문제의

---

49) 『개벽』 33호, 개벽사 발행 '어린이' 광고.
50) 위의 글.
51) 『개벽』 44호·33호 광고에서는 "어린이와 같이 純潔한 이도 없고, 어린이와 같이 正直한 이도 없고, 어린이의 마음과 같이 尊貴한 藝術도 없습니다. 어린이의 世上 거기에는 恒常百花가 爛漫히 피어있습니다. 거기에 들어갈 수 있는 이는 幸福한 이일 것입니다"라고 한다.

핵심을 정확하게 지적하고 있다. 이는 단지 『개벽』만의 특별한 분위기였다고 볼 수는 없다. 우리 문학에서 본격적으로 신경향파가 등장하는 시기, 사회주의가 소개되는 시기에 나온 문제제기이기 때문이다. 광고를 통해서도 이런 분위기를 확인할 수 있다.

> 본보는 現代史上의 最高基調인 社會主義의 立地에서 世界的으로 又는 現今朝鮮에서 隨時發生하는 社會問題 及 政治問題의 理論과 실제를 硏究紹介 批判報道하는 것을 主旨로 하고 ○○하려는 朝鮮唯一의 言論機關이외다.[53]

> 우리의 社會環境은 歷史的 進化의 必然的 法則인 새 社會에로 刻刻히 달아납니다 이 때에 있어 우리가 알아야 할 것은 社會主義, 社會科學 그것입니다
> 朝鮮之光은 朝鮮의 民衆과 더불어 이 使命을 다하고자 奮鬪합니다[54]

사회주의 관련 잡지로 가장 먼저 광고를 실은 것은 주간 『新生活』이다. 몇 년 후 『조선지광』의 광고 역시 사회주의를 노골적으로 표방하고 있다. '현대사상의 최고기조'로 조선의 사회문제 정치 문제를 해결하기 위해 사회주의적 입지에서 연구하겠다는 첫 번 글의 각오와 '조선의 민중과 더불어 이 사명'을 다하겠다는 다짐 사이에는 확연한 차이가 느껴진다. 앞의 글이 조심스럽다면 뒤의 글은 확신에 차 있는 듯한 인상을 준다.

이 밖에도 몇 권의 사회주의 운동 잡지의 광고가 실렸는데, 노동 잡지 『共濟』(조선 노동 공제회), 『해방운동』(해방운동사), 『사상운동』(사상운동사), 『朝鮮農民』(조선농민사)이 그것이다.[55] 특히 『조선농민』은 농민을 기반으로 사우(社友) 운동을 벌였으며 매우 선동적인 문구의 광고를 실었다. "우리에게 지식을 다구…… 평등을 다구…… 권리를 다구…… 자유

---

52) 필자미상, 「民族一致, 大同團結을 云爲하는 이에게」, 『開闢』 35호, 1923.5, 15면.
53) 『개벽』 28호, '신생활' 광고.
54) 『개벽』 63호, '조선지광' 광고.
55) 광고가 실린 『개벽』 호수는 순서대로 5호·51호·58호·66호이다.

를 다구…… 밥과 돈과 평화를 다구…… 농민은 사람이 아니냐? 우리도 사람이다!"라는 선정적 문구를 넣어 잡지의 기반을 확실히 밝히고 있으며 "반만년 동안이나 깜깜한 꿈속에서 헤엄치던 조선의 농민이 이제 바야흐로 급한 언덕을 구르는 큰 돌과 같이 여름 하늘의 벽력소리와 같이 그 깨어나는 그 소리가 커다랗게 울리었다"[56]고 자신들의 목소리를 분명히 하고 있다.

이렇듯 사회주의 서적의 출간과 광고로 해서『개벽』내 광고는 '문화'나 '개조' 일변도에서 벗어나게 된다. 종간 즈음에는 "지금 재판이라는『사회주의학설대요』는 우리의 머리를 변혁하는 데에는 참으로 둘도 없는 양서입니다"[57]라는 광고까지 실리게 된다. 새로운 변화를 요구하는 세력들이 생기면서 기존의 운동 방향에서 다른 모색이 가능해지는 시기가 오는 것이다. 이 역시 서적, 서적 광고를 통해 현실적 내면화가 이루어지는 근대의 풍경이라 할 수 있겠다.

4. 맺음말

앞에서 우리는 잡지의 서적 광고의 양상과 성격을『청춘』과『개벽』이라는 1910년대 후반 1920년대 초반의 대표적 종합 잡지를 통해 살펴보았다. 우선 각각의 잡지에 실린 서적 광고물들의 양상을 통계를 통해 분석하고 그 통계의 의미를 정리해 보았다. 다음으로는 서적 광고의 구체적인 내용을 살펴보았는데 주로『청춘』과『개벽』에 실린 위인전과 잡지 광고를 중심으로 그들이 추구한 근대가 무엇이었는가를 추적해

---

56)『개벽』70호, 조선농민사 발행 '조선농민' 광고
57)『개벽』59호, '사회주의 학설대요' 광고

보았다. 서적 광고가 이들이 근대를 내면화시키는 방법으로 사용되고 있음도 확인할 수 있었다.

기본적으로 광고는 자본의 의지를 실현시키기 위한 수단이다. 그러나 근대 초기 서적 광고는 상품이며 동시에 계몽의 수단이었던 서적의 특징을 어느 정도 담보하고 있었다. 이 시기 저자들은 독자와 동등한 자리에 서 있다기보다는 독자를 이끌어야 하는 의무와 책임을 져야 하는 자리에 있었다. 서적 광고의 경우도 서적에서의 저자와 독자 관계가 그대로 유지되었다. 책을 팔아야 하는 광고주와 책을 사고자 하는 구매자의 관계는 단순히 상품을 사이에 둔 생산자와 소비자 관계 이상이었던 것으로 보인다. 광고주는 자신의 책을 사야 하는 이유를 독자의 필요에서 찾았고 많은 경우 독자의 필요는 사회 혹은 민족의 문제와 직결되는 것으로 설명하였다. 여러 가지 중에 선택할 수 있는 상품으로서 자신의 서적을 광고하는 것이 아니라 독자의 필요를 위해 꼭 갖추어야 할 것으로 서적의 구매가 강조되곤 하였다.

광고는 소비자들을 근대의 제도 안으로 끌어들이는 강력한 수단이다. 소비를 통해 경험하는 근대는 일상에 가장 가깝고 가장 오래 기억되는 근대일 수 있다. 이 때 내면화되는 근대의 모습은 제도의 일방적인 수용이라는 성격을 갖는다. 위생, 패션 등을 그 대표적인 영역으로 꼽을 수 있을 것이다. 서적 광고는 이 점에서 일반적인 상품 광고와 구분된다. 서적 광고는 서적을 통해 설명되었을 계몽자들의 사상을 앞서서 혹은 뒤에서 독자들에게 강조했다. 이들이 강조한 내용들에는 받아들여야 힐 근대 외에도 실게하고 이끌어 가야 힐 근내의 모습이 포함되어 있었다. 그들이 생각한 근대의 모습에 우리가 얼마나 동의할 수 있는가의 문제와는 별개로 그것은 현재까지 중요한 정신사적 흐름을 형성하고 있다. 따라서 잡지의 서적 광고가 가지고 있는 이런 혼합과 혼란은 당시 우리의 모습을 사실적으로 비추어주는 하나의 거울이 될 수 있다.

철도와 일상으로 본 근대

이기영 장편소설 『新開地』 연구

1. 『신개지』의 위치

이기영의 『신개지』[1]는 그의 대표작 『고향』과 유사한 공간과 시간을 배경으로 쓰인 장편소설로, 외래 문물과 가치의 유입으로 인해 달라지는 1920~1930년대 농촌의 풍속과 인심을 사실적으로 그려낸 작품이다. 그러면서도 이기영의 장편으로는 지금까지 정당한 평가를 받지 못한 소설이다. 『고향』은 차치하고라도 이 작품 이후에 발표된 『봄』이나 『대지의 아들』보다도 연구자들의 관심에서 벗어나 있었다. 『봄』이 가족사 연대기 소설이라는 특징을, 『대지의 아들』이 생산소설이라는 확실한 화

---

1) 『신개지』는 『동아일보』에 1938년 1월 19일부터 같은 해 9월 8일까지 연재된 작품으로 단행본은 같은 해 삼문사에서 같은 제목으로 출간되었다. 이 글의 텍스트는 삼문사판 단행본으로 한다.

제 거리를 가지고 있었던 데 비해 『신개지』는 문제작으로 부각될 만한 조건을 가지고 있지 못했기 때문이다.[2] 그러나 『신개지』는 작가 이기영의 작품 세계 전반을 이해하는 데 매우 중요한 작품일 뿐 아니라, 30년대 후반 우리 소설의 경향을 파악하는 데도 빠질 수 없는 작품이라는 것이 필자의 생각이다. 이러한 문제의식에서 이 글은 지금까지 적극적인 평가를 받지 못했던 『신개지』의 문학사적 위치를 점검해 보려 한다.

『신개지』를 올바르게 평가하기 위해서는 작가의 대표작인 『고향』과의 비교가 필수적이다. 유사한 시간과 공간을 배경으로 하면서도 주요 갈등의 내용, 서사 전개의 방식, 긍정적 인물의 역할 등에서 두 작품은 분명한 차이를 보이기 때문이다. 특히, 긍정적 인물의 역할 차이는 두 작품의 성격을 결정적으로 구분한다. 『고향』의 주요 인물 김희준이나 갑숙이 농촌운동의 가능성과 미래에 대한 긍정적 가능성을 보여주었다면 『신개지』의 인물들은 일상에 적응하며 살아가는 수동적인 삶의 모습을 보여준다. 『고향』에는 소작인들과 마름의 대결이라는 선명한 구도가 있었고, 건강한 농촌 공동체의 회복이라는 긍정적 전망이 있었지만 『신개지』에서 그러한 요소를 발견하기는 어렵다. 『신개지』에는 농민과 지주의 대결 구도가 선명하지 못할 뿐 아니라 농촌은 근대 문물에 의해 파괴되어 변화하고 있는 공간이다.

작품의 서사를 끌어가는 이야기는 크게 두 가지이다. 첫 번째 이야기는 하감역 집안과 유구성 집안의 대립과 갈등이고 두 번째 이야기는 주인공 강윤수와 월숙, 순남의 삼각관계이다. 첫 번째 이야기가 근대화의 과정에서 벌어지는 농촌의 변화를 흥망이 교차하는 두 집안의 내조를 통해 보여준다면 두 번째 이야기는 젊은이들의 고민과 그들의 방황을

---

2) 『신개지』를 다룬 기존 연구로는 이상경의 『이기영―시대와 문학』(풀빛, 1994)과 정호웅의 「농민소설의 새로운 형식」(『이기영』, 새미, 1995), 김홍식의 「이기영 소설 연구」(서울대 박사논문, 1991), 장재진의 「1930년대 후반기 이기영 소설 연구」(고려대 석사논문, 1998)를 들 수 있다.

가족 문제와 연애 문제를 통해 보여준다. 작품의 전반부에는 첫 번째 이야기가 중심을 이루고 후반부로 갈수록 두 번째 이야기가 중요하게 다루어진다.

본론에서는 작품의 중심이 되는 두 개의 이야기를 차례로 살펴볼 것이다. 농촌의 변화를 다룬 부분과 가정 내의 갈등을 다룬 부분, 그리고 주인공 윤수를 중심으로 벌어지는 연애 문제도 살펴보려 한다.

2. 식민지화의 진행과 농촌의 재편

『신개지』의 공간적 배경은 달래 장터 삼거리와 새로 개발되는 읍이다. 달래강을 끼고 있는 달래 장터 삼거리는 철도가 개통되면서 몰락의 길을 걷는 반면 기차가 지나가는 읍 소재지는 나날이 번성하게 된다. 읍제가 실시되자 읍을 중심으로 온갖 기구들이 들어서면서 상대적으로 재래의 장터는 활기를 잃어 간다.[3] 『신개지』에서 행정의 편의를 위해 새롭게 건설되는 읍의 모양은 다른 농촌 어느 곳에서나 볼 수 있는 모양이다. 지서가 먼저 들어서고 행정을 보는 사무소, 우편소와 학교가 그 뒤를 따라온다. 한 지역이 이렇게 조직되고 이런 조직들은 철도를 통해 거대한 그물형태를 이루게 되고, 이런 조직은 식민지를 관리하는 기본 세포가 된다.

첫 번째 중요한 이야기가 되는 유구성 집안의 몰락과 하감역 집안의

---

[3] 이러한 공간적 배경은 『고향』의 공간적 배경과 매우 유사하다. 『고향』의 원터에도 앞 들을 뚫고 지나가는 철도가 있고, 읍내 앞에는 큰 제방이 있다. 두 물이 합하여져 원터 앞에서 모이는 것도 같다. 『고향』의 공간적 배경에 대해서는 『고향』 1(슬기, 1988)의 21면에 잘 묘사되어 있다.

발흥은 이런 공간의 변화와 비교될 수 있다. 외래 문물이 농촌에까지 본격적으로 밀려오는 시기에 맞추어 그 환경에 적응하는 쪽과 적응하지 못하는 쪽의 운명이 대비되는 것이다. 경제적 부의 이동을 통해 당시의 사회 변화가 전통적 체제의 붕괴와 식민지 근대로의 변화였다는 점을 상징적으로 보여주기도 한다. 굳이 일본의 식민지 정책이나 사회 변화를 본질적인 문제로 부각시키지는 않았지만, 변화하는 농촌 사정에 대한 뛰어난 묘사는 『신개지』가 거둔 두드러진 성과라 할 수 있다.

　마을의 원주민이 아닌 하감역과 그의 아들 하상호는 시대의 변화를 잘 읽고 거기에 적응해 나간 인물들이다. 이들은 상인들의 일반적인 장점인 부지런함과 검소함을 실천하는 인물들이다. 이런 미덕은 축재에 중요한 역할을 한다. 이에 비해 오랜 지주이자 양반의 가문인 유구성 집안은 변화하는 시대에 적응하지 못하고 몰락의 길을 걷게 되는데, 그 몰락의 직접적인 원인은 개인의 방탕과 허식이다. 두 집안의 대조는 세대를 걸쳐 구체화된다. 비슷한 연배로 상반된 성격과 성향을 보여주는 유경준과 하상오가 비교되고, 결혼을 하게되는 유경준의 딸 숙근과 하상오의 동생 상칠이 비교된다. 하상오는 무엇보다 시대의 변화를 읽을 수 있는 눈을 가지고 있었다. 경제외적 권위가 사라진 시대를 살아가는 데 무엇보다 중요한 것이 돈인데, 하상오는 돈이 되는 일과 되지 않는 일을 구분할 줄 안다. 그는 전통적 산업인 농업에 집착하지 않고 정거장 근처에 나와 정미업을 하다 나중에 미곡상까지 겸하는 사업수단을 보인다. 헐값이라 해도 좋을 읍내의 땅을 사서 건물을 짓고 임대업이나 생산업을 시작한다.

　하상오와 동년배인 유경준은 부지런하지도 못하고 지혜롭지도 못한 한량이다. 그의 가문은 근동에서 가장 유서 깊은 것으로 알려져 있지만 그 명망은 시대의 변화 속에서 서서히 무너져 간다. 당사자인 유경준은 집안이 기우는 이유를 시대를 잘못 만난 데서 찾지만, 작가는 그가 게으름과 방탕함을 직접적인 이유로 제시한다. 그러나 읍내가 대처로 발달하는 바람에 그의 방탕이 더 빛을 발할 수 있었고, 방탕의 규모가 훨씬 더 커질 수 있었다는 정황도 충분히 제시된다. 작가는 은행의 설치와 유흥시설의 번창 등이 없었다면 그의 몰락 속도는 훨씬 줄어들었을 것이라 지적한다. 같은 변화지만 그것이 하상오에게는 발전하는 계기를 제공해 주었고, 유경준에게는 빠르고 쉽게 몰락하는 기회를 제공해 준 셈이다.4)

이러한 대조의 의도는 다음의 예문을 통해서도 드러난다.

> ① 그것은 마치 우로(雨露)는 초목을 소생시키고 장성하게 키우지만 마르는 나무는 비를 맞으면 더 썩는 이치와 같다 할까? 두 집은 그와 같이 상반되는 길을 걷고 있다. 만일 하감역 집을 무성하게 자라는 나무와 같다면 유구성 집은 벌써 고목 나무가 되어서 뿌리째 썩어 들어가는 셈과 같다 할 것이다.5)
> ② 이렇게 두 집안이 하상오는 신흥세력으로 흥해가고 유경준은 몰락한 양반의 그림자로 망해가는 것을 대조해 볼 때 과연 이 두 집은 시대의 거울이요 또한 그들은 신구세력의 전형적 대표인물로 볼 수 있다.6)

『신개지』의 서술 상 특징 중 하나는 작가가 직접 독자를 향해 주제를 전달한다는 점이다. 일반적으로 이러한 서술 방법은 작품의 소설적 완성을 해칠 수 있지만 작가의 의도를 분명하게 전달하는 데는 효과적이다. 위 예문에서도 작가의 주관적인 목소리를 발견할 수 있다. ①에서는 의문 부호까지 사용하며 독자의 감정적인 동의를 요구하고 있다. 작가가 전달하고자 하는 주제에 스스로 매우 집착하고 있다는 느낌을 주기도 한다.

---

4) 유경준의 몰락은 『탁류』에서 정주사나 고태수의 몰락을 생각나게 한다. 『신개지』에서 유경준의 모습은 이기영의 자전 소설 『봄』에 등장하는 아버지의 모습과도 닮았다. 주요 인물의 몰락을 다룬다는 점에서 『신개지』는 『고향』과 비교된다. 『고향』에서는 인동 등의 건강한 인물들이 등장할 뿐 경제적으로나 윤리적으로 몰락하는 인물은 없다.
5) 이기영, 『신개지』, 삼문사, 1938, 70면.
6) 위의 책, 71면.

②에서 하상오와 유경준은 "시대의 거울이요 또한 그들은 신구세력의 전형적 대표인물"로 표현된다. 같은 비와 이슬을 맞지만 한 나무는 무성해지고 한 나무는 더 썩어간다고 표현하기도 한다. 이는 근대 문물이 들어오면서 거기에 적절히 적응하는 쪽과 적응하지 못하는 쪽에 대한 평가이다. 작가의 어느 한 쪽 편을 들고 있지는 않는데, 유구성 쪽에 연민의 정을 가지고 있지도 않으며 하감역 쪽의 긍정적인 면을 부각시키지도 않는다. 두 집안을 비판하는 기준은 윤리적인 면에 치우쳐 있다. 유경준의 방탕과 낭비 하상오의 여자 문제 등이 대표적인 예이다.

근대 문명은 철도로 수입된다.
몇해 전만 해도 시골읍내의 낡은 전통 밑에서 한가히 백일몽을 꿈꾸고 있던 이 지방도 ○○철도가 개통되고 근자에는 읍제가 실시된 뒤로부터 별안간 활기가 띄워져서 근대적 도시의 면목을 일신하기에 주야로 분망하였다.
그것은 마치 두메 속에서 살던 계집이 대처로 나와보자 그들의 자태를 닮으려고 치장에 골몰하듯이 그와 같은 서투른 구석이 보여서 어딘지 모르게 어울리지 않고 자리가 덜 잡혔다.
초가집 틈에 기와집들이 들어앉고 바락크와 벽돌집이 그 사이로 점철한 것은 마치 조각보를 주워모은 것처럼 빛깔조차 얼쑹덜쑹하다.
붉고 희고 검고 푸르고 누런 지붕을 뒤덮고 섰는 집들이 뚝딱거리는 건축장과 하천정리의 제방공사와 또는 거기로 모여드는 노동자 떼하며 그리고 그들을 생계로 하는 촌갈보 술집들의 난가게가 한데 어울린데다가 하루에 몇차례씩 발착하는 기적 소리의 뒤를 이어 물화가 집산되는 대로 상공업은 흥왕하고 인구는 불어간다. 따라서 사회적 시설도 템포를 빨리하여 나날이 발전하는 이 지방은 어느 곳이나 신새시에는 공통된 현상으로 볼 수 있는 신흥 기분에 들떠 있다.[7]

일본에 의해 추진된 한반도의 근대화는 철도와 함께 시작되었다. 철도를 따라 일상생활에 많은 변화를 가져오는 다양한 문명이 함께 수입

---

7) 위의 책, 49~50면.

된다. 이것들의 공통점은 물론 근대라는 제도와 관계되는 것이다. 사람들은 재판소, 은행, 우편국을 말하고 농업학교와 요릿집을 이야기하는데 이것이 바뀌어 가는 근대의 모습이다. 작가는 농촌이 근대화되어 가는 모습에 대해 기본적으로 부정적인 시각을 가지고 있다. '서투른 구석이 보여서 어딘지 모르게 어울리지 않'고, '마치 조각보를 주워 모은 것처럼 빛깔조차 얼쑹덜쑹'해서 어색하기 그지없다거나, '두메 속에서 살던 계집이 대처로 나와보자 그들의 자태를 닮으려고 치장에 골몰하듯이 그와 같은 서투른 구석'이 보인다는 말들이 변화에 대한 심정적인 불만을 표현한다.

농촌의 변화가 식민지화의 진행과 흐름을 같이 한다는 점에서 이기영의 비판은 설득력을 가진다. 그러나 『신개지』에서의 비판은 이기영의 이전 글의 비판보다 많이 약화되어 있다. 위 글은 읍내와 정거장에 몰라보게 새집들이 들어섰거나 신작로가 생겨난 데 대한 반응이라 할 수 있는데, 작가는 같은 변화에 대해 다른 글에서 이런 표면적인 변화보다 "읍내와 정거장에는 왜놈들이 등쌀을 놓았다. 몇 명 아니 되는 장사꾼을 빼놓고, 조선 사람은 모두 변두리로 쫓겨갔다"[8]는 사실에 주목한 바 있다. 이 글은 『탁류』의 초반부에서 군산을 묘사한 부분을 연상하게 하는 내용들로 이루어져 있다. '붉고 희고 검고 푸르고 누런 지붕' 대신 조선 사람들은 '기어들고 기어나는 오막살이를 의지하고 겨우 연명'해 간다고도 말한다. 그런데 『신개지』에서는 하감역이 뱃놀이를 하면서 어울리는 이들이 일본인이거나 일본과 유착한 사람들이고, 읍내의 발전이 농민 생활의 어려움을 가중시킨다는 점을 다루지 않는다. 오히려 "어느 곳이나 신개지에는 공통된 현상으로 볼 수 있는 신흥 기분에 들떠 있다"고 변화의 분위기를 사실대로 인정하기도 한다.

이런 변화를 다루는 관점에서 『신개지』는 『고향』과 의미 있는 대조

---

8) 이기영, 「이상과 노력」, 『이기영선집』 13, 풀빛, 1992, 61면.

를 이룬다. 『신개지』에서 농촌의 변화는 농민들이 만들어 가는 것이 아니라 시대의 흐름에 의해 '변해가는' 성격을 띤다. 이는 『고향』과 『신개지』가 같은 공간을 다루면서 이질적인 제목을 갖게 되는 이유이기도 하다. 『고향』에서 변화의 주체는 희준을 중심으로 한 마을 사람들이었다. 그러나 『신개지』에서 변화의 주체는 근대나 철도로 상징되는 일제이다. 『신개지』에서 변화의 주체가 신흥 부르주아라면 『고향』에서 변화의 주체는 소작농민들이었다. 이는 각 작품에서 집단적 움직임의 형태를 띠고 있는 '번영회'와 '두레'의 차이이기도 하다. 『고향』에서 원터 마을은 단순한 지역적 촌락 공동체가 아니라 강력한 농민적 공동체이기도 했다. 농민들간의 이러한 유대를 확립하는 모임이 바로 두레였다. 두레는 근본적 성질에 있어 공동체적 문화양식이며 동시에 공동체적 생산 양식이기도 했다. 잊혀지다시피 한 두레가 김희준을 중심으로 재건되는 과정은 마을 사람들의 집단의식이 제고되어 가는 과정이기도 했다. 이기영은 『고향』에서 한 장(『고향』의 18장)을 온전히 할애할 만큼 두레의 재건에 대한 깊은 관심을 드러낸 바 있다. 두레가 성립된 원터 마을은 농민적 공동체를 형성하는 데 비해 『신개지』의 달내 마을에는 농민적 구심이 존재하지 않고, 새롭게 개발되는 땅에서 느낄 수 있는 개발 분위기가 오히려 강조되고 있다. 개발 주변에는 외지인들이 넘치기도 한다.

『고향』에서 두레가 이렇게 중요한 의미를 가질 수 있는 이유는 농민들의 공동적 이해관계가 그들의 삶 속 깊이 자리하고 있기 때문이었다. 소작 위주의 농민들에게 있어서 공동적 이해 관계란 다르게 말하면 지주의 땅을 부쳐먹는 생계적 과정에서의 계급적 이해관계이다. 『고향』에서 작가는 이점을 탁월하게 포착해낸 것이다. 이러한 계급의식의 성립 과정과 그 실천을 작품의 중요한 축으로 하는 『고향』과 비교할 때 『신개지』의 변화는 더욱 분명해진다. 『신개지』에서도 경제적 차별문제는 여전히 존재하지만 그것이 공동의 문제로는 승화되지는 못한다. 공동적 이해관계가 무엇인지조차 제대로 부각되어 있지 않다. 『고향』을 통해

'의식에 있어서의 계급의식과 그것의 실천을 그려낸다는 것'이 중요한 문학적 주제가 되었고 '그리하여 리얼리즘적 문학실천의 핵심 과제로 대두'하게 되었다면9) 『신개지』는 의식에 있어 답보의 혐의를 지게 된다. 물론 그 책임이 전적으로 작가에게 있는 것은 아니다. 공동체의 회복도 일종의 전망인 터인데 변화의 속도는 그런 전망을 어렵게 만든다.10) 변화의 방향이 유토피아에 반하고 있음을 알지만 대안이 구체적으로 포착되지 않을 때 작가는 변화를 객관적으로 표현하고 변화가 불러오는 작지만 구체적인 비판을 시도하게 된 것이다.

3. 전통 윤리의 강조와 일상의 표현

앞 장에서 살펴 본 대로 이 작품이 거둔 성과는 두 집안의 흥망을 대조시켜 변화하고 있는 농촌의 모습을 비판적으로 그려낸 데 있다. 그러나 구체적인 갈등의 묘사에 있어서는 개인적 차원으로 문제가 제한되는 경우가 많다. 이 점은 『신개지』가 가진 여러 장점에도 불구하고 이전의 이기영 소설과 이 작품을 구별하게 만드는 요소이다. 특히 소설 후반부로 갈수록 사적인 사건들이 서사의 중심을 차지하게 된다. 두 집안의 갈등을 만들어내는 일이라고는 하감역의 며느리가 자살을 기도한다거나 하상오의 과거 비행을 밝히는 일 정도이다. 이러한 작은 갈등의 연속은 작품을 이끌어나가는 서사의 약화로 이어진다. 『신개지』에서는 『고향』

---

9) 한형구, 「'고향'의 문학사적 의미망」, 『월북문인연구』, 문학사상사, 1989, 81면.
10) 미래에 대한 전망이 두레로 상징되는 농촌 공동체라는 것은 해방이후 쓴 『땅』에서도 잘 드러난다. 이기영은 토지개혁이 이루어진 후에도 주인공 곽바위을 내세워 건강한 농촌의 건설을 희망한다.

의 중심 서사로 존재하던 집단적 의미의 갈등과 그를 감당할 만큼 선진적이었던 주인공 양 쪽 모두가 약화되어 있다. 이러한 작품의 변화가 소설의 긴장감을 떨어뜨리는 것은 분명하다.[11]

본격적 갈등은 유구성과 하감역 집안의 혼인에서 시작된다. 하감역 집안은 결혼을 통해 부족한 '가문'을 채우려 하고 유경준은 결혼으로 경제적 이익을 얻으려 한다. 두 집안의 이러한 계산은 물론 속물적이라 비판할 수 있다. 돈이 필요해 자신의 딸을 믿기 어려운 사위에게 시집보내는 유경준도 그렇고 가문의 이름을 얻기 위해 억지 결혼을 성사시키는 하감역도 그렇다. 사실 돈이나 가문이나 그것이 개인에게 권위를 만들어준다는 점에서는 같다. 돈을 버는 이유는 그 돈을 사용하는 데 있다기보다 그것을 통해 남이 갖지 못한 권위를 얻을 수 있다는 데 있다. 현대사회에서 정치와 경제가 권위라는 면에서 통하듯 봉건적인 관습에서 완전히 벗어나지 못한 일제시대에 가문은 돈 못지 않은 권위일 수 있다.

이러한 계산 아래 이루어진 결혼은 온전히 유지되지 못한다. 결혼의 의도 자체가 불순할 뿐 아니라 당사자들의 기질도 다르기 때문이다. 상칠은 서울에서 공부하는 자유로운 학생이고 숙근은 전통적 유교 윤리에 길들은 여인이다. 그들은 서로에게 정을 느끼지 못하면서도 부모의 선택에 저항하지 못한다. 거기에 시어머니의 곱지 않은 시선 역시 숙근의 고통을 더해주는 역할을 한다. 숙근은 친정의 몰락으로 시집에서 위

---

11) 이런 점에서 『신개지』이 갈등은 가족사 연대기 소설의 갈등과도 유사한 면이 있다. 『신개지』는 가족사 소설의 특징으로 흔히 지적되는 작품들에서는 하나의 커다란 사건의 전말, 다시 말하면 한가지 문제의 극적인 해결과정을 보여주지 않는 특징을 지니고 있다. 작품이 일제 강점시대인 현재에 대한 뚜렷한 인식을 보여주지 못하고 있다는 점에서도 그렇다. 비록 작품의 배경이 되는 시기는 다르다고 하지만 변화하는 시대의 풍속을 주로 다룬다는 점에서도 『신개지』는 가족사 연대기 소설과 유사한 면이 있다. 가족사 연대기가 세태 변화를 충실하게 묘사하는 데 힘쓰고, 해석이나 평가는 되도록 배제하듯 『신개지』 역시 이전 소설에서 강조되던 이념적 내용을 직접적으로 드러내기보다 일상 자체에 관심을 보인 소설이다.

신이 서지 않게 되었을 뿐 아니라 남몰래 친정을 도와준 사실까지 밝혀지게 되어 그야말로 진퇴양란에 처하게 된 것이다. 그때 숙근이 택하는 길은 자살이다. 자신을 둘러싼 운명에 대한 가장 소극적이면서도 비극적인 대응인 자살은 유교적 관습 아래에서는 익숙하기조차 하다. 여기서 숙근의 구출이 우연에 기대고 있음은 어쩔 수 없는 선택이다. 그녀의 죽음을 막아줄 어떤 합리적인 장치도 있을 수 없기에 그에게는 우연만이 도움을 줄 수 있다. 온갖 고난을 겪으면서도 자신보다 부모나 명분을 생각하는 숙근과 비교할 때 하감역의 막내아들이자 하상오의 동생인 상칠은 겉멋들인 청년 학생이다. 그는 집에서 기대하는 공부도 제대로 못하고 자기 마음대로 자유로운 생활을 누리지도 못하는 어정쩡한 신세가 된다.

여기에까지 이르면 두 집안의 대조는 경제적인 데 머무르지 않고 윤리적인 영역으로 확대된다. 하감역이 부지런한 상인이었고 하상오가 시류를 파악하는 명민한 감각을 지니고 있었다면 상칠에게서는 어떠한 미덕도 발견하기 어렵다. 단지 부유한 집 도련님의 철없음이 두드러질 뿐이다. 반대로 숙근은 전통적 유교 윤리를 실천하고 있는 인물이다. 그것이 여성에게만 강요되던 것이라는 점에서 문제가 없는 것은 아니지만 전통적 윤리는 작품에서 긍정적으로 다루어지고 있다. 유경준의 방탕이 작품의 후반으로 갈수록 별 문제가 되지 않는 데 비해 하상오의 외도가 심각한 문제로 취급되는 것도 같은 맥락이다.

그것은 가운이 불길하다는 예감이었다. 사실 여적까지 하감역 집은 일어나는 불길과 같이 왕성한 한길을 밟아왔다. 그는 오늘날까지 무엇 하나 자기 마음대로 되지 않는 것이 없었고 손톱만치도 손해를 보는 일이 없었다. 아이들은 낳는 대로 병이 없이 자라나고 심지어 채마전을 가꾸어도 무소는 법이 없이 제대로 잘 되어가지 않았던가!

그래서 하감역 집은 무지개와 같이 가운이 뻗쳤느니 그 집안 산소에 꽃이 피었느니 하며 남들까지 우러러보고 부러워하고 하감역 자신도 그 말을 자만

스레 들으며 자기집은 참으로 만년 반석 위에 세운 가세의 장구함을 굳게 믿고 있었는데 뜻밖에 숙근이의 자살소동의 뒤를 이어서 또다시 자기 아들까지 변고를 일으킨다는 것은 암만해도 심상히 지나쳐볼 수 없는 상서롭지 못한 조짐이다.

하감역의 생각에 인제는 자기집도 망조가 드나보다 싶었다.[12)

경제적으로 새롭게 부상하는 하감역 집안에 대한 윤리적인 비난은 사실 변화에 대한 작가의 부정적인 사고를 드러낸다. 작가는 경제적으로 발전하는 하감역 집안을 현상적으로 긍정하면서도 그들이 가지고 있는 윤리적 위태로움을 지적한다. 윤리적인 폐해는 경제적인 번성을 위태롭게 할만큼 중요하다.

윤리적 차원에서 중요하게 다루어지는 또 하나의 사건은 하상오의 아들인 경후의 민적 처리 문제이다. 하상오는 남편이 있는 순점이를 농락하여 경후를 낳았는데 하상오는 자식에 대한 일체의 책임을 거부한다. 책임은 고사하고 경후가 자기 자식이라는 사실마저 인정하려 하지 않는다. 유경준의 계략과 월숙의 지혜에 의해 결국 경후는 상오의 아들이 되지만 상오에게는 지울 수 없는 윤리적인 상처를 안겨주게 된다. 경후의 아비 찾아주기는 등장하는 인물들이 가장 큰 관심을 가지고 본격적으로 뛰어드는 사건이다.[13)

윤수를 중심으로 한 삼각관계는 일관되게 유지되는 이야기 틀이다. 작품 내의 삼각관계는 강윤수와 김순남 그리고 하감역의 손녀인 하월숙에 의해 엮어진다. 삼각관계를 유지하는 긴장이 무엇인지를 통해 통

---

12) 이기영, 앞의 책, 385면.
13) 아비 찾기가 갖는 의미도 『고향』과는 다르다. 『고향』에서의 아비 찾기는 경제적 신분의 하락을 의미한다. 반대로 『신개지』에서 경후는 부자집 아들이라는 신분을 회복한다. 윤리문제에 있어서는 반대 양상을 보인다. 『고향』의 경우 가난하고 비루한 아버지를 다시 찾음으로 해서 경호는 자기 각성에 이른다. 이에 비해 경후가 아버지를 찾는 데서는 이러한 의미를 발견하기 어렵다. 단지 하상오의 전력과 비윤리적 태도가 폭로될 뿐이다.

속의 정도를 따진다면 이들의 관계는 순수한 연애나 욕망의 관계로 해석하기 어렵다. 순남과 월숙은 윤수를 매개로 하지 않더라도 같은 시대를 살아가는 다른 운명의 여인으로 의미 있는 대조를 이루기 때문이다. 월숙은 서울에서 신학문을 공부하였으며 자유연애주의자이다. 가족과 연애에 대한 생각도 진취적이며 합리적이다. 반대로 순남은 가난한 집안에서 태어나 홍등가를 전전하다 기생이 된 신세이다. 자신의 현재에 대해 어떠한 희망도 가지고 있지 않다. 두 여인을 대하는 윤수의 태도는 그리 명확하지 않다. 과거의 기억과 동정심으로 순덕을 생각하지만 월순의 쾌활하게 막힌 데 없는 성격에 더 마음이 끌리기도 한다. 어느 한쪽으로 이끌리지 않는 윤수의 태도가 두 여성간의 갈등을 최소화시키고 인물들을 제시해주는 역할을 하고 있다. 두 여인 사이의 갈등은 찾아볼 수 없을 뿐 아니라 삼각관계의 중심이라 할 윤수에게도 세속적인 욕망을 발견하기 어렵다.

이렇듯 이 작품에서 삼각관계는 본격적인 갈등으로 발전하지 못한다. 이들의 배치 등 구조의 면에서는 삼각관계의 틀을 유지하지만 그것이 모방적이고 감상적인 애정갈등으로 빠진다고 보기는 어렵다. 상대방에 대한 질투와 증오의 감정 역시 일상의 수준을 넘지 않는다. 그들은 윤수를 대하는데도 정리되고 가라앉은 감정을 가지고 있다.

"글쎄 누가 집안 식구를 보러 왔나요! 그 성화를 누가 받게요 툭하면 찾아와서 서러운 사정을 할테니. 난 죽으면 죽어도 그 꼴은 보기 싫어요. 그보다도 내 밑천이 드러나면 당신까지 창피를 당할 것 아니여요 아무게하구 약혼을 한 여자라구 손님들한테 석건 치사한 꼴을 당할테니 그런 창피를 누가 두구두구 당해요 차라리 자살을 해 죽지…… 그러니 뭐 당신은 아무 염려할 것 없수…… 난 이대로 사는 날까지 살다가 만일 내 행색이 드러날 것 같으면 그때는 어떻게 조처할테니……" (…중략…)

"그리고 아주 까놓고 말이지 난 무슨 당신과 살기를 바라구 그런 희망에서 다시 찾아온 건 아니니까 당신은 조곰도 나를 주체로는 알지 말어요 당신이 만일 혼인을 하신다면 나는 당신들의 행복을 위해서 예수 교인처럼, 기도를 드리겠어요 다만 당신이 나를 변치 않고 마음만이라도 생각해주신다면 나는 그것을 다시없는……."

금향이는 잠시 말을 멈추고 끓어오르는 감정을 억제한다.[14]

위 예문은 금향으로 이름을 바꾼 순덕이 마을 근처의 기생집으로 오게 되어 윤수를 만나는 장면이다. 윤수는 고향에 가까이 왔으니 부모를 만나보고 가라고 권한다. 하지만 금향은 이를 거부한다. 이미 어그러진 자신의 운명 때문에 가족조차도 짐스러워 하는 것이다. 그에게 중요한 것은 현재일 뿐이다. 순덕에게 윤수가 의미 있는 이유는 그와의 사랑이 맺어질 가능성 때문이 아니다. 그녀가 윤수를 찾는 이유는 가장 행복했던 순간을 기억하기 위해서이다. 순덕의 이런 사고는 현실에 대한 '절망'에서 비롯된다고 할 수 있다. 한번 비뚤어진 삶이 바로 될 것이라는 기대는 전혀 하지 않으며 운명처럼 그것을 받아들이려 한다. 그녀는 자신의 삶을 이렇게 만든 외적인 요인에 대해서도 크게 원망하지 않는다. 불만을 가진다고 해도 주어진 여건이 개선될 여지가 없기 때문이다.

4. 현실의 악화와 긍정적 주인공의 역할

30년대 후반 장편소설의 서사+소는 대부분 남녀간의 연애 문제를 중심으로 짜여졌다. 인물과 환경과의 치열한 대결을 통해 사건을 만들고 그것을 해결하려는 시도가 현실생활에서 어려워진 때문이다. 인물의 의지를 이끌 이데올로기도 사회적 분위기도 조성되지 않았기에 사회와

---

14) 이기영, 앞의 책, 477면.

개인의 전면적인 갈등을 다루는 소설은 위축된다. 이를 소설사의 측면에서 보면 인물의 계몽성이 현격히 약화되는 현상으로 파악할 수 있다. 30년대 중반까지 우리 장편소설에는 선각자적인 인물의 선도성이 부각되는 경우가 많았다. '근대'라는 지상의 과제가 주어져 있었기에 근대를 경험한 인물과 그렇지 못한 인물간의 차이를 전제하고 이야기가 전개된 소설이 많았다. 그러나 『신개지』에서는 인물들간의 이러한 차이가 두드러지게 드러나지 않는다.

윤수는 비록 적극적으로 사회적 문제에 관심을 갖는 인물은 아니지만 이념과 집단 운동이 사라진 자리에서 나름대로 건강성을 유지하고 있는 인물이다. 윤수의 인물 설정은 『고향』에서의 김희준과 유사하지만 그들이 놓인 자리의 차이 역시 크다. 윤수가 살아가는 공간에는 마름도 없고 지주도 악독한 면만을 가지고 있지는 않으며 노동자들도 충분히 일할 자리가 있다. 그들은 게으르지 않으면 굶지는 않는다. 물론 이는 당시의 현실이 그렇다는 것이 아니라 작품 안에서 제시된 환경이 그렇다는 말이다. 이런 환경 속에서 윤수와 같은 인물의 부각은 계몽적 인물의 퇴장을 의미하기도 한다. 계몽적 인물의 퇴장 이유는 현실에서 구체적으로 개혁되고 바뀌어야 할 대상이 없거나 그들에게 현실을 개혁할 능력이 없다는 데 있다. 윤수는 다른 사람과 비교해서 뛰어난 면이 거의 없다. 있다면 건강한 신체와 서울의 풍경을 보고 왔다는 경험뿐이다. 그가 바꾸어 나가려는 현실은 가정 형편과 불행한 여인의 구원 정도이다.

> 월숙은 순남이와 상반되는 처지에서 현실적으로는 매우 유복한 환경 밑에 살고 있다.
> 그러나, 그는 그 대신 긴장이 없는 생활이었다. 불행이 없는 대신에 환희도 없다. 오직 모순에 가득찬 덤덤한 생활이었다. 그는 이지의 눈이 밝게 떠질수록 자기 집의 허위로 둘러싼 일상생활과 악한 현실에 증오감을 느낄 뿐이었다.
> 그리하여 한편에는 순남이와 같은 불행한 인간이 무수한가 하면 다른 한편에는 자기와 같이 유복한 사람이 또한 불행에 울게 된다.

그가 역경과 싸워가는 윤수를 좋아하는 까닭도 이런 때문이다.[15]

위의 예문에서 보듯 월숙이 강윤수를 좋아하는 이유는 그가 가진 노동자로서의 성실성 때문이다. 윤수의 삶은 긴장이 없는 자신의 일상생활과 대조되면서 세상을 제 힘으로 엮어 가는 힘있고 긴장된 것이 된다. 그는 낚시를 다니는 여유를 부리기도 하고 일하지 않고 돈을 버는 일을 부끄럽게 여기기도 한다. 순남에 대해서도 어떠한 윤리적 비난을 하지 않으며 순남의 부모는 이해하면서도 그들의 지난 행위에 대해서는 비판적이다.

그렇다고 강윤수가 다른 사람보다 뛰어난 능력을 가진 인물은 아니다. 윤수는 『고향』의 희준과 같이 귀향한 인물로서[16] 작품의 주인공이지만 실제 묘사된 내용은 희준의 역할에 미치지 못한다. 그저 견실한 일꾼일 뿐 혁명가도 지식인도 아니다. 그리고 때로는 그는 사사로운 문제에 더 집착한다. 이 작품의 남녀 관계도 『고향』에서 김희준과 갑숙과의 관계와는 다르다. 조혼으로 가정에서의 즐거움을 찾지 못하는 희준이 마름집 딸에게 갖는 감정은 어린 시절부터 특별한 면이 있었다. 갑숙도 김희준에게서 남성적인 매력을 느낀다. 그러나 그들의 이런 감정이 밖으로 드러나는 것은 다분히 '동지적'인 문제와 함께 한다.[17] 그러

---

15) 위의 책, 583면.
16) 『고향』과 『신개지』 외에도 이기영 소설에서 귀향 모티브는 중요한 의미를 갖는데, 귀향 모티브의 반복은 이기영의 실제 체험과 무관하지 않다. 이기영은 사립학교를 졸업한 1910년부터 십수 년에 걸쳐 몇 차례의 가출을 시도한 적이 있다. 가출 후에는 대부분 고생만 하고 돌아오게 되는데, 『고향』과 『신개지』에서의 귀향은 이기영이 일본 생활 중 관동지진으로 돌아왔을 때의 체험을 투영한 것으로 알려져 있다(이기영, 「이상과 노력」, 『이기영 선집』 13 참조).
17) 『고향』의 여성 주인공이라 할 갑숙은 희준과 달리 추상화, 이상화되었다는 비판을 받는다. 이는 김남천(「지식계급 전형의 창조와 『고향』 주인공에 대한 감상」, 『조선중앙일보』, 1935.6.28~7.4)이나 민병휘의 글(「민촌의 『고향』론」, 『백광』, 1937.3)에서도 지적된 내용이다. 이기영 역시 이런 지적을 긍정적으로 수용한 바 있다. 그는 「동경하는 여주인공」(『조선지광』, 1939.4)에서 "『고향』의 여주인공인 안갑숙이가 이렇게 이상화된 실재의 인물이 아니고 가공적 인물이란 비평을 받은 줄로 안다. 그것은 나도 그렇게

나 윤수가 월숙을 대하는 심리상태는 이와 다르다. 호기심 섞인 건조한 만남에 지나지 않는다. 거기에 금향과의 예전 관계가 얽혀 윤수의 심리는 어느 쪽에도 미온적이라 할 수 있다.

윤수는 소설의 중요한 사건에도 개입하지 않는 경우가 많다. 소설의 후반에서 중요한 사건인 경후의 '아비 찾기'에서도 윤수의 역할은 크지 않다. 그는 실제 공작을 꾸민다고 할 수 있는 유경준과 하월숙에게 정보를 전해줄 뿐이다. 정보를 전하는 의도도 명확히 드러나지 않는다. 이를 통해서도 주인공 윤수는 계몽이나 계급의식 등의 거창한 개념으로 설명할 인물이 아니라는 점을 쉽게 알 수 있다. 소박한 생활 윤리를 가지고 있는 인물이다. 두 집안 문제에서 윤수가 하는 일은 물에 빠진 하감역 며느리를 구하고 경준과 월숙에게 경후의 일을 귀뜸해 주는 일이다.

여성 주인공이라 할 순남 역시『고향』의 갑숙이나 인순과 비교할 때 적극적·긍정적 인물은 아니다. 순남의 행적은 겉으로『고향』의 인순과 유사하다. 그러나 공장 생활에 대한 묘사는 매우 다르다.『고향』에서는 긍정적으로 노동자의 갱생의 측면을 드러낸 데 비해 여기서는 부정적 측면으로 자본에 의해 몰락하는 개인을 다룬 셈이다. 따라서『고향』과 비교할 때 순남의 행적은 중요한 의미를 갖는다.『고향』에서 인순의 공장 새활이 진행형으로 멈춘 데 비해 순남은 그 이후를 보여주기 때문이다. 순남의 길이 곧 인숙의 길이 되지는 않겠지만 유사한 인물의 유사한 길을 다루었다는 점에서 순남의 행적은 중요한 의미를 갖는다고 할 수 있다.

> 금향이가 다시 팔려서 만주로 떠나든 전날, 그는 윤수에게 마지막으로 부칠 편지를 썼다.
> 그리고 그는 며칠 전에 새로 박은 사진 한 장과 돈 백원을 위채(爲替)로 환

생각한다. 또한 최근에 써본『신개지』의 금향이나 하월숙이 같은 여성들도 다소간 추상적으로 이상화된 점이 많을 줄 안고"라고 고백하였다.

전표를 동봉해서 아버지에게 따로 쓴 편지는 서류로 붙였다.

그 돈 백원은 몸 값에다 얻어 받은 전차금(前借金)이다. 그는 유경준의 외상값을 떠안은 것과 합쳐서 천 원이 훨씬 넘게 빚을 안게 되었다. (…중략…)

그는 온 때와 같이 차를 탔다. 올 때는 남 몰래 오고, 갈 때도 남몰래 떠났다. 마치 비밀히 압송되는 죄인과 같이.

그래도 올 봄에 올 때에는 그리운 고향을 다시 보고, 오매 불망 잊지 못하든 그 사람을 만나볼 희망과 동경에 가득찼더니만, 불과 몇 달이 못 되어서, 모든 것이 다 허사로 돌아가고 자기는 또 다시 고향을 떠날 줄이야…… 아, 지금 두 번째 떠나는 자기는 실로 누구를 바라고 떠나는 것이냐.

고향아! 너는 무슨 심사로 이처럼 박정하냐? 고향은 나날이 발전해서 대처로 되건만은 너는 어찌하여 고향 사람을 내쫓느냐?[18]

『고향』과 『신개지』의 결론은 모두 소작농 혹은 가난한 이들의 권리 찾기와 관계된다. 그러면서도 두 소설의 방향은 큰 차이를 보인다. 『고향』에서 희준을 비롯한 소작농들의 주장은—비록 갑숙과 방개라는 외부 인물의 도움이 있다 할지라도—집단적 성격을 띠고 있으며, 계급의 관점에서 직접적이고 전면적인 투쟁의 방향을 선택하고 있다. 따라서 소작쟁이가 갖는 근본적인 한계(쟁이가 지주가 아닌 마름을 향하고 있다는, 따라서 직접 지주의 문제를 건드리지 못한다는)와 성공여부를 떠나 개인을 뛰어넘는 집단의 성격을 띤다는 의미는 보전된다. 그러나 『신개지』에서 집단적 갈등은 매우 약화되어 있다. 개인은 개인과의 관계에 집중할 뿐 대사회적인 문제에는 큰 관심을 보이지 않는다. 시대의 가장 큰 희생자라 할 순남을 다루는 부분에서 이러한 차이는 분명해진다. 위 예문에서 확인할 수 있듯 순남은 『고향』에서의 여주인공처럼 긍정적 미래를 기대하지 않는다. 『고향』의 갑숙처럼 건강한 노동자도 아니며, 자신의 의지를 따라 행동하는 방개의 건강함도 가지고 있지 못하다. 가난 때문에 한 번 잘못 든 길에서 끝내 빠져 나오지 못한다. 순남은 부모님과 예전

---

18) 이기영, 『신개지』, 564~565면.

애인을 보기 위해 고향을 찾았지만 그곳에서도 이미 이방인이 되어버렸다. 그의 운명은 거대한 힘에 의해 끌려가는 것이지 개인의 노력으로 해결하기 어려운 것이었다. 개인과 사회에 대한 긍정적인 전망이 상실된 결과라 할 수 있겠다. 개인을 보는 이러한 관점은 『신개지』는 물론 30년대 후반 장편소설의 특성이라 할 수 있다.

이런 의미에서 작품의 결말은 독특한 분위기를 만들어낸다.

> 그때 마침 북행차가 올라간다. 윤수는 무심히 찻길을 건너다 보았다.
> 순남이가 저길로 갔으려니 생각19)하니 불현듯 가슴이 뭉클해진다. 월숙이
> 도 그 생각이 들어서 한동안 찻길을 내다 보았다. 차는 철교를 순식간에 건너
> 서 장승박이 뒷고래로 쏜살같이 달아났다.20)

수감생활을 마친 윤수가 기차로 고향으로 돌아왔듯 북지(北地)로 떠나는 순남 역시 기차를 타고 떠난다. 순남은 가난 때문에 여공이 되고 결국 술집을 전전하는 처지에 놓인 인물이다. 이것을 기차가 상징하는 그들의 운명이라 생각하면 이 작품의 결말은 비극적으로 느껴진다. 위에서 윤수가 불현듯 가슴이 뭉클해지는 이유도 여기에 있다. 기차가 실어온 것이 많듯이 사람들에게는 기차를 타고 떠나보내야 하는 것도 많고 잃어야 할 것도 많다. 위 예문에서 확인할 수 있듯이 작가는 어떤 것도 막을 수 없을 것이라 생각한다. '쏜살같이 달아나'는 기차의 힘 앞에서 윤수는 순남을 막을 수 없는 것이다. 이런 결말은 불확실한 희망보다 냉혹한 현실의 비평적 재현이 더 현실적이라는 느낌을 준다.

---

19) 원문에는 '행각'으로 되어 있으나 '생각'의 잘못된 글자로 보인다.
20) 이기영, 앞의 책, 584면.

5. 맺음말

이기영의 『신개지』는 30년대 후반 여타 장편들과 비교해 볼 때 현실에 대한 비판적 관심을 유지하고 있는 작품으로 평가된다. 비록 이기영의 이전 작품의 주제이던 사회적인 갈등이 전면에 드러나지는 않지만 변화하는 농촌의 현실을 사실적으로 다룬 작품이다. 『신개지』의 성격은 『고향』과 비교했을 때 더욱 분명해진다. 이 작품은 『고향』과 유사한 시간적 공간적 배경을 대상으로 하고도 집단운동을 다루지는 않는다. 변화에 대한 비판을 시도한다고 하지만 그것 역시 본격적인 운동의 형태도 발전하지는 않는다. 두 작품의 이런 차이는 작품이 창작될 당시의 사회적·문화적 배경의 차이를 짐작하게 한다.

이 작품은 두 개의 이야기를 중심으로 전개되는데 시대 변화의 내용을 보여주는 것은 첫 번째 이야기이다. 근대화되는 농촌의 풍경을 통해 '新開地'의 의미가 강조되고 있으며, 변화하는 시대를 살아가는 주인공 윤수의 노동자로서의 건강성이 잘 드러나고 있기 때문이다. 윤수는 비록 계몽적 인물이라기보다 평범한 일상인의 수준에 머물고 있지만 노동의 의미와 가족의 의미에 대해 생각하는 현실적인 인물이라 할 수 있다. 두 번째 구조는 윤수를 둘러싸고 벌어지는 연애 이야기를 중심으로 한다. 『신개지』는 두 집안의 대조를 통해 작품을 전개하다 후반부로 갈수록 연애문제에 의해 다른 문제들이 묻혀버리는 문제점을 노출하기도 한다.

무엇보다도 이 소설에는 식민지 근대화가 주는 편안함이 전제되어 있지 않다. 제목이 암시하듯 '신개지'는 변화와 건설을 의미하는 바, 이런 변화는 많은 사람을 소외시키는 모순에 찬 근대화와 연관된다. 그러한 근대화가 당위의 차원에서 '선'으로 받아들여는 것이 아니라, 개인에게 어떤 영향을 미치고 있는지, 변화하는 '신개지'에 사는 사람들의 일상적인 삶은 어떻게 영유되고 있는지를 살펴본 소설이다. 세계를 보는 전체적인 조망의 시각은 없지만 일상을 세세하게 다룸으로 해서 시대의 분위기와 의미까지 암시하고 있다.

노동소설의 성장소설적 성격

1. 잊혀진 소설

비록 20년 가까운 시간이 지났지만 80년대 노동 소설[1]을 어떻게 평가해야 할 것인지는 여전히 어려운 문제로 남아 있다. 이상하게도 이 시기 노동소설에 대한 논의는 작품을 어떻게 평가해야 할 것인가라는 적극적인 태도보다는 작품들에 어떻게 접근해서는 안 되는가 하는 소극적인 접근 태도를 보여준다. 소설이 창작될 당시의 정치·사회적 조건을 강조하여 노동소설의 역사적 의미만을 강조하는 입장이나 문학성이 미달된 선

---

1) 여기서 다룰 노동소설은 80년대 후반(87~89년) 노동자 작가들에 의해 창작된 작품에 한정한다. 노동소설이 새롭게 인식되고 문제적으로 평가되었던 때가 이 시기일 뿐 아니라 '충격'과 '새로움'의 의미가 이 시기 작품에 한정된다고 보기 때문이다. 이후에도 많은 노동소설이 창작되지만 이 시기 작품만큼 관심을 끌지는 못했다는 것이 필자의 판단이다.

전물 정도로 취급하는 입장 모두를 경계해야 한다는 수세적 자세에 놓이는 경우가 많다. 이는 어찌 보면 당대의 운동사적 관점을 수용하되 문학사적 시각으로 객관적인 평가를 해야 한다는 초보적 수준의 원칙을 확인하는 수준에 머무는 것이기도 하다. 이런 방식의 접근은 결국 노동소설이 운동사적으로는 의미가 있었지만 미학적으로는 많은 문제점이 있었다는 예정된 결론으로 흐르게 될 위험을 안게 된다. 이것이 지금까지 노동소설 논의에서 해결하기 어려웠던 딜레마라 할 수 있다.[2]

다른 측면에서 보자면 노동소설을 평가하는 이런 엉거주춤한 자세는 연구자들의 경험과 무관하지 않다. 동시대를 살았던 많은 사람들에게 노동소설은 여전히 '신성한' 영역이고 그런 만큼 그것에 대해 '함부로' 평가하는 것은 달가운 일이 아니다. 비록 감정적이라 할지라고 노동소설에 열광했던 기억이나 시대적 분위기는 꽤 오랜 시간이 지난 다음에도 사라지지 않고 보존되어 있는 것이다. 반대로 당시부터 노동소설에 거리를 두고 있었던 사람들은 여전히 거기에 한발도 가까이 다가가지 못하고 있다. 소설이 '마땅히' 갖추고 있어야 할 조건들을 갖추지 못한 함량 미달의 소설이라는 생각을 바꾸려 하지 않는다. 최근 한 연구서의 제목처럼 노동소설은 여전히 "혁명의 요람인가, 예술의 종말인가"[3]라는 초보적인 질문에서 자유롭지 못한 것이다.

이런 여러 문제에도 불구하고 우리 문학사에서 노동소설의 위치는 대단히 중요하다고 할 수 있다. 80년대 노동문학은 70년대 이후 발전되어온 민중문학론의 구체적 텍스트라는 의미와, 민중민주 운동의 소설적 반영이라는 의미를 갖기 때문이다. 또 이 시기 노동소설은 식민지 시대 이후 전개되어온 노동소설의 흐름에서 하나의 절정을 이룬다. 심지어 노동소설은 90년대 문학을 설명하는 데도 중요한 의미를 갖는다. 많은

---

2) 이런 상황은 굳이 노동소설 평가에 한정된 문제는 아니다. 박노해·백무산·김남주 등의 시를 평가하는 데도 동일하게 발생할 수 있는 어려움이다.
3) 유기환, 『노동소설, 혁명의 요람인가 예술의 무덤인가』, 책세상, 2003.

논자들이 90년대 소설의 탈사회화·사소설화를 노동문학의 쇠퇴라는 현상으로 설명할 만큼 노동소설의 영향력은 큰 것이었다. 현재의 시점에서 노동소설을 새롭게 조명해야 하는 이유가 여기에 있다.

2. 노동소설 평가의 과거와 현재

잘 알려진 대로 노동소설의 성장과 그것에 대한 열광은 80년대 후반의 시대적 분위기와 떼어 생각할 수 없다. 사회구성체 논쟁과 민족·민중 문학의 분화가 급속히 이루어지던 당시의 분위기에서 문학과 운동의 결합은 당연한 것으로 여겨졌다. 30년 가까운 독재가 마감되고 새로운 시대가 열릴 것이라는 기대, 억압되어 있던 사람들의 생각이 자유롭게 표출되고 그들의 권리 역시 정당하게 주장될 수 있으리라는 기대가 사회 분위기를 들뜨게 했다. 87,88년 노동자들의 진출은 이러한 예상이 현실화되는 것이 아닌가 하는 희망을 가지게 했다.

80년대 초반부터 꾸준히 진행된 새로운 문학의 등장도 노동소설을 낳은 중요한 힘이었다고 할 수 있다. 무크지 운동이 전국 곳곳에서 활발히 전개되어 기층 민중의 글쓰기가 본격적으로 진행되었고, 르포나 수기 문학 역시 활발히 창작되었다.[4] 여기에 박노해의 시가 준 충격도 빼 놓을 수 없을 것이다. 또, 1988년에는 『창작과비평』과 『실천문학』이 복간되었으며, 월북 작가 작품들에 대한 해금이 이루어졌다. 잡지의 복원이 진보 문학이 활동할 수 있는 공간의 확보라는 의미를 가지고 있었다면 프로 문학 등 과거 문학의 복원은 계급 문학적 전통의 부활이라는

---

4) 김성수, 「문학운동과 논픽션 문학」, 『작가연구』 2003년 상반기, 133면.

의미를 가지고 있었다.

이러한 변화는 자연스럽게 문학 주체에 대한 관심을 불러일으켰는데, 노동소설은 그 결정판이었다고 할 수 있다. 문학의 사회적 정치적 실천 가능성이 강조되어가던 분위기 속에서 무게 중심(관심의 대상)이 지식인에서 민중에게로 옮아가게 된 것이다.[5] 1987년 정화진의 소설 「쇳물처럼」에 대한 당시 지식인·대학생들의 열광을 떠올려보면 노동소설의 등장이 갖는 당대적 의미를 쉽게 짐작할 수 있다. 이 소설이 관심을 끌었던 직접적 원인은 현장 노동자가 창작한 작품이라는 데 있었다. 작품의 내용은 사실 소설적 완성도를 따지기 어려울 정도로 단순하고 소박한 편이었다. 김장 보너스를 타기 위해 벌어진 현장에서의 쟁의를 그리고 있지만 갈등의 규모나 인물의 성격화에서 그리 눈길을 끌 만한 작품은 아니었다. 그러나 이러한 소설 내적인 문제가 심각한 결함이 되지 않을 정도로 노동소설의 등장, 노동자 작가의 등장은 중요하게 받아들여졌던 것이다.[6]

이처럼 노동소설의 의미를 당시 시대 상황에 기대어 설명하는 것은 당연히 중요하고 의미 있는 일이다. 그러나 시대의 운동성만으로 문학을 이야기하기에는 무언가 부족함이 느껴진다. 문학이 시대의 반영이면서 동시에 그것 이상이라는 상식에 비추어서 그렇거니와 역사에 대한 평가가 그렇듯 한 시대 문학을 평가하는 시각도 시대에 따라 달라져야 한다고 생각하기 때문이다.

노동운동과 노동문학에 대한 관심이 상대적으로 잦아든 현재의 관점에서 노동소설에 접근했을 때 부딪치는 가장 큰 문제는 노동소설의 현

---

5) 이런 현상을 확인할 수 있는 대표적인 예로 김명인(「지식인문학의 위기와 새로운 민족문학의 구상」, 『문학예술운동』 1, 풀빛사, 1987)의 글을 들 수 있다.
6) 1988년 2월 실천문학사에서 간행된 '젊은 평론가 홍정선·정과리가 뽑은 올해의 소설'에는 정화진의 「쇳물처럼」이 표제작으로 실려 있다. 표지 뒷면에는 오정희·김주영·이인성 등 작가들의 사진이 실렸는데 정화진의 사진이 들어갈 자리에는 꽹과리를 치고 있는 노동자를 새긴 판화가 실렸다.

장성이 거의 사라지고 없다는 사실이다. 실제로 노동소설은 현실적인 문제에 집중하는 경향이 있었고, 상황 자체를 날것으로 생생하게 전달해준다는 매력을 가지고 있었다. 하지만 사회 운동의 성격이 변화된 현재의 관점에서 볼 때 노동소설이 현장의 생생함으로 독자들에게 감동을 주기는 어렵게 되었다. 미학적 측면에 집착하지 않는다 해도 결국 문학의 의미는 그것이 기반하고 있는 독자의 정서적 교감을 무시할 수 없는 바 노동소설이 가지고 있는 시대적 생생함은 오히려 독서를 방해하고 시대적 괴리감을 확인해주는 결과를 낳게 된다.

노동소설에 나타난 가난이나 노동 현장의 처참함은 이제 노동소설만의 고유한 무엇이기보다 보편적 고통의 한 장면쯤으로 읽히게 되었다. 노동소설에서 확인할 수 있는 섬뜩함은 독자를 구경꾼이나 겁쟁이로 만드는 효과마저 가지고 있다. 장면의 처참함과 삶의 암담함은 많은 사람의 이목을 끌기는 하지만 반드시 타인의 고통에 대한 이해를 이끌어내는 것도 아니다. 오히려 소설 속 현실에 깊이 개입하기보다 그 현실을 벗어나 일상으로 다시 돌아오기 위해 애쓰게 만드는 효과를 낳기도 한다. 고통의 표현은 우리를 구경꾼이나 겁쟁이로 만들어 버리는 것이다. 고통을 그린 지독한 묘사를 똑바로 쳐다볼 수 있을 만큼 비위가 좋은 사람들만이 그런 묘사가 원하는 바대로 행동하기 마련이다.[7] 따라서 소설이 창작될 당시나 현재나 노동소설이 노동자들의 핍진한 삶의 모습을 보여준다는 점에 집착한 해석 역시 노동소설을 좁은 의미 안에 가두는 역효과를 낳게 된다.[8]

7) 수전 손택, 이재원 역, 『타인의 고통』, 이후, 2004, 68면.
8) 타인의 고통에 대한 존 버거의 논의는 노동소설을 읽는 독자의 무의식의 한 측면을 설명하는 데 유용하다. 길지만 일상적인 삶에서 고통의 경험이 갖는 의미에 대한 글을 인용한다.
"그러한 사진들은 우리를 갑자기 멈춰 서게 한다. 그러한 것들에 적용될 수 있는 가장 직설적인 형용사는 '사람의 이목을 끄는'이라는 것이다. 우리는 그것들에게 붙잡히게 되는 것이다(그러한 것들을 보지 못한 척하는 사람들도 있다는 것을 알고는 있지만, 그러한 사람들에 대해서는 뭐라 할 말이 없다). 우리가 그러한 사진들을 들여다보게 되면,

90년대 이후 지배적인 문학관으로 볼 때 노동소설은 타자의 관점을 유지하고 있지 못하다는 비판을 받기도 한다. 문학이 특정 이념을 목적 의식적으로 형상화하는 것이 아니라 현실의 실제 모습을 형상적으로 포착하는 양식이라고 볼 때, 작품이 견지하고 있는 입장은 독선적이기 보다는 타자 지향적이어야 한다. 하지만 80년대 노동문학은 특정한 이 념과 개념에만 집착한 나머지 현실의 실제상을 그려내는 데 상대적으 로 소홀하였고, 주체 역시 독선적인 시선을 고수하고 있다는 평가를 받 는다.[9] 주체란 타자를 전제하고, 그것도 타자와의 상징적 동일시를 통 해서 사회적 주체로 성장하는 법이고, 그런 주체만이 자기와 다른 타자 까지 수용하여 현실의 다양한 측면을 포착해낼 수 있기 때문이다.

물론 운동의 열기가 고조되었을 때 노동소설이 운동에 힘을 실어주 는 역할을 했으리라는 짐작은 가능하다. 하지만 그 범위와 정도에 대해 서도 확인할 수 있는 방법은 없다. 최근 한 연구자의 진술은 이런 면에 서 참고할 점이 많다. 그는 정도상의 작품을 평하면서 "『친구는 멀리 갔어도』는 명성에 비해 공전의 베스트셀러 대열에 끼지 못한 작품집이 었다. 이 작품집은 상품이기보다는 운동권의 학습 텍스트였다. 그래서 빌려 읽는 사람들이 많았다. 읽는 사람은 많았지만, 직접 산 사람은 별 로 없는 특이한 텍스트가 『친구는 멀리 갔어도』였다. 이런 소설들로 김 하기의 『완전한 만남』이나 방현석의 『내일을 여는 집』등이 꼽힌다"[10]

타인이 당하는 고통의 순간이 우리를 집어삼키게 된다. 우리의 마음속은 절망, 또는 의분 (義憤) 둘 중의 하나로 채워진다. 절망은 타인이 당하는 고통 중 일부를 아주 헛된 것이 되게 한다. 의분은 행동을 요구한다. 우리는 사진 속의 순간으로부터 벗어나 다시 우리의 일상으로 돌아오려고 애쓰게 된다. 우리가 그렇게 하면서 느끼게 되는 현격한 차이는, 우리의 일상적인 삶을 다시 시작하는 것이 우리가 방금 본 것에 대하여 절망적이라 할 수 있는 정도의 부적절한 반응을 보이는 것으로 여겨지는 그러한 것이다"(존 버거, 박범 수 역, 「고통의 장면들을 보여주는 사진들」, 『본다는 것의 의미』, 동문선, 2000, 60면).

9) 강진호, 「주체의 낙관적 의지와 배타적 신념」, 『작가연구』 2003년 상반기, 38면.

10) 오창은, 「불의 시대를 거쳐 희망의 서사로─정도상론」, 『실천문학』 71호, 2003년 가 을, 90면.

고 하였다. 이는 노동소설과 독자의 관계를 생각하게 하는 중요한 지적이다. 소문으로 작품의 명성이 높은 것과 실제 그 작품을 읽은 독자가 많은 것과는 꼭 일치하지 않을 수도 있다는 생각을 가능하게 한다. 당시 이들 작품이 다른 소설에 비해 많은 독자를 확보하고 있었다고 해도 그것이 높은 이름에 값하는 것이었는지 의문을 가져볼 만하다.

이런 사정으로 현재 우리가 노동소설에서 주목해야 할 것은 창작의 주체로서의 노동자 문제 뿐 아니라 성장의 주체인 노동자 인물의 문제이다. 노동소설을 작가인 노동자의 성장, 그리고 그를 대변하는 인물의 성장을 다룬 소설로 보는 것이 운동사적 맥락과 소설사적 맥락을 아울러 텍스트를 객관적으로 바라보는 좋은 방법이 된다고 생각하기 때문이다. 노동자가 정치·경제·사회적으로 주변에 머물고 있는 상황에서 노동자의 주인됨과 계급적 각성을 이야기한 노동소설은 그것에 대한 사회적 자각의 과정임과 동시에 역사 격변기마다 반복해 등장했던 성장소설 형식의 변용이었다고 할 수 있다.[11]

3. 노동소설의 성장소설적 서사

1) 노동소설 서사의 두 축

80년대 후반 노동소설은 가장 격렬했던 현대사 장면의 기록이며 동시에 역사 안에서 성장하는 노동자 의식 변화의 기록이었다. 많은 노동

---

11) 이는 사회주의적 이념을 탈근대가 아닌 근대의 연속으로 보는 관점을 수용하는 것이다. 이에 대해서는 이마무라 히토시의 『근대성의 구조』(이수정 역, 민음사, 1999)와 그의 책 부록에 소개된 저작들을 참고할 수 있다.

소설이 파업 등 사회적 갈등을 제재로 하면서도 그 안에서 성장하는 노동자들의 현실 인식을 중요하게 다루고 있음을 통해 이를 확인할 수 있다. 현장에서의 싸움은 압축적으로 표현되는 데 비해, 그 싸움을 겪으면서 변화하는 인물의 심리는 비교적 상세하게 묘사되는 것이 노동소설의 일반적인 서사이다.

노동소설이 성장소설적인 서사를 택하게 된 이유를 설명하는 일은 그리 어렵지 않다. 변화하는 시대를 전망하는 이념이 있고, 그 이념에 못 미치는 현실이 있을 때 가능한 형식이 성장소설이기 때문이다. 선취된 이념으로서의 노동 해방과 현실의 어려움이 커다란 괴리를 이루고 있을 때, 작은 가능성을 바탕으로 희망의 실현 가능성을 발견한다는 점에서 성장소설의 서사는 매우 유용하다. 현실에 대한 총체적인 이해나 분석이 어려운 상황에서는 더욱 그러했을 터, 성장소설의 서사는 벌어지는 현실을 구조적으로 설명하기보다는 변화하는 인물을 통해 간접적으로 표현하는 방법이었다.

사전적 의미에서 성장소설은 자아와 세계에 대한 새로운 인식과 실천을 보여주는 소설이다. 자아의 내면에 대한 성찰과 세계의 외적인 변화에 대한 탐구를 동시에 수행하고 자아가 세계에 적응해 가는 모습을 다루는 것이 보통이다. 이를 통해 성장소설은 주인공 혹은 독자로 하여금 새로운 세계관으로의 편입을 유도한다. 개체적이고 고립된 존재에서 사회적이고 개방된 존재 영역으로의 전이를, 미숙하고 비합리적인 세계에 대한 인식으로부터 성숙하고 합리적인 세계인식으로의 전환을 보여준다. 그러한 전환은 또한 주인공에게 내재되어 있는 낙관적 잠재성의 실현을 의미하는 것이기도 하다.[12]

80년대 문학을 점검하는 자리에서 한 평자는 80년대 노동소설의 성과를 민족 역시 계급적으로 분할된 이질적 공동체라는 것을 내세우기

---

12) 최현주, 『한국 현대 성장소설의 세계』, 박이정, 2002, 42면.

시작했다는 데서 찾고 있다. 그래서 70년대가 민중의 시대라면 80년대는 계급의 시대라고 말한다. 계급 패러다임이 확산되고 자본주의의 모순이 심화되면서 한국사회를 자본 대 노동의 관점에서 바라보려는 노력이 광범위하게 이루어진 것이 이 시기이고, 그 결과 노동해방이 인간해방의 선결 과제라는 인식이 증대되면서 노동 문제를 다룬 작품들이 양산되었다고 한다.[13] 노동자 작가의 등장 그리고 성장하는 인물은 이런 시대적 분위기를 반영한 셈이다.

물론 같은 성장소설의 서사라 해도 노동소설은 일반적 의미의 성장소설과는 다른 점이 많다. 일반적인 성장소설이 보여주는 시민적 윤리와 노동자의 도덕 사이에는 큰 차이가 있기 때문이다. 개인적 각성을 위주로 하는 성장소설에서는 계급적 내용이 개인의 교양 속에 녹아 있어 시민적 교양 자체가 개인의 계급적 성격을 보여주는 역할을 한다. 그러나 노동소설은 계급을 의도적으로 강조하여 그것이 목적으로 하고 있는 계급의식의 선취, 계급적 전망의 실현을 강조한다. 시민적 교양을 다루는 성장소설이 개인이 사회에 적응하는 과정을 다루고 있다면 노동소설은 개인이 사회를 이해하고 변혁하는 과정을 다루려 한다. 개인의식의 성장이라는 면에서는 같지만 그것이 지향하고 있는 바는 매우 다른 셈이다. 그러나 "인간적이고도 내면적인 공동체를 가질 수 있다는 가능성과 인간들 상호간에 본질적인 것에 대한 이해와 무엇인가를 함께 이룰 수 있다는 태도를 서로 나눌 수 있다는 가능성"[14]의 측면에서 보면 노동소설이 성장소설의 본질적 측면을 전유하고 있다고 볼 수 있다.[15]

---

13) 하정일, 「80년대 민족문학 : 탈식민의 가능성과 좌절」, 『작가연구』 2003년 상반기, 17~19면.
14) 게오르그 루카치, 반성완 역, 『소설의 이론』, 심설당, 1985, 177면.
15) 굳이 노동소설을 대상으로 하지 않더라도 성장소설은 사실 엄격하게 사용되는 개념은 아니다. 유사하게 사용되는 용어가 많을 뿐 아니라 그것이 소설 형식을 의미하는지 서사 유형을 의미하는지 아니면 소설의 장르적 특성을 이야기하는지 엄격히 구분하기 어렵다. 성장소설을 넓게 보면 자아의 내면성과 낯선 세계의 만남을 통해 자기 변화를 시도하는 서사 일반으로 정의할 수 있다. 이는 소설의 본질적 성격에 가깝다고 말한

조금 비약해서 말하자면 노동소설은 성장소설적 요소를 전형적으로 가지고 있는 소설이다. 이전의 한국 성장소설에서는 이념적 대안을 구하거나 자기 정체성을 찾으려는 노력이 미미했다. 사회적 계급적 통과의례를 보여주는 경우도 흔하지 않았다. 나아가 성장을 통한 존재론적 위치 변화라는 기본적인 조건도 만족시키는 경우가 적었다. 많은 경우 역사적 경험을 받아들이는 주체의 고민과 사회로의 투항을 그리고 있는 소설을 성장소설의 범주로 설명하곤 하였다.16) 이런 의미에서 노동소설이야말로 본격적인 성장소설의 이름에 어울리는 문학이라 할 수 있다. 그것이 근대 시민사회 부르주아가 아니라 노동자로서의 자각이라는 점에서 차이가 있을 뿐이다.

노동소설이 가진 여러 문제점 역시 성장소설의 서사가 갖는 문제점 안에 수렴된다. 노동소설의 문제점으로 최근에 빈번히 지적되고 있는 것은 주체의 일방적인 시각이다. 인물의 형상을 통해서 구체적으로 확인되는 이런 관점은 이를테면, 가난한 사람들은 대부분 인정 많고 선한 반면 사회적으로 지위가 있거나 잘 사는 사람들은 예외 없이 악한 존재로 유형화되는 것 등을 말한다. 세계의 중층성 내지는 다면성에 대한 인식을 약화시키면서 현실의 도식화를 초래했다는 지적 역시 유사한

다. 개인과 세계의 이런 만남은 소설 뿐 아니라 근대의 선험적 조건이라고도 할 수 있다. 이런 관점에 따르면 성장소설의 범위는 한 없이 넓어질 수 있다(윤지관, 434~435면). 반면에 성장소설을 역사적 맥락을 가진 '교양 소설'로 정의할 경우 시민사회의 성숙과정을 제대로 경험하지 못한 우리나라에서는 성장소설을 찾아보기 어렵게 된다. 루카치의 경우 빌헬름 마이스터를 설명하는 글에서 "체험되어진 이상을 길잡이로 해서 삶을 영위하는 문제적 개인이 구체적인 사회적 현실과 화해하는 것을 그 테마로 삼고 있"(게오르그 루카치, 앞의 책, 175면)는 소설로 교양소설을 정의한다.

16) 우리 현대 소설의 경우 성장소설의 화자는 어린이인 경우가 많다. 김남천의 「소년행」, 「무자리」 등의 작품에서 시작하여 전쟁을 배경으로 한 송기숙의 「파랑새」, 김원일의 「어둠의 혼」, 이동하의 『장난감 도시』, 그리고 90년대 이후 발표된 은희경의 『새의 선물』, 김소진, 이순원의 작품들을 예로 들 수 있다. 이런 소설은 대부분 사회로의 편입을 주요 서사로 삼고 있어 개인적·사회적 이념을 실현해가려는 의지를 드러내거나 하지는 않는다. 미성숙에서 성숙으로의 변화를 주로 다루는데, 이 경우 성숙은 순수했던 개인의 '타락'을 의미하기도 한다.

내용이다. 이는 문제 해결을 도덕적인 관점에서 추구했다는 사실과도 무관하지 않을 것이다.[17] 성장소설이 근본적으로 어느 정도 목적 지향적이라고 보면 주제에서 생략된 많은 것들은 배제될 수밖에 없다. 근대란 본질적으로 주체를 중심으로 움직이는 사회이고, 주체의 보존을 특징으로 하는 사회이다. 그런데 주체를 보존하기 위해서는 끊임없이 타자를 주체의 필요에 맞게 조정해야 한다. 따라서 주체의 보존은 한편으로 타자의 부정과 배제를 수반하게 되는 것이다.[18] 주체는 자신의 도식에 포함시킬 수 있는 것을 수용 가능한 것으로 승인하지만 수용 불가능한 것은 타자로서 차별하고 심지어 차별한 사실조차 망각한다.

이상에서 살핀 노동소설의 성장소설적 서사는 기실 노동소설 인물들의 특성이라고 할 수 있다. 다음 장에서 구체적인 작품의 인물을 통해 성장소설적 서사의 가능성을 진단해 보자.

2) 노동소설의 성장소설적 서사

대중적 인지도가 높은 80년대 후반 노동소설 작가로 방현석·정화진·김한수를 꼽을 수 있다. 이들은 모두 실제 산업 현장에서 생산직 노동자로 일하면서 소설을 창작한 '노동자' 소설가들로 지식인 작가들과는 구분되었다. 이들 외에도 노동자 출신 작가로 박해운·박선자·한백·김홍곤 등이 있지만, 작품의 양과 질 면에서 앞의 세 작가들이 높은 평가를 받았다. 노동소설이 집중적으로 조명된 기간이 짧았던 만큼 이들 작가들에 대한 평가도 대표작 몇 편을 중심으로 이루어지는 것이

---

17) 강진호, 앞의 글, 54면.
18) 주체의 성장이라는 커다란 목적 아래 다른 것들이 배제 생략될 수 있는 서사는 전후 의미 있는 성장소설로 평가되는 「건(乾)」에서도 확인된다. 이 소설에서도 주인공을 제외한 타인들은 주인공의 성장을 위해 동원되고 타자화된다. 이는 성장소설이 가진 직선적 서사의 성격이기도 하다.

보통이다. 이들 대표작들의 서사를 통해 노동소설의 성장소설적인 성격을 살펴보자.

방현석의 대표작 「내딛는 첫발은」과 「새벽 출정」은 황석영의 소설 「객지」의 유명한 결말 "꼭 내일이 아니어도 좋다"의 반복이면서 동시에 그것을 넘어서는 계급적 신념을 보여준다. 노동자들이 오랜 싸움에 지쳐있고 그 싸움이 당장의 성공을 보장해 주지 못한다는 점이 「객지」와 같다면, 막연한 선동에 의한 파업과 쟁의가 아니라 믿을 수 있는 조합과 노동자들의 각성을 보여준다는 점은 그것과 다르다.[19] 노동자들이 스스로의 처지를 자각하고 조합을 조직해 낼 수 있는 정도의 역량을 축적했다는 시대의 증거이다.

「내딛는 첫발은」의 내용은 이렇다. 위원장과 사무장 등의 구속으로 노조가 깨어지려고 하는 부흥 주식회사에서 새로운 쟁의가 시작된다. 하지만 회사 측의 공작에 의해 다수의 노동자들은 파업을 외면하고 소수의 파업 참가자들은 구사대에 의해 처참하게 짓밟힌다. 가정 형편 등으로 인해 파업에 참여하지 못했던 정식은 구사대의 폭력 앞에 쓰러져 가는 동료 노동자들의 모습을 보고 마침내 '금형 받침목'을 들고 싸움이 벌어지는 현장으로 뛰쳐나가게 된다. 작품을 이끄는 인물은 노조 부위원장 용호와 다혈질의 강범 그들과 행동을 함께 하는 이주임·정형·정우·미옹·규성 등이다. 노조에 대한 회사 측의 분열책과 구사대의 폭력 등은 노동소설에 단골로 등장하는 에피소드들이라 할 수 있다.

이런 에피소드들과 함께 중요한 서사가 하나 더 있는데 그것은 소극적 인물이 적극적 인물로 변해 가는 과정이다. 「내딛는 첫발은」에서는 정식이 바로 그러한 인물이다. 비록 즉흥적이고 감정적이지만 정식의

---

19) 노동소설은 1920년대 중반 신경향파 시절 이후로 활발히 창작되다 30년대 후반 이후 맥이 끊어진다. 해방기 동안 간신히 맥을 이어 오던 노동소설은 한국전쟁을 전후로 우리 소설사에서 다시 사라지게 된다. 이후 60~70년대 노동소설의 흐름을 되살린 작가가 김정한·황석영이다. 특히 황석영의 소설 「객지」와 「야근」은 80년대 노동소설과 서사적으로 유사한 점이 많은 작품이다.

변화는 파업의 정당성을 은연중 드러내고 또 노동자 윤리의 우월성을 강조하는 효과를 거두게 된다. 작품이 서사를 주도적으로 이끌어가지 않음에도 불구하고 정식은 성장의 주체인 셈이고 이 작품의 주제에 한 축을 차지하게 된다. 정식의 이러한 변화는 일반적인 성장소설의 서사에 부합한다. 대부분의 성장소설은 결핍에서 충족으로, 혹은 출발에서 귀환으로 진행하는 구조적 양상을 보인다. 다시 말해 성장소설은 전반부와 후반부가 대립되는 구조를 갖게 되는 것이다.[20] 전반부의 부정적 상황이 후반부에서는 긍정적 상황으로 변화하게 되는 것인데, 파업의 상황에서 이런 대립을 발견하기 어려운 데 비해 정식이라는 인물의 성장에서는 이런 대립을 쉽게 발견할 수 있다.

「새벽 출정」역시 노동 쟁의를 다루고 있는 소설로, 결말 부분의 비장한 출정이 인상적인 작품이다. 서사의 중심에는 공장 폐쇄에 맞서 싸우는 세창 물산 노조의 싸움이 놓여 있다. 세창 물산의 파업을 힘으로 누르려는 회사 측과 이에 맞서는 노조원들의 힘겨운 싸움이 주요 서사인 셈이다. 여성 사업장을 돕기 위해 기꺼이 시간과 돈을 지원하는 주변 공장 노동자들의 인간미가 아름답게 그려지기도 한다. 「내딛는 첫발은」에 비해 잘 조직된 힘 있는 노동조합이 등장하고 오랜 기간의 파업을 다루고 있다.

여기서도 인물에 주목할 경우 성장의 서사를 어렵지 않게 발견할 수 있다. 오랜 파업과 철순의 죽음으로 인한 미정과 민영의 의식 변화가 그것이다. 특히 민영은 다른 노동자들에 대한 열등감을 가지고 있던 인물로 성장서사를 만들어 가는 중심인물이다. 이 소설에서는 조합을 만들기 전과 만든 후, 파업 이전과 이후에 노동자들의 의식이 어떻게 달라지는 지를 보여주는 것이 노동 현실에 대한 '고발'이나 '기록' 못지않게 중요한 서사가 된다.

---

20) 최현주, 앞의 책, 46면.

민영은 자신이 생각해도 아는 게 너무 없었다. 굳은 의지도 없다. 조합원의 절반 이상이 떨어져나갈 동안 남아 있는 자신이 이상하다. 남은 조합원들은 신경이 밤송이 같았지만 투지와 신념에 차 있었다. 모두가 투쟁을 통해서 변화하고 새롭게 눈떠가는 동안 자신은 무지렁이로 밥이나 짓고 있었다.[21]

철순아, 누구보다도 열심히 우리의 앞에서 싸웠던 철순아! 우리는 네가 무슨 말을 하고 싶어하는지 안다. 며칠을 견디지 못해 우리는 흔들리고 약해졌었다. 우리들은 너무 이기적이었고 나태했었다. 우리는 알게 되었다. 너의 죽음 앞에서조차 회개할 줄 모르는 가진 자들의 오만함과 어머님의 눈물 속에서 우리가 어떻게 해야 하는지 알게 되었다. 철순아, 이제 지켜보아 다오 세창의 깡순이들이 어떻게 싸우는지를. 넌 우리의 가슴속에 살아 우리가 내딛는 다리와 팔뚝 속에서 함께 할 것이다.[22]

민영은 가까운 노동자들과의 친분 때문에 막연히 파업에 참여했으나 투쟁을 통해 자신의 계급적 위치에 대해 눈떠 가는 인물이다. 첫 번째 예문은 파업 초기 민영의 심정을 묘사한 내용이다. 두 번째 예문은 죽은 철순을 위해 끝까지 싸울 것을 다짐하는 다분히 감상적인 내용의 글이다. '너의 죽음 앞에서조차 회개할 줄 모르는 가진 자들의 오만함과 어머님의 눈물'이라는 표현에서 잘 드러나듯이 싸움은 이성적이고 체계적인 계획에 의해 진행되는 것이 아니라 다분히 감상적인 충동에 의해 전개된다. 여기에 자본가들에 대한 적개심도 강하게 나타난다.[23] 결말

---

21) 방현석, 「성장」, 『새벽출정―80년대 대표 노동소설선』, 1990, 녹두, 44면.
22) 방현석, 위의 글, 47면.
23) 이 소설은 실제 있었던 세창 물산 파업 사건을 소재로 창작되었다. 『노동해방문학』 창간호(89년 3월 31일)의 이 달의 명언 「죽을 수는 있어도 질 수는 없다」라는 글을 통해 사건의 내용을 알 수 있는데, 소설의 내용과 거의 일치한다. 『노동해방문학』에 실린 내용은 다음과 같다.
　세창물산 노조사무장으로 농성투쟁시 현수막을 걸다가 추락사함.
　"우리는 승리하여야 한다.
　송철순 동지의 피맺힌 외침이 우리의 가슴에 살아 있다.
　우리의 승리로 이 땅에서 위장폐업이란 말을 없애버리고 말겠다.

은 민영이라는 여공원이 철순의 죽음과 미순의 희생에 영향 받아 자신을 거듭 세우게 되는 것으로 마무리된다.

인물의 성장 서사는 정화진의 소설 「규찰을 서며」에도 같은 방식으로 나타난다. 장원과 종덕이 주요 인물인 이 소설의 중심 서사는 규찰대를 조직하여 파업 현장을 지켜주는 노동자들의 하루이다. 규찰을 서면서도 자신감을 가지고 있지 못했던 장원이 주변 동료들과 파업 여공들을 통해 확신에 찬 노동자로 거듭 나는 장면을 그린다. 종덕이 가지고 있는 '우리는 강하다는 확신'을 신념이 부족했던 장원도 갖게 되는 것이다. 소설의 결말에서 작가는 파업을 누르기 위해 공장 안으로 들어오는 경찰에 맞서 굳은 결의를 다지는 규찰대의 당당한 모습을 보여준다.

노동소설이 성장소설적 서사를 가장 잘 보여주는 경우는 개인의 성장사를 다룰 때이다. 김한수의 소설 「성장」은 한 인물의 성장기를 통해 노동자의 현실을 적나라하게 보여주고 있는 소설이다. 이 소설은 '아버지와 아들'이라는 부제를 달고 있는데, 노동자로서 패배의식에 젖어 인생을 마감한 아버지와 그와는 다르게 살겠다는 의지로 살지만 결국 가난한 노동자가 이를 곳은 패배주의 아니면 투쟁이라는 깨달음을 얻게 되는 아들에 관한 이야기이다. 노동자 가정에서 자라난 젊은이가 계급적 자각을 가진 노동자로 다시 태어나게 되는 과정을 그린 소설이라 할 수 있다.

주인공 창진의 가족은 아버지 이씨와 어머니 완주댁 그리고 여동생

처절하게 싸워온 지난 140일
천만 노동형제여, 보아다오!
내릴 수 없는 우리들의 깃발!
보아다오! 우리들의 분노! 우리의 투쟁!
우리의 승리를!"
"임금 몇 푼 더 받기 위해 시작된 세창물산의 싸움은 위장 폐업으로 말미암아 새로운 싸움으로 발전하게 되었다. 계속된 투쟁 속에서 그들은 각성된 계급의식을 채득했으며 분명한 정치적 자각을 통해 이 세상의 참주인이 누구인가를 확인했다. 그것은 또, 비타협적 투쟁을 통해서만 가능하다는 사실도 절실히 깨달았다."

들이다. 가난한 이들 집안의 형편은 "아이들은 날마다 아이들에게 맞았고, 아버지 없이는 살아도 어머니 없으면 못산다고, 거지꼴을 하고 학교를 다녔다. 모두가 지옥에 살고 있었다. 그러나 아무도 죽지 않고 살아내었다"는 말 속에 잘 표현되어 있다. 중학교를 졸업한 창진은 아버지 없는 집에서 가장으로 나서게 된다. 노동자로서의 삶은 가정에서 느끼던 가난의 문제가 사회 모순과 관계있다는 것을 알게 해 주는데, 창진은 "문득 인간이 문제가 아니라 사회가, 그 모순된 구조가 문제라는 생각이 들었다. 그 모순이 빈을 낳고 부를 낳았다. 인간의 됨됨이가 문제는 아니다"라는 것을 깨닫게 된다. 깨달음이 설득력 없이 우연히 다가온다는 문제는 있지만 개인에 밀착된 서술로 인해 현실감을 느낄 수 있는 소설이다.

> 아버지는 아버지의 무능을 인정하셨었다. 그러나 창진은 그걸 인정할 수 없었다. 무능력하다니, 내가 무능력한 인간이라니 그럴 수 없어. 그는 삼십줄 혹은 사십줄에 접어든 공장 사람들을 생각해 보았다. 그들이 하고 있는 노동의 양과 그 대가를 생각해 보았다. 그들도 그처럼 가난했다. 그 가난이 노동의 양을 결정하고 그 대가가 가난을 결정했고 다시 그 가난이 노동의 양을 결정했다.[24]

이 예문은 창진이 처음으로 세상에 대한 깨달음을 얻는 부분으로, 폭력적이고 무능한 아버지를 미워하던 자신이 노동자의 어쩔 수 없는 위치를 깨닫게 되는 장면이다. 이후 공장에서의 파업과 마을의 철거로 거리에 나앉게 된 형편이 겹쳐 작품의 결말은 세계에 대한 창진의 결연한 의지로 향하게 된다. 창진의 각성은 마침내 같은 노동자였던 아버지의 삶을 계급적 입장에서 비판할 정도에 이른다. 아버지는 왜 불평등한 사회가 존재하는지 어떻게 하면 그 사회가 바뀌어 모든 인간이 평등할 수 있는지 생각하지 않았고, 이 사회가 바뀌지 않으리라고 믿었다는 것이

---

24) 김한수, 「성장」, 『새벽출정─80년대 대표 노동소설선』, 1990, 녹두, 231면.

다. 인간이 만든 사회니 인간의 손으로 얼마든지 이 사회는 바뀔 수 있다는 믿음이 창진이 이른 깨달음의 내용이라 할 수 있다. 현장에서 느끼는 감정적 깨달음에 그치지 않고 가족의 역사를 통해 우리 사회와 역사의 본질적인 문제를 지적했다는 점에서 여타 노동소설이 갖지 못한 미덕을 가진 작품이다.

이밖에도 많은 노동소설이 개인의 성장을 통해 계급적 각성을 보여주는 서사를 택하고 있다. 한백의 「동지와 함께」는 대를 물려 이어지는 가난의 문제라든지 위장 취업의 문제를 다루고 있지만, 공단 오거리 시위 현장에서 비겁하게 구경만 하던 필혁이 민주노조, 민중해방을 염원하는 동지들에 의해 각성되어 가는 과정도 중요하게 그리고 있다. 박해운의 「우리 억센 주먹」은 김한수의 「성장」처럼 가난한 노동자의 성장 과정을 그리고 있는 소설이다. 특히 주인공 종우의 삶(부정적이든 긍정적이든)이 그의 여동생 미순의 변화로 이어진다는 점이 특기할만하다. 서사의 개연성이나 인물의 현실성에서 「성장」에 미치지 못하지만 노동소설의 중요한 서사를 확인하기에는 충분한 작품이다.

4. 맺음말

노동 현실이 예전에 비해 상대적으로 나아졌다고는 하지만 노동자들은 여전히 많은 어려움을 겪고 있다. 자본주의의 고도화를 통해 노동자들의 상대적인 고통은 더 커졌다고 볼 수 있다. 비정규직 문제, 중소기업 문제 등 노동 문제 현안들은 여전히 대중들에게 널리 알려지지 못하고 있는 실정이다.[25] 노동문제가 해결된 것이 아님에도 불구하고 노동 문제에 대한 관심이 무뎌지고 있는 것도 사실이다. 노동소설의 성장과 쇠퇴는 노동운동에 대한 대중들의 이런 관심 정도와 그 흐름을 같이한다고 할 수 있다.

80년대 후반 노동소설은 충분한 기반 위에서 창작된 것은 아니지만 노동자들의 계급적 각성을 다룬 의미 있는 문학적 시도였다. 노동소설이 성장소설의 서사를 선택한 데는 이념의 계몽, 선전 효과를 최대화하려는 의도가 담겨 있었다. 말하자면 미성숙의 상태에 있는 독자들에게 앞서 계급적 각성을 이룬 이들의 삶을 보여주려 했던 것이다. 노동소설이 이런 의도를 가지고 있었다면 현재의 독자들에게 노동소설이 읽히지 않고, 낡은 듯한 인상을 주는 이유도 설명할 수 있다. 사회를 계급적으로 이해하고 개인의 계급적 위치를 사고와 행동의 중요한 기준으로 생각하는 입장은 이제 일상적인 것이 되었기 때문이다. 언제나 그렇듯이 일상적인 것은 사람들의 관심을 무디게 만든다.

노동소설에 대한 현재의 평가는 시대의 변화에 대한 이런 이해 아래에서 이루어져야 할 것이다. 많은 논자들이 노동소설의 시대적 의미를 부정하지 않지만 반대로 즐겨 읽을 만큼 노동소설의 서사에 빠져들지도 않는다. 노동소설이 계급이라는 문제를 가지고 세상을 향해 외쳤던 목소리의 절실함을 인정해야 하겠지만, 객관적 거리를 두고 소설사적 맥락에서 새롭게 자리 매김하는 작업을 이제부터 시작해야 할 것이다.

---

25) 박영삼·박유기·방현석·조돈문 좌담, 「노동자들의 노동현실과 생활현실」, 『실천문학』 72호, 2003년 겨울.

참고문헌-3부, 근대 신화와 전체주의에 대한 항수

김교식, 『다큐멘터리 박정희』 1~3, 평민사, 1990.

김진명, 『무궁화 꽃이 피었습니다』, 해냄, 2003.

이병천, 「개발독재의 정치경제학과 한국의 경험」, 『개발독재와 박정희시대』, 창작과
　　　비평사, 2003.

이인화, 『인간의 길』 1~2, 살림출판사, 1997년.

이준식, 「박정희 시대 지배이데올로기의 형성 : 역사적 기원을 중심으로」, 『박정희
　　　시대 연구』, 동녘, 2002.

정운현, 『실록 군인 박정희』, 개마고원, 2004.

조갑제, 『내 무덤에 침을 뱉어라』 1~3, 조선일보사, 1998.

주치호, 『소설 박정희』 1~2, 작은키나무, 2005.

진중권, 『네 무덤에 침을 뱉으마』 1~2, 개마고원, 1998.

최상천, 『알몸 박정희』, 사람나라, 2001.

한홍구, 「박정희의 2005년」, 『한겨레21』, 한겨레신문사, 2005, 546호.

홍하상, 『주식회사 대한민국 CEO 박정희』, 국일미디어, 2005.

ㄱ

「GREY 구락부 전말기」 172
가부장적 독재자 292
가부장적인 권위 286
가부장주의 63
가상 소설 313
감상성 50
감수성 230
감정적인 저항 243
『개벽』 377
개조 393
개조론 373, 381, 385
『객주(客主)』 342
거대담론 63
『걸어서 하늘까지』 242
검열의 벽 268
경향문학 32
계급 20, 305
계급문학 25, 93
계급의식 408, 417
계급적 전망 430
계급주의 문학 31
계몽 417

계몽성 415
계몽적 성격 372
계몽적 의도 372
계몽적 인물 415
고대사 311
고전 136, 145, 218, 383
고전 소설 362
고향 253
『고향』 401
공동체 408
공리성 33, 97, 100
공리주의 119
공리주의 문학 38, 96
공산주의 189
관찰 167
『관촌수필』 356
광고 371
광의의 모더니즘 340
광장 162
『광장』 187
광장 공포 162
교양 소설 185
교환 가치 376
구경 152

구경적 삶 126, 143
구경적 생의 형식 37
구성 367
구원 152
국가 305
국가주의 63, 303
국민 통합 388
국민국가 389
권선징악 215
귀향 277
극연 58
극예술연구회 53
근대 문물 406
근대 제도 374
근대성 논의 330
근대성 담론 324
근대성론 341
근대성의 경험 337
근대정신 87, 218
근대화 이데올로기 109
근대화 프로젝트 133
근본 계급 345
긍정적 인물 403
기대지평 215
기도 71
기독교 53, 205
기억 190
김광섭 18, 40, 56
김남천 17
김동리 27, 80, 109, 357
김송 18, 23
김승옥 172
김원일 260
김주영 342, 344

ㄴ ────────────

『나는 남에게 누구인가』 356

낙랑(樂浪)클럽 55
난세 295
남북관계 294
남북 정상회담 308
남성성 70
남성중심주의 252
낭만적 취향 255
내면화 371
노동소설 422
노동 해방 429
노동자 의식 428
노동자 인물 428
노동자 작가 425
노예적 삶 285
『노을』 260
「놀부뎐」 219
농민 366
농업 366

ㄷ ────────────

단정 수립 34
담론 투쟁 16
담론 319
당파성 333
당파적 현실주의론 332
대리만족 243
대중 추수적 251
대중성 239
대중소설 233, 344
대시 67
도부꾼 347
도스토예프스키 151
도시 256
독고준 185
독립촉성애국부인회 54
독립촉성중앙협의회 22
독서 체험 193

동굴 이미지 168
동굴 168
동류의식 243
동북공정 307
동시대성 149

ㄹ

루카치 339
리얼리즘 331
리얼리즘과 모더니즘 논쟁 321
리얼리즘 논쟁 321
리얼리티 330

ㅁ

마샬 머먼 337
만들어진 전통 306
매체 15, 373
매체적 특수성 373
모윤숙 50
모험소설 309
무크지 운동 424
문단 14
문단주도세력 80
문단 형성 13
문명 318
『문예』 17, 44, 59, 138
『문장』 92
문체 367
『문학』 19
문학건설본부 14
문학 권력 83, 117
문학권력 논쟁 321
문학운동 14
문학 이념 15
문학 장 47, 48
문학 제도 117

문협 정통파 109, 124
문화운동 397
문화운동론 373, 397
문화주의 289
물신주의 246
미성숙 166, 195
미적 근대성 325
민족 74, 90, 305
민족개조 384
민족국가 303
민족문학 13, 25, 40, 93, 238, 324
민족문학론 137, 324
민족문학의 갱신 323
민족주의 51, 199, 389
민중문학론 423
민중적 삶 342
민초 354
밀실 162

ㅂ

박정희 283
박태원 222
박헌영 22
반공 이데올로기 78, 102
반공문학상 270
반공의 벽 279
반공주의 54, 76, 81, 103, 266
반탁 23, 29
발견된 향수 132
발전 이데올로기 99
발전주의 77
방공호 체험 191
배제 81, 129, 305, 341
배제의 논리 91, 119, 137
배타의식 312
『백민』 13, 17
번안 378

번안소설 380
보부상 354
복수의 시선 306
본격문학 36, 238
본격소설 349
『봄』 401
부르디외 18
부정적 주인공 232
분단 161
분단 시대 226
『불의 제전』 260
비극적 구조 251
비극적 효과 249
비동시적 동시성 374
비유 367
비장미 248
비판이론 331
비판적 지성 163
비평 논쟁 319
비평담론 320
빨치산 266

ㅅ ————————————

사상성 152
사회개조론 384
사회주의 289, 397
사회진화론 373, 385
산문 358
산업화 시대 239
삼각관계 413
상업소설 238
상징권력 28, 47
「생명연습(生命演習)」 172
서술 방법 262, 266
서적 광고 371, 374, 400
선우휘 164
선정성 351

성장 서사 436
성장소설 185, 264, 429
성장의 주체 428
성찰 181
세계문학 134, 136
세계적 동시성 136
세대 논쟁 321
세대론 93
세창양행 375
소극적 인물 433
소설가 361
소설 노동자 224
소수자 315
소외 243
소작농 418
속물 359
손창섭 169
수사 140
순결주의 252
순수 28
순수문학 31, 79, 81, 110, 134
순수시 33
순수 참여 논쟁 101
순응적 민족주의 51
시대적 경험 160
시대적 동시성 154
시선 163
식민주의 205
식민지화 407
『신개지』 402
신세대 논쟁 86
신인 추천 46
『신천지』 17
신탁 197
신탁통치 23
신화화 290
『실천문학』 357
심미적 정서 163

쌍생아 324

ㅇ ─────────────

「아가야 너는」 69
아이러니 218
악인형 인물 231, 347
악한 소설 231, 343, 350
악한 234
안락 316
야만 317
「어둠의 혼」 260
「어머니의 기도」 70
여가 산업 244
여류 50, 63
여성 화자 64
「역마」 129
역사소설 344
역사적 현장 267
영웅 387, 390
영웅사관 388
영웅적 인물 352
영웅주의 292
예술지상주의 문학 36
「요한시집」 167
욕망 413
『우리동네』 356
우승열패 385
우익 문단 13
우익 문인 16
우익문학 16
운명 127, 131
원우연 207
원형 153
『월간문학』 357
위인전 288, 386
유교 윤리 411
유리창 169

유신 297
유진오 87
유형 153
유형화된 인물 241
응향 사건 25, 38, 95
이광수 390
이념 259, 274
이념 갈등 278
이념성 63
이데올로기 77
이명준 187
이문구 356
이분법 72, 83, 109, 111, 374
이분법적 세계인식 109
이산 278
이승만 22
이청준 172
이헌구 42, 56
인간성 옹호 146
인간의 구경 98
『인간의 마을』 260
인공 23
인물의 일관성 353
임화 17

ㅈ ─────────────

자기 검열 266
자연 127
자유문학가협회 39
잡지 14
장돌림 345
장용학 167
적극적 인물 433
전원 365
전체성 336
전체주의 285, 298, 302
전통 지향성 109

전통 31, 43, 90, 202, 304
전통적 가치 272
전향 265
전향한 좌익 268, 270
전형 153
전후소설 160
절차적 민주주의 285
정신주의 176
정체성 208, 211, 303, 336
정체성 탐구 186
제국주의적 337
제도 18
제도권 문단 78
조력자 349
조연현 59, 126, 151
존재의 극한 249
좌우 합작 26
좌익 사상 272
좌익 아버지 278
좌익 인물 266
죽음 127
중간소설 236
중세 로맨스 352
중세 질서 220
중앙문화협회 18, 39, 44, 58
증오의 표적 200
지식인 295
집단운동 420

ㅊ ──────────────

찬탁 23, 29
창 174, 358
창문 169
창문형 인간 175
창작의 주체 428
『창조』 378
창 타입의 사람 171

채만식 362
철도 406
청년문학가협회 14, 357
청문협 39
청소년 366
『청춘』 377
체험 167
최인훈 172, 184
추리소설 310
추방 180
「춘향뎐」 216
출판 광고 376
친일 54

ㅌ ──────────────

탈출 172
탐구 181
태평양 전쟁 67, 69
통과 의례 190
「退院」 172

ㅍ ──────────────

패러디 212
평등 21
평전 288
폭력성 351
『풀잎처럼 눕다』 241
풍자 218, 236
삐카라 232
피카레스크 소설 231, 343
피카로 232
피해의식 304

ㅎ ──────────────

한국 P·E·N 60

한국문인협회 39

한국전쟁 77, 258, 275

『해방문학 20년』 84

해외문학파 53

핵공격 299

허무 126

혁명 195

『현대문학』 20

현대문학사 160

현무첩 309

현실 참여 105

현장성 425

현재 시제 264

「호접몽」 164

홉스봄 306

환상 196

황석영 240

『회색인』 184

효율성 368

「後送」 172

휴머니즘 141

휴머니즘 논쟁 86